七九届高中生

宋坚雷 著

文汇出版社

图书在版编目(CIP)数据

七九届高中生 / 宋坚雷著.—上海：文汇出版社，
2016.4
　ISBN 978 - 7 - 5496 - 1709 - 8

　Ⅰ.①七…　Ⅱ.①宋…　Ⅲ.①长篇小说－中国－当代
Ⅳ.①I247.5

　中国版本图书馆 CIP 数据核字(2016)第 046990 号

七九届高中生

作　　者 / 宋坚雷

责任编辑 / 陈今夫
特约编辑 / 意　如
封面装帧 / 陆震伟

出版发行　文汇出版社
　　　　　上海市威海路 755 号
　　　　　(邮政编码 200041)
经　　销 / 全国新华书店
排　　版 / 南京展望文化发展有限公司
印刷装订 / 江苏省启东市人民印刷有限公司
版　　次 / 2016 年 4 月第 1 版
印　　次 / 2016 年 4 月第 1 次印刷
开　　本 / 720×1000　1/16
字　　数 / 420 千字
印　　张 / 31

ISBN 978 - 7 - 5496 - 1709 - 8
定　　价 / 48.00 元

目　录

下　部

引　子

上海的每一条马路、每一片街区都有特色,都有自己发展和演变的历史,而这一段段、一片片的历史又汇入了上海的历史文化。

市中心人民广场东侧的西藏路,是贯通上海南北的大马路。沿西藏路向北穿过南京路和市百一店,就是西藏路桥,又叫泥城桥,从桥向北至铁路不到一公里,这一段叫做西藏北路。在历史上,西藏北路具有将其西侧中国地界和东侧公共租界分割的作用,两侧形成不同的建筑、不同的历史、不同的居民。以西藏北路为中心线,也分割了截然不同的风景。从高处向东望去,在下午的阳光下,犹如站在意大利佛罗伦萨高处俯视全城,错落有致的红色屋顶连成一片,一直向东延伸,直至四川路鳞次栉比的大楼挡住视线。向东偏南,直至著名的邮电大楼、河滨大楼和外滩海关钟楼,那些屋顶下面是比较规整的马路和弄堂,有甘肃路、热河路等,是建于二十世纪一二十年代的石库门住宅。传说其中大片的住宅,属于旧时上海大亨虞洽卿的房产,虽位于闸北,算不上是上只角,很少有达官贵人、皇亲国戚、政府大员、暴发大户、电影明星居住,但居住的至少也是那些衣食无忧、生活基本安定之人,如公司银行职员、小店业主、帮洋买办做生意的、教师等普通人,也夹杂着类似包打听、收入来历不明的地痞流氓、吸食白粉的、交际花和舞女等。

西藏北路的西侧,在一九三七年的淞沪战争时,原有的民居被战火烧了数月,变成一片废墟,在往后的日子里,来自江苏浙江两省的穷人和拾荒者不断在废墟上搭建棚屋,而后又各自建起了具有江浙风格的青砖白墙黑瓦的民宅,形成了现代的晋元路、国庆路和大统路的格局。从高处向西望去,在清晨的薄雾中,宛如江南小镇屋顶的风景,黑色的屋顶绵延不断,几棵大树零星点缀其中,凌而不乱,显示出江南水乡特征,那些屋顶下面是犹如迷宫一般的狭窄不一、蜿蜒曲折的弄堂和街道,使人有身处江南小镇的感觉。居住在这里的人,多数是社会底层的穷人,如贩卖蔬菜干货者、做苦力的装卸工、做衣服的小裁缝、破产的小业主、输光了钱的赌徒、黄包车夫或刚到上海寻找生机的农民等。

这样的格局在一九六二年被打破,政府出资拓宽了西藏北路,两上两下的快车道,两侧建造新楼房,马路也成了南北主干道,自行车道和人行道之间种植了杨柳树作为行道树,宽敞的人行道和新楼房之间又有类似花坛的绿化,每一排楼房的后面,还有不大的相对封闭独立的院子,乳白色的外墙,整齐的阳台,一排排三至五层,或五至七层的新楼房把两侧旧街道旧民宅掩盖了起来,使整条马路变得更加漂亮气派。春天的时候,在碧绿多姿的杨柳树映衬下,似乎有一种站在一幅巨大的祖国欣欣向荣宣传画面前的感觉。自从拓宽马路之后,西藏北路也迎来了自己的辉煌,每到放烟火的节日晚上,两边楼房的轮廓线上彩灯齐放,绚烂无比,四车道的马路全面禁止机动车通行,马路变成的广场,坐满了四周涌来观看烟花的人群,也成了小孩游玩的天堂;每到有重大游行或者欢迎重要外国来宾时,两边楼房的阳台上窗户前都是手持彩旗鲜花的人群,成了欢乐的海洋,蔚为壮观。由于此后几十年里,政府几乎没有在附近建造过新楼,至九十年代这些楼房还被周围的人叫做新公房,新楼房里居住的多数是政府机关工作人员、南下干部、国有企业领导、劳动模范和技术员、知识分子和文艺工作者等。

生活在这红屋顶、黑屋顶下和新楼房里的人群,是具有三种明显特征的人群。随着时间的流逝,时代的变迁,他们的特征开始越来越模糊,分别带着各自不同的出生背景、不同的生活习惯逐渐融入了上海文化。这样的融入肯定要经过各种各样不平凡的经历,又有着各自的酸甜苦辣。

上部

第一章　西藏路上的顽童

　　一九六九年隆冬的一天晚上，特别寒冷。沈嘉毅的母亲从南京路沿着市百一店拐入西藏路。市百一店的橱窗，已是满目大字报、政治漫画和海报。在这一特殊时期，贴大字报是政治上的要求，是一项重要的政治活动，也是公众获得政治信息的重要来源。这里是城市的中心，只要有新的政治动向，就会贴出大量的最新内容的大字报、大标语，还有漫画。这些大字报、漫画在昏黄的灯光和树影下，叫人难以辨认，尤其漫画中那些夸张的人像显得异常诡异和恐怖。夜已近子夜，马路上人影稀少，从苏州河上吹来的寒风，冰冷刺骨，河水漆黑发亮，这种漆黑似乎随着凛冽寒风，在不断地扩大，似乎要吞噬周围的一切，使人不寒而栗，赶快躲避。她双手裹紧大衣，快步穿过几乎没有行人的西藏路桥，向回家的方向疾步快走，耳边不时回响着市革委会专案组人员冷冰冰的话语："昨天清晨，你丈夫畏罪自杀。为了你的家庭，你要端正态度，和他划清界线。"她提出要求看一下丈夫的尸体，专案组的人似乎很为她着想，淡淡地回答道，"他从××大楼八楼窗户跳下的，尸体很难看，还是不看为好。从和他划清界线来讲，也最好不要看，我们会把你的表现记录在案的。这也是你的政治表现之一。"她在这场运动中，已看到太多的人间悲剧和死人事件，深知对这些死者的家属来讲，划清界线有着至关的重要性。丈夫自从两年前被隔离审查，家里似乎就从来没有过这个丈夫、儿子和父亲，不仅婆婆，儿子嘉毅和他两个姐姐佳曦、佳敏也不再提起他，只是默默地过着日子，日复一日。孩子能够做到这一点,她感到很欣慰,也为他们过早懂得人世间的残酷而心疼。她为了维护这个家庭,为了所谓的划清界线,忍着巨大悲伤不再要求见自己丈夫的最后一面。但心中的委屈,对丈夫的思念,使她无法平静,想流泪,想大哭,想随丈夫而去,可她知道现实要求自己既要保护好家庭,又要划清所谓的界线。她不能流泪,不能哭,不能对已故丈夫有任何形式的祭奠,甚至不能在家里摆放丈夫的遗像,还要在其母亲、其儿女面前不能流露出半点的悲伤。这对她来讲是何等的艰难,何等的不公平。

她到家时,时间已经很晚了,家人都已睡着了。她不想用这一不幸的消息去弄醒他们,只想自己尽快上床好好哭一场,好好流一场眼泪,冲洗掉心灵的脆弱和苦痛,调整一下自己的心情,然后再去面对家里的亲人和所谓的划清界线。她进了家门,摸黑直奔自己的房间,上了床,没有开灯,也没有发出任何响声。

这一夜,注定是她的无眠之夜,第二天早晨她很早出门,避免和家里人见面,脑子里一直在想如何将这一不幸的消息告诉他们。傍晚,她和往常一样按时回家。这时婆婆已在厨房间将晚饭准备好了,她极力表现出和往常一样,吃饭时谁也没有说话,似乎大家知道有什么不幸的消息即将来临。自从丈夫被隔离审查后,家里发生了很大变化,以前她总是嫌孩子们吵,嫌他们穿拖鞋走路声音响,而现在家里总是静得出奇,似乎孩子们知道弄出声响可能会使家里遭受灾难。吃完饭后,照例婆婆抹桌子洗碗,尔后,她默默来到婆婆和嘉毅的房间,轻轻地拉上了窗帘,叫上家里所有的人,要两个女儿坐在奶奶的床沿上,自己将儿子嘉毅搂在怀里,坐在她们对面嘉毅的床沿上,这时,婆婆已在旁边的椅子上坐下了。她看了一下大家,说道:"专案组的人找过我了,他们告诉我两天前你们的爸爸跳楼自杀了,是畏罪自杀,专案组要我们和他划清界线。"她的口气异常平静,似乎在讲的事情和自己无关和这个家庭无关。这样的口气和表情感染了大家,每个人只是默默地坐着,一点声响也没有,似乎家里每个人都知道,这个家庭是不可以有眼泪的,是不允许哭出响声的。她尽量保持着和刚才一样的平静,用眼扫了一下大家,轻轻说了一声："大家知道了,就可以了。天气冷,早点睡觉吧。"两个女儿慢慢地起身,低着头回了自己房间,婆婆也默默地回到厨房间里,没有开灯,摸黑坐在小板凳上,一动也不动。整个家里还是一点声响也没有。她起身轻轻地摸了一下嘉毅的头,重复一遍:"天气冷,早点睡觉吧。"便离开了他们的房间。

嘉毅慢慢地转身趴在床上,把头埋进了冰冷的被子里。他还听不懂什么是畏罪自杀,什么是划清界线,但能感受到如此沉重的气氛,知道在这样的气氛里妈妈告诉自己的事情,肯定是很重要的事情,并隐隐约约感到爸爸可能不是一个好人,或者做了不好的事情。他暗暗下了决心,爸爸的自杀不能告诉任何人,爸爸的事情也永远不能对任何人讲。尽管这样下了决心,但爸爸生前对自己亲热和关爱的情景还是不断涌现在眼前,赶也赶不走,又想到爸爸是跳楼而死的,肯定会很疼很疼。想到这里他想哭,把两手紧紧压住被子压住自己头,直至发疼,努力地想,不要再去想爸爸了,听妈妈的话,快点睡着,快点睡着吧。

自从爸爸隔离审查以来,沈嘉毅家里发生了很大的变化:家里再也没有人提起爸爸或者和爸爸有关的事了,爸爸单位里来人把妈妈房间里的书桌、沙发椅子和好多书还有电话都拿走了,佣人阿姨也回家了。妈妈把奶奶从乡下接来了,又把凡是有爸爸的相片全部收了起来,吃的东西开始变得简单了,以前他爱吃的小点心也少了许多,过节时妈妈也不给他买新衣服了,将姐姐的旧衣服改一改让他穿。两个姐姐待在家里的时间也多了,他不用去幼儿园了,和周围小朋友一起玩的机会少了,他自己不知道为什么也不太愿意和他们玩了。虽然他不知道其中的缘由,也不敢问,只能默默忍受着这一切的变化。

沈嘉毅的家就在西藏北路东侧的新楼房底楼,进门是长长的过道,右边并排的三个房间,每个房间都有大大的落地钢窗和天井,左边是厨房间、浴室和厕所,过道尽头是堆放杂物的储藏室。除了过道、厨房间是水泥铺地,所有的房间都是深红发亮的打蜡地板,使房间显得明亮干净。这样的住房条件,是令人羡慕的,也显示了家里男主人的社会地位。

不上幼儿园了，为了打发时间，沈嘉毅独自一个人会沿着西藏路向南走得很远，哪里热闹，哪里就有他。他熟悉西藏路上的每一栋房子，每一条弄堂，每一个门牌号，每一家饮食店，每一家烟纸店，每一家电影院，西藏路桥南面的南京路和市百一店的交叉路口是他经常去的地方。在那特殊的时期里，那里成了传播政治信息的中转站，只要出现新的政治运动高潮，那里肯定热闹非凡，铺天盖地的大字报和漫画海报，从房顶上悬挂下来，贴满大街两侧，观看的人群人山人海，到处插满红旗，还有许多人在宣传卡车上高呼口号或敲锣打鼓，这时也是他闲逛最起劲的时候。虽然他看不懂大字报的内容，听不懂口号和人群中议论的各种事情，但他隐约感到这些大字报和议论的背后，可能和爸爸的自杀事情有着某种联系。残酷的现实使这个原本天真的孩子过早地介入了政治，过早地承受了政治的压力，这将严重影响他对世界的认识，影响他今后的人生。

其实，他喜欢来这里还有一个原因，这里有他喜欢学的漫画。面对这些生动形象的漫画，他总是看不够，甚至当场拿出纸笔临摹他所喜欢的漫画，回家后再不断模仿，重新画过。他记住许多漫画的方法，一般是头像大身体小，头像可以画成各式各样的，有些是长长的脸上加个大红鼻子，有些是六边形的脸上长了一双小眼睛，有些是光头大麻子，身体也可以画成各式各样的，有些把身体画成臭虫、蟑螂、毒蛇等。这些反面角色的夸张易懂的漫画也隐含着绘画的基本技巧。他聪明伶俐，很快掌握了这些漫画的要领，为他消磨时光找到了绝妙的方法，也为他今后的漫画或简笔画打下了基础。

居住在西藏北路两侧的孩子，都在附近的小学就近上学。嘉毅上小学了，学校就在西藏北路东侧的甘肃路上。这所小学是由以前土地庙改造而成的，人称"庙校"，学校的正面是一堵青砖大墙，很高很大，中间嵌着漆成黑色的庙宇大门成了校门，外加没有改造过的高高的门槛，孩子们每次进校都要高高抬起脚才能走进校门，有一种说不出的威严，一种稀奇古怪叫人害怕的感觉。进入校门，正前方的最里面原本是放菩萨的位置变成了大讲台，光线很暗，虽没了菩萨，还是有让人肃然起敬的威严，讲台的两边写着大幅的正楷"好好学习，天天向上"；原本善男信女叩头上香的地方成了礼堂，正上方装了不大的天窗，学校开大会时，可以容纳全校的学生。礼堂的两边严格对称，木结构的上下两层，有十几间教室和几间老师的办公室，墙壁空余的地方全是黑板报。不论上课还是下课，学校没有安静的时候，上课时从各个教室传出此起彼伏的读书声响彻礼堂，课间休息时，同学们的吵闹声，在木质地板和楼梯上跑动的脚步声充塞了整个封闭的空间。这样封闭的建筑里，只有在所有学生放学离开之后，才能安静。

学生们每天早晨，在学校外面弹格路的马路上做完广播体操后，按班级顺序进入校门，走进教室上课。同学们每次走进校门，都能看见站在值日老师后面的角落里的一个老头。他微微驼背，一动不动，像一件奇怪的雕塑，总是穿着一件已看不出原来颜色的工作大褂，走路时整天低着头，满脸胡子，可双眼很亮很有神，黑白分明，带着一种无法让人看懂的奇怪的冷光，全身散发着怪怪的油墨味。同学们在背后叫他老妖怪，低年级同学每当遇到他时，会觉得害怕，常常绕着他走，而调皮捣蛋的高年级学生有时会朝他扔粉笔头，骂他老妖怪，把他当成出气筒。其实，他是专门为学校打铃看门的，负责印刷和收集垃圾，听老师讲他是一个需要劳动改造的人。嘉毅每次看到这个老头，总有一种莫名的不舒服感觉，不论老头的眼神，还是走路的样子，他都不喜欢，迎面碰上也会绕开。在嘉毅离开这所小学好几年之后，一次偶然的机会，他听说这个老头原来曾经担任过这所学校的校长，但在他的记忆中只剩下了那种不舒服的感觉。

每间教室后墙上都有一块黑板。学校为了提高同学们的政治觉悟和学习能力，规定四年级以上的班级都要由同学自己出黑板报，每两个星期或一个月出一期，不时还组织同学们对黑板报进行评比交流。在同学们中间，出黑板报的工作是一项非常值得自豪的事情，因为这不但需要在黑板上能写出端正的粉笔字和绘出漂亮的报头画,还要结合政治形势自行确定黑板报的内容,这对大部分同学来讲有一定的难度。一般担任这项任务的同学总是拿出看家本领,展现自己的能力,希望得到老师和同学的好评。

因为父亲隔离审查、自杀的事情,使年幼的沈嘉毅在学校里从来不敢多说话,不敢出头露面,总是小心翼翼,把自己家庭和父亲的事情隐藏起来,就连每个学期向老师提交减免学杂费申请书,也要避开同学,悄悄地在办公室里交给老师,避免让同学看到,避免同学议论他家里的情况。但这一次,他认为自己具备绘画的才能,可以出好黑板报,就鼓足勇气向老师毛遂自荐,老师安排他和卢蓉、郝予兴两位班干部一起担任这项工作。为了出好黑板报,他们三位同学分头参观了其他高年级班级的黑板报,作为参考,而后又认真开了碰头会,商量确定黑板报的标题、短文和报头画,约定各自回家打一份草稿,以备比较使用。嘉毅特意去了一次南京路西藏路口,临摹了一些他认为可以用来出黑板报的报头画,回家后又找姐姐商量了黑板报的具体内容。

星期六下午不上课,嘉毅和两位班干部来到了学校。虽这两位同学是老师信任的班干部,可拿不出像样的草稿,自认不如嘉毅,只能同意全部采用他的内容,并自愿为他打下手,帮忙用清水擦洗黑板,做了些准备工作,然后就坐在下面看他站在桌子上画画写写。那时期正是"批林批孔"运动的高潮,嘉毅用的标题是《砸烂孔老二的"克己复礼"》,短文的内容基本上按照外面大字报上对"复礼"作了标准的解释,复:为复辟,礼:为封建礼教和旧社会,合起来为复辟旧社会。在短文下面画了一幅漫画:右上方是一个巨大有力的红色拳头,砸向下面的正在手指上苍跟弟子颜渊大讲"克己复礼"的飘飘欲仙的孔子,孔子旁边有一棵在疾风中似乎要倒下的古树,孔子手指上方的克己复礼几个字还用云朵标出,而复礼的"礼"字似乎被红色大拳砸得要掉下来的样子。这期黑板报,不论标题、短文还是报头画,都表现得恰到好处,可以说是精美的组合,通俗易懂,图文并茂,符合政治形势的需要,也完全符合小学四年级学生阅读和观赏,而出黑板报的水平和能力肯定远远超出了四年级的水平。

嘉毅完成任务后,向卢蓉和予兴介绍了报头画反映出标题和短文的意义,甚至还搬出了《论语·颜渊》中所说的"克己复礼为仁。一日克己复礼,天下归仁焉"来丰富他的解释,证明"克己复礼"的万恶。卢蓉和予兴这两位班干部却似懂非懂的样子,无言以对,提不出任何意见,齐声佩服地说:"太好了,太像了。"予兴又说:"这期黑板报报头画特别好,我们肯定会受到老师的表扬。"卢蓉惊奇地问道:"嘉毅,你画得真好,你学过画画?最拿手的是画什么呀?"他答道:"我是在家里没事的时候,自己学的。"他又朝他们看了一眼,不好意思地笑着道,"我喜欢画各种各样的鸡,什么老母鸡,大公鸡,小鸡吃米之类的。"他们饶有兴趣地要嘉毅画来看看,嘉毅走到教室前面,在黑板上先画了一大一小上下相叠的两个圆圈,随后在上面小的圆圈边上加了一个尖尖的嘴巴,又在圆圈中间偏左上方加了一点,算是眼睛,再在下面的大圆圈下方加了两只小脚丫子,一只活灵活现的小鸡画成了。卢蓉在旁边看傻了,叫道:"太神奇了,就这么简单,一只可爱的小鸡就画成了。"嘉毅又在旁边一连画了各式各样的公鸡、母鸡和几只小鸡在吃米。郝予兴佩服地笑着道:"真像,惟妙惟肖,你以后可以画一幅百鸡图了。"嘉毅谦虚地说道:"我是瞎画的。"他不愿意将这些画留在黑板上,让其他同学看见后议论,等他俩看完后赶紧擦掉了。卢蓉急忙上前说道:"蛮好看的,擦掉太可惜了。"嘉毅只是笑了笑,还是不停地擦,直到擦完为止。从此,同学们知道了他们班上有一个会画画的同学。

这一期黑板报不但得到了老师的表扬,而且还得到学校黑板报评比第一名,学校给班级发了奖状。老师高兴地在全班同学面前宣布学校评比结果,说出黑板报的三位同学觉悟高,用图文并茂的方法参与政治学习,为班级赢得了荣誉,是班级的骄傲。卢蓉和予兴知道这期黑板报全都是嘉毅一手出的,看到自己也获得了表扬,非常高兴,此后心悦诚服地和嘉毅成了好朋友。嘉毅看到同学们都在赞扬他,尤其喜欢他的漫画,希望和他交朋友,甚至还有同学要和他一起学画漫画,他在班级里的地位迅速提高。一个礼拜后学校组织同学春游扫墓,在虹口公园鲁迅墓前,嘉毅加入了红小兵,戴上了他向往已久的红领巾。这一批新加入的红小兵有五位同学,是他们班上的第三批,如果没有这次出黑板报受到表扬,也许像他这样在班上不起眼的同学,想要加入红小兵可能还要等到以后几批才会被批准。嘉毅暗暗为自己的毛遂自荐成功感到高兴,心想这样的成功并不困难。按照嘉毅的年龄,根本无法理解孔子,无法理解"克己复礼",更无法理解批判孔老二、批判"克己复礼",然而,他黑板报中的"砸烂"却得到了学校的表扬,又将表扬提高到政治觉悟的高度,也使他有了成功感。在这样扭曲的教育环境中,在他幼小心灵里,似乎已经植入了如何成功的诀窍和窍门,这样的诀窍和窍门今后还可以为他所用。他对自己说了一句从漫画中看来的林彪说过的话:"谁叫我的脑袋特别灵,爹妈给的么。"

由于在人口出生的高峰期,西藏北路两侧有数个小学,一到放学或者寒暑假的时候,周围的马路弄堂和小菜场全成了小孩玩耍的天堂。成群小孩在玩的时候还划出属于自己的地盘,嘉毅周围的同学将新公房后面的院子作为据点,因为在那里避开了行人的视线,可以胡作非为。这群顽皮的孩子,有着充分的想象力和旺盛的精力,在不同的季节有着不同的玩法。夏天,他们会瞒着家里的人去苏州河边,一边看人家从桥头跳水,一边在河边学游泳,回来后就躲进楼房的公共水箱里洗澡,或者拿着从菜场偷来的西红柿黄瓜爬到六楼房顶上开蔬菜派对,再说房顶也是他们最喜欢的据点,那里是制高点,四周的风景尽收眼底,而且没有任何人干涉。更加捣蛋的是,在对他们不友好的邻居家门口撒尿,欺负小同学,相互打仗扔石头,砸窗玻璃,甚至躲在角落里吸烟打牌。如果自己的地盘有其他小孩进入,就有可能爆发战斗,还有可能流血。这些调皮捣蛋的首领往往是班级里的班干部,他们在学校里是乖孩子、好学生,在校外却是皮大王。

四年级下半学期的期中考试上午就结束了,沈嘉毅、郝予兴和几个男生扔掉书包,相约去同班同学唐游龙的家里玩。唐游龙家就在嘉毅隔壁的楼房里,相隔一个门牌号码,也是底楼一室。唐游龙有个姐姐,叫唐斯欣,比游龙大两岁,恰好和沈嘉毅的姐姐佳敏同岁,她们也是同班同学。唐游龙是出了名的皮大王,大家都叫他"小老虎"。有一次他和同学们在人民公园疯玩,将书包挂在树上忘了拿就回家了。第二天,公园里的阿姨按照书包里书本上的地址找到了学校,送还了书包。此后,老师把他称作不用书包上学的同学,成了学校里不要读书的典型。老师也拿他没办法,只能一次次到他家里向他父母告状,母亲要他姐姐监督他放学回家后不经允许不许出门,而他索性放学后要么迟迟不回家,要么就带着许多同学回家,把家里搞得一塌糊涂,姐姐只能怨声载道,偶尔也会在母亲面前告状。那天,嘉毅和几个同学又把他家碗橱里所有吃的东西全都当午饭吃了,还把饼干箱也一扫而光,用桌子椅子连起来盖上被子搭成防空洞,在里面点蜡烛,用铜制脸盆当火盆烧纸取暖。游龙找出了父亲抗美援朝归国时穿过的军服穿在身上,拿出军功章展示给同学们看,手舞足蹈大吹父亲的抗美援朝打仗的故事,直到他姐姐斯欣回来。

斯欣看到家里每个房间都翻得乱七八糟,还把她的午饭吃得精光,气急败坏地拿起扫帚追着游龙叫道:"游龙你混蛋,我早晨把家里收拾得干干净净,你现在又搞得像个垃圾筒似的,看我不告诉妈妈,等着挨揍吧。"游龙知道姐姐说要向母亲告状,只是为了吓唬吓唬他。她绝对不会向父亲告状,即使向母亲告状,母亲也最多拿着扫帚做做打他的样子,不会真的挨揍;如果向父亲告状,搞得不好父亲发起脾气来真的要揍他,不过真的打了,姐姐也会心里难过的,甚至还会陪着流泪。游龙拿准斯欣弱点,毫不畏惧地冲上去抓住姐姐的双手,一边阻止她向前,不让自己的小伙伴看见姐姐凶神恶煞的样子,一边朝他们下达命令:"快撤,从窗户翻出去,这里由我顶着。"几个同学一溜烟地翻出窗户,再从楼房后面的弄堂蹿回了院子里,继续热闹地疯玩。

当时,院子里已经没了树木绿化了,取而代之的是为了备战由居委

13

会组织挖掘的战壕,用来备战备荒的居民自制的土坯砖头在周围堆积如山。战壕里有人搭了不少鸡窝,这些战壕又成了他们最大的玩具。楼房两边楼梯的窗户玻璃早已被红卫兵打得不成样子了。游龙和予兴发现鸡窝里有老母鸡下的蛋,他们偷偷地拿了吃掉,把鸡赶出战壕,使得鸡在院子里乱蹿乱飞,"咯、咯"地乱叫,闹得院子就像鬼子进村一样,鸡飞狗跳,不得安宁。这时,住在嘉毅楼上的同班同学葛英姿走进院子,看见游龙和予兴各自抓了一只老母鸡,朝楼房里的楼梯上跑,她好像知道这两个调皮鬼不会干好事,就大着嗓门叫道:"小老虎,你们在干什么? 下周扫墓要背诵的毛主席语录背完了没有?"

　　游龙和予兴到六楼房顶要像放鸽子一样放飞那两只老母鸡,嘉毅和几个胆小的同学没有跟上去,等在下面观看好戏。英姿看着嘉毅他们都呆呆地仰头向上观望,问道:"你在看什么? 他们去哪里了? 刚才我一直在窗口看你们捣蛋,把朱家阿婆的鸡都偷走了。"嘉毅不好意思跟她直说,笑着用手指了指六楼房顶,只说了一声等着看好戏,一旁的同学说:"马上就要飞鸡了。"英姿没有听懂是"飞机"还是"飞鸡",一脸疑惑地看了他们一眼,两手插在腰里,一副趾高气扬的样子,也跟着抬头紧盯六楼的房顶,问道:"哪里有飞机? 什么飞机?"嘉毅笑而不答。

　　上房顶先要沿楼梯上六楼的阳台,再从垂直的消防铁扶梯爬上房顶。游龙和予兴把老母鸡放在自己外套的里面,腾出手来攀爬扶梯。房顶上出现了他们抱着老母鸡的身影,只见游龙朝下面挥手叫道:"好戏开始啦。"又缩了回去,英姿又问了一声:"他们要干吗?"嘉毅还是避而不答。突然,从房顶上飞出两只老母鸡,接着从房顶边沿上探出游龙和予兴的脸,大叫:"老母鸡飞啦。"只见那两只老母鸡扇动着笨拙的翅膀,连飞带掉在空中快速滑出一条弧线掉落下来,随之天上飘起了零零星星的鸡毛,一只落到地面时又快速朝前奔跑了好一段,就像飞机着陆时的滑行,抖动着鸡毛,重归了自由,另一只落到了水泵房的房顶上,迟迟下不来,惊恐未定,"咯、咯"地叫个不停。这时,英姿总算明白了"飞鸡"是怎么回事,也被搞笑了,但嘴里还是骂道:"你们这帮家伙太残忍了,真野蛮!亏你们想得出来!要是朱家阿婆看到自己的老母鸡这样飞,肯定去居委会告状,叫你们吃不了兜着走。"嘉毅旁边的男生用嘲笑的口气说:"城市里不许养鸡养鸭,难道朱家阿婆不知道吗?"

房顶上的人还在兴奋,脸上露出天真无邪的傻笑,予兴还拼命地向下面的嘉毅和英姿招手,示意邀他们上去一起疯玩。英姿抬头看见游龙和予兴在房顶的边沿上,站得笔直,挺着胸部,大声背诵着:"成千成万的先烈,为着人民的利益,在我们的前头英勇地牺牲了,让我们高举起他们的旗帜,踏着他们的血迹前进吧!"背完后还向下面敬了个礼。

英姿向上面挥了挥,做了一个鬼脸,叫道:"最好别掉下来,否则摔死你们。"说完拉着嘉毅向外边走边说,"走,不跟他们玩了,上我家去,让你看我妈从香港带来的卡式录音机还有磁带,很好听的。"嘉毅知道她母亲昨天刚刚回来,便说:"你母亲在家,我不去。"她似乎早有准备地回答道:"妈妈今天上午又出差,家里只有佣人阿姨。"听英姿这样说,他也就跟着她离开了院子。沈嘉毅不喜欢英姿母亲,虽然她母亲说话和蔼可亲,对英姿带回家的小朋友也热情款待,非常客气,但由于她烫的卷头发,常常戴墨镜又抽烟,在嘉毅的眼里,这种女性形象很像电影中女特务的形象,总有害怕的感觉。

像放飞老母鸡的这类捣蛋事情,嘉毅往往敬而远之,难得参与,即使参与也很有节制,因为他牢记奶奶的叮咛,而且随着年龄的增长,愈来愈感到自己家庭和他们不一样,深知对捣蛋后果的承担也不一样。为了避免让人欺负,他还有意无意和同学们保持着一定的距离,有时为了打发时间,经常躲在家里似懂非懂地读爸爸留下的书,或者练习自己喜欢的画画,很少参与同学们的这种胡作非为的游戏。

在学校里,郝予兴是同学们的头儿,是老师封的班干部;在校外,唐游龙也是头儿,他是靠调皮捣蛋出了名,成了孩子王。他们两个人是一对天然组合,在校内外有着非凡的组织能力,一呼百应。那些小伙伴成了一支"召之即来,来之能战"的队伍。那一天,唐游龙、郝予兴拉着几个同学一起去大上海电影院玩。之所以说是去电影院玩,是因为电影院一年四季始终放映几部革命样板戏和几部老电影,几乎没有观众,电影他们已经看过不下几十遍,去电影院仅仅是为了玩。可以坐近千人的上下两层电影院,只有几十个像他们一样的小学生,上映的是打仗的老电影《地道战》。他们在漆黑的影院里上蹿下跳,用弹弓将纸折的子弹射向空中,在放映灯光的照射下像流星一样,划出一道发光的弧线,他们欢呼雀跃,嬉闹不停。唐游龙他们发现在黑暗中有人用弹弓在向自己射击,打仗随即开始。他们看清了对方是国庆路小学的同学,而且对方的人数远远多于自己,他们躲在靠背椅下面,用弹弓还击,不时还夹杂电影院工作人员用手电筒的照射,银幕上下打成一片,直到电影散场他们的仗还没有打完。由于散场后大家都在明处,无法用黑暗掩护,游龙和予兴他们明显处于劣势,只能带领同学逃出电影院,撤退到属于自己的地盘,尔后再找人反扑。

他们一路沿着西藏路狂奔,把行人当成了掩护,穿过西藏路桥奔向自己住的院子。这时,沈嘉毅正好一个人从外面独自回家,看见游龙他们慌慌忙忙一溜烟地穿进院子,连院子大门也来不及关,心里纳闷,不知道发生了什么事情,他在最后也跟了进去,想问个究竟。冲在最前面的国庆路小学的同学是一个女生,误认为嘉毅也是刚才和他们打仗的人,她对准嘉毅的脑袋扔了一块大红砖头。嘉毅顿时感到一阵疼痛,来不及看清扔砖头的人,就双手护着脑袋拼命往里面逃,国庆路小学的同学看见有人受伤流血了,纷纷高声叫着:"西瓜淌水啦。"像是打仗赢了凯旋,又像是知道闯祸了落荒而逃,一哄而散。嘉毅被居委会阿姨送到附近医院做了检查,包扎后带回了家。

嘉毅受伤的消息,班上的同学很快全知道了。晚饭后,葛英姿来探望,还给他带来了白色巧克力。沈嘉毅和她既是邻居又是要好同学,他由于父亲自杀的阴影,平时一般不愿意叫同学到自己家里来,唯独她是例外。他喜欢和她在一起,也经常去她家玩,每次去玩,英姿都会拿出许多新的小玩意和他分享,如她母亲从香港带来好看的小人书、铅笔盒、彩色画笔、香橡皮之类的,还有好吃的小零食;他会教她画一些可爱小动物的漫画,如简笔画小肥猪、小猫抓老鼠、老虎狮子等,自己也从她的小人书中找到漫画的灵感,如米老鼠、可爱的丑小鸭、机器人等。偶尔英姿还会为他表演拉小提琴,或讲述她父亲的英雄故事,总是开开心心的,这种开心是纯洁无瑕的,是成年人所没有的,值得终身回忆的。但有一次,英姿带嘉毅到父母的房间让他看新换的电话座机,教他如何使用新电话上的各种功能,这无意中触碰了他脆弱的神经,使他想起了自己家里的电话让人拿走的事,心想如果爸爸还在的话,也许会和她一样,拥有许多好东西。他想念起爸爸来了,想流泪,就转身一声不响地离开了,心中泛起一种久违的悲凉,这种悲凉是他这样年幼孩子所无法承受的,也是无法理解的,但又是刻骨铭心的。英姿无法搞清楚他为什么突然会一言不发离开,欣慰的是,他这一次的不辞而别并没有影响他们之间的友谊和继续往来。

嘉毅的头用白纱布包着,还在隐隐发疼,躺在床上一边吃着英姿拿来的白巧克力,一边向坐在对面的她大讲受伤的英雄故事。这时听到有人敲门,接着有陌生人在门口说话,好像是白天打破他头的女同学和她母亲来赔礼道歉的。他们想立刻关上房门,不让她们进来,正要起身关门,已经来不及了,嘉毅妈妈很有礼貌地把她们引进了房间。那个女同学的母亲看到嘉毅包着的头,显出痛心的样子,将带来的水果放在门口的凳子上,上前询问嘉毅:"现在还疼不疼,是否需要每天换药?"顺手摸了一下他的头。他感到她手的温度和粗糙,感到她手上粗糙皮肤和包扎头部的纱布摩擦发出的轻微响声,非常不习惯地把头扭向一边,示意不要再继续摸了。她接着说:"全是我家黄莺不好,太野蛮,在家里我已经骂过她了。"接着指着嘉毅向黄莺吼道,"小赤佬,还不快向人家赔礼道歉。"而黄莺躲在母亲的后面探出头来,若无其事地打量着他的房间,看见紫红色的窗帘下,嘉毅使用的书桌和精致的台灯,还有一位漂亮女同学陪着,心里在骂:这小子住着这么好的房间,就是该挨揍。在她母亲的催促下,她低头勉强说了一声:"对不起。"然后一声不响退到母亲的身后。这时,嘉毅才看清楚她的样子,个子比自己还矮,他感到很没有面子,竟然让这么个矮个子女同学打破了头,还让她看见自己包着头的狼狈样子,心里很不舒服,发誓以后一定要好好报复她,同时刚才对英姿大讲英雄故事的劲头全然没有了。嘉毅母亲把这一切都看在眼里,心想:这位女同学的母亲虽是粗人,但不是那种粗俗不讲道理的,便通情达理地说道:"小孩调皮捣蛋很正常,小孩受点小伤算不上什么,过两天就没事了,不用特别放在心上,也不要太责备你女儿了,以后不要这样就可以了。"看到她们母女俩不愿意将水果带回去,就在送她们出门的时候,嘉毅母亲硬塞给她们一听麦乳精。这叫沈嘉毅很不高兴,因为这麦乳精是奶奶吃的。

她们走后,嘉毅向母亲埋怨说:"为什么要把奶奶吃的麦乳精给她们?"他母亲看了一眼英姿,说道:"你以为自己受伤了,就理所当然可以随便吃人家的东西了,她们已经赔了你的医药费,我看她母亲也是个老实人。"见母亲说完转身走出房间,他也不好再说什么,只好在母亲的背后做了一个无奈的鬼脸,转向英姿说:"我受了伤,我妈还要做好人。"英姿对此不以为然,急着想把她知道的黄莺的情况告诉他:"那个女生我知道,但不认识。她和我们一样是五年级的,是对面国庆路小学的女大王,打架比男生还厉害。她妈妈是国庆路菜场卖鱼的,家里很穷。"嘉毅听了,虽说对她最后一句"家里很穷"略感不满,可为了感谢她来看望自己并且还带来巧克力,做出了才恍然大悟的表情,夸张地说:"怪不得她的手碰我头的时候,感到生痛生痛的,还有鱼腥味。"英姿和他都眨着眼睛,会意地相互对笑了。

嘉毅的母亲看他的伤势不重,不允许他借此逃课。第二天,他头上还粘着纱布便去上课了,进了教室,同学们纷纷围上来慰问,其中唐游龙冲在最前面,扒开围观的同学,仔细看了粘在他脑袋右侧的纱布,大叫:"沈嘉毅被打是冤枉的,他昨天根本没有参加战斗。"还以号召的口气继续叫道,"毛主席教导我们:'人不犯我,我不犯人,人若犯我,我必犯人。'我们要准备打仗。我们一定要找到那个家伙,替嘉毅报仇。"郝予兴上前谴责道:"嘉毅昨天根本没有和我们去电影院,他什么都没做,只是跟在我后面进了大门，就让他们砸了脑袋，他们太野蛮。"

　　卢蓉、英姿夹杂在围观的同学中，卢蓉插上来问他："是否疼？是否还在流血？"英姿上前说："我知道是谁向他扔砖头的，是对面国庆路小学的黄莺，是个女生。"同学们听了更加惊讶了，竟然是个女生将嘉毅的头打破的，便纷纷叫着要替嘉毅报仇。嘉毅看到这样的场面，又感动又委屈，心想全是你们打仗引起的，自己也不想成为同学们打仗的理由，昨天晚上想报仇的念头全没了，就说："不要再报仇了，否则又有人的头要被打破了。"这时上课铃声响了，老师进了教室，同学们一下子散开回到自己的座位上，嘉毅赶快用手捂住纱布，避免老师看见。

第二章 情窦初开

　　嘉毅的奶奶为了贴补家用,经常以剥大蒜来换钱。在大蒜收获的季节,从居委会那里领来大蒜,由于体积庞大和大蒜刺激的冲味,只能堆放在楼梯过道里操作,他全家也常常一起帮着奶奶剥大蒜。住在周围的人,很少有人剥大蒜。剥大蒜在那个时期,是居委会为了帮助贫困家庭的一项举措。大蒜的味儿弥漫了整个楼梯和过道,而且满过道飘散着大蒜碎屑,不过邻里们进进出出,出于同情和对他们劳动的尊重,从未对楼道里难闻的味儿表现出一点嫌弃和不满,倒是有不少热心的邻居来帮忙剥大蒜。沈嘉毅的奶奶每天总是坐在楼梯口的角落里,很少言语,默默地剥着大蒜,结束时将楼梯过道打扫得干干净净。奶奶头发已全白了,而从脸上表现出来的总是那样的安静,处乱不惊,大概时间久远,似乎已经看不出曾经失去儿子的痛苦,只是默默地帮助嘉毅的母亲维持好这样一个风雨飘摇的家庭,带好孩子们。值得她欣慰的是两个孙女和一个孙子虽尚未成人,却都非常懂事,无需大人太多操心。

　　在以前,剥大蒜这种事情,对嘉毅来讲,是一件万分痛苦的事情,是一件非常丢人现眼的事情,似乎是将自己家里的贫困向全世界宣布一样,他宁可不吃饭饿死也不愿意赚这个钱。然而,现在他将要上中学了,生理和心理也趋于成熟,面对自己家庭的贫困和卑微不再掩饰了,他知道掩饰于事无补,而且会令人感到虚伪,会引起人们的蔑视。他采取了坦然处置的态度,把帮家里剥大蒜的事儿看作是成人的举动,是不可推诿的责任;再说在剥大蒜的过程中,需要将大包沉重的大蒜搬上搬下，而他是这家唯一的男人，这样的重活当然也离不开他。

　　这是个星期六的下午，学校不上课，家里三个孩子都在帮奶奶剥大蒜。英姿从楼上下来，看见嘉毅他们都在，也来帮忙，拿了一个小板凳在嘉毅旁边坐下。这时奶奶发话了："这活味重，又脏，女孩子家家的，就不要做了，还是去玩吧。"英姿乖巧地说："奶奶，没有关系的。我爸爸就喜欢吃大蒜，大蒜的味我早已习惯了，更何况两个姐姐也在，我喜欢和她们在一起。"佳曦诡秘地笑了，心想你明明是喜欢和嘉毅在一起，却说成了喜欢和我们在一起，作为姐姐还是希望弟弟有这样一个女孩喜欢，嘴上就说成了："奶奶，让她做吧，下午他们又不上课。"转向英姿，居高临下地问道，"我有事情问你，你爸爸的车子换了?"英姿听到问起她爸爸的事情，来了劲："爸爸现在不坐吉普车了，换了一辆外国车，好像叫奔驰的，是爸爸在波兰访问时，外国人送给他的。"又骄傲地加了一句，"这种车子上海也不多，好像现在市革委会也没有这么好的车子。"佳敏问："你坐过吗?"英姿似乎有些委屈："我想坐，但没有事情，爸爸不让我坐，说车子是公家的。"佳曦插话问道："我们隔壁的唐游龙，他父亲坐的是什么车子?"她答道："唐游龙爸爸好像坐的就是一般的吉普车，其实他爸爸的级别和我爸爸差不多。"说话间，大蒜汁水溅入了英姿的眼睛，泪水直流，她用手背揉着眼睛。奶奶看到了，关心地说："英姿小姑娘，不要再剥了，这个东西味太重，辣眼睛，快点停下来，去玩吧。"又叫嘉毅赶紧回房间拿一块干净的毛巾给她。嘉毅拿来毛巾递给她时，仅小声地说了一声："你不要再剥了，可以回去了。"她不好意思地说："奶奶，我不要紧的，和大家在一起很开心，再剥一会儿。"嘉毅也就没有坚持要她停下来，又一声不吭，埋头剥大蒜。他喜欢和英姿在一起，也想和她说说他们自己要说的话，也知道她流着眼泪坚持主要是为了能够和自己在一起多待一会儿。他心存感激，但在两个火眼金睛的姐姐面前，他有所顾忌，也不敢乱说乱问，担心她们看出自己对英姿怀有朦胧的感情，受到数落或嬉笑。

　　在大部分时间里，主要由两个姐姐和英姿在说着各种无关紧要的闲话，很快到了吃晚饭的时间，上上下下的邻居也多了。英姿的父亲下班从门口进来，看见女儿在帮人家剥大蒜，便对女儿说："要剥就要剥得干净，不要给人家添乱。"两个姐姐马上替她说话："英姿剥得很好，太谢谢她。"转而对英姿说，"爸爸回来了，快回去吧，不要剥了。"奶奶催促道："英姿，快和爸爸回家吧。"英姿父亲并没有要女儿立刻回家的意思，随手拿起两个大蒜看了看，一边剥一边问道："这大蒜是哪儿产的？"大家都答不上来，他将剥干净的一瓣大蒜放进嘴里尝了尝，说："这是好大蒜，像我家乡山东产的。大蒜是好东西，有抗癌杀菌作用。"英姿看到爸爸吃大蒜，叫了起来："你怎么吃起来了？别捣乱，快上去吧，我也马上回去。"她父亲很体面地和大家打了招呼，便上了楼。

从外表看上去嘉毅似乎一直在认真地剥着大蒜，可心里有些紧张和惶恐，虽说和英姿家是邻居，自己也经常去她家里玩，但和她父亲见面的机会并不多，见面了也最多礼貌性地问个好。他不大敢和她父亲说话，也无话可说，她父亲的情况绝大部分都是听英姿讲的，他很想更多地了解这个人。嘉毅不露声色地观察着英姿父亲的一举一动，留意着他和大家的每一句对话，想从他的言行举止和以往英姿向他介绍的内容中，看出他是一个怎样的人。他身材挺拔高大，穿着干净整洁，说话声音洪亮，略带北方口音的普通话，显示出军人特有的气质，一眼便可以看出是那种担任重要职务的南下干部，给人一种力量感，也透出一种威严，给人有说一不二的感觉。嘉毅看着他魁梧有力的背影，渐渐地在楼梯的上方消失，心想这是一个了不起的人，也许是一个好人，感到英姿有这样的父亲真幸福，也为英姿有这样的父亲而高兴，这种高兴又似乎和自己有着某种微妙的联系。

一九七六年的夏天，周围几个小学毕业的学生，都升入了同一所中学，嘉毅周围的同学还是在同一个班级。嘉毅和英姿一起上学，一起回家也就成了很自然的事情。他们在一起的时间在不断增加，也许连他们自己也无法察觉，他们变得更加相互依存，更加配合默契，更加心心相印。他们大胆的举动,引来周围的同学们对他们的议论,说他们是在谈恋爱,他们不敢承认,当然也不愿否认,内心都充满着两个人要在一起的强烈愿望。放学后,他们偶尔也会悄悄沿着西藏路逛街,去电影院看一场电影,去饮食店吃点心。

英姿的母亲是外交官,在家里的时间不多,父亲也是个大忙人,早出晚归,家里只有佣人陪伴英姿。暑假里,嘉毅经常去英姿家里玩,他总是受到她最热情的款待。英姿的闺房成了他们的乐园,她的书桌玻璃板下放着嘉毅以前画的各种漫画,其中有一张是作为送给英姿十四岁生日礼物的十四只小鸡图。英姿说非常喜欢这幅小鸡图,最好要有颜色的,嘉毅直白地告诉她,母亲不愿意花钱为自己买颜料,只能画成黑白的。此后,英姿把自己的颜料、彩色笔全送给了他。嘉毅很久以后还记得这件事情。

英姿的房间连着阳台,从阳台上望去,整条西藏北路尽收眼底,不知何时,马路上的杨柳树已被换成了梧桐树,刚刚移植过来的梧桐树,并不粗大茂盛,只有光秃秃的树干,稀疏的树叶,根本无法覆盖人行道,但在夏天的阳光下,沿路不连片的一丛丛绿叶,也显得生机勃勃。他们在阳台上吃着佣人为他们做的点心和饮料,看着下面车水马龙的马路。英姿说:"前几天,我穿了一件粉色带花边的衬衫,样式漂亮了点,就有同学妒忌,说我有小资产阶级情调,把我气死了。"嘉毅附和着:"衣服穿得漂亮,怎么就算资产阶级了呢? 他们一点都不懂,不要理睬他们。"她接着说:"我们是革命家庭,怎么会是资产阶级呢?"又自豪地向他讲述革命家史和她父亲的故事,"我的爷爷牺牲在抗日战争中,父亲在十六岁就参加了革命,参加过抗美援朝,立过功,受过奖。"每当这一刻,嘉毅总有一丝英姿无法察觉的黯然,使他暗暗想起自己的父亲,虽家里没有这样丰富的革命家史,但父亲也是在战争年代为革命做出过贡献的人,只是不知道什么原因七年前自杀了,此后再也不敢向人提及父亲了。随着年龄的增长和英姿关系的密切,这一次,嘉毅决定把自己父亲的事情彻彻底底地讲给她听,他想现在应该是告诉她的时候了,也很想知道她对自己父亲的看法。

英姿听了他父亲的故事后,善解人意道:"你家的事,我早就知道了,生怕你不高兴,一直不敢跟你提。其实你家也是革命家庭。至少我是一直把你们家当成革命家庭的。"停了停又骄傲地插一句,"我爸爸经常说,革命成功,我们对革命做出过贡献,生活应该比普通老百姓来得好一些,否则没有人革命了。"尔后又继续道,"你爸爸的自杀,肯定有他特殊原因的,他肯定不是坏人,即使不是这样,那也和你家无关,和你无关,不能唯成份论。"

嘉毅听了她的安慰,感到一阵轻松,周身血管似乎涌进一股暖流。他从来没有这样直接听到过对他父亲的正面评价,即使从自己母亲嘴里也没有听到过,这使他激动不已,感到英姿是一个可以信赖的好人,感到他们的关系似乎可以更加密切了。此刻,他心中升起了一种以前从来没有过的感觉,这种感觉似乎越来越明确,越来越强大,他终于明白了自己可以爱英姿,并且已经爱上了她,可嘉毅还是极力控制住自己想冲上去拥抱她、亲吻她的冲动。

他们在一起时,英姿总是那样兴趣盎然。有一次英姿将她母亲从境外买的新衣服一件件穿给嘉毅看,其中有一件漂亮的格子连衣裙,特别适合她,将她胖乎乎的身材掩盖得恰到好处,显得非常漂亮。嘉毅受到感染,也心血来潮,说要为她画一幅简笔画,要求她靠在阳台栏杆上,一手搭着栏杆,注视远方。英姿照他的意思摆着姿势,笑嘻嘻地道:"你要为我画得漂亮点。"她一点没有作态,完全自然,整个身子沐浴在和煦的阳光里,微风吹拂着她的头发,这幅情景非常入画,嘉毅认真地端详着她。一会儿画完成了,他还是在入神地欣赏着她,欣赏了很久,他感受到她的美,这种清纯无比的美是他无法用画来表现的。英姿回过头来,看见他如此出神地看着自己,脸上泛起一阵少女才有的羞涩,难为情地责问道:"你是在趁机偷看我,还是在为我画画?"上前随手拿起画,瞄了一眼,顺势依偎在他的怀里,让两人都红了脸,这种脸红是两人刹那间奔放和羞涩的结果,又包含着两人会心的幸福感。画中的英姿要比本人漂亮许多,嘉毅抓住了她富有动感的线条,随风飘逸的长发,妩媚脸型的轮廓线,将英姿小家碧玉的形象表现得淋漓尽致。她感到非常满意,为了纪念这一时刻,她把这幅画贴在房间里最显眼的地方。

西藏路桥下面有一家他们经常光顾的饮食店,英姿对这家店的鲜肉小馄饨情有独钟。这个暑假以来,一直待在家里没有出过门,有些馋,又想起了自己喜欢的小馄饨,就让嘉毅陪她去吃。这家饮食店在桥下的西藏北路和一条弄堂的拐角处,门口上方像标语似的用白底红字写着"红花饮食店"的店名。店的门面不大,只有三开间,前面是店堂,后面是民居,但在这里已开了几十年了,主要经营鲜肉小馄饨和小笼包。由于早晨和中午客人比较多,居委会会派人来帮忙,下午和晚上客人不多,时常只有店主一个人打理生意。听说这家店最早的老板娘是从无锡来的一个单身女人,还带了个女儿。女儿在高中毕业那年,跟一个小开私奔了,后来好像又做了舞女,在公私合营时,老板娘死了,女儿就回来当了店主,负责经营这家店。她为人不错,很热心,周围男女老少都能和她搭得上话,大家叫她汪姐。不知道什么原因,她一直没有嫁人结婚。

英姿和嘉毅推开店门,下午开市时间还未到,汪姐见是经常来的熟客,也就让他们进店里。他们熟门熟路地在以往一直坐的八仙桌旁入座,点了两碗小馄饨和一笼小笼包。店内没有其他客人,房顶的吊扇有气无力地扇着,发出呼呼的声响;汪姐睡午觉的躺椅还没有收起来,搁在厨房的门口,躺椅上还放着一本没有封皮的竖版的旧书,似乎书的主人正看到一半的样子;凳子整齐地放在几张八仙桌下面,每张八仙桌的当中放着醋盐胡椒粉等调味品的小瓶子,墙壁一侧的暗处贴着一幅不大的"广阔天地大有作为"的宣传画,旁边还有一张《红色娘子军》的芭蕾舞剧照。整个店堂显得协调干净整洁,沿马路的窗户都敞开着,玻璃窗上没有一点油腻,阳光透过窗外的竹帘照射进来,已经不那么刺眼了,室内还算凉快,给人一种幽静的感觉。

汪姐很快端上来两碗小馄饨,客气地说:"小笼包还有三分钟就好了。"转身又回了厨房。英姿看着小馄饨，煞是喜欢：鸡汤里漂浮着的小馄饨，皮很薄，透明似的，可以看见里面肉馅的颜色，像透明的玉石一般玲珑剔透，旁边还有细细的蛋皮丝、榨菜末、虾皮和绿油油的葱花点缀，好似精美的天然艺术品。英姿拿过胡椒粉瓶子，朝碗里放了一点，用调羹轻轻搅了一下，撇开油花，舀了一个馄饨，放在嘴边吹一下，送到了嘉毅的嘴边。嘉毅一脸惊讶，紧张地瞟了一眼厨房门，见汪姐还没有出来，不由自主地张开了嘴。英姿说："我吃到现在，这里的小馄饨最好吃。"这一句原本是说给嘉毅听的，正好让上小笼包的汪姐听到，她笑嘻嘻地说："这小馄饨是一个小时前刚包好的，很新鲜，正好店里有些鸡汤，也给你们加了一点，可能上面有油，天气热，你们俩慢慢吃。"说完又给他们添了两小碟子香醋。嘉毅马上抬头向她说了一声："谢谢。"汪姐退到旁边，看着他们吃馄饨，慢悠悠地点燃一支香烟，似乎是在和自己说，又像是和他们说："你们还知道说一声'谢谢'。看你们文绉绉，蛮有教养的，这年头像你们这样的年轻人不多。你们多大了?"英姿答道："说一句'谢谢'，这是应该的。"又看了一眼嘉毅，"我们都是一九六二年出生的。"汪姐又仔细地打量他们，也许无聊，抽着烟随口说道："噢，一九六二年生的，这可不是个好年份，刚经历过自然灾害，大家都没什么好东西吃。"英姿接话道："是啊，听家里的大人说，那时很苦，所以我们长大了都成绿豆芽身材，你看他多瘦，一看就知道从小营养不良。"她笑盈盈地用筷子指了指嘉毅，示意他就是绿豆芽身材，还调皮地补了一句，"可我一点都没感到苦，我比他吃得好，没他那么瘦，恰到好处。"汪姐笑了笑，可能是笑他们天真，笑他们可爱，慢悠悠说道："那时，你才刚刚出生，还不知道什么是苦。"说着将香烟搁在烟灰缸上，进厨房端出两杯酸梅汤，"这是我自己做的，尝一尝，好吃不好吃? 不用付钱。"英姿赶忙说了一声："谢谢。"喝了一口，又加一句，"酸酸甜甜的，太好喝了，谢谢。"汪姐挥了挥手，像是赶走眼前的烟雾，说："不用客气，以后有时间，过来就是了。"他俩也就不着急离开，慢慢喝着酸梅汤。

他们这样年龄的人，接触的都是同龄人和自己家里的长辈，独立在外接触像汪姐这样的人的机会不多,所以汪姐的客气热情,给他们留下了很深的亲切感。英姿平时最讨厌人家抽烟了,即使她父亲抽烟,她也会责怪反对,但看见汪姐细长笔直的手指夹着香烟的样子,一点没有反感,反而感到是一种优雅,是一种不做作,是一种自然。她悄悄地对嘉毅说:"她抽烟的样子很雅致,很好看。"嘉毅也感到汪姐是一个与众不同的女人,她说话语气始终温和客气,有一种能够溶化巨冰的力量,在她纤细朴素的外表下,隐藏着一种能够让人安静定神的魅力。汪姐站在店门口望着外面马路上稀稀拉拉的行人,若有所思地吐了一口烟,自言自语道:"你们年轻,真好。"英姿接过她的话:"汪姐很漂亮,年轻时肯定有许多男朋友和许多故事吧。"她若有所悟地回过头看了他们一眼,叹了口气道:"现在,不能提当年的那些事了。"说话间她流露出一种略带伤感的自豪的表情。

初二开学的前一天晚上,天气还是很热,英姿洗完澡,拿了瓶汽水和一把扇子,在阳台上搁了躺椅,舒服地躺着纳凉,想着自己的心事,憧憬着自己和嘉毅的爱情故事。父亲下班回来了,经过她房门时,透过没有开灯的房间,看见女儿在纳凉,便叫她去自己书房一下,说有事情要谈。

英姿父亲通过这几个月的观察,也询问佣人有关英姿在暑假的情况,依照他的判断:女儿正在和楼下邻居沈嘉毅谈恋爱。这使他头痛不已,也是他和英姿母亲都不愿意看到的,认为必须制止,不能任其发展,但又不愿意让女儿知道他们在阻止她谈恋爱,以免以后女儿憎恨自己。他和常驻香港的妻子通了电话,商量决定快速送女儿去部队参军。按照英姿父亲以往在部队里的经历,他有能力随时送女儿去部队,他们夫妻原来也有计划送女儿去部队,英姿自己也知道有这样的计划,也为自己拥有这样一个美好的前途而骄傲过,因为在那个时代参军是最令人羡慕的事。英姿母亲也是一名复员军人,她也支持女儿去部队锻炼,只是感到当前女儿年龄略微小了一点。他们提前实施这个计划,也实属无奈,原因只有一个,女儿在恋爱了,必须干净彻底地尽快制止,避免不可挽回的情况发生。他们反对女儿和嘉毅恋爱,并不是嫌嘉毅配不上自己的女儿,而是反对女儿早恋。

英姿尾随父亲进了书房,看到他一脸严肃,不敢在身旁的沙发上坐下,站在房间中间,等待父亲发话,还偷偷地看了一眼父亲的脸色,似乎感觉到要发生什么严重的事情。英姿的父亲没有更换衣服,直接在书桌后面端正地坐下,向英姿旁边的沙发指了指,示意她可以坐下。他语气平和,用像是在向下属布置工作的口气说:"我和你母亲商量过了,现在正好有一个机会,可以送你去参军。明天部队上派人来送军装,后天早晨有车来接你去部队,明天上午我陪你去学校向老师说明情况,办理手续,下午你可以做一些出发前的准备工作。"英姿听了,一下子闷了,反应不过来,呆呆地看着父亲。他还是一脸严肃,似乎在下达作战命令,无任何商量的余地。她很久才缓过来,说:"我还想继续读书。"父亲好像早有准备地回答道:"部队本身就是所大学校嘛,你可以在部队读书学习,它会培养你成为有用的人。"英姿听了这话,一时没了方向,但还想挽回局面,坚持说:"参军也要等到我十八岁,到中学毕业吧。"父亲答道:"你可不可以参军,由部队首长说了算,而不是你。你的人属于部队,就像我和你母亲。不要忘了,你的名字是英姿,就是'飒爽英姿'的意思,是用来成为女兵的,成为女战士的。"他换了一种比较柔和的语气道,"好了,我看这个事情就这样决定了,你先回房间休息吧。"这个家庭似乎是部队的营房,也实施军事化管理,对英姿的前途大事,也不例外,是以上级向下级下达命令的方式予以实施。

英姿回到躺椅上,仰望天空,情绪一下子堕入低谷。父亲的蛮横和坚决,使她几乎绝望,心想:父亲是否知道了自己和嘉毅恋爱的事情?如果知道,让自己提前参军是否为了阻止自己和嘉毅在一起?如果是,自己该怎么办?后天自己就要离开学校了,嘉毅又会怎么样,今后和他还能在一起吗?所有的问题一下子涌上心头,无法理清头绪,迷迷糊糊地一直睡到天明。

第二天,嘉毅在学校没有看见英姿来上学,不知道发生了什么情况,非常纳闷,也不好意思问同学,因为在学校里自己是英姿最密切的人,她的事情连自己都不知道,那么同学们中就没人知道了。第二节课下课,唐游龙找到嘉毅问:"今天你没有和葛英姿一起来? 她怎么啦?"嘉毅自己也在找英姿,木讷地反问道:"没有一起来,什么她怎么啦?"游龙说了一个汽车号牌,问他是不是英姿父亲的车子,嘉毅说不知道英姿父亲的车牌。游龙由于自己父亲有一辆北京吉普车,所以对车子特别感兴趣。他把嘉毅拉到窗口,指着操场角落里停着的一辆非常显眼的奔驰轿车又问:"这是不是英姿父亲的车子?"嘉毅其实看清车子是英姿父亲的,但他脑子已经乱哄哄的,只是淡淡说了一声看上去有些像。游龙有点发急的样子叫道:"怎么有点像,就是这辆车,我以前见过,不会有错。问题是她老爸的车子怎么会来我们学校,要么英姿出事了,或者生病了什么的,即使英姿生病,她老爸也不会亲自到学校来请假的呀,肯定有什么事情。"这一切嘉毅都一无所知,只能无言以对。使他更加纳闷的是游龙提到的英姿父亲的车子,为什么会到学校来,他更无法想清楚到底是怎么回事。一直到下午放学,嘉毅也没有见到英姿的人影,心里七上八下,只能独自一个人,怏怏地回了家。

嘉毅感到白天的事情太奇怪,自己不知道为什么英姿突然没来上学,而又出现了她父亲的车。他很想找个借口,上楼去她家问一下,但又担心很可能会碰到他父亲,碰到又不知道说什么好,正在犯愁,英姿来到了他家,把她明天将离开上海去参军的事全都告诉了他。她说完后,两个人呆呆的相视而坐,都不知道说什么好。嘉毅很想问清楚,她父亲是否知道他们正在谈恋爱? 其实到目前为止,连他自己都不知道他们是否正在谈恋爱,只知道自己喜欢和她在一起。除了自己曾经想过亲吻她,也不知道这种喜欢是否就是恋爱。然而不问清楚,就无法搞清楚她父亲为什么会急急忙忙让她参军的问题,是否以让她参军来阻止她和自己谈恋爱。过了很久,他还是不知道如何开口问她,还是英姿先开口了,含着眼泪说:"反正我以后还要跟你好,我会给你写信的。"嘉毅被深深地感动,他抓起她的双手放在自己胸口上,过了好久说:"我也一样,等你回来。"他们终于拥抱在了一起。也许在这一刻,这对少男少女方才明确知道彼此在对方心目中的位子,也许算是恋爱了吧。可惜的是,他们自己已经隐隐约约知道,这样的恋爱将是凶多吉少,前途渺茫。

英姿走了,参军去了。嘉毅每天百无聊赖,无心做一切事情,感到空虚,只是数着天数等待英姿的来信。他无人可以诉说衷肠,只能偶尔独自去他们俩以前常去的红花饮食店吃点心,和汪姐聊聊英姿的事情,聊解对英姿的思念。汪姐总是能够静静地听他诉说他们的故事,他们对将来的憧憬,对将来的担心。在这一段特殊时期,汪姐的饮食店成了他寻求安慰、寻求寄托的最好地方。

嘉毅等待了两个月,还不见英姿有信来,便开始思考自己如何先给英姿写信。他想英姿的父亲肯定知道女儿的联系地址,只是平时他和英姿父亲几乎没怎么说过话,再说他毕竟还是个孩子,有点怕见英姿父亲,而现在英姿又参军了,向她父亲开口就更难了,但他想不管再难,不管再怕,也要向英姿父亲开口,索要英姿的联系地址。他鼓足勇气来到英姿的家,向她父亲说明了来意,她父亲并没有把他拒之门外,相反很有礼貌地告诉他:"家里也没有收到女儿的信,不能通信可能是部队里的规定吧。"尔后,她父亲要嘉毅等一下,说有东西要给他,过了一会儿,拿出一个大信封,说道,"这是英姿让我转交给你的。"

回家后,嘉毅打开信封,里面装的竟然是自己在英姿参军前几天给英姿画的那幅画像。他立刻作出判断,虽他还只是一个中学生,但成人的有些把戏也能一眼看穿,他根本不相信这封信是由英姿要他转交的,而是他用来告诉自己:我家的女儿不能和你谈恋爱。他明白了自己两个月来为什么收不到英姿来信的原因了,这一切的一切,都源于他们不同意英姿和自己恋爱。嘉毅感受到英姿父亲的虚伪和用心险恶,竟然用这样的方法来拆散他们。他幼年时代形成的敏感神经,再一次被触及,感到自己的卑微,孤立无援,在虚伪的英姿父亲面前,不堪一击。面对英姿父亲,他知道自己必败无疑,知道了他和英姿的恋爱遇到了不可逾越的障碍。转而,他更加思念英姿,更想确定目前英姿对自己的态度。但毫无办法,只能接受现实,逆来顺受,只能让时间来抹平自己心灵的伤口。

在学校里,嘉毅已经根本无法集中思想听课了,脑子空空的,犹如行尸走肉,同学们和他说话,他毫无兴趣,总是有一句没一句,表现出无法提起精神的样子。有些多事的同学在他背后议论他失恋了,他只能假装没听见,而放眼望去,周围的同学总是那样的兴高采烈,幼稚而热闹,和他的心情格格不入。他感到自己似乎已经超越周围的同龄人,已经品尝到成人的不幸和痛苦,而且觉得自己的苦闷和烦恼又无法跟他们说,再说他们也是无法理解的,想到这里,又在痛苦的感受中添加了一丝莫名的骄傲,似乎自己比周围同龄人更加成熟了,更像成年人了。

当嘉毅判定英姿父亲在阻挠他们的恋爱之后,为了寻找心灵的安慰和寄托,他来汪姐的饮食店的次数明显增加,也对她说了很多。随着对汪姐的信赖不断加深,他向她述说的内容从失恋的痛苦扩大至对自己家庭的苦恼,其中不愿向人提起的自己父亲被隔离审查及自杀的事情,也向她和盘托出,同时还提及了在父亲自杀这一件不光彩的事情上,由于担心同学们另眼相看被歧视,自己始终谨慎地远离同学们,不敢参加太多的集体活动,因此除了英姿没有知心朋友。现在,英姿离开了,他似乎感到自己是这个世界的弃儿,无人理睬。这些痛苦的感受,即使在自己母亲面前,他也不会提一个字,然而奇怪的是,在汪姐面前他却毫无顾忌、坦诚到无话不说的地步,敞开了一个少年关闭很久的受伤的稚嫩心灵。

汪姐想到他这样幼小的心灵承受着如此残酷的现实,替他伤心,替他心酸。尤其叫她心碎的是,当她问道是否还记得父亲的模样时,他默默地摇了摇头答道:"已经模糊不清了,妈妈将所有有父亲的相片全都藏起来了。"当她问道是否见过母亲哭过时,他还是摇了摇头,"从没有见过妈妈哭过,妈妈说过我们这样的家庭是不许哭的。"她再也控制不住自己了,一把拉过他搂在怀里,说道:"在这里,你想哭就哭吧。"汪姐在倾听他述说的过程中,想到自己的不幸经历,从小父亲抛家出走,跟着母亲长大,为了自己倔强的性格,为了生活,付出过惨痛的代价,吃了不少苦,有痛苦无处诉说,也有被这个世界抛弃的感觉。正是这种共同的感受,使她更容易理解他的痛苦和不幸。汪姐在此后和他的交往过程中,对他更加温柔,更加体贴,也使得他们的关系更加密切,就像两只被主人丢弃的小狗,在荒山野岭里相互依偎,舔舐伤口,相依为命。

那天晚上,嘉毅等到饮食店打烊的时候,又来到了店里,汪姐正在厨房间打扫卫生。他向她打了一声招呼,就靠在厨房门口,看她忙碌,没有说话,只是静静地看着。她忙完一段,抬头看了他一眼,调侃地说:"干嘛这样看着我,我又不是英姿。"他说道:"别取笑我了,我和英姿不会有结果的,她家里的人是绝对不会同意的,我现在好像已经不想她了,只是感到心里空空的。"她笑了说道:"好像不可能吧?你脸上清清楚楚写着'思念英姿'四个字。"他给她说得不好意思,换了个话题,低头看着自己的脚说道:"我不想上学了,也不想见到任何人,到你这里来跟你学做馄饨、包小笼包吧,怎么样?"后面又加了一句,"晚上睡在你店堂里,白天和你一起干活。"她听了这样的话,脸上露出了笑容,笑得很自然,没有一点做作,这种笑容只有充满温柔和母性的女人才会有,给人一种可以包容一切的感觉。她认真看了他一眼,在她面前的嘉毅,好像是一只迷途的羔羊,乞求关注,乞求爱怜,似乎他随时可能失去支撑生命的力量。她感受到面前的男孩,已经颓废到难以自拔的地步,她可怜他,同情他,爱怜他,觉得要拯救他,除了给他女性的温柔之外,别无他法。她似乎感到有一种责任在驱使她,叫她付出爱,付出温柔。她走上前,靠近他,抚摸着他的脸,温柔地说道:"傻瓜,我把你留下,你妈妈会叫居委会的人来抓我的。"听了她的话,他也笑了。她抚摸他脸颊的手滑落到他的肩上,说道:"进里屋去吧。"他把头搁在了她的肩膀上,随她进了里屋。

那年秋天,全国恢复高考。嘉毅面临着高中编班入学的考试,周围的同学们都在用功地准备,汪姐当然也了解这些情况。她看着嘉毅还是隔三岔五往自己的店里跑,不思未来,还是那样沉迷于以往的痛苦和当前的迷恋之中,仿佛沉迷于毒品,不能自拔,她内心深处有一种难以言表的隐痛。对她而言,她很喜欢他,也依赖他,舍不得让他离开自己,愿意和他一起堕落,哪怕自己背负天大的罪名,也无所畏惧,她一点损失都没有,而他将耗蚀掉自己全部的青春,失去将来。她意识到:为了这个男孩的将来,该和他说分手的时候到了。

她起身将被子围着身子,拉亮床前的台灯,点燃一支香烟,慢慢靠回到床头,扭头看着他那稚气未脱又帅气的脸庞。在柔和的灯光下,发现他嘴唇两侧有稀疏的几根短短胡须,从内心深处泛起一阵爱怜,凝视着他好久。她用手指插入他乌黑浓密的头发里,轻轻梳理着他的头发,充满柔情地问他:"你能考上大学吗?"他稍稍愕然,被她的问话和表情搞得有点糊涂,但他还是沿着以往的思路随口答道:"我不想上学,也不想考什么大学,只想和你待在一起。"她把手绕过他的头,搭在他的肩膀上,语气温和而坚定地说道:"我喜欢你,但像今天我们这样,是最后一次了,以后你也不要再来了,我也不会再留你了。"他一脸疑惑,问道:"为什么?是你不要我了吗?"她平静回答道:"不是。在我这里对你一点好处也没有。你要有自己的生活,应当上大学,找女朋友,谈恋爱。"

当他听到自己会找女朋友,谈恋爱时,他难以相信她会说出这样的话,转过身来,看见她手上夹着香烟,正在深情地凝视着自己,忽然闪过英姿说她抽烟样子很雅致的话。他仔细打量着她抽烟的动作,她是用右手抽烟,大拇指和无名指小指捏在一起,笔挺的食指和中指的上端夹着香烟,缓慢地将香烟移向嘴边,吸一口,又从嘴里吐出烟来,烟随之缓缓上升,慢慢弥漫开来,在昏黄的灯光映衬下,这一系列画面,确实显示出一种幽静神秘的美,而且很性感。受到眼前情景的感染,他将身子向她靠了靠,坚决地说:"你就是我生活的全部,我不会再去找女朋友的。"她轻轻抚摸着他露在被子外面的肩膀,把目光从他脸上移开,回过头来面向天花板,以平静舒缓的口气,慢慢地说道:"傻瓜,你能这样说,我很高兴。但我还是不能留你,今后你会有自己的生活。现在对你来说,你还不懂女人,女人应该是虚无缥缈的,她们随风而来,随风而去,你将来会有很多女人,而眼前不应该为女人费神伤心花时间,不值得太留恋。你还年轻,也许我这样说,你还不懂,但你要记住,我喜欢你,你很聪明,我希望我是一所学校,你从我这所学校出去后,能够从容地面对一切痛苦和不幸,也能够从容地面对女人。希望你早一点成熟起来,我会祝福你的。相信我吧,以后你会知道我所做的一切是为了你好。"停了停又说,"时间会告诉我们一切的,以后等我老了,你能来看看我,我就非常满足了。"

她又慢慢转过头去,将香烟放在烟灰缸当中用食指揿熄,用抚摸他肩膀的手,将他的头轻轻地埋入自己的胸前,略带哀伤地自言自语道:"你很年轻,将来会很好的,你和我不一样。"她说话的声音似乎从很远的地方传来,既清晰又模糊。他紧紧依偎着她,似乎担心一旦松开,就无法听清她发出的任何声音,他就这样默默地拱在她胸前,一声不响。他知道也许自己还不能完全理解她的话,但从她的语气和神情可以知道,这是她的肺腑之言,内心涌起一股对这个比自己大二十多岁女人的感激之情,眼泪浸湿他的眼眶。

第三章 高中时代

　　高考制度恢复了，中等专业学校和技术学校的考试制度随之也恢复，通过中学毕业后的高考分数分别确定大学、中专、技校，被称为一考定终身。中学也恢复初中三年和高中两年的两个学习阶段，同时又把即将升入高中的春季班和秋季班合并为同一届，形成了七九届高中，这一届人数特别多，据说有二十几万学生，包括有属牛、属虎和属兔的三种属相，都生于一九六二年前后。他们出生的年代，那是一个物质极其匮乏的、被当时及以后一段时期称为"三年自然灾害"的年代刚刚过去。生于那个年代不是他们可以选择的，也许是不幸的，然而，当他们长大至高中时，他们可以参加高考了，又成了时代幸运儿。学校为了迎接高考又进行高中编班考试，原来按学生家庭住址区域编班的次序被打乱了，开始按考试成绩编班。高考成了全社会瞩目的事情，年轻人都在拼命读书迎考，成绩分数代表了一切。嘉毅和他居住在西藏路周围的同学们就在这样的氛围中，带着扭曲的中小学教育和青春的萌动，迎来自己的高中时代。

　　按照各自的成绩，沈嘉毅和卢蓉、郝予兴、黄莺被编入同一个高中提高班级。嘉毅慢慢习惯了不去汪姐那里的生活了。他的成绩还不错，而之所以取得不错的成绩，首先要归功于他在忍受孤独时以看书来打发时间而养成的读书习惯。这些成绩也给他带来了一份安慰和得意，使他感到上帝似乎还有了一丝公平。

　　黄莺的成绩不如沈嘉毅和卢蓉、郝予兴他们，但也是矮子中拔长子选出来的。刚进入这个班级时，几乎谁都不认识，但看到嘉毅时，发现这是一张似曾相识的面孔，却记不起他是谁，过了好几天才想起来，他是自己曾经伤害过的住在西藏路的同学，便想找个机会好好向他再作一次赔礼道歉，真诚和他成为要好的同学。在她的印象中，嘉毅家庭住房条件很好，他母亲也非常和蔼可亲，知书达理，记得那次临走时他母亲还送给自己麦乳精，她很羡慕他有这样一个家庭。在老师点名时，她暗暗记下他的名字，并仔细观察他的动向，发现嘉毅似乎并没有认出自己来，这使得她无从着手，只能主动上前向他提起以往的故事，赔礼道歉了。

放学时，她看见嘉毅独自离开教室，便忐忑地跟在他后面，看着他修长的背影，脑海里掠过一丝羞涩，一个女孩子竟然跟踪男生。等走出校门后，她装出偶然碰到的样子，主动迎了上去，向他打招呼："沈嘉毅同学，你还认识我吗？"他一时想不起来，仔细地看了她一眼，诚恳地问："我们在哪里见过面吗？"她笑眯眯回答："岂止见过面，我还去过你家里。"他又向她瞟了一眼，还是想不起来，只回应一句："是吗？"看他实在记不得，她便大大方方地把以前的故事说了一遍，最后加上一句："你千万不要记恨我，我再次真诚地向你说对不起。"嘉毅听她这么一说，感到有点尴尬，有点好笑，笑着说："已经是过去的事了，我早就忘记了。"见他没有生气的样子，她心里很高兴，继续关心地问："当时很疼吧？是否留下伤疤了？"这使得他更加不好意思，又没办法不回答，想了想，自己确实没有关心过是否留下伤疤的事，便答道："还好吧，好像不太疼，是否有伤疤我也不知道。"她听了他的回答，笑得更加厉害了，说道："怎么会连自己有没有伤疤也不知道？"他做出一副无奈的样子说："反正当时没有太在意，确实不知道。"

转而，黄莺想起当时去他家赔礼道歉时，还有一位女生在场，她很想问她是谁，又向他看了一眼，见他目不斜视地往前走，好像不想继续这个话题，更何况他们又是初次重见，便把要问的话咽了回去，只说："我在老师的成绩单上，看到你的各项成绩都很好，考大学肯定没问题吧。有机会的话,我要好好向你请教,可以吗?"说到成绩话题,他略微有点得意,看到有人在关注自己的成绩,有种飘飘然的感觉,却谦虚地说:"请教谈不上,一起学习学习吧。"

这一路的说话,使他们双方既感到很意外,也很高兴。他们并排沿着天目路走到了西藏北路,前面出现了同班同学郝予兴和卢蓉的身影。嘉毅指着他俩说:"我们班级成绩最好的是他们。尤其郝予兴,他父母都是知识分子,家里有很多书,他外婆以前是中学里教语文的老师,真叫人羡慕,他已把《数理化自学丛书》全都读完了,他的文科也很好,真是上知天文下通地理,即使现在开始不上课,考大学也根本不用担心,只是上哪一所大学的问题。他还喜欢写诗,以前是我们班上的诗歌王子。"黄莺听着他的介绍,看着予兴和卢蓉他俩并排靠得很近,好像情侣同学,但在刚见面的嘉毅面前不敢直说,仔细地斟酌了一下用词,说道:"他们好像很要好,经常在一起吗?"然后小心地等待他的回答。嘉毅以不以为然口气说:"他们从小学一年级开始就在一起担任班干部,已经是老同学加老朋友了,他们要好是当然的事。"嘉毅因为有过自己和英姿的经历,心智也相对比较成熟,对同学的恋爱倾向并不大惊小怪,但由于和她是第一次接触,不愿意将自己好朋友的恋爱关系说得太直白,故意避免使用恋爱这一中学生最敏感的词汇。

他们边走边聊,不知不觉地追上了前面的予兴和卢蓉两人,嘉毅向他们介绍了黄莺,尔后对予兴说:"你还记得小学里,我的头被人家打破受伤的事吗?"予兴一脸纳闷,嘉毅笑着说,"你不是说过,如果找到那个打我的人,你会为我狠狠报仇的,现在这个人已经向我自首了,就在你面前了,你看着办吧。"予兴一下子明白黄莺就是当年那个扔砖头的女孩,笑起来叫道:"就是她呀?!哈哈,世界可真小,你俘虏她了,那你自己处理吧。"旁边的卢蓉似乎也记起了嘉毅在小学里受伤的事,也捂住嘴嘻嘻地笑个不停,只有黄莺面露尴尬,赶忙说明:"我刚才已经再一次向他赔礼道歉了,他也原谅了我,这都是过去的事了。"然后和大家一起笑了。嘉毅为了缓解她的尴尬,说道:"过去小学里,我们都很调皮捣蛋,我们的诗歌王子还偷老母鸡到六楼像放鸽子一样放飞呢! 扔一块砖头算不了什么大事。"他们几个听了又是一阵大笑。这样的笑声使他们四个人的关系一下子拉近了许多,黄莺感到一阵宽慰,她佩服他们,尊重他们,他们的成绩和家庭背景都比自己强,真心想和他们交朋友。在西藏北路和新疆路的交叉口,黄莺在要穿过马路和他们分手之前,不失时机地发出邀请:"你们几位成绩都比我好,如果不嫌弃的话,有机会上我家来玩,帮帮我功课,我会给你们烧好吃的。"予兴和卢蓉从来没有收到过来自同年龄的这样邀请,爽快地答应道:"我们要吃你亲自烧的。"尔后,彼此说了一声再见。

星期六下午不上课,嘉毅、予兴和卢蓉三人相约来到黄莺家。她住的是在西藏北路西侧国庆路上的私房,整幢二层的房屋都属她家,那是很早以前由她祖父母仿照自己家乡江南民居建造的,黑瓦三角形屋顶,砖墙被粉刷成白色,不过因年代久远,已经非常破败。黄莺父母住比较大的一层,她独自一人居住二楼和阁楼。二楼的房间要从房屋后门的楼梯上楼,通向后门的是两幢民宅之间的夹缝,最狭窄的地方只能一个人侧着肩膀通过。后门的旁边竖着一根年代更久远的木质电线杆,已经略有倾斜,借着电线杆搭建了一间简单的厨房,里面搁了一个水泥制的水槽,旁边放着一个煤球炉,剩余的地方只能站一个人,转身的余地也没有。进了后门通向二楼的楼梯是木质的,坡度很陡,踩在上面会发出很响的吱嘎吱嘎的声音,楼梯过道也很暗很黑,即使大白天也要开灯。二楼层高很矮,面积很小,木质地板也非常破败且松动,当人在地板上面走动时,不但吱嘎吱嘎作响,而且房间里所有的家具都会颤动,如果橱柜的门未关严,会随着颤动自动打开。朝北的墙上有一扇不大的窗户,打开窗户伸手可以碰到对面窗户外晾晒的衣物,窗户下方放了一张四方桌和几只方凳,旁边是一个带镜子的老式五斗橱和叠放着的两个旧箱子,对面又是通向三层阁楼的楼梯,楼梯下面放着用布帘遮住的马桶。阁楼面积更小,层高更矮,成年人无法直立,倾斜的天花板裸露着一根横梁和几根直梁,中间嵌着一块玻璃,算是阁楼的天窗,用布帘拉着,地板上直接堆放着被子、台灯、闹钟、书籍等,就像日本人的榻榻米,可以看出这是主人用于睡觉的地方。

嘉毅和予兴他们两人来到黄莺家,参观了她住房都觉得非常好奇,予兴和卢蓉还爬上阁楼玩了一阵。虽他们三人的住房条件都比黄莺好,但还是羡慕她的住房,因为可以保持相对独立,不用事事都在父母的眼皮底下,可以随心所欲地邀请同学来家里玩,甚至一起吃饭。

他们围着四方桌,像成年人一样,无拘无束地吃着黄莺为他们忙碌半天端上桌的各种冷盘和炒菜,喝着予兴带来的啤酒,好不逍遥自在,成了一群无所不谈的知心朋友。卢蓉看着一桌子的菜,说道:"我们四人当中大概黄莺最会做菜了。"黄莺问卢蓉:"你是女孩子,在家里不做饭?"卢蓉答道:"我有姐姐做,吃现成的。"黄莺则做出可怜兮兮的样子说:"你好福气。我家里只有我一个小孩,以前我爸爸在船上上班,家里经常只有我和妈妈两个人,妈妈一忙起来,就让我自己做饭做菜。那时我还很小,读小学三四年级吧,就开始自己做饭了。刚刚学做饭的时候,煤球炉总是点不着火,反而把脸熏得大花脸似的,炒菜时滚烫的油溅在手上,又烫又疼,冬天里杀鱼划破手指,这些事情我都遇到过,好可怜,久而久之就好了,烧菜也会了。按照现在的说法,也算是自学成才吧。"嘉毅佩服道:"这么小就做家务,真不容易。现在好了,能烧那么多好菜,叫我们好羡慕。"予兴插话道:"今后谁娶了黄莺,真是有福之人。"黄莺听到大家的夸奖,又轻描淡写地说:"我们穷人家的孩子早当家,会烧菜完全是被逼出来的,算不了什么,比不上你们学习好。"予兴提议:"为了感谢黄莺,干杯。"四人都站起来干了杯,予兴可能是他们当中酒量最好的,他举起玻璃杯一饮而尽,其他人都小小啜了一口。

他们边吃边聊。由于他们当中,只有黄莺是从其他班级升上来的,大家对她考大学的情况不太熟悉,予兴对考大学和上什么专业又最感兴趣,就问黄莺:"你准备上什么专业?"她对考大学严重缺乏信心,心事重重地答道:"我现在不是进什么专业的问题,而是考得上考不上的问题,只要能够考上,什么专业都可以。不像你们成绩好,可以挑挑拣拣。

我家里也不像你们条件好,第一年考不上,可以第二年再考,我妈已经说过了,考不上趁早上班赚钱。"黄莺可怜兮兮的回答一结束,马上转过头来问嘉毅,"你以后准备读什么专业?"

予兴似乎感到自己问了一个不合时宜的问题,使黄莺有了沉重感,想找一些其他话题来调节气氛,正好接着黄莺的提问,用半真半假语气替嘉毅回答:"他本人无所谓学什么专业。他想学的专业,大学里是没有的。"黄莺疑惑地看了一眼予兴,认真地问嘉毅:"你想读什么专业?"予兴喝了一口酒,继续调皮地替嘉毅回答:"他将来想做一个漫画家,而且是专门画小鸡的漫画家,这个专业就连美术学院也没有。绘画专业可能有,漫画专业肯定没有,画小鸡的专业肯定百分之一百的没有了,只能靠自学成才了。你看怎么办?上大学也只能随便读一个专业了,混着再说啦。我倒是很羡慕他,能如此超脱。"黄莺听了向嘉毅求证似的问道:"你喜欢漫画?"嘉毅笑了笑,没有正面回答:"你怎么能听他胡说?将来学什么专业,我还没想过呢,谁像他从小胸有大志,想学法律做律师。"黄莺惊讶地回过头来,用肃然起敬的表情看着予兴问是真的吗,予兴自信满满地提高音量说道:"法律是一个国家的灵魂,现在我们国家百废待兴,正在重建法制,需要大量的律师,就像美国电影里的律师。"转过头来向黄莺说道,"靠法庭上的辩论和唇枪舌剑来维护弱者的权利,既潇洒又有钱赚,不好吗?我爸爸也希望我能读法律。"这时轮到嘉毅在旁边揶揄了:"噢,你想学法律专业,没问题,但是想做律师,像美国总统林肯一样在法庭上辩护,那就成问题了,我国还没有律师制度。我看,你还不如选择学如何写诗作曲的专业,为我们的颂歌事业添砖加瓦吧。"黄莺感慨地说道:"我妈妈看到我有你们这样有出息的同学,她会很高兴的。"

予兴可能喝了酒的缘故,话特别多,突然当着大家的面向嘉毅问起英姿是否来信的事,这是嘉毅不愿意在大家面前谈的话题,他马上将眼神离开大家,盯着面前的一盘西红柿炒蛋,淡淡地说了一声:"没有。"予兴似乎并没有观察到他的表情,继续自说自话:"英姿是个好女孩,不知道她在部队里怎么样了,是否也能像我们一样可以考大学,我和卢蓉也时常想到她。"卢蓉接着他的话说:"英姿真不应该在这个时候去参军,她平时成绩不错,人也很聪明,如果参加高考的话,肯定不会差的。"予兴说:"现在不是以前了,万般皆下品,唯有读大学高嘛。"嘉毅不想让他继续谈论英姿的事,便把话题转向予兴和卢蓉身上:"你和卢蓉是从小一起长大的,算是青梅竹马了,今天也应有所表示吧。"予兴却毫无顾忌地问:"怎么表示?"其实,嘉毅只是为了转移话题目标,并没有想好要他们如何表示,便灵机一动,笑嘻嘻地说:"那就在我和黄莺面前喝个交杯酒吧。"以为这样可以难倒对方,结束这样的话题,没想到予兴一下子亢奋起来,拉着卢蓉的手说:"来,我们就在他们面前,喝个交杯酒。"黄莺听了很开心,赶紧给他们斟满啤酒,退到旁边一边拍手,一边羡慕地望着他们,等待激动人心的时刻的到来。

予兴站起来,两手各拿一个酒杯,将一个递给卢蓉,挽着她的手,又一饮而尽,卢蓉小小啜了一口,算是完成了任务,低着头满脸通红,小鸟依人地坐在予兴旁边一声不响。予兴下了很大决心似的,清了清嗓子说道:"还有两年不到的时间,等我们考上大学,就向双方父母宣布我们的恋爱关系。"他把右手搭在卢蓉的肩上,继续说,"到那时候,我们再也不用偷偷摸摸了,可以名正言顺地天天在一起了。说真心的,我们希望这一天快点来临,到时候我们请你们上红房子吃大餐,请你们为我和卢蓉祝福。"嘉毅和黄莺为他们的勇气轻轻地拍手鼓掌。

黄莺悄悄地向嘉毅瞟了一眼,心想刚才提到的英姿是谁,是他们原来班上的女同学,怎么又在部队里,她很想知道,但不好意思问,不过更想予兴起头要求自己和嘉毅也喝一次交杯酒。可是,予兴没有这么做,只听到予兴略带激动地说:"我们这些高中生,其实很可怜,不论过去还是现在,我们接受的教育总是那样稀奇古怪,毫无人性可言。在学校里有所谓的清规戒律,在家里又有父母的监管,他们总是说,不许这样,不许那样,还要我们去承受那种万人过独木桥似的、全世界少见的高考竞争。这种非人待遇的压抑和残酷竞争,几乎每时每刻都在摧残我们的心智,扭曲我们的性格。他们忘了,我们是人,人是有思想的,是有感情的,思想需要自由的想象空间,感情必然会升华,而这些条条框框束缚了我们的思想,束缚了我们的感情,他们要我们变成像他们那样,而我偏不,我们偏叛逆,我和卢蓉偏偏相爱,我们会相亲相爱地双双考上大学,让同学们都来学我们的样。"

黄莺从来没有听到过这样的慷慨陈词,激动不已,眼含热泪,拍手叫好。嘉毅却慢悠悠地先拍了手,尔后调侃地说:"到底是束缚了你的思想? 还是束缚了你的感情?"予兴脱口而出:"两者兼而有之。"接着又站起来提议,"今天非常非常感谢黄莺! 来,我们再敬一次黄莺,谢谢她为我们提供这样好的聚会机会。"黄莺来不及多想,赶快举起酒杯,准备干杯,嘉毅一边在玩味着他刚才的慷慨陈词一边说:"我们的诗歌王子还真有思想! 来,为你们好合,也谢谢黄莺,干杯。"

黄莺心想:今天邀请他们来,真是做对了。她非常佩服他们,他们聪明又有思想,和他们交往真是一件值得庆幸的事,想到这里感到心里有一股暖流涌出。

从这次聚会以后,黄莺的房间成了他们四人聚会的乐园。黄莺喜欢他们,崇拜他们,羡慕予兴和卢蓉,一个是才子,一个是佳人,他们是那样的般配,对嘉毅有着一种少女怀春的冲动和憧憬,结识他们,似乎打开了一扇通向崭新世界的大门,她愿意不图回报地为他们做任何事情,和他们分享一切艰难困苦。

又是一个星期六中午放学,他们四人相约去黄莺家里做功课,嘉毅说家里有事要下午才能过去。黄莺带着卢蓉和予兴两人穿过狭小的弄堂,来到她家的后门,她说要为大家做饭,将自己房门的钥匙交给了卢蓉,要他们先上去。卢蓉问她是否需要帮忙,她说厨房太小,容不下两个人,叫他们上去等着就可以了,于是卢蓉便跟着予兴驾轻就熟地一前一后上了楼。

等到黄莺忙完,将午餐端上去时发现他俩不在二楼,吃了一惊,这时阁楼上传来了慌乱急促的响声,见卢蓉满脸通红紧张地从三层阁楼快速下来。黄莺马上知道了是怎么一回事,赶快将烧好的红烧小黄鱼和青菜炒蘑菇放在桌上,头也不抬地说道:"下面还有榨菜蛋汤在炉子上。"扭身下楼,虽说不小心看到了不应该看的,但心里有着说不出的高兴,好像是自己遇到了这样的好事。卢蓉跟着下楼来,故作镇定地说:"还是我来帮忙吧。"黄莺若无其事地说:"不用了,你还是去上面等着吧。"她考虑到卢蓉会不好意思,尽量不去看她的脸,只朝她瞟了一眼,发现她露在粉红绒线毛衣外的白衬衫领子有高有低,纽扣也扣错了,便指了指她的衣领说:"衬衫扣子扣错了。"卢蓉朝自己胸前看了一眼,不好意思地笑了,在黄莺面前她彻底投降了,不再掩饰了,难为情地说:"我胸罩后面的搭扣还没扣好。"黄莺听她这么说,也不再假装糊涂了,笑出了声来,道:"你快点上去,整理整理衣服吧,汤和饭马上就好了,我一会儿就上来。"卢蓉红着脸上楼去了。

黄莺为了使上面两个人有足够的时间准备,在下面磨蹭好一会儿,才把汤和饭端上去。吃饭的时候,大家谁都没有提刚才那一幕,予兴把黄莺烧的菜肴大加夸奖一番。黄莺照单全收,还说以后大家要多来玩,还有更多的拿手好菜。她犹豫着是否趁嘉毅不在,向他们打听一下有关嘉毅的情况,便试探性地带着开玩笑的口吻问:"今天嘉毅说有事,要迟点来,是否去和女朋友约会了?"予兴通过今天的尴尬事,已经完全把黄莺当作最可靠的朋友了,认为对她无需隐瞒任何事情,说道:"肯定不会。目前他绝对没有女朋友。在升高中之前,他好像和班里的英姿比较要好,后来英姿参军去了,似乎他们之间也没了联系,具体我也不太清楚。"卢蓉在旁边插了一句:"英姿就是住在他家楼上六楼的。"听到这里,黄莺基本上了解了嘉毅目前的情况,心里也有了底。

卢蓉似乎看出黄莺的心思,笑眯眯地谨慎问道:"你看嘉毅这个人怎么样?"在黄莺心目中,嘉毅要比予兴稳重,且略显成熟,成绩也不错,是自己心中的白马王子,却装出与己无关的样子说道:"还可以,蛮不错的。"卢蓉又直接逼上一句:"是否喜欢上他了?"这时轮到黄莺脸红了,她实在不想在他们面前彻底否认,还希望他们能够撮合自己和嘉毅,于是巧妙地说:"人家不会看上像我这样没出息的人的。"

话说到这份上,卢蓉听出了弦外之音,大胆地说:"那我来为你们做红娘吧。"她看了一眼予兴,接着说,"本来我和予兴今天晚上要去看电影的,既然我做红娘,就把我们的电影票捐献给你们了。"又问予兴,"同意吗?"予兴马上答道:"同意,没问题。"黄莺表现出难为情的样子叫道:"你们可不能胡来。"但心里有着说不出的喜欢,更热情地招待他们吃菜吃饭。

嘉毅来的时候,他们三人已经开始做功课了,黄莺和卢蓉在相互对着笔记。予兴拉着嘉毅说了点有关作业的话后,好像突然想起来似的,说道:"今晚我和卢蓉家里都有事,多出两张电影票,你和黄莺代劳吧。"嘉毅忙问:"什么片子?"予兴说是新光电影院的内部片子,片名是《乱世佳人》。嘉毅爽快地答应了,问黄莺是否一起去。卢蓉听到他答应了,向黄莺隐秘地做了一个鬼脸,黄莺紧张地装着什么也没有看见,直接答应道:"那我们一起去吧。"

嘉毅和黄莺相约晚饭后在西藏路桥上碰头。深秋上海的夜晚,没有了白天和煦温暖的阳光,显得异常寒冷。黄莺早早地在桥上等着,她换了一件厚棉袄,外面是浅色素花棉布罩衫,略显臃肿,但朴素中透出一种无需精心打扮的自然和谐的美,怀着憧憬和期待的眼神,朝嘉毅来的方向张望。嘉毅一路小跑迎了上来,向她说了一声:"我晚了,对不起。"两人便并排朝西藏路桥南面走去。

在路上,嘉毅向她介绍起要看的那部电影来:"这部片子应该很好看,好像在三四十年代获得过奥斯卡奖,我很想看,它是按照美国著名女作家玛格丽特·米切尔的小说《飘》拍成的,也有翻译成《随风而逝》,讲的是在美国南北战争时期女主人公斯佳丽经历三次失败婚姻和种种苦难后走向成熟的故事。"尔后,他又略带卖弄的口吻道,"这故事凄婉动人,荡气回肠,在书里面我印象最深的一句话是,'Tomorrow is another day(明天又是另外的一天)',我特别喜欢这句话。你看,说得多精彩,说出了今天的绝望和明天的希望,我很想在今天的电影里也能听到这句台词。听到这句话时,我说不定会激动得流泪的。"他暗自在想:其实,我们今天的生活又何尝不是这样,在不断地期待着明天,期待着将来。

黄莺听了他的话,感到非常惊讶,他竟然对一部电影有着这么多的背景知识和那么深的情感,联想到自己刚知道有这么一部电影,感到自己和他差距不小,心中不免有些失落和隐痛,嘴上却说:"跟你看电影,可以学到好多知识,你这些丰富的知识,从哪里来的?"他笑了笑,不以为然地答道:"什么知识呀,你看了电影也就知道这个故事了。以前闲来无事的时候,看过这本书而已。"她说:"这本书现在还在吗,可以借给我看看吗?"

两个人谈论着书和电影,不知不觉地到了电影院门口。那里已是人头攒动,拥挤不堪,有的人手上拿着钱在等退票,也有人手上拿着电影票在高价倒卖。他们穿过人群进了电影院,找到座位入座,等待电影开场。黄莺虽然表面上看起来很平静,内心却充满喜悦和憧憬,这是她平生第一次单独和男生一起看电影,希望在电影开始后,能够发生一些既在意料之中、又在预料之外的事情,平心静气地等待着这一时刻的到来。影片没有翻译成中文,而且片子很旧,画面已显出不均匀的暗红色,音质也不大好,在放映时采用了录音同声翻译,同时夹杂着中文和英文的两种语言,观看起来特别累人。嘉毅始终专心致志地看着电影画面,不时地结合故事背景和自己了解的情节,向她做一些扼要的讲解。整场结束,没有发生黄莺希望发生的举动,她有些失望,在失望之余,心中又对他有了一种尊重和佩服,这种尊重和佩服又使她更想了解他、接近他。

在看完电影回家的路上,天气依旧寒冷,路灯依旧蒙眬,夜色更浓更重。他们还是谈论电影中的主人公斯佳丽和瑞特·巴特勒船长的爱情故事,黄莺问道:"为什么瑞特船长最后还要离开斯佳丽?"嘉毅答道:"瑞特船长最后不是说了'我向来不是那样的人,不能耐心地拾起一些碎片,把它们黏合在一起,然后对自己说这个修补好了的东西跟新的一模一样',这是他的心声,也是离开斯佳丽的缘由。"她说:"那瑞特船长对她有点冷酷。"他接着说:"这话听起来似乎有点玩世不恭,有点冷酷。但瑞特船长以前太爱她了,也爱得太辛苦,他已身心俱疲,无力再爱她了吧。"她夸张地做出有所领悟的表情道:"原来,爱一个人也会爱得很累的呀。我可不知道,我没有爱过人。"说到这里,她灵机一动,朝他靠了靠,见他没有退缩,便显得有些调皮地试探道:"你爱过人吗?"他想了一想答道:"也许在不知不觉的时候爱过,也许什么都没有,我也不知道自己是爱过,还是没爱过。"她看了他一眼,带着有些不满意的口吻说:"你真坏,等于没有回答。"他微笑不语,眼前浮现出英姿和汪姐的身影,很快又消失了,心里有着说不清的酸楚。黄莺很想他的手能够伸过来搂住自己的腰,但她始终不知道他为什么没这样做。

黄莺和他们三人成了好朋友之后,也出现了问题,她在上课时总是想着两件事情,第一件事:自从和嘉毅看过电影后,发现自己爱上了他,而他却无动于衷,这使她烦恼不已;第二件事:卢蓉和予兴恋爱谈得怎么样了,对卢蓉有了自己的心上人,她羡慕不已。上课时,看他们三人的时间超过了看黑板的时间,她乞求能有更多的机会和他们三人在一起,从而培养起嘉毅对自己的感觉,即使嘉毅看不上自己,她也不在乎,只要嘉毅高兴就好,只要卢蓉和予兴高兴就好。她就是那种单纯善良的女孩,就是那种成全别人,自己也快乐的人。一天中午下课的时候,黄莺悄悄地将卢蓉拉到旁边,把新配好的自己房门钥匙交给了她,直接说道:"你和予兴要用房间,随时可以用,我母亲一般不会来我的房间,更何况每天白天她都在菜场上班。"后面加了一句,"那条红色的被子是我为你们准备的。"卢蓉的手握着她塞过来的钥匙,充满感激的脸上泛起了一阵红晕,不知道怎么感谢好,最后只说了一声:"你真好。"

予兴和卢蓉得到了钥匙,欣喜万分,似乎在这个世界再也没有什么可以锁住他们勃发的青春,一切陈规旧律,引诱劝导,都在他们取得钥匙之际土崩瓦解。他们用这把钥匙打开了通向幸福的大门,再也没有人或力量可以约束他们了,他们开始将大把大把的时间投入在无边无际的燃烧着青春的大海之中,如饥似渴地享受相爱的时光。胆子也越来越大,甚至不惜旷课,也要去黄莺为他们准备的爱巢。嘉毅和黄莺看到他们旷课次数越来越多,除了惊讶他们爱情的疯狂之外,开始有点为他们担心。他们热恋的样子就像俗话说的:干柴烈焰,无药可救。

自从黄莺把钥匙给了卢蓉之后,黄莺更加希望自己和嘉毅的友情能够得到进一步升华,嘉毅在她心目中的白马王子形象越来越明朗,尽管她和嘉毅之间有着卢蓉和予兴作为强大的催化剂,嘉毅却像惰性元素一样,毫无化学反应的迹象。夜晚,她躺在阁楼的地板上,听着雨点打在瓦片上的声音,看着旁边红色的被子,想象着卢蓉和予兴白天在阁楼里相爱的情景。自从把钥匙给卢蓉后,为自己的阁楼成了他们的爱巢而感到高兴之余,她感到这小小阁楼也变得性感了,晚上躺在地板上,常常春潮涌动,难以入眠,对嘉毅的思念也越来越强,甚至半夜起来,开亮台灯,写下热情洋溢的情书,说出自己的爱慕之情,放到枕头底下,第二天早晨起床后,第一件事便是认真地读一遍昨晚写下的情书,尔后一声叹息,又将情书撕成碎片或者揉成一团塞进书包,恢复平静去上学。

高中一年级上半学期,学校按照规定安排同学们去郊区嘉定县南翔镇学农十天。在准备高考的同学们眼里,学农纯粹是浪费时间或者是一次不错的秋游休息。学校租用的公交车到了一间堆放谷物的大仓库门前,班主任李老师告诉大家,这是女生的宿舍,要求同学们在午饭前把自己的床铺搞好。仓库里光线很暗,一半堆放着各种农具,另一半靠墙的地上铺满了厚厚的稻草,这就是她们十几个女生的床。一些女生吐舌头,皱着眉,连拖带拉将行李推到稻草上,稀里哗啦打开铺盖开始铺床。卢蓉的行李特别大,黄莺帮忙好不容易搬到位,这时卢蓉已经累得一屁股坐在稻草上不能动弹了,黄莺一打开她的铺盖就露出一个大饼干箱,卢蓉不好意思地说:"这是我妈硬塞进来的,怕我饿着,一定要我带上。"黄莺笑了笑,一边麻利地为她铺床,一边说:"有吃的,是好事。就怕饿的时候没东西吃。"铺完床黄莺看了一下周围,其他同学也搞得差不多了,有点像营房,面对面的两排通铺,还算整齐,说道,"我从来没有这样睡过，今天夜里肯定很好玩。"又躺下试了试，叫道，"稻草很厚，还蛮舒服的。"卢蓉翻起被单看了看稻草，担心地说："不会有小虫子吧？"黄莺附和道："大概不会有的吧。"卢蓉抬起头来，突然问道："他们男生住在哪里？"黄莺伸了个懒腰，凑到她耳边，小声调侃道："怎么，分开这么点时间就开始想他了？"尔后把身体移回到自己的铺位上说，"他们男生好像住在我们后面的一间仓库里，他们的旁边有一条小河，那里是个好地方。"卢蓉感兴趣地说道："我们吃过午饭去那里看看，怎么样？"这时外面有同学在叫集合吃饭了，于是黄莺拉着卢蓉出了仓库，指着两棵高大的老樟树说道："小河就在大树的那边，刚才来的时候看到过的，吃完饭去那边散步吧。"

　　午饭后，她俩散步来到小河边，两棵老樟树靠得很近，交叉在一起的树枝形成了很大一片树阴，下面有一块不大的草地，卢蓉拿出手帕铺在草地上邀黄莺一起坐。秋日正午的阳光，透过老樟树的枝叶晒在身上，舒适宜人，风很柔和，带着泥土的气息，微微吹动着卢蓉的头发，她用双手拢了一下头发，把手搁在膝盖上，望着小河对岸田野。庄稼已被收割，露出的深褐色泥土和不远处白墙黑瓦的农舍构成了一幅荒芜的田园风光。她略带矫情的口吻道："我不喜欢乡下，空气里都散发着说不出的怪味。"轻轻地在黄莺的肩上拍了一下，又说道，"但能在这样树阴下，安安静静地歇歇，还是蛮不错的。"黄莺朝她看了看，揶揄地说："最好还有予兴陪着，谈谈情，说说爱，那才好呐，这种地方最适合谈情说爱了。"卢蓉朝后仰了仰，没有接她的话，反而说道："你和嘉毅现在怎么样了，他给你回信了吗？说来听听。"黄莺对她的提问，一时间摸不着头脑，说道："我和嘉毅什么怎么样了？回信是什么呀？"卢蓉看她不是假装糊涂，态度也认真起来，就坦言道："不好意思，上一次我和予兴去你阁楼，看见你扔掉的写给嘉毅信的草稿，我们就拿来看了一眼。你千万不要生气，我们没有偷看的意思，也没有恶意，就是好奇。我想你们在通信是好事，我们真的很想你和嘉毅能像我们一样，难道他没有给你回信？"黄莺叹息道："我不敢给他。说来很难为情，晚上睡不着，神魂颠倒,就给他写信了,写后压在枕头下睡觉,早晨醒来,看一遍就撕了,单相思而已。"卢蓉听了,不知道说什么好,为黄莺的相思略感有一丝伤感,过了好一会儿又说:"你的信写得好感人,尤其那一句'我没有华丽的衣服,又不善言语,只有一颗真诚爱你的心,我已无法挣脱对你思念的枷锁',我和予兴都很感动。你应该把信给他。"黄莺笑了笑自嘲地说:"我知道这信比我的命题作文写得好,是用心写的嘛。"

她知道嘉毅无论是外表的风度,还是内在的素质,无时无刻不在吸引着自己,早已将他当作自己心目中的白马王子,希望他能对自己有所表示,自己却不敢轻易向他进一步坦白心思,担心嘉毅可能还在思念着英姿,无法接受自己。在卢蓉面前她可以无话不说,想了想,直白地说道:"我也不把你当外人,直说了吧。我有自知之明,我比不上英姿。以前我见过英姿,进了你们班级后,我从侧面也打听过,她像一个高傲的公主,既聪明又漂亮,不论她本人还是她家庭,都无懈可击,和我不一样。我无论如何都比不上,即使我是嘉毅的话,也会选择英姿的,也会留恋她的,所以,这些信只是写写而已,自我安慰。"又朝卢蓉看了看,看见她专注地瞪大眼睛盯着自己,停了停又说,"就这样。我知道你和予兴都很想成全我,可这是没有办法的事情,我只能这样。"

卢蓉说道:"我看嘉毅对你印象蛮不错的,对你很好,我从未见过他和其他女生这么好,还单独去看电影。予兴也好像问过嘉毅,是否和英姿在通信联系,他说从来没有过,连联系地址也不知道,他心中不会还在想着英姿吧。"黄莺想了想,慢慢说道:"嘉毅是一个好人,是一个很成熟的男生,我喜欢他也有这一因素。他稳重善于思考,做事也细心周全,我知道他对我特别好,旁人看起来也许是恋爱的表现,我知道其实不然。如果是那种好,我会感受得到的,他那种好不是男女之间的好,是一种像朋友像兄妹的好。他也不像脚踩两条船的人,他很尊重我,似乎我们之间永远只差最后一把火,但我看他没有想点燃这把火的意思,只能顺其自然。"卢蓉不知道怎么安慰她,两人沉默好一会儿,便建议道:"我们去男生宿舍看看好吗?"

她们挽着手,同步把脚抬得好高,有节奏地一步一步踏在田埂上,像是检阅部队时走的正步,似乎想用这样的步伐减轻刚才谈话带给她们的淡淡的惆怅。黄莺说:"没有考试就好了,我们可以这样一直无忧无虑地玩。"卢蓉问道:"明年就要决定是考理科还是文科了,你准备考哪一门?"她答道:"我也不知道,好像理科招生人数多,可能容易些吧,可是我感到数理化好难。"卢蓉说:"其实数理化也没什么难的,只要把那套《数理化自学丛书》读好了,也就八九不离十,肯定能考好。予兴有这套丛书,而且是齐的,总共十七本。向他要来读一下,说不定你会一下子开窍的。"黄莺说:"这套书我知道,我向予兴借过其中的《平面几何》和《三角》。你知道我在他书里发现了什么吗?"卢蓉没向予兴借过这些书,不知道里面有什么东西,只能等着她说出答案。黄莺笑着说:"他在书封面背后写着'书与老婆,恕不出借',好笑吧,所以我也不敢向他多借。"卢蓉听了也笑了,说:"他确实很喜欢这套书,但他决定考文科,用不上它。如果你要的话,我去跟他说,借给其他人不肯,借给你肯定没问题。"接着又满脸通红蹦出一句,"更何况你是女的,就是向他借老婆也没有关系,他不肯,我自己来。"卢蓉话没说完,自己已笑了起来,黄莺手搂着她的腰加了一句:"那我就借了不还,让他打光棍去。"两个人笑得直不起腰了。

　　男生住的地方也是一个大仓库,比女生的要旧。由于学校还没有联系好下午学农的内容,下午就以熟悉周围环境为名不安排劳动了,同学们处于自由活动的状态,有些同学就利用这点时间在仓库前的草堆上,边晒太阳边看书复习功课。黄莺挽着卢蓉的手,来到男生宿舍门前向里面张望,一些调皮的同学看见她俩要进男生宿舍,恶作剧地大叫起来:"宿舍里的男生请注意啦,有女生要进来了。"黄莺朝那些男生瞪着眼睛叫道:"大喊大叫什么呀,姐姐来看你们,有什么好叫的。"

　　在宿舍里的予兴听到黄莺的说话声,便赶紧迎了出来邀她两人进去。卢蓉进了宿舍有点束手束脚,这是有生以来第一次进男生宿舍,满脸通红紧紧靠着黄莺的身旁,看见房间里还有其他男同学躺在铺位上,她也不敢朝四周多看,最后把目光落在稻草铺成的通铺上,说道:"和我们女生的宿舍差不多。"予兴说："我们这个仓库比你们的要旧许多，又潮湿，听说晚上还有老鼠，真没想到学农是这种样子，想晚上这么多同学睡在一起，肯定会闹出很多笑话来，也许这是难得的集体生活的体验吧。"黄莺接着说："我们女生宿舍里，到晚上肯定也会很热闹。"卢蓉问予兴你们下午有什么好玩的，予兴也没有更好的去处，便说一起去找嘉毅。

予兴向同学打听到嘉毅在仓库的后面晒太阳，他们绕到后面，看见嘉毅正斜躺在草堆上，手里拿着一把鸡饲料，正出神地看着围栏里一群散养的鸡，旁边还放着一本练习簿，上面有他刚刚画完的几幅群鸡图。黄莺上前问道："你一个人躲在这里干什么?"嘉毅向鸡群撒了一把饲料，目不转睛地说："看鸡，很好玩的。"黄莺透过围栏朝里望了一眼说："鸡有什么好看的，下午我们去哪里逛?"嘉毅微笑着没有搭话，卢蓉站在离围栏稍远的地方，用手捂着鼻子叫道："这么多的鸡，气味真难闻，你快点下来吧。"予兴不慌不忙地说："嘉毅好雅兴，居然躲这里欣赏起养鸡来了。"他转身向她俩女生问道，"你们听说过'鸡比人听话'这句话吗?"接着又自说自话地说起来了，"当年国民党元老陈立夫在台湾不得志后，到了美国为了养家糊口就建了一个养鸡场，整天和鸡打交道，他的心得就是'鸡比人听话'，我看也许有一定的道理。"卢蓉不以为然地说："肯定又是瞎吹。"

嘉毅看见他们三人在下面等着，不好意思地赶快将手中剩下的饲料撒向鸡群，拍拍手从草堆上跳了下来，帮予兴解围道："这故事我好像从《参考消息》中也读到过。"予兴见到嘉毅帮着作证，便又说："以后当我们变成老头了，也开个养鸡场不错。"嘉毅拍着他的肩膀笑道："那是大材小用了。"予兴笑得更厉害了，说："连国民党大员，晚年都去养鸡了，到时候我们能够养鸡就算是福气的了。"黄莺看到草堆上嘉毅遗忘的练习簿，赶忙替他拿下来，当递给他时，一看上面全都是画的鸡，便叫起来："人家都在拼命用功复习，他倒好在一门心思画鸡，也太淡定了。"嘉毅接过本子不好意思地解释："刚才我用功过了，现在躲在这里休息休息,换换脑子而已。"卢蓉说:"他天生就是一个画鸡的高手,我们很早就看到过他画的鸡了。"予兴在旁边插话:"我们的嘉毅,也许和鸡有缘分,画鸡是他的专业,以后养鸡又有可能成为他的副业,迟早要成为有关鸡问题的专家。"嘉毅只是笑了笑,不愿意这样没完没了谈论自己画鸡的事,就问他们下午去哪里玩的事。

高中阶段的学农,虽然毫无实际意义,但在很久以后,每位同学都能记起一两件与学农无关的有趣事情,也许这就是其意义所在吧。他们也不例外,很久以后还能回忆起学农第一天的情景。

第四章　锁不住的青春

七十年代最后的春节,毫无特别之处,节后新学期如期而至。卢蓉最担心的事情发生了,发现自己怀孕了,她不愿意马上告诉予兴,不愿意他因为操心这事而影响学习,影响他的高考,想一个人独自解决之后再告诉他。在她的心目中,他的前途大于一切,她所喜欢的就是予兴的聪明伶俐,拥有旁人无可比拟的远大前程,保护了他的前程,就等于保证了自己拥有令人羡慕的未来,如果他的前程受到影响,这将是她难以承受之重,是不可想象的。她宁可独自忍受担惊受怕,决定通过激烈运动将身体里的生命种子弄下来。从她知道怀孕的那天开始,她坚持每天晚上拼命地跑步跳绳。

那天晚上,她已经沿着西藏北路跑了一大圈,回到院子里,想继续跳绳时,突然看见予兴在她家楼房门口等着,心里有些慌乱,又不得不迎上去,问道:"你怎么会在这里等我?"予兴答道:"看见你房间窗户没有亮灯,我想你可能出去了马上会回来的,试着就在这里等你。"看见她一身运动衫,感到有些奇怪,问道,"怎么会想起来晚上跑步的?"她只是黯然一笑,有点勉强地撒谎道:"这事情和你无关,我临时心血来潮,开始喜欢跑步的。"他看出她的勉强,追问道:"我看不像,肯定有什么事瞒着我。"她坚持道:"你还是不要打听的好,对你的前程没好处。"她提到了前程,更加使他不安,急切地说:"我们是恋人,你的事就是我的事,不论是好事还是坏事,都应该告诉我。"

她沉默不语,内心展开了激烈的思想斗争,想到这些天来每天都在拼命地跑步跳绳,似乎无济于事,似乎一个人已经无法继续扛下去了,可又实在不愿意他为自己操心而影响前程,只是这样剧烈的思想斗争,已把她逼到了崩溃的边缘。聪明的他看着她的表情,还有旁边用来跳绳的绳子,似乎猜出了什么,严肃而直截了当问:"你是否怀孕了?"这时她彻底崩溃了,一下子扑到他怀里,带着哭声将怀孕的事告诉了他,还坚持道:"你不要担心,我不要你为这事而影响你考大学,我会自己解决的。"

他证实自己的猜想和担心,内心也十分惊慌,可看到她如此为自己着想,又充满了对她的无限感激,他紧紧地抱着她,脸上还是表现出一个男人应有的镇定,看着她额头的汗珠,愧疚而坚定地说:"你吃苦了,我一定会陪伴在你身边的。"但他眼下无计可施,想不出更好的办法,他需要整理思路,需要冷静地面对这一切,承担起一切责任。他俩在楼房门口的黑暗处,含着眼泪无言相拥了好久。他们为自己的狂热忍受着另一种煎熬。

予兴把她送上楼后,他无心回家,心如乱麻,六神无主,有一种绝望的感觉在他心头弥漫。他必须尽快为卢蓉、为自己想出办法,要在这样一个到处都要凭证明、凭介绍信办事的世界里,想既要保护自己的隐私又要为卢蓉堕胎,对一个普通的成年人而言谈何容易,更何况他仅仅只是一个缺乏社会经验的高中生。他承受着同龄人无法想象的压力。他缓步沿着西藏北路一直往南而行,似乎在搜索着什么,路灯的黄光透过梧桐树稀疏的树枝洒在他的脚下,或明或暗,斑驳陆离,随着夜色渐渐加深,马路上的行人也越来越少。早春之夜,寒风飕飕,他双手插在裤兜里,紧缩双肩似乎在抵御阵阵寒风,他的身影在寒夜中显得那样单薄瘦弱,这个身影不时地在贴满小广告的电线杆下停留,搜寻可以帮助他们的信息。

予兴和卢蓉凭着自己的年轻和初生牛犊不怕虎的勇气,用生命和前途挑战传统观念中的禁区。卢蓉勇敢地接受他的方案,去私人地下诊所堕胎。卢蓉挑了一个温暖舒服的日子,和予兴一起按照抄来的地址,倒了两辆公交车,找到了设在郊区农民住房里的诊所。一进门,见客厅成了问诊室,还摆了三张白桌子和一个白橱柜,而墙上的一些人体解剖图似乎在告诉进来的人,这是诊所。有两位穿着白大褂的女人坐在白桌子旁。卢蓉从容地向那位年龄五十出头医生模样的女人说明了来意,那女人朝予兴瞟了一眼,带着似安慰又似蔑视的口吻说:"常有这种事情,不稀奇,来我这里是很安全的。"

那女人说的一口本地话,一脸横肉把眼睛挤成了一条缝,看不出任何表情,白大褂挂在她身上,使得她的身材更像立着的一只麻将牌。予兴实在不喜欢她这样的人为卢蓉做手术,心里想着"这里是很安全的"那句话,是为我们保护隐私的安全,还是手术的安全,然而还是做出一副谦卑恭敬的样子道:"那麻烦医生,谢谢您了。"

只见那人头也没抬叫那名年龄稍轻的女人带卢蓉去诊疗室做准备,又朝予兴毫无表情地说了一声:"男的不要进去。"卢蓉在进门时,回头略带微笑,深情地向予兴看了一眼。予兴在外间供人候诊用的长凳上坐着,看着那个胖女人在水池边洗手戴手套,然后举着双手用她硕大的臀部顶开那扇诊疗室房门,心里在为卢蓉祈祷,祈祷她平安无事,也祈祷他俩能够平安渡过难关。不一会儿,从那房间里传出金属器具放入盘里的碰撞声,这些很平常的响声,在予兴听起来就像金属器具敲打在他的心上一样,刺痛不已,他两手紧紧地握在一起,直至发痛,暗暗地对自己说:卢蓉是为他受得苦,今生今世一定要好好地爱她。

出了诊所,卢蓉坚持要去学校上下午的课。予兴一路上细心地护着卢蓉,直到学校附近才松开她,两人并排走向校门口。在教室里,予兴不敢坐在卢蓉的旁边,只能在自己的位子上坐着,紧张地观察着不远的卢蓉的情况,生怕有什么意外。只见她一屁股坐到位子上,右手撑头一动不动,脸色苍白,不时地会闭上一会儿眼睛。在上课时,他已经根本无法集中思想听课了,脑子里数着一分钟一分钟的时间,总算熬到第一节课结束,看见卢蓉缓慢站起来,小心翼翼地走出教室,他想:她可能去洗手间。他无法同去,只能在教室里等待,可是到了第二节课上课时还未见卢蓉回来，他开始为卢蓉担心起来，想象着各种可能性，她是撑不住自己回家了，还是不小心跌倒了，或者晕过去了，然而又不敢继续想，只盼着快点下课。

下课铃声一响，他快步走出教室沿着上厕所的路走了一趟，没有发现卢蓉，一路上也没有发现有什么异样，便急忙找到黄莺，扼要地说了事情的经过，要她快去洗手间找一下卢蓉。黄莺从洗手间出来，拉过予兴一边直接往楼下走，一边悄悄地告诉他："洗手间里没有卢蓉，但听到里面有两个女生在议论，说第一节课下课时有个女生大出血，在洗手间晕倒了，被老师送到医务室去了。"他和黄莺奔到校医务室，只见医务室没有人，门也关着。他们猜想卢蓉可能被送到离学校最近的北站医院去了，就直奔到该医院，匆匆忙忙在急诊室找了一圈，没有找到。黄莺又到妇产科病房里转了一圈，也没有看见卢蓉的身影，他们一时间没有了方向。黄莺似乎想起什么，说："可能是救护车救走的吧？上第二节课时，我好像听到操场里有车来过，如果是救护车救走的，那就没办法找了。"予兴则坚定地说："那我们晚上去她家里。"黄莺担心地说："你去她家里，她父母肯定会怀疑你的。"他略加思索说："顾不得这些了，我要去。"又问黄莺，"你陪我一起去好吗？也许这样会好一点。"她完全理解予兴的焦急和担心，为了表示对予兴的理解和支持，用义不容辞口吻答应道："好，没问题。"

傍晚他们在卢蓉家的下面，看见她家里没有灯光，好像没有人在家，就在楼下等着。直到很晚卢蓉的父亲回来了，一脸疲倦，他们硬着头皮问了卢蓉的情况，他无奈答道："还算好，没什么大问题，在长征医院观察室。"又疑惑地看着他们问道，"你们是卢蓉班上的同学吧？知道她男朋友是谁吧？"黄莺听到他问男朋友的事情，马上向予兴靠了靠，装出自己是他恋人的样子，摇了摇头回答："不太清楚，没有听卢蓉说起过。"予兴急忙问："现在我们可以去探望吗？"他叹了口气："今天太晚了，明天她就回家了，不用去看她了吧，谢谢你们。"

他们向卢蓉父亲道了别，直奔长征医院。在路上黄莺想，这时卢蓉母亲肯定在医院里陪着她,就担心地问予兴:"她母亲认识你吗?"经她这样一问,予兴有些犹豫了,他还没有想清楚如何面对卢蓉的母亲。黄莺看出了他的心思,帮他拿主意:"我们还是去看吧。如果她母亲在旁边,我们就在远远地看一眼,不要让她母亲看见,以后我代你去她家里看她,好吗?"予兴无奈地只能同意她的办法:"那太谢谢你了。"黄莺满不在乎地说:"我和你们都是好朋友,还说谢干嘛呀。"

他们在观察室门口看见了卢蓉躺在病床上,打着点滴,旁边坐着她母亲和她姐姐。这副情景让黄莺完全猜到了,他们按刚才商量的,便退出了医院。黄莺看已到了子夜时分,就说:"明天我去看她时,我会把今天晚上的事跟她说的,放心吧。现在很晚了,我送你回家吧。"予兴无精打采地跟在她后面,心里七上八下,像是塞了一团乱麻。

第二天早晨,卢蓉的身体状况好多了,跟着母亲出院回到家里,由待业在家的姐姐照顾。中午,黄莺来看她时,她叫黄莺放学后,放心带予兴再来看她,说到时候她会支开她姐姐的。卢蓉和她姐姐关系不错,她姐姐已是进入可以公开恋爱的年龄了,非常理解妹妹的冒进行为,认为这是很正常的事情,用不着大惊小怪,只不过略微提前而已,还悄悄地责怪妹妹,为什么不事先和她商量,把事情弄成这样不可收拾的局面。此外,还一直在父母面前替她说话开脱,在袒护和理解之余,不免也为妹妹和她的男朋友担心。

放学后,黄莺带着予兴来到她家里,她姐姐已出门了。卢蓉见到予兴,不顾旁边的黄莺在场,立刻扑上去抱着他哭起来了,过了好一会儿,方才平静下来,躺回到床上。予兴和黄莺在旁边椅子上坐下,他才开口问:"你身体不要紧吧?"她说:"身体倒没关系,我担心的是班主任可能会来家里,肯定会问我男朋友是谁。反正我已经想好了,打死我也不说。"予兴说:"其实把我说出来,也没什么关系,了不起受一个处分而已,我已经准备好了。昨天你父母问过你吗?"她答道:"问了,但让我姐姐挡回去了。我不会对他们说的,如果告诉他们,他们肯定要向学校汇报的,学校知道了,肯定要处分你的,搞得不好学校会不让你参加高考的，如果是这样，还不如让我去死。"予兴马上打断她的话，坚定地说道："不要这样说，不要为我考虑，我会处理的。目前你要养好身体，这是最重要，别胡思乱想。"他俩含泪相视，沉默了很久，黄莺为了打破沉闷的气氛，插话道："你姐姐真好，好羡慕你们，全都有情有义的。"

数天后的一个晚上，卢蓉照例不愿和父母多说话，晚饭后招呼都不打，把自己关在房间里。卢蓉的班主任李老师来探望她，李老师向她父母说明了来意，便由她母亲带着敲开了卢蓉房间的房门。李老师在卢蓉床对面椅子上坐下，当着她母亲的面，起先表现出和蔼可亲的样子，询问了她的身体情况，尔后开始了所谓正式的谈话："这事情我也很尴尬。那天的事情，学校上下全都知道了。这种事在我们学校里从来没有过，学校领导也很关注，认为责任不在你身上，你是上当受骗的受害者，如果对方是我们学校的，学校肯定要处理，如果是校外的，则必须报告派出所，由他们来处理，你一定要正确对待，相信学校会以挽救人为出发点，对受害者是有区别的，会合情合理处理的。"

卢蓉早已做好了准备，死猪不怕开水烫。老师的谈话里，唯一叫她愤怒的是将自己说成一位上当受骗的受害者，这是对他们爱情的玷污和亵渎，但她无法还击，她眼睛紧盯着盖在身上的毯子，咬着嘴唇一言不发。李老师看到卢蓉不愿意回答的样子，便转向她母亲说："今天就谈到这里，现在让她好好休息，顺便考虑一下我说的话，想通了给我来个口信。"说完起身要离开，卢蓉母亲赶忙对着女儿说："你要好好想想李老师的话，老师这么晚还特地来看你，全是为了你好，为了你的将来。"卢蓉瞟了一眼母亲，无奈地跟着她一起送走了老师，赶紧回到自己房间，想继续一个人独处，可母亲和姐姐跟着进了房间。

看见卢蓉又板着脸一声不响地躺在床上，母亲就不厌其烦地对她说："李老师是个好人，她全都是为你考虑，你应该实事求是地将全部情况告诉她，求得学校对你一个宽大处理，我相信她不会为难你的。"姐姐靠在卢蓉平时做功课的书桌旁，略带调皮的口吻插嘴道："妹妹在这个破学校最多还有一年半时间，怎么地也会很快过去，可男朋友是一生一世的事情,为了这一年半出卖男朋友,实在不值得。更何况我妹妹不是出卖男朋友的人,也不是出卖灵魂的人。"

母亲听了大女儿的话,一下子来了火气,提高了嗓门叫道:"你们真是一对活宝! 混蛋,你刚才没有听出老师的话外之音吗? 如果不考虑清楚,不把男朋友说出来,就不能上学,不要说一年半,人家马上就不要你了。"接着指着她吼道,"有你这样做姐姐的吗? 妹妹闯了祸,不好好劝劝她,反而火上浇油,你非要害惨你妹妹不可,像你一样在家里待业。"说完狠狠地瞪了她们一眼,摔门出了卢蓉的房间。

卢蓉和姐姐面面相觑,听了母亲的提醒,卢蓉有点紧张,向姐姐问道:"学校不至于不让我上学吧?"为了调节气氛,姐姐以调侃口气道:"你有男朋友了,作为我未来的妹夫,你应该先带他来让我看看,否则我怎么帮你们在妈妈面前说话呢?"卢蓉听姐姐这样在说笑自己,哭笑不得地说:"你还有心思拿我寻开心,我马上就要上不了学了。"姐姐略带愤愤不平的口气道:"做了人流怎么啦? 做人流就要开除吗? 学校的这种规定几乎就是在春天里不让含苞待放的鲜花绽放,违背自然规律,违背人性,培养出来的学生连人最基本的谈恋爱都不会,这算什么学校,算什么培养。"卢蓉阻止她往下继续说,叫道:"不管什么破学校,他们总不能剥夺我上学的权利,不让我考大学吧。"姐姐接着她的话:"对他们来说,不让你考大学有什么难的,只要找个借口不让你高中毕业,就失去了参加高考的资格。"

卢蓉听了这话,眼泪汪汪地一时说不出话来,姐姐看着她这副可怜样,宽慰道:"这学有什么好上的? 到头来,还不是和我一样,在家里待业。学可以不上,但出卖人的事情不能做。"卢蓉抬头看了姐姐一眼,用很低的声音说了一声:"我和你不一样,我还想考大学呢。但不管我多么希望上大学,我也要一人做事一人当,有些事情赖不上别人,也不能害别人。"姐姐做出一副佩服的夸张表情,望着满脸愁容的卢蓉说:"我的妹妹真是好样的,这个世界太教人匪夷所思了。学校是教书育人的地方,竟然想出这么个卑鄙下流的馊主意来折磨你。如果是我,我就申请退学，以示对这种非人道的做法提出抗议。"

由于卢蓉有一段时间没有去学校了，关于她的事情，虽然在上课时老师不曾提到过一个字，但同学间早已传得满城风雨，谣言四起。高中生不允许谈恋爱是天大的铁律，在这种压抑人性的大背景下，所有的同学在自觉或不自觉地承受着回避男女同学接触和相互爱慕的压抑，而被这种压抑已久的青春萌动、好奇、无知，都通过对这件事的猜测和想象这一扭曲的管道得到一次充分的发泄。同学们都在暗地里疯狂地猜测卢蓉的男朋友是谁，这种猜测伴随各种各样的想象，添油加醋，掺杂着半真半假，又形成了各种各样版本的故事，来慰藉压抑的情绪。有人说她的男朋友是校外的高年级流氓学生，也有人说是一个风流个体户，甚至有人说是某某老师，倒是很少提到是自己班上的同学。更糟糕的议论是对卢蓉本人的评价，有人说表面文静内秀的卢蓉实际上是一个勾引男人的高手，使她怀孕的男人已经不是她第一个男人了……把她狠狠妖魔化来满足同学们的好奇心和窥视心理。其实，真正知道实情的只有沈嘉毅和黄莺两个人。同学们对卢蓉的猜测和议论，在他们看来这些猜测和议论事关好朋友的声誉，他们除了守口如瓶为好朋友严守着秘密外，同时不失时机小心翼翼地为好朋友辩护，尽量消除对好朋友任何不利的议论和想象，同时也使嘉毅和黄莺倍感人言可畏，为他俩捏着一把汗。

卢蓉一直坚持什么都不说，也不能去学校读书，待在家里进行所谓的反省。由于她不出门，予兴也不敢轻易去卢蓉的家里，这对可怜的恋人几乎没有机会碰面。好在黄莺经常来探望，在这段日子里，黄莺穿梭在他俩之间，成了他俩的联络员。在这样残酷的环境里，予兴每天感到心力交瘁，却还要装出若无其事或者与己无关的样子，唯一值得安慰的是能够和沈嘉毅、黄莺一起悄悄地探讨学校方面的动向和应该采取的对策。予兴想得最多的还是卢蓉，很想见她，他已经为自己做了最坏的打算，即使学校开除自己，也要最大程度上降低对卢蓉的伤害，担心她承受不了压力。他每天叫黄莺去探望她，了解卢蓉的心境变化，以便帮助她一起渡过难关,还叫黄莺帮忙将自己的考虑和决心转告给卢蓉。

黄莺的联络员当得十分辛苦和艰难。她看到了卢蓉和予兴都在为对方着想,都准备为对方牺牲自己,她被他们无私的真情所感动,她也看到了学校的铁面无情,看到了摆在他们面前的道路是那样的艰辛,非常同情他们,真心希望他们能够渡过难关,终成眷属,有个美好的结局。她的心在为他们颤抖,她无法如实从容地面对他们,尤其无法将卢蓉的处境告诉予兴,而在予兴面前左右搪塞,已苦不堪言。

黄莺在课堂上呆呆地盯着坐在前面的予兴,下课铃声响了还纹丝不动继续想着他们的事情,当予兴回头招呼她时,才意识到已经下课了。她知道他有事情要找她和嘉毅商量,坐在自己的座位上没有起身,等着同学们散尽离开教室。窗外飘着细如针丝的冰冷细雨,厚厚的云层像沉重的铅块压迫在学校的操场上,学校仿佛笼罩在阴沉得使人透不过气来的气氛之中,叫人感到压抑,感到阴冷。予兴走到教室前面关了日光灯,和嘉毅一起聚拢在黄莺的座位旁边,予兴直截了当问黄莺:"我听有些同学在议论,学校要卢蓉说出我才让她上学,是不是真的?"

黄莺知道事关重大,但已瞒不住他了,不敢否定,也不敢肯定,只是低头沉默不语,似乎想通过沉默来告诉他什么,或者回避什么。予兴已从黄莺不敢表态的表情中得到了确定,学校确实以不让卢蓉上学来逼迫她说出男友的姓名,也明白了为什么这么长时间卢蓉还没有回学校上课的缘由,心想因为自己连累卢蓉到如此地步,犹如万箭穿心,自己再也无法躲在一边等待,静观其变了,他要尽快结束这样的局面,于是转身对嘉毅说:"我要主动向学校承认自己是卢蓉的男朋友,没什么可耻的,我可以接受学校的任何处罚。卢蓉在身体上已受到了伤痛,再也不能让她在精神上受到任何委屈了。"

黄莺不敢直面看他,担心地问了一声:"你知道学校会怎么处罚你吗?"他以平静而坚定的口吻说:"无非是开除,不让我毕业,不让我考大学,我都愿意接受,只要卢蓉不受委屈我都愿意。"短短几句话,使得黄莺眼泪汪汪,她愤愤不平地叫道:"你的成绩这么好,他们不让你考大学,对你来说太可惜了,太不公平了,这种学校的规章制度真叫人看不懂,不可理喻。"

嘉毅接着她话气愤地说:"你只是谈了恋爱,就剥夺你考大学的机会,影响你的一生,这也太过分了。我真想不出,你和卢蓉犯了什么错,犯了什么罪,要受到如此摧残。你们只不过没有锁住自己的青春而已,又有谁没有自己的青春呢? 难道那些为人师表的人不知道吗? 不懂吗?"

教室里显得异常安静,予兴木讷地说了一句:"不知道卢蓉现在怎么样了。"予兴回顾教室,在他心目中原本是他掌握知识和显示才华的地方,由于没有开灯,昏黄的路灯透过随风舞动的树枝投影在墙壁上,构成了变化莫测的怪异的图案,变得狰狞恐怖,加上外边的细雨,冰冷的教室就像是让人透不过气来的活棺材。他收回目光,落在嘉毅和黄莺的脸上,毫无表情地说:"可能今天是我在这个教室里的最后一天。"

黄莺呆呆地看着予兴,想不出能说什么安慰他,嘉毅把手搁在他肩上,说道:"不论你怎么样,你在哪里,这件事上,你是没有任何过错的,我们永远是你的好朋友。即使你离开了,我们会去看你的。"一旁的黄莺赶紧重复着嘉毅的话,予兴有点哽噎的声音说了一声:"我会想你们的。"他紧紧抓住嘉毅的手有点颤抖,此后再也没有说过话,他们三人在暗淡的教室里沉默地坐了好久。窗外寂静的细雨还在继续,没有一点减弱的迹象,风雨交加之中,只能勉强看清楚操场的轮廓,马路上的行人也变得模糊不清。

郝予兴决定了向学校说出自己是卢蓉的男友,心里反而轻松许多,剩下的问题是如何向自己的家人坦白。从学校回来已过了晚饭时间,他悄悄地穿过后门来到厨房间,开亮电灯,打开放在炉灶旁边的专门用来保温的饭窨,盛了一碗饭,又从碗橱里拿出为他留的几个菜放在炉灶台上,站在厨房间里食不甘味地吃了起来。外婆听到后门有响动,从前厢房迎了出来,走到厨房间门口对他说:"为什么不在客堂间里坐下,好好吃饭呢?"他被这一声吓了一跳,见外婆在自己的身后,叫了起来:"外婆,不要吓唬我,爸爸妈妈回来了吗?"外婆答道:"两个人都还没有回来。"他接着说:"我吃完饭去你房间跟你说一件事情。"外婆慢悠悠地边回房间边说了一句:"肯定没好事。"他看着外婆慢慢回房间的背影,心想自己从小和外婆一起,跟着外婆读唐诗宋词长大,一直受到外婆的宠爱,小时候闯了祸,总能得到外婆的庇护,免受了许多来自父母的责备,眼前的麻烦事肯定能够得到她的理解,希望她能在父母面前替自己说话,也想得到她的宽恕。

饭后,他没有开灯直接穿过客堂间进了外婆的厢房,看见外婆靠在叠着的被子上凑着床前灯看书。他拉过外婆专用的发亮发红的老藤椅,将藤椅上的棉垫子扔到外婆的床上,一屁股坐下盯着外婆一声不响,想着如何开口坦白。高大的木格子窗户开着一条缝隙,这是外婆多年的习惯,喜欢房间保持空气流通。外面的细雨还在下,虽然听不到雨声,但能听到天井里从屋檐上滴下的水滴声,水滴滴落在天井不同的地方发出高低不同的声音,水滴声又有一定的时间间隔和节奏,声音不响,仿佛是在演奏一曲单调简单的乐章,如果在心情好的时候,听起来还略带悦耳,能让人感到心神气定。

外婆眼睛没有离开书,问道:"要说什么事?"他终于等到了开口的机会,直接说道:"我闯祸了。"外婆把书放在膝盖上,略微抬了抬头,双眼透过老花眼镜上方朝他看了一眼说:"闯了什么祸,说来听听。"他急忙把自己和卢蓉恋爱,怀孕堕胎,学校要处罚,有可能不让他考大学的事情,一五一十地全部告诉了外婆,还强调卢蓉是个品学兼优的好女孩,他们的恋爱是真诚认真的,说完了又一声不吭地等着外婆发话。

外婆起身坐直了身子,一只脚蜷在床沿边,把书搁在床头柜上,缓缓地摘下眼镜注视着他好一会儿,慈祥的目光有着极强的穿透力,在这样的目光注视下,由不得半点虚假和撒谎。外婆把他说的全部内容进行了整理编排,找出最重要的问题来发问,语气平和而缓慢:"现在这个女孩身体要紧吗? 以前我见过她吗?"他说:"现在卢蓉身体应该很好,没问题,我前几天去看过她。"他停了停,偷偷地看了一眼外婆,继续道,

"外婆以前应该见过她,她是我小学时的那个班干部,经常来我们家玩,你说她是小大人的。"

外婆好像想起来似的,微微点了点头继续问道:"你们堕胎的钱是从哪里来的?"他立即答道:"我们自己凑的,是我的压岁钱和平时积攒的钱,还有她的一些钱,这个费用不是太贵。"外婆又问:"那,那可以堕胎的诊所是从哪里知道的?"他实话实说,外婆隔了一会儿说,"学校要她说出男朋友,这很正常。既然你们是认真的,你就要对她负责,就要像男子汉一样站出来承认,不能做缩头乌龟。谁没有年轻过,谁没有荒唐过,重要的是敢于承担责任,你主动向学校承认是对的,否则对你们两个人都没有好处。至于你今后是否会被学校开除,能不能考大学,这又是另外一件事,不是你能考虑的问题。"外婆说到这里停了停,又拿起书,似乎又要继续看书的样子问道,"这事,是你自己跟你爸妈说,还是我替你说?"虽然予兴从小到大,在父母眼里是一个好孩子,父母对他也从未有过粗暴的举动,但他深知他们希望自己能够像他们一样接受高等教育,为了避免在父母面前难以启齿的尴尬和直接看到父母对他的失望,他还是想通过外婆把这事告诉父母。听到外婆这样说,他像是抓到了救命稻草似的,急忙夸张地说:"外婆替我说吧,要不然爸爸会对我大发雷霆的,我害怕。"外婆答道:"那好,他们回来我就和他们说。但你要记住,人生的路很长,凡事都要承担后果,有些后果可能让你付出巨大的代价,这是你人生的第一课。"

予兴回到自己的后厢房,没有开灯,和衣躺在床上思念着卢蓉,想着自己将要领受的处罚,辗转难眠。外面后天井里的水滴声,滴答滴答,单调无趣,平添一份惆怅。在他迷迷糊糊时,听到外婆前厢房里传来父亲的说话声,但听不清楚具体内容,心想肯定是外婆在向父母说自己的事,便赤脚摸黑到外婆房间门外偷听他们的谈话,只听到外婆说:"还好,你们的儿子不是无赖,将主动向学校承认,承担责任,他已经意识到事情的严重性。真的学校要开除他,那也是没有办法的,你们也不要太责怪他了。他是在你们眼皮底下做的,养不教,父之过,其实你们做父母的也有责任。学校方面那就更不谈了,现在的学校,除了处罚开除学生,什么都不会。只教人,不育人,这就是今天教育的现状。说实在的,我以前好像见过这个女孩,印象不错,我倒是很喜欢他们俩在一起的。他们很聪明,就差一步瞒天过海了,只是败在那个骗钱的庸医手上。我看今天已经很晚了,以后你们找机会认真地跟他谈谈,如果丢了考大学机会,还是蛮可惜的。"

他没有听到父母说话的声音,只看见他们站起身朝门口走来,急忙闪到一边。父母退出外婆的房间转身上楼,尔后又听到母亲边走边轻声说:"这个女孩以前我也见过,是否要去女孩家里慰问一下,道个歉什么的。"父亲说:"我也说不好,不知道怎么办才好。"他在黑暗中默默地看着他们的背影,摸黑回到自己的房间,内疚伤心油然而起。

从第二天起,黄莺在学校就再也没有见过郝予兴,又开始为他担心起来。先前是卢蓉出事后不来学校了,现在又不见了予兴。她感到委屈,原来自己每天能和他们在一起,可以相伴,可以依靠,还有许多快乐,可现在一下子却变得没有了,使她感到失落。眼下要好的知己只有沈嘉毅了,她去问嘉毅,是否知道予兴的情况。嘉毅也一样,从听说予兴要去自首那天起就一直没有见过他。黄莺和嘉毅猜测,予兴可能已经向学校自首了,但具体情况无从知晓。黄莺心里有一种说不出的心酸和沮丧。以往每当在学校里看到卢蓉和予兴恋爱的身影,便会萌生出对恋爱的无限憧憬和遐想,对他俩羡慕不已,而现在却再也见不到他俩身影,好像有一只无形的巨手将美好的恋爱掐死一样,一下子使她感到自己也掉落到了寂寞无望的深渊。

那天放学后,黄莺直奔卢蓉家。来开门的是卢蓉的姐姐,她见是黄莺,便高兴地向房间里的卢蓉叫了一声:"黄莺来看你了。"尔后凑到黄莺耳边轻轻地说:"我出去给你们买点小点心,顺便透透气,你一定要等我回来,才能走。"不等她答应就开门出去了。

黄莺进了房间见到卢蓉后,一下子抱住她哭了起来。卢蓉看见她这个样子也猜出几分,没有急着要她说出哭的缘由,只是紧紧地抱着她,陪她尽情宣泄。过了一会儿,黄莺抹着眼泪带着哭腔叫道:"他可能已自首了。"卢蓉拿过一条毛巾替她擦去眼泪,平静地说:"我早就知道了。班主任李老师来过了,她说予兴已向学校承认了,下周星期一我可以回学校上课,上课前要作检讨,这几天还让我在家里反省,考虑如何作检讨。"

黄莺的手搭在她的肩上,愣了一下,似乎还没有完全反应过来,忙问:"学校将怎么处罚他?"卢蓉茫然地摇了摇头说:"不知道。"隔了一会又说,"可能会被学校开除。"黄莺瞪着眼睛看着她,似乎在问为什么,你怎么知道的,卢蓉接着说,"李老师一直问我,予兴是否欺骗过我,是否对我耍过流氓手段。哼,他们把予兴当成流氓了。你想她为什么要这样问我,明摆着要对他加重处罚。我一直回答她,这事情是我自己心甘情愿的,我们小学就在一起了,是从小一起长大的,是认真的恋爱关系。她似乎不相信,那我也没办法。她还问我在哪里发生的关系,我说在我家里,没说你家阁楼的事。"说到这里两个人一时无语,沉重的话题使她们谁也没有力量看对方一眼。

过了好一会,卢蓉长长叹了口气说:"真希望学校把我们俩都开除了,我也不想念这个破书,和予兴私奔算了,去一个谁也不知道的地方隐居起来。我真不知道我们错在哪里,学校要这样对待我们,我已经精疲力竭了。我想予兴也一样,他可能比我更加可怜,真想他。"说完红着眼睛转身背对着她,黄莺从背后再次紧紧地抱住了她。

黄莺为了转移她悲伤的情绪,问她为什么刚才她姐姐对自己说要等她回来才能走,卢蓉苦笑着说:"这是我妈妈交给她的任务,家里不能断人,生怕我自杀。"黄莺惊讶地看着她说:"你不至于想自杀吧?"她无奈地苦笑着说:"自杀我倒是没想过,好死不如赖活嘛。但我真的好想好想和他私奔。"说完向她看了一眼,脸上泛起了只有纯洁少女才有的羞涩。当黄莺再一次听到"私奔"两字时,兴奋起来叫道:"私奔好呀,多浪漫。如果是我,我就和他私奔。"卢蓉好奇地看着她说:"起先我也有这样的想法,浪漫倒是没有想到,只是想和他一起离开这个鬼学校,去一个谁也不认识我们的地方，哪怕天涯海角我都愿意。"黄莺似乎找到救星似的一阵狂喜，双手不停地摇动她的双肩，脱口而出："是呀，私奔！再也不用管什么鬼学校了，让他们见鬼去吧，叫予兴带你走，以后我和嘉毅来看你们。"卢蓉挣脱她的摇晃，在她的肩上捶了一拳，深深地叹了一口气："不现实的。予兴说的对，如果私奔，我们两个人都完蛋，这样也许还能保全一个。但我真不愿意予兴去自首，他的损失太大了。"听卢蓉这么一说，黄莺一下子安静下来，目光恢复了凝重，默默地注视着卢蓉，见她眼眶里有泪花在滚动，不由自主地上前再一次紧紧地抱住了她。

　　周一早晨，黄莺和沈嘉毅早早地等在卢蓉家的楼下，见她下楼来，黄莺马上迎了上去，挽着她的胳膊以轻松玩笑的口吻说："今天你放心，我和嘉毅会时刻陪伴在你身边，保护你的。"卢蓉感激地捏了一下她的手，向嘉毅笑了笑说："好久没见你们，我好想你们呀。"嘉毅附和着："你不来学校，黄莺很寂寞，一直没有笑脸，今天和你在一起，你看她笑得多开心。"三人并排边说边走，非常自然融洽，看上去和以往并无两样，可在他们心里都在极力回避着一个沉重的话题，那就是郝予兴现在怎么样了。

　　到了教学大楼底楼的楼梯口，卢蓉向黄莺和嘉毅平静地说了一声："我走了。"独自走向老师办公室。班主任李老师看到卢蓉来了，轻声问她是否准备好了，她默默地点了点头，尔后李老师带着她来到设在大楼底楼最东面的学校广播室，推开门看见有一位像领导模样的女老师横坐着，一手搭在播音台上，另一只手搭在椅子的靠背上，在和旁边站着的广播室管理员说话。李老师进门后和他们打了招呼，卢蓉畏畏缩缩地躲在李老师后面，不敢也不愿意走上前，只见那位领导模样的老师歪过头来，扫了一眼卢蓉，向李老师证实道："就是她？"在得到李老师肯定的答复后，她又转向卢蓉冷冰冰地吩咐道，"等上课铃声响了，我先通知一下，然后你就开始。"卢蓉点了点头，从上衣口袋里拿出一页纸，示意自己已经准备好了。卢蓉为了避免让他们看见自己快要流泪的样子，便将头慢慢地转向窗外,而窗户外面的铁栅栏,此时在她眼里一下子使这间房间变幻成了牢房,使她的心情更添了一份凄凉和悲愤,同时内心深处有一个声音在拼命地大喊:我没有错,我和予兴都没有错,我们只是没有锁住青春而已,需要作检讨的不是我,而是可恨的你们。她望着窗外长长呼出一口气,努力地使自己能够保持平静,掩饰心中的愤懑,不断地强迫自己在心里默默念道:这一切会很快过去的。

黄莺和嘉毅看着卢蓉的背影进了老师办公室的门,便上楼向自己的教室走去。黄莺在半道上轻声对嘉毅说:"我想哭。"他略显紧张,但还是想出了调侃的话,想引开她的注意力,说:"不要这样。这里同学太多了,看见了不好,人家以为我在欺负你呢。"看她没有反应,接着又补了一句,"事情很快就会过去,下课时你多去陪陪她。"

教室里和往常一样,同学们到齐了,上课铃声响过后,突然,麦克风发出了试音的响声,同学们一下子安静下来,好奇地盯着教室前面墙上的麦克风,等待着广播。好像是学校革委会主任的声音,她以前是学校工宣队的,以沙哑的略带上海方言的普通话重复喊了两次:"现在由高一卢蓉同学作检讨。"尔后传来了卢蓉的声音:"同学们,老师们……"起先声音很轻,后来似乎调整了话筒的距离,声音稍微变响了些。

这种临时广播是从来没有过的,教室里静极了。嘉毅右手撑着头,闭着眼睛好像在替卢蓉回避最叫人难堪的屈辱,为她叫屈,为她鸣不平。这样的屈辱非人能承受,他想起了第一次听到父亲自杀的情景,当时的感受和现在完全一样,是一种难以忍受的屈辱。突然间他明白了,自己的父亲为什么会自杀。从今天的故事可以想象出父亲在隔离审查时所承受的屈辱,想到这里他再也无法控制住自己,眼泪从眼缝中流出,他终于趴倒在桌上,把头紧紧地埋在双臂间,一动不动,他再也没有力量去思考眼前的世界了。

临时广播结束了,一切恢复正常,上课也开始了。上课的内容黄莺一句也没有听进去,下课铃声一响,她飞快地冲出教室,在操场上找到了卢蓉,和她抱成一团,说不清是喜还是悲,对她说:"快,回去吧,一切都过去了。嘉毅在教室里等着,有我们在没人敢欺负你。"当她俩肩并肩地出现在教室里时,同学们看到她们都有意识地表现出和往常并无二致,而卢蓉见此,也的确轻松了许多。沈嘉毅也已调整了情绪,看到黄莺陪着她进教室,有说不出的高兴,心想卢蓉也许已经渡过了最难的一关,很快会走出阴霾。通过这一段时间发生的一系列事情,他由衷地感到黄莺实在是一个难得的好女孩,她朴实无华,对朋友忠诚和热情。这除了给他留下了深刻的印象,同时产生了好感,虽说这种好感不是源于异性相吸,男女之间爱慕的感觉,而是来自对对方品格的尊重和为人的信任,甚至是一种可以信赖的感觉,可这种感觉,比朋友间的友情似乎又多了一层,而比恋人间的爱情似乎又少了一层,他暗暗地对自己说:"今后要好好珍惜有这样一位异性朋友。"

在此后日子里,他们三个人也时常在一起,却很少提到郝予兴,每天按部就班地上课,埋头学习迎接高考,卢蓉也一样,外表看起来和以往没有什么两样,平静如初。也许在平静的背后,在他们内心深处却是波涛汹涌,在平静中积蓄着能量,就这样,不知不觉地迎来了又一个暑假。

一天晚上,郝予兴到沈嘉毅家里来看他。嘉毅有些惊讶,因为是夏天,为了避免室内的闷热,便按照纳凉的习惯,从家里拿了水瓶杯子和两把小竹椅,放在马路的人行道上,邀予兴一起纳凉。这一段西藏北路还算开阔,再热的天也会从南面苏州河吹来一丝凉风,马路沿线也就成了纳凉的好地方,每天晚上都有不少人在这里纳凉,小孩子嬉戏游玩,好不热闹,有的坐在路灯下边看书读报边纳凉,甚至有人将躺椅搁人行道上,一直躺到第二天清晨,这也算西藏路夏天晚上常见的一道风景。嘉毅知道予兴被开除后被送进了区里的工读学校,每周回家一次,而几个月来又是第一次碰面,他明显消瘦了。虽说他们以往一直是无话不谈的好朋友,碰面可以随便说随便问,但现在发生这样大的变故,生怕触及他伤心处,不敢随便问予兴的近况,只是为他倒了水,静静等着予兴先开口。

予兴看他一直不说话，低下头有点不自然地直接问道："卢蓉怎么样了？"嘉毅实话实说："还好吧，和以前没什么两样。"他又问："她考什么专业定了没有？"嘉毅答道："她好像决定考文科，想读政法专业。"予兴略微抬了下头，想要再次确认似的："是吗？"沉默了一会儿又说，"她应该考理科，她擅长数理化，以前她是为了和我在一起，才决定读文科的。"嘉毅听了他这些话，心想他俩以前是那样的情深意长，相互都为对方做出牺牲，而今天的结局，真叫人心酸。嘉毅搜肠刮肚寻找能安慰他的话，却不知道说什么好，他们俩沉默了好久，只是看着眼前马路上川流不息的车辆。还是嘉毅打破沉默，小心翼翼地轻声问："现在你怎么样了？"他叹气道："我还能怎么样？行尸走肉，就像以前的坏分子一样，每天要劳动改造。目前只想卢蓉能够过得比我好，就可以了，希望她如愿以偿考上大学，我也不愿意去打搅她，今天实在忍不住了，到你这里来聊聊她的情况。"

听到他痛苦的感叹，嘉毅后悔刚才不应该问他的近况，无奈之下他只能坦白自己的心境："我不知道说什么才能安慰你，我们是知己，只要你愿意，随时过来，我会陪你的。"予兴苦笑一下说："这我知道，你不会嫌弃我的。"最后他又重复了一句，"我来你这里，不要对卢蓉讲，我不想打搅她，让她一心一意好好考大学。"嘉毅默默地点了点头，说了一声知道了。嘉毅陪着他在夜色里的马路边坐了好久，车辆的灯光一次次地划过他们的脸和身体，随之扬长而去，他心情有说不出的沉重。

随着高考的临近，嘉毅母亲没有听到他说起过报考大学和专业的事，尽管平时任何事情她都让嘉毅自己决定，至于报考什么大学和选择什么专业她也不想干涉，只是出于关心，想了解一下儿子的决定，在吃晚饭时便问："嘉毅，你高考的学校和专业决定了吗？"嘉毅答道："其实我对读大学，并不在乎，只不过是个学习成长过程，到此一游而已。专业嘛，还没有定，但我班级里有同学想读政法或者法律专业，好像很不错。"姐姐佳曦直接问道："那你是否也想考政法专业？"他没有回答，只顾往嘴里扒着饭，似乎在担心着什么，或者在等待家里人对此的反应。

奶奶插话道:"现在的专业什么的,我不懂,我看专业就是以前所说的手艺。俗话说荒年饿不死手艺人。如果你学到真的手艺,可以吃遍天下,一辈子不用愁,所以选择专业不能只贪好听的,不能图虚名,要有真才实学才好。"佳曦接着奶奶的话:"什么政法专业、法律专业的,都是所谓的上层建筑的东西,只是一个好听的名称。但我们国家根本没有法律,你还要去学什么法律,肯定对你将来没好处,我们又不是在美国,学法律可以做律师。"嘉毅母亲朝女儿瞪了一眼,呵斥道:"不要乱说!你这些奇谈怪论是从哪里来的?选择考什么专业对你弟弟很重要,是他一辈子的事情。"嘉毅抬起头看见母亲在盯着自己,朝佳曦瞄了一眼,只说了一句:"文科中可以选择的专业不多。"他不愿意在大家面前谈论自己的事情,说完赶快放下碗筷,朝母亲说了一声吃完了,就回自己房间了。

嘉毅回到房间,呆呆地坐在书桌前,脑子里乱哄哄的。他确实想报考政法专业,尤其是法律专业,但听了姐姐的话,总有一种说不出的不安的感觉。他的房门被推开了,见母亲进来。他母亲不常到他的房间。他抬起头叫了一声母亲,似乎在问有什么事吗?母亲看了一眼桌上的书,拿起书说:"你在这个时候怎么还有时间看闲书?"他接过母亲手上的《白宫岁月》,将书背向上放在桌上,低头说:"这是姐姐在看的书,我只是拿来随便翻翻。复习功课的时间,我会把握好的。"母亲继续道:"考大学和选专业,是你自己的事情,我们家里的人只能给你建议,未必和你一致,供你参考。"他转身站起来,面向着母亲认真地说:"我考得上,不用担心,至于专业我真的还没有想好。"母亲略微一怔,心想儿子也太笃定了,又看了他一眼,慢慢地说:"喜欢某个专业是一回事,一辈子要从事某项专业的工作又是一回事,你自己要拿定主意。政法专业虽很不错,但是你要记住,你父亲就是东吴大学政法专业毕业的高才生,结局多惨!而且政法专业毕业的人,今后很有可能进入政法部门工作,像我们这样的家庭背景能够通过政审吗?如果到时候政审没有通过,也许对你又是一次打击,还不如从头开始就避免这种事情的发生。像我们这种家庭的人,不求轰轰烈烈,只求平平安安。我的话只是提醒你一下，你已经长大成人了，自己的道路自己选择，好好考虑吧。注意身体，早点休息。"转身准备离开房间，顿了顿又加了一句，"你不论做出什么选择，我做妈妈的，都会支持你。"

母亲离开房间后，他坐回到书桌旁，无法继续复习功课，思绪更加混乱了，且又加入了一丝悲凉。他不在乎放弃所谓的政法专业或者法律专业，但母亲的话又提到了父亲，提到了家庭背景，把他带入久违的自卑之中，使他无法摆脱父亲给他带来的阴影，有一种永无出头的恐惧感，一种永远被世界抛弃的感觉。他想流泪，为自己也为自己的家庭，他把头深深地埋进自己的两手间趴在桌上。

第五章　高 考 之 后

　　高考结果出来了,沈嘉毅和卢蓉如愿以偿。嘉毅进了大学的经济系,卢蓉进了法律系。黄莺遗憾地落榜了,这也在她意料之中。自从高考分数公布那一天,她就意识到自己将和大学无缘。虽然闷在阁楼里一整天,也没有特别伤心,在她看来高考也许实在太难了,有点不切合实际,但在高中的两年里,能够结识了嘉毅、卢蓉和予兴他们那样优秀的同龄人,和他们一起朝夕相处,同甘共苦,又看到他们考上大学,也算自己人生中一件值得庆幸的事。这完全符合她那种看见别人高兴自己也开心的性格,只是眼下她有两个烦恼,都来自将来:一个是从今以后离开了学校,就和嘉毅分开了,和他见面的机会就少了许多,或许将来会越来越少,叫她心里有痛痛的感觉;另外一个是今后该怎么办,是找工作还是待业在家? 她开始迷茫了。

　　卢蓉拿到大学录取通知书后,想到的第一件事是如何去找郝予兴。她憋了一年多,一下子放松了,急着要向予兴诉说一年来的相思。但她有些紧张,有些忐忑,不知道他的近况怎么样,不知道他对自己是否有变化。她找到了黄莺,邀她一起去,由她陪着有两个好处,既可避人耳目,又可防止可能出现的尴尬,因为他们毕竟已有一年多未见面了,不知道他的心思怎么样了。黄莺听说要自己陪她去找予兴,非常高兴,一口答应,看见卢蓉白色短袖衬衫配裙子,打扮得干干净净的,调侃道:"你今天好漂亮,是像去找夫君的样子。"接着又诡秘地说,"如果他外婆不在家的话,我会很快离开的,让你们小别赛新婚。"卢蓉对她半真半假的话一点不介意,现在满脑子的是予兴,无心和她开玩笑,直接对她道出自己的心情:"今天不知道为什么,我总觉得有些紧张。"黄莺乐呵呵地说:"紧张是对的,你们一年多没见面了。放心吧,予兴不会变的,你们肯定会破镜重圆,噢,不对,肯定会一如既往的。"

中午刚过,太阳既刺眼又毒辣,垂直的阳光使得没有树木绿化的弄堂变得无处可以避阴,晒得地面发烫。卢蓉撑着阳伞和黄莺并排进了德新里弄堂口,这里的一切都能勾起她的记忆。石库门建筑一般是青砖红瓦和石头门框配上黑色实木大门的住宅,正是有这独特的石头门框,才得名石库门。它常常连成片,形成群,便构成弄堂。上海的石库门弄堂都是相差不多的非字形结构,一般都是有一条较长的主弄堂,在弄堂口有一个气派的门洞,在门洞上方写着弄堂的名称,一般是某某里、某某弄或者某某坊,也许沪语中的里弄一词出之于此。主弄堂两边有整齐的次弄堂,每条次弄堂一般不长,一边是石库门住宅的正门,对面是另一边住宅的后门。每家石库门住宅都坐南朝北,相互对应,每边四五家住宅不等。德新里是和西藏路平行,由于历史的原因,主弄堂以西的一半石库门住宅已被拆除,建造成沿西藏路的新楼房了,仅剩下非字形结构的另一半,和一个写着德新里的弄堂门洞。太阳把弄堂里的水渍晒干了,地面显得干净了许多,家家户户都关着门,似乎大家都在睡午觉,弄堂内几乎没有人走动,很安静。

她们找到予兴家的前门,来开门的是他外婆。黄莺上前很有礼貌地问道:"外婆好!我们是予兴的同学,他在家吗?"外婆见是两位女生,略有惊讶,只简单地说了一声他在家,便把她们引了进去。卢蓉看了一眼外婆,跟着说了一声好,发现外婆老了许多。她认识他外婆,读小学时曾来玩过无数次,外婆给她印象是一位非常和蔼可亲的人。卢蓉希望外婆能够认出自己,她便可以亲切地和外婆交流,但外婆什么也没说,她只能一声不吭,静静地跟在黄莺后面,收起阳伞穿过天井,进了客堂间。外婆让她们在客堂间坐一会儿,自己去后厢房把予兴叫了出来。卢蓉环顾四周,客堂间天花板还是那么的高,吊着老式的吊扇,天井里的光线透过高大的木格子窗户已经变得暗淡了许多,使得客堂间让人感到一丝清凉,明显有别于弄堂里的炎热似火的感觉;那幅横书的隶书"鹰击长空,鱼翔浅底"的字幅还挂在八仙桌的正上方,字幅的下面是一台很旧的收音机,八仙桌两边有两把椅子,角落里还是那台旧式的大立钟,卢蓉心想一点都没变。

予兴大步流星走进客堂间,惊讶地叫道:"原来是你们呀。"其实在外婆跟他说有两位女生来看他时,已经猜出是她们两人,他一改平时在家里的郁郁寡欢的样子,夸张地摆出一副突然见到老熟人的兴奋,朝她们挥挥手说,"快,到我房间去吧,这里要吵着外婆睡午觉的。"外婆似乎意识到什么,朝外孙看了一眼,在旁边提醒道:"别忘替同学沏茶,厨房间里还有绿豆汤。"

予兴指着自己的房间说:"我去沏茶,你们自己先过去吧。"过道很暗,在这里卢蓉用不着黄莺引领,相反熟悉地走在前面为黄莺引路,进了予兴的房间。黄莺朝她笑嘻嘻地说:"现在用不着我了吧? 我是否可以回去了?"卢蓉拧了她一下,压低声音说:"不许走。"予兴端了两碗绿豆汤进来,向卢蓉问道:"考上了什么学校?"她答道:"政法学院。"他说:"很好啊,遂了你的心愿。黄莺怎么样了?"黄莺没有回答,卢蓉忙替她说:"她分数差一点,没考上。"黄莺若无其事地说:"今天我是特地陪她来找你的,不要谈我的事情。你们这么久没见面了,肯定有好多话要说吧。"

这时天井里传来关门的声音,她急忙向予兴求证道:"是你外婆出去了?"予兴一时间摸不着北,说:"可能是吧。"黄莺马上转向卢蓉说:"现在我可以回去了吧?"看她真的要回去,卢蓉急了,说:"过会儿,外婆还会回来的,看到只有我一个人,她会怎么想。"黄莺调皮地指着房门外面的后门说:"你回去,可以从那里走。"又朝予兴确认道,"是不是?"予兴有点迟钝,有点走神,没有完全反应过来,问卢蓉:"她刚来,为什么要走?"黄莺听了,捂着嘴笑道:"过一会儿,她会告诉你的。"卢蓉红着脸,拉住她说:"要走,也吃完绿豆汤再走。"宛若一副女主人的样子,这也许是当前感激黄莺唯一的办法了。她遵命地三两口喝完后，笑嘻嘻地为他们关上房门，离开了予兴的家。她又看到他们在一起了，心想以后他们四个人又可以在一起玩了，心里有说不出的高兴，并马上想到了嘉毅，想把这一好消息快点告诉他。

予兴见到卢蓉她们，有一种说不出的感受，既在预料之中，又在意料之外。他想自己想念他们，他们肯定也会想念自己，大家肯定会有碰面的机会，但是，他没有想到碰面会来得这么快，碰面要说些什么到现在还没有想好。一年多来的分别，已经彻底改变了他的生活和心态，他已不再是大家眼中成绩优秀前途无量的诗歌王子了，而是一个叫人怜悯同情的可怜虫。工读学校的生活，彻底摧毁了他所有的自信心和骄傲，就连一张最普通的中学毕业文凭都没有，叫他如何面对即将上大学的卢蓉。他已经做好了放弃卢蓉的准备，但他不知道以何种方式向她表白，说出自己的心境，也很想知道卢蓉对自己的态度。从这个角度来说，他害怕这样的碰面，害怕碰面之后将失去一切友情和爱情，剩下的只是同情和怜悯，他希望这样的碰面来的越迟越好。刚才听奶奶讲有女生来看他，他就已经开始感到紧张，不知所措，神情恍惚。他还没有想好如何面对卢蓉。为了使自己在见到她们时不会胡言乱语，尤其在黄莺面前，不能太失面子，无论如何在表面上要表现得和以往一样，为此，他强迫自己调动起全部的神经细胞用来镇定，使自己不至于太难看，太尴尬。

黄莺离开房间后，卢蓉和予兴一言不发，互相注视对方好久。卢蓉的注视包含着对对方的渴望，是情感升腾前能量的积蓄，予兴的注视则是一种慌乱和迷茫，包含着害怕和躲避。卢蓉在不知不觉中眼眶发红了，突然，她一下子冲上去紧紧拥住予兴，心里所有想说的话化成泪水，化成了拥抱。予兴直挺挺地站着不动，任凭她的抚摸和拥抱，竭尽全力使自己保持镇定，等她平息后，慢慢扶她坐在椅子上，自己在她对面的床沿上坐下，安静地看着她，沉默不语。他发现她比以前更漂亮，不论身材曲线还是眼神都更加成熟迷人，从内心深处不由自主地爆发出一种力量,要去拥抱她亲吻她,但他始终无法动弹,就像被注射了麻醉剂,四肢不听从他心灵的召唤,身心分离。

直觉告诉卢蓉,眼前的予兴和以往不一样,他只有沉默没有激情,她再也无法忍受这样的沉默了,含着泪花疑惑地问道:"我来看你,你不开心吗?难道你不要我来看你吗?"予兴避开她的目光,低着头盯着自己的膝盖,沉默不语。卢蓉抹去眼泪带着乞求的口吻要求道:"说话呀,你倒是说话呀。"他抬起头,已泪流满面,但语气出奇的平静:"我不能拖累你,你应该好好读大学。在大学里比我优秀的男生多的是,我现在什么都不是,我们在一起不合适,不般配。"

卢蓉终于明白了,自己也估计到了,带着哭腔叫道:"你难道要我做当代女陈世美吗?你要我抛弃你吗?绝对不可能。"她再次冲到他面前把他的头紧紧埋在自己的胸前,说道,"傻瓜,我怎么会嫌弃你没有上大学呢?你是因为我们相爱而失去上大学机会的,我不允许你离开我,谁也不可能把我从你身边夺走,你不要胡思乱想。"心想他为了两人的爱情,独自承受了太多的损失,太多的委屈,自己要好好地给予他补偿。她抚摸着他的头发,继续说:"我今天来就是要告诉你,我爱你,我们现在可以名正言顺地做到永远在一起了,再也不分开。"他再次慢慢地抬起头来,卢蓉的眼泪滴在他的脸上,两股泪水合一起,两人紧紧地拥在一起,持续了好久好久。

郝予兴自从结束了工读学校的所谓学习后,面临着何去何从的烦恼。想继续学习已经不可能了,而就业找工作,在从正常学校毕业的学生也无法就业的环境中,想有一份工作谈何容易。卢蓉来过后,给予兴的生活带来了一丝亮光,他知道虽然两人恢复相互往来,恢复恋爱,但要维持像以往那样恋爱的感觉,似乎已经不可能了,他们之间的差距实在太大,迟早会发生质的变化。可悲的是他已经预料到要发生的一切,却又无法挽回。

对沈嘉毅来讲,大学是诱人的,大学的生活是无聊的。这一届大学生是恢复高考后的第四届,学生中大部分是来自应届高中毕业生,学校必须对刚刚进校的被社会誉为天之骄子的新生进行行为规范教育,以免他们忘乎所以。班主任为同学们布置了下午分组讨论的题目是:"大学的学习对你意味着什么?"沈嘉毅向来不热衷这类活动,他既没有带笔也没有带纸或本子,两手空空,懒散地进了教室,见同学们围圈而坐,上午和他打过招呼的罗小微坐在第一排,埋头记录,似乎在主持讨论,便找了个角落坐下。

当听到一个女同学说:"读大学可以让我学到知识,获得文凭,将来可以找好工作,就这些。"大家都笑起来了。有人说:"这是最直白的心声,应该可以代表大家的心声,也是我们父母的心声,要记录在讨论稿里。"一位年龄稍大的同学以半真半假的口吻说:"这个说法,虽很现实,但就是缺乏远大革命理想,不符合政治要求。你们应该感到庆幸,本市有七九届毕业生二十二万,上大学的才不到二万。"支持的同学说:"我们不说假话,就是为文凭而来的,学什么,甚至学不学都无所谓,只要能够获得文凭就可以。"有同学插话说:"这是不思进取的唯文凭论。"大家发出更大的笑声,七嘴八舌地发表着各自的观点,一个矮个子戴眼镜的同学合上手上的一本书,慢悠悠地说:"关于文凭,有位名人说的好,'这一张文凭,仿佛有亚当、夏娃下身那片树叶的功用,可以遮羞包丑,小小一方纸能把一个人的空疏、寡陋、愚笨都遮盖起来。'仅供大家参考。"

同学们哄堂大笑,有捣蛋的同学叫道:"妙,妙不可言,我们这里谁敢不要这片树叶?请举手。"有位女同学站起来大声道:"我们是在认真讨论,请不要说下流话,说那话的肯定是大流氓。"有同学附和着叫道:"请不要污染我们洁净的学府圣地。"另有一位调皮的同学怪声怪气叫道:"我们的学府圣地早已是个大染缸了,天真烂漫的人进来,变成满脑子世俗怀疑的人出去;善良无私的人进来,变成刻薄自私的人出去。美其名曰:这是成才或者成熟,将来是我们的国家栋梁呀。"还是刚才大叫的女生指责道:"你不要污蔑我们的大学,我们上大学是来学知识的,如果是这样,那你可以不上大学,不要这张大学文凭,视它为废纸。"

嘉毅受到这样活跃气氛的影响，说出了他一直储存在脑子里的对文凭的观点："文凭是那片叶子，或者废纸，那也不至于。按我的看法，文凭是一件外套，是一件可以一直穿到死的外套，可外套合不合身，无关紧要，如果是名牌大学的文凭，就等于名牌西装，人死了，在追悼会上也要提一下，此人毕业于某某名牌大学。"

　　同学们嘻哈笑着，那位主持讨论的罗小微拿圆珠笔敲打着桌子叫道："你们这种言论，是对文凭的亵渎，是对知识的亵渎，真不应该来上大学，本人对你们的言论不做记录。"说完自己也笑了。有同学说道："应该要有记录，否则就变成弄虚作假了。"有许多同学故意捣蛋附和着要求记录，坐在外围的一个男生用双手做成喇叭状向大家高喊："应当记录，要让学校知道我们同学的真实想法，多数人要求记录，少数服从多数嘛，同意记录的请举手。"同学们纷纷开心地举起了手，表示同意记录。

　　嘉毅其实不在乎记录与否，出于多一事不如少一事的想法，站起来说："本人发言为即兴发言，不做记录为好。"另外一个同学认真地说道："记录不记录，应当听取发言人本人的意见，不能强求。"支持这种观点的一个同学，用戏谑的口吻叫道："这才是尊重人的正确做法。所以说，有时候真理掌握在少数人手上。"罗小微接过他的话说："先民主后集中。应沈嘉毅同学本人要求不做记录，可以不记录。"话音刚落大家都嬉笑着起哄起来，有同学用怪声怪气的语气叫道："你自相矛盾，独断专行，我们不要你继续记录了。"罗小微笑得捧着肚子低下了头，朝嘉毅会意地看了一眼，等到大家平息后，她重新抬起头来，提高音量道："不要再闹了，继续吧。"

　　讨论结束时间还没到，嘉毅无奈地坐在旁边，有一句没一句地听着大家的谈论，看着罗小微记录。她坐姿很端正，微微低着头，弯曲的刘海整齐地落在额头上，稍稍翘起的圆鼻子，一点也不难看，相反恰到好处，使她显得更加妩媚动人，时而抬起头听人讲话，时而记录，记录速度很快。他心想写字这么快，她的字肯定没有她长相来得漂亮，盼着早点讨论结束。

九月下旬上海的天气,照旧延续着夏天的炎热,一点没有秋天的感觉,而且湿度很大,让人感到不舒服,学校宿舍里更是闷热难忍。嘉毅的宿舍住着六位同学,来自不同的年级和不同的专业。宿舍楼是很破旧的红砖结构的三层楼房,一排排完全相同的宿舍楼房,中间隔着一排排水杉树,看上去像部队的营房。他的宿舍在三楼,窗户外满目水杉树,宿舍里很拥挤,三张双层床,每张床铺上挂着蚊帐,两张书桌上堆放着书籍、碗筷及饭盒之类的,旁边还有脸盆架子等杂七杂八的东西,毫无整洁可言,还散发着类似汗味的难闻气息。他已经住了两个星期了,还没有习惯,不愿意在宿舍里多待,宁可每天晚上待在图书馆里,直到闭馆才回宿舍,直接上床睡觉。其实,他完成学业根本不需要每天晚上泡在图书馆里用功,在那里只是为了打发时间。

嘉毅自从上了大学,进入了一个全新的环境,同学也都是新同学,相互之间对彼此以往的经历和家庭背景都不了解,他用不着再担心有同学会知道自己家里的不幸状况,尤其自己没有父亲的悲惨故事。新的环境使他感到轻松自如和心情舒畅,大学一年级的基础学习根本谈不上繁重,有大量的空闲时间可以自由支配,有一种从未有过的放松和轻闲。

那天他和往常一样,早早去食堂吃了晚饭,无聊地来到图书馆就座。夕阳透过巨大的钢窗斜射进来,使得老旧的图书馆格外鲜亮,晚饭时间是图书馆里同学最少的时候,许多桌子上铺满各种书和学习用品,却不见读书的主人,非常安静。他无心看书读报,呆呆地坐了好久,心想好久没有画自己喜欢的简笔画了,顺手打开大号的笔记本,撕下一页白纸,随心所欲地画了起来,一会儿纸上呈现出一位自然大方女性抽烟的形象。他一边在欣赏着自己的作品,一边在思念着汪姐,想起英姿说她抽烟样子很雅致,想起汪姐问自己是否能够考上大学的情景,心想她现在是否知道自己已上大学了,如果知道的话她肯定会很高兴的。此刻,汪姐在他心目中的形象一下子高大起来,现在他似乎理解她在那晚所说的话，心想她真是一个真心替自己着想的人，是值得自己一辈子记住的人，内心充满了无限眷恋和感激，准备在画面的空白处为这幅画起个好听响亮的名称，挂在自己的床头，以便能够时常看到她，记起她来，也让她陪伴自己度过每一个漫漫长夜。

他正在琢磨着为画起什么名称的时候，从后面传来一个女生的问话：“好漂亮的画，这是谁呀？”他扭头见是罗小微，朝她微微一笑，算是打了招呼，又把目光收回到自己的画上，似乎不愿意被打扰的样子。罗小微并没有注意到他的神情，反而在他旁边坐了下来，从他手上拿过画来仔细地端详起来，以似乎很内行的口气说：“你很有才气，画得很好。你看，没有一根多余的线条，笔法流畅，把人物神态表现得活灵活现，若有所思的样子非常传神，夹着香烟的手画得细腻清晰，弯曲的手指自然逼真，还有那若有若无的烟也恰到好处，整个画面布局松散疏密结合得正好，你应该在右下角空白处为作品起个名称或写一句话，以便点题，大概还没来得及想好吧。”她把画放回到他们中间的桌面上，而眼睛没有离开画，似乎还在研究画中的细节，又加了一句，“这么好的画，却画在从本子上撕下来的纸上，可惜了。”

听了她对画一连串的精湛点评，嘉毅心里一阵高兴，刚刚因被打扰而生的坏心情一扫而光，但又怕她刨根问底，问一些他不愿意回答的问题，诸如画中的人物是谁，或者为什么要表现人物抽烟的动作等，他想尽快藏起内心的秘密，便慢慢地拿起画来，准备将它夹进笔记本里，可她还是一如既往地连问带猜：“她是谁？看年龄，是你姐姐，不像，她应当是和你很亲密的人，是你母亲？你母亲会抽烟？也不像。”

她转过脸来盯着他，以玩笑的口吻继续问：“不会是你女朋友吧？”他只是淡淡地笑了笑，不想让她再胡乱猜下去，打断她的问话，直接回答道：“随便画画而已，看得出，你对绘画懂得好多。”她略带自豪的口吻说：“我画得不好，但好的画我能看懂。比如就拿你的简笔画来讲，其实画面越简单越难画。一般来讲，画面简单其表现的内容也简单，复杂的内涵要用简单的线条表现出来，这是不容易的，就和复杂的事情用简单的语言来说明清楚,是说话的最高境界一样,从画中不但能够看出人物所表现出的内涵,还能看出作者的内心世界和心境。我画的没你好,看得出,你是在用心作画,由心而发,所以画得出这样传神的人物。"

嘉毅对她滔滔不绝的点评有点担心,不希望把话题再回到画中人物是谁的问题上,极力想把话题引开,急忙说:"你怎么也这么早就来图书馆啦?"她伸一下身子,叹了一口气说:"没想到读大学会有这么多的空余时间。无聊呗,想到图书馆找一下今天下午那个同学说的那句名言是谁讲的。"他一时没有弄明白她讲的名言是什么,便问:"什么名言?"她答道:"就是那句文凭是那片遮羞的树叶,这话会不会是鲁迅讲的?好像没有听说过。"

他终于搞清楚了,她是为了那一句话特地来图书馆的,心想也是够无聊的,也反映出她够仔细认真的,便附和道:"应该不会是鲁迅讲的吧。"她认真地答道:"是的,我想也不可能是鲁迅讲的,如果是鲁迅讲的,我们应该知道。"他看她对这句名言那样执著,略显惊讶,便为她着想地说:"我看肯定就是那同学从手上拿着的那本书上批发来的,你向他要来看一下,不就知道嘛。"她说:"我就喜欢自己找答案,这才有乐趣。"他笑了笑说:"其实,这句话讲得有一定的道理,没有你们想象的那么下流。"她还击道:"谁说这句话下流了?我可没说过。"他半开玩笑地说:"那你为什么对这句所谓的名言这么感兴趣?你们女生就这样,有些事不愿意承认,就好比看电影时看到男女主人公热烈接吻的镜头时,好像是大逆不道的事情,偏偏要用双手捂住眼睛,装出不愿意看的样子,其实躲在手指缝后面偷偷地看。"

她笑着扭了一下身子,似乎要用全身的力量来辩护:"这是谁说的,我可不在乎。"他急中生智地继续出击道:"你是说不在乎在大庭广众面前接吻吗?"她身子朝后仰了仰,略泛红晕的脸上挂着忍不住的笑容,用手指了指他说:"你偷换概念,占我便宜。前一阵子我看你很老实巴交,不声不响的,想不到你也够调皮的。说实在的,那句遮羞树叶的话,我一点也没有感到下流,只是好奇,感到这句话有点刻薄,但很贴切,想知道它出自哪位名人之口而已。相比之下，我还是更欣赏你说的那句外套理论，你的外套理论又出自哪位名人的名言？"

嘉毅让她说得有点过意不去，马上辩白道："不好意思，开个玩笑，别生气。至于我说的那句奇谈怪论嘛，千万不要冠以什么'外套理论'的头衔，实在不敢当。"他想起她刚才话中对自己的评价，转而接着说："你刚才说我不声不响，我可能最初给人家的印象是否一个难以接近的人？"她答道："难以接近，好像有一点，按照我的观察，你似乎不太主动和人搭话。"他说："是吗？可是一旦接近了，发现原来是个好同志。"她朝他瞟了一眼说："我可没发现你是一位好同志。"说到此，两人都笑了起来。

嘉毅想起了在白天的讨论中她是做记录的，问道："记录将派什么用场？"她反问道："什么记录？"嘉毅看她似乎已经彻底忘记了记录的事，笑着补充："就是今天下午讨论的记录。"她一脸惊醒的样子，不以为然道："哦，我也不知道派什么用场，我想不会派用场的。只是教导主任在布置讨论题目时，跟我这么一说，图个形式而已。我们读大学也真可怜，这种洗脑讨论也太兴师动众了，还要记录，真没劲。"嘉毅接着她的话说："我看不是很好嘛。你知道了有人将所谓高高在上的大学文凭当成遮羞的树叶，还到图书馆来找它的出处，这种说法我以前也没有听说过，这不就是讨论的结果吗？"她笑了笑，若有所思地说："这倒是一项收获。不过我想那个布置我们讨论的教导主任肯定没有想到会有这种结果，也就是说洗脑的目的没有达到。"说完她做了一个鬼脸。他朝她看了看，以不确定的语气说："不能说这种讨论是洗脑吧。"顿了顿又解释道，"那个教导主任，我不认识，但是我想，他是做这样的和尚，就要撞这样的钟，我们是新生就必须听这样的钟声，所以就像你所说的大家就只图个形式而已。"

小微出神地瞧着他，佩服地说："你倒是看得很透。"接着将眼神移开，叹息道，"我也不知道为什么，总感到读大学没有高中时开心，没劲。也许长大了，所谓成人了，我也说不清楚，反正对大学感到很失望。大学读书还不如高中,高中有高考,压得你透不过气来,没有时间考虑其他问题,而大学总算有时间了,可总感到松松垮垮的,对经济管理专业,一点兴趣都没有。我最想读的是政法专业,可惜考分低了点,没有办法才在这里混的。你高考分数这么高,为什么不读政法,而来学我们这个破专业?"

他不想提家里的故事影响他选择专业的事,只想快点把这个话题结束,便泛泛而谈:"其实,大学读什么,读得怎么样,并不重要,尤其我们学文科的。我也不喜欢经济管理专业。重要的是你人生经历中有过读大学这样一个过程,让你以后在考虑问题时,有一种受过教育的自我感觉,就可以了。如果你想在大学里得到的更多,那你肯定要失望的,还不如你想学什么就自己去学什么,想做什么就做什么。"

小微还是没有转过弯来,继续问道:"你不喜欢政法专业吗?"他淡淡地答道:"我没有填这个政法专业。政法专业毕业,去政府部门工作的多,我不合适。"他并没有说出不合适政府部门工作的理由。这时,图书馆里的同学渐渐的多起来了,他提议:"这里说话会打扰人家的,大概外面也开始凉快了,我们还是到外面去散散步吧?"她爽快地答应了,他将那张画小心地夹进了笔记本里,然后和她并肩走出了图书馆。

沈嘉毅和罗小微在学校转了一圈,他回到宿舍的时间不算太晚,宿舍里只有大二的苏建一人,他已经把房间打扫干净了,赤膊穿短裤正在点蚊香。嘉毅和他只见过一面,曾听同学介绍过,他是历届生,比应届生大七八岁,进大学前是一家街道工厂的支部书记,因为已结婚有一个女儿,不经常住宿舍,平时骑自行车上学,口碑很好,大家都很喜欢他。只要他回宿舍住,第一件事肯定是打扫卫生,他喜欢清清爽爽,即使有同学弄脏了宿舍,他不会批评指责,也不会让人家重新打扫,而是自己默默地重新扫一遍,对人非常和气,很受大家尊重,大家沿用他以前单位里的称呼,都叫他书记。嘉毅见他在忙,客气地上前问道:"是否需要帮忙?"苏建回头见是他,说:"不用了,已经扫完了。"尔后,利落地一手拿垃圾筒一手拿肥皂盒,肩膀上搭着一条毛巾出了宿舍门。嘉毅趁宿舍里没人,翻开笔记本,拿出画来,准备把它贴在自己的床头,但又觉得贴在床头太显眼,肯定会被人看见,心想还是少一些麻烦吧,不贴为好,将画小心翼翼地夹回笔记本里,心里有一丝淡淡的惆怅。

不一会儿,苏建已倒完垃圾,洗完澡回来了,见他坐在床沿发呆,就笑嘻嘻地说道:"宿舍不比家里,这里条件差,只要搞干净了,就可以舒服些。"他将装蚊香的小盆子往嘉毅床边推了推说:"放下蚊帐之前一定要把里面的蚊子赶走,否则睡不踏实。"嘉毅抱怨道:"我以前从来不用蚊帐,昨天晚上一只蚊子在帐子里,一晚上都没睡好。"他宽慰道:"上海一般家庭都不用蚊帐,这里蚊子特别多,不用蚊帐不行,用习惯就好了。"嘉毅看着赤裸上身的苏建,心想做他老婆肯定很幸福,就连使用蚊帐这样的小事,他也能关心得如此细心周全,更不用说对一个家庭了,感到他身上有一种天然做大哥的气质,让人感到亲切,和这样的大哥同住一间宿舍,是一件值得高兴的事。

突然,敞开着的宿舍门前出现了一位嘉毅从没有见过的女生,她身材高挑、眉清目秀。她见了嘉毅,很有礼貌地问:"请问,苏建在吗?"嘉毅心想很纳闷,苏建难得在宿舍,又是晚上,怎么会有女生来找,木讷地答了一声在。又朝里叫了一声:"嗨,书记,有人找。"这时,那女生站在门口已经看到了在窗前晾毛巾的苏建,说:"呀,你还没穿衣服,我在下面等你。"苏建回应道:"我马上来。"嘉毅再朝门口看去,那女生已经消失了。苏建很快穿上衣服,和他打了个招呼出门去了。他搞不清楚眼前的这一幕,心想也许今晚不应该这么早回宿舍,谁都有不愿意让人看到的事情,在集体生活中,识相和知趣很重要,不要让人讨厌。

第六章　散　亦　难

　　黄莺母亲知道自己的女儿不是读大学的材料,她对女儿人生规划的原则是:先工作赚钱、后嫁人结婚。女儿自食其力比什么都重要,她托单位领导帮忙,把黄莺安排到了离家不远的伟庆食品商店做营业员。这家店就在西藏北路西侧最北端的楼房底层,靠近天目路的转角上,也算是那一排楼房的配套工程。商店规模不大,奇怪的是商店名称是食品商店,但除了食品之外,还有日用百货,应有尽有。虽说商店附近有不少居民,可白天除了进来买一包香烟,买一盒火柴或小零食的过路人,几乎没什么顾客,营业员的工作也很轻松。黄莺每天一早总是带着大饼油条匆匆来到店里,躲在柜台后面偷偷吃完早饭,照着镜子重新梳妆一遍,尔后开始在柜台前打发一天的工作时间。由于和周围同事们有着较大年龄差距,关心的事情也各不相同,平日里和他们的话也不多,绝大部分时间只是听同事聊天,难得插话。她对这份工作,谈不上喜欢,也许她自己都不知道喜欢什么样的工作。对于绝大部分没有考上学校的只能依靠街道里弄来安排工作的高中毕业生来讲,有这样的一份工作还算不错,至少是国有企业,旱涝保收,度日不愁。她渐渐地习惯了这种朝九晚五,有规律且懒散的生活,可心里总是感到空落落的,时常想起嘉毅和予兴他们,想见他们,想为他们做点什么。她心想自己是他们四人中成绩最差的,却是第一个挣钱的,趁今年的圣诞节好好邀他们上自己家里聚一次,回忆一下过去的好时光。

　　那年的圣诞前夕,天空始终阴沉沉的,特别寒冷。这种阴冷的天气,有别于北方的干冷,空气中存在水分,是一种湿冷,往往是下雪的前奏,上海人称为"作雪"。黄莺心想这次四人重聚,是卢蓉和予兴出事后的第一次,也是高中毕业后的第一次,要好好准备,想通过这次聚餐将弥漫在他们心头的阴霾彻底驱散。她提前两天就开始准备了,冒着严寒,跑了南京路的食品一店和几家有名的南货店,购买了圣诞晚餐所有的食物,把家里好久不用的铜火锅和木炭翻出来,还有蜡烛和红酒。那天,她还特地请假提前下了班,围上围裙戴着袖套,楼上楼下忙活好半天。人还没到,四方桌上的东西已经放齐了,当中放着火锅,周围摆满了生熟火锅食料和冷盘,外围是四套碗筷和酒杯,万事俱备就等开宴。黄莺的小小阁楼,由于四方桌放在了中间,桌上又摆满食材,虽略显拥挤,但在寒冷的冬天里,充满着温馨的感觉。

予兴和卢蓉先到,他们的恋爱虽然还没有得到双方父母的许可,出双入对的样子宛若一对成熟的情侣,再也没有高中生的那种青涩。黄莺听到他们的脚步声,便在二楼的门口等着。卢蓉一进房门,黄莺就一把抱住了她,开心地叫道:"我想死你们了,今天晚上的东西我都准备好了,嘉毅一到就可以开席了。"尔后,用围裙擦了擦手,帮卢蓉脱了灰色呢大衣,见她身穿一件鹅黄色细毛衣,显露出优美的线条,又搂着她悄悄地说:"你很丰满,好漂亮。"卢蓉不好意思地瞟了一眼予兴说:"不要瞎说。"黄莺转过身对予兴说:"你看,卢蓉漂亮吗?"他微笑不语,将手里的水果放在阁楼的角落里。楼梯上又传来了脚步声,黄莺叫道:"嘉毅来了。"这时,嘉毅已进了房门,看见大家都到了,边对大家说:"对不起,我来晚了。外面很冷,好像要下雪。"边从脖子上解下围巾。黄莺上前接过围巾,抓住他双臂仰头盯着他,说:"让我好好看看,好像瘦了,但更精神了。"嘉毅对她的如此热情,有些手足无措,他搓着手说:"房间里真暖和。"黄莺又急忙递上一杯热茶说:"快喝点热茶,暖和暖和吧。"嘉毅接过杯子说了声谢谢。予兴上来说:"嘉毅你看,黄莺为我们准备了这么丰盛的圣诞晚餐。"卢蓉在旁边招手道:"来,快落座吧,就等你了。"大家落座,嘉毅见一桌子的食材,向黄莺说:"这么丰盛,辛苦你了。"黄莺笑眯眯地回答:"难得聚一聚的,就指望大家多吃点,图个开心。"

　　大家为圣诞节为团聚干杯后,都忙着往火锅里下食料,忙着往嘴里送食物,好像谁都没有说话的空闲,或是不知道说什么好,有些异常,有些不自然,这种异常主要是在他们当中发生了太多的变故,有了太大的差异。一般情况下,这些差异完全可以通过时间的流失或者巧妙的沟通予以消除的,但目前的状况正是这些差异刚刚出现,仅凭他们稚嫩的经验,如果一不小心相反会把这些差异变成朋友之间的屏障。还是黄莺起头说:"卢蓉、嘉毅,你们进了大学,说点大学里的新鲜事给我们听听吧。"

　　嘉毅也发现大家忙着吃,有一段时间没有说话了,这是以往聚餐中少有的,那时大家总有说不完的话,尤其予兴是说话最多的,而今他那充满激情和自信的谈吐不见了踪影,心想今天说话一定要小心,千万不能伤了他的自尊心。嘉毅在这里不想突出大学生活有什么与众不同,就谨慎地用轻描淡写的口吻说:"没什么新鲜的东西,大学和中学并没有什么大的不同,虽可以读一点书,但住宿生活也够无聊的,我一直很想家,想我们以前的高中生活。"卢蓉接话道:"我在学校也很想家。我寝室有一个从外地来的同学,想家想得哭了,很好笑。真是千好万好,不如家里好,我一点也不喜欢住宿生活,太乏味了。"

　　予兴是一个聪明细心的人,这两年来的失落又给他带来了极其敏感的性格,他听出了嘉毅和卢蓉都有意无意地在为他着想,为了避免刺激自己而不谈大学里令人羡慕的一面,只谈无聊的一面,为此,他心存感激,同时心想自己的神经也许还没有这样脆弱。他喝了口红酒说:"你们现在住校生活的无聊,比起我工读学校的生活,也许是小巫见大巫了。工读学校的住校那才叫惨,至少你们想家了,可以哭,实在憋不住,可以溜回家,或者溜出去逛逛街。"他停一停,扫了大家一眼继续道,"而我们的工读学校,平时我们同学根本出不了校门,还要半工半读,闲下来的时候除了读书之外,什么消遣的也没有。我还好,空余时间没有胡思乱想,也不钻牛角尖,就在那里静静地读点书。"他又扫了一眼大家,发现大家脸上显得有一丝惊讶的表情,为了缓和这不该有的严肃气氛,就以轻松的口吻接着说,"你们看好笑不好笑,去工读学校原本是件坏事,那里的破图书室里像样的书都没有,可怜得只能找到一本唐诗宋词的书,但在里面读起来也别有一番滋味,为了自己不去胡思乱想,只要有时间就细细地读一点,类似于'人生得意须尽欢,莫使金樽空对月,天生我材必有用,千金散尽还复来',还有'了却君王天下事,赢得生前身后名,可怜白发生'的句子,以前念到这些句子,只感到好听,有气势,然而在里面读却有着完全不同的感受。那些句子真叫人感慨万千,真是至理名言,不但烂熟于心,还使我受益匪浅,古人能够这样超脱豁达,我有什么做不到的?唐诗宋词成了我最好的人生老师,读这样的工读学校就变成一件并不那么可怕的事情了,就像是另外一所人生的大学,使我更加超脱,受益终身。"说完自嘲地笑了笑,喝了口红酒,似乎突然想起什么,他一下子收起笑容,朝大家看了一眼,神情略带神秘而严肃地问大家,"前几天,我在家里见到我们小学里的一个熟人,你们猜猜看是谁?"嘉毅和卢蓉相互看了一眼,然后又把目光集中在予兴的身上,他们答不上来。予兴预料他们猜不出,便道:"你们还记得读小学的时候,每天上午进校门时,总能看见在门旁角落里站着的那个老头吗?知道这老头是谁吗?"嘉毅又是一脸纳闷,卢蓉总算想起来似的,说:"就是那个怪怪的老头,我们迎面碰上都躲着他的。"她指着予兴说,"你好像还朝他扔过粉笔头,是吗?他是谁?"予兴继续道:"是的,就是那个老头。其实,他是我们学校最早的校长,可以说这个学校是由他一手创建起来的。他姓石,就住在离学校不远,在文化大革命初期,因为经常和国外父亲通信,作为现行反革命被揪出来批斗了,他老婆当时也在我们学校里教音乐,后来她受不了陪斗就上吊自杀了,从此他就变成了这么一副怪怪的模样。"嘉毅惊讶地插嘴道:"你是怎么知道的?"予兴答道:"我外婆和他很熟,以前是同事,也是他们夫妻的介绍人。他老婆很漂亮,音乐教得很好。那天,那老头到我家来拜访我外婆,说他已经退休了,而且早就平反了,但外婆还是陪他流了许多眼泪。"他停了停又说道,"自从他来过我家后，我在好长一段时间里总是想着他，还问了我外婆关于他的许多故事。听外婆说，他们夫妻都是圣约翰大学毕业的高才生。解放初期他刚刚大学毕业，很爱国，父亲叫他们去国外继承家业，他坚决不肯出国，要留下来建设社会主义新中国。先分配到大学里做老师，后来不知道什么原因一步一步变成了我们小学的校长了。他对学生很好，批斗的时候人家就再也记不得他好的一面了，最后就变成了这个样子，真叫人想不到，挺悲惨的。他有个女儿，和我们差不多大，外婆说我见过他女儿。因为按照当时的规定，他女儿要就近入学，也就是上我们学校读书，他不愿意让女儿看到自己在学校里这副模样，托我外婆找了其他的学校，所以来过我家一次，我不记得了。"卢蓉惊愕地说道："真是想不到，那老头是这样一个人，蛮悲的。"予兴叹一口气，不想让气氛过于沉重，用平和的口气继续说："人生总有峰回路转的时候。哈哈，曾经遭受我们扔粉笔头的那个老校长，现在算是好了，他好像正在等着去国外和亲人团聚，总算云开日出了。"

嘉毅听了石老头的故事，不免想到了自己的父亲，他马上意识到需要在大家面前控制好自己的情绪，强迫自己双眼紧盯着眼前的火锅，不让情绪沿着刚才的思路延续。予兴略略提高嗓门又说道："想想我们的老校长，想想那些古人，我现在还有那么好的卢蓉陪伴，还有你们两位朋友，我已经够满足的了。今天我只想和大家高兴一场，一醉方休。"在说这话的一瞬间，予兴的眼神里露出一丝令人难以察觉的自信和坚强。

卢蓉惊讶地看着予兴，这是和他重新恋爱以来第一次听到他说起工读学校的事，以前他从来不讲，她也不敢问。虽然工读学校的经历发生在予兴的身上，但也是她最伤心的一段心路历程，是他们永远的痛，是他们谁都不愿意提起的痛。现在，听着他以这样轻松的口吻说出工读学校的事，还有意无意地讲述老校长的故事作为和他的经历对比，以求在大家面前减轻对他不幸的印象，可他越是在大家面前表现得轻松，表现得不在乎，卢蓉越是感到他是在掩饰，越为他感到心酸，不禁湿润了眼睛。

为了不让大家注意自己的表情,她赶快拿起火锅的锅盖,转移目标地说:"火锅里的东西已经熟透了,快点吃吧。"嘉毅往自己的盘子里夹着食物,心里佩服予兴,佩服他的自我调节能力,他能如此从容地面对现实,是自己没有想到的。他举起杯子,向予兴说道:"过去的时光都是好时光,是不会虚度的,也不会被浪费的。来,为过去的时光干杯,也为我们的老校长干杯,愿他幸福长寿。"予兴拿起酒杯说道:"还是嘉毅说得对,过去的时光都是好时光。大家一起来,为我们的过去,为我们的友情干杯。"四个人举起酒杯,碰出了清脆的响声,气氛开始有点活跃。嘉毅放下酒杯说:"其实,我们今天碰到的事情,正在做的事情,我们的古人早就碰到过了。什么升官发财,飞黄腾达,高官厚禄,只不过表现出来的形式不一样而已,到头来全是竹篮子打水一场空。人活得自在开心,对得起自己才是真的。古人的这些人生感悟也许是我们真正的老师。"予兴微笑着说:"你这话听上去,不像一个在读的大学生说的,有老气横秋的嫌疑,太消极,太悲观了。"

　　卢蓉不愿意这样的话题继续下去,便向黄莺说:"我们学校里的生活很无聊。你现在工作了,那里怎么样?"黄莺停止往嘴里送菜,放下筷子答道:"你们在学校里还会无聊吗? 和那么多同年龄的同学在一起,还可以玩。我在店里当营业员,那才没劲呢,闷死人了,天天一样的事情,天天无聊,整天和婆婆妈妈们在一起,在那里待的时间长了,人也会很快变老的。我真担心自己将来可能变成她们一样的人。"停了停,继续道,"你不知道,她们有多烦人,还有人为我介绍男朋友,说什么结婚早,生孩子就早,享福就早,实在太俗气了。"卢蓉惊讶地问:"是吗? 那你答应了吗?"黄莺愣了一下,反问道:"答应什么? 介绍朋友的事吗?"卢蓉笑眯眯地点点头,黄莺朝嘉毅瞟了一眼,微微提高嗓门答道:"我才不要他们介绍的。其实,我妈急着帮我介绍,都让我拒绝了。我对妈讲,本姑娘不需要介绍的,要自己找。"卢蓉神秘地笑着问:"你自己找到了吗?"黄莺大方地答道:"我也不知道。"又朝嘉毅瞟了一眼,小声添了一句,"可能还是单相思吧。"卢蓉看见她总是往旁边的嘉毅盘子夹菜,特别殷勤,朝她做了一个心领神会的表情,扫了一眼嘉毅和予兴,叫道:"你们不要只顾自己说话了。来听听,我们的黄莺害相思病,还不帮着想想办法?"这句话把嘉毅推向了话题靶心,嘉毅不敢轻易表态,予兴见他一声不吭,也不知道怎么接口,一瞬间空气变得有些紧张和令人尴尬。

黄莺起身解下围裙,整理了一下毛衣,走到橱柜旁,点亮了放在上面的两支蜡烛,拉灭了电灯,屋里充满了柔和的烛光,有着一丝明亮一丝蒙眬,橱柜镜子里映衬出同样的两支蜡烛,烛光使得黄莺身影的轮廓线显得更加分明迷人。她凑到镜前,捋了捋散在额前的头发,微微挺了挺胸,侧了侧身子,又朝镜子里的自己看了一眼,转身站在嘉毅的背后,把手搭在他的肩上,叹了一口气,似乎在为自己鼓气,又似乎出于无奈,对他说出了一句想了很久的话:"嘉毅,我可以拥抱你吗? 不为别的,只为了单相思有个了结。"

大家听了都为她的大胆一脸愕然,尔后又盯着嘉毅。他也感到震惊。自从在高中遇见她时,他心里就非常清楚,她爱慕自己,而她身上散发着其他女孩子没有的魅力,为人朴素到不带任何修饰,一眼就能看到心底,就像一条清纯透明的小溪,没有任何做作,天生一种让人坦然相处的神奇力量,这种品格的力量深深地吸引着自己,但他由于自己也说不清楚的缘由,始终不敢越雷池半步,生怕自己在不经意间伤害了她。在他两人单独相处时,他总是小心翼翼地维护着双方之间的距离和彼此的尊严,然而,今天黄莺提出的了结,则将终止对自己的爱慕,这是他没有想到的,在惊讶之余,内心深处掠过一丝悲凉和酸楚,又有一丝解脱的感觉。他很快又镇定下来,只见他慢慢站起来,移开方凳,大方地正面迎向黄莺,望着她凝视自己的眼睛。这是他从来没有见过的眼神,充满着温情的期待,夹杂着一丝忧郁和惆怅,却又美得令人神往。他慢慢地抓起她的双手放在自己的胸前,后又用双手缓慢地托起她的头,手指嵌入她的头发中,俯下头,将嘴唇慢慢地贴在她的眼睛上,轻轻地亲吻了她的双眼,他双手从她的后颈部滑落至她的后背,两人紧紧地拥在一起。黄莺微闭着眼睛任凭他的亲吻和拥抱，直至把头埋在他的胸前，过了好一会，缓慢地推开他，双眼略带泪花，平静地说了一声谢谢。

这一情景在朦胧的烛光中，显得特别的柔情温馨。嘉毅稳重细腻的手势，温文尔雅的亲吻，表现出成熟男人的温柔和大气，在场的卢蓉和予兴都被征服了。卢蓉靠在予兴的肩上，仰着头专注地欣赏完这一动人的场景，轻轻地拍起手来，赞叹道："哦，这一幕太感人了，太美了，就像电影《蝴蝶梦》中的麦克西姆·德温特亲吻他小美人的经典镜头一样。"说着还拍了一下予兴的肩膀，"我们要永远记住这一美丽的时刻。"

黄莺一声不响，微微低着头转身准备坐回到自己的座位上去。嘉毅在她身后，很有绅士风度地扶着她坐下，双手仍旧搭在她的肩上，就像刚才开始时她将手搭他肩上一样，用庄重的语气说："黄莺在我的心目中是个好女生，是最值得我记住一辈子的。我们为她干杯吧。"予兴接过话题说："黄莺也为我和卢蓉做了好多事情，我们一直心存感激，趁此机会我们感谢她，为她干杯。"拿过酒杯和嘉毅一起举杯，黄莺红着脸说："你们可别这么说，跟生离死别似的，我会哭的。大家都是好朋友，我不值得你们这样为我干杯。"

大家干完了杯，黄莺有些惆怅，终于跨出了了结这一步，心里却五味杂陈。嘉毅的拥抱在旁人看来是那样彬彬有礼，那样温柔缠绵，被拥抱的人应当有一种充满温情缠绵的感觉，然而在她看来，虽然在拥抱时并没有感到嘉毅有一丝一毫是对自己的敷衍，但她还是无法感受到向往已久的那种激情澎湃、令人陶醉的感觉，而倒有一种失落感。失落的是她了结自己对嘉毅追求，同时又夹杂着一种庆幸的感觉，庆幸的是她用这样直接的方式告诉嘉毅，自己曾经是那样期待着他的爱情。

她静静地坐着，内心却无法平静，身体感到发热发烫，再次站起来走到窗前。火锅的热气使得窗玻璃上结着一层厚厚的水汽，她推开窗户，一阵冷冷的新鲜空气夹着雪花扑面而来，她情不自禁地叫道："啊，下雪啦，好大的雪呀。"屋里其他的人纷纷凑到窗前来看雪。窗外正面是靠得很近的对面人家的窗户,黑乎乎的,窗沿上已经积着一层厚厚的雪,在黑暗里显得特别的白亮。一朵朵雪花慢慢地从两边屋檐的夹缝里飘落下来,经过窗前让室内的灯光照亮,显得白亮柔和,像一只只飞过窗前的蝴蝶。卢蓉说道:"雪花太美了!下雪好呀,我喜欢洁白的雪,瑞雪兆丰年嘛,一定会给我们大家带来好运的。"嘉毅接话道:"如果这场雪下一晚上的话,明天的积雪肯定很漂亮。"黄莺马上插话道:"今天是圣诞夜,又是一个大雪之夜,我们玩一个通宵吧,明天还可以接着玩雪。"卢蓉转过身来,抱住黄莺兴奋地说:"好啊,我们一起玩到明天。"

大家吃完饭又玩了纸牌,一直到翌日清晨。

雪已经停了,天还没有全亮,整个城市似乎全部被染成了白色。西藏路上除了马路上有几条车轮印和人行道上几行稀疏不均的脚印,全都覆盖着一层厚厚的积雪,煞是一幅美丽的城市雪景。他们四人精神抖擞地走出了黄莺家门,嘉毅和予兴走在前面,卢蓉挽着黄莺的手略有艰难地一步一步踏着积雪,跟在后面,兴奋地叫道:"雪好软呀,真好玩,好喜欢呀。"转身向黄莺建议道,"我们堆个雪人,做一个雪女儿,好不好?"正在这时,在前面的予兴拿着雪球扔向她们,挑衅道:"下雪只有小狗喜欢,雪仗开始啦。"黄莺立即作出反应,很快用路边的积雪做了一个大雪球扔回他,叫道:"我是专门打小狗的。"予兴看到黄莺应战了,就向嘉毅求救,挑拨离间道:"嘉毅,你的头还疼吗? 黄莺这家伙又要来砸你头了,我今天要为你狠狠地报仇。"黄莺看到予兴这般狡猾,就更加来劲了,扔向他的雪球更多更密集了。嘉毅站在旁边笑着说道:"黄莺,我早已原谅你了,今天我保持中立。"卢蓉在一片绿化的开阔地上忙着堆雪人,向大家叫道:"你们不要再打仗了,快来帮忙堆雪人。"嘉毅看到这样热闹的场面,非常开心,他们四个人已经好久没有这样无所顾忌地玩过了,他没有阻止他们打仗,心想让他们尽情地玩吧,以修复在他们背后深处的隔阂和伤痕。黄莺直到筋疲力尽躲到嘉毅身后,主动向予兴提出休战为止。嘉毅护着黄莺,为她抖掉身上的雪,黄莺已经累得满脸通红,额头上冒着热气,气喘吁吁地向嘉毅问道:"你为什么不参加打仗呀?"嘉毅看着她这副模样笑着说:"你们两个人,我谁都不愿意打,只好保持中立了。"指了指卢蓉,提议道,"我们还是帮她堆雪人吧。"黄莺又卖力地和卢蓉堆起雪人来,不一会儿,雪人堆得差不多了。不知何时予兴从家里拿来了一截胡萝卜和照相机,将胡萝卜插在雪人鼻子的部位,使雪人有了完整可爱的脸蛋,卢蓉又将自己的红色围巾围在雪人的脖子上,他们把雪人打扮得像个非常漂亮的小公主。黄莺看着雪人,开心地拍手叫道:"她是我们共同的女儿,见证了我们的友情和开心,我们围着她照个相吧。"他们四人并排站在雪人身后,在行人的帮助下,拍下了唯一的合影。

第七章　校　园　伴　侣

　　嘉毅的学校里经常举办舞会。罗小微找到他,说邀他晚上一起参加学校的舞会。他有自知之明,自己不善于运动,毫无节奏感。在高中的时候,体育老师已经对他有了明确的定性,说他站着不动,身材高挑四肢匀称,非常潇洒;当运动起来,四肢极不协调,毫无美感可言。所以他每当需要运动时,总是缩在人群后面,免得出丑丢人现眼。他坦白道:"我一点都不会跳舞,还是不去得好。"小微却大方地说:"我也不会,去凑个热闹。"他有点不相信,试探道:"你说不会,总还可以跳几步吧,或者还可以叫男生带你跳,而我是一点乐感都没有,更没人可以带我跳,去了也是白去。"小微还是坚持道:"我们就在旁边看他们跳,上次我去过一次,一个人傻傻的,很没劲的,我看那里真正会跳的也没几个,放心好了,不会丢你脸面的。"最后又撒娇似的说,"今天无论如何要陪我去嘛。"嘉毅见难以推托,心想就算消磨时间,陪她一起去看看吧,便答应了她。

　　学校的舞会一般由学生会组织,办在学校的小食堂里,把白天使用的饭桌移到四周,在饭桌的外围放了一排椅子,腾出中间的地方作为舞池,天花板上挂了一些彩带彩纸,顶灯包上彩色的透明纸,让光线变成了五颜六色的,再接上音响设备,就具备了舞会的必要条件。舞会也不收门票,凡是学生都可以自由进出。嘉毅和小微来到小食堂,已经有不少同学了,平时好动调皮的男同学或因胆怯,或因舞技差而变得彬彬有礼,不敢轻易向女生发出邀请,大多数同学只在舞池周围观看,即使跳舞也仅围着舞池周边,舞池中央很少有人跳。只有一对舞伴在舒展动人的华尔兹旋律下,跳得非常有节奏,滑步流畅,摆荡自如,旋转潇洒,舞技炉火纯青,两人配合得浑然一体。男生上身是一件淡黄色灯芯绒衬衫,配深色西裤,女生身穿红色开司米羊毛衫,配黑呢长裙子,在色彩斑斓的舞池中显得特别耀眼,像一团火焰在舞池里流动,划出一道道漂亮的弧线,从舞池的一端旋转到另一端,当曲终舞止时,他们恰好旋转至舞池正当中,就像一场华尔兹跳舞表演。男生像绅士一样彬彬有礼牵着淑女的手,女生也像淑女一样向周围同学鞠躬致谢。他们精湛的舞技、完美的配合折服在场所有的人,同学们报以热烈的掌声,向他们投去羡慕的眼神。

当这对舞伴走向舞池边缘时,嘉毅看清男生就是同宿舍的苏建。小微拉了拉他的手臂问道:"你认识跳舞的那对舞伴吗?"嘉毅知道小微是班级里出了名的上蹿下跳的活跃分子,朋友多信息多,学校里的事情没有她不知道的,然而,对她这个问题,他有点不以为然,便直白地说:"男生是我同宿舍的苏建,是历届生,大家叫他书记,为人很好,不过没想到他的舞也跳得这么好。"小微又问:"你认识和他跳舞的女生吗?"他记起来了,那个女生就是自己刚刚进学校时,一天晚上在宿舍门口见到的,便说:"不算认识,只见过一面。"小微瞟了他一眼说:"看来你只知其一,不知其二。她是书记的女朋友,是他同班同学,叫陆文晴,很漂亮吧? 也算得上校花之一,崇拜她的傻小子不少。"嘉毅附和道:"是吗?"他自己也不知道要确认她是苏建的女朋友,还是要确认她是校花之一。但他不喜欢这种背后猜测或者武断地判断人家的私人关系,就以略带批评的口吻说,"你们不要捕风捉影。人家只不过一起跳跳舞而已,你们这些女生就喜欢见了风就是雨的,非说人家是男女朋友关系,把关系搞得很复杂。何况苏建是有妻子女儿的,他们是不可能有你们想象的故事的。"小微对他蔑视女生的说法,似乎有点不高兴,反驳道:"为什么他班上有那么多的女生,大家偏偏说陆文晴是他的女朋友,而不说其他人? 无风不起浪。还说苏建正在闹离婚呐。他老婆是他以前生产组的同事，长得一般般，年龄比他大三岁，虽温柔贤惠，却只是初中毕业，苏建和她一点共同语言都没有，他们之间怎么会有爱情呢？你看看，陆文晴多漂亮，要文化有文化，要美貌有美貌，相比之下，苏建当然想离婚，和陆文晴谈恋爱，我倒是很理解他的。"嘉毅毫不示弱地追击道："苏建和他妻子没有感情，他们的女儿从哪里来？如果你是他的妻子，他要离婚，你将是什么样的感受？"她一点没犹豫地答道："天要下雨，娘要改嫁，这是没有办法的事情，只怨自己没有维护好自己的爱情，认输呗。至于他女儿从哪里来，那我就不好说了。"他不冷不热地说："你倒是很开明，也许没有亲身碰到这类事情吧，凭空说说而已，站着说话不腰疼。"

嘉毅知道如此争论下去，不会有结果，只会伤和气，为了缓解气氛，做出迷惑不解的样子说："苏建要离婚，我可没有听说过。不过他最近回家次数是明显少多了，现在星期天基本上都住在宿舍里，说是要准备毕业论文在找资料。"她漫不经心地说："对苏建来讲，留在学校里找资料只是个借口，不想回家才是真的，这叫时过境迁。"他笑嘻嘻地揶揄道："不叫负心汉？"她抬起头，神气十足地说道："什么年代了，不要像个顽固的卫道士好吧，一点新生事物都接受不了。难道你没有听说过，没有爱情的婚姻是不道德的吗？"

他们的话说到这里时，苏建和陆文晴来到他们面前，苏建客气地和嘉毅打了招呼，问道："你们跳舞了没有？"陆文晴在苏建的身后，很有礼貌地向他们微笑一下，算是打了招呼。嘉毅坦白地说："我们都不会跳，只是凑热闹，来看看而已。"他指了指小微，又补了一句，"她可能会跳一点。"苏建就像一位很有亲和力的大哥似的，朝陆文晴说："时间还早，我们各自带他们跳一曲吧。"罗小微向嘉毅满怀深情地笑了笑，跟着苏建进入舞池，她微笑的表情似乎在说：抱歉，我找到了好舞伴；又似乎在说：对不起，你要等我噢。

嘉毅略微显得有点腼腆，朝陆文晴看了一眼，而陆文晴主动向他发出邀请："跳舞其实很简单，主要是跟上节奏就可以了，我来教你。"说着她抓住他的手,并将自己的手放入他的手掌中,让他握紧自己的手,尔后又将他另一只手放在自己的腰间,随着音乐数着拍子,带着他开始旋转。嘉毅心想这是自己生平第一次跳舞,竟然是以这种方式开始的,心里有一丝惶恐,有一丝紧张,只感觉到她的手跟着节拍在自己的肩膀上,时而在推时而放松。他的动作有点拘谨,手脚有点僵硬,还担心和她靠得太近会叫人讨厌,基本跟不上音乐节拍。

　　陆文晴似乎看出了他的心思,笑盈盈地朝他看了一眼,轻声说:"不要紧张,要放松,思想集中跟着节拍,看前面,不用担心踩着我的脚。"她的话增加了他的信心,陆文晴的手继续在他肩膀上时松时紧,使他勉强跟上节拍。他朝苏建和罗小微他俩瞟了一眼,只见小微跟着苏建起伏有致,旋转自如,心想小微学跳舞肯定比自己要快。一曲下来,嘉毅的衬衫已汗湿了,还是很有礼貌地向陆文晴道了谢,苏建过来问:"你们跳得怎么样?"陆文晴答道:"还可以,他就是太紧张了。"小微偷偷地瞄了一眼嘉毅,似乎想要看出他内心的感觉,是否还在紧张。苏建又朝着嘉毅和小微说道:"用不着紧张,跳舞不难,多跳几次就会了。"尔后向他俩道了别,带陆文晴离开了。

　　小微用肩膀碰了碰嘉毅,调皮地用慢条斯理的语气问:"和我们学校的大美女跳舞,感觉如何? 怎么会紧张的?"嘉毅装着没听见,硬着头皮说:"跳舞好像不难学。"小微紧追不放,歪着头盯着他继续道:"看来,和美女跳舞感觉不错。跳一次就觉得跳舞不难学了。"他略显难为情地说:"谁像你想得这么复杂。"她看着他难为情的表情,幸灾乐祸地说:"不复杂就好,那就请我跳一个吧,不要太紧张哟。"在小微的追击下,他支支吾吾不知所措地说:"我可带不了你。"她不由分说将他拽入了舞池,他们在舞池的周边相互拉扯着旋转,跌跌撞撞的,两个人一会儿把对方甩的很远,只靠两只手牵着,一会儿紧紧地拧在一起,贴得很近,有时小微的额头还撞上他的脸颊,根本无法跟上节奏,旁边的人看了肯定会感到很别扭,可他俩却显得很认真很兴奋,一直到曲终才分开。

　　小微好像赢得一场战役似的,开心地嬉笑道:"和你跳舞真累。"嘉毅委屈地答道："我本来就不会，是你硬拉我跳的。"他俩在舞池周围找了两个并排的椅子坐下。舞会进入了后半场，舞池里跳舞的人开始多起来了，在斑斓的灯光下，很难看清人的脸，平时认识的同学也变得难以辨别了，小微努力地辨别她认识的同学，并小声地向嘉毅作着介绍，显示出她广泛的交际。这时迎面过来一位男生，向小微发出跳舞邀请，她转身朝嘉毅微微一笑，没有说话，随那位男生进入舞池。嘉毅落落寡欢地坐在椅子上，望着小微很快消失在舞池里的背影，心想她就像一阵风，带来了清爽，带来了欢乐，可一刻不停又随之而去。

舞曲还没有结束，就见小微和那个男生已经下来了，男生将小微送到嘉毅面前，在离开时很有礼貌地向小微鞠了一躬，文绉绉地表示了谢意，小微没有回头，仅朝他举手摇了摇，示意再见，回到座位。嘉毅凑上去小声问："怎么这么快就下来了？"她摇着头说："他呀，上去就踩了我两脚，跳得比你还差，没办法跳。"嘉毅大笑起来说："竟然会有比我跳得更差的吗？还是人家在你大美女面前紧张了，才踩着了你的脚，你还要责怪人家，那真是太不领情了。"小微撇了撇嘴："我能和他跳，已经够给面子的了。他是历史系的，脑子……"她举起右手，在嘉毅面前将五根手指握在一起，尔后一下子迅速放开，做了一个爆炸的手势，示意那人脑子爆炸过，很笨。嘉毅不太喜欢她这种趾高气扬的样子，揶揄道："你的手势很漂亮，不过最好不要这样对待我们农村来的同学，太刻薄了一点，不太好。"小微反应极快，立刻纠正道："他才不是农村来的。他老爸在当地是一把手，听说可是个无所不能，不可一世的主儿，是一霸。我才不喜欢这样的人呐。"他进一步讥讽道："你的交际可真广，这样的朋友也有。"

小微对他的讥讽并没有生气，反而向他介绍起这位同学："他叫何麒，其实他人还不错，只是有点笨、有点自卑。可能认为自己是小地方来的，读书也不太用功，老是惦记着自己是所谓当官的儿子，莫名其妙地认为自己有优越感，或者曾经有过的优越感，好像在学校里很不能适应。"嘉毅略显疑惑地看着她，小微接着说，"他以前在老家，由于家里父母是当地做官的,可了不得了,呼风唤雨,他也受到周围人的高看,自然就产生了高人一等的感觉。可是现在,学校里没人知道他父母是干什么的,即使知道了也没人睬他。没有了骄傲的本钱,他就很失落,只会整天在同学面前唠唠叨叨,这种小事要是在我老家怎么样怎么样,还总是在同学面前说自己老家山怎么好、水怎么好,夏天还有好吃的杨梅,只要同学愿意,可以随时去他老家玩,他父母会派人全程接送的,一律免费。班级里的同学嫌他烦,没人理他,甚至在背后叫他是'有个做官父亲的祥林嫂',他在班级里感到了孤寂无趣。"嘉毅调皮地说:"他孤寂无趣了,就来找你啦,你正好和他一起去他老家吃杨梅,他也不再孤寂无趣,那多好呀。"她朝他肩膀上狠狠地打了一拳,说:"不要损我好吗?你可不要把我想得那么贱。不过他也有让人肃然起敬的地方。上两个礼拜天气突然变冷,他看到系里几个从南方来的穷学生没有过冬的衣服,竟然写信叫他父母从老家寄来许多衣服。他父母看到信后好一阵感慨,发现儿子懂事了,具有同情心了,大发善心,寄来了两大包全新的衣服和鞋子。叫人感动吧?!谁像你们上海人只会口头上同情,只会摆噱头,没有货真价实的东西。"嘉毅不肯停下对她的调侃,笑嘻嘻地继续用缓慢的语气装出语重心长样子揶揄道:"他是隐藏在茫茫人海中的金子,你要抓住机会,当今做官的好人家不多,他父母一感慨就把你这个上海小姐收编了……"没等他说完,她就在他腿上又狠狠地拧了一下。

他们两个人总是这样互不相让,一有机会就会攻击对方,却又不离不弃,保持着相对独立,相互欣赏着对方。嘉毅见到她,就如享受一阵清风,喜欢清风吹过的感觉,任凭清风吹拂自己的好心情;小微遇到他,就如遇见一匹自己钟情的烈马,要它降服,要它顺从,却始终无法驯服它,让她心神向往,却又无可奈何。

舞会结束前最后一支舞曲是迪斯科,周围闪烁的灯光暗了一圈,强烈的音乐像是要把天花板震塌下来似的,将舞会推向了高潮。迪斯科不需要舞技,只要有疯狂就可以,这太适合年轻人了。这时全场同学不论会跳的,还是不会跳的,不论像绅士一样的男生,还是像淑女一样的女生,所有的人都会涌向舞池,趁着暗淡中闪烁的灯光和强力的节奏,以及谁也认不清谁的机会,一改平日温文尔雅的作风,开始拼命地摇摆起身子,尽情地疯狂起来。

　　迪斯科音乐一响,小微二话没说,一边拉着嘉毅下舞池,一边开心地叫道:"迪斯科最好跳了,没有规定的模式,随便跳。"嘉毅被她拖入舞池,也开始别扭地扭着身子,蹬着脚,一副笨拙不协调的样子。小微却灵活得多,踩着强烈的节拍,围着嘉毅旋转,摆出各种姿势,一会儿挑衅地用扭动的身子碰撞他,一会儿把双手搭在他的肩上,和他一起摇摆,对他不断地做着鬼脸,引得他哈哈大笑。她嘴里还叫着什么,迪斯科音乐太响了,嘉毅根本无法听清她在说什么,大有狂欢的架势。嘉毅紧跟着节奏,摇摆身子,紧盯着眼前小微,看着她做出各种奇怪好笑的动作。随着整个舞会气氛的升腾,她的动作也越来越大胆,越来越放肆,旁若无人地朝他扭动着屁股,不时地以奔放的眼神盯着他,那种眼神是他从来没有见过的,流露出毫无隐讳的渴望和挑逗,但看不出一丝轻浮。这种专注的渴望和挑逗只是针对他,可以说是一种示爱或者戏谑,对嘉毅极具诱惑,难以抗拒,使他心中荡漾起一阵莫名的冲动。然而,他欣赏她的轻狂和示爱,抑制着自己冲动,尽量表现出不为所动的样子,想进一步戏谑她,刺激她,不想让她有半分得意的感觉,想让她的轻狂尽情地发挥至极致。他大着胆子凑到她耳边大声说道:"你的屁股不够大,抖动得一点都不性感,太没吸引力了。"她反击道:"你下流,你无耻。"笑着朝他胸口狠狠地扔一拳,对他恶作剧似的戏谑并无特别反感,转身将臀部跷得更高,摇摆得更加剧烈了,以示向他示威。大家都沉浸在强烈的迪斯科音乐里,剧烈地摇摆着,消耗着旺盛的精力。简陋的舞厅一点不影响舞会狂欢的氛围,就如同再压抑的生活锁不住青春一样。

　　星期六下午,嘉毅像往常一样回家,姐姐佳敏还没有回来,只有奶奶在家,他无事可做,索性待在自己房间里睡觉,一直睡到吃晚饭的时间。由于佳曦中学毕业,被分配去了上海近郊农场,即使星期六嘉毅回家,家里吃晚饭也只有他和奶奶、母亲还有佳敏四人。晚饭后,嘉毅的母亲趁大家还未离开饭桌,便将父亲平反的消息告诉了大家:"几个月前跟你们说过的,你们父亲平反的事情总算有了正式的结果,他们今天又叫我去了,说当年的隔离审查,现在定性为属于政治迫害,又对我说了一大堆大道理,应该相信组织是公正的,在这场政治浩劫中,受害的也不是你们一家,还说要听取我们家里人对补偿的意见。我心里很痛,你们父亲人走了,再也回不来了,补偿再多又有什么意义呢。"她顿了顿,向佳敏和嘉毅扫了一眼,又深思熟虑地以平静的口气说,"以前我们家里受的苦,受的罪,给你们孩子造成的阴影,也不是能用钱可以弥补的,但我们的日子不能不过。我想我们也不要什么钱,让他们把你们姐姐从崇明农场调上来,在你们父亲的单位里安排一个适当的工作,免得佳曦在那里再受苦,我们一家人也能团团圆圆。我想你们父亲要是有在天之灵的话,也会这样做的。"

奶奶把收拾到一半的碗筷又搁回到饭桌上,缓缓地问道:"那,孩子他父亲的坟地的事情怎么办,他们提到了没有?"母亲抬头望着奶奶,继续说:"噢,听他们说还要补开追悼会,坟墓放在龙华公墓,孩子他父亲生前是单位的人,他们单位会安排这些事情的。"奶奶重新收拾起碗筷,看了一眼他们姐弟俩,叹息道:"十一年了! 这个世界真是世事难料,终于有个盖棺论定了,你们父亲的一生就这样,算结束了。"转身将碗筷放入水池里。

佳敏愤愤地叫道:"说隔离审查就审查,说平反就平反了,还说什么受害的不是我们一家,都是他们说了算,真弄不明白,这是为什么。"母亲回过头来,板着脸呵斥道:"你父亲平反了,还不知足吗? 不许再胡说了。"佳敏拿起抹布边擦饭桌,边不服气地自言自语道:"就是不明白,我倒要问问他们,平反算什么,平反了,能让爸爸回来吗?"母亲像是下最后通牒似的,对佳敏用严肃的口气警告道:"你已经不是孩子了,已有工作了,在外面说话要注意,这样的话不许乱说,免得再倒霉,牵连我们全家。"又转向嘉毅以同样的口气道:"你也给我听着,你也一样,已经是大学生了,成年人了,不许在外面乱说,知道了吗?"不等他回答,转身离开了厨房。

嘉毅沉默地看着姐姐,其实他的心情和她一样,没有一丝宽慰的感觉,有的只是愤怒和对父亲的无限思念。

奶奶洗完碗,看见他们姐弟俩还呆呆坐在饭桌旁,便开导起他们:"人啊,不能逆势而为。你们父亲就喜欢图嘴上痛快,他从小就这样,乱说话,想到什么说什么,你看有什么好处?得罪人,被人整,虽说现在平反了,可人死了,又有什么用,还连累我们大家。你们两个人有些脾气要好好改一改,不能像你们父亲想到什么就说,要三思而行,处处要小心,小心使得万年船。"

佳敏明显听不进去,不耐烦地扔出一句:"说话也要小心,还让人活不活啦?"嘉毅听了姐姐的话,很有共鸣,很想插一句:我们受了委屈,还不让说,算什么世道? 但见姐姐起身撒手离开了,把话又咽了回去,不愿意和奶奶争辩,也不想听她继续唠叨,悄悄地跟在姐姐后面出了厨房。

嘉毅对父亲的平反表现得出奇的平静,没有激动没有感恩,没有骄傲没有悲伤,只是默默地感到以后可以大大方方地在家里谈论父亲的事了。然而,奇怪的是家里似乎已经有了不谈论父亲的习惯了,也许父亲去世已是久远的事情了,母亲也没有把以前有父亲的相片重新再摆出来。虽然,嘉毅时常想起父亲,随着年龄的增长,想起父亲的时候想起的不是父亲的本身,不是父亲的音容笑貌,而是自己没有父亲的事实,是父亲的死连接着一个难以启齿的故事,是为自己背负着这样一个不愿对人启齿的故事而自卑痛苦,同时,这种思念还往往是以如果父亲没有去世将会怎么样、如果父亲没有被隔离审查将怎么样而开始的。在这十几年没有父亲的生活中,父亲去世所带来生活上的不幸,远远大于心灵上的悲痛,这种不幸和悲痛感早已融入他生活的方方面面,直至其内心深处,并塑造了其独特的性格。直到追悼会时看到父亲的遗像时,他才记起父亲是那样的英俊;望着相片中父亲深邃的目光,父亲的形象才略见清晰,而这更加深了对父亲英年早逝的惋惜,对父亲当时身处的时代的深恶痛绝。对父亲的平反并没有减轻这种感受,父亲的追悼会又像是对父亲这样一个悲惨故事的结束,这种结束又像是一个想呐喊的人被捂住了嘴巴,使其再也无法大声疾呼,只能呻吟。嘉毅只能把父亲的故事永远埋在心里,伴随着他的一生。

第八章　弄湿的翅膀

予兴已在家里待了一年多了,看着周围的同学上大学的上大学,工作的工作,自己却只能待在家里,还背着工读学校出来的坏名声,即便和卢蓉在一起,也感觉不到以往的自信。予兴面前可以选择的路并不多,如果选择继续读书或者深造,他手上仅有的工读学校的结业证书,几乎不可能报考任何学校;如果选择工作,一般只有通过所谓组织统一分配才能得到工作。由于中学不负责分配工作,对于没有考上学校的高中毕业生,只能回到街道或者居委会,由这样的组织安排工作,结果永远是僧多粥少。在这些寻找工作的渠道之外,政府为了解决就业问题,独辟蹊径发明了顶替,即由没有工作的子女顶替即将退休父母的工作。予兴很想父母能够提早退休,让自己顶替,可是父母都五十岁不到,又是知识分子,都是单位里的技术骨干,不愿意为他提前退休,更何况即使让他顶替了,单位是够体面的,但对于予兴来讲,是不可能有体面的工作岗位。父母的单位有科学研究所性质,没有学历没有专业,只能从事勤杂人员的工作,连做助手也不够资格,这是他父母所不愿意看到的。另外还有一个私心,儿子不论顶替到谁的单位,单位里肯定会知道予兴读过工读学校的经历,这又是一件很丢面子的事,所以父母在顶替的事情上,就以单位里不能提前退休办顶替为由一口回绝了他。尽管如此,为予兴寻找工作他父母还是托了许多亲朋好友,但都无一成功。予兴自知是由于自己的原因弄丢了考大学的机会,也不敢过多地要求父母为他作出牺牲,只能闷闷不乐地在家里吃着闲饭。

外婆看在眼里,急在心里。在外婆的劝说下,予兴很不情愿地到居委会登记,作为待业青年寻找工作。居委会给他安排了一个房管所的工作,做泥瓦匠,专门为周围居民修理维护房屋。房管所在德兴里弄堂最深处的一幢石库门里,门口挂着一块很正规的白底黑字招牌,上写着街道房管所。两扇陈旧的黑漆实木大门,半扇敞开着,天井的上方加了屋顶,里面光线很暗,地上堆放着各种修理房屋用的材料和工具,只留出一条狭窄的过道,里面的格局和普通的石库门差不多,但由于进出的人多,堆放杂物又没有章法,显得凌乱,给人有点脏兮兮的感觉。

　　予兴第一天上班,小心翼翼地穿过天井时,看见放在角落里的几个叠在一起的泥瓦桶和几把泥刀,心想也许这就是自己今后要使用的泥瓦工具,有一种说不出的无奈,真想扭头就走,再也不进这个门。这时迎面过来一个拿着搪瓷杯的人,见了他便大嗓门地问:"是报修吗? 在前面。"予兴有点难为情,轻声说:"不,我是来报到的。"那人微微一愣,把他从头到脚看了一遍,指指上面说:"所长在二楼。"予兴硬着头皮在二楼作为办公室的亭子间里找到了所长,抖抖索索地拿出了居委会开出的安排工作的联系单。所长接过单子看了一眼,低着头不带表情地连口说欢迎欢迎,把他带到楼下的那个拿搪瓷杯的人面前,吩咐道:"高师傅,居委会介绍来的,你收他做徒弟吧。"高师傅附和道:"刚才我们见过,我还以为他是来报修的。"所长拍了拍予兴的肩膀说:"高师傅是个好人,过一会儿,叫他带你去财务室办个报到手续,以后可以给你开工资。"

　　所长说起是居委会介绍时的口气,在予兴听来有一种异样的感觉,似乎居委会介绍的就矮人一等;同时又有一点担心,他们这些人是否会知道自己读过工读学校的事情,心里七上八下,忐忑不安,没有一点到了一个新环境的兴奋感,对新环境也没有兴趣,唯一使他安慰的一句话,是所长说的以后可以给自己开工资。

　　等所长离开后,高师傅将搪瓷杯搁在桌上,指着旁边的椅子说:"随便坐,不要怕陌生,我们这里的人都很随和。活嘛,我们主要是负责这一片老房子。现在是秋天,又没有大修的任务,活不多;要是有活,也是零星的小修小补。没有的话,就待在家里准备准备,把今后要用的材料搞好就可以了。"他停顿了一下,认真地把予兴从头到脚打量了一遍,看他穿得干干净净的,脚上一双崭新的塑料白底松紧布鞋,便端起搪瓷杯喝了口水,带点开导的口气说,"干我们这一行的,虽说是穿街走巷,出门入户的,应该穿得干净一点,可惜干的活干净不了,平时只能穿工作服。"接着又苦笑了一下说,"我们单位里不发工作服,明天你把家里的旧衣服拿来穿就可以,如果你家住的近,也可以直接穿着过来;还有鞋子一定要穿胶底的跑鞋或者运动鞋,我们有时候要上屋顶,你现在脚上的鞋子肯定不行。"予兴规规矩矩的坐在高师傅对面,听他提到自己的鞋子,不由自主地把脚往椅子底下缩了缩,装出诚恳的样子,点了点头说:"知道了。"

这时,从过道的深处走过来一位师傅,年龄明显要比高师傅大,接近五十岁的样子,黝黑的脸,高高的个子,高师傅马上站起来向这位老师傅指着予兴介绍:"新来的,叫郝予兴,居委会分配过来的。"又向予兴介绍,"我的师傅,是我们所里的老大,大家叫他老法师。"其实,这位师傅姓马,也有人叫他马师傅。由于是高师傅的师傅,从师徒辈分上来讲他是予兴的祖师爷辈,高师傅为了予兴在称呼时有所区别,特地强调了大家叫他老法师,指望予兴也能称呼他老法师。初来乍到不明就里的予兴也只会依样画葫芦,赶忙站起身来,规规矩矩地叫了一声老法师。老法师只是点了点头,一声不响地转身在他们对面坐下,拿起桌上的报修单看了起来。高师傅继续介绍:"今后基本上是我们三人搭档干活。"老法师插话道:"那家德兴里十一弄五号的屋顶不是去年修过了,怎么这次又要修?"高师傅接过单子看了一眼说:"噢,上次是修漏雨,这次是增开老虎窗。据说那家的儿子要在阁楼里结婚,头儿已经同意了,这活不急,再过几个太阳天,让屋顶干透了再干也不迟。"老法师听了什么也没说,起身到大水桶旁往茶缸里放水。高师傅向老法师继续说道:"小郝今天没有穿工作服,我看今天就到这里,让他回去吧。你看还有什么要吩咐的?"老法师还是什么也没说,高师傅朝予兴做了个可以回去的手势,"回去吧,明天穿工作服过来。"予兴认认真真地向两位师傅打了招呼道了再见,便出了房管所的门,心里却有一百个无奈,暗暗下定决心,一定要找到一份自己满意的工作。

当予兴从居委会听到分配给自己的工作是泥瓦匠时,凭着想象认为自己也许可以忍受这种类似造房子的工作,勉强说服自己去努力适应,可今天看到泥瓦桶和泥刀,又听了高师傅要求穿工作服和要上屋顶的话时,内心仅存的一丝勉强也荡然无存了,也不知道卢蓉知道自己干这样的工作会怎么想,回到家里就一头闷在自己的房间里,再也不愿意出门,外婆叫他吃晚饭,他也不给一个回音。外婆看到外孙沮丧的神情,痛在心里,却无能为力,独自吃完晚饭,给予兴留了一份放在八仙桌上,收拾停当后,推开了予兴房间的房门。

房间里没有开灯,只有从窗户的上半段透进来一丝微弱的光线,见予兴望着天花板呆呆地躺在床上,外婆替他开亮了电灯,直截了当地说:"我知道你心气高,看不上泥瓦匠的活,但泥瓦匠也是人干的活,你只有接受现实,好好干才有出头的日子,你也用不着埋怨你父母,他们也有自己的理由。人啊,年轻的时候吃了苦头,才会长大成熟,这都是有因果的,至少你现在知道了,这个世界不是为你造,不是你想干什么就能干什么的。"予兴没有看外婆,继续望着天花板,自言自语道:"什么时候才是个出头的日子啊?"他不理不睬的样子,外婆并没有生气,也无法回答他的问题,只能搪塞地宽慰道:"你干了就知道了。"又问道,"你跟那个女孩子还在来往吗?"听到问起卢蓉,这是两年多来家人第一次问起卢蓉,心头涌起难以言状的激动,他侧过脸来,睁大眼睛盯着外婆,猜着外婆想对自己说些什么,也很想趁机和外婆聊聊自己和卢蓉的事,默默地点了点头,又面露难色地说:"这份工作的事,我还不知道怎么跟她说呢?"

外婆看了他一眼,似乎看出他缺乏应有的自信心,便用肯定的语气说:"什么怎么说? 就实话实说。不要有半点隐瞒,不论发生什么情况,两人相互坦诚,是你们继续好下去的基础,如果她不要你,你也不要死皮赖脸地缠着人家,你人生的路还长着呐。另外,去了新的单位,不要把不高兴总是挂脸上,让周围的同事讨厌,人家不欠你的。你要表现好,让人留下好印象,要吸取教训,不要再犯中学里的低级错误了。"转身准备离开房间时,又加了一句,"想完了心事,快点把晚饭吃了,饭在桌上。"他看着外婆出房门,听到外婆把自己中学里的伤心事说成低级错误,这是第一次,玩味着外婆的话,心里想着如何面对那份泥瓦匠的工作。

每天上班对予兴来讲是一种煎熬,但还是装模作样做出一副勤奋好学的样子,不想一下子就给人留下太差的印象。几天后,他跟着师傅和老法师去那家要开老虎窗的人家。他们先上了阁楼,将一些要用的材料堆放在阁楼的地板中央,虽然主人已腾空了阁楼,可还是显得有些压抑。主人忙着向他们递烟倒水,当主人递烟给予兴时,他淡淡地摇了摇头,表示不要。师傅朝他看了一眼,转身和老法师研究起带斜面的天花板来,和主人商量确定老虎窗的位置。精打细算的主人希望老虎窗能够给阁楼带来最大的通风和采光,充分利用老虎天窗形成的空间,使阁楼更加宽敞舒适。因此,老虎窗的位置选择就显得比较重要,只要条件允许,一般在阁楼的斜顶接近地板处向上开设,能够最大程度地利用空间。老法师用铅笔在天花板上划出开窗的位置,既最小程度损坏天花板的直梁,又开出了最大的面积,主人微笑地赞叹着,表示满意。

他们三人爬上屋顶,他和师傅按照老法师划出的位置揭瓦片开洞,干完后师傅向他吩咐道:"你下到阁楼去,将材料递上来,顺便看看开洞的位置准不准。"他向阁楼伸出头准备下去,师傅一把拦住叫道:"这样人要掉下去的,先将脚下去。"他下到阁楼里,看了一下老虎窗开的位置,恰好是老法师刚才用铅笔划定的位置。他边往外递材料,边向师傅回报道:"窗的位置正好。"师傅接过东西提醒道:"你刚才在屋顶上没有看到老法师量过尺寸吧,他仅凭目测就能在屋顶上准确找到位置,这是他独有的本领。"予兴也懒得附和,朝师傅看了一眼,一声不响,只是在下面被动地按照师傅的吩咐递这递那，做这干那的。看着空空的阁楼，突然想起了黄莺家的阁楼，想起了在那阁楼里和卢蓉一起的那些甜蜜时光，再看看眼前的景象和自己，不免有些伤感，悄悄地含着眼泪，默默地背诵着昨天晚上自己写下的诗：

> 我是一只小小的飞蛾，只是一个弱小的生命，
> 迎风起舞，生机盎然；
> 我不小心弄湿了翅膀，从此后再也不能飞舞，
> 四处游荡，随风飘零；
> 我无故而柔弱的生命，从此后变得苍白无力
> 随风挣扎，耗蚀生命；
> 我想飞舞还想看世界，从此后只有湿的翅膀，
> 随风埋葬，随梦而去；
> 我的孤独还有我的痛，从此后变得无足轻重，
> 苦痛无奈，无人知晓；
> 我是这个世界的弃儿，从此后再也没有梦想，
> 随处流浪，无法回头。

到了下午收工的时候，师傅拍打着身上的灰尘，对予兴说道："今天干得蛮快的，明天再搞一天就可以完工了。"他只是笑了笑，把多余的材料、泥瓦桶和泥刀扔进了小推车里，回头看了一眼，木框的老虎窗雏形在暗红色瓦片的映衬下，显得非常耀眼。师傅看他干活还算麻利，脑子反应也快，就是不大说话，猜他心里对这份工作的顾虑，心想这也正常，从一个学生变成泥瓦匠肯定需要一个适应过程，就因势利导地开导："干我们这一行的，一开始，总有点难以接受，虽说只是个泥瓦工，修修补补，但这里离不开泥瓦工。你看今天我们把那家的老虎窗搞得差不多了，当一件报修完成后，看到报修的人对我们的感谢时，真会感到干这活是值得的。"他顿了顿继续说，"前几天我一直很担心你可能不愿意

111

干这份活,你会适应得很慢,现在看来你很聪明,上手很快。工作嘛,只要干一段时间就适应了,能够坚持一个星期,就能干一个月,能够坚持一个月,就能干一年,最后就像我们这样干了一辈子。"

在旁边的老法师开口道:"小郝,我看你这辈子的泥刀是扔不掉了。"

予兴听着他们的开导,一声不吭,只是默默地推着小推车跟在他们后面,心里骂道:这是什么说教,什么逻辑,坚持一年就能干一辈子,难道要我干一辈子我不愿意做的工作吗?他痛恨这样的逻辑,痛恨你这辈子的泥刀是扔不掉了的鬼话,暗暗发誓自己会很快离开这里的,想到这里予兴的眼泪几乎快要掉下来了。

予兴虽然讨厌这份工作,却从来不敢把这种讨厌挂在脸上,为了和师傅们搞好关系,平时尽量融入他们的日常生活中。听说师傅为了儿子结婚,想替儿子买一辆自行车正在伤脑筋。在计划经济时代,自行车是凭票供应的,先要得到自行车票才能购买。那是个什么都要依靠政府的时代,小小的自行车票也不例外,可政府只向单位发放票证,尔后由单位再向个人发放。他们的房管所属于小单位,很少有发放票证的机会,单位里已经几年没有发放过自行车票了,也没有人知道什么时候会发放。人们碰到这种事情一般只能求助黑市,向倒卖票证的黄牛先购买自行车票再买车。问题是高师傅又不熟悉黑市,也不敢向黄牛购买自行车票,所以一直没有给儿子买成,买自行车成了他近期的一块心病,整天嘀嘀咕咕地抱怨上海人买不到上海产的自行车,真丢脸,还不如买一块豆腐撞死,满腹牢骚,单位里上上下下都知道,不少人在为他想办法,也没有想出一个结果来。予兴为了拍师傅的马屁,得到他的好感,以便今后能够得到他的帮助,便想尝试着帮高师傅这个忙,决定去找以前的朋友吴骏。

吴骏是予兴在工读学校时的同学,属牛,也是七九届的,家里只有一个比他大四岁的哥哥,叫吴鹏。他父亲早年支援内地建设去了大三线,母亲和父亲离了婚。在他读初中时,父亲因工伤事故在当地去世了。哥哥中学毕业后,不愿意去大三线顶替,也不愿意去街道的里弄工厂上班,做起了倒卖票证的营生,凭着聪明活络,赚钱维持着兄弟两人的日常开销。后来吴骏也加入哥哥的行列,不过因长期旷课,最后被学校送进了工读学校,和予兴成了朋友。在工读学校里,予兴听了不少关于他们兄弟俩倒卖票证的故事,此时他希望从吴骏那里能搞到一张自行车票。

吴骏的家离黄莺家不远,也在国庆路上,这一带予兴很熟悉。由于长期不联系,不知道吴骏什么时候在家里,那天晚上予兴特地在九点过后去了吴骏的家,可他家还是大门紧闭,只能在他家门口等吴骏回来。一个小时后,当吴骏晃晃悠悠过来看到予兴时,惊讶地叫道:"好兄弟,怎么你在等我?"热情地招呼着,把手搭在他的肩上说,"快进屋,等了多长时间了?"

吴骏的家是沿街私房,马路通过几次整修不断增高,而他家里的地面却一次次深陷,比路面低了一大截,仿佛房子是埋入地下的。沿马路的外间,算是集做饭吃饭接待客人于一室的地方,狭小拥挤,凌乱不堪,几乎找不到可以插足的地方。予兴便在靠里边墙角的破沙发上坐下。由于沙发的弹簧全坏了,坐下去根本无法弹起来,他的身子陷在沙发里,就像坐在小板凳上似的,矮了一截。

他是第一次到吴骏家,面对这样的情景,略微有点拘谨,而吴骏反而大大咧咧地一点不在乎,拿着热水瓶晃了晃说:"我们家里不开火做饭,连热水都没有,现在太晚了,否则可以去外面吃点东西。"他放下热水瓶,从方桌子下面抽出一个凳子,抹去灰尘在予兴面前坐下,取出香烟递给予兴,见予兴摇头表示不抽烟,自己熟练地点了烟,深深地吸了一口,脸上还留着刚才惊讶的表情,兴奋地笑着说,"今天能够见到你,真没有想到,这么晚找我,是否找我有什么事情,只要我帮得上忙的,尽管说。"予兴见他这样兴奋和热情,一点没有两年未见面的生疏感,心里很开心,调侃道:"你忙,白天找不到你,只能晚上来,而且要深夜才能找到你。"听了予兴的话,吴骏又哈哈大笑起来,把头向后一仰说:"我有什么好忙的？我们的家呀，只是睡觉的地方，不想睡觉是不会回来的，整天在外面玩呗。"他一下子坐直身子，瞪大眼睛盯着予兴问道，"你好像找到工作了？快说来听听，搞什么的？"予兴想本来就是来找他帮忙的，而且他们虽不是同胞兄弟，却有着同样的根，使他们的关系胜似兄弟，所以在吴骏面前也不想隐瞒任何事情，就把自己当泥瓦匠的事情一股脑说了一大通，也算是对现状不满的发泄。吴骏听了后，一副幸灾乐祸的样子，油腔滑调地说起反话："太好了，我家破房子有救了。"他看予兴阴沉着脸，毫无反应，免得把难得见面的机会搞得不开心，赶紧把话收了，不再继续调侃了。予兴朝他木讷地看着，慢慢地说道："你就不要再拿我开心了，其实我是有事情来找你的。"心想时间已经不早了，尽快把自己找他的目的说了一遍。吴骏爽快地答应道："你的事就是我的事，小事一桩，放心好嘞。你也不要跟我说什么钱不钱的，你明天傍晚到西藏路凤阳路口来找我，我把票子给你，然后我们在外面一起吃晚饭。"

予兴早就知道西藏路凤阳路口那里有一个自行车行，在西藏路上坐西向东的，店面不大，曾听吴骏介绍过，他在那里打桩已有好几年的历史了。打桩，其实是人们对做黑市交易的黄牛从事交易方式的一种称呼。原因是那些黄牛每天总是站在商店门口或马路旁边，不断询问进出商店的行人是否有生意可做，就像竖在马路边商场门口的一根根木桩，再加上他们因紧张、无聊而双脚上下抖动，像打桩一样，打桩因此而得名。计划经济中凭票供应的制度给打桩提供生存的土壤，从凭票供应的自行车、缝纫机、冰箱和彩电到紧缺的电影票、外币和外汇券，都可以用打桩谋利，而且随着市场的变化而变化，虽然政府也偶有打击取缔，却始终收效不大，其中要数自行车票和外币的打桩历史最久。

第二天，予兴下了班，直奔在西藏路上的 18 路电车站。18 路电车北起虹口公园，途经北站火车站，贯穿整条西藏路，直至南面的黄浦江边，它是上海最繁忙的电车线路之一，始终拥挤不堪。他在新疆路站等来了 18 路电车，车厢内已经像沙丁鱼罐头一样，人贴着人，人挤着人。他运用了自己特有的挤车技巧，等到车门关闭前最后一个上车，双手拉住车门两边的护手，前胸贴着前面的乘客，用力向里挤压，车门关闭了，背紧贴着门，而到了下一站北京路车站时，只要转个身，他便可以轻松地第一个下车了。

到了车站下车，前面就是和吴骏约定的地点，它处在市中心，南面紧邻的是南京路和西藏路的交叉路口，是上海最繁忙拥挤的交叉口之一。为了人车分流，用铁栏杆将人行道和行车道隔离，人行道变得非常狭小，在交叉口上方建造了钢结构巨大圆形天桥，连接着交叉口四个角上的二楼商场，便于行人进出，天桥上始终人流滚滚；北面临近北京路和泥城桥，对面是市百一店和大上海电影院，周边还集中了数家大型百货公司和电影院，有不计其数的各种商店、饭店和饮食店。傍晚时分，拥挤不堪的狭小人行道上，挤满一波一波的行人，行人中有下班路过的，赴约吃饭的，购物逛街的，约会看电影的，似乎上海所有的人都集中到这里来了，摩肩接踵，走路几乎都是排着队走的，而马路快车道上则塞满公交车、电车和卡车，还有数不清的自行车，严重堵塞。汽车的喇叭声、自行车的铃声和喧嚣的人声混成一片，要在这样拥挤嘈杂的马路上找人，也不是一件轻而易举的事情，好在予兴对这种情景从小就适应了，游刃有余地在西藏路凤阳路口旁边的自行车行门前看到了吴骏。只见吴骏精神抖擞，全神贯注地用敏锐的像双鹰眼似的眼光，不断地来回扫视着路过的每一个行人，从行人的神态眼神和服饰穿戴、走路姿态中辨别出他所寻找的目标，这种具有穿透力的眼光是予兴在与他交往中从来没有看到过的，充满了机警和智慧。

吴骏在人头攒动的人群中也看到予兴，立刻迎了上去，习惯地将左手搭在予兴的肩膀上说："兄弟来啦，我的下班时间到了。走，吃饭去吧。"予兴不想急着去吃饭，出于好奇心倒想看看他做黄牛打桩的样子，说："干嘛这么急着去吃饭，我很想看你们是怎么玩的。"吴骏笑着说："有什么好看的，这又不是什么好事。我可不想带坏像你这样纯洁无瑕的好孩子，我已经站了大半天了，又累又饿，还是去那里坐坐吧。"予兴听他这么讲，也就随着他进了隔壁的上海菜饭店。

进了饭店,吴骏表现出对饭店、服务员都非常熟悉,像是回到了自己的家里似的。他把予兴引到了二楼靠窗的位置,相对而坐,熟练地对服务员报出一大堆菜名,点完菜,转过头来不带掩饰地说:"这里我熟,隔三岔五要来这里吃饭。"发现予兴用诧异的眼神看着自己,连忙解释道,"我呀,你知道的,没人管,钱来得快,去得也快,别看我总是在这里吃饭,这也是没有办法的事,家里又没有饭吃,回家干吗?"说到此顺手从口袋里掏出自行车票,很随意地扔在予兴桌前道,"给,这是市面上最流行的,凤凰18型的。你要的嘛,我肯定要给最好的。"予兴接过票子,仔细地看着票子上的每一个字,拘谨地问:"多少钱?"吴骏挥了挥手,还是重复着那句:"你不要跟我谈什么钱不钱的,要讲钱的话,我就不给你了。"予兴听了他这么说,也就不好再付钱了,收起票子说:"那我就恭敬不如从命了,来日方长。"他心底里对吴骏的打桩始终有着好奇心,又不好意思赤裸裸地问,想通过问他哥哥的情况了解打桩的事情,便问:"今天,好像没看见你哥哥,他怎么样?"吴骏指了指饭店下面的自行车行,毫无保留地说:"这里只有我和几个朋友守着,我哥和一些朋友都到处乱跑,一般不大来这里。兄弟两人在同一个地方打桩,时间长了,周围朋友也会有意见。另外,他还玩一些外币和外汇券什么的。"予兴发现他的话里好像打桩的地方不止这里一个,又问:"其他地方也有打桩的?"他解释道:"玩打桩的地方多得是,附近在市场里只要有自行车买的地方都有我们的人,但这里人最多,也最容易玩。"予兴还想问一些打桩的事,却有些不好意思再开口。

　　服务员上了菜,吴骏熟练地将两个酒杯斟满啤酒,递了一杯给予兴,自己喝了一口,问道:"你和女朋友现在怎么样了?"又想了想说,"好像在两个月前的一个礼拜天,我在下面的车行门前看见你挽着她的手经过,当时我正在和客头谈价钱,一下子没有反应过来,即使反应过来也不好意思叫住你们。"接着歪着头,略带油腔滑调地加了一句,"好生羡慕呀,现在谈得怎么样啦?"予兴不以为然地说:"有什么好羡慕的,你看我现在这副模样,真不好意思和她继续下去。"吴骏敏捷地朝他看一眼,又问:"此话怎么讲?"予兴一副麻木不仁的样子答道:"什么怎么讲,明摆着的。她现在是大学生,又是读法律的,以后前途也不会差,而我做泥瓦匠,让她甩了只是时间问题。"随之叹了口气,望着窗外在暮色中匆匆而过的人群,带着沮丧的神情继续说,"现在最叫我头痛的是,泥瓦匠要当到什么时候才能出头,前途渺茫啊。还是你好,干的这个营生也不错,自由自在的。"说着向吴骏要了一支烟。

吴骏举起漂亮的打火机凑上前为他点了烟,宽慰道:"你啊,有家有女朋友,有工作有劳保,只是工作略微差了点,没有上大学,其他什么都好,应该知足了。不要看我在你面前吃喝玩乐很潇洒,我有什么? 什么也没有,死了也没人管。"说到这里他停了一下,喝了一口酒,眼睛里混杂着暗淡甚至绝望的眼神继续道,"打桩虽来钱快,其实是下三烂干的,不可能玩一辈子,趁现在能够赚得到钱,多赚点钱,以后干别的。"说到这里,予兴开始安慰起他来了:"下三烂干的,也比我泥瓦匠好,你们赚到钱,还可以干别的,总有个出头的日子,而我日复一日,哪里有出头的日子。"予兴自顾自说着,抬头看了一眼对方,发现他两眼发直,盯着酒杯,似乎眼睛里还有泪花。他眼神的变化让予兴感到莫名其妙,小心翼翼地问了一声:"怎么啦?"

过了许久,吴骏擤了一下鼻涕,用手抹了抹眼睛说:"今天我和我母亲见面了。"予兴知道他很小的时候,父母就离婚了,眼下提到母亲,肯定又有伤心的故事,就不敢多问,只能静静地陪着他。看得出吴骏想让自己尽量平静下来,他把目光移向窗外,用那种平静得像说其他人事情的语气说:"上个礼拜她来找我和我哥,没有见到,就托邻居带口信,说今天中午在四川路喜临门饭店请我们兄弟俩吃饭,我哥当即就决定不去,至于我去不去,我哥由我自己拿主意,我想了好久,还是决定去。前天晚上我哥扔给我一双新皮鞋,什么也没说,但我知道他的意思,想让我穿的干净点,好让我妈知道,没有她我们也过得很好。"他叹气道,"也许我哥受我妈离家出走的刺激太深了,没办法,他比我大几岁,也许记忆比我清晰。我很想和我哥一起去,他不愿意,我也没办法,就一个人去了。"他又顿了顿,两眼望着窗外,双手下垂,声音很轻,说话很慢,似乎病入膏肓的病人在用最后的气力说话,"见到她之后,不知道为什么在我面前总是出现她最后一次离家出走的情景。那时,姥姥还健在,我才六岁,还没有上学,不太懂事,只会哭。那天家里只有我和姥姥两个人,只见她把自己的东西一件件放进一个旅行袋里,后又抚摸了一下我的头,大概算是告别。眼看她要出门,我拼命地哭着不让她走,姥姥把我拉过去,阻止了我,还打了我。她走后,姥姥抱着我,和我一起哭了好久。"他又擤了一下鼻涕,继续道,"本来还想坐一会,和她说说话的,想到这样的情景,我就再也坐不住了,就抽了一支烟,什么东西都没吃,只对她说我哥不想来,我就是为了带我哥的口信而来的,说完了就走了。"

又过了好久,予兴见他才回过神来,轻声地问道:"她怎么样了?"他疑惑地瞪着眼睛确认道:"谁?那个女人?"予兴后悔自己不应该在这种时候问这样的问题,只能一声不吭地看着他,侥幸地希望对方没有听清楚自己的提问,想不到,吴骏喝了一口啤酒平静地说道:"她好像不太好,刚刚哭过的样子,脸色蜡黄,瘦得皮包骨头,穿了件很肥的旧衣服,除了眼睛,我几乎已经认不出她来了,根本不像她年轻时候的样子。现在想想我这样冒冒失失地走掉,也不大好,她肯定很伤心的。我们十五年没有见过面了,她毕竟是我的亲妈,而我就简简单单地叫了一声妈妈,其他的什么都没有做,又马上离开了她,现在想想心里总觉得不大舒服。"他瞟了予兴一眼,补了一句,"有点后悔。"说到这里,他又低头喝一口啤酒,点了一支烟,再也没有说话。

予兴是第一次倾听这种悲伤的故事,根本无法体会从小被母亲抛弃的感觉,更不知道怎么才能宽慰对方,不敢多说一句,只能默默地陪着他。他们两个人的聊天,似乎还脱离不了工读学校留下的阴影,充满着悲凉和绝望,然而两颗年轻的有过类似经历的心却是相通的,是心心相印的,他们建立起来的友谊是真诚的。

晴雨多变的春天刚刚过去,就迎来绵绵细雨的梅雨季节,这时上海的弄堂里到处是水,没有一处是干的,地面是水淋淋的,墙壁是湿漉漉的,木制门框也是潮潮的,整个房子里里外外就像用水洗了一遍似的。无处不在的水,无处不在的潮,不但令人烦躁,也许还会添乱。予兴单位里修理屋顶漏雨的活明显多了起来,在一个雨天上屋顶修理时,他从屋顶上摔了下来,摔成左手腕骨折再加轻度脑震荡。工伤给予兴赖在家里不上班提供了一个名正言顺的理由,他在家里躲过了整个盛夏,秋天来临之际,伤也养得差不多了,到了重新上班的时候了,然而,他再也不愿意去碰泥瓦桶和泥刀了,想和吴骏一样打桩。

郝予兴在吴骏的家门口看到他哥哥吴鹏,他正好坐在小板凳上借着屋内透出的光线和邻居下围棋。吴鹏见到予兴,虽然不熟,但知道他是弟弟的朋友,便热情地站起身来,对他说:"吴骏在那边和人打牌。"予兴朝他手指的方向看了看,似乎有些犹豫是否要去打扰他打牌,吴鹏看他没有反应,就说,"你在这里等着,我去叫他。"予兴想他和吴鹏没见过几次面就劳驾人家,有点不好意思,便一边抢在吴鹏的前面向他刚刚手指的方向走去,一边说:"谢谢了,还是我自己过去找吧。"

虽然,已经进入秋天,天气开始变凉,国庆路晚上依旧有许多下棋打牌的纳凉人。那里的人天气再凉也喜欢待在屋外,常常会把饭桌也搬到外面来,在马路边上吃饭喝酒,还会碰到不请自来住在马路对面的捧着饭碗过来一起吃的食客,甚至还有男人在路边洗澡的。主要是屋内太小,条件太差,待在家里不舒服,只要不下雨,家家户户几乎所有的事情都愿意在屋外的马路边上做,夏天纳凉冬天晒太阳,从来不相互避讳。这种融洽开放的生活方式,形成特殊的邻里关系,每家每户都敞开大门,没有隐私没有秘密,一家有难大家帮忙,宛如所有的人都生活在一个大家庭之中,是那里的一道不变的街景。

予兴找到了正在路灯下打牌的吴骏,拉他到旁边说明了来意,最后说:"干了十个月,就从屋顶上摔下来,差一点要了我的命,再继续干下去肯定会死掉。"吴骏笑着说:"没那么严重。"对予兴要一起打桩的事,吴骏还是一如既往地满口答应,却口气严肃地说,"我早就看出你有这个心思了,只是没说而已。"予兴疑惑的看着他,笑着问:"那你为什么不说？你不希望我干,怕我抢了你的生意?"吴骏摇了摇头认真说:"我哪里会担心你抢了我的生意呀? 你来我高兴还来不及呢! 我敢保证,你人聪明,运气好的话,肯定很快赚大钱,不过这毕竟是下三烂的活,所以我不能主动邀你一起干,我不能帮你作出干与不干的决定。但是,你只要决定干,我会全力以赴帮你的。从现在起正好是秋天了,气候也舒服了,而且可能是干这个的旺季,但愿我们运气好吧。"他想了想又问道,"你女朋友会同意吗?"予兴朝他看了看答道:"我干泥瓦匠她也没有同意过,只能先不对她说。"吴骏继续道:"现在你千万不要辞职,也不要旷工,反正你工伤过,先混病假,干一段时间再说,万一不行也不影响你当泥瓦匠。"予兴没有想到他会替自己想得如此周到,深受感动,为了表示决心,说道:"泥瓦匠,反正我再也不会干了。"

予兴和卢蓉的约会还是一个礼拜一次,由于经济条件有限,一般只是逛公园,看电影,吃小点心,很少下馆子吃饭,也不常买东西。又是个星期天下午,是他们碰头恋爱的时间,无处可去,又在大光明看电影。这些年来,上海滩的电影经历了《地道战》《地雷战》、革命样板戏、朝鲜电影哭哭笑笑、越南电影飞机大炮、罗马尼亚电影搂搂抱抱、阿尔巴尼亚电影颠颠倒倒,开始出现了少有的印度电影。他们又看了一遍印度的《流浪者》,这是他们第六次看这部影片了,电影中的情节能倒背如流,激动的场景已感觉不到激动了,惊险的情节也已没了刺激。只是卢蓉想看而已,可能她向往电影的浪漫故事在现实中出现,法律美女挽救爱情。

散场时,他们挽着手默默地随着人流出了二楼的放映厅,穿过宽敞的休息厅,拐弯沿楼梯走向底楼大厅。高大明亮的大厅里已经站了不少等待下一场进场的观众。予兴心想这些等着看下一场的观众,大部分绝对不会是第一次看这部影片的,肯定也是像自己一样无处可去,才来电影院炒冷饭的。他看了一下大厅出口处正上方的电子钟,已是四点多钟了,盘算着接下来是和卢蓉一起在外面吃饭还是回家。按照以往的习惯,予兴将送她回家,各自在家里吃晚饭。这种有规律的恋爱形式已经成了固定模式,似乎双方的激情已经燃烧完了,仅剩下一个恋爱的形式了。在予兴看来,这种恋爱总有像完成任务一样的感觉,似乎恋爱时间长了双方都疲劳了,就像反复看一部老电影,没了感觉,或双方似乎在潜意识中等待着分手的来临。为了改变这样死气沉沉的恋爱形式,或许为了驱赶内心深处的疲劳感,或许否定潜意识中分手来临的感觉,予兴决定翻出一点新意,来刺激一下双方已经麻木的恋爱神经。从大光明电影院出来,他们谁也没有开口说话,还是手挽着手沿着南京路一直到华侨饭店门口。这时予兴指了指华侨饭店,建议进去吃西餐。

华侨饭店的前身是二十世纪二三十年代享誉上海滩著名的金门大酒店,里面客人基本是外国人,又是西餐,在一般精打细算的上海市民看来,价格昂贵又不实惠,一般都会望而却步,不会光顾这样的饭店。整个建筑充满了典雅的意大利宫殿风格,外墙都为巨大的花岗岩砌成,镶嵌着镂空雕花的拱形窗楣,楼顶是具有浓浓的欧洲风情的塔楼。方方正正塔楼以四根罗马柱为支撑,第二层上方嵌着面向四方的罗马式大钟,再上方是镏金圆顶直指蓝天,正门两边对称的巨大精美罗马石柱和气派的蜿蜒花岗岩楼梯,显示出迷人的华贵。

卢蓉听从了他的建议。她原本就对西餐有着强烈的好奇心,只因没有机会,似乎西餐离自己的生活很远,就如同华侨饭店一样,她从小到大不知道在它门口经过多少次,即使和她父母一起经过,也从未想过要进去,或从不敢想进去的事,认为这是外国人进出的地方,似乎这栋房子里的事情和自己永远无关,或是自己一辈子不可能去的地方。见门口穿着漂亮挺括制服的门卫,玻璃铮亮的欧式旋转铜门,进进出出的外国面孔,卢蓉有点紧张,担心地问予兴:"这里面可能要使用外汇券的,我们又没有。"予兴胸有成竹地说:"即使要外汇券也没关系,我口袋里有。"卢蓉既惊讶又疑惑地问道:"你有? 哪里来的?"予兴镇定回答道:"当然是兑换的,为了这顿西餐,我早就准备了。"卢蓉见他为了他俩吃西餐精心准备外汇券,心里有一种说不出的喜悦。其实,予兴也从来没有出入过这样高档的饭店,心里难免有些紧张,为了不让卢蓉看出自己的胆怯，他挺了挺胸挽着卢蓉，径直跨上蜿蜒的楼梯进了二楼的西餐厅。

整个餐厅面积不大，四四方方的，四面精致考究的护墙壁上挂着四幅欧洲风格的风景油画，高高的屋顶，正中的水晶大吊灯熠熠发光，映衬在长长的深色的落地丝绒窗帘上，显得格调高雅大气。餐厅里播放着柔和的乐曲，音乐的可闻度恰到好处，即音乐的音量达到似听到又听不到的程度，如果客人之间需要谈话交流的，则可以忽略音乐，专心谈话交流，不会被音乐所打扰；如果客人需要轻松用餐的，则可有音乐相伴，这种似有似无的音乐使整个餐厅气氛更加优雅。他俩挑了在一扇落地窗前的长餐桌，双双毕恭毕敬地面对面坐下，长餐桌的一端摆放着一个巨大的台灯，旁边还有一簇鲜花作为点缀，桌上铺着雪白的餐布，餐盘上放着叠成小天鹅形状的餐巾，两边整齐有序地摆放着铮亮的刀叉汤匙。

他们两人从来没有吃过西餐，予兴担心在点菜时会出洋相，想让卢蓉先点，而自己躲后面跟着点，便装出一副潇洒的样子，顺手拿起放在餐桌上的一本精致黑皮封面的菜单递给卢蓉，轻声道："今天我们大吃一顿，随便点。"卢蓉接过菜单，看了一会儿不知道如何下手，坦白道："我不知道怎么点，是一人一份还是和中餐一样两个人合在一起点。"把菜单平放在餐桌上，要予兴一起看着点。予兴不得不凑上来，两个人研究了好一会也没有一个结果。这时，上来一位五十开外的服务员，身穿挺括白色西装制服，笑容可掬地问："需要我帮你们介绍一下菜单吗？"予兴有点脸红，不好意思地点了点头，说了一声谢谢。服务员很有礼貌地介绍道："我们餐厅的西餐是以欧式西餐为主，第一道开胃菜，你们可以在焗蜗牛、鹅肝酱、鱼子酱等菜中选一个。"他俩有点像小学生一样，跟在后面各自点了一份。服务员接着介绍道："第二道汤类，有法式香培青豆汁浓汤、法式洋葱汤、俄式罗宋汤……"他们又各自点了一份。贴心的服务员将他们不熟悉的西餐菜单化成了简单的选择题，避免他们不懂西餐的尴尬。卢蓉顺利点了熏鲑鱼，奶油鸡茸汤，法式牛排，蔬菜色拉外加冰激淋,予兴点了焗蜗牛,乡下奶油浓汤,法式牛排,火腿色拉外加咖啡。予兴还在点到法式牛排时,加了一句要七分熟的,以示自己对西餐的熟悉和体现自己的要求。服务员非常客气地转向卢蓉确认道:"小姐也是要七分熟的吗?"卢蓉从予兴和服务员的对话中已经知道自己的遗漏,赶紧补上一句:"和他一样,七分熟的。"

当吃完开胃菜后,服务员为他们各自上了汤,并附带上了一小篮子法式面包。正当卢蓉有些迟疑这面包是否属于自己点的东西时,聪明的予兴已经猜到这面包是附带的主食,便小声告诉卢蓉这是附带的无需另点。他们小心翼翼地模仿着电影里外国人吃西餐的动作,从外侧往内侧取用刀叉,左手持叉按住牛排,右手持刀将牛排锯切成小块,然后用叉子送入口中。西餐的量不算太多,他俩像完成功课一样,一丝不苟把盘里的各种食物全部送入了嘴里,但因为紧张和使用刀叉的忙碌,根本没有品尝出西餐的美妙,就已经只剩下冰激凌和咖啡了。

卢蓉刚才在忙着刀叉,现在歇下来了,回顾四周,优雅的环境,让人赏心悦目,她慢悠悠地用长柄小勺搅着冰激淋,看着旁桌的一对腰粗背圆的外国夫妇,感慨道:"这里的环境真好,叫人流连忘返,这才是令人向往的生活。"予兴也朝周围看了一圈,以启发式的口吻问道:"你记得电影《南征北战》中的张军长吗?"卢蓉不知道他要说什么,只是微微点了下头,予兴接着说道,"他叫张灵甫,是国民党有名的将领,他和夫人王玉龄结婚就在这里办的仪式。"卢蓉惊讶地睁大眼睛:"是吗?"然后又好奇地问,"电影里的他很帅,真实的他也很帅吗?"予兴答道:"好像是很帅。"卢蓉指了指餐厅,又问道:"就是这间餐厅吗?"予兴不以为然地答道:"不一定是这一间餐厅,这是几十年以前的事了,这个酒店已经改造过好几次了,反正他们的婚礼是在这个酒店举行的。"他又看了一圈周围,感叹道,"王玉龄也是名门望族的后辈,这里真是以前达官贵人安享荣华富贵的地方。"卢蓉附和道:"可以想象得出。"朝予兴看了一眼,似乎意味深长地说,"经常在这种高雅的地方吃饭,人也会变得高雅的。"卢蓉心想:像自己这样的女人就应该属于过这样优雅生活的人,这也许是自己将来生活的一部分。面对予兴,她没有将这一想法说出口。予兴似乎看出了她的心思,说:"像你这样漂亮聪明的女生,就应该经常在这种地方吃饭。放心好了,今后我们会经常来这里的。我们可以把婚礼也办在这里。"卢蓉朝他看了一眼说:"难道你想和张灵甫一样吗?"予兴没有确定这"一样"是指自己的命运和他一样,还是和他一样有一个富丽堂皇的婚礼,他没有吱声,静静地看着她。卢蓉重新回顾四周,一点也没显得激动,平静地说:"这里办婚礼,真有点像童话,那也要等到我毕业。"予兴看着她,似乎感觉到她对婚礼的话题并不那么热衷,有点心不在焉,也就附和道:"那自然,肯定要等你毕业以后。"卢蓉并没有理会他的承诺,只是淡淡地看了他一眼,还是在继续留意周围环境和其他客人的一举一动,以便尽可能多地了解西餐和西餐厅里的人。

予兴望着卢蓉,想找个适当机会告诉她,自己目前正在玩打桩的营生。这种冷场或者互不说话的情景,在他们的恋爱中出现的频率越来越多,以至成了习惯。予兴又挨了一会儿,实在找不到更好的开场白,便郑重其事地直接对卢蓉说:"我有一件事要告诉你。"卢蓉转过脸来盯着他,似乎在问什么事,予兴面无表情简单地说,"我不再做泥瓦匠了。"卢蓉一下子没有反应过来,过了一会才问:"那你想干什么?"予兴把自己已经开始玩打桩的事情说了一遍,最后又按照吴骏的逻辑解释道:"目前这个来钱快,现在尽量多赚些钱,以后再想办法做其他的。"

卢蓉听了,只是呆呆地看着他,对她来说这太突然了,一时无言以对,脑子里飞快地闪现许多往事。她了解予兴目前的难处,造成这难处的原因又和她密不可分,但她不能确定打桩会给他们带来什么,对打桩也仅仅略知一二,当然仅凭她的常识也知道打桩的违法性,而内心深处更有一种奇怪的感觉,一个读法律专业的女生和一个违法乱纪打桩的人谈恋爱,似乎成了一种讽刺,如果要劝予兴放弃,那么予兴又能干什么呢?继续干他的泥瓦匠,这也是她所不愿意看到的。卢蓉只能不知可否地问:"这好吗? 我有点担心,这毕竟是违法乱纪的事情。"予兴小心地拿起咖啡杯,喝了一口咖啡,叹气道:"应该不会有什么事的,玩这个,也不止我一个人,好像都没什么事情。"后又加了一句,"其实,我起先也不愿意玩这个,但干泥瓦匠我都摔了半死,想想做泥瓦匠摔死还不如玩打桩的,先利用一段病假,试试看再说。"听了予兴这么说,卢蓉也只能附和道:"那就这样试一段时间,不过千万要小心。"予兴见她没有明确反对,心一半定了,另一半还是悬着。定了,至少今后自己的营生,卢蓉不会明确反对;悬着,今后和她的差距还在,也许还有可能扩大。予兴想要的以前那种心有灵犀一点通的感觉,却没有得到,这也是他预料之中的,心想和卢蓉的恋爱,和打桩一样,今后也只能走一步看一步。

在上海话中,打桩的人被称为"打桩模子"。打桩模子就像幽灵一样游荡在闹市区,他们混杂在人流中,时而出现时而消失,随着市场的变化而变化,不断地寻找着自己的目标。打桩的基本要领非常简单,低价收进,高价卖出,以赚得差价,困难的是如何找到上家和下家,从而在这两者之间搭起桥梁。要在摩肩接踵的人流中找到有票证要出售的人,并非易事。予兴通过吴骏的言传身教,了解到出售票证的人都是清一色本地人,主要有两类:一类是非常特殊的人群,他们在企业机关里身居要职,手上掌握着发放票证的大权,一般有多余或者克扣下来的票证,这类人在出售时可能会有数张的票证,或者每隔一段时间重复出现;一类是偶尔得到票证的,自己不想用或者不舍得用,出售换钱,这类一般只会有一张票证也仅出现一次。不论第一类还是第二类,他们都会选择将自己的利益最大化,是打桩赖以生存的上家,正是他们的存在才有了打桩的营生。至于需要票证的人,则几乎差不多,都是一些像予兴师傅那样的情况,急需这种凭票供应的商品,又无合法渠道得到票证,可说是无奈的选择,和前者出售票证的有着明显的不同。不论出售还是购买票证,他们的指向都是打桩的人,而在打桩的人中又不乏坑蒙拐骗者。为了避免上当受骗,他们慎之又慎,还要了解行情避免交易中吃亏,甚至有人在出售票证时,把自己说成是希望购买票证的,以了解行情,谋求得到最高的出售价格,这永远是一场地下的无法律保障的斗智游戏。予兴花工夫了解琢磨了上下家背景类别和他们的心理，这对甄别谁是票证的出售者和购买者有着很大的帮助。

打桩的人群是松散的，他们来自四面八方，有着各种各样的背景，有的是在单位里请长期病假出来的，有的是不愿意回农场继续工作的或者没有工作的回城知青，有的是中学毕业后成为待业青年的，甚至有刑满释放的。他们绝大多数是本地人，年龄也参差不齐，年龄大的有上有老下有小的老三届，小的有刚刚从中学毕业的。他们没有组织，不统一，他们的出现没有固定地点和时间，像一盘散沙，大风吹来了，变得无影无踪，风止了，又从各个角落出现聚在一起。他们沉溺于社会的底层，无权无势，一无所有，是真正的无产者，他们连为自己找到一份合适工作的办法或者途径都没有，游荡在被抛弃和被管理的边缘，社会上任何机构都可以管理整治他们，就连马路边戴着红袖章的工纠队都可以教训他们，甚至会给他们带来灭顶之灾。但他们相互之间有密切联系，相互交换信息，介绍生意，甚至互相帮助，互相团结，又似乎是个完整的团体，为了共同的目标抵抗外来任何力量的入侵和打击。

每天中午至车行打烊是打桩最容易的时候，这时人流量也最大，自行车行门前人来人往，细心观察可以发现始终有几个人围绕在车行门前，不时地注视行人，如果发现对方的眼神似乎有意和自己搭讪的话，会赶紧上前按照其外表和神态判断询问是有票证出售还是要票证的，尔后或许展开讨价还价。粗看起来，这些人在外表上和普通的行人没有什么两样，有的着装整洁，笑容可掬，说话礼貌，叫人容易接近；有的衣着邋遢，凶神恶煞，说话粗俗，叫人不敢靠近。予兴就混迹在他们之中，又与他们保持着一定的距离，在无聊地四处张望之际，突然留意到从对面大上海电影院过来一位中年女人。她略微与众不同，边穿马路边紧盯着车行门前的状况，而不是关注两边来往的车辆。从她眼睛紧盯的方向可以断定，她对车行门前的那些打桩的人感兴趣。她身穿藏青色卡其布列宁装，领口露出精致的棕色细绒衫，肩上搭了一个黑色挎包，眉宇间流露出一丝让人难以察觉的骄傲，仅凭她朴素的穿着和高傲的神态,就可以分辨出是企事业单位的干部。她的这种朴素是为了隐藏内心的高傲,而高傲的神态却在提醒着人们不要小看这份朴素和普通,正所谓朴素的打扮,高傲的气质,是当下干部流行的特征。当她走近予兴时,谨慎的眼神朝他扫了一眼,仅仅在一扫的过程中,眼神在予兴脸上多停留了一秒钟。

予兴捕捉到了这一秒钟,判断她不可能是需要票子的人,而应是手中有多余票子的人,便上前用很轻的声音礼貌地搭讪道:"有票子吗?"那中年女人没有回答,也没有看予兴,好像没有听见似的,继续目不斜视地向前走,只是略微放慢了脚步,但在她的眼神里看不出对这种主动搭讪有一丝的厌恶。予兴知趣地跟在她身后走一段,到市百一店对面的红旗电影院门口,趁着人多混杂之机,那个中年女人突然停住回头看了予兴一眼,看见予兴也正注视着自己,又立刻扭头像是在看电影院门前的电影放映时间表,简洁地问道:"三张定型票,多少钱?"予兴听到她的问话,庆幸自己的判断没有错,便老练地装出也在看电影放映时间表的样子,答道:"本月还有四天就结束了,不值钱。"那中年女人又把目光移回到予兴身上,纠正道:"是下个月的。"她老道地和予兴讨价还价,在确定了出售价格后,一边以命令口气要求道,"再朝前走一段。"一边头也不回地不慌不忙向前走去。

自行车票按照可以购买的自行车种类分为定型票和普通票。定型票可以购买指定型号的自行车,一般都为市场上比较紧俏的型号;普通票只能购买指定型号以外型号的普通自行车,这在票证买卖中体现着不同的价格,定型票的价格一般要贵一些。不论定型票还是普通票上都规定了使用的期限,一般为当月使用,过期作废,越是在月底,票子就越不值钱。而那中年女人要求予兴再向前走一段,找一个行人相对较少的地方交易,这完全符合打桩的习惯做法。为了不引起旁人的注意,就像搞地下工作的或者间谍,大多数是边走边谈,直至交易成功或者不欢而散,毕竟这种交易不是正大光明的事情,而且又在两个完全陌生人之间进行的。他们一前一后穿过了南京路,在华侨饭店对面人民公园入口处旁边的画廊前停了下来，这里人行道比较开阔，相对来讲行人不太密集。那中年女人扫了一下周围，确认没人注意他们，又吩咐道："你先把钱给我。"予兴如数给了钱，她敏捷地从挎包里取出票子。当予兴确认完是三张票子时，心想这个女人一下子能够出售三张，在讨价还价时又如此精通老到，似乎对打桩的行当了如指掌，绝非第一次也不会是最后一次，肯定今后还会有和她交易的机会，想仔细打量一下这位与众不同的女人，这时，那中年女人已经消失得无影无踪了。

通过几个月来的打桩实践，可以说予兴已经变得精通此道，干得游刃有余，得心应手，更尝到来钱快的好处，对打桩几乎也到了着迷的程度。他在和卢蓉约会用钱时也不再缩手缩脚了，吃遍了南京路上所有的饭店，开始为卢蓉购买各种衣物和化妆品，想以金钱去填补他们之间的差距。他开始有点相信金钱是万能的，有钱能使鬼推磨，到了财迷心窍的程度。

第九章　游　杭　州

　　转眼间暑假又要来临，外地的同学都在忙着准备回家，本地的同学也在忙着准备外出旅游。罗小微在食堂门口堵住了沈嘉毅，问他暑假有什么打算，他说没有出门旅游的计划，小微听了后直接和他商量："那好，我们一起去何麒的老家吃杨梅。"嘉毅迷惑地问："谁是何麒?"他早已把几个月前在学校食堂跳舞时有过一面之交的历史系同学忘得一干二净，通过小微的提醒，总算记起叫何麒的同学。嘉毅瞪了小微一眼，用不屑一顾的口气说："你想旅游想疯啦，亏你想得出来，我和他又不熟悉。"

　　小微看了一下周围都是同学，嫌嘉毅说话声音太大，一把抓住他的右手，拉他到旁边的树阴下，将自己为何麒介绍女朋友的事情告诉他。嘉毅问："是谁做他的女朋友了?"小微神秘地望了他一眼，答道："我们班里的刘杏。"又加了一句，"他们两个人很般配。"但嘉毅还是没有听明白，疑惑地问道："你为他介绍女朋友，和我们去他老家玩有什么关系?"小微继续解释道："他俩刚刚开始谈朋友没几天，何麒要刘杏去他老家玩，但她又不敢一个人跟他去，拉着我，所以我只能来拉你了，怎么样，肯给个面子吧?"看他还在考虑，又补了一句，"出去旅游，哪有女生求着男生的。"她以一种女性特有的发嗲的眼神盯着嘉毅，似乎在祈求他，看他还是没有反应，装出一副生气的样子命令道，"你不答应，我真的生气了。这次听我的，一定要陪我去。"嘉毅又挨了一会儿，吞吞吐吐地说："这样不太好吧? 花人家的钱，占人家便宜。"小微马上做出故作惊讶的样子说:"哦哟,有什么不太好的。"还略带玩世不恭的口气道,"我们哪里占人家便宜了? 我为他介绍女朋友,花他们的钱完全是应该的,而且又不是他们自己的钱,是公家的钱,更何况他还一再夸下海口,要请大家去玩的呢。就这样定了,你一定要去。"嘉毅用手指指了指小微说:"你呀,以前看不起人家,对人家那么刻薄,现在又要和人家一起去旅游,说你什么好呢?"她反驳道:"谁对人家刻薄了? 我这叫作有话直说罢了。还真诚地帮助过他,我和他完全是平等的朋友关系。谁像你,满肚子对人家的坏念头,拒人家千里之外,表面上还要搞什么等距离外交,还在我面前居高临下,说三道四,真气死我了。"

等距离外交是嘉毅在大学里和同学交往的处事原则,也是他从小形成的性格所致,除了与极少数交往甚密的同学之外,他对其他同学都保持着一定的距离,不论是谁,不论何时,均保持同样的交往程度,不过分甚密,也不过分疏远,而实质上是敬而远之。小微属例外,是属于极少数之列。嘉毅反击道:"谁敢把你这位大小姐气死呀? 我可不敢。你死了,谁监督我,谁来跟我吵架呀。"嘉毅和小微常常会发生口水战,两个人往往在口头上很难达成一致,却在行动上又相互配合。他们双方意见达不成一致,是真诚的表现;行动上支持和合作,亦是双方性格使然。

去何麒老家必须经过杭州,按照他们预定的路线先在杭州玩两天。出发的那天早晨,何麒和小微早早就等在了宿舍楼下。何麒将自己收拾得干干净净,新理的发,看上去精神十足,英俊男子汉形象。嘉毅客气地向他们打招呼,对何麒说:"我纯粹是来揩油的,给你们增添人数了。"何麒满脸喜悦地说:"你来,我开心还来不及呢。"站在旁边的小微立即冲上来插嘴道:"嘉毅是我把他拖来的。"何麒继续大度地说:"人数再多也没关系。我爸爸为了我们这次去玩,早就要他们办公室特地去买了一辆新车,大概可以坐得下六七个人呢。"说话间刘杏从女生宿舍出来了,一辆崭新的面包车也停到了他们面前,从车内驾驶座上下来一位中年男子,黝黑的脸上透着几分斯文,见了何麒说:"小麒,你爸爸叫我来带你们,这次你们几个人?"何麒像见到了亲人,见到了能够证明自己高人一等的亲人一样,赶忙上前亲切地叫道:"徐叔叔,辛苦你了,我们一行四人。"脸上流露出久违的骄傲和得意,转身向嘉毅他们自豪地介绍道,"徐主任,是我们县里的办公室主任,这次我们出游就麻烦他了。"

细心的嘉毅看到这样的情景,心中掠过一丝后悔,后悔不应当答应小微参加这次旅游,但为了顾及大家的面子和能够顺利地旅游,他立刻上前不失风度地和徐主任握了握手,简单而有礼貌地说:"徐主任你好,初次见面就麻烦你。"小微和刘杏躲他身后向徐主任点了点头,算是打过招呼了。何麒看到了这一幕,脸上露出一种似乎完成了一件伟大事业的满足感,大声地宣布道:"就这样吧,我们上车,出发。"嘉毅看到何麒紧贴在刘杏的身后,似乎想和刘杏一起坐,他懒得和他们一起坐,便趁机独自坐到副驾驶位子,而刘杏拉着小微一起坐到了后排,结果何麒一个人坐在驾驶座后排。最后上车的是徐主任,向大家扫了一眼,什么也没说,启动了车子,开出了校门,朝着国道驶去。

到了杭州已经是下午了,徐主任为他们在离西湖不远处的市政府招待所借了房间,然后陪他们去柳浪闻莺游玩,准备在柳浪闻莺的茶室喝茶休息。紧贴西湖的茶室,室外有大大的太阳伞和藤桌藤椅,藤桌上还放着瓜子、花生和小核桃之类的坚果,是喝茶聊天的好地方。何麒走在最前面,一副主人的做派,选了一张靠近湖边的桌子,招呼大家落座,又为大家点了茶水。他们五人坐定,各自喝茶嗑瓜子,欣赏湖光山色美景,也许玩得有点累了,也许不知道该说些什么,大家都没有说话。在无声无息间,一艘小游船靠了上来,划船的船老大过来揽他们坐小船的生意,何麒朝刘杏建议道:"坐在这里休息,还不如坐到船上去。一样是休息,我们还可以坐船兜一圈。"刘杏不愿意单独和何麒坐小船游,不知如何应答何麒,回头看了一下小微,想拉嘉毅和小微一起去。何麒看到刘杏没有明确响应,便向大家邀请:"大家一起来吧。"非常明显,这样的邀请是言不由衷的,他的心思是希望自己和刘杏坐小游船。

徐主任带头说道："这游船太小了,最多只能坐两三个人,你们去吧,我们还是在这里喝茶。"其实,这种小船由船老大站在船后摇橹兼做导游,中间有两排座位,可以坐四位游客,有时船头还可以坐一位,一般坐四至五位游客。徐主任为了成全何麒,有意说成船上只能坐二至三人,意为除了何麒和刘杏,其他人无法再上船。徐主任的意图再明显不过了,而船老大又是按船收费的,当然愿意人数尽可能少一些。看出门道的嘉毅马上做出反应,对小微说:"船太小了,我们还是在这里和徐主任喝茶聊天吧,让他们去吧。"小微接着他的话,笑嘻嘻地对刘杏说:"你快去吧,不要不好意思了。"大家都会心地笑了。刘杏犹豫一下,似乎为了掩饰自己的难为情,朝小微肩上拍了一下,便起身离开座位。这时何麒已站在小游船上,伸出手来准备接迎刘杏了。

何麒和刘杏并排坐在船的当中,船老大在他们身后摇着橹,刘杏回头向在岸上的他们摇了摇手。徐主任看着小游船慢慢划走,感叹道:"这个小姑娘真不错,他们是很般配的一对,但愿小何有这个福气,也能如他父母的心愿。"接着转过头来向嘉毅和小微说,"小何是我们县里第一个考到上海读大学的年轻人,他是我们县里的骄傲。他父母为了他能考上上海的大学,请了不少家教,费了不少周折呀。现在好了,就剩下另外一个心愿了,他能够娶一个城里的女孩,为了这事他们也动了不少脑筋,有许多当地不错的小姑娘追求他,他父母一个也不让她们接近小何,用心良苦。"

小微听了后,惊讶地朝嘉毅看了一眼。她惊讶的是她在介绍何麒和刘杏认识时,并不知道何麒父母有这种想法,她后悔为他俩牵线搭桥,因为刘杏虽然非常优秀,但不是上海的女孩,不是何麒父母要的媳妇。小微痛恨何麒父母的这种择偶的前置条件,认为这是对爱情对恋爱自由的亵渎,心里痛骂何麒父母观念的愚昧世俗,尽管如此,她还是希望何麒和刘杏两人能够继续好下去,能够排除何麒父母的干扰走向自己的幸福。她带着复杂的心情,为了刘杏和何麒的恋爱成功,想从徐主任那里更多地了解何麒父母的情况,问道:"徐主任,您是他家里的亲戚吧?"

徐主任一边剥着花生一边答道:"噢,亲戚倒不是,他父亲是我们领导,是县长,我们这里的人都非常纯朴,只要是领导的事情,就会像做自己的事情一样尽心尽力去完成。领导的心愿我们多少也知道些。小何是他们的独生子,他母亲在三十九岁时才生了他,我们县长也算是晚年得子了,非常宝贝,总感觉在县里不如你们大城市有前途,希望让他能在大城市,能够娶一个城里女孩,像城里的年轻人一样生活,这就是他们的心愿,真是可怜天下父母心。我这次任务就是把你们带好,让领导放心,也算为领导分忧,尽了一点微薄之力。"

小微伸手抓了一把瓜子,脸微微朝嘉毅侧了一下,避开徐主任的视线,向他悄悄地伸了伸舌头,做了一个鬼脸。嘉毅正好面朝徐主任,对小微的鬼脸只好视而不见,默默地喝茶。小微笑了笑又转过头对徐主任说:"何麒是一个不错的男生,他两人是我介绍的。"徐主任又看一眼在湖中央的那艘小船说:"是啊,他父母看到小何有你们这么好的同学,肯定会很高兴的。"嘉毅对何麒的话题不感兴趣,又想不出和对面的徐主任能说些什么,所以一直心不在焉,有一句没一句地听着,不时欣赏夕阳下的西湖美景。

晚上,徐主任请他们在楼外楼吃了饭。何麒还想和刘杏逛逛夜西湖,刘杏称要早起,想早点休息,何麒没办法,只好殷勤地送刘杏和小微回房间。虽然叫招待所,但里面的条件设施一点不差,干净的卫生间和齐全的淋浴设备,全天供应热水。嘉毅一个人先回到了房间,早早地洗了澡,躺在床上四肢伸开成一个大字,闭目养神,心里还是有点责怪小微,有点懊恼,为什么要来这一趟旅游。今天一整天何麒的表现,在他眼里真是一无是处,完全是一个纨绔子弟的形象,而且是一个土包子的纨绔子弟,心生讨厌。要不是小微坚持,自己怎么也不可能和他这样的人成为同路人的。

何麒重手重脚、乒乒乓乓地回到了房间,看见嘉毅已经躺在床上,便进卫生间洗澡,出来时看嘉毅还一动不动地躺着,就凑上前来试探地搭话:"累了?"其实,嘉毅并没有完全睡着,何麒的一举一动全都知道,只是懒得招呼他,当何麒主动招呼自己,他不想装得太过分,睁开眼睛伸了个懒腰,简单地回话道:"还好,眯了一会儿。"看到嘉毅没有睡着,何麒一下子兴奋起来,说道:"今天玩得怎么样?开心吧?"想得到嘉毅赞许的意图再明显不过了,嘉毅不想让何麒看出自己不喜欢他,就说了些他想听的恭维话。有些得意的何麒继续摆出可以支配一切的样子说:"我早就跟我爸说过了,徐主任由我调遣,你们明天想去哪里玩可以直接跟我说,不用客气,也不用担心钱的问题,我全都包了。"嘉毅似乎知道他会这样摆谱的,显示出县太爷公子的派头,尽管他不喜欢他,但不愿太表面化,便客气地答道:"去哪里玩就不要问我啦,还是问问刘杏她们吧。"何麒说:"她们是很想玩一些地方的,但我看你好像总是心不在焉的,话也不多。"嘉毅笑道:"是吗?我说话很少吗?"让嘉毅这么一说,何麒也笑了,说:"没有说你说话少。"又加了一句,"你只和小微说话。"嘉毅笑着问:"是吗?"何麒答道:"那当然,你们是恋人嘛。"嘉毅翻了个身,抬起头用认真的表情辩白道:"这你可不要误会,我和小微完全是一般朋友关系,只是相互比较熟悉罢了。"何麒半信半疑道:"是吗?"嘉毅用很坚定的语气道:"是的,不骗你。"何麒流露出不可理解的神态,以羡慕的口吻道:"好福气啊,不谈恋爱,身边就有这么好的女生陪着,真羡慕你们上海人,好浪漫呀。"嘉毅不愿意做更多的解释,淡淡地说道:"这和上海不上海没有关系吧,也没什么浪漫不浪漫的,和浪漫也完全没有关系,同学之间交往时间长了,熟悉了就这样了,很平常的事情。"说完又重新闭上眼睛,做出想睡觉的样子。

嘉毅发现何麒非常敏感,把所有事情都放在上海和外地,城市和农村之间进行比较,在比较之中找出自己拥有优越感的东西,将其放大展示,增强自己的自信心;找出不如自己心意的东西,则归责上海和外地,城市和农村之间的差别,将其淡化隐藏,将自己处于这种差距的受害方,这不仅活得很累,像在追赶什么似的,不但扭曲了自己的性格,还为自己的生活增加许多不如意。在嘉毅的眼里,这种比较完全没有必要,也不值得，只有处处回归自我，保持自己的独立性，才活得舒坦，这才是生活的全部。在这方面嘉毅深知无法与何麒沟通，毕竟他们是两种环境中长大的孩子，这两种环境并非何麒心目中的上海和外地，城市和农村，而是自我优越感的环境和充满自卑感的环境，这两种环境塑造了不一样的性格和处世哲学。

　　第二天早上，小微和刘杏起得很早，快快地梳洗完毕就上白堤去散步。她俩手挽手慢悠悠地从白堤东端的断桥往平湖秋月方向逛去，这一段是西湖十景之一，早晨的阳光穿过外层桃树和内层垂柳，洒在宽敞的白堤上，游人透过飘荡的柳枝，群山含翠、湖水涂碧的景色尽显眼前，如游画中，让人心情愉悦舒适，陶醉其中。小微被美景深深吸引，赞叹道："这里真美，如入仙境，真是谈情说爱的好地方。"接着话题转到了刘杏和何麒身上，"杭州没有来错吧，你们的进展如何？在如此美景下，想必你们的爱情也会突飞猛进吧？谈谈，对白马王子的印象如何？"刘杏爽快地答道："有什么印象，反正是无聊。"小微追问道："什么无聊？"刘杏说："反正不谈恋爱，无聊；谈恋爱，也无聊。"她看了看小微，犹豫了一下继续道："跟你说实话吧，和他这样的人恋爱，真是太无聊了，比不谈恋爱还无聊，和浪费时间没什么两样。我已经和他说的很明白了，把狠话也说了，我还需要好好考虑考虑，如果后天去他老家，最好不要和他父母碰头，如果碰头绝对不能说我是他的女朋友，免得闹得大家下不了台，收不了场。"由于小微是他们的介绍人，她本不想在她面前把何麒说得一无是处，但话说上了口，就把所感所想一股脑全说了出来。

　　小微听到她这么说，想起了昨天徐主任关于何麒父母想法的话，突然有一种释怀的感觉，好像避免了一起重大责任事故，昨天的后悔和内疚烟消云散，心里感到好笑，感到自己做的中间人有点戏剧性，于是笑嘻嘻地说："看来我乱点鸳鸯谱了。"刘杏并不知道小微时下的心情，还宽慰道："不怪你，你的热情好意我知道。"接着意犹未尽地说，"主要是他离我心目中的那个人相差太远，干部子弟不像干部子弟，而且心比天还高，嘴比地还大，内心空空，徒有其表，他不适合我，我也不适合他，我已打定主意,这次回家就和他结束,说不定他现在已经心中有数了。"她朝小微看了一眼,补充道,"还有一点我很不喜欢。"小微疑惑地看着她问道:"什么?"她略微迟疑了一下说:"我和他又没有确立关系,才出来碰头了三次,他的手总是在我身上乱搭,往我身上靠,黏黏糊糊,特别讨厌,一点绅士风度也没有。"小微一下子笑出了声,玩笑地问道:"他没占你便宜吧?"觉得不过瘾,又加了一句,"这是他喜欢你的表现呀,你还不领情。"刘杏一本正经地答道:"我才不稀罕他的喜欢。"小微会心地笑了。

她们说着话,不知不觉已逛到了锦带桥,过了桥在平湖秋月的不远处找了个长椅坐下。这风景如画的地方也是女生说悄悄话的好地方,刘杏说出了最终打算,就再也不想说自己和何麒的事了,小微也不便再打听,更不便将昨天徐主任说的话告诉她,话题自然而然转到小微身上。刘杏直白地问道:"你和嘉毅好了这么长时间了,现在已到哪一步?"小微有点脸红,想了想,略带沉重地说:"我有点像你,无聊。目前我和沈嘉毅还不应当算是恋爱,我们从来没有表白过,如果我们当中谁表白了,也许不是现在这个样子,我了解他,他也了解我,也许我们谁也不会表白。"刘杏惊讶地问:"你们怎么会是这样的?我印象中你们一进大学就经常在一起了,大家都以为你们是在谈恋爱,怎么会这样呢?"小微迷茫地说:"我也不知道,就是这样。"

歇了好一会儿,刘杏歪着头盯着小微问:"他对你动手动脚吗?"这个问题一半出自刘杏的好奇心,一半出自她本人的经验之谈。小微带着苦笑道:"如果他这样倒好了,我是不嫌弃他的,我们就可以把话说开了,可惜他不是这样的人,很绅士,绅士得有点像木头,一点都不讨人喜欢。"刘杏收回目光盯着眼前的湖面,小声地提醒道:"沈嘉毅是否在校外有女朋友?"小微看了她一眼,用肯定语气答道:"这不会。如果有的话,我肯定会知道,他也会直接告诉我。"刘杏接着劝道:"如果你认为嘉毅不错的话,那你就先向他开口表白,这又没有什么难为情的。"小微呆呆地望着湖面,声音很轻,似乎自言自语:"我想过,但我做不到。"这样的表情与平时活泼开朗,反应机灵的小微判若两人。刘杏侧过身子把手放在她腿上,担心地注视着她,似乎担心小微会一跃而起跳入湖中,只见小微勉强地朝她笑了笑,握住她的手说:"不要担心我,这种事情只能顺其自然,别无他法。"说这话时,刘杏看见她眼眶里有泪水在滚动,赶快转移话题说:"时间差不多了,我们还是这样慢悠悠地逛回招待所,正好吃早饭。"

他们的旅游日程缩短一天,在何麒的老家兜了一圈后,何麒要为大家买一些当地产的杨梅和杨梅酒带回去,刘杏他们三人坚决不让,不得已在徐主任的带领下,大家在农民的杨梅地里自己摘了些杨梅,算是尝个鲜。小微和刘杏担心的和何麒父母见面的尴尬场面总算避免了,也许何麒自知刘杏不愿意见他父母而取消了见面,最后他还很有风度地坚持要陪大家一起回学校。在回上海的途中,完全不同于出发的时候,何麒心情坏到了极点。西子湖畔,人称是随时都会遇见爱情故事的地方,何麒却一无所获,出发前的热情和憧憬付之东流,感到非常丢脸面。他敏感的神经再次活跃起来,按照他的习惯思维模式,又把问题归咎为出生的地域差异,责怪那两位上海同学,认为是他们看不起自己这个外地同学,在暗地里捣鬼,不给他面子,坏了他和刘杏的好事。可又说不清他们两位这样做的理由和证据,一股莫名的怨气只能窝在心里,但在大家面前没有直接发作,只是板着脸一声不吭,感到十分委屈。车厢内很安静,大家都没说话,每个人都闭着眼睛,一路瞌睡到学校门口。

新学期开始不到一个月,嘉毅听说有部分同学嫌教他们专业课《工业会计原理》的赵老师教学水平太差,要求调换,他们正在写联名请求书,向系里提出替换老师的要求。嘉毅认为,在大学里上了两年多课,已有十几门科目,除了极少数几位教师上课还可以,趣味性和知识性并存,专业和学术同步,把课上得有声有色,而且几乎没有缺课的同学外,其余的教师都不怎么样。有的年老的教师知识老旧过时,上课没有新意,搞得像一潭死水;有的年轻教师自己也一知半解,还自以为是。由于高考制度刚刚恢复不久,学校的教师力量严重缺乏,启用本校毕业的大学生作为教师,比比皆是。赵老师就是他们当中年纪最轻的教师,是第一届毕业的本校同学,身材瘦弱矮小,讲课声音不大,很难在比她小不了几岁的同学中树立教师的威严感,因此课堂上难得有秩序井然的时候。此外,她没有自己的讲义,只能照教科书依样画葫芦,而这是给大学生上课的大忌。因为同学手中也有教科书,如果教师按照教科书的内容按部就班上课,同学们肯定会不耐烦,认为教师只会照本宣科,没有水平。虽然聪明的教师一般会另外准备一份自己的讲义或者提纲,尽管讲义或提纲的内容和教科书大同小异,但至少能显示出教师备课的功底。更要命的是,赵老师为人耿直,不失教师的职责,不论学生对待自己的态度如何,始终严管同学的上课考勤,而且不承诺今后考试的及格率,为这,那些逃课同学尤其不喜欢她。

第四节课下课时,班长趁大家还没有离开座位之际,拿着自己执笔的写给系教务处的要求更换赵老师的信,要求同学在信上签名,并让第一排的同学先签名,然后传给第二排,以此类推。不少同学情绪亢奋,纷纷签名,叫道早就可以这么做了,认为自己在行使一项庄严的权利,有一种膨胀的自豪感。按照顺序,嘉毅在班上最后一批签名的同学当中,他接过信看了一眼,签名的同学不到班级人数的一半,小微的名字不在上面,没签名立刻将信传给了后一位同学。

在食堂里,嘉毅端着饭菜找到了小微,刘杏也在,他在她们对面坐下,轻松地开玩笑道:“今天真幸运,能坐在两位漂亮的女生对面吃饭,感觉真好。”刘杏没等他说完,便问他今天是否签名了,他头也没抬说没有,她马上对小微说:“我猜嘛,他不会签的。”小微问:“你为什么不签?”嘉毅想了想说:“这不符合我做人的原则。虽然我不赞成师道尊严,但我也反对学生如此猖狂。平心而论比赵老师上课差的老师有的是,我们班上这些同学也太过分了,就因为赵老师考勤管得严一些,就想出这样的馊主意,系里肯定不会同意调换的。”小微说:“错啦。”嘉毅一脸莫名其妙,心想你自己也没签名,怎么我没签就错了呢,就反击道:“不是你也没签吗?"小微盯着他看了一会儿,发问道:"你怎么知道我没签名的?"嘉毅脱口而出:"我看的。"小微笑着用手上的筷子指了指他叫道:"偷看。"虽然嘴上指责他偷看,心里却有一种说不出的喜悦,偷看证明他在注意自己,接着不露声色地说,"我不签名的理由和你不一样。"他疑惑地看着她,小微带着微笑自豪地说道,"无风不起浪,我们不愿意让人当枪使。"嘉毅猜想她是在故弄玄虚,把事情讲得很复杂,调侃道:"谁敢把你这位小姐秀才当枪使? 还无风不起浪。"小微略带神秘地继续道:"你知道吧,我们系里的老师之间关系很复杂,有两派:一派是由前系主任为主,赵老师就是前主任决定让她开课的;另一派主要以现在的系主任为主,现在的主任就利用赵老师上课水平不够,想把她弄下来,出前主任的丑,打击前主任。我们班的这些同学是得到某些老师暗示才这样做的。"

这是嘉毅没想到的,他惊讶地看着小微,刘杏拉长了语调插话道:"不会吧? 我们现在的主任是新官上任三把火,想提高教学质量,对一大半老师的上课进行了调查,还来听过课,询问了同学。赵老师上的专业课嘛,是上得不那么吸引人,又不向我们同学承诺期末考试大家都能过关。在系里调查时,同学们就七嘴八舌地把赵老师提出来了,把她说得一塌糊涂,算她倒霉,反正我是蛮同情她的,想想如果我是赵老师的话,碰上这种事情我肯定会哭鼻子的,我没有签名。"小微接着她的话说:"联名写信这一招够损的,不知道是谁想出来的。我看,赵老师不大可能再继续上课了,反正没有签名的,都是好样的,我也同情赵老师。其实,我们班的同学也真傻,把赵老师轰走了,对我们自己又没有任何好处的,不上课,学分也没有了,下学期还不是要补上的。"顿了顿又加了一句,"真傻,损人不利己。"

嘉毅听了她们两人的话,若有所思地问:"那么,信是同学自发写的,还是系里要求写的?"刘杏说:"这就没人知道了,要问我们的老毛班长了,他跟系里联系多,信又是他亲自写的。"小微武断地说:"那肯定是得到哪位老师同意才会写的,否则借给老毛十个胆子,他也不敢。"嘉毅扒了口饭,看了她两人一眼说:"这种事情的是是非非很难说得清楚,可惜了我们的学府圣地了。"事后赵老师也没有停止上课,同学中再也没人提及调换老师的事了,一直到学期结束,同学们的考试也没有人不及格。这件事情很快就被同学们忘记了,但是,在细心的嘉毅心中停留很长时间。

吃完饭,嘉毅陪着小微和刘杏她俩在校院里逛一圈,算是饭后散步。由于是星期六下午不上课,他准备回宿舍取一周换下来的脏衣服带回家。走到宿舍走廊里,感到有一种异样的气氛,看到了奇怪的一幕。一个老汉带了一位妇女正从自己的宿舍出来,而每个宿舍门口都站着同学向他们在张望。嘉毅好奇地打量这两位不速之客,一眼就可以看出老汉的眼神里充满着愤懑,似乎这个楼里每个人都欠他钱,一副大大咧咧找人吵架的架势,一手拿着一根棍子,似乎随时准备着自卫,另一只手夹着一个大包裹,向那位妇女粗声粗气地叫道:"他跑不了!走,我们去找学校领导,我不相信教育不了他。"而跟在他身后的一言不发的妇女,身材矮小,从整洁朴素的衣着打扮上,可以很容易看出是一个相当本分的本地人,一脸愁容夹杂着委屈和羞涩,像一只受伤的羔羊。他们两个人的年龄身份,包括表情都和学生宿舍的气氛太不协调,太刺眼,让人惊愕。嘉毅从来没有见过这种情景,放慢脚步,小心地从他们身旁经过,生怕惹恼他们,又忍不住好奇心,回头目送他们下楼。

等到他们两位彻底消失在楼梯口,所有站在宿舍门口的同学纷纷涌出,开始议论起这两位怪人和苏建的关系。原来,老汉是苏建的爷爷,由于苏建的父母在外地工作,他从小是由爷爷一手带大的,那妇女正是他的妻子。他们今天来学校要带苏建回家。爷爷要苏建向学校提出退学,如果不从,他就要求学校把苏建开除,说他孙子是现代陈世美,上了大学就丢了糟糠之妻,连亲生女儿也不要了,还指责学校没有教育好他的孙子,竟然在学校里有了新欢,已经一年多没有回家了,败坏社会风气,不讲道德。他在宿舍的走廊里大叫要找苏建,要找学校老师评理,用大嗓门述说苏建的大逆不道的所作所为,而同学们只敢在宿舍门口探出头来看个究竟,不敢上前半步,只是告诉他苏建的宿舍是哪一个房间,苏建还没有回宿舍,其余的不敢多讲半句。大家面面相觑地听着他数落孙子忘恩负义的罪行,眼睁睁地看着老汉冲进苏建宿舍拿走他的东西,谁也不敢阻扰。在同学们当中有些人比较熟悉苏建的,看到这样的情景为他着急,为他担心;有些不认识苏建的同学纷纷打听他爷爷说的故事是否真的,那位新欢是谁,长得怎么样。还有人说起那句老话:"一年土,二年洋,三年不认爹和娘。"苏建给嘉毅的印象不错,又和他同一宿舍,为了避免有些同学向他提出难以回答的问题,他悄悄地溜回了房间里,看见苏建的床上是空的,才想起刚才看到他爷爷夹着的大包裹,那是苏建的被褥和垫被,心想苏建爷爷这一招很绝,拿走了被褥和垫被,即使苏建回来了也没有办法过夜。

苏建一连几天没有在宿舍露面,嘉毅每天总是朝他空空如也的床瞄上几眼。嘉毅不知道他这几天是否去上课,甚至不知道他是否还在学校里。由于他和苏建的关系仅限于同宿舍的同学,说不上有什么深交,而且还不是同一个专业同一个年级,可是嘉毅近几天对他的关注一直有增无减。这种关注与其说关心苏建,倒不如说是关心他这场三角恋爱的本身,关心这场三角恋爱中的每一个人的命运,以及事态的演变。嘉毅以前同情苏建的妻子,自从见了她以后更加同情她了,又夹杂苏建女儿的弱小的身影,使他想起自己没有父亲的少年时代所忍受的苦难,但他仍然还是说不清苏建和陆文晴的恋爱是对还是错。他佩服苏建的勇气,既想成全苏建和陆文晴的恋情,又不愿意看到苏建妻子那悲伤的背影,更不愿意看到苏建为了这场恋爱而离开学校。这种矛盾心理一直伴随着他,折磨着他,设身处地为他们每个人考虑,考虑每个人的现在和将来,可是怎么也考虑不清楚。他想象得出此时此刻苏建的处境,心想恋爱、家庭的这些事儿,就像黑暗里的一把火,温暖亮丽,使人陶醉,使人迷恋,而一不小心这把火就会吞没你,实在太复杂,太难以琢磨,超出了自己的经验范围。

几天后,嘉毅总算发现苏建的床上又有了被褥,虽和以前的被褥花式不一样,但嘉毅的心踏实许多。听同学讲,苏建这几天都睡在其他同学的宿舍里,爷爷带着他妻子到校长办公室告了苏建的状,学校领导对他们表示同情,表示会对苏建进行教育的。随之,校方通过教研组的老师找苏建谈话,批评他移情别恋不可取,要正确对待家庭。明确告诉他,不论和妻子是否和好,在校期间不许离婚,更不许重新结婚,否则开除学籍。

第十章　婚　　礼

　　黄莺在伟庆食品商店待了有些年头了,对这份营业员工作早已麻木。她的生活日复一日的简单重复着,没有恋爱,没有刺激,有的只是大把时间和旺盛的精力。她讨厌这样的生活,无法提起精神,终日无精打采,这样的生活使她感到迷茫。她几乎没有机会见到嘉毅,虽说她内心不愿意和嘉毅了断,但自己把话已说出口,也举行了所谓的了断吻别的仪式。可尽管如此,仍挡不住对他的思念,猜测他是否和葛英姿联系上,他们是否恢复了恋爱,如果没有,是否在女生众多的大学里找到了心爱的女朋友。不论怎么样,他应该来看看自己才是呀,即使一般朋友这么长时间也应该来看看。每每想到这里,心里不免泛起一丝对嘉毅的怨恨,恨他不通情理,恨他冷漠。也许是单相思给她带来了无限惆怅,在这段无所事事的日子里,终于挡不住周围阿姨大妈们的轮番劝说,和一位经常来店里批发烟酒的饭店个体户侯斌谈起了恋爱。

　　侯斌,大家都叫他阿斌,因为他两年前从近郊农场病退,回到上海没有工作,申请了一个餐饮的个体户执照,父母就腾出了在浙江路上的街面房子,开了一家餐馆,取名叫"阿斌饭店"。虽然饭店面积不大,楼上楼下也能容纳五六桌的客人,雇了两个厨师和两个跑堂的外地小姑娘,在他父母的帮助下生意做得不错,收入比起在国有企业的员工要多出了许多,领先一步进入了上海滩第一批万元户的行列。阿斌比黄莺大六岁,人聪明灵活,和伟庆食品店的阿姨大妈们都很熟,经常给她们些小恩小惠,比如便宜的广东新潮服装或皮鞋,台湾产的折伞,甚至外

143

地的土特产。她们都非常喜欢他,在她们的帮助下,他总能轻松地批发到店里的计划供应的或者紧俏的东西。另外,在她们的唆使下,他一步步大胆地追求起黄莺来。一开始他就卖力地向她发起了攻势,隔三岔五地来找她,从送小礼品到约会出游,不断花样翻新,使黄莺应接不暇。而黄莺对阿斌,却说不清他有什么地方能吸引自己,也不感觉有什么地方讨厌,一直不紧不慢,一半是真情需要,一半是敷衍了事。真情是因为她内心寂寞空虚,需要有人陪伴,有人疼爱;敷衍是因为还没有最终找到自己喜欢的,不愿意付出自己的真爱,只能应付了事。和阿斌在一起,虽没有像恋爱那样澎湃的心跳和起伏,但可以让她不再陷入无边无际的对沈嘉毅的空想,是聊以打发时间的最佳方法。

人们在物理学中发现了惯性的定律,其实,它也隐藏在人们的日常生活里。不论在恋爱还是婚姻中,都存在着这样的惯性定律,没有外力作用或者相反的力量不会自然停止运动,也不会改变运动的方向。黄莺对这场恋爱的态度,就像一辆没有动力没有刹车的车子,沿着斜坡完全凭借惯性向下滑行,不想给动力也不想踩刹车,直至目的地或者让大石头绊倒翻车为止。然而,阿斌的追求,目的明确,来势凶猛,势不可当,不达目的,誓不罢休。黄莺周围的阿姨大妈们对她俩的恋爱又是一片叫好声,一致认为阿斌为人聪明热情,又是开饭店的,今后吃穿不愁,女孩子一样要嫁人,嫁给阿斌这样的人最实惠。她们按照自己的标准不断地向黄莺灌输结婚的实用哲学,使她失去了以往对爱情的憧憬,潜移默化地转而跟着这种实用爱情哲学来衡量自己的婚姻和要嫁的人,从而加速了恋爱进程。和阿斌一来二去,几个月下来,进展出乎想象的快,在不知不觉中已被阿斌俘虏了,竟然同意嫁给他了。这么快就要将结婚摆上议事日程,这是黄莺没有想到的,也来不及想清楚的,剩下的只是要一个怎么样的婚礼了。但她又感到一种新的迷茫和惆怅,发现自己有一个很奇怪的心态,自己快要结婚了,可是在见不到阿斌的时候,想念的却不是阿斌而是嘉毅,只有阿斌在自己的面前提结婚时,才会想起有结婚的事情。这也许验证了人们常说的一句老话:被人爱是不需要思念的,而爱一个人才需要思念。

　　快要结婚了,一般是女孩子最快乐的时候,憧憬着新婚的住房布置、婚宴安排、宾客名单和蜜月旅行等,无不叫人兴奋。可是这一切都提不起黄莺兴趣,让她想的最多的最纠结的是,如何将自己要嫁人的消息告诉嘉毅等好朋友,他们会如何看待自己的婚事,会如何看待自己嫁给个体户,其中最关心的就是嘉毅的态度和想法。她太在乎嘉毅了,似乎这些事情比结婚还重要。黄莺内心深处仍依恋着嘉毅,当时她公开向沈嘉毅提出了断,与其说是主动向嘉毅提出了断,倒不如说主动向他表白自己的感情,这或多或少带有试探或者半真半假的成分。然而,现在黄莺要嫁人了,就意味着对嘉毅的完全放弃,这使得黄莺心里发酸发痛,在酸痛之余,又泛起对嘉毅的一丝痛恨,还有一丝报复的快感。她想虽然嘉毅当时对自己的了断,表现出异乎寻常的冷静和克制,但她根本不相信嘉毅内心深处对自己会无动于衷,或者对自己另嫁他人,也会不为所动。她要让嘉毅看到,没有你沈嘉毅的爱情我黄莺也很幸福。在她的潜意识中存在着让嘉毅品尝思念之苦的冲动,哪怕让他品尝一丝相思之苦或一丝后悔,她都愿意和阿斌结婚,愿意在嘉毅面前大张旗鼓地举办婚礼。黄莺就是在这种交织的情绪中迎来了婚礼,迎来了新婚。

　　黄莺抽出时间,挑选了一个傍晚时分去卢蓉的学校,心想下午四点多钟一般不会是上课时间,能够比较容易找到她。进校门时看着周围和自己相仿的同龄人都还是学生,都还在享受校园的学生生活,羡慕不已,想到自己却快要结婚了,有点心虚,自感自己老了一节,有点后悔跑这么远来找卢蓉,让自己无地自容。她强打起精神,问了几个同学才找到了卢蓉的宿舍楼,向管理员打听,得到的回答是卢蓉房里没人,只能在宿舍楼外等。正要退出来时,卢蓉和几个同学有说有笑地迎面走来。卢蓉见了黄莺惊讶地叫出声来,停下脚步问:"你怎么会在这儿?"黄莺也许看到卢蓉身旁的同学,涨红着脸说:"怎么就不允许人家来看看你呢。"卢蓉兴奋地拉过她的手说:"等了很长时间吧? 快进宿舍坐一会吧。"又和身后的几个同学打招呼分别,挽着黄莺的手进了宿舍楼。

卢蓉的宿舍在二楼,房间不大,六个人合住,三张双层床。已是初冬时节,每张床上都还挂着蚊帐,把床铺遮得严严实实的,蚊帐也不是十分干净。黄莺看见身后的蚊帐上贴着印有漂亮图案的花纸,她凑上前仔细一看,原来是用花纸补蚊帐的窟窿,就露出了会心微笑。宿舍门口的两只脸盆架子上放满脸盆、漱口杯、牙膏等,地上还有积水未干,窗户正对着学校的运动场,场上正在运动的同学发出的声音清晰可辨。卢蓉让她坐在自己的床沿上,替她倒水,直到拿起第三个暖水瓶才有热水。看见她正在打量宿舍,便问:"我们的宿舍怎么样? 又小又乱吧,这就是我们的住宿生活。今天怎么想起来看我了?"黄莺含笑不语,好奇地问:"房间的人都在上课?"卢蓉答道:"白天大家都在外面,谁愿意待在这么小的宿舍里,只有晚上睡觉的时候才回来。"黄莺继续打听:"这么多的人睡在一起,肯定很有意思吧?"卢蓉感慨道:"哪里啊! 我们房间里有两个女孩是从农村考上来的,身体很结实,晚上打呼噜好厉害,有时候真叫人难受。"黄莺感到好笑,接口道:"是吗? 女孩子也打呼?"卢蓉接着解释道:"她们在农村属于壮劳力,力气好大,就像运动员似的,因此打呼噜声就响了些。"

卢蓉想弄明白她今天为什么而来,盯着黄莺笑盈盈问:"怎么,想我了?"黄莺挺了挺身子用很快的语速宣布:"我要结婚了。"卢蓉惊讶地瞪着眼睛似乎想确认:"是吗?"马上又问道新郎官是谁,黄莺躲躲闪闪地将自己和阿斌恋爱的故事说了一遍,卢蓉一番祝贺后,问道:"沈嘉毅知道你要结婚的事吗?"黄莺说:"我就是找你帮忙,想让你替我通知一下他,还有郝予兴,我希望你们能来喝喜酒。"卢蓉顿了顿说:"这是好事,没问题,他俩我来通知。你难得来这里的,我要好好招待你。我先陪你学校逛一圈,尔后到外面找个饭店吃饭,我请客。"黄莺答道:"好呀,听你的。但饭由我请客,你又没有收入,这必须听我的。"

她们还是像中学时一样,手挽手在学校里兜了一圈,像一对亲密无间的姐妹,来到学校后面的街道。黄莺看见一家比较像样的饭店,里面的客人不多,不像是学生经常光顾的饭店,拉着卢蓉走了进去,说了一句:"难得来你这里的,今天我们要好好吃一顿,讲讲彼此的故事。"卢蓉顺从地跟在她的后面,两人找了个安静的角落坐下。黄莺点完菜后,笑盈盈地端详着卢蓉说道:"每次看到你,都觉得比以前漂亮,是不是大学这个地方特别养人,让女孩子变得更加漂亮,肯定有不少男生追求你吧。"卢蓉不好意思地答道:"哪里呀,已经老了,漂亮不起来了。"说完两人都笑了。

卢蓉聪明自信,争强好胜,见多识广,有心机,追求体面和完美,在完美的外表下有着极强的虚荣心,喜欢受人崇拜和追捧。在大学里,幸好没有中学里的同学,她小心翼翼地隐藏起不同凡响的中学生经历,不敢透露半点自己曾有过男朋友的故事,表现出异常的低调和谨慎,却产生出给周围同学成熟和稳重的印象。由于这种成熟和稳重在同龄人中很少见,受到了大家的好评和尊重,女生尊重她,羡慕她,男生迷恋她,以能和她说话交朋友为荣,甚至还有男生希望和她谈恋爱,但她总能恰到好处地和那些男生保持距离。

黄莺和她有所不同,心身自卑懦弱,好依赖人甘愿平淡,随波逐流,不过为人热情愿意帮助他人,直来直去,心里想什么就说什么,从来不掩饰自己的内心世界。

她俩在一起,类似于主次或者榜样的关系,黄莺以卢蓉为中心,以她为榜样实现自己心目中的最大价值。由于卢蓉的家庭背景、读书成绩、成功拥有男朋友甚至穿着打扮、外貌长相都成了黄莺崇拜和羡慕的理由,因此卢蓉有困难时,黄莺会毫不犹豫地出手相助,遇到伤心时,会陪着流泪难过,在这过程中她从卢蓉身上也学到很多东西。在卢蓉眼里自己永远是黄莺的榜样,黄莺永远是一个贴心的妹妹,可以无话不谈,直诉衷肠。由于自己也常常受惠于黄莺,对她怀有感激之情。然而,现在时过境迁,彼此生活在两个完全不同的环境中,性格上也有很大的差异,能够聊得来的话题不多。好在她俩有共同的朋友,还有很长一段时间没有见面,自然而然所有的话题都集中在共同的朋友上。

卢蓉想了解黄莺新的男朋友,更想知道她目前对沈嘉毅的态度。黄莺最想知道的是当前卢蓉和郝予兴将会在什么时候也和自己一样结婚,每当问起这样的问题,卢蓉总是避而不答,或王顾左右而言他。黄莺对此产生了疑问,莫非卢蓉现在是大学生,高人一等,而郝予兴仅是个泥瓦匠,配不上她,卢蓉想甩掉予兴,所以不愿意谈论他们的将来?想到这里心中有些不舒服。因为自己和郝予兴一样也不是大学生,只是个国营商店的营业员,有些替予兴抱不平,一半也是为自己。她不容卢蓉回避,直截了当问:"你是不是认为予兴配不上你这个大学生,不会不要他了吧?"卢蓉好像对这样的问题早有准备,不紧不慢地说:"有变化的不是我,而是他。你知道吗? 他有好好的工作不肯好好地干,现在和一批不三不四的朋友玩起了打桩,就是贩卖票证的勾当,是违法的。他的变化太大了,叫我怎么办呢? 虽然他读工读学校,没有考大学,我也有责任,现在他这样,我又不能责怪他,也没有办法阻止他,但我实在不愿意他这样,真的我也不知道该怎么办。"

　　黄莺张大嘴巴惊讶听着,不知道怎么回答卢蓉,而且心目中的天平一下子向卢蓉倾斜。她想象不出不能考大学对郝予兴意味着什么,想当然地认为予兴应该和自己做营业员一样,老老实实守着那份泥瓦匠的工作,好好和卢蓉恋爱,等到她毕业就可以结婚了,不应该干这种违法的事情。在她的心目中他们是天造地设的一对,以前曾经是那样的要好,完全是自己追求的榜样,如果他们分手,无疑是对她的打击。卢蓉这样的回答,虽出乎黄莺的意外,但并没有使黄莺明白他们恋爱的情况,过了许久,黄莺更直白地问:"那么,你不要予兴了?"其实卢蓉不想和她谈论自己的恋爱,不是为了隐瞒自己恋爱的真实情况,是因为在说明自己和予兴的关系时,一定会牵涉予兴的职业,而由于黄莺只是个营业员,生怕一不小心说错话,这种嫌弃可能误打误伤黄莺,得罪她;另一方面,就目前和予兴的状态,自己也没有搞清楚这样的恋爱会继续多久。卢蓉只能含糊不清答道:"以后会好起来的。"黄莺担心卢蓉和予兴已经停止了恋爱,惶恐地追问:"那么你们还碰面吗?"卢蓉机械地答道:

"当然，我们每个礼拜天还是出去玩的，但总感到好像越来越没有以前那样有劲了，提不起精神。"说到此，略带羞涩地微微一笑，补了一句，"有点像完成任务似的。"

听到这里黄莺总算松了一口气，双眼盯着卢蓉，鼓励道："我相信你们会好起来的，以前你们那么好，今后也一样，肯定会结婚的。"卢蓉不愿意和黄莺讲得太多，用手撑着头，有气无力地跟了一句："但愿如此吧。"黄莺带着歉意的口吻说："刚才看见你和那个男生一起过来，我还以为是你新的男朋友呢。"卢蓉急忙解释道："那些男生，我才不稀罕。即使有一天，我和予兴谈不下去了，也不会找大学里的同学。他们只是一般的同学而已。"卢蓉说到这里认为自己的情况已经向她说得差不多了，虽黄莺是来通报结婚的事，但还是想从她嘴里听到一些嘉毅的情况，便婉转地问，"沈嘉毅一直没有来看过你？"黄莺的表情似乎带着对遥远的思念，叹息道："想必他过得不错吧。"卢蓉听这话，好像在说他把好友都忘了。黄莺继续道："如果他能来看我的话，我也许不会这么快结婚。"她俩怀着不同的心情，面对以往共同的朋友，都有着一种叫人难以言表的感觉。

沈嘉毅从郝予兴那里得到黄莺要结婚的消息，眼前很快浮现出和黄莺相处的情景，还有那了断仪式上的拥抱和吻。现在黄莺要嫁人了，嘉毅知道从前她向自己表白过爱慕，从此以后再也不可能听到这样的表白了，也许还要回避曾经的表白或情感，好似自己和她的距离一下子拉大了，关系也变得复杂而缥缈了。原本他们之间虽无男女私情，但也算是亲密无间的朋友，是有一种被蒙昽爱意包裹着的朋友，现在可能会形同路人，存在着相互间再也不会有坦诚相对的危险。忆往昔，甜美的友情带了苦涩，嘉毅感到有一种莫名的落寞和惆怅，有一种将被遗忘被抛弃的感觉。他自己也不知道为什么，这种感觉让他越加思念黄莺，心想近三年来自己确实有点把她忘了，忘记了去看她，即使一般的男女朋友也应当主动去看看她，更何况有着那样一段令人难以忘怀的经历的朋友。想到这里，内心升起了一股深深的歉意，感到内疚甚至后悔。接下来的一段日子里，他不止一次地假想到，如果在前一段时间自己能见到黄莺，有一个两人单独相处的机会，也许不会是今天的样子；也许她会亲自告诉自己要结婚了，也用不着通过予兴他们转告，使自己感到很丢脸面；也许还会听取自己对她结婚的看法，也许听了自己的看法后，会发生根本性的变化，这一切都为时已晚，都无从知晓，都无法改变。

嘉毅就是怀着这样复杂的感情接受了邀请，参加黄莺的婚礼。婚礼没有什么特别之处，普通的不能再普通的饭店，总共五桌客人，由于黄莺和阿斌的相亲故事起源于伟庆食品商店，客人中一大半是新娘单位的同事。黄莺的单位领导做司仪，落套而简洁地介绍了新郎新娘，引领大家举杯祝贺他们新婚美满后，大家各自为阵等待新郎新娘来敬酒。嘉毅、予兴和卢蓉一桌，嘉毅也很长时间没有和他俩见面了，相互招呼着，这是他们人生中第一次参加自己朋友的婚礼，感到自己似乎已是成年了，能和其他大人一样了，很新鲜很认真。当然谈论最多的还是新娘新郎，他们都不知道黄莺的恋爱故事，思维的惯性还停留在高中毕业分手时对黄莺的印象和感情上，对新发生的故事还没有适应。他们把目标集中在不熟悉的新郎阿斌身上，他看上去还算英俊，只是明显比他们都成熟，年龄比他们大好几岁。予兴和卢蓉是同龄恋人，又是嘉毅和黄莺的朋友，他们不愿意让一个比自己大许多的人抢走黄莺，或者夹在他们当中，从而使他们以往的友谊发生变化。

今天他们三人正襟危坐在一大群大嗓门的阿姨大妈们当中，显得有些另类，有些拘谨，互相间也不怎么说话，当同桌的大妈说新郎新娘是郎才女貌天生一对时，卢蓉朝予兴和嘉毅做了个鬼脸，凑在予兴的耳边小声道："这种话只有他们这种人说得出，黄莺怎么会看上开饭店的，一点都不浪漫。"予兴不愿意在这样的场合议论黄莺，他对开饭店，做个体户并无成见，心想自己是打桩的，可能更不在你卢蓉的眼里了。他不愿意继续想下去，扫了一下周围，巧妙地说了一句在场人听了都无伤大雅的话："新娘的保密工作居然做得这么好，她恋爱，就连我们这些老朋友都不知道，有机会的话，一定要新娘好好坦白恋爱的经过。"说完朝嘉毅瞟了一眼,好像在询问他的意见。嘉毅极力掩饰着内心的不平静,表面上看上去若无其事,毫无异样,他眼睛不断地向新娘新郎的方向扫视,希望能够看到黄莺,看到她在这一幸福时刻的状态,但又不希望她看到自己,免得想起以往故事而尴尬。

为了分散自己注意力,不去想那些令人尴尬的事情,嘉毅就和予兴谈起中学老同学的事情,问道:"唐游龙从云南部队回来过,是否见过面?"予兴答道:"他退役时间还没到吧,今年才刚刚第三年,怎么会回来呢?"嘉毅说:"我也没见到他。我二姐和他姐姐是同学嘛,听她们说的,这家伙可能太想他的女朋友了,叫了个朋友帮忙,不知道谁,向部队发了一份电报,说他姥姥死了,就请假回来了。好笑的是,这事情让他老爸知道了,自己的儿子居然叫姥姥再死一次,特别生气,大发雷霆,说他是逃兵,假期没结束,他老爸就亲自把他押回部队了。"予兴插问道:"他女朋友是谁?"嘉毅摇了摇头说:"我不知道。"接着又添一句,"这家伙胆子也太大了,这种谎也敢撒。"予兴回忆道:"他就是这样的人,从小胆子大。小学毕业那年,我们跟他去苏州河游泳,我们几个只是在桥下河边游游泳,就已够胆大的了,他竟然混在比我们大许多的中学生中,站在高出水面十多米的浙江路铁桥上,鼻子一捏往下跳,像蜡烛一样插入水中。虽跳水的动作不如他人,但创了那年苏州河跳水最低年龄的纪录。其实那时,他连游泳都还没有完全学会,真是一个不怕死的家伙,把我们大家吓得半死。"嘉毅有点不相信:"真有这事? 我怎么不知道。噢,可能我从未去过苏州河游泳。"予兴不以为然地证实道:"你是好孩子,不会做这种野蛮的事情,当然不知道喽。他在那里接连跳了几次,最后一次正好让居委会的阿姨看见,告状到他家里,他母亲气疯了,当晚就把他的两条还是三条游泳裤全都撕了。从此以后,他就向我借游泳裤去玩。"

嘉毅好像在听一个有趣的故事,玩笑地说:"这家伙真是个撑死胆大的坏子,胆大好做官。"顿了顿收起笑容,侧向予兴说,"不过这次他老爸把他送回部队,搞得不好,部队可能还要给他处分的。"予兴略带为唐游龙打抱不平的口气道:"这家伙胆子是大了点,想出这种馊主意,可能在部队里这几年把他憋坏了。他老爸嘛,也太过分,叫他按时回部队就可以了,何必戳穿儿子的谎言呢,叫他以后在部队里怎么混。"接着又加了一句,"好像他老爸以前是部队里的军官。"嘉毅说:"是啊,他老爸和英姿父亲一样,都是部队里的,大概还参加过抗美援朝。听说他老爸对唐游龙很严格,有时还揍他,发起脾气来甚至用皮带抽他。这家伙也很硬,从来不求饶,他姐姐常在旁边替他求饶,甚至为他流泪。"

予兴听到他提到了英姿,心想在这个场合和嘉毅谈论英姿,应该不会引起他的回避,朝他看了看,压低声音问:"英姿有消息吗?"嘉毅若无其事的样子回答:"没有。"眼睛看着餐厅当中,补了一句,"到现在,我连她的地址都没有。"这时卢蓉凑过来插话:"她没来过信吗? 好像已经有六年了吧?"嘉毅笑了笑,摇摇头重复了一句:"没有。"从这样的干脆回答中,予兴一点看不出嘉毅对英姿的态度,也无法再详细询问。卢蓉还想问问他目前对英姿的态度,但碍于场面,把到了嘴边的话又缩了回去。

予兴顺着嘉毅的目光看去,新娘新郎正在向客人敬酒,他有点杞人忧天,担心嘉毅看到黄莺和新郎亲热的场景会不好受,挖空心思地想转移他的注意力,扭过头来问嘉毅:"黄莺旁边的伴娘,你认识吗?"嘉毅答道:"认识,刚才在门口见面时已经打过招呼了,她高中也是我们学校,初中时是黄莺的同班同学,好像姓胡,叫晓菲。"予兴惊讶地看着他说:"看不出来呀,平时不声不响的你,还真认识这么多女同学,我只知道她是我们学校的,还叫不出她名字呢。"嘉毅用坦率带有调侃的口气说:"那时你正跟卢蓉很忙,哪里有时间关心我呀。黄莺约我看电影,她也陪着,我们才认识的。"接着笑了一下略有得意地补充道,"就唯一的一次。"旁边的卢蓉插话道:"和美女在一起,一次就够了,可以终生难忘了。"嘉毅自知抵挡不住他俩的攻击,只是笑而不答。予兴看到嘉毅的情绪这么好,心里为他感到高兴,也就放开胆子继续调侃:"那你得趁这次见面的机会,好好和伴娘聊聊。"卢蓉也知道在这时绝对不能提嘉毅和黄莺以往的故事,也看出了予兴调侃的意图,便顺着予兴的话帮腔道:"人家可也是个大美人,好好把握机会哟。"

虽说都是些调侃的不着边际的话,可嘉毅听了还是很高兴,嘴上却说:"你们不要胡来,根本没有的事,这不是要我难堪吗?"心想赶快转移话题,无话找话问道,"你们见过唐游龙的女朋友吗?"予兴想了想说:"没见过,但听说他们是在区图书馆里认识的,是对面安庆中学的学生,很漂亮。"卢蓉问:"你怎么知道的?"予兴看了看嘉毅说:"我进了工读学校后,他来看过我一次,是到我家里来的。他成绩不好,被分在六班里,很不服气,说又和我们大家分开了,感到没劲。大概也想好好读书考大学,就整天泡在图书馆里,这样认识的吧,具体情况我也不大清楚。"嘉毅和卢蓉听他提到了工读学校,便不再追问了。

这时新郎新娘端着酒杯过来敬酒敬烟,大家纷纷站起来,他们这一桌的高潮来了。新娘身着绛红色套装,不知是餐厅的闷热还是葡萄酒的缘故,脸上泛着红光,略显夸张的化妆,使眼睛变得更大,更有精神了,光彩照人,初看起来幸福之情显而易见,在这之余似乎还夹杂着一丝难以捉摸的神情。当轮到新郎新娘向嘉毅他们三人敬酒时,黄莺笑盈盈地朝他们看了一遍,没有把目光停留在任何人身上,喜滋滋地向新郎介绍道:"他们是我中学的同学,就像亲兄妹一样,都是才子,现在在读大学。"先是嘉毅略带微笑举杯,和新郎新娘碰杯祝贺道:"恭喜你们,百年好合。"当他低头抿酒的那一刻,瞟了一眼黄莺,而她也正用眼睛的余光偷看着他,他们目光对视的时间太短太急,一闪而过,却有着太多太丰富的内涵,一瞬间双方都无法读懂其中的内容。嘉毅无暇思索,接着又和一直在新娘身后的伴娘晓菲碰了杯,说了一声:"辛苦你了。"就退到旁边,保持着原有的镇定,注视着新郎新娘向予兴和卢蓉敬酒。

从表面上看,不论是嘉毅还是黄莺,他们的每一个动作或每一句话都非常得体自然,符合当时的环境和气氛。然而,嘉毅的一举一动都没有逃过胡晓菲的眼睛,她不但看到了表面,也看到了他们的内心活动,还能想象得出如果黄莺和沈嘉毅单独在一起的话,黄莺最想说的话是

"你真应该来看看我"。胡晓菲手端酒杯,悄悄地移到了嘉毅的身边,用肩膀碰了碰他,靠近他耳边,目不斜视地盯着新娘新郎,脸部保持着微笑,轻声地说:"现在吃醋了吧? 谁叫你上了大学就甩人家的,活该。"嘉毅知道在这样场合无法为自己辩解,只能装着没听见,脸上还是堆着笑容,但有了一种难以察觉的僵硬。嘉毅想起那次他们三人去看电影的情景,什么片名已经记不得了,只记得自己坐在黄莺旁边,胡晓菲坐在她的另一边,黄莺悄悄地捏着他的手,捏得很紧很紧。黄莺从小做家务的手很有力量,嘉毅感到自己的手被捏得发疼,可始终不敢从她的手中抽出,一动不动一直到电影散场。此刻,嘉毅感到的是心痛,一种自食其果的心痛和无奈。

予兴和卢蓉彬彬有礼地喝完了酒后,新郎新娘遭遇到强劲的对手,同桌的那几个阿姨大妈不依不饶地要求新郎新娘在敬酒前必须表演一个亲热的节目,还拿出了一颗奶糖要他们当众分享。他们拗不过这帮阿姨大妈,新娘只能紧闭双眼用牙齿咬住半颗糖,妩媚的脸颊变得扭曲难看,好像是在忍受刑罚;新郎想潇洒地尽情表演,以显主人本色,也为了征服那些吵闹的阿姨大妈,伸手绕住新娘的脖子,凑上去咬下另半颗奶糖,只因动作幅度过大和新娘没配合好,显得笨拙别扭,变成了和新娘拧在一起了,让人感到好笑,一点不像是一对亲热有加的新婚燕尔。阿姨大妈们纷纷肆无忌惮地边拍手大笑,边举杯祝贺,他们这桌一下子达到高潮的顶点,引来了坐在其他桌子的阿姨大妈们凑过来看热闹。

嘉毅他们还是坐在原来的位子上,看着新娘新郎的表演,卢蓉优雅地啜了口酒,虽然脸上还是迎合气氛,保持着微笑,却轻声说:"俗不可耐,毫无品位可言。"予兴不愿意对这样的表演多加评价,心里想着嘉毅看到这一幕很可能会联想到他和黄莺的了断仪式上的相拥,不免替嘉毅有点心酸。嘉毅看完他们亲热的表演,瞟了一眼新娘旁边的胡晓菲,脸上还是保持着微笑,但眼神中夹杂了一丝不为人注意的不屑一顾,拿起酒杯和予兴碰了碰杯,喝了口酒说:"什么时候喝你们的喜酒?"予兴看了一眼卢蓉答道:"至少要等她毕业吧,还没有具体的时间。"扭头又向卢蓉确认似的,"现在还定不了。"而卢蓉把头扭向一边,似乎忙着看新郎新娘,一副没有听到的样子。嘉毅看到这样的情景,有点后悔,责备自己不应该当着卢蓉的面问这样的问题,而看到予兴如此战战兢兢地维护着和卢蓉的恋爱关系,又想起他们在黄莺小阁楼吃饭时的豪情壮志,恩恩爱爱,不免有些替他心痛。

卢蓉不想谈这个话题,很想把话题扯开,想和嘉毅聊聊关于即将毕业分配找单位的事情,又担心这样的话题会引起没有上大学的予兴不舒服,话到嘴边变成了:"嘉毅,你现在有女朋友吗?好像伴娘对你不错,她长得又不亚于黄莺。"卢蓉这话完全是没话找话说。嘉毅拿着酒杯身子向后靠了靠,伸直了双腿,似斜靠在椅子上,用一种他平时不常有的玩世不恭的语气说:"这个世界上美女如云,我嘛,有自知之明,不会有人看上我这样的人。恋爱呀,结婚呀,就不想啦,这些好事离我太遥远。"说到此朝新娘新郎的主桌看了一眼,见黄莺和新郎已坐回了原来的位子,因隔着两桌的客人,几乎无法看清这对新人,继续道,"我早已做好了长期天马行空,独往独来的准备。但我祝愿天下有情人终成眷属,而我是例外。"卢蓉不愿意听他这种听上去像是胡说八道,仔细品来又不像疯话的话,但又说不清疯话疯在哪里,反正她不喜欢"有情人终成眷属"这一句,至少在眼下这一时刻她不喜欢。她感到这句话好像是一个套子,要牢牢套住自己和予兴,是劝说她尽早和予兴结婚,心里有点埋怨嘉毅多管闲事,就出击道:"看上去你好像很消极,准备独往独来?你是准备长期等待英姿,还是准备如果英姿嫁人,你就独处终身?"

其实,嘉毅是真的胡说八道,没话找话说的,根本没有特别的指向。如果事前知道卢蓉不喜欢那句"有情人终成眷属",他是绝不会说的,而对她的出击,他也并没有感到有什么刻薄和异样,只是觉得有点难以回答,这是一个他以前从来没有考虑过的问题,或者是一个没有意识到的问题。予兴脸上的表情有点紧张,觉得卢蓉的话说得有点过分,担心嘉毅难堪,下不了台,想为他打圆场,一时又想不出打圆场的办法。只见嘉毅仰了仰头,目光从天花板移到予兴和卢蓉两人的身上,以夸张的语气慢条斯理地答道:"消极也罢,积极也罢,总之不能蹉跎人生,而爱情可遇不可求,我要好好享受独往独来的人生。"说完又朝主桌望了一眼,此时客人散去一点,在嘉毅和新娘新郎之间空出了一道视线走廊,相互间的一举一动可以看得清清楚楚。他看见黄莺把头靠在新郎的肩上正看着自己,看上去很亲密很黏糊,甚至有点肉麻有点做作。嘉毅感到一阵难以言状的厌恶和刺心钻肺的疼痛,至少他不愿意黄莺以这样的姿势盯着自己。心想:如果这是黄莺故意表演给他看的,是在报复他,感到心痛;如果黄莺是无意中情不自禁地流露,感到心酸。他无法确定黄莺这亲昵动作是故意演戏,还是真情流露,不论怎么样,自己只能忍受这一切,毫无反抗的理由和机会,也印证了胡晓菲那句"活该"。他立刻将视线移开,看着予兴和卢蓉在对自己说着什么,可脑子空荡荡的,浑然不知他们说话的内容,眼前突然浮现出汪姐的身影,由小变大,仿佛又听到她温暖人心的话语:你还会恋爱,会有很多女朋友的……过了许久,看到予兴和卢蓉起身离开座位,才意识到酒席散了,心想烦人的喜酒总算可以结束了。

喜酒过后,阿斌兑现了承诺,带着黄莺到厦门度蜜月。列车行驶了一夜已接近厦门了。黄莺刚刚起床,也许因为一整夜在列车上的缘故,仿佛大病初愈的样子,有气无力地把头靠在车窗玻璃上,望着窗外的景色。时节虽说是初冬,高高低低的红土山坡上还有许多绿色,红土的颜色是一种类似铁锈红,绿色是一种暗绿色。她的眼前不时闪现嘉毅的身影,很想知道他对自己结婚和新郎的看法,可在她的耳边又不断响起一个声音:已经结婚了,该死心了,就不要再想他了。她开始尝试忘掉嘉毅,可一点不起作用,对他的思念牢牢占据了自己脑海。她想起在婚宴那天,当自己故意把头靠在阿斌肩头,做出亲昵的举动,让嘉毅看到,初衷是为了报复嘉毅没有接受自己的感情,现在想想太不值得了,就像是在裂痕上又插了一刀,使得裂痕永远没有弥合的机会了。这种报复没有为自己带来一丝的愉悦,反而使自己陷入更深的痛苦之中,越来越忘不了嘉毅。

窗外单调的景色对黄莺毫无吸引力,接连打了两个哈欠,感到一阵从来没有过的不舒服的感觉,还担心是否妊娠反应?很想和阿斌说说自己的感受。阿斌坐在列车小桌的对面,正聚精会神地在标有工作手册字样的小本子上记着什么。黄莺无精打采地问:"你在写什么?"他喜滋滋地答道:"我想把这次出门要买的东西全记下来,免得过一会儿忘记。"她不明白地问:"我们出来玩,要买什么东西呀?"他煞有介事地说:"多着呢。厦门的水产品又好又便宜,顺便为饭店多采购些干货。还有那里的小商品市场很发达,有很多从台湾走私过来的东西,如皮鞋、领带、折伞、电子手表和电子计算器等,作为礼品回去送人,人家可喜欢啦,所以我列了一份清单要买什么东西,回去要送什么人。"阿斌看她似乎还没完全明白自己说的,解释道,"这些事情对我,哦,现在要说是对我们了,是很重要的。你看为饭店采购水产品,是自己用就不必说了。你不要看那些不起眼的小商品,它们会派大用场。以前我经常送给你们店里领导和那些阿姨大妈的东西,都是这样淘来的,又便宜又拿得出手,而我在你们店里得到的好处,你是知道的呀,要不是这样,我的饭店肯定赚不到钱。"他满脸堆笑得意地用笔指了指她说,"这叫做花小钱,办大事。你看,还赚到了你,这么好的东西。"阿斌意识到自己有点过于直白放肆和得意忘形,朝她瞄了一眼,像是表决心似的说,"这次来厦门,至少要把我们出来玩的路费开销全都赚回来。你等着看我的。"说完又埋头继续记着。黄莺呆呆地望着他,突然有种陌生感。这是她以前不曾看到的阿斌的另一面,赤裸裸的精于算计,处事目的性太强,不免有一种委屈绝望的感觉,更有一种受骗上当的感觉。她不敢再继续往下想了,也不愿意继续想,悄悄地对自己说了一句老话:嫁鸡随鸡,嫁狗随狗,嫁给猴子漫山跑。她随之不屑一顾地朝阿斌手上的小本子扫了一眼,又打了个哈欠,把叹气隐藏在哈欠里一起完成了,把想说的话也隐藏了。

他们落脚在鼓浪屿对面的旅馆,把简单的行李一扔,阿斌就拉着黄莺去了当地的小商品市场。虽说是小商品市场,其实是一个马路集市,一个个小商贩用麻袋装着从沿海走私来的各种小商品。阿斌拖着她一直乐此不疲地逛到晚上，真是又饿又累，就在集市旁边马路上的大排档，胡乱吃了米粉之类的东西算是完成了蜜月旅行的第一顿晚饭。回到旅馆，阿斌又兴致勃勃地将买来的小商品铺满整个床，翻来覆去摆弄至深夜，让又困又累的黄莺哭笑不得。第二天黄莺一大早醒来，发现阿斌不在房间里，心里一紧，到窗台向下张望，陌生的街道上车水马龙的，根本不可能看到阿斌的人影，突然想起了他昨天曾经说过早上要去看看那里的水产品市场，一下子瘫倒在床上。

第十一章 毕业论文

　　嘉毅不知道自己是怎么从黄莺的婚礼上离开的,回到家已经很晚了,倒头便睡。西藏北路上行驶的车辆已经很少了,野猫在后面的院子里厮杀怪叫,夜深人静之时是它们的天下,有的叫声很凄凉,又像是撕心裂肺的惨叫,在静谧的夜晚显得恐怖阴森,有人说这是野猫在叫春,可在嘉毅听来,特别心烦意乱,平添一份揪心,用被子蒙住也抵挡不住。黄莺在婚礼上的举动击溃了他平时自以为很坚强的神经,心疼心酸占据他整个身心,让他无法入眠,使他控制不住自己,一遍遍反复地念道:"一切都结束了,别睬她了。"这种念道既是一种发泄,又是一种打算,可能也算是他唯一能做的反击。就这样稀里糊涂,一直昏睡到第二天午饭前他才起床,不刷牙洗脸,懒洋洋地拉开了母亲前几天换上的漂亮的新窗帘,半躺半坐地靠在窗前的藤椅上,翻着闲书晒太阳,却一个字也看不进,脑子里全是昨天晚上吃喜酒的情景,乱哄哄的一团,挥之不去。母亲进来看见他这副无精打采的样子,拍了拍他的肩膀说:"快点,收拾收拾。"嘉毅的脑子还处在迷乱之中,含含糊糊地自言自语:"一切都结束了,和她没关系了。"母亲没有听懂,催促道:"胡言乱语什么呀!快点刷牙洗脸,收拾一下,今天有客人要来,在你房间吃午饭。"嘉毅心想家里向来没有什么客人,留客人吃饭这种事情也少之又少,而现在却要在自己的房间里吃饭,即使逢年过节家里也是在厨房间吃的,感到有点不同寻常,便问:"客人是谁?还一定要在我的房间里摆桌子吃饭。"

　　说话间,姐姐佳曦和佳敏吃力地抬着平时放在厨房间吃饭用的桌子,艰难地从房门口进来,佳敏叫道:"我们家的大学生,还不快点过来帮忙搬饭桌,招待我们未来的姐夫。"他上前帮着搬桌子,问道:"为什么一定要在我的房间里吃饭呀?"佳敏解释道:"这是姐姐定的规矩,妈妈和我都支持的。"嘉毅刨根问底地追着问:"什么规矩?"佳敏一边铺着桌布,一边笑眯眯地答道:"今天是我们未来姐夫第一次上门,一定要隆重有序,以示我们家庭的热情和大方。毛脚女婿上门后,先到妈妈房间问候奶奶和妈妈,尔后到姐姐自己的闺房说说悄悄话,当然那时我就回避啦。再后在你房间吃饭,自然不能让毛脚女婿在厨房间里吃饭喽。"嘉毅听了佳敏的解释,先前闷闷不乐的心情一扫而光,笑着略带自嘲口吻说:"看来姐姐是大户人家的闺女,规矩还很多,可别吓着了人家毛脚女婿。"佳敏更加笑嘻嘻地说:"那当然是喽,我们本来就是大户人家嘛,以后我找男朋友,也要经过这样的规矩。"嘉毅母亲在帮嘉毅收拾床铺,嫌佳敏话太多,笑呵呵地催促道:"不害臊。废话少说,快点帮奶奶做菜去。"佳敏说:"奶奶嫌我手笨,她要亲自为未来的毛脚孙女婿做。"

沈嘉毅突然发现这个家里的气氛一下子发生了重大的变化,虽然他平时住校一个礼拜回家一次,但还是能够察觉到一丝一毫积累起来的变化:首先是家里更换了几件破旧的家具和窗帘,使家里不但漂亮了许多,而且增添了不少生气;其次母亲不再老是绷着脸,还烫了头发显得年轻了些,衣服也比以前光鲜了许多;姐姐佳曦从农场回来后,两个姐姐之间的说笑给整个家庭带来从未有过的欢乐,母亲不再嫌她们吵了,也不再喜欢安静了,奶奶脸上的笑容也多了起来。嘉毅愿意看到这样的变化,也知道这种变化的缘由,是父亲平反带来的变化,使他们家庭有扬眉吐气的感觉,也膨胀他的自信心。

嘉毅洗漱完毕又回到了藤椅上坐着,母亲在围着桌子摆放碗筷,对他说:"你姐姐的男朋友是大学里的老师。我看你啊,不善于交际,心气又高,只会看书,明年大学毕业了还是留在学校里做老师比较适合你,搞得好的话还可能出国深造。"母亲后面半句话,对嘉毅有着巨大的吸引力,但他有自知之明,知道自己在学校里并不出色,也没有特别器重自己的老师可以帮忙,更何况每年留校的名额很少,几乎不可能落在自己身上。他重新拾起身边的闲书翻着,漫不经心地答道:"留校当然好,我也想,但这种好事轮不到我身上。"母亲看出嘉毅没有信心,鼓励道:"成事在天,谋事在人。从今以后你在学校里,不但学习成绩要好、在政治上也要有上进心,只有这样才有前途,学校才会看中你,让你留校当老师。"

嘉毅感到母亲好像换了一个人,以往母亲从来不说什么政治上要有上进心、什么前途之类的话,只要求平平安安,无灾无难就满足了。他心里琢磨着这些变化是否和父亲平反有关,可即使现在父亲已平反,自己留校还是不可能的。他觉得母亲不了解学校里毕业分配的制度,嫌母亲啰唆,但也不想和母亲争辩,就拿起书装出读书的样子,不再说话了。母亲看他没有反应,耐心地提醒道:"你不要嫌我烦,我都是为你着想。我近期就两件心事,一件是你姐姐佳曦;一件是你毕业分配的事。你姐姐的事情算是已有了着落了,我看对方的人也不错,职业又好,蛮懂事的。多亏了你庄叔叔介绍,如果他们能够成亲结婚的话,我一定请庄叔叔来我们家,好好谢谢他。"

嘉毅第一次听到有这么个庄叔叔,他还为姐姐介绍男朋友,便不再装着看书了,打破沉默,好奇地问:"庄叔叔是谁呀? 我怎么从来没听说过?"母亲说:"庄叔叔是你父亲生前的朋友,那时也受到冲击,平反后恢复了他分管市里的教育工作,也为你父亲平反出了不少力,否则你父亲平反没有这么快。文化大革命之前常来我家,那时你还小,可能记不得了,你两个姐姐倒是对他还有印象。后来文化大革命了,大家都倒霉了,也就不往来了,不过我在被下放劳动时,和他在同一个五七干校。"

嘉毅在记忆中搜索了一遍,确实没有这个庄叔叔的印象,也就不感兴趣了。看到姐姐佳曦拿着装冷盘的托盘进来,赶忙凑上前去接过托盘,把四喜烤麸、叉烧、熏鱼和油爆虾等冷盘整齐地摆放在桌上,顺手从盘子的最上端捏了一块熏鱼吃了起来,又从叉烧盘子底部抽出一片,一仰头放进嘴里说:"好吃。"佳曦说:"我一大早从淮海路光明村排队买来

161

的,当然好吃喽。"母亲在旁边呵斥道:"人家还没来,怎么就馋上了,样子这么难看。我刚才说的听见了吗?"嘉毅双手搭在母亲的肩上,用顽皮的口气说:"老妈,我分配的事情你就不用操心啦。反正时间还早着呢,我们的毕业论文还没有开始写。放心好啦,大学毕业后我就是国家的栋梁了,栋梁怎么可能没工作呢。"母亲回过头来盯着嘉毅,问道:"你们什么时候开始写论文?"他心不在焉地答道:"明年上半年。"其实他也不知道确切的时间。母亲看出他并没有把写论文的事放在心上,就严肃地叮嘱:"大学里写毕业论文不是闹着玩的,以前多少右派言论都出自论文。你给我听着,必须好好对待,免得犯错误。"嘉毅继续用手拍着母亲的肩膀,调皮地说:"不会的,现在时代不一样了,放心好啦。"这时门口传来了敲门声,全家的目光立刻转移至门口,迎接新成员。

虽嘉毅全家摆出最大的架势招待了毛脚女婿,可是过后那毛脚女婿再也没有在他们家里出现过。然而,全家那种枯木逢春,重新站起来的感觉却持续了很久。嘉毅把他母亲说过的话也随之忘在了脑后,在很久以后才想起了母亲曾经对他的期望。

按照学校常规做法,四年级的同学一般要在寒假之前确定毕业论文题目和提纲,再按照题目所涉及的科目确定论文的指导老师,寒假过后开始社会实践和写毕业论文。那天下午,沈嘉毅上完课走出教室时,看到班主任顾老师等在门口。通常他是为了找班长布置工作或者找某同学谈话,嘉毅想班主任不会找自己的,便像往常一样向他礼貌地点了点头,没有准备停下脚步,可是班主任叫住了他,问他毕业论文的题目定了没有,嘉毅实事求是地回答还没定,班主任要他尽快确定论文题目,如果定了最好早点告诉他。嘉毅答应了,但心里非常纳闷。眼下刚十二月下旬,离正常提交论文题目的截止日期还有近一个月的时间,班主任为什么这么郑重其事地通知自己提前准备论文题目,其他同学是怎么样提交论文题目的,自己是否和他们一样。嘉毅一连想了好几天,也没有想出班主任要对自己开小灶的任何理由,也从来没有听说过本科生里有谁因毕业论文不通过而毕不了业的。只能这样解释,也许是班主任认为自己作风拖拖拉拉,随口一说,要求自己在做毕业论文时认真一点,并没有其他含意,心想反正早点准备没有什么不好,于是决定尽量按照班主任的意思早作准备。

　　一九八四年元旦过后第一个上课的日子,嘉毅早早地回到学校,准备先去宿舍将行李放好后,就去图书馆,趁上午图书馆的人不多,查一些可以写论文的文献资料。推开宿舍的房门,屋里空无一人,同学都去上课了,窗户紧闭,弥漫着难闻的气息,当饭桌使用的两张并排的书桌上铺着报纸,上面堆满了吃剩下的一次性餐盒和筷子,还有空酒瓶。这种铺着报纸吃饭是同学们惯用的偷懒做法,吃完饭只要把上面的垃圾连同报纸一起扔掉就可以了,用不着抹桌子。嘉毅看着眼前的景象,想起已经毕业离开一年多的苏建,心想要是他在宿舍里就不可能这么脏。尽管嘉毅在家里从不做家务,都是由奶奶和两个姐姐承担了,也许是苏建勤快爱干净给他留下了太深的印象,他把行李扔在床边,开始学着苏建的样子打扫起来。先是打开窗户通风,尔后皱着眉头将桌上吃剩下的东西塞进了垃圾筒里,准备把铺在桌面上的报纸风卷残云般地包裹剩余的垃圾一起扔掉。这时他眼睛一亮,看见报纸上有一篇题为《再论社会主义商品经济之基础和前景》的署名社论,看了看报头上的日期,抖掉上面的垃圾,站在桌旁粗粗看了一遍,放在自己的床上,继续打扫;等到打扫完毕他又重新拾起这张报纸,再一次抖了抖,虽然报纸上有许多油渍,但不影响阅读。嘉毅靠在床上将这篇文章从头到尾仔仔细细地读了一遍,将双手垫在脑后,闭上眼睛想了一会儿,确定了将这篇社论作为自己毕业论文的蓝本。他拿出一本笔记本,在第一栏里记下了报纸的名称和日期,在第二栏里记下了自己毕业论文的标题《试论我国商品经济的基础和发展》。嘉毅合上笔记本,继续躺在床上思考着如何构架论文,有哪些报纸和杂志可以利用。他心想按照这个论文题目,指导老师可能是方老师或者李老师。他们都为人随和容易沟通,自己给他们的印象都不错,绝对不会在毕业论文上为难自己,他们当中不论谁做自己的论文指导老师都能轻松过关。想到这里他对论文已经有了一半的把握,感到一阵轻松,准备下午在上课时写一份论文提纲,下课就去向班主任汇报。

这时正好小微推门进来,看见嘉毅两脚搁在从书桌里拉出的抽屉上,背靠被子横躺在床上,叫道:"这样躺在床上,竟然还不关门,不怕人家打劫。"嘉毅朝她看了一眼,并没有收起脚,无所谓地答道:"本人一无财,二无色,没什么可以让我关门藏起来的,除非来了女强盗,另当别论。"这话一下子把小微逗乐了,她还击道:"不要自我感觉良好,像你这样的男人送给本小姐也不要,哪里用得着我来偷来抢。"她看到那张脏兮兮的报纸,拿起来挥了挥,去掉上面的脏物,继续出击道:"看看,你这个人有多脏,这么脏的东西还放在床头,舍不得扔。"嘉毅就像装着弹簧似的跳了起来,抢过报纸叫道:"我的大小姐,可怜可怜我吧,这是我毕业论文的灵感来源。"小微惊讶地看着报纸愣住了,一时说不出话来。

嘉毅问她是否已经确定了毕业论文的题目,小微摇了摇头。他指着报纸上的标题说这就是自己毕业论文的灵感,她才搞懂这张脏兮兮的报纸对嘉毅的重要性,挖苦道:"你真是天才呀,能在破报纸中找到写论文的灵感。"又拖长语调说,"到底是找到了灵感还是抄袭的范本?"嘉毅不以为然地说:"虽说天下文章一大抄,但也有不抄的,便是有才的那一篇,我就是那篇有才的,从破报纸中产生的灵感。"尔后略显得意地说,"其实论文不在乎你抄,抄多少,重要的是只要自圆其说,就成了货真价实的东西。"小微又挑衅道:"你能做到自圆其说吗?"他骄傲地说:"那就要看我的心情了,一时心血来潮,说不定会写出惊世骇俗的文章。"她问道:"哪一位倒霉的老师做你论文指导?论文大作准备写多少字?"对于第一个问题,他实话实说还不知道,对于字数又滔滔不绝地说:"字数嘛,可多可少,也要看我的心情了,少则八千,多则一万五千以上。其实字数和抄的问题一样,论文的好坏不在乎字数的多少,也在于你的自圆其说。当然你要在一群见了写论文就躲、写文章就凑字数的人中脱颖而出,那么字数略微多一些,绝对是有好处的,可以弥补自圆其说的不足。"

小微拿过报纸又仔细地看了一遍题目,说:"这个题目好像大了一点,前卫一点了,再说这个时髦的商品经济概念,你懂吗?"他答道:"这你就不懂了。题目大一点无所谓,你看它是'再论',那么肯定在它前面有人写过这样的文章,它是对前面文章中的观点进行修正、补充或者批判。所以说我的论文很容易写,只要把前面文章里的观点找出来,和它的观点对比一下,或者按照你的说法'抄'一下,再说出自己的看法,赞成呀,批判呀,这就是论文中的'论',如果论文要写得长,就多'抄'一点,多'论'一点喽。"他胸有成竹地指着标题说,"至于这个题目嘛,其实什么是商品经济,我看真正懂得人不多,我承认我也不懂。问题是它代表着潮流、代表着方向,用你的话来讲是时尚,所以就有许多关于商品经济的论文。再说,商品经济的概念已经深入人心,而且对商品经济必须予以肯定,否则将会犯严重错误。就像什么是'政治',什么是'经济',还有什么是'学',这些乱七八糟的概念,我是从来没有真正搞懂过,但我们的'政治经济学'科目都考得不错,你还考了满分。你凭良心说,你真的很懂政治经济学吗?我看你也不敢说吧,那你为什么会考满分?问题是你要拿这个分数给人家看,需要这个分数换文凭。写论文也一样,我相信:我不懂商品经济是什么,但我肯定能写出漂亮的有关商品经济的论文来,和懂不懂没有关系。这是个技术活,只要掌握技术就可以了。"接着又夸张地用得意的口气加了一句,"对于像我这样的人,从小就无法无天,小学四年级就能大无畏地批判过孔夫子'克己复礼'的人,还能有什么样的论文写不出来呢?"小微听了他的奇谈怪论,一时找不到反驳的话,但还是不肯示弱地说:"看来我们学术中的各种理论和观点,在你眼里似乎只不过是一块块拼图,通过你歪七歪八的脑子,拼出属于你的毕业论文,你真是个投机取巧写论文的高手。现在高手这么早就出手,那还了得,肯定不同凡响,会得到毕业论文评比第一名吧。"

嘉毅做出一副很超脱样子说:"我亲爱的好朋友,难道你不知道我不喜欢第一名吗?甚至有点讨厌第一名,包括我自己获得第一名。我不喜欢人人争当第一名的环境,只要有人想当第一名,就有你争我夺的各种怪事,令人讨厌,就会把自己交给一架奇怪的竞争机器,扭曲自己,这不符合我的性格,也不符合我的人生理念,人生是用来享受的。哼,第一名,我享受不了,也不在乎呢。我完全是按部就班……"

小微打断了他的话:"你考上大学,不也是通过竞争考上的吗?还口口声声说不喜欢竞争,真虚伪。"嘉毅显得很超脱,不愿意再继续和她争论了,自顾自接着刚才的话说:"我完全是按部就班地在做。我们可爱的班主任担心我按时完不成毕业论文,特地要我提早准备,我有什么办法?"小微抓住机会再次攻击:"噢,原来是这样呀,这叫组织上看得起你,在培养你,关心你,你难道不知道吗?还说什么不在乎第一名,那你就太不识抬举了。"后又总结道,"你这个家伙,对知识没有一点虔诚之心。"嘉毅把报纸夹入笔记本,叹气道:"我知道自己是块什么料。对现在的学术呀、理论呀,我不是没有一点虔诚之心。但是我研究发现,人们所敬仰的许多学术呀、理论呀,没有统一的客观标准,这让我非常诧异,不知道应该听谁的,尤其在人文科学或者经济学领域,所以就有人利用这个特点,趁机胡说八道。所谓的标准似乎也是因需而定,因喜好而定,因谁是老大谁定,太不可思议了,我也就是依样画葫芦而已,只能这样才能附和'标准',我有什么办法。"他做了一个耸了耸肩膀的动作,有点无奈地说,"我的好同学,你也不要太认真了,我们所谓做学问的环境就是这样的,谁也改变不了,而谁不了解这样的环境,谁就是傻子,将被愚弄。"

小微虽不知道如何反驳他的歪理,但还是对他恶狠狠地下了结论:"你真不应该来大学学习,不可救药。看来我们的班主任提前来关照你,是有他的道理的,你这种人就只配特别关照。"他继续用调皮的口吻说:"我们的班主任为什么如此关怀我这样一个不求上进的人,我自己还没有搞明白呐。我想他是不会真心关心我的,是担心我到时候完不成论文,拖大家的后腿吧。当然喽,我是不会让他失望的。"小微总结道:"在我印象里,你是一个好读书之人,怎么会对知识这么玩世不恭的？这真是我所没想到的。"嘉毅直起身子，伸了伸懒腰说："好了不谈这些了，不要再谈什么鬼论文了，我们自己就不浪费时间了。你来找我干嘛？是要请我吃午饭吗？"小微说："有好事，我总能想到你。他们来通知说，今天下午的课不上了，我们可以自由安排活动了，你有什么打算？不会马上就写论文吧？"嘉毅略带调皮地答道："你来了，我哪里还有心思写什么论文呀。今天我们到外面去吃午饭吧，吃完饭我们逛一下书店，我想看看有什么新书。"小微会心地朝他一笑，脸上荡漾起一丝满足的表情。

当他们走到校门口，正好迎面碰到陆文晴进学校。她推着一辆崭新的红色自行车，穿的是一件漂亮的米色风衣，脖子上围着粉红色的真丝围巾，长长的披肩黑发，映衬着白皙的皮肤，显得非常精神，光彩夺目，和校外灰蒙蒙的修马路的工地成了鲜明的对比。陆文晴看到嘉毅他们，笑盈盈地主动向他们打招呼，小微也热情地举手摆了摆，虽然双方都没有停下脚步，从招呼中可以看出双方流露出对彼此的尊重和友善而非客套，这种尊重和友善将延伸出的感觉是只要有机会大家都可能成为好朋友的意愿。当陆文晴已经走到他们身后了，小微又回头看了一眼她的背影说："她看上去很神采奕奕，容光焕发的。现在是她一生中最得意的时候，留校做老师，前途一片光明，又和自己心仪的人刚刚结婚，沉浸在甜蜜的幸福之中，叫人羡慕呀。"嘉毅惊讶道："他们这么快就结婚了？才毕业几个月。"她慢慢地说："不快吧，他们前后恋爱也有三年多了，也该结婚了。"嘉毅解释道："我说是苏建离婚后没几天就结婚。"

其实，自从苏建他们毕业后，嘉毅再也没有苏建的音讯，只知道他被分配到区司法局法制科做科员，是科里的唯一大学生，工作和职位还算不错，陆文晴留校当老师，从事教最时髦的知识产权法，好像是她父亲通过关系为她落实的，至于他们何时结婚和现在的近况，他无从知晓。与其说嘉毅认为苏建和陆文晴结婚太快，还不如说他潜意识中不愿意看到苏建离婚，似乎他对苏建的好印象随他俩结婚而淡了不少。

小微好像有所领悟道:"噢,从这一点来说,好像有一点快,不过他们恋爱了也蛮长时间了,在学校里风风雨雨的一路走来,也算苦尽甘来了。"嘉毅瞥了她一眼说:"女人结婚的时候大概都这样吧,神采焕发,光彩照人,叫其他女人羡慕不已。"小微高傲地仰起头,瞪了他一眼道:"当然喽,女人都向往结婚,婚姻是女人的归宿嘛。谁像你们男人,吃着碗里的,还看着锅里的。"嘉毅趁机还击道:"既然男人都这样,那么女人为什么还要结婚。按你的说法,陆文晴岂不成锅里的女人了,如果不是,就是碗里的女人。"看她一时没有反应过来,又加了一句,"都是没有好结果的。"小微知道让他占了上风,在他肩膀上擂了一拳,索性把话说绝:"跟你没什么好说的,你太刻薄了,这样说人家新娘子,大概也不会有什么好结果的。"看见小微有点生气的样子,他更得意了,说:"我只会说我自己想说的话,从来不说违心的。"小微又擂了一拳,骂了一句算是解了恨,继续道:"你不要再为苏建的前妻耿耿于怀了。就我所知,苏建对前妻和女儿还是很不错的,他上大学是带工资的,虽然那时他不常回家,但把大部分的工资都交给前妻作为女儿的生活费,男人能够做到这一点已经很不错了。"

嘉毅叹息道:"结婚真麻烦,结了还要离,还有什么前妻,还不如不结婚呢。"她又夸张地瞪了他一眼,以示不满地说:"人总是要结婚的,没有人在结婚的时候会想到离婚。谁像你,结婚都嫌麻烦,谁嫁你,谁倒霉。"小微虽说话毫不相让,针锋相对,然而这些话又无不在试探对方对自己感情的性质和程度,为自己寻找向对方表白的机会。

他们不知不觉地来到了一家小饭店,这是在学校旁边的小饭店,又小又脏,但价格便宜,食客几乎都是学生,好像是专门为学生们改善伙食而开设的。他俩不是第一次来这里吃饭,自从嘉毅上大学二年级后,因父亲的平反,姐姐回沪工作,家庭条件改善不少,母亲和姐姐给他的零用钱多了起来,他和小微也能经常来这里改善伙食。他们轮流付账,成了小饭店的常客。嘉毅熟练地点了菜,几乎都是小微爱吃的,她深情地望着嘉毅说:"你不要净挑我要吃的点,还有你自己喜欢的红烧狮子头。"嘉毅朝他看了一眼，没有答话。小微继续笑眯眯地试探道："你为什么对我这么好，你未来的女朋友看到了会吃醋的。"嘉毅脱口而出："欠你的，我没有女朋友。"后又补了一句，"即使以后有了，她也不会看到现在的事情。"前半句使小微心花怒放，后半句她感到自己似乎被忽略了，略有一丝醋意。她抿了抿嘴唇说："那我就趁你还没有女朋友，就狠狠地敲你一顿，免得以后没有机会而后悔。"嘉毅微笑地看着她说："悉听尊便，愿意效劳。"从他的神情里看不出他的心事，而小微已吐露了一半的心事。

第十二章　留　　校

　　最后一学期刚开始,嘉毅先利用两天时间跑到市图书馆搜寻文献资料,又用三天时间写出了毕业论文,提前两个半月交给班主任,留出足够的修改时间,感到一阵轻松。他的社会实践被分配在银行里,虽然,银行上班时间朝九晚五,而对实习同学一向没有要求,也没有具体的工作安排。嘉毅无聊地坐在办公桌旁,发了一会儿呆,想起了小微给自己的她实习单位的电话号码。这是一个百废待兴的时代,电话还在待兴的行列,嘉毅平时需要打电话找人,只能用公用电话或者传呼电话,几乎不可能定定心心坐下来通话。他小心地朝办公室里的另外两人扫了一圈,一位坐在靠窗的五十出头的小老头在喝茶看报纸,对面是个女的,可能她刚刚生完小孩,正在电话里跟人讨论小宝宝大便颜色和食物的关系,都无暇顾及他这个实习生。他放心地拨通小微的电话,她被安排在一家出版社实习,那里的情况和他这里差不多,也是闲着无聊,接到嘉毅来的电话,显然很开心,和他聊了个没完。如此之长的享受电话聊天,嘉毅还是第一次,心里有点发虚,担心自己作为实习生,在工作时间这样煲电话粥,怕印象不好,便想收住话题,因此当小微在电话里说她家里的咖啡比咖啡馆的还正宗,并约他明天去她家里喝咖啡时,就马上答应了。

　　他向银行同办公室的人撒谎,说需要返校,请了一天假。第二天,嘉毅出门比往常略迟,虽说是早春时节,在上午太阳照射下,清新的空气还带着一丝冷冷的感觉,但已经说不上寒冷了,相反有一种让人清醒舒服的感觉。他家对面的车站停靠 15 路和 18 路。他穿过马路等在车站上,不一会儿来了辆橙色和白色相兼的 15 路电车。已过了高峰时间,车厢内很安静,空空荡荡,乘客不多,几位老人和几个带着未上学孩子的妇女,像他这样的年轻人很少。他在一个靠窗的座位上坐下,女售票员过来卖票,说的是本地的沪语,让他感到亲切。电车沿着西藏路一路向南,过西藏路桥,拐弯至北京路向西,又穿过静安寺,晃晃悠悠地行走在衡山路上。嘉毅特别喜欢这一段路程,马路两边的梧桐树上仅残留的几片未被寒风扫落的枯叶,在微风中舞动,新芽还未发出,让蓝天若隐若现。一路上窗外的景色可以说和三四十年代的差不多,有些陈旧老派,但干干净净,依然透着旧时的风貌。这些陈旧老派也是这座城市的年轮,背后有着历史和故事,让这个城市的居民有着不同的回忆。这一路上又是闹中取静,繁华不喧闹的地段,这里的安静不会使人感到寂寞无聊,安静的背后隐藏着优雅和舒心。八十年代初是这座城市人口最少的时期,使得这一段马路上的行人不多,绝大部分都是本地居民,虽略冷清,但整个街区鲜亮整洁,让人赏心悦目,心情愉快。

嘉毅的心情就像碧空如洗晴朗的天空一样,特别好。虽说昨天在电话里因想尽快结束交谈而有点被动接受这次约会,而现在却好像有着一种激情,点燃他体内的血液,使他有一种莫名的亢奋,莫名的期待,使他手足无措。为了抑制内心那种莫名的波涛汹涌,他漫无目的地翻开了手中拿着的雪莱诗集,不顾电车晃动,默默地读了一段《西风颂》:"你那青色的东风妹妹回来吧,为沉睡的大地吹响银号,驱使羊群般的蓓蕾把大气猛喝,吹出了遍野嫩色,处处香飘。狂野的精灵!你吹遍了大地山河,破坏者,保护者,听吧——听我的歌声!"在不知不觉中,电车到了长乐路站。他下了车,拐弯进武康路。

小微家的门牌下有两扇门,一扇是紧闭的黑色单开大铁门,旁边有一扇深褐色的小木门,虚掩着。嘉毅推门而入,里面是一个小小的院子,一条砖块铺成的小道从门口通向小楼,两边的地面上几乎没有绿化,全是光秃秃的泥土,却停留着几只麻雀在寻食,随嘉毅的进入,它们各飞东西。院子里仅有几棵光秃秃的小树,枝干间拉着几根绳子,尽管上午还没有太阳照过来,但绳子上已晾满了被子和衣服,下面扔着几辆破自行车和儿童手推车,旁边堆着各种木盆、大铁盆和搓衣板等杂物。小楼是典型的小洋房,夹杂着西班牙风格,灰白色墙体配红瓦,深褐色的百叶窗,正门两旁双石柱支撑的弧形门檐。从整体上看,虽有岁月冲刷的痕迹,有些墙体陈旧不堪,但当年的气派和精致依然显而易见。

可能是上午工作时间,所有的人都出去了,院子显得非常安静。嘉毅穿过院子上了台阶,小楼的正门是带弧顶双开门,对称壁灯只剩下铁铸的支架。门是敞开的,里面很暗,很安静,一边是宽敞的木制楼梯,楼梯的踏板已旧得看不到原来的油漆颜色,当中已被磨的凹陷了。一边是用木板隔出的房间,这些木板像是被仓促钉上去的,连油漆都没有上过,好像这些房间也是住人的。木板隔断了天花板上的花纹,也改变了一楼的整体格局,使得从正门进来直接对着过道,过道的顶头是厨房间和厕所间。上二楼,楼梯正对着四扇并排的白色木门,还保留着原样,相互对称,规整考究,而木门很旧,白色的油漆已泛黄变黑,每扇门上都挂着各种颜色的花布当作门帘,门前还放着各式各样的鞋子、扫把等杂物,显得很不协调,凌乱滑稽。

正当嘉毅纳闷,不知道敲哪一扇门时,小微从当中的门帘后面探出头来,叫道:"这里,等你多时了。"她撩起门帘等着嘉毅进房门,又弯腰在他脚边放上一双精致的拖鞋。嘉毅换上拖鞋,在茶几旁的单人沙发上坐下,鼻子嗅了嗅说:"房间里的咖啡味好香啊,我刚才在楼梯上就闻到了。"小微不好意思地笑了起来,说:"刚才我做完事情,在等你时,忍不住馋了,已经喝了一杯。好香吧。"嘉毅看到茶几上的咖啡壶一侧放着一只电水壶正在冒着热气,还有磨咖啡豆的磨豆机,调侃道:"晒太阳,喝咖啡,真会享受呀,你真是做大小姐的料啊。"她笑得更欢了,轻轻理了理额前的刘海,眉宇间透露出少女特有的亲切和温情,说:"好啦,别羡慕我啦,现在我马上为你煮一杯。"她边磨咖啡豆边说,"现磨现煮的,好喝,而且香。"

嘉毅在以前从未见过磨咖啡豆，仔细地欣赏着她的操作。小微从瓶子往磨豆机倒入少许咖啡豆，一手护住磨豆机，一手握着手柄垂直旋转，不时还拉出下面的小抽屉，看看咖啡磨得怎么样，磨完咖啡豆，拿起旁边过滤纸叠成的漏斗，小心地放入咖啡壶的漏斗里，恰好很匹配，说："这个咖啡壶已经很老了，是我父母谈恋爱时，我妈妈送给爸爸的礼物，比我的年龄还大。过滤纸早已配不到了，我爸爸只好去买用做化学试验的过滤纸来代替，这圆形是我自己裁剪的。"她拿起一张给嘉毅看，又说明道，"一样使用，不过这纸稍微厚了些，过滤咖啡时，略微慢了点，但过滤出的咖啡很干净。"说着便转身将磨豆机抽屉里的咖啡粉倒入咖啡壶的漏斗里，尔后将电水壶烧开的水冲入漏斗中，顿时，随着咖啡从漏斗下面缓缓滴出，飘出浓郁的咖啡香，弥漫了整个房间。

小微伸直了身子，说："咖啡香很好闻吧？我爸爸很喜欢喝咖啡，几乎上了瘾，宁可不吃肉也要喝咖啡。我爸爸常说，喝到了咖啡，就像呼吸到了自由的空气。我妈妈讥讽他，说咖啡是他的信仰。我看咖啡已经成了他血液的一部分了。"嘉毅有点疑惑，一半是问自己，一半是问小微："咖啡也可以信仰的吗？你爸爸是个怎么样的人？竟然这么爱喝咖啡。"小微喃喃地说："其实，他也没什么特别的呀。外表还算俊朗，普普通通的，大学毕业后一直没参加工作，直到爷爷没有了，家里开始变穷了。人家看他会开摩托车，让他在一家电影院里做跑片的，整天开着摩托车跑来跑去，平时就喜欢喝个咖啡。现在市场上很难买到咖啡豆，这是爸爸托人从国外带来的，只有家里来了尊贵的客人，才会拿出来喝。"嘉毅调侃道："受宠若惊，我是第一次喝这样考究的咖啡，原来是从你老爸那里偷出来给我喝的，而且据说是他血液的一部分，太不敢当了，太感谢了。"小微知道说漏了嘴，一下子自己也笑了起来，但还想把他的气焰压下去，装作板起脸的样子说："给你喝咖啡，已给你面子了，不要不识抬举。"后又收起假装的凶脸，似乎想起什么，瞟了他一眼，嫣然一笑说，"你应该算我家里最尊贵的客人。"

嘉毅夸张地做出恭敬的样子，用双手将雪莱诗集递给了她，说："新的,我自己包了一下,不成敬意,望笑纳。"小微接过诗集,看了一下正反两面。诗集封面用画报纸包着,上面没写书名,书的边沿上有上下两个硬硬的三角。她用手摸了一下书的封面,又捏了捏两个书角,问道:"你还会包书皮? 而且还带角的,很挺括,看来你真是一个爱书之人。"嘉毅只是含笑看着她,没接她的话,等着她对诗集的反应。小微翻到扉页看到是雪莱诗集,歪着头问:"你怎么想起来要送我他的诗集? 学外国人的文雅?"嘉毅道:"外国人的文雅,我倒没想过。给你这书,主要是想让你学习学习的。上次在学校里,我听你跟人家说,那部著名的电影里母子俩期待红军到来的对白,'冬天已经来了,春天还会远吗?'是抄来的,是抄雪莱的诗,可是在哪一首诗里,却说不上来,让人家笑话了,说你是半瓶子醋在晃,你还记得吗?"小微惊讶地看着他说:"你怎么连这事也知道? 肯定又是偷听我和人家说话。"虽嘴上说他偷听,可心里喜滋滋的。嘉毅摆出一副居高临下的样子,玩笑道:"我看你还可以调教,也有一点读诗的基础,所以就把这本诗集给你带来了。"

小微对他的调侃,一点没在意,从咖啡壶的漏斗下取出小壶,为他倒了一杯咖啡,问道:"要糖吗?"没等他回答,就朝咖啡杯里放了一块方糖,递给他,尔后翻着诗集问,"这句诗在哪里?"嘉毅得意地说:"是《西风颂》的最后一句,在书的第三十页上吧。"她认真地把《西风颂》从头到尾看了一遍,并把结尾读出声来:"吹响一个预言! 呵,西风,冬天已经来了,春天还会远吗?"接着合上诗集叫道,"太感谢你了。证明我说的不错吧,电影的对白是抄来的。"嘉毅纠正道:"别忘了,这诗是从英文翻译过来的,可以有多种翻译,因翻译而异。诗的原文是'The trumpet of a prophecy! O Wind, /If Winter comes, can Spring be far behind?'我看到过也有人这样翻译的,'号角已吹响,要是冬天已经来了,西风呵,春日怎能遥远?'不论是电影对白还是不同的翻译,只能说非常接近而已,不能武断地说是抄袭。另外,这句诗只不过利用描述冬季转换到春天的过程,来抒发作者的心情,例如期盼胜利,期待春天,等待亲人等,几乎接近客观描述,人人可以说,不应该算是抄吧。"小微钦佩地看着他，说："这倒说得有道理，但我还是喜欢这一句，'冬天已经来了，春天还会远吗？'诗里'西风'指的是什么？"嘉毅身子朝后挺了挺，又开始卖弄起此前特地为此查阅的资料，说："英国在大西洋的东岸，经常从大西洋上刮来强劲的西风。狂野的西风将残枝落叶、妖魔鬼怪、腐朽的生命一扫而光，但留下生命的种子，等着春天来临，生根发芽，普惠整个大地。按照教科书的解释，西风应该指的是革命风暴吧，既是破坏者又是保护者。按照雪莱写这首诗的时代背景，反映出作者对打碎旧世界建立新生活的精神追求。"小微调皮地说："哇，看不出呀，你对西风的理解，还蛮有诗意的嘛。你是否很喜欢西风？"嘉毅似乎还没有从诗意中回过神来，脱口而出："我们这里没有西风，我可没有那种精神。"小微用手捂住嘴，笑着说："我们这里有西北风，和西风差不多。"嘉毅听出她在调侃自己，半真半假地说："西北风也不错呀，我就是在西北风中长大的。每当刮西北风时，我平时的头疼脑热就一扫而光，精神抖擞，就像大闸蟹一样，西北风一起，蟹脚都硬起来了，个个都可以站在玻璃板上跳舞。西北风，不错，我喜欢。"

小微听他这样说笑自己，笑得满脸通红，靠在沙发上，仰着头用诗集盖着脸，夹着笑声气喘吁吁地说："今天，我正好要请你吃梭子蟹，和你这个大闸蟹差不多，精神抖擞。"嘉毅也让自己的话搞笑了，问道："午饭真的有梭子蟹吗？"小微笑的太厉害了，眼泪也笑出来了，拼命地点头说："有，真的有。"补充道，"跟你在一起，真有趣，笑死人了。"接着起身从茶几下面取出一罐中华牌香烟，问道，"想抽烟吗？"她的语气带有怂恿，有一种难以抗拒的诱惑，嘉毅正在迟疑，小微已递上了烟，说，"没事，在我这里怎么都可以，你我都是主人。"为了提前堵住他的嘴，还调皮地加了一句，"这也是偷我爸爸的。"嘉毅给她逗笑了，有点得意忘形，接过香烟，深情地望着她说："这是我平生第一次抽烟。"他将香烟叼在嘴上的动作有点笨拙，小微拿起打火机为他点燃烟，说："这也是我平生第一次为人点香烟。"说完两个人都笑了，小微注视着他抽烟的一举一动，嘉毅有些不自在，不好意思地朝她看了一眼，顽皮地恳求道："你不要老盯着我好吗？我很紧张的，这是我的处女作。"小微朝他挥了一下手说："去你的处女作，谁要看你。好吧，你一个人慢慢抽吧，我到下面烧梭子蟹去。"

　　嘉毅目送她离开房间，把烟搁在烟灰缸上，喝了一口咖啡，抬头注意到对面用布盖着的是一架三角钢琴，从露出的钢琴脚，可以看出是一架白色的。虽房间很大，钢琴不太占地方，但钢琴上面堆放着瓶瓶罐罐，旁边还竖放着一个七英寸夹照片的老式镜框，总给人一种不协调的感觉，又像是长期没人弹过的样子，看上去充其量在当五斗橱使用。房间里很安静，嘉毅端起咖啡，开始打量起房间来，慢悠悠地踱到钢琴旁，仔细地端详起镜框来：照片已略微泛黄，是一位开着美式摩托车的三十不到的年轻男人，身着皮夹克，头戴皮帽，额头上搁着风镜，双手握着摩托车的把手，非常精神，英俊潇洒。嘉毅心想这也许是小微父亲年轻时候的样子，又转过身来，看到沙发背面是一张蛮大的单人床，蓝色格子床单铺得很平，一点皱褶也没有，被子叠得整整齐齐，枕头毛巾铺得也一丝不乱，这显然是小微的床铺。嘉毅看到如此整洁的床铺，心想也许今天因为自己要来，小微特地认真整理过的吧，不由露出了一丝笑容。他在房间里转了一圈，回到沙发上，小心地将咖啡杯放入托盘里，见小微还没有上来，移了移沙发，面朝敞开着的阳台门，一眼望去，是隔壁邻居的后院，不高的香樟树正好成了两栋房子间的屏障，隐约能听到邻居的动静，却无法看见邻居后院的人影。太阳穿过香樟树梢照在嘉毅的身上，暖洋洋的，身子陷在葵黄色的沙发里，柔软舒服，让他昏昏欲睡。

　　突然，沈嘉毅发现身旁有异样的感觉，睁眼看见小微正坐在沙发的扶手上，低头凝视着自己，她的眼神充满柔情，很专注，透着期待，似乎期待着什么发生，似乎做好了迎接狂风暴雨的准备。两人靠得很近，能够感受到彼此的呼吸和心跳，小微的刘海几乎要触及嘉毅的额头。阳光直射嘉毅的脸，他眯起眼睛，望着小微的眼睛，轻轻地说了一声："你的眼睛好亮，好迷人呀。"低头看她的手，把她的手放在自己的双手之间抚摸着，感到她的手是凉凉的，滑滑的，使自己有一种想把她的手贴在胸口的冲动，说，"你的手也好漂亮。"又赞美地补了一句，"还会弹钢琴。"小微把手从他温暖的两手间抽出。她的手在阳光的照射下，好像透明的玉一样，在嘉毅面前正反翻转比划着，说："我中学的同学都说我的手长得漂亮，手指长，是一双天生应该弹钢琴的手，可我不会。"嘉毅诧异地问道："家里不是有钢琴吗？怎么会不会呢？"小微直起身子说："难道家里有钢琴的，就必须会弹吗？这钢琴是我母亲的嫁妆，她年轻的时候很喜欢弹，后来有了我，就不弹了，也不希望我弹。"

嘉毅想象不出她母亲不让她弹钢琴的理由，继续问她为什么。小微的表情有点漠然地说："我爷爷是资本家，所以才有了我们现在住的洋房，我母亲嫁过来时，钢琴是放在楼下的大客厅里的，可以自由弹。可是，我出生后，文化大革命了，爷爷也死了，房间也只剩下这间和隔壁我父母的一间，其余都变成了人家的，连家具也一起分给了人家，钢琴是我母亲花了九牛二虎之力才保留下来的。后来楼上楼下都住满邻居，母亲怕琴声影响邻居，不敢弹了，也不让我学，小时候我不懂，也懒得学，所以我就不会弹钢琴了。"她把目光停留在对面的钢琴上，眼神有些暗淡，顿了顿说，"我爸爸说过，这架钢琴是家里唯一的能代表资产阶级的东西。我真不知道资产阶级是什么样子的。"

虽说眼下已经进入了一个不太讲究家庭成分和出身背景的时代，然而，嘉毅还是对那些表明人的身份标记的东西极其敏感，心想不应该在这个时候提弹钢琴的事，引起小微的不愉快，他想说一些安慰的话，又不知道如何说，顺口说："资产阶级肯定不会像你这样漂亮年轻的，或许像你父母这一辈，才可以算那么一点点。"其实，时代的变化，使得小微并不像嘉毅想象得那样脆弱，她想了想说："我父母也不像。如果资产阶级是剥削阶级的话，那么按照当前我们的政治经济学原理，他们一没有生产资料，二从来没有剥削过其他的人，当然拿过几天定息，这是在新社会拿的，不能算是剥削吧。资产阶级绝对算不上，最多只能算个没落的小开，或者倒霉的小开。"她看了一眼嘉毅，继续道，"我爷爷也许能够算得上一个够格的老牌的资产阶级，他拥有一个很大的工厂，比起

177

现在那些个体户小老板大多了，被他剥削的人可多着呢，可以说曾经榨取过劳动人民的血汗。"她的语气里带着一丝为她爷爷的骄傲，眼神也恢复了光芒。嘉毅心想刚才为她的担心是多余的，继续摆出调侃的架势说："你说起老牌资产阶级时的口气，听上去好像是在说老布尔什维克似的，充满着自豪感。看来，你的政治经济学满分，确实是骗来的，你根本没有真心去学。"小微听出他话里有话，照例在嘉毅的肩上捏了一把，毫不理会他的挑衅，兴奋地说："多亏了有我爷爷。你知道吗？这栋房子马上就要还给我们了，那些邻居全部给我滚蛋。"她激动得手舞足蹈起来，大声学着电影里的台词，叫道，"我胡汉三，又回来了。"

嘉毅看她高兴得像小孩似的，也为她高兴，很想知道她爷爷的故事，便问："你还记得爷爷的样子吗？"小微平静地答道："他去世的时候，我才三岁多一点，完全没有印象，只见过照片。就连下面的大客厅是什么样的，也没有印象，从记事起下面大客厅已被分成三家人家了。只记得我从小就生活在这间房间里，陪伴着这架钢琴，却从来没有听到过它发出的琴声。其实，我出生的时候，是我们家庭最不幸的时期，爷爷没有了，房子里一下子多出了这么多邻居，我父母连屁都不敢放一个，整天夹着尾巴过日子。那时我还小，也感觉不到这些悲惨，只知道人多蛮好玩的，挺热闹，直到上中学的时候，才知道这一切，那时已经习惯了，没有怨，没有恨，好像麻木了。想想我父母，他们是不幸的一代。你看，我母亲喜欢弹钢琴，却不敢弹；我父亲唯一的嗜好是喝咖啡，却被说成是小资产阶级情调，也不敢喝，敢喝，也没有，市面上买不到，这就是他们这一代的悲剧。"

这些话使嘉毅想起了自己家里的遭遇，似乎和小微又有了更多的共同语言，感慨道："父母这一辈受的苦，我们就不谈。看看我们自己吧，我们七九届，出生的时候，我们在襁褓中最需要营养长身体的时候，恰逢食品短缺，没有好东西吃；我们心智发育，需要上学接受教育的时候，又逢文化大革命，宣扬读书无用论，灌输给我们的，也是些颠三倒四、乱七八糟的东西。在这样的环境下，我们是被污染的一代，不过现在我们遇上改革开放时代,有机会接触新的世界,可以有点自我选择。"小微也感慨道:"现在好了,我们还可以靠自己上大学了,人家都说我们大学生是国家的栋梁了。"嘉毅开玩笑道:"现在呀,像你这样的资产阶级的大小姐的确好喽,马上就有花园洋房了,我可没什么好,也成不了栋梁。"小微放肆地用手指戳着他的额头,带着长辈训斥晚辈的样子:"你啊,无可救药,是一个顽固的逍遥分子。"见嘉毅对自己的粗鲁没有任何的反感,便笑眯眯拍着他的肩膀,半真半假地说,"你没有洋房,我送给你。我们一起住,以后可以在家里开舞会。"嘉毅没有把她的话引申展开,就事论事地答道:"那样,我会被你欺负死的。"小微乘胜追击道:"欺负你,又怎么样?"拽着他的手就往外走,撒娇地乞求道,"现在你必须要陪我下去烧梭子蟹。"嘉毅问:"你刚才下去没有烧?"小微笑着朝他瞄了一眼,答道:"烧梭子蟹,你大闸蟹不在,我怎么烧呀?"

下面的厨房间很大,厨房间门正好对着一个靠角落的大冰箱,这是只有在外国电影里才能见到的老旧冰箱,右边沿墙一字排开五个煤气灶,也不显得拥挤,它们属于不同的五个家庭,其中一个生铁制的旧式煤气灶旁边放着许多食材,一个大汤碗里装着用面粉、鸡蛋、葱搅拌在一起的梭子蟹。嘉毅故作惊讶地瞪大眼睛,指着碗里的蟹问道:"这就是我们要吃的梭子蟹吗?"又怀疑地补了一句,"你会烧吗?"小微骄傲地用手背击了一下他的胸部,信誓旦旦说:"看我的。早已准备好了,只需把它放在油里煎,再放酱油等调料煮,就行了。你陪着我,等着吃就可以了。"小微熟练地操作起来,随着油锅的炸响,厨房间里飘起了香味。嘉毅在旁边打下手,边东张西望,动作有点笨拙,有点跟不上小微的节奏。

嘉毅好奇地指着身后的冰箱问道:"这是你家的冰箱吗?"小微朝他指的方向瞄了一眼说:"是我家的,但在我小时候就坏了,从来没用过,也没有人会修,现在只能存放干货。"他还是忍不住好奇心,打开厚重的冰箱门看了一眼,里面竟然放着米和一些杂七杂八的干货。他关上冰箱门,又转身回到小微的身后,看到梭子蟹已经出锅了,顺手尝了一块,赞叹道:"你真会烧呀。"小微或许是靠油锅太近,或许是嘉毅的赞扬,或许和他单独待在一起的时间太长,微微红着脸,含情脉脉朝他瞟了一眼,骄傲地说:"我妈说过,像我这样上得了厅堂,下得了厨房的女孩,嫁给谁,谁享福。"停了停低头又说,"看你这个家伙多有福气。"这句话,虽分成两段说出,却充满了爱意的暗示。嘉毅听得非常的真切,像是引燃了全身的血液,使他沸腾,心想这时自己无论做出什么举动,小微都不会反对。然而,有一种莫名的力量在阻止这一切的发生,嘉毅只是在她旁边,原地转了一圈,简单地跟了句:"看得出,你有旺夫命。"嘉毅在和小微交往过程中,已经不止一次地阻止过自己激情的燃烧,究其原因,是在等待什么,是自己个性懦弱,还是对她犹豫不决,他自己也说不清楚。

两个月后的一天,罗小微在实习单位里接到刘杏的电话,说在学校的《社会科学杂志》上看到嘉毅的毕业论文,问她知道这事吗。小微心想如果有此事,嘉毅肯定不会不告诉自己的,但刘杏在杂志上看到的论文千真万确是嘉毅的,她有些吃不准,也许因为自己和嘉毅都是本地人,在实习期间一般不住在学校的宿舍,所以学校新出的杂志嘉毅也没看到,便和刘杏约好,叫她把杂志带到实习单位来,自己和嘉毅去她的实习单位。

《社会科学杂志》是学校对外公开发行的双月刊,历史不长,才创刊没几年,包括了社会、政治、经济三大学科,一年总共刊登一百篇不到的论文,作者一般是学校的教师及少部分校外的学者,在校生能够在杂志上刊登论文的事例极少。嘉毅半信半疑地跟着小微来到刘杏实习的街道办事处经济科。刘杏拿出杂志,翻到目录指给他们看,这时嘉毅才相信,但还是搞不懂自己的毕业论文怎么会被登上去的,难道自己的论文真的值得登载在杂志上吗?他无法回答。他接过杂志,翻到他的论文,看到论文被排在第二篇,在论文标题下面还加了编者按。内容大概是:该论文有两个亮点,一是展示商品经济在我国的前景,符合当前的改革开放政策,把握了论文的正确方向;二是在论文引用材料的习惯上,可以看出作者具备从事理论研究的基本素质,结论是该论文可以成为本科生习作的范本。嘉毅读完编者按后,迅速地翻看后几页的自己论文。他最欣赏的几句是"具备从事理论研究的基本素质"和"可以成为本科生习作的范本",认为编者按说的太正确了,说出了他心里话,有点飘飘然的感觉。他抬起头,跷起二郎腿,内心洋溢着得意,却不露声色地将杂志递给了小微,想着另外一个问题,是谁把这论文推荐到杂志上的?是班主任? 如果是,那么为什么要登自己的论文。他百思不解,即使按编者说的完全正确,论文很优秀,那也很难被刊登,尤其在自己临近毕业分配这一重要时期。因为毕业论文被刊登,肯定会对毕业分配有着不言而喻的好处,甚至对自己将来的发展同样有着很大的好处。那么,班主任为什么要这样提携自己呢? 难道自己真的很优秀吗? 值得提携吗? 嘉毅内心的得意很快被一连串的疑问代替。

小微看完了编者按,翻了翻后面几页,带着一丝欣赏语气道:"你这个家伙,真是奇才。"接着还诡异地拉长语调说道,"你还竟然能'把握了论文的正确方向',真厉害。"嘉毅朝天花板看了看,说:"至于正确不正确,说句真心话,我也不知道。总之,这是一个技术活。"又夸张地装出谦虚样子,调皮地补了一句,"雕虫小技,不足挂齿,只不过一不小心被刊登出来了。"小微在刘杏面前不愿意流露出过多的对嘉毅的欣赏,故意装出像审罪犯似的直接问道:"那你是怎么把它登出来的? 也使了什么雕虫小技?"嘉毅不想在她们两位面前表现出太过分的玩世不恭,而冲淡他们之间的真诚,便实事求是地答道:"没有,我真的没有要求谁把它登出来。到现在为止,我自己也不知道是怎么回事。"这时轮到小微将信将疑了,她斜着眼睛看着他,又追问道:"班主任是跟你怎么说的?"嘉毅毫无隐瞒地把班主任吩咐自己提前写论文提纲的事说了一遍,还说出自己的疑惑。刘杏忍不住插嘴问:"论文引用材料上你有什么习惯?"嘉毅平静地答道:"没什么呀,只是把抄来的东西用引号标识出来,再用注解的形式说明其来源,而且我抄得好多,全部标出来了,大概有四十多处。"刘杏不解地继续问:"这难道很重要吗?"小微想起了嘉毅在准备论文时的奇谈怪论,说道:"不标出来的话,严格的意义上说,这些引用的东西就变成了你自己的了,就算是抄,是剽窃。"说着扭过头向嘉毅,带有总结性地调侃道,"你还算是有基本觉悟的,知道不能抄,只能东拼西凑,技术还算不错。"刘杏猜测道:"嘉毅,看来我们班主任很欣赏你,很看重你吧?"嘉毅有点发急的样子,马上辩明:"他怎么会看重我呢? 他看重的是我们的老毛班长。我记忆中,从进大学以来,班主任跟我仅有的单独谈话,就是这次要我提前准备论文,我和他的关系,仅此而已。"刘杏佩服地说:"嘉毅,真不简单,你现在就可以在这么短的时间写出这么好的论文,以后肯定可以成为一名了不起的学者。"

嘉毅由于还没有搞清楚论文是怎么刊出的,不愿意多讲关于论文的事情,便想办法把话题引开,但回答刘杏,又不能像回答小微那样可以肆无忌惮,无所顾忌,只能坦白而无奈地说道:"以后的事情谁也说不准,我当不了学者,毕业分配还不知道被分配到什么地方去呢。"小微笑嘻嘻地朝刘杏看了一眼,调皮地插话道:"他呀,骗得了别人,骗不了我,我可看得很清楚。他做学者,肯定是满嘴胡话,跟江湖骗子没有两样;做教授,不海淫海盗已谢天谢地了,肯定误人子弟。是我们七九届的败类。"说完了就像打了胜仗,开心地哈哈大笑起来,刘杏也感染了,笑了起来。嘉毅已习惯了小微的这种攻击,笑着说:"对我这样初有成绩的人,请你们不要挖苦打击好吧,否则人才会夭折在摇篮里的。"这样的说笑揶揄,互不相让,只可能发生在真正的朋友之间,表面上看起来是相互攻击,相互揶揄,毫不留情,但萌发出的都是真情实意,挖苦刻薄只是一种调料。

嘉毅返校后,第一件事就是找到班主任顾老师,向他表示感谢,并想通过他了解刊登论文的真相,而顾老师只是淡淡地说了一声,不用感谢,你的论文确实不错,完全可以推荐给学校,并加了一句意味深长的套话,要嘉毅考虑又红又专全面发展。和顾老师的谈话还是那样简短,没有任何感情色彩,他甚至感到顾老师不愿意和自己多说话,有点躲着自己的感觉,根本无法了解论文刊出的缘由和来龙去脉,这更加使他感到云山雾罩,摸不到真相。

随着毕业分配的临近,学校公布了招生单位的名单和名额,名单上没有留校的名额,嘉毅实习的银行却在其中。嘉毅在填写《毕业分配志愿表》时,没有征询家里人的意见,也想不出什么特别好的单位,自己对分配又提不出具体的要求,只是觉得实习过的银行给自己的印象还不错,就随便将该银行作为第一志愿。他的大脑里还没有植入太多的世俗眼中的好工作和坏工作的区别,没有所谓超前的职业规划,一心只想做自己心目中的自我,逍遥自在,我行我素,心想反正所有工作的收入都是统一的,相差不大,只要有一份过得去的工作就万事大吉了。这时,在同学间传出不少关于他分配的传言,有人说他有做学问的天赋,学校要他留校当教师,有的传说他被学校直接公派出国留学。嘉毅听到这些传言,当然高兴,也做过留校当老师的梦,可又很快否定了,因为在公开的招生单位名单中明确没有留校名额。他对那些来向自己确认是否留校的同学,只能不厌其烦地逐一否定,逐一说明,可这就连要好的罗小微对他也产生了看法,认为他似乎有什么事情瞒着她。

过了些日子,同样愿意去银行工作的几位同学都收到了银行发出的报到通知单,嘉毅倒开始担心起来,生怕自己被遗忘了,最后被分配到外地去。他又急急忙忙地找到了班主任,向他说明了自己的第一志愿落空了,只要不去外地,不论厂矿企业机关都可以。顾老师还是简单地回答道,本地学生不会分配到外地,这次分配是学校统一分配,目前还没有结束,再等等看吧。小微的毕业分配已确定,是她希望的原来实习的出版社做编辑,刘杏被分配到区政府经济课做科员,其他大多数同学都有了着落,纷纷离开学校。嘉毅由于工作没有定,不敢轻易回家,怀着不安和焦急等待着,当送走了一个个同学后,日子开始越来越难熬了,校园也变得不再有刚刚进校时那种温馨可爱、叫人流连忘返的感觉了,而似乎成了是非之地,折磨人的地方。他只想快点拿到报到通知单,尽快离开。

小微主动留下来陪嘉毅,他们每天碰面,甚至还经常去离学校不远的虹口公园散心,宛若一对恋人,至少小微的潜意识中带着一丝恋爱的成分替他分忧。嘉毅对她邀请去公园散心,欣然接受,他需要散心,需要她的陪伴和安慰,然而对小微主动的暧昧,虽心知肚明,但始终无法敞开自己的心扉接受,因为深挖内心对小微的感觉,好像除了真诚的友谊,剩下的只是感激之情,因此一时只能以心事重重的外表来维护着这一层最后的窗户纸。而这种耳鬓厮磨的接触,与其说是小微在安慰陪伴嘉毅度过难熬的时光,倒不如说加深了小微对他的寄托,对他的感情依恋。

初夏的下午,太阳开始有炙热的感觉了,公园里的游人不多,很安静,他们坐在湖边树阴下的长椅上,有时会有好长时间互不说话,静静地享受微风拂面,享受宁静,但彼此知道对方在想什么,想说什么,恋人间心心相印也不过如此。西斜的太阳移到了嘉毅的身上,小微向树阴一边移了移,示意他朝里坐一点,他动了动身子,朝她看了一眼,发现有个小虫子在她的领子上,顺手替她拂去,但仍然没有开口说话。小微打破了沉默,提议道:"那你是否找一下陆文晴,她现在也算是学校的老师了,托她出面打听一下你的情况,应该没问题吧?"嘉毅慢吞吞地说:"前天中午我在食堂里正好碰到她,问我分配的事,我就把我的情况跟她说了,叫她问一下,但到现在为止也没有看见她的人影,估计她也问不出什么结果来。"小微像是抓住救命稻草似的,赶忙说:"他们法律系明天开始期末考试,老师一般都要来学校监考的。她肯定在,我们去等她,问问情况吧。"嘉毅喃喃地答应道:"好吧。"小微替他想出了打听的办法,开始活跃起来,又搬出了那一句已说上百次的安慰话:"俗话说得好,'好事多磨'嘛,肯定会有好结果的。"

第二天上午,他们在教室的走廊等着法律系考试结束。陆文晴看到他们后,便主动迎了上去,告诉嘉毅:"你留校,和我一样。学校已经给你们系里回复了,按照学校统一口径,可能本周考试结束后正式公布,你具体工作被内定为系主任助理,放心好了。"小微的脸上立刻露出了笑容,拍着嘉毅的肩膀激动地叫道:"我说不用担心吧。"嘉毅一时还没有反应过来，问道："不是今年没有留校的名额吗？"陆文晴说："噢，今年学校是有规定，本科毕业生不能留校做老师，在招生单位名单中自然没有留校的名额。但由于我们学校还没有研究生班，不可能有研究生留校，所以规定又网开一面，除非该学生在学术上有培养前途的可以留校，但必须由系里推荐学校批准。你的毕业论文推荐给学校，得到了上面的认可，所以你有机会留下来。"她神秘笑了一下，朝小微扫了一眼，在她心目中嘉毅和小微是一对热恋的情人，补充道，"小微也不是外人，我们之间说说没关系吧。嘉毅，你托的人，本事很大，背景很硬，设计得非常严密。今年全校只有你一个人留校，而去年总共有九个，而且你人还没有报到，具体的工作已经给你安排好了，做助理，前途无量呀。"嘉毅惊讶地看着陆文晴，急忙辩解道："我没有托过关系，分配的事情我母亲到现在还不知道呢。"陆文晴看了看他，问道："那你怎么会赶在毕业之前发表论文的？"嘉毅解释道："我根本不知道写论文和毕业分配有什么关系，那时班主任要我提前交论文提纲，我草草潦潦敷衍了一下，索性提前把论文交给了他。不信你问小微，她说我的论文题目是捡来的，当时我还担心是否会叫我重写呢。"陆文晴想了想，接着他的话说："即使你们班主任想要帮你的忙，仅凭他班主任身份，还是不够的。推荐没问题，最终决定权在学校，今年学校里的留校名额管得很死，几乎没有例外。至于现在学校还没有公布你留校的事，你放心好了，回复已经下来了，就差公布。你动动脑筋，想想看，再过几天，毕业生走得差不多了，其他同学都要放暑假了，再也没人关心今年谁该留校，谁不该留校，这时公布，肯定风平浪静。要是在毕业分配一开始就公布你留校，肯定会有许多好事之人要议论，搞得不好闹出什么事情，谁都收不了场。当然，在最后公布并不是说你的留校资格不够，而是为了避免不必要的麻烦，是一种技术策略。所以说你的事肯定有人在帮忙，帮你在设计，而且是一个很有背景的人，也许只不过你不知道而已。"她最后的半句既是自己的猜测，又是在为自己的结论寻找台阶。嘉毅感到不可思议，怎么会有人帮助自己留校当系主任助理呢，而且还这样兴师动众。对陆文晴的话实在有点将信将疑,此时非但没有平复焦虑的心情,反而更加不安了,而这些话,在小微听来,事情已经清楚了,替嘉毅笃定起来了。

等到他们恭恭敬敬送走了陆文晴,小微又开始开火了,斜着眼睛盯着嘉毅,故作惊讶地怪声怪气道:"看来你可不是泛泛之辈,有后台的呀,在等最好的位子。我还蒙在鼓里,陪你等通知,替你担心呐。你可滴水不漏,真不够朋友。以后发达了,可不要忘记我这个平民朋友。"看嘉毅没有搭理,又加了一句,"现在看来,留校当助理也是捡来的?"嘉毅没有时间理睬她的攻击,脑子在迅速搜索母亲有关自己毕业分配的意见,可是一片空白,他记忆中几乎没有他母亲对他的毕业分配发表过意见的任何印象,就自言自语道,"我妈不可能托人为我找工作的,更何况是留校的事,如果想找人帮忙,肯定会征求我的意见,问我想找什么工作,而她什么都没问过我,她也不可能有大学里的熟人。"小微缓缓地说:"那你太小看你妈妈啦。"看着嘉毅又道,"你应该知道,母爱是伟大的,为儿子的未来,是什么都愿意做的,是什么都愿意承受的。"

嘉毅得到了这样的消息,除了惊讶,说不出是高兴还是不高兴,留校当老师,完全符和自己的心思,是求之不得的好事,但感到自己像个木偶,一直都蒙在鼓里,自己的选择职业大事在毫不知情的情况下,被人给决定了,而且这人还不知道是谁,让他不舒服,甚至希望陆文晴说的一切都不是真的,宁可不要这件心爱的玩具,也不愿意被蒙在鼓里接受施舍。他又在学校里等了几天,直到系里发来留校的报到通知书,事情总算有了确切的结果。拿着报到通知书,嘉毅开始相信有人在暗地里帮助自己,脑子里始终想着是谁为自己安排的这一切,这种愿望使得留校做助理的兴奋感荡然无存。那一天,他磨磨蹭蹭很晚才到家里,来到母亲的房间,谨慎地观察着母亲的表情,试探道:"我分配的事定了,留校做系主任助理。"母亲坐在沙发上,放下手中的报纸注视着他,简单地回道:"不是很好吗? 以后好好努力吧。"母亲一点不兴奋,一点不意外,从母亲说话的神态一点看不出为他高兴的样子,这样的神态太出乎他预料了。他直截了当地问道:"学校里有传言,说有人帮我托了关系,才得到留校名额的。我想是你帮我找的关系吧?"母亲仍然平静地答道:"我没有找过人。传言不可信,哪里都有。难道你没有留校做老师的自信心吗?还是不够留校的资格?不要去管那些传言,今后只要好好工作就是了。"被母亲这样居高临下的一问,他无话可说,怏怏地离开了母亲的房间,但他无论如何也不相信母亲说的没托过关系。母亲为什么要向自己隐瞒?究竟谁帮了自己的忙?这些问题久久盘踞在嘉毅的脑中,影响了他很长时间。

第十三章　分　道　扬　镳

　　卢蓉被分配到区检察院。在分配之前,同学们仰仗着那是一个法律人才严重匮乏的时代,对学校分配的工作挑三拣四,而学校一般给予的挑选范围都是专业对口的政法工作,无非是公检法单位。卢蓉曾经考虑到予兴在玩打桩,毕竟是一项违法的行当,而且还不知道他要玩多长时间,如果自己进了公检法单位,可能会太刺激他,想悄悄地找一个公检法以外的单位,可惜他们这一届分配单位名单只有这些单位。同学中存在着一种议论,认为公安系统是同坏人作斗争的,虽很威风,但风险太大,性命攸关;法院的工作,虽权威性很强,但一字让人上天堂,一字让人下地狱,责任重大,不堪忍受;唯独检察院,是一个永远只有权利没有风险的地方。它的上家有公安局顶着,履行侦查之职责,下家有法院扛着,履行审判职责,而它则可履行监督上下两家的法律执行,当然这是检察院的性质所决定的。她有点为自己被分到检察院庆幸。

　　卢蓉是这个检察院里自恢复高考后的第一个本科大学生,上下领导对她都极其重视,被安排在检察长办公室工作。办公室是一个套间,里面是检察长办公的地方,外间办公室原先已有两名女同事,分别姓张和姓施,卢蓉不知道她们的职务,统称她们为老师。虽然她们没有法律教育的专业背景,但在进检察院之前都曾经或多或少从事过和法律有关的工作,而对领导的忠诚,为人热心是她们的特长。当卢蓉出现在她们的办公室时,她们把她从头到脚来回看了几遍,表现出异乎寻常的好感,称卢蓉好似天女下凡,为老气横秋的办公室增添了活力。她们的热情态度,就像婆婆为找不到老婆的儿子找到了媳妇一样,满口赞美之词,使卢蓉感到自己不是在机关的办公室里,而是在一个温馨的大家庭里,但卢蓉总感到这种温馨似乎超出了寻常。

卢蓉报到的第二天就开始了正式上班。一大早来到办公室,一个人静悄悄地坐在自己的位子上,试想可以干点什么。张老师慌慌张张地到她面前,紧张地说:"你知道吗? 我们检察长的夫人昨天晚上过世了,老施昨天晚上就去他家里帮忙了,我们也要赶紧准备一下。"卢蓉惊讶地问道:"那我们应该准备什么呀?"其实,到目前为止检察长的脸长得什么样,卢蓉也没有见过,更不用说他夫人了。卢蓉不敢多问,只想跟着她们做点什么,尽可能做得好一点。回过神来的张老师说:"你现在没什么要准备的,刚刚来报到,凑份子的事就免了。大概在三天后,要举行追悼会,到时候参加就是了。"张老师说完又匆忙地离开了办公室。卢蓉坐回写字桌旁,她感到怪怪的,领导的夫人去世,她紧张什么,无法理解。办公室只剩下她一个人,心想昨天报到时候安排今天由她们领自己向各个科室打招呼,认识周围的同事,现在看来要泡汤了。她虽然不相信迷信,可第一天正式上班,就碰到这种死人的事,不说是倒霉,总觉得不是滋味,有种无聊或者无奈的感觉。

追悼会的那天,卢蓉跟着办公室的两个女同事,乘坐从区政府借来的面包车,一同前往西宝兴路殡仪馆。她们三人坐在车的最后排,两位老师靠的很近,一直在窃窃私语,突然一下子咯咯地大笑起来,笑声略微有点刺耳。她俩立刻感到在大家面前的失态,赶紧用手捂住嘴,可笑声还是停不下来。坐在旁边的卢蓉有些莫名其妙,施老师不好意思地拍了拍她的大腿说:"太有趣了,少儿不宜。"张老师探过身子向她说:"不好意思,请不要介意,我们是在说笑,以后会告诉你的。"卢蓉被搞得不知道说什么好,有些别扭,心想这些人真不像去开追悼会的。

追悼会上,来吊唁的有一百多人,把吊唁大厅挤得满满当当的,一半以上的是检察院的人,虽他们没有穿制服,但从他们相互之间熟悉的程度可以看出是同一个单位的。卢蓉几乎不认识所有的人,也是生平第一次参加这种仪式,躲在不起眼的角落里,随着大流。从悼词中了解到检察长夫人年纪很轻,才四十出头,因生胃癌去世。在瞻仰遗容时,卢蓉畏畏缩缩地排在最后,听到前面传来起起伏伏的哀乐和哭声,她依稀能够辨别出自己办公室的两个女人的声音,她们的哭声有些与众不同,有些引人注目,像是憋着许久突然间爆发出来的,声响不大,不是那种不顾体面的嚎啕大哭,像是发自内心深处的悲伤,这样的哭声透过世俗夹杂着西洋文明,使哭声也不失文雅,让人印象深刻。她想起予兴说过一段关于哭声和哭灵的话:哭,小孩都会,不同的哭声代表不同的信息。在成年人中,哭除了可以宣泄情绪外,还有其他妙用,也能传递感情和信息,如果运用得好要比语言来得更加丰富,更加隐蔽,甚至比语言更能打动人心,就好比是一门艺术。古代就有以哭灵为职业的人,有"假情真泪"一说,讲的就是这个职业,但要恰到好处,否则令人生厌。卢蓉刚刚听到这些话时,还批评予兴说得太刻薄,是奇谈怪论,现在听到这样的哭声,对照着这些怪话,心想她们的哭声不但精确地表达悲伤的心情,还传达出对领导的忠诚和贴心,也许恰到好处吧。心里感慨道:人们常说离开学校,方才进入社会,方才知道人间世态的复杂和微妙,哪怕参加一次追悼仪式,也叫人大开眼界。她跟随队伍缓缓移动脚步,低着头,不敢看周围,更不敢瞻仰遗容。心里有一种说不出的委屈,自己凭什么要参加这场仪式。在追悼会上,气氛是压倒一切的,它会叫人自然而然地随着气氛泪泉涌动,就像掌握着人们泪泉的开关。卢蓉咬着嘴唇,想不让这种悲恸的气氛感染自己,可还是做不到,强大的气氛莫名其妙地使她眼睛发酸。

检察院的制服有点像警察的制服,还有大盖帽。卢蓉虽然顺利地进入了区检察院,但对检察院的制服没有充分的心理准备,她不知道穿上制服自己会是一副什么模样,更不知道制服将对自己意味着什么。她换上了制服,制服略显得宽松,有点别扭,这是她第一次穿制服。走进办公室,不好意思地在两位老师面前转了一圈。张老师说年轻就是好,穿什么都精神,都好看。卢蓉又整了整制服,问她们两人制服可以穿到外面去吗？张老师答道："一般不在外面穿，如果要穿的话，最好把领章肩章取下来。"卢蓉不理解地看着她们，似乎在等着后面的理由，张老师看了一眼施老师接着说明道，"戴着领章肩章会很麻烦的。如果外面有事，像看到小偷或打架，你穿的是制服，人家一看就知道你是标准的公务员，如果你不上去制止，人家老百姓就会骂你这个公务员觉悟低。但摘掉了领章肩章后就不一样了，算是便服，省去了这种不必要的麻烦。"卢蓉呆呆地站在当中，露出会心的微笑点了点头，算是理解了穿制服的奥妙。

施老师上来拉起她的手，又要她转了一圈，一本正经地在她身上从上到下打量了一遍，摇了摇头说："这套制服委屈了你这么好的身材了，尺寸太宽。女人么，不论穿制服还是穿便服，都应当显示出女性的线条，女性的美。来，换下来，让我带回家给你改一下，收一收腰就好看了，让你穿出女检察官的风采。"卢蓉犹豫地低声问："可以吗？"张老师插话道："可以，没关系，她做裁缝出身，检察长也叫她帮忙烫制服呢。"卢蓉重复了一句："我是说，这是制服，可以改吗？"施老师笑道："有什么不可以的？制服又不是法律，不可以修改。我跟你说，我们领导检察长是很讲究制服的，他总是嫌自己的制服不挺括，经常叫我帮他烫。他还说：制服就象征着国家给予的权力，制服不整，不挺括，就没有权力的威严。制服不合身，也是没有权力威严的一种。"看卢蓉没说话，施老师又加了一句，"我改完了，保证合你身材，肯定好看，等检察长回来了，看了也保证喜欢。"

卢蓉已在这间办公室待一段时间了，也常常和检察长打照面，发现检察长并不正面看自己，仿佛自己不存在似的。她接着施老师的话说："我们检察长，看起来很严肃的。"言外之意是，他不会注意我的制服的。张老师插话道："我们检察长是很随和的人，很容易接近的。"施老师听出了卢蓉话中的含意，说："我们检察长最近好像不大关注小卢。"停了停看张老师没有接自己的话，朝卢蓉看了一眼，继续说，"也许近来事多，其实他早就注意你了。在他去你们学校面试回来后，就乐呵呵地提到了你。他说,他面试相中了一个女孩,人漂亮,字也写得好,还把你的材料给我们看了。你看我们检察长面试了你们学校五六个同学,就看中了你。"

卢蓉已忘记了检察院来学校面试的情景了。虽然他们是高考恢复后的第四届毕业生,大学毕业生供不应求,但检察院也不是随便是谁都可以进的,需要通过政审和一个简单的面试。政审是调查同学的背景材料中是否有不合适担任检察工作的情况,当然是在事前同学不知道的情况下进行的,面试的内容无非是观察一下同学的外表,进行一段简单的谈话和十分钟的听写记录,考察同学的基础知识和基本能力。政审对卢蓉不存在任何问题,可面试是面对面进行的,她还是第一次经历,有着较大的压力,在面试时紧张不已,根本顾及不到仔细打量面试官的样子,直至现在极力回忆当时三位面试官,还是无法记起他们具体的样子。卢蓉知道了自己面试背后的真实故事,检察长就在这三位面试官当中,他能够欣赏自己,使她心里一阵高兴,嘴上却淡淡地说了一声:"是吗?"

卢蓉听从了施老师的意见,让她修改制服。她换下了制服,拿着叠得整整齐齐的制服回到办公室,看见两位老师兴奋地正在交谈着什么,似乎做出了什么决定,见卢蓉来了,相互看了一眼,露出会心的微笑,她们便开始对卢蓉和颜悦色地大谈起检察长的故事来。张老师说:"我们检察长是个大好人,他对我们都很好,可惜现在蛮可怜的,妻子死了,成了没有女人照顾的男人了,人也瘦了好多,我们看在眼里,疼在心里,真希望他能够重新找到自己的另一半。"施老师从卢蓉手上接过制服说:"不用客气,我会把它改得很合你身的。"又似乎很漫不经心地问,"小卢,你在大学里谈恋爱了吗?"卢蓉早有准备这两个人肯定会问这样的问题,她决不会将自己和予兴恋爱已久的事情向她们说的。原因有两个,一是她不愿意让人知道自己有个没有正式工作的男朋友,二是能否和予兴继续恋爱,自己也拿不准。她反应极快地答道没有,可是卢蓉吃不准她们两位为什么在谈论检察长的时候要问这样的问题,凭着少女天生的敏感，隐约感到在她们眼里自己恋爱与否似乎和检察长有关，从此心里多了一个心眼。

翌日，卢蓉穿上修改后的制服，尽显身材的线条之美，正在感谢施老师的心灵手巧之际，检察长正好经过她们面前。施老师兴致勃勃地凑上前去，把修改制服的事告诉了检察长，想得到他的夸奖。检察长朝卢蓉的制服扫了一眼说："何必修改呢，尺寸不对可以换，如果确实没有尺寸，还可以定制。"随之又对施老师说，"自己修改制服总归不太好，这次算了，以后要求他们在发制服前，尺寸量得准一点。"说完径直出了办公室，施老师在后面嘟囔一句："说得轻巧。换，反而会很麻烦的，还要看他们的脸色。"卢蓉赶紧说："还是修改的好，很合身，太谢谢你了。"施老师原想一石二鸟，既想得到卢蓉的感谢，又可以得到领导的好评，现在看来完全是多此一举。聪明的卢蓉也看出了这一点，感慨讨好拍马屁也需要动脑筋，要恰到好处，反之适得其反。在此后的日子里，卢蓉发现，她的两位同事有意无意地给了她许多单独和检察长相处的机会，似乎她们在等待着将发生什么，她也从那时开始暗地里注意起检察长来。

卢蓉从来不将制服穿回家，更不敢在予兴面前穿。他们的恋爱就像病入膏肓却脑子清醒的病人，了解自己的病灶，知道自己的生命已无法挽回，甚至知道还有多少生存的期限。虽然他们恢复了恋爱交往，期间双方也尽力安抚对方受伤的心灵，但始终有一个幽灵笼罩着他俩，那就是在他们之间的差距。一个是被誉为天之骄子的大学生，一个是不良青年，这种差距在纯粹的他俩之间不存在多少问题，可在世俗的眼里，在现实生活中是一条难以逾越的鸿沟。自从卢蓉进了检察院工作，这差距更明显了，她不止一次用委婉的方式提醒过予兴，是否不要再玩打桩了，该找一份工作。予兴对她的提醒，只能心知肚明装糊涂，总是王顾左右而言他，其实他又何尝不想找一份体面的能和卢蓉当前工作相匹配的工作，可仅凭自己的力量根本无法改变现状。予兴早已展望过他俩的未来，即使自己不玩打桩，肯定也无法找到能够让自己和卢蓉满意的工作,而没有工作,和卢蓉也持续不了多久,最后的结果还是分手;如果他继续玩他的打桩,那么和卢蓉的恋爱结婚,就像老鼠和猫同上一张餐桌,是一件不可思议的事情。他在四年前决心已定,陪伴卢蓉读完大学,时刻准备着亲手将自己的爱情之火浇灭。在那段旁人看起来应该是人生中最美妙的恋情,而在他们之间却充满了苦涩,现在恋爱约会也成了徒有其表的形式。他们在约会时常常会长时间相对无言,约会的周期也拉得越来越长,就像人们常说的爱情变冷了变淡了一样。

卢蓉早早来到位于黄陂北路和南京西路转角处的海鸥西餐馆,这是他们以往经常约会的餐馆。她要了一杯热牛奶,坐在角落里呆呆地等着予兴,默默地看着周围成双成对其乐融融的恋人或夫妻,其中不远处并排坐着一对和自己年龄相仿的恋人,他们两人的头几乎贴在了一起,正在旁若无人缠绵地说着悄悄话,心想自己和予兴的坐位永远是隔着桌子面对面,看起来彬彬有礼,像是一对谈判的对手,比起那对恋人,心中升起一阵难以言喻的悲凉。掐指一算,离上一次约会已经过去了六个星期,心想自己和他住得这么近,碰面却如此之少,感叹自己的恋爱算是什么样的恋爱呀,不冷不热,不吵不闹,没有激情,没有未来,永远像是在完成任务或是在还债似的。她不知道如何面对予兴,对他总有愧疚的感觉,更不知道他们是否有共同的未来,而且近日来耳边一直回响起当予兴知道她要去检察院工作时说的第一句话:"很好,今后可以成为一个检察官了,我祝福你。"她虽听不出这句话有任何的讽刺意味,像是自然的流露,但在她看来更像是早已准备好的贺词,是一句外交辞令,对她一点没有欣慰的感觉,如果联想起他所从事的打桩的活,更像是一种讽刺或挖苦。由于她似乎没办法说服予兴放弃打桩,有一种预感,今天的约会也许是最后一次。卢蓉想着心思,没有发现予兴已到跟前,当他坐到她对面时,她吃了一惊,而他笑着问道:"在想什么心思呢?"她喃喃地说:"来啦。"接下来说了些有关点菜的话,除了几次目光对视,一直相互默默地就餐,没有多余的话了。

沉默无语在他们之间并不显得尴尬,而是家常便饭,已成了他们的习惯。相对无言，并不是没有相互间的交流，也许是在积攒想要说的话。世上的沉默无语有两种，一种是无话可说，不知道说什么，就如同陌生人，是没有任何结果的，是无任何意义的；另一种是想说而不知道怎么说，是一种难以启齿，是在寻找说出口的机会。由于彼此太了解，都在为彼此考虑，甚至知道对方想要说些什么，只是无法说出口，或者说，表面上是相向无语，内心却波涛汹涌，期待着某种结果的发生，而这对彼此有着重大意义的，他们之间的沉默显然是后者。最后还是卢蓉打破沉默，坐直了僵硬的身子，拿起餐布在嘴上轻轻压了压，望着予兴说："今天我付钱，我已拿工资了。"予兴笑了笑说："好吧。"接着又问了一句，"上班还好吗？"卢蓉机械地答道："办公室里没多少的事情，就是一般文秘的活儿。"予兴说："院办公室是检察院的心脏，以后会有重要的工作的，你会很有前途的，慢慢来吧。"卢蓉一声不响地看着他，不知道说什么好，又是一阵沉默。

予兴终于拿出了当年向学校承认自己是她男朋友的勇气，把事先预演过不知多少次的话说了出来："我们在一起不合适。现在我除了打桩，其他的工作也不会，也不感兴趣。我知道这不是好事，你也不喜欢，对你也不好，但我目前只会做这个，还想继续做一段时间。另外，你也能感觉得到，现在我们的恋爱变得怪怪的，大家都在勉强自己，还不如彼此分手的好，分手后也许都能过得轻松点。"卢蓉望着予兴，慢慢地眼圈湿润了，拿出手绢擦了擦眼睛说："自从我们重新和好后，就没有像以前那样，你心里总有疙瘩，我也能感觉得到，那我也没有办法。但我担心分手了，你怎么办？就这样一直玩下去？"予兴漠然地叹了一口气，看了一下周围说："也许就这样一直下去，我也不知道。"他不想把话题停留在打桩的事情上，同时为了不让她认为自己是因不愿意拖她后腿而作出分手决定的，故意将话题引向他俩恋爱的本身，说道，"不管有没有疙瘩，我们目前的状况，就像有位名人所说的，'爱情需要时常更新的'，而我们恰恰没能更新，所以只能这样。"他把原先准备好的最后一句"所以只能死亡"，改变了一下说法，避免使她过于悲伤。

两人沉默了很久，卢蓉把手绢放进口袋，像是大病初愈似的，用很轻的声音说："也许你说的对。我们都敌不过世俗。"过了许久，又说，"我本来还想我们四个高中同学碰碰面。听说黄莺已经做妈妈了，好像过得也不太顺心，我们又成这样，还是大家不要碰面的好，算了吧。"予兴低着头，想了想说："还是算了吧，黄莺已经为人之母，嘉毅和黄莺碰面可能会很别扭的吧。"他们两人相对无言又坐了一段时间，卢蓉喃喃地说："送我回家吧。就这样了。"转过脸面向予兴补了一句，"像以往一样，好吗？"

千言万语化作一声轻轻的"就这样了"，算是他们分道扬镳的宣言，算是长期沉默的总结，轻声细语地结束了他们想忘也无法忘怀的初恋，没有谁对谁错，没有谁好谁坏，没有你死我活的诅咒，没有撕心裂肺的誓言。从小在西洋文明和城市文化的耳濡目染下，使这两个年轻人体内已拥有了掩饰内心苦涩和惊涛骇浪的基因，显示出处理感情纠葛的文明涵养，他们言行举止从外表看起来还是那样的和谐友善，平静如水，背后却充满着对对方的安慰和宽容。他们出了餐馆，像往常一样，谁也没有说话，路过餐馆旁边的市图书馆，图书馆已经闭馆，从外向里望去，黑色的大铁门背后黑咕隆咚的，什么也看不清。他们手挽手沿着南京西路拐入西藏路，消失在茫茫夜色之中。

卢蓉轻手轻脚地推开房门，看见姐姐等在房间里。姐姐调皮地做着鬼脸说："恋爱谈的不错吧？从新疆路西藏路口到家里两分钟的路程，竟然走了二十分钟，够缠绵的，让我好羡慕呀。"对姐姐的打趣，她没有心情搭理，一股脑地往床上一躺，脸朝墙壁一动不动地想着心事。姐姐不依不饶地坐到床边，扳过她的脸，看见她有流过眼泪的痕迹，装着幸灾乐祸的样子问："他欺负你了？"她简单地答道我们结束了。她不知道为什么要将他们刚刚作出的分手决定告诉姐姐，也许太孤独，希望得到姐姐的一丝安慰，或者哪怕得到她的挖苦嘲笑，也心甘情愿，只要暂时不孤独就好。姐姐一时分不清是谁提出分手的，问道："是他把你甩了？"她说："没有，可能是我把他甩了。其实也说不上谁甩谁，大家都觉得在一起不合适,就这样散了。"姐姐奇怪的问道:"刚才我下班时,在路上看见你们手牵手的,还是好好的,也不像吵架的样子。怎么说不谈就不谈了呐?"卢蓉狠狠地瞪了姐姐一眼说:"分手怎么啦? 一定要大吵大闹,痛哭流涕的。"她不想在姐姐面前隐瞒,说出了他们这四年来的恋爱感受。姐姐感慨道:"你们这些人,可真有情调,要好了浪漫,不要好了也浪漫。"接着又以略带长辈的口气说,"你可真是身在福中不知福呀!工作那么好,那么体面,当然,男朋友也要换一个好一点的,可以理解。"卢蓉说出了心事,心里感觉好了些,但不愿意接受姐姐如此教训的口吻,回击道:"你也有工作,男朋友也可以自己去找,不要埋怨别人,说话酸溜溜的。"姐姐自嘲道:"我不能跟你比,你是大学生。我的工作单位也带个'园'字,可惜是大观园的'园',不是你检察院的'院'字,整天帮人家挂衣服取衣服,看人家女人光屁股,闻人家女人腋臭味,真没劲。一辈子没有出息,在做这种工作,叫我怎么有脸去找男朋友。"

　　卢蓉的姐姐中学毕业后一直没有工作,后来里弄为她找了一个浴室服务员的工作,浴室就在西藏路桥南面北京路转角处的大观园浴室。自那以后她总是在家里抱怨这份工作,卢蓉也听了她许多作贱式的抱怨,可如此滑稽地描述自己的工作还是第一次,噗嗤一下笑出声来,挑衅地说:"哼,如果你对我不好,我以后每天去你们大观园洗澡,让你看屁股闻臭味。"说完了还在咯咯地笑。姐姐忍住笑,装出愤怒的样子,一边扑向她,一边叫道:"你敢来,看我不用鸡毛掸子抽烂你的屁股。"一场笑闹后,卢蓉不畅的心情释怀了许多。

第十四章 "打桩"生涯

予兴提出和卢蓉分手,多半是为了成就卢蓉将来的锦绣前程,还有就是认为自己和她不合适。刚分手后像是完成了一件大事,有一种难言的轻松感,尔后却有种深入骨髓的孤独感和空虚感,而且占据了整个身心,叫他心力交瘁,脑袋空空,以致原想分手后会无牵无挂,可以更加卖力地去打桩赚钱,也因无心做事而落空。现在每天虽说是打桩,可却整天无所事事地坐在人民公园大道旁的长椅上,碰到雨天就躲到公园的茶楼里,晃晃悠悠地过了两个月。

人民公园地处市中心,闹中取静,连接着公园南北大门的大道两旁有高大的梧桐树,冬天剩下枯枝败叶,树下可以晒太阳,夏天茂密的树阴下,可以纳凉。公园的周围有着各种可供打桩的商店和场所,所以公园也就成了那些打桩的人相互交流信息和休息最理想的地方。他们混杂在游客和行人中,进出方便又隐蔽,甚至有人就在公园内直接交易,或者有些熟客会来公园里找他们出票。那天,郝予兴拿着一份报纸翻来覆去看了个遍,在长椅上已经坐了很长时间,脚下的烟蒂也已积攒了好几个,午后的阳光透过树枝洒在予兴无神的脸上,他的双眼漫无目的地在过往人群中扫来扫去。突然在公园大道的尽头似乎出现了一个熟悉的身影,中等个子,微微发福的身子使她朴素的服饰和自信的神态相得益彰,更显端庄高贵。那人走得很慢,像是在逛公园散步。予兴一下子认出她,自己第一次一次性搞到的三张定型自行车票,就是从她手上得到的。以后的时间里又陆续交往过几次,他知道她每次出售的自行车票不会是一张，总是两三张，最多的一次，一下子抛出五张，是自己重要的票子来源之一，也算是熟客。他马上意识到要认真对待这位熟客，就密切地注视着她，发现她正朝自己走来，可能就是来找自己的，于是便准备主动站起来迎上去。

那人不慌不忙举手示意，让他不用站起来。她走到予兴跟前，像领导对下属说话的口气说："不用，不用起身了。"便在他旁边坐下，身子向椅背上靠了靠，寒暄道，"怎么不去车行？"予兴答道："休息休息，过一会儿去。"那人继续道："我还是蛮相信你的。你是否能够替我买到美金？"予兴在这之前，已接过几单炒外汇，也算熟门熟路。他估计到那女人的生意不会小，便谨慎殷勤地问："你需要多少美金？"那人把手搁在背椅上，警觉地扫了一下周围，见周围没有人在注意他们，轻声说："不多，大概需要两万美金。"予兴暗暗吃了一惊。之前虽估计到那人要的金额不会少，但这个金额还是出乎他的意料，两万美金按照行情，将超过十万元人民币，在那个万元户还是凤毛麟角的时代，十万元可以算得上天文数字了。他迅速算出在这一单中能够赚到五千元左右的人民币，心想这个女人胆子真够大的，一般人如果需要这么多美金的，肯定会提前分几次兑换，而不会一下子出手。

当然不该说的不该问的，予兴绝不会多说半句，这也算是打桩的职业素养，因为打桩的人是不管票证金钱的来源和用途的。他不露声色地小声介绍道："现在的操作方法有两种，一种是先将人民币换成兑换券，这里有个汇率，当然是民间的汇率，再拿兑换券在银行里按照国家的外汇牌价兑换成等额的美金，我只要给你兑换券就可以了，由你自己去银行兑换；另一种是通过前面说的汇率和牌价，直接兑换成美金，不用你去银行了，这种办法你比较省事，价格可能略高一点。"那人略微考虑一下说："我可不愿意去银行兑换，还是直接要美金的好。但我有两个要求，一要安全，二要快。明天给我可以吗？我女儿大学毕业了，马上要出国留学，急等着用，越快越好。"予兴猜想她女儿的年龄和自己差不多，大概也是七九届高中生，他们这一届正好在今年夏天大学毕业，按照办理留学手续等时间来计算,现在应该是出发的时候。出于同一届高中生和羡慕,他很想问一下她女儿是否七九届高中生,最后还是没有问出口,改口报出了需要人民币的金额。那人爽快地答应了,约好第二天下午在同样的地方交付美金。

予兴看着远去那个人的背影,掏出香烟叼在嘴上,心头涌出一种莫名的烦躁,一种莫名的恨,却又不知道向谁发泄,一下子心情坏到了极点,根本无法集中思想思考。本来接到一单大生意,难度又不高,应该庆幸才是,但那人关于她女儿的几句话对他刺激太大,勾起了他无限的惆怅,为当前自己的处境感到无奈和羞愧。他心想自己和那人的女儿在中学时代肯定有许多相同之处,向往通过读书展现自己的才华,踌躇满志,也向往出国留学大展宏图,而眼下却是天壤之别,没有任何的共同之处。想想那人的女儿有多幸运,有着这么好的机会和前景,还有这么好的母亲,真是时代的宠儿;想想自己一无所有,更没有前途,感到自己就像世界弃儿,像一颗路边的小石子,任人踢来踢去,只能忍受命运的摆布和作弄。想到这里他不由得湿润了眼睛,有些抽泣。他呆呆地在长椅上又坐了很长时间,又抽了不少烟。太阳西下,天色渐渐暗了下来,大道两旁的路灯也亮了起来,游客也开始稀少了,冬夜的寒风吹在他带泪的脸上,使他感到冰凉冰凉的,不禁打了个寒战。这时予兴才重新想起兑换美金的事,他自己不可能有这么多的资金,要尽快筹措这笔巨额的人民币,还要兑换成美金。他用手抹了一把脸,起身怀着一颗冰冷悲戚的心,坚定而快步地走向公园北门,见到路边有颗小石子,狠狠地踢了一脚。

当遇到大笔的交易时,打桩的绝不是一盘散沙,会从各个地方聚拢过来,凭借他们集体的力量,进行内部统筹,一致对外赚钱,随风乱飞的散沙也会堆出美妙和谐的图案。这笔交易的金额实在太大,予兴和吴骏手头的钱远远不够,他们在华侨商店附近找到吴鹏,向他说明了来意。

华侨商店是专门向持有外币或者兑换券的外宾和华侨开放的商

店,位于浙江路湖北路相交的尖角上,背靠九江路,大门正对着南京路,旁边又是市百十店,对面是沈大成点心店,是炒外汇的好地方。周围的人流密集程度几乎和凤阳路西藏路口的车行附近相差无几,同样热闹非凡,叫人眼花缭乱。吴鹏把他们领到浙江路一个僻静的弄堂深处,从牛仔裤两边的裤兜里抽出一沓沓用橡皮筋捆着的钱,有人民币、兑换券、美元,在昏暗的路灯下飞快地点了一遍,又从上衣夹克的内侧口袋里拿出日币和一些英镑点了点,算了算,眨了眨眼又接过他俩递上来的钱数了数,说:"加上你们的,把我手上的钱全部换成美金,还是不够。不过放心好了,我找几个朋友帮帮忙,明天中午肯定能把两万美金交给你。找朋友帮忙的话就不用口袋里的日币英镑换成美金了,我们这些人民币和兑换券就足够了。"停了停对予兴说,"事成之后,还是按照老规矩分钱,予兴你拿一半,剩下的一半,我们参与的朋友平分。"予兴和吴鹏交往不多,还是以客气为主,赶忙说:"不用了,没有大家的帮忙我也做不成这一单,大家还是平分吧。"吴鹏认真地一板一眼道:"这是规矩,大家都一样。生意来源是第一位的,没有生意,大家都没得赚。这一单是你的,你不用客气。"吴骏拍了一下予兴的肩膀,接口道:"别看我们是打桩的,我们还是很讲规矩和信用的,你就别不好意思了。"予兴听他们兄弟俩这样说,心里涌上一丝暖意,轻轻地说了一声谢谢,便跟着他们拐到对面南京路上的沈大成点心店去吃面。

老字号的沈大成生意永远红火,即使过了晚饭的时间,客人还是不断,多是些逛南京路逛累逛饿了的人。他们各自要了面条,边等着面上来,边聊天。吴骏为予兴接到这一大单而兴奋,为他高兴,话也特别多。吴鹏出道要比他们早,看得比较透彻,比较平静,他朝周围瞄了一眼,带有提醒的口吻,低声说:"平心而论,虽然我们是打桩的,可接触的是这座城市最前沿的东西。现在出国留学的多了,外汇需求就大,包括上海周围的人要出国都来这里换外币,我们做外币的就好做,可以赚些钱。但我们是没有保障的,就像生活在这座城市夹缝里的野草,自生自灭,谁都可以把我们连根拔起,朝不保夕。"

予兴还没有从刚刚那女人的女儿刺激阴影中摆脱出来,又听到吴鹏对打桩入木三分的描述,感到自己的将来更加暗无天日,没有出头的日子,心情更加阴郁起来,始终低着头没有插话,再一次感到自己的卑微和渺小,一声不响地听着他们的谈话。吴鹏叹了一口气,又接着和吴骏说:"我们呀,是没人要的孩子,只能自己照顾自己,还是趁现在能够赚钱,多赚点钱吧。攒一些钱,以后也可以做点事,或也能出国。"予兴用怀疑的眼神看了一眼吴鹏,问道:"我们也可以出国吗?"吴鹏刚要回答时,服务员端上来三碗虾仁面,打断了他们的说话,大家忙着吃起面来,这个话题再也没有被提起。他们吃完面,穿过繁华的南京路和西藏路口,按惯例一起去了大观园浴室洗澡。

第二天,予兴九点过了才起床,洗完脸翻开饭窠看了看,是菜泡饭。一般外婆总是用昨天剩下的饭菜做成可口的菜泡饭当早餐,这样方便实惠,简单省事,既处理剩饭剩菜,又使得早餐有营养,确保早晨出门不空腹,一举三得。予兴心不在焉,没心事吃早饭,放下饭窠的盖子,就想出门。外婆戴着老花镜在客堂间的八仙桌旁拣菜,看见他要出门,就低头透过老花镜的上端盯着他,唠叨道:"怎么又不吃早饭了?每天睡懒觉,又要迟到了吧?你现在是临时工,在这个期间要表现得好一点,以后才能转正呀。"

自从予兴打桩以来,一直向家里说谎,先是工伤病假不上班,再是去人家厂里帮忙,后就形成了固定的说法,说自己在自行车厂的门市部找到了一份还算称心的工作,每天上午十点上班,晚上八点下班,收入也不错。家里人看他确实有收入进账,每天按时出门,也就信以为真了。外婆还常常督促他按时起床,不要迟到,努力工作。予兴照单全收,习惯了这样的谎话,并严格按照这样的谎话日复一日的操作。可每当家里人谈到有关他工作的时候,予兴则会倍加小心,谨慎对待,生怕露出马脚。他心想不吃早饭外婆会继续唠叨下去,为了转移外婆的注意力,便说忘了吃早饭,赶快躲进厨房间盛了一碗,捧着饭碗晃到外婆面前,讨好地说:"泡饭里还放了年糕呀,真好吃。"外婆说:"泡饭还热的吧？说是泡饭，其实我的烧法和煮粥差不多，放一点年糕，吃了不容易饿，如果是粳米的话，还会更好吃。"予兴信口问道："年糕哪里来的？"外婆不屑地答道："还会哪里来？买的。今年第一期的年糕票子上礼拜发下来了，听说第二期要到春节时再发。我们一家四口人，是小户，一张票子也买不了多少。反正我们家里，你父母和你又不常在家里吃晚饭，这些票子也够了，所以在早饭里放点年糕。"见外婆不再提他工作的事情了，也就有一句没一句地边吃边聊："年糕，用黄芽菜肉丝炒最好吃。"外婆听外孙说要吃炒年糕，便说明天早饭吃炒年糕。予兴吃完将饭碗一扔，便做出一副急急忙忙的样子出了门，算是上班去了。

自从予兴前一段时间做了几笔小额的兑换外汇的生意，他的活动范围扩大至华侨商店一带。他先到华侨商店附近转了一圈，商店刚刚开门，没有什么顾客，连平时见面的几个打桩的脸孔也没有见着，时间还早，一切还没有开始。这座城市的中心也好像没有醒来，是最安静、最妩媚的时候。早晨的阳光很亮，但不刺眼，穿过高楼，映照在街道上，显得非常敞亮。车辆和行人都不多，但行色匆匆，没有午后的喧嚣和嘈杂，也没有夜晚的悠闲和迷离，一切都在阳光下次序井然。予兴又回到了西藏路的车行门前。打桩的人始终是飘忽不定的，在各个不同的地方漂移，他们的眼神也是飘忽不定的，一直在寻觅在搜索，搜索那些正在寻找他们的人。

予兴看见一位中年男子隔着橱窗玻璃在仔细研究里面陈列着的自行车，从衣着判断这人可能是从上海附近来的外地人。予兴慢悠悠地上前站在那人身后，双手插在裤兜里捏着票子，等着那人发问。果不其然，那人朝予兴打量了一下，显然是明知故问地搭讪道："这里买自行车是要凭票的吧？"予兴简单地用普通话答道："上海产的要凭票，其他的敞开供应。"说完朝那人看了一眼，站在原地不动，等着那人进一步发问。没想到那人一点不拖泥带水，直奔主题问："你有票子吗？要多少钱？"予兴不紧不慢地说有票子，尔后将那人拉到旁边，问清了想要什么种类的票子，愿意出多少价格。

由于予兴手上的票子是定型票，而那人想买的是两辆永久牌的重型自行车，只要普通票就够了，虽然定型票也可以买普通票的车，但不划算，而且又是两张，必须从其他打桩的人手里调剂。这种调剂在他们的行当里经常碰到，是一件稀松平常的事，可问题是当下太早，大多数打桩的还没有出来。予兴和那人谈妥价格，为了稳住那人，以轻松自信的口吻说："等一下吧，我朋友马上来了，他手上有你要的票子。"那人也不介意，向予兴说了许多关于农村结婚需要上海产的自行车当彩礼的事情，把上海产的自行车大大赞美了一番。予兴随便听着，对此一点不感兴趣，眼睛在搜索周围有无熟悉的朋友，尽快了结这一单。这时迎面过来一个胖胖的高个子，手里拿着一副大饼油条，眼睛不大，眼神也飘忽不定。予兴知道这人也是打桩的，听说他是老三届插队落户去黑龙江，逃回来后再也不去了，平时几乎看不到他，也没什么接触。然而，只要为了生意，不管认识不认识，打桩的都是朋友，都会互相帮助。予兴向他说明了缘由，要了两张普通型票子，带着那人进了车行，帮他挑选车子，办理好托运的手续，最后那人还恭恭敬敬地用上海话说了一声谢谢。予兴客客气气送走那人，把收到的票款按照规矩将钱分给了高个子，算是一单的工作结束了。常人半个月的工资，予兴仅花了半小时就轻松地赚到了，兴许打桩的魅力也在此。

　　一大早有这么一单垫底，保证这一天不吃白板，予兴心里舒服了不少。中午时分吴鹏送来了两万美金。午饭后他和几个熟悉的打桩朋友聊了聊天，就早早地坐在公园的那条长椅上，等着那女人来兑换美金。他和那女人之间没有签订过合同，也没有收取定金，可他已经为她实施兑换的运作，如果那女人爽约，虽说不上损失，可他之前干的就等于白费心机，竹篮子打水一场空。但予兴一点不担心那女人会爽约，甚至可能爽约的事他想都没有想过，这并不是他的粗心大意，或者没有经验，而是这座因贸易而发展起来的大都市给他们植入了守规矩的基因，使得他们不会无故提防对方。

　　予兴突然感到长椅的那一头多了一个人，回头一看，正是那女人，不知道她从何处过来,坐到了自己的旁边。那女人还是带着一种居高临下的神态,只不过多了一丝难以察觉的笑容,例外地向他说了一声你好,也许这笑容和一声你好是为了她自己悄悄来到他身边,惊着他而致歉。予兴看了一眼那女人手里拎着的鼓鼓囊囊的包,把准备好的一叠美金递了过去,说了一句:"好羡慕你女儿。"那女人数完钱,塞进另外一个小包时抬头说了一声:"正好两万。"便将手伸到大包里取出一个灰颜色的布袋,予兴接过袋子,拉开口子,里面是一扎扎崭新的一百元,放得很整齐,上是一叠用橡皮筋捆着的一百元,他拿出这一叠钱数了数,又伸手到口袋里数了数有几扎,抬头正准备向那女人说一声没错,却发现那女人在凝视着自己,那眼神居然有着一丝亲切。她问予兴:"你就这么数钱?"予兴不以为然地点了点头说:"是,没问题,相信你。"那女人又问:"你属什么的?"予兴毫无顾忌地答道属虎,她又说了一句,"噢,和我女儿一样大。"便起身准备离开。予兴以为她还会和自己聊一会儿的,赶紧讨好地说:"祝你女儿好运。"那女人挺直了身子,奇怪地蹦出了一句:"作孽呀。"像是自言自语的长叹,又像是在为谁惋惜,透着无奈,尔后头也不回地走了。予兴一时摸不着头脑,不知道哪句话得罪了那女人,只能呆呆地看着她远去的身影。"作孽"这两个字盘踞在他的脑子里很久。心想那女人的"作孽"是什么意思,是针对自己说的吗?难道在那女人眼里年纪轻轻打桩就算是"作孽"了吗?那么自己和那女人不是第一次做生意,为什么以前不说,难道那女人知道了自己年龄和她女儿一样,就是"作孽"了?予兴无法理解。心里骂了一句:这种女人养尊处优惯了,自以为有钱有地位,就可以高人一等,真可恶。拿着公家的票证来换钱,难道就不是作孽了?

予兴把应该还给吴骏吴鹏的钱还了,看时间还早,闲荡在车行门前继续打桩,看到嘉毅从不远处走来。自从予兴打桩以来,嘉毅来看过他几次,最近的一次,是在嘉毅留校后,予兴在对面的燕云楼为他庆贺。那天他们两人喝了不少酒,予兴为嘉毅高兴而喝,嘉毅为了予兴早日心想事成而喝。在予兴的心目中,嘉毅是知根知底的,有过一样的欢笑,一样的追求,是一个兄弟般的朋友,相互之间从来不避讳,没有需要向对方隐瞒的。在嘉毅读大学时,毕业留校后,予兴生怕他嫌弃自己,从来没有主动去找过他,而嘉毅来看他却从来没有间断过,没有因两个人的差距而遗忘他,还把他当成真正的朋友,对此,予兴心存感激。予兴和他讨论过关于打桩的事,讨论打桩的形成和前途,甚至讨论如何打桩才能多赚钱。嘉毅理解他的无奈,更了解打桩,他告诉予兴:打桩这种交易是计划经济和短缺经济下的特殊产物,游离于法律边缘和非主流社会,是相关经济制度有漏洞而产生的结果,它的出现有其客观性和必然性,但会随着经济制度的完善而消亡。至于参与的人,大多出于无奈,也和上海的商业文化渊源有关。因为源远流长的商业文化使人懂得了价值是通过流通来体现的道理,既然流通会带来增值,就让有些人对流通趋之若鹜。打桩表现的不过是不正常的流通,客观上起到了补救流通不足造成的需求。正是嘉毅基于自己的专业知识对打桩的理解,向予兴揭示了打桩的风险和未来,从来不劝说不要玩打桩,不替他拿主意,也不诋毁打桩。在嘉毅看来打桩只是他自己的选择,只能提示,不能代替他做出决定。予兴佩服嘉毅对打桩的精辟理解,感谢他对自己的理解,亦加深了对嘉毅的感情,视他为自己的伙伴,甚至是自己的参谋。

予兴觉得应该把自己和卢蓉分手的事情告诉他。予兴心想,虽然黄莺嫁人,嘉毅暗自酸在心里,但还成不了他们和卢蓉黄莺四人今后碰面的最大障碍,然而现在自己和卢蓉分手了,使得他们四个人聚在一起的理由又少了一层,几乎成了不可能,四个年轻的好朋友就将分崩离析,令人惋惜。予兴可又不得不将自己和卢蓉分手的事告诉嘉毅,尽管担心这类话题会给他俩这次碰面带来一层暗淡。为了避免这种可能出现的不愉快,他考虑主动出击,先把气氛搞得活跃些,便故意做出兴致勃勃的样子,迎了上去,用一贯开玩笑的口吻问道:"我的大学教授,到这里来找我,有何贵干?"嘉毅脸色有些凝重,把他从人行道正中拉到旁边说:"不要胡说,我可不是什么教授。我有事要跟你说。"看了一眼予兴,补了一句,"唐游龙没有了。"予兴一时没有反应过来,瞪着眼睛问:"什么没有了?"嘉毅说:"唐游龙参加军事演习时,为了救一个新兵而牺牲了。"予兴听了这一句,算是搞清楚,一下子愣住,说不出话来。

嘉毅知道予兴和唐游龙的感情很深,比自己对唐游龙的感情还深,他理解予兴的感受,从小一起玩的伙伴,分开没有多长时间,人就一下子没了,伤感是可想而知的,自己也是经过了一段时间才缓过来的。他只能黯然地看着予兴,静静地陪着……

这一段时间,对予兴来讲,怎么也开心不起来。失恋的伤心还没消化掉,又添了失去好朋友的新伤。失恋是有准备的,是两个人心知肚明酝酿很久的结果,虽酸楚,还可以忍受;而好朋友的失去,是毫无准备的,是晴天霹雳,他一时被击得萎靡不振,叹息人生无常。一个人独处时,予兴时常想起以前和唐游龙在一起的无忧无虑的时光,可是怎么也想不起自己和他最后一次见面的情景,他感到对唐游龙有愧疚,感到孤独,甚至感到人生无趣,开始无心打桩了。每天早上像是在骗自己一样,来到打桩的几个地点转一圈,算是完成了一天打桩的任务,尔后要么整天在公园的茶室喝茶,要么在公园大道旁的长椅上晒太阳发呆,甚至躲到电影院看重复的电影或者打瞌睡,也不在乎连续吃白板,晚上打桩朋友邀他吃饭洗澡,他也很少露面。

那天早上,他像往常一样,先逛到车行,没有生意,又逛到华侨商店门口,打桩朋友一个都没见着,就溜进了浙江电影院看了一场早场电影。走出电影院已近中午,阳光很刺眼,强烈的反差使得他睁不开眼,仿佛又从梦中回到了现实世界。华侨商店门口的人流开始多了起来,他无精打采地逛了一圈,准备找地方吃午饭。突然,有两个人上来,一左一右抓住了他的左右手,动作幅度不大,但很有力,使他无法挣脱。耳边只听到短促一声我们是警察,他没有反抗,也由不得他反抗,就被他们带上了一辆停在旁边的不起眼的大发面包车。他们几个人还没坐稳,车子就启动了。予兴脑子里闪过,自己碰到便衣警察了,也许要倒霉了。他问警察为什么要抓他,一个年轻的警察头也不回地答道:"到里面去再说。"予兴朝车外张望,似乎车辆正在过浙江路桥向北行驶,心里纳闷,怎么不去黄浦区的公安局或者派出所。车辆到了浙江路和天目路丁字路口,向右拐穿过行人拥挤的北站火车站,沿着宝山路一直向东北方向驶去。

面包车很快进了一个类似公安局的大门,警察把他带到了一楼的一间办公室,然后关上门出去了。予兴观察了这间办公室,非常简陋,除了两张面对面的破旧写字台和两把椅子,靠门的旁边墙上有一排挂衣钩,挂着几件警察的制服,对面只有一张长凳子,就再也没有其他东西了。他识相地在长凳上坐下,等着警察来问话,心想今天自己身上除了钱,外币和票证什么都没有,如果要搜身,问题不大。等了很长时间,那个年轻的警察拿着一叠纸进来了,先问明了身份,看予兴吞吞吐吐,便提高了嗓门说:"你们干的那些事情,我不感兴趣,我是要你来协查的。"予兴不知道协查是真是假,马上抓住机会,表明态度道:"凡是我知道的,我都愿意协助。"警察瞟了他一眼,拿出几张女人的大头相片,问道:"这里面有你见过的吗?"予兴马马虎虎看了一遍,说:"没有见过。"准备把相片放回到桌上,警察瞪眼道:"仔细看看,好好想想,前一段时间你替那女人换过两万美金的事忘了?"予兴拿回相片,装模作样再看了起来,心想原来是为了两万美金的事来找自己。一次性炒两万美金,不够劳教也要拘留十来天的,他有些慌了神,心想千万不能说。他又草草地看了一遍,递了回去,说:"这里的人,我都不认识。我也没有替人家换过美金。"说话时,目光落在第一张相片上,正好是那女人。他又瞟了一眼相片,确认是那个女人。

警察用蛮横的口气道:"不要没事找事,给自己找麻烦。你知道的,这里不是黄浦区,你们的那些事情由黄浦区管,我们不感兴趣,我们只管自己的案件。当然,你不协助,我们可以把你交给黄浦区。你要知道,那女人已经被我们抓了,她说挪用的公款在你这里换成了美金,交给了她女儿,否则不会让你指认她的相片的。"又把相片推到予兴的面前说,"你不要让我们把你的相片给那女人来指认吧? 这样事情就倒过来了,放聪明点。"尔后点上一支烟,站起来准备出去了,出门前扔出一句,"好好想想吧。给你十分钟。"

予兴第一次遇到这样的事情,他周围被警察抓过的人不少,听他们事后说起被抓进去的经过,无不例外地都先搜身,后做谈话笔录,再被拘留。今天没有被搜身,而是先上来让自己指认照片,这有点不一样。而那女人十有八九已被抓了,公安局对换美金的事情一清二楚,金额和相片也完全符合,如果自己抵赖,也无法抵赖。心想也许协查是真的,两万美金不是小数字,也许警察要搞清楚赃款的去向,所以需要自己的确认。尔后又想到了另外一个问题,如果警察问两万美金是从哪里来的,心想可以有两种说法,一种是向朋友借的,但有一个问题,如果再问向哪些朋友借的,需要核实,很可能会牵涉到朋友,那该怎么办?他马上否定这种说法。另一种说法,向其他打桩的人那里低价收来,那些打桩的自己也不认识,现在已经全部忘了,不涉及任何人,如果倒霉也只能自己一个人扛。想到这里,予兴稍稍安心了些,眼睛紧盯着那门,等着警察进来,又看见了门口墙壁上挂着的制服,他确定了这间房间是警察的办公室,而不是审讯室,否则不会有制服挂在那里。如果不是为了协查,他们肯定不会安排在办公室里找自己谈话,想到这里似乎又多了一根救命稻草,心里又增加一份侥幸。

房门又开了,这次是两个警察一起来的,他们面对面坐下,那个年轻的警察看了看记录的纸和旁边的相片,问道:"想起来了吧?"予兴点了点头,示意愿意协助。警察毫无表情地说:"那就说吧。"予兴将替那女人换美金的事说了一遍,警察记录完,抬头问道,"她是怎么找到你的?"予兴心想这又牵涉到自己倒卖自行车票证的事,有些犹豫,不敢如实讲。警察提醒道:"是不是她以前卖自行车票子给过你?"予兴看到无法回避,只能硬着头皮说是的,警察又问,"有过几次?"予兴装糊涂地说好像一两次,警察追问道,"到底几次? 两次? 三次?"其实予兴真的记不清几次了,但这些年来,那女人每隔几个月就会来一次,远远不止三次。心想这三次也许是那女人向他们交代的,就顺着他们的说法吧。

他低声回答:"大概三次吧。"那个警察将两页笔录纸从头到尾看了一遍,递给他,说:"看一遍,在最下面空白的地方写上'上述内容已看过,和事实一致',再签名,写上日期。"予兴听到这一句,心里窃喜,一是事情总算完了,二是没有问到自己的美金来源,便大着胆子问了一句:"那女人可能要判几年?"坐在对面一直没说话的警察开口了:"怎么?你也想和她一样,判个十年以上。"顿了顿,又用夹着香烟的手指了指予兴,教育道,"我们已经了解过了,你干这个行当有些年头了。年纪轻轻的,干什么不好?偏偏要干倒卖的勾当,这是违法的。今天算是对你进行训诫,以后再让我们发现,肯定直接处理你。"予兴低着头,连忙老老实实地"是"了两声,表示知道了,赶忙接过笔录纸和笔,赶紧签名,笔录也不看了。那个年轻的警察拿过笔录纸,朝对面的警察看了一眼,似乎在请示还有什么要说的,只见那警察挥了挥手说:"你可以走了。"年轻的警察站到门口向外面喊了一声:"师傅,开门,有人要出去。"予兴随着这一声喊,赶忙离开办公室,穿过外面的铁栅栏门,头也不回地出了公安局。天色未晚,予兴仰望天空,长长吸了一口气,似乎又尝到了空气中自由的味道。心想天助我也,平安无事,一阵轻松,一种重获自由的感觉弥漫全身。

在回家的路上,予兴眼前又浮现出那个一贯尊贵有加的女人,现在他终于弄明白了,为什么那天她在离开时会自言自语"作孽",其含意并不是指责自己年轻打桩的事,而是针对她自己挪用公款资助女儿出国之事。也许是她早知道会有现在的结果,而发出如此感叹。他想象着她女儿的样子,也许和她母亲一样,光鲜而让人羡慕的外表下也隐藏着难言的"作孽"两个字。

第十五章 《简述西方经济学》

从八十年代开始，整个大地弥散着改革的空气，给这个城市带来了巨大的活力，每个人都在忙活不停，不论自己是白猫还是黑猫，都在抓老鼠，都在谈论做生意发财；每个脑子都在飞速运转，不论脑子是好是坏，都在准备升学上大学，都在谈论知识改变命运；捷足先登的人开始研究出国的途径，不论出国留学、出国探亲还是出国继承财产，都是人们最最向往的东西，似乎只要离开这个国家就可以实现自己人生的目标；而且不论什么都讲究效率，讲究快，似乎慢了就会被淘汰，就会被抛弃。七九届高中生就是从这样的年月开始成年的，进入社会的，不过有的没有开始就已经遍体鳞伤了。

沈嘉毅属于这个世界的幸运儿，进了大学后一直顺风顺水，毕业后还轻松地坐上了系主任助理的位子，体面过人，让人羡慕。然而，主任助理的职务具有行政和秘书的功能，在他们系里是一个可有可无的位子，有点像打杂的。由于系本身不大，学生只有五六个班级，任课老师也只有一半是本校本系的，其他的都是聘请外校的，几乎没有什么工作要嘉毅做，充其量是一些传达学校通知和发放文件之类的杂事，有许多空余时间。嘉毅不愿意在学校和家之间来回奔波，就在学校里申请了教师宿舍。他几乎整天在学校，虽说闲得发慌，但也逍遥自在，这符合嘉毅懒散的秉性：不愿意忙碌，不愿意有压力。他很享受这份助理的工作，有闲暇时间，隔三岔五，不分白天晚上地去骚扰小微，约她白天吃饭逛公园，晚上喝咖啡看电影，小微来者不拒，旁人看来宛若一对热恋的情人。按照他们自己的话来说,他们是月亮和地球的关系,永远分不开,永远有距离,不会粘在一起。至于谁是月亮,谁是地球,没人知道,就连他们自己也说不清。

　　按照学校的规定,本科毕业生不能开课,系里为了让沈嘉毅早日能够开课,推荐他去外校读在职硕士研究生,这同样也花不了他不少时间,却使他在这份悠闲的差事上又增添了一抹亮色。但是,每增添一抹亮色,嘉毅总觉得周围的同事对他又增添了一份另眼相看,风言风语多了起来,甚至背后有人传言他是某某领导的亲戚什么的,受到特殊的照顾,尤其在年龄相仿的同事间传得更厉害。他不堪忍受,感到很尴尬,更有一种说不出的委屈,让他抬不起头来。嘉毅知道这一切流言蜚语都是自己莫名其妙留校惹的祸,为了消除这些影响,准备向学校主动请缨,早点开课,承担教学任务,证明自己的能力。然而,要开课,对一个刚刚毕业的本科生来讲谈何容易,需要有自己熟悉的学科,需要有教材,而且不能和现有的教材重复。嘉毅动了一番脑子,权衡再三,选择了一门既热门又很少有人敢尝试的科目,那就是“西方经济学概论”。所谓的热门,主要是随着改革开放,国人对国外经济理论的兴趣与日俱增,把以往的学术禁区变成了炙手可热的学科,或者成为研究模仿的对象;另一方面,由于国内不但封闭了几十年,还狠狠批判了西方自由经济几十年,几乎很少再有人了解外国的经济理论,市面上的教科书、参考文献少之又少,如果图书馆里有现存的,也是外文的。作为一门泛泛而谈的学科,如果有人开出这门课,很可能成为该领域的第一人,也是出名的好机会,这是嘉毅想尝试的主要理由之一;虽然这门学科其内容众多庞杂,涵盖了微观经济学、宏观经济学、数理经济学、经济思想史等内容,相互间的概念界限模糊,存在着各种学派,可这又是嘉毅想开这门课的理由。他考虑正是众说纷纭概念模糊的东西,自己才能在其中一展才华,理顺了就可以自成一派,而且要快趁早,他相信自己有这样的能力。

他以最快的速度,把几个大学的图书馆搜了一遍,不出他所料,有关国外的经济学理论仅存在杂志和文献资料上的片言只语,不成体系,几乎找不到相关的参考书。嘉毅结合在硕士研究生班上学到的知识,按照各种相关理论出现时间的早晚排列,作为自己讲义的顺序或者框架,再对号入座,往里面填内容,就基本完成了,这也算是符合了概论的基本要求了。他还在一些著名的理论和时代背景上特别标出,以便今后再补充。一转眼在新学期开学之前,一本十万字左右的教学讲义就这样出炉了,还是一份相当时髦的讲义,而且在最后,嘉毅把讲义的名称变成了"西方经济学概说"。这是一个非常明智的做法,因为"说"和"论",虽一字之差,但概论和概说在学术上有着微妙的区别,概论一般偏重于理论分析,是论述,理论性较强;概说一般偏重于理论介绍,是叙述,理论性较弱。

那天,嘉毅一大早就到了办公室,同一办公室的两位老师基本上不常来,更何况寒假还没有结束,办公室里只有他一个人。他的隔壁就是系主任办公室,只要主任在办公室里发出一点动静,他总能在第一时间听到。他知道系主任今天上午在校部开会,算准主任会议结束肯定要回自己的办公室。他笃定地等在办公室里,桌上放着几份给主任的材料,材料下面压着他花了一个春节假期赶出来的教学讲义,准备过一会儿拿给主任请示时,顺便提一下自己的打算。中午时分,隔壁房间终于有了响声,他赶紧过去,看见主任正在提着暖水瓶往茶杯里倒水。

主任是位老派的学者,早年留学法国,为人正直,治学严谨,受人尊重。对嘉毅,他除了工作中的交流不得不讲外,没有一句闲话。虽说这是主任的一贯为人风格,可在嘉毅看来,主任对自己不冷不热,不近不远,也可能是自己稀奇古怪的留校方式引起的,自己好像是人家硬塞给主任的一个包袱。嘉毅一直在揣摩主任对自己的看法,所以在主任面前,他说话总是畏畏缩缩的,慎之又慎。等主任坐回位子上,他把那几份材料放到桌上说:"这是昨天学校教务处发下来的下学期教学计划和开课目录。"主任接过来看了一眼,材料仅几页纸,当翻看到下面的讲义时，问道："这是什么？是你搞的？"嘉毅把自己的打算说了一遍。主任凝视着嘉毅，要他拉把椅子来，在自己的对面坐下。嘉毅识相地坐下，静静地等候，在这位不苟言笑的主任面前，不由得忐忑不安，心慌紧张。嘉毅心里在默默地祈祷，对自己说只要主任能够翻看三分之一，就有希望开课。主任翻看讲义时那专注的神态，透出神圣和虔诚，会叫人联想到如果他对讲义作出评价，绝对不可能出于讲义以外的原因。嘉毅看着主任一页一页慢慢地翻着讲义，每翻一页都让自己的心颤动一次，感到主任每翻过一页，成功的希望就增加一分。

　　主任翻看到三分之二的程度停下来，抬头说道："按照这份讲义，开门选修课，足够了。"嘉毅压抑着兴奋问："新开课要报学校备案的吧？现在还来得及吗？"主任答道："应该没问题吧。这事情你就不用操心了，我和学校说。"接着将讲义恢复到封皮，又看了看说，"这门学科，还是很新的。据我所知，现在搞的人不多，几乎没有，搞得好的话，会很有前途的。用前瞻的眼光来看，我们现在的经济管理系，需要有人搞这样一门课。"停了停注视着嘉毅，那眼神似乎要对他的脑子进行透视，接着问道，"一般学科的名称是用'概论'，你为什么用'概说'而不用'概论'呢？"嘉毅感到主任的细心和认真，不敢在他面前夸夸其谈，带着谦虚的态度，坦白地答道："凭我的能力和手头的资料，只能说是介绍西方经济学，很难对这些理论进行评论和分析。我推敲过，还是用'概说'比较好，我也只有这点水平。"主任见他说出了真实的自我感觉，微笑着点了点头，赞同道："我看，也是这样。就凭目前我们能够找到的资料，搞出个介绍什么的差不多。如果要搞'概论'的话，必须静下心来，要仔细研究有关外文原著，'概论'搞得好的，不容易。"嘉毅听到主任对自己的肯定，一阵窃喜，心想幸亏自己没有信口开河，胡言乱语，做出一副认真听讲的样子看着主任。只见主任悠悠地喝了口水，似乎想了想，又说道："如果改成'简述西方经济学'的话，完善一下，我看可以出版成书，作为研究该领域的起步，还是很不错的。"顿了顿又说，"如果你出版有困难的话，我可以以系里的名义为你联系。"主任的这些话完全出乎嘉毅的预料,愣愣地坐着,不知道说什么好。主任见他没有走的意思,问道:"还有什么事吗?"他立即起身,语无伦次地说:"我知道了,没有了。"一回到了自己的办公室,嘉毅呆呆地坐了好长时间,时而想象今后自己走上讲台上课的情景,时而回味着主任的话,不免有些得意,有一种飘飘然的感觉。

嘉毅想在第一时间将学校同意他上课的消息告诉小微,于是傍晚就在小微单位门口的对面踱着方步,得意地等着她下班。见小微出来,和同事告别后径直过马路,嘉毅就悄悄地迎了上去,绕到小微的背后,拍了一下她的肩膀。

小微吃了一惊,见是嘉毅,笑嘻嘻地问道:"怎么想我了? 事先连电话都不打一个。万一我有男朋友等我,你叫我怎么办?"嘉毅不饶人地答道:"只要你有男朋友,不论断胳膊少腿的,我马上走,我只负责陪伴你到有男朋友为止。"小微照例朝他背上擂了一拳头,叫道:"你损我,今晚你请客。"嘉毅答道:"本人今天有好事,很乐意请客。"小微不屑一顾地问:"什么好事? 说来让本小姐听听。"嘉毅骄傲地说:"下学期,本人要开课了。"小微略带诧异地问:"噢,开什么课程?"嘉毅得意洋洋地说:"'简述西方经济学',讲义也在主任那里通过了,怎么样?"小微双眼放着光芒,佩服地看了他一眼,嘴巴还是不饶人,不愿意让他占上风,用怪怪的语调说:"听起来不错嘛,够时髦的课程。还有讲义,哪里批发来的?"停了停继续调侃道,"奇了怪了,想不到你这个逍遥自在只顾偷懒的人,一下子变得勤快了,自己写讲义,肯定有什么不可告人的目的吧。老实坦白,到底是怎么一回事?"嘉毅潇洒地含笑道:"目的嘛,也没什么目的。也许歪打正着,主任还说我的讲义可以出版成书。你是知道的呀,我是不愿意自己给自己压力的,可是我在学校里的处境,他们以为我只会做一些跑腿的事情。我是被逼无奈,只能露一手给他们看看,证明一下我不是他们想象中的那样,否则,做这个助理太别扭。"小微继续变着声地说:"你们走后门的人也有苦恼呀。但我相信你这一手可露得不小。不管怎样,我要祝贺你成功。好好上课吧,不要像我们做学生时遇到的那些小老师一样,叫人听了打瞌睡。"嘉毅自信满满地说:"我才不会像他们那样呢!第一堂课的开场白我都已经想好了。"小微好奇地问道:"什么样的开场白?"嘉毅装腔作势地咳嗽了一声,表演似的说:"开场白一定要红火,要与众不同。'同学们,当你七老八十的时候,老得已忘了老师姓什么,忘了最亲近同学名字的时候,但我想你们肯定不会忘记,在大学里曾经学过一门将各种理论和学说东拼西凑起来的学科,那就是简述西方经济学'。意下如何?"小微笑道:"只会噱头噱脑,没有真才实学的。'东拼西凑'倒是说了老实话,上你的课算是倒了大霉了。我在下面肯定造你的反,写信给教务处要求换老师。"嘉毅还是大大咧咧地笑道:"换老师?门都没有,目前'简述西方经济学'仅本店一家。"小微扭过头来问道:"你的开场白里为什么要说'东拼西凑'?是什么意思?我想不大会是什么好东西吧。"

嘉毅看到卖弄的机会送上门来,装出一本正经,慢条斯理道:"请教,就不要这样猖狂,虚心一点,我很乐意告诉你。"嘉毅朝她看了一眼,继续摆出学究气说,"我所说的'西方经济学概论'或者'西方经济学',是以介绍西方经济学为主的学科。只要起源于西方的经济理论,在西方发挥过作用的经济理论,都属于这门学科研究的对象或范畴。这些理论有著名的,不著名的;有长期使用的,临时使用的;有成功的,有失败的;有影响深远的,有消失得无影无踪的,林林总总,举不胜举。在我们东方人看来,这些都是西方经济学的内容,西方人自己就没有西方经济学这一说。作为学术上的'概论'也罢,'概说'也罢,完全取决于对各种理论的选择,可以东选点西选点,可以有多有少,再集中起来进行介绍和研究。'概论'无非就是指大概论论,'概说'无非就是指大概说说。我开的课是'简述',只是简单说说,就这个层次来讲,'东拼西凑'足够了。"后又调皮地加了一句,"不知道我这么说,你听懂了吗?"小微揶揄道:"我是听不懂,只要你的学生听得懂就行了。"嘉毅道:"你不要小看'东拼西凑',这也是学问。将一块布料进行东拼西凑,那是裁缝;将一块木头进行东拼西凑,那是木匠;将学术进行东拼西凑,那就是学者或者教书匠干的活,东拼西凑是个技术活。"小微用蛮不讲理的口气打断了他的话,下结论似的说:"总而言之,你狗嘴里吐不出象牙来,我不要听了。现在的问题是,今晚你准备怎么请我?"嘉毅回答道:"随你,我请客就是了。"

学生报名参加沈嘉毅选修课的人数,远远超出了他的预计,竟达到六十五位同学,成了选修课中人数最多的一门。他心想也许这门学科的名称吸引了大家,同学们不知道自己是去年刚刚毕业的吧,如果知道了,肯定无法镇住他们,有一大半同学要撤退。他想弥补这一缺陷,特地去配了一副黑边眼镜,看上去使自己有点老成,有点学究气。开课那一天,系里为他调换了较大的教室,一个平时为两个班级开课用的教室,可以容纳八十名同学,教室基本被坐满了。

嘉毅进了教室,将一叠提纲交给前排的同学,要他们往后传。这份提纲是他近几天赶出来的,仅仅只有一页。当然他不愿意把提纲做的太详细,深谙同学们自学成才的能力。他虚张声势地挺了挺腰,站上讲台,环视整个教室,开场道:"请允许我在这里借用一句鲁迅先生的名言,'其实地上本无路,走的人多了,也便成了路'。"停了停,观察了一下同学们的反应,发现大家都瞪大了眼睛,在等待自己往下说,充分达到了他的预期效果。他又清了清嗓子,不急不慢地继续道:"我们今天讲的西方经济学也一样,原本世上并没有这一说,而今经济改革如火如荼,需要借鉴国外的经验,每天有人在说要研究外国经济学、西方经济学,说的人多了,也就成就了我们今天的西方经济学。我们的简述西方经济学,主要介绍西方各个时期著名的经济理论……"他言简意赅,生动地讲出了这门学科的起源和背景,又不缺乏诙谐。同学们的眼神里充满着欣赏和期待,使得嘉毅信心倍增,滔滔不绝,一堂课的时间很快就过去。在下课的一瞬间,突然看到坐在教室角落里的主任,想上去征求他对上课的意见,只见主任转身从教室的后门离开了。嘉毅很想知道主任对这堂课的评价,在几年之后才知道这位老先生对自己的评价是：智力超常,潇洒有余,虔诚不足。嘉毅凭着智慧和口才,略施小计,把学生调教得服服帖帖,成了同学们喜欢的老师,有了很好的口碑。

马路两边的梧桐树已经长满宽大的叶子,颜色也由嫩绿色变成深色,标志着那年春天即将结束。小微特地在下班前,来到嘉毅的办公室,从包里取出《简述西方经济学》的样稿,扔在嘉毅的桌上,说:"这是为你做的,你该请客。"嘉毅拿起样稿,翻了翻说道:"这封面也是你做的? 蛮好看的,浅蓝色的底上白细条的局部欧洲版图,中文书名下还有英文书名,字体大小也正好。"又朝小微看了一眼,客套地感谢道,"让你费心,我很喜欢,太谢谢您了。"小微仰了仰头,骄傲地说:"我未来的大教授,我是这本书的责任编辑,还兼做封面设计,这也是我第一次做责任编辑,为你够尽心尽力了。你当然要感谢我喽。不过你注意到了没有,你的名字后面是编著而非著,没意见吧?"嘉毅乐呵呵地说:"我已经很满意了,即便是编,也无所谓,反正不是抄,就是嫌太薄了。"小微笑道:"太薄是你的事情,反正我没有说过你是抄。"嘉毅收起样稿,和小微一起来到他们经常去的那家饭店。

小微看到嘉毅点完菜后立即爱不释手地翻看样稿,就饶有兴致地观察着他翻样稿的样子,好像艺术家在欣赏自己的作品,心里一阵高兴,有一种心满意足的感觉,笑盈盈道:"嘉毅,这一年来,你不得了,既靠走后门,又努力奋斗,收获颇丰呀。有惊无险地留校做助手,又读了在职硕士研究生,成功地开了课,还要出教材,真是事事顺心,顺顺当当的,向教授的梦迈出了扎实的第一步,可喜可贺呀。"嘉毅没有抬头,得意地怪模怪样道:"哪里,哪里,托你的福。"小微听到这里,想起了一个一直想问他的问题,便问道:"现在可以老实说了吧,这一年来,谁在暗中帮你的忙?"他合上样稿,说:"我也不知道。我问过我母亲,她说没有为我找过人。好像她也不大关心我的事情。"小微将信将疑道:"真的?我替你仔细想过了,你的事情肯定有人帮忙。但像你这种只顾逍遥自在,又不会溜须拍马的学生,学校里的那些老师不大可能帮你的忙,在毕业前他们连你的名字都不一定记住,看来只可能是你母亲了。你家里还会有什么人能够帮得上忙的?"嘉毅摇了摇头,答道:"我父亲还在的话,可能帮得上忙。可他在我六岁的时候就去世了,剩下的没人能帮得上忙的。"

小微听到他提到了自己的父亲,心想他连平时从来不提的父亲都搬出来了,也许真的不知道是谁在帮忙,也就不再追问了,便赶忙说:"就算是你父亲在天之灵帮你的忙吧。不管怎么样,为你的成功干杯。"举起酒杯,朝他面前的酒杯碰了一下,将杯中的啤酒一饮而尽。嘉毅让她说得不好意思,一面收起样稿,一面喃喃地说:"没那么严重,什么成功不成功的,这本小东西也没花我多少时间。有了这个,只不过我的留声机貌似有了名正言顺的出处,今后可以安安心心混口教书的饭而已。"又像是感叹的口气跟了一句,"只能说,'著书都为稻粱谋'嘛。"

小微注视着他得意洋洋的样子,突然,有了一种好奇心,希望了解他父亲是怎么样的一个人,她谨慎地问道:"你父亲生前是做什么的?"嘉毅知道自己说漏了嘴,尽管他父亲已经平反几年了,他还是不习惯在人面前谈论父亲。在像小微这样熟的朋友面前,把话说到这种程度,不可能再王顾左右而言他了,为了避免她的误解,但又不想说过多关于父亲的事,只能含糊其辞道:"父亲去世时,我还小,根本不懂事。他具体做什么的,我也不清楚,是后来听母亲偶尔说起的,反正是市政府里面的。"小微看他闪烁其词,也就不多问了。他们之间大多数时候是心灵相通,小微向嘉毅早已打开了全部的心扉,没有秘密,而嘉毅心中却有极小一部分的阴影,或者说是锁闭的,没有钥匙是打不开的,至于钥匙被扔到了哪里,连他自己也不知道。

嘉毅注视着小微,为她的酒杯斟了啤酒,内心乞求她不要再问关于父亲的故事了。小微轻轻地抓住他拿啤酒瓶的手,阻止他继续斟酒,笑眯眯地扫了他一眼:"不要斟满,我喝不了。我要告诉你一件事情。"嘉毅停止斟酒,慢慢放下酒瓶,可小微的手还是搭在他的手背上,没有移开的意思,他只能一直伸着手,任凭她捏着,等待她要告诉他的事情。小微的眼睛里充满着柔情,盯着嘉毅,以似激动似乞求的口气,听上去还很平静的声音告诉他:"家里要帮我介绍男朋友,我不知道怎么办才好。"她的话,听上去像是在征求他的意见,其实是一种期待,是一种表白。

嘉毅已经不是第一次听到小微这种带有暗示的表白,虽说他内心深处希望听到这样的表白,但不希望这么早听到。他似乎还没有准备好,或者感到还没有取得可以答应她的资格,或者在等待某人的许可,或者已形成在她面前退缩的习惯了。这种心态并不是以一种明确的方式存在于嘉毅的心中,而是以某种模糊的形式存在的,模糊到他自己也说不清是为什么,是为了谁而这么做,但却非常强大有力,无法抗拒。以往碰到这样的情况,总是以半真半假的方式敷衍了事,而且皆大欢喜,实质上起到了往后拖的作用。这次看到小微的眼神,他无法这么做了,也不忍心这么做。嘉毅没有力量缩回被小微捏着的手,抿了抿嘴,咬了咬牙,眼睛直盯着桌上的酒杯,不知不觉地用很轻的声音说:"那是好事,你可去看看。"小微松开了嘉毅的手,把手收了回去,过了许久说:"你除了这一句,没有其他的要说?"语气有点生硬,带有指责,甚至怒气。

两人许久不说话,还是小微打破了沉默:"那我就去会会这位男朋友。"还瞟了一眼嘉毅,看到他的表情有些尴尬,有些沮丧,就幸灾乐祸地补了一句,"也许会碰到一位不错的男人。"嘉毅无奈地硬撑着低声附和道:"也许吧。"他知道小微对自己有怨气,感到自己对不起她,其实他对自己的表现也感到不满意,明明自己喜欢小微,却又说不出口,他无法向她做出解释,就连他自己也说不清楚。

小微重新露出笑容,笑得很灿烂,仿佛又回到以前两人相互揶揄斗嘴的那样,乘胜追击道:"有你这样的表态,我就可以安心地去谈恋爱了。"如果在以往,嘉毅会潇洒地作出机敏幽默的对答,不会让小微占上风的,而这次他显得很笨拙迟钝,似乎心甘情愿地败下阵来。小微将这一细小的变化看在眼里,喜在心里。她虽然不知道嘉毅为什么不愿意爽快地接受自己,但她可以断定嘉毅还没有女朋友,如果自己去恋爱,嘉毅心里肯定会不舒服,甚至会嫉妒会吃醋,可她并不想把这优势发挥到淋漓尽致,而要为两人的将来留下足够的余地。小微占领了制高点,收放自如,得意地说:"我要找的男朋友,肯定要比你来得好,至少他会把心里想的说出来,否则我不会甘心的。"她无意间说出了自己的心声,嘉毅听了有一种释怀的感觉,仿佛被逼入墙角的人又找到了出路。他没有利用这一出路攻击对方,而是把它珍藏在心里深处,只诚恳地说:"我不会对你说假话的。"这句虽然有点不得要领,小微还是很领情,就略带安慰的口气道:"有你这句话,我就心满意足了。"看嘉毅被自己说得萎靡不振,有些于心不忍。

他俩的这顿饭一反常态,几乎完全掌控在小微的手中。小微为嘉毅的酒杯斟满啤酒,说:"我们不要再说这些乱七八糟的东西了,今天主要是为了祝贺你能成功出书,来干杯。"嘉毅快快地举起酒杯,和她的酒杯轻轻碰了一下,谦虚道:"这多亏你的帮忙,为谢谢你干杯。"

小微似乎急于转移话题,问道:"你知道那些留在银行里的人在干什么吗?"嘉毅一时没有反应过来,有点跟不上她的思路。小微提醒道:"就是和你一起实习的那些人。"嘉毅想起了毕业时自己曾经还想和他们一样,准备留在银行里就职,便说:"我没有和他们联系过,不知道他们的情况。"说完抬头看着她,等着她告诉自己他们的近况。小微告诉他:"他们被无期限下柜台,作为业务员,无一幸免。幸亏你没有留在那里。"这时嘉毅似乎缓过神来了,一改刚才沮丧被动的状态,带有批评的口吻道:"你这种说话的口气,像是在报丧似的,连'无一幸免'都用上了,没那么严重吧。即使做柜台业务员,那也没什么大不了的,又不会死人。"小微不服气地说:"你是站着说话不腰疼。谁像你,一帆风顺,又有后门保佑,逍遥自在还出书。他们每天长时间坐在柜台前,不能随便离开,而且每笔业务不能出错,每天头昏眼花。凭良心说,在学校里他们并不比你笨,你也不比他们聪明,大家差不多,为什么他们是这样,而你倒是混在学校里?安逸舒服,你得来这一切全不费功夫。"嘉毅自知在毕业的事情上自己是占了便宜的,哑巴吃汤圆心中有数,就不再申辩了，只能附和道："还算好，我逃过一劫，谢天谢地。"这听起来像是应付的话，却说出了真心话。他一直很想找出那个帮过自己的人，无意中的一句"逃过一劫"，更加深了他曾经想感谢那人的想法。

小微的话打断了他的胡思乱想："今天你怎么啦？一听到我家里为我找男朋友，就变得六神无主，丢了魂似的，难道你爱上我了吗？"小微边说边笑眯眯地盯着他，含情脉脉，让人无法拒绝。小微说的对极了，尤其她最后一句的问话，说出了嘉毅不敢说的话，他一下子红了脸，其实这时小微的脸比他更红。

第十六章　难 言 之 爱

　　嘉毅虽在学校做老师，但还是按照以前做学生时的习惯，每周周六回家，周一去学校。那是一九八五年寒假前最后的一个礼拜一，也是他开课的第二个学期结束的时候。下午是考试，他要做监考，想早点到学校做一些准备。一大早准备出门的时候，奶奶拦住他，拿出了两个染成红色的鸡蛋，要他当早饭。红蛋是喜蛋，一般是家里生了小孩才会在左邻右舍分发的。嘉毅好奇地问奶奶，这是谁家的喜蛋，奶奶随口答道："是上面五楼葛家佣人送来的，他家女儿生了个大胖小子。"嘉毅一下子愣住了，缓缓地接过喜蛋，脑子飞快地运转起来：难道是葛英姿生了孩子吗？她莫非已经结婚了？他瞟了一眼奶奶，见奶奶并没有发现自己的异常，便问道："葛家的女儿不是在当兵吗，怎么生孩子了？她是什么时候结婚的呀？"嘉毅不敢提葛英姿的名字，生怕奶奶联想到自己从前和她要好的那一段。奶奶眯起眼睛想了想答道："好像是去年春节过后，他家女儿还带着男人回来过一次，住了几天，发了喜糖。"嘉毅想进一步证实，装出若无其事的样子继续问："我怎么不知道？那男人你见过？什么样子的？"奶奶答道："你在家里才住几天呀，当然不知道喽。你姐姐她们都见过她男人。英姿也发胖了，还问起你来着的。她男人也是穿军装的，好像是部队里当官的。"嘉毅已感到内心的翻江倒海，痛心疾首，看着奶奶那样的平静，形成了鲜明的对比，心慌意乱，不敢再问了。他有着许多许多的事情要问，但一时不知道要从哪里问起，只能匆匆出门，心想以后借机会再弄清楚，当下最需要的是一个人好好整理一下思路。

嘉毅脑子里塞了一团浆糊似的,来到了西藏路上的新疆路车站,这是一个由几条线路混合的车站,他已在这个车站乘过成百上千次,就是坐18路电车去虹口再到学校。刚好来了一辆电车,他看都没看车前的号牌就挤了上去,结果是15路电车,到了下一站北站后又挤了下来,在北站兜了一圈,才乘上18路电车,到学校已是吃午饭的时间了。他没有像往常一样先到办公室,而是直接去了自己的宿舍,躺在床上,稀里糊涂昏睡了很久,一直等到考试开始前,另一位监考老师找他要考试卷,才想起去办公室拿。他到了考试的教室,二话没说就把考试卷发了下去,同学们接过考试卷,都直朝他嬉笑做出惊讶表情,他却无动于衷;还有同学陆续走进教室,他也浑然不觉,当同学们答题已过了十来分钟,正式的考试铃声才响起,这时他才发现刚才同学们的惊讶和嬉笑,是因为他提前分发了考试卷。他只能为自己的失误摇了摇头,幸好同学们都正忙着做试题,没人注意他的神态。

静静的教室里,嘉毅双手搁在讲台上,眼睛无神地望着同学,脑子开起了无轨电车,想到了和英姿的誓言,想到了黄莺和小微,还有汪姐。他想弄清楚自己和英姿是否属于恋爱关系,是否还爱着她,把这几年来自己和英姿的故事从头到尾想了一遍,发现自己从来没有仔细想象过两人重逢的情景,甚至已经记不清英姿的容貌长得什么样了;然而,重新获知英姿的近况却是如此的震撼,让他感到心灵刺痛。他发现自己进高中后虽然很少想起英姿,几乎没有过,可这几年来在潜意识中却始终相信他们情窦初开的誓言,或者说无法触及的英姿像一个影子,牢牢地控制着自己的情感,使自己从不越雷池半步,像宗教控制着人们的灵魂一样,直到今天知道了英姿结婚生子,方才知道当年的山盟海誓是那样的虚无缥缈,仅是孩子的游戏。此时,虽然有一种上当受骗的感觉,可还是觉得英姿不会故意欺骗自己,相信她不能兑现誓言的背后肯定有原因。同时,嘉毅终于弄清楚了这些年来,自己对黄莺对小微无动于衷的原因了,内心又是一阵剧痛。

接下来几天,嘉毅都住在学校里,唯一的工作只是批改考试卷,而这几十份考试卷,批改用不了两小时,其余的时间,躲在宿舍里,无所事事发呆,食不知味,寝不能寐,像是生了一场大病。到了那年小年夜前两天,学校的食堂也关门了,实在挨不下去只能回家了。在出门前整理挎包时,看到奶奶给的两个喜蛋已在来的时候,被拥挤的人流压扁了,他拿出来端详了一会儿,丢进了垃圾桶。

　　那天,是一个温暖的冬天,阳光普照,在家门对面的车站下了 18 路电车。他住的整栋楼房透过梧桐树的枯枝败叶映入眼帘,一至五楼,家家户户的阳台上都横七竖八晒满了东西,有各式各样被子和衣服,正可谓五彩缤纷,琳琅满目,蔚为壮观。嘉毅朝英姿家的五楼瞄了一眼,看见她家阳台上晒着一长串尿布,像是飘扬在空中的彩旗。看到这些尿布,嘉毅又有一种异样的感觉袭上心头,是心痛还是心酸,连自己也说不清楚。这些尿布就像是一份份证明书一样,说明了一切,说明了英姿已结婚生子,据说还是个大胖小子,再也不需要向佳曦佳敏她们去询问和求证了。他不愿意再朝上方多看一眼,低头快步穿过马路回家,像一只落荒而逃的小狗。可是他的头顶上始终悬挂的尿布,像是插在他心头的一面被战败的白旗,让他不得安宁,无地自容,他竭尽全力不去想它。

　　在春节的几天,嘉毅家里不能说不热闹,两个姐姐都有了男朋友,正处在谈婚论嫁的时候,你来我往一派喜庆景象。大年初一按照习俗,一家子团团圆圆在家不出门,初二姐姐佳曦的未婚夫带着父母来提亲,初三姐姐佳敏的男朋友上门拜访,还有亲戚朋友的拜年,把嘉毅的母亲和奶奶忙得不亦乐乎。当然嘉毅也处在可以名正言顺谈恋爱的年纪,在招待客人间,大家除了夸奖嘉毅前途无量之外,还不时地会提到他是否有女朋友的事情。以往,他会说"找女朋友的事情,还早着呢,不急"之类的话,而今,虽也说这些话,可心里的感觉却不一样。以往心里是有底的,潜意识中是有打算的,有着一种从容不迫,甚至还隐藏着一丝骄傲;而今心里是没了那个底,是空的,像在躲避着什么,有着一种不愿意提及，不愿意让人知道的味道，是一种心虚的感觉，还带有一点苦涩。

嘉毅的苦恼不可能告诉家里的人，整个春节他很少在客人面前露面，总是拿着书拿着吃的，躲在房间里装模作样看书，想着自己的心事，不出房门半步，盼望着春节早点结束。在嘉毅胡乱的脑子里，不断跳出小微的身影来，她弯曲的刘海，圆圆的鼻子，优雅的线条不时地浮现在眼前。想起小微以前刻薄地抨击和嘲弄，此刻也变得温馨暖人了。嘉毅决心已定，顾不上面子了，要把英姿的故事全部告诉小微，尽管想到自己肯定会被她狠狠地挖苦取笑，但也心甘情愿。他准备接受她的冷嘲热讽，当然也打算接受她的温柔和关怀。

新春过后第一个工作日，嘉毅事先没联系，早早来到山东路和汉口路交叉口，在小微新的出版单位门口等着小微下班，有一种接恋人回家的架势。春节过后的傍晚，还是来得特别早，下班时间还未到，街道上已是华灯初放，人影模糊了。寒气阵阵袭来，嘉毅揣着滚烫的心，一点感觉不到寒冷，双眼紧盯着小微出现的方向，等待着欢快的时刻。小微的办公楼是一幢二三十年代造的建筑，石头砌成的外墙被刷成深灰色，在暮色中变得暗淡发黑，楼房的入口有高高的台阶，里面亮着灯，照射在不宽的马路上，行人在路过入口的一瞬间被照亮，在地面投下长长的黑影，随即又淹没在昏暗之中。小微漂漂亮亮从明亮的楼里出来，一转眼又进入了黑暗中。嘉毅不紧不慢地跟上去，准备打招呼。突然，看见从旁边蹿出一个高个子男人，走到小微的身旁，两人熟悉地打了招呼，宛如一对恋人。他们两人就在嘉毅眼前四五米的地方，根本没有注意到身后，而嘉毅看他们俩却看得真真切切。嘉毅赶紧放慢脚步，仔细观察小微旁边的男人。那人高个子，穿深颜色的风衣，似乎还围着围巾，露出后脑勺厚厚的浓密头发，至少从背后看上去还是很精神的。那人绝对不是大学的同学，如果是，嘉毅即使叫不出名字，也应该会有印象，那人是嘉毅从来没有见过的。他心想，莫非那人就是小微家里为她介绍的男朋友，以往自己和小微开的玩笑也许将变成现实，自己将应该全身而退了。想到这里，他的头部像被人猛击了一下，感到一阵寒意，这寒意是从背后向全身扩散,让他感到四肢冰冷,再也迈不开脚,站在原地很长时间,直到小微和那人走远了,才回过神来。小微就像嘉毅喜欢的一阵清风,清风吹拂时,心醉神逸,不感觉到她的珍贵,但清风过后,让他尝到了寂寞的滋味。他内心的感觉像是自己迟到了,错过了一趟幸福的列车,甚至还有一种吃了闭门羹的感觉,这又成了他心中的一个秘密,一个难以启齿的秘密,他决定即使以后面对小微,也不会说起今天的故事。

嘉毅无力地从山东路拐入南京东路。南京路上的节日气氛不减,马路上还是车水马龙,行人络绎不绝,过节盛装还没有换下,商店里依旧灯火通明。尽管嘉毅还没有吃晚饭,可不着急回家。他逛到了山东路和南京路口的东海大厦,上了大厦二楼的新华书店,这是嘉毅常去淘书看书的地方。在他小学生时代,用攒下的零花钱,在这家书店买到了属于他人生的第一本书《幼苗集》。尽管他早已忘记了那本书里的故事,但买书的那一刻,还是记忆犹新,从那一刻开始,他和这家书店建立起了特殊感情。他熟悉那里的每一个书架,五花八门的书他都会翻上几页,会关注那里上市的新书,待在这样的地方,他会心无杂念,流连忘返,一待可以待上大半天,也是最能让他心静下来的地方。嘉毅带着忧郁的心情,浏览着一排排书架,却没伸手翻一本书。书店里的日光灯很亮,很刺眼,顾客寥寥无几,嘉毅显得很显眼。不一会儿,书店营业员向他打招呼,说是打烊时间到了,书店角落的日光灯开始熄灭了。嘉毅快快地离开了书店,回到了南京路上。南京东路是嘉毅再熟悉不过的地方,从小在此游荡,熟悉这条马路上的几乎每一家商店,在他看来,南京东路上唯一不理想的地方,就是没有电影院。

嘉毅漫无目的地闲逛,拐弯至西藏路,不知不觉来到了红花饮食店前。红花饮食店是他从南边回家的必经之路,以往他也经常路过,一般不会放慢脚步,而且心里有些隐隐约约的担心,如果碰到店主人汪姐,不知道说什么好,也许会很尴尬,故意绕道或者快步经过的事也常有。一年多来,尤其开了课之后,嘉毅时不时会想起汪姐,像是要把自己取得的成绩告诉她,是一种从心底里发出的感谢。现在,他理解了汪姐当时作出的分手决定,他要感谢她。他视汪姐为自己的亲人,是一个不能常见面的亲人,可要见汪姐,嘉毅还是需要下一番决心的,由于各种各样的干扰,始终没有机会成行。而这时,他就在汪姐的店门口,他放慢了脚步,朝店里张望一下,由于饮食店窗户玻璃上的水汽太大,里面的情况看不清楚,似乎没有什么客人。

嘉毅径直推门而入,走了进去。在卖票的角落里坐着一位脸上堆满横肉的老太婆,是嘉毅从来没有见过的。他买了一碗小馄饨,找了一个旁边的位子坐下,正对着厨房间的门,仔细打量着店内的变化。厨房间的门是以前没有的,这门只有齐腰的下半部分,上半部分是透空的,中间水平方向搁着一块木板,上面可以由厨师放做好的点心,再让外间跑堂的端出去,成了一个送餐的窗口。这是嘉毅离开那店以后第一次回来,已经时隔九年了,他有一种想尽快见到汪姐的冲动,这是已经好几年没有过的冲动了。嘉毅静静地候着,听着厨房间里的动静。他熟悉厨房间里的情况,熟悉里面发出的各种声音。厨房间面积不大,最多容得下两个人,那已经是很拥挤了,只有在客人很多的时候,才会两个师傅同时下厨,一般情况下只有一个人在里面做事。嘉毅希望是汪姐在为自己下馄饨,希望她能够走出厨房看到自己,心想汪姐见到自己肯定会很意外,很开心的。重逢对于他两人都是激动的时刻,他平心静气地等待着这一时刻的到来。送餐的窗口里送出了小馄饨,随之一中年男人的声音传出:"小馄饨好了。"嘉毅吃了一惊,愣愣地看着那老太婆端着小馄饨过来。他想和老太婆搭讪,打听一下汪姐的情况,可看到老太婆面无表情的脸,又把话咽了回去,心里特别沮丧。他再仔细地听了听厨房里响声,似乎没有第二个人,只能自我安慰,心想也许今天不巧,汪姐不在店里,以后会有见面机会的。

无趣的春节总算过完了,江南的细雨却绵绵不断,无边无际,又冷又湿。新的学期开始了,嘉毅又回到学校。他已经好几年没有穿过雨靴了,每逢雨天,他有一个习惯,会从几双皮鞋中挑出一双较新的穿,因

228

为担心旧皮鞋会渗水。可那天，宿舍里只有一双平时一直穿在脚上半新不旧的皮鞋，还有一双是新的，是春节前小微陪他去买的。穿上这双新鞋，他试了几步，舒适合脚，想起了当时小微向他推荐这双鞋时的情景，说这双鞋穿了舒服又挺括，又不怕水，还说了一句俏皮话叫他记得特别牢："人们常说'蹩脚的男人先从脚开始'，你要不是蹩脚的男人，就要好好地对待自己的鞋。"嘉毅问她为什么，她说，"男人一般趋于破落，走向蹩脚的时候，总是从脚上穿的鞋子开始的。因为在人们的穿戴中最不引人注意的就是脚上的鞋子，所以你要舍得在自己的脚上花钱。上海人说'噱头噱在头上，蹩脚蹩在脚上'，就是这个道理，你可不要蹩脚蹩在脚上呀。"想起小微这段话，感到蛮有趣的，露出了笑容，把脚搁在凳子上，用布擦了擦，看着新皮鞋，不免又想起了小微种种的好。虽有些惆怅，但已比前几天豁达了许多。

嘉毅穿着新皮鞋，像往常一样，不愿意带雨伞，冒着细雨快步去食堂，吃过早饭后去办公室。在系办公室过道的黑板上看到了选修课目录和开课时间，停下脚步，想看一看自己的选修课被安排在什么时间，可是没有找到，感到很纳闷。心想如果系里要停这门课会提前通知自己的，而且上课的效果不错，在上学期结束之前已经定下的事情，又没有停课的特殊理由，心想也许是排课的老师遗漏了。他找到了那位排课的老师，她是专门负责系里总务的，公布课程表也是她职责之一。

她见到嘉毅，神采飞扬地贺喜道："沈老师，恭喜你。你要出国了，我就不安排你上课了。"嘉毅不以为然地回敬道："不要开玩笑了，谁说我要出国啦？"那老师似乎有些埋怨："你就别瞒我了，昨天校教务处来电话，特地通知的，说你这学期要公派留学，不要安排课程。"嘉毅还是坚持道："别胡说了，人家以为我想出国想疯了。"那老师看嘉毅似乎确实不知道自己出国的事情，有点发急地说："真的，不骗你。我问过系主任，他说他也是昨天刚刚知道的，说你要出国，就叫我不要安排你的课程了。不信，过一会他来了，你可以自己去问他。"嘉毅听她这么说，就不好再要求她为自己排课了，只能等系主任来澄清这件事。嘉毅知道学校派出去留学,肯定是公派,而公派留学国家是有严格规定的,即使有名额,一般也要通过选拔考试的,不可能凭学校里一个电话通知就能确定的;也许是学校让自己参加选拔考试而已,问题是参加选拔考试是不需要停课的,以往的做法都是边上课边参加选拔,合格了确定行程后才停课。此时他是一头雾水,无法理清楚。

在午饭前那老师跑到嘉毅那里,通知道:"沈老师,主任来了,他让我叫你去他办公室一趟。"他明知故问道:"主任叫我什么事?"那老师说:"肯定是好事,出了国,可不要忘记我们哟。"嘉毅边走边想,真有出国的事,那当然好,心想如何开口向主任证实还需要斟酌。两年多来,嘉毅作为主任的助手,见识了主任为人的正直和治学的严谨,从心底里佩服这位德高望重的学者,甚至崇拜他超凡脱俗的一举一动,把他作为自己的榜样。由于自己不明不白地当上了他的助理,似乎成了一个污点,心里一直发虚,始终感到不配,生怕玷污了洁身自好的主任,弄脏自己的榜样。嘉毅心想在开课和出版书的事情上,主任已经支持了自己,但不等于他心甘情愿接受自己做助手,对自己没有芥蒂。所以嘉毅在主任面前总有战战兢兢的感觉,每次在和主任说话时,总要前思后想,考虑再三好一阵才开口。这次也不例外,他告诫自己,考虑到自己是如何当上这个主任助理的事情还没有弄清楚之前,不要主动去争取这个留学机会,不要事情还没有眉目就搞得人人皆知,满城风雨。

嘉毅推开主任办公室的门,主任正坐在那张破旧的单人沙发上看材料,见嘉毅进来,示意他坐在书桌前面的椅子上,自己则绕过书桌坐到办公的位子上,这样的坐法比较适合正式的工作谈话。主任喝了口茶,坐直了身子,眼神里透着一派儒雅素静之气,和往常一样以慢悠悠的语速说道:"昨天,学校里找我谈话了。说到了你,问了你的情况,我说你留校这两年,成绩不错。他们告诉我,学校决定将这次的公派留学名额给你,不再作另外的选拔了。公派留学的名额是教育部拨下来的,条件比较好,只要学校推荐对方就接受,享受那里的政府奖学金,包括读硕士课程博士课程。不过准备的时间很紧,从现在开始你就集中精力办手续吧,不要开课了,抓紧准备吧。"

嘉毅正襟危坐在主任的对面,大气不敢出地聆听着。主任的话,句句说到他的心坎上了,这些话不论是谁,听到都会心花怒放的。公派留学对一个青年人来讲,是梦寐以求的好机会,这是喜事,是应该庆祝的事情。然而,主任说话的声音却非常严肃,一点都听不出替自己高兴的成分,或者有祝贺的意思。除了让人感到主任一向严肃的表情之外,还有一种旁人难以察觉的冷,这种冷是从内心深处发出的,又是通过意志克制和掩饰过的。面对主任这样的表情和声音,嘉毅不敢流露出半点惊喜,甚至疑问,他最想问的是主任刚刚提到的学校是指谁,是哪一位校长,还是某个可以代表学校的人,这牵涉到谁在暗地里帮助他,他必须趁这个机会搞清楚。可是话到了嘴边,却变成了:"留学国家是哪里?"

主任似乎想起什么似的,似笑非笑地自我解嘲道:"噢,最重要的忘记说了,是日本,好像是在东京的一所国立大学。另外,你在上海办完了护照等手续,赶快去北京外国语大学报到,有三四个月的出国培训,这个培训大概已经开始了。如果迟到的话,不要紧,学校会替你打招呼的。"主任说着把一叠材料递给了嘉毅,又朝他扫了一眼,补充道,"如果要说明迟到的理由,就跟他们说学校选拔延误了。反正你尽快办就是了,有问题直接找我,材料都在这里。"

主任的话在心中无愧的人听来,可以说是体贴入微,叫人舒心,但在嘉毅听来有一种无法靠近的感觉。主任见他愣在那里,头略朝后靠了靠,问道:"还有什么地方不明白的吗?"嘉毅犹豫一下,提了提精神,大着胆子问道:"刚刚主任提到的学校,说的是哪位校长?"主任答道:"秦校长。"嘉毅的目光盯着主任,指望着他再说点什么,可是看得出主任没有再往下说的意思。主任又看了他一眼,尔后把目光移到铺在桌上的其他材料上,左手拿起了一支铅笔。嘉毅看到主任做出这样动作,知道今天的谈话结束了,便起身恭恭敬敬地道了谢,退出了办公室。

嘉毅回到办公室关上门,仔细研究起那一厚叠出国材料。他发现按照材料上的规定,这批出国人员的名单最迟应该在去年年底之前确定上报的,而现在已经接近三月份了,明显延误了近三个月,难道是学校无意间延误的,还是有其他的原因。他又想起了陆文晴曾经说过的走后门的事情往往是在最后一刻才揭晓谜底的话。莫非这一次获得出国名额是自己毕业分配时的翻版?窗外的雨还在下,没有停下来的征兆。嘉毅望着窗外,没有一丝即将出国留学的喜悦,相反有一种做了错事的感觉,又让自己在主任面前更加抬不起头了。

嘉毅回家后把出国留学的事情告诉了母亲。至少在嘉毅看来,母亲并没有十分惊喜,只是拍了拍他的肩膀说:"那不是很好嘛,你看,机会总是留给有准备的人,你要好好把握这次机会。"嘉毅注视着母亲,仔细回味着母亲的每一句话,尤其"有准备的人"那几个字,"有准备的人"是指谁?是自己?还是母亲?他无法判断,从母亲说话的神态上也无法确认她是否事前就知道他会得到公派留学的名额。他只能进一步试探地问:"今天,我见到了秦校长,他人很好,还问起你来的。你是托他帮我找的路子吧?"这时候母亲倒是惊讶地看着他,反问道:"我不认识你们学校的校长,你们学校的人,我一个也不认识。即使我想为你找路子,也不可能找到路子。你怎么老是认为有人在帮你通路子呢?一点自信心都没有。"母亲的回答干净利落,堵死了嘉毅的各种胡思乱想的通道。

在晚饭的餐桌上,家里的人都知道嘉毅即将出国留学。姐姐佳敏说:"出国好呀。现在出国的人没有人想回来的,即使是公派出国的,他们都在想方设法留在那里,你也不要回来了,好好在国外待着,家里的事情包给我和佳曦,放心好嘞。"母亲没有说话,只是朝佳敏瞪了一眼。佳曦接着妹妹的话:"现在外面流行这样一句话,叫做'你爱祖国,祖国爱你吗?'国内再好也比不上国外,想想我们的父亲和我们这十年是怎么过来的,你也应该待在国外。"母亲终于忍不住了,冷冷地朝两个女儿扫了一眼,插话道:"你们不要灌输他这种反动的想法。人还没有出国,就想着不回来,什么事儿。是留是回,到时候由他自己拿主意,你们现在不要瞎嚷嚷。这些话在外面不许乱说,要是放在以前你们这些话,可以扣上叛国投敌的罪名,一辈子倒霉。"母亲说这话的口气比较严肃,大家都不说话了。原本出国留学是一件喜事,让两个姐姐这么一说,似乎增添了一层生死离别的味儿。奶奶略带伤感地自言自语道:"家里人在一起,再苦也比一个人在千里之外的好。"大家莫衷一是的说法,嘉毅似乎一句也没有听进去,他的思绪还是停留在是谁让自己出国留学的疑问中。

嘉毅除了抓紧时间做出国前的准备,还想着把这一消息告诉自己周围要好的朋友,其中最重要的就是小微和予兴。这次嘉毅老老实实事前打电话给小微,约定了碰面的地点和时间,担心小微会轻视这次碰面,还加了一句说明:"有两件重要的事情要告诉你。"他们约在小微单位附近的德大西餐馆。

中午时分,坐落于四川中路南京路口的餐馆门前,已经飘出了咖啡香,还夹着甜味和奶油香气,这样的香味弥漫在餐馆的周围,随风飘荡,吸引着众多的食客,其中恋人占绝大多数,还有一批穿戴整齐的被称为上海滩老克腊的人。嘉毅早早到了餐馆,一楼竟然有个柜台是卖中式点心的,使得一楼餐厅有点中西合璧的味道,只是客人不少,略显嘈杂,光线不足。上了二楼,客人不多,还算安静。餐厅东墙一排带有圆弧顶窗户透进的光线,是靠餐馆对面高楼反射而来的,柔和有余,强度不够,再加上室内通顶的深颜色护墙壁,使得餐厅在视觉效果上显得比较暗淡,但这样的暗淡并不让人感到压抑,尤其配上护墙壁上亮着的壁灯,倒给餐厅带来了一种独特的上海旧时代的浪漫风情和怀旧的温馨感。年轻恋人尤其喜欢这样的气氛,仿佛在这样的氛围里说任何悄悄话,都会增添一份温柔和缠绵,是谈情说爱的极佳场所。嘉毅挑了一个看得到客人上楼梯进门的高靠背椅坐下,等着小微的出现。

没多久,小微来了。她身穿一件米色的薄大衣,头戴本白色的法式贝雷帽,一见之下,她那披肩长发让她显得高挑,而贝雷帽,使她增添了一份活泼和轻快,可谓一副淑女样,在深颜色护墙壁背景的衬托下,显得非常亮丽轻盈。嘉毅赶紧起身,殷勤地向她招了招手,目不转睛地注视着小微。嘉毅发现她今天还抹了口红。在他的记忆中她没有化妆的记录,这似乎是第一次。淡淡的口红恰到好处,稀疏整齐的刘海和天生的圆鼻子相得益彰,毫无保留地演绎出她那年龄的天真和骄傲。他感叹小微真会打扮,心想不愧是上海滩大户人家出来的女孩,无可挑剔。

小微脱下大衣,熟练地将大衣的里子向外叠好,放在座位上,在他对面坐下,笑盈盈道:"今天,怎么用这么认真的眼光看我呀,是我哪里有不对的地方?"嘉毅笑道:"没有呀,我在欣赏你,今天你很漂亮。"小微一仰头,骄傲地抢白道:"我当然很漂亮喽,何止今天漂亮。不过,以后再这样看我,你要小心了,可能有人要吃醋的。"嘉毅听出这句话里包含她已经有了男朋友的意思,他不露声色地装傻问道:"为什么呀?"小微从头上脱下贝雷帽,甩了甩长发,又故作优雅地将贝雷帽拿在手上,做出拂去灰尘的样子,得意地看了他一眼道:"现在正式通知你,本小姐有男朋友了,作何感想?"嘉毅预感到她会说出类似的话,就恶作剧地回敬道:"噢,真可怜,又有一位美丽善良的少女将跌落深渊。"小微没有生气,反唇相讥道:"不要酸溜溜的。我跌落了深渊,那是给你英雄救美人的机会,就看你敢不敢救了。"说这话她是有自信心的,是有备而来的,她吃准嘉毅不可能对自己不动心,只是不知道他为什么不愿意承认。

这时候服务员过来,他们各自点了一份炸猪排,还有些其他的配菜和饮料。两人相互揶揄过后,言归正传。嘉毅问道:"男朋友就是你家里帮你介绍的?"小微略显兴奋,还带着手势,眼睛放亮地说:"介绍朋友很好玩。是我母亲介绍的,那男孩是她年轻时小姐妹的儿子。那天他也是由母亲带来的,我们四个人围着公园里的石桌子坐着,她们两个人把我们介绍完了,就自顾自地叽叽喳喳聊起她们以前的故事来,把我们两个人扔在一边,我和那男孩傻乎乎地坐在旁边听了大半天。这个男孩真没用,一声不响地坐着听她们说话,也不嫌烦,一点不活络。"小微停了停,收起了眼睛里的光亮,瞟了一眼嘉毅继续道,"根本不像你。最后,还是我一个女孩子把她们赶走。你说好笑不,哪有这样介绍朋友的,没有一点浪漫的感觉。"

嘉毅听到她拿自己和那男朋友作比较,酸楚的心田里掠过一丝欣慰,或还带着一丝希望,面上却不动声色,大方地说:"不要拿我作比较,这样不好。"看了一眼小微,继续打听道,"那人怎么样?"小微似乎意识到刚刚说的太多,太过了,一下子平息了刚才的兴奋,静静地凝视着桌面,似乎在艰难地搜索恰当的用词和语气,放慢语速说:"人嘛,一般般吧,没什么特别之处,只是职业还可以,是医生,大概现在还在实习期间吧;他家里也一般般吧,听我母亲讲,好像有房子,但不大,再多的情况我也就说不上来了,也许到我年龄大了,会喜欢上这样四平八稳的人。"又补了一句,"到现在为止,也没接触几次。我也懒得和他联系,没有更好的,就这样谈着吧。"她抬起头看着嘉毅,像是作总结似的,用很轻的声音说,"谈得好谈不好,我也说不清,反正我年轻,有的是时间。就依了母亲,谈谈吧。"听上去有一种忧郁的感觉。嘉毅听得出她没有故意把那人说得很好或者很差,是她的真实感受,也看出她神情中明显带着一缕沮丧和无奈,想到自己即将出国,要长期离开她,由衷升起一股对小微的爱怜,便不再问她男朋友的事了。

为了让小微重新兴奋起来,嘉毅把话题引到自己身上,故意做出正式发言的腔调说:"我已经在电话里跟你提过,今天有两件重要的事情要跟你说。第一件事对我来说有些伤感,第二件对我来说也许是好事,但是我很不舒服。你要先听哪一件?"小微听他这么一说,仿佛想起了这次碰面的缘由,恢复了她一向对嘉毅的调侃和攻击性,把刚才一瞬间的忧郁全都化成对他的挖苦:"哼,还文绉绉的,'伤感'? 像你这样没心没肺的人还会有伤感? 我先要听你伤感的事,你的好事,我不要听。"小微说完了,像是占了便宜似的,咯咯地笑着盯着他,这笑声没有一丝一毫的做作,完全是由衷而发。

嘉毅平静地看着她,像是要等到小微笑停了,安静了,再把炸弹扔给她。停了一会儿,他慢慢地逐字逐字蹦出:"我失恋了。"小微并不感到惊奇,她对嘉毅说话的方式太了解了。她心想大概是自己有了男朋友,所以说他自己失恋了,想哄她开心,但还想听他如何哄自己开心,于是瞟了他一眼,得意地笑嘻嘻问:"这个世界上,竟敢有人甩了你这位大才子呀?说来听听,我为你做主,是谁家的女孩不识抬举。"嘉毅没理她,继续道:"我的女朋友回来了,还和别人生了大胖小子。我还看到了她家里晾在阳台上的尿布。"

小微一下子怔住了,居然他说出的女朋友不是自己,另有其人,惊得一时说不出话来。过了好一会儿,她瞪着眼睛,用食指指着嘉毅,学着他的样子,逐字逐句问:"你有女朋友?她还和别人生了孩子?你还看到他们晾出来的尿布?"嘉毅对她的惊讶一点都不感到意外,平静地点了点头。小微看着嘉毅,他的表情不像是为了哄她开心而自虐吹牛,可也不像有什么伤感,却带着一丝自嘲,似乎在等待着和她分享。当小微搞清楚这一点后,爆发出一阵哈哈大笑,把身子也笑歪了,倒在长靠背椅的一侧,忍住笑,蹦出一句:"这是男人最痛苦的事情了,蛮伤感的。"说完了又是一阵笑。嘉毅好像今天就是为了让她笑、让她问而来的,看她笑得前俯后仰的样子,就不再掩饰自己的苦笑了。笑完后,小微用命令的口气说:"快点,说来听听,你的伤感。"嘉毅向她讲述英姿的故事,通过这一段时间的自我消化,已经冷静了不少,他在讲述时没有添油加醋,只是在讲到自己看到英姿家晾出的尿布时,为了把话说得有声有色,略微扩大了自己的倒霉样。

小微一直斜靠在靠椅上,歪着脑袋,听得很入迷,很认真,但没有笑。她听的是英姿的故事,想的是自己,她想知道在嘉毅心目中自己和英姿的各自分量,他在平时是想她多一点,还是想自己多一点,是否他和自己在一起时也在想她。小微在脑海里搜索,他和自己在一起的时候是否有心不在焉的情况,但她的结论显然是没有。嘉毅看小微还是不语,也不知道说什么好了,便问:"你在想什么?"小微注视着他的眼睛,神情认真地说:"我在想,你和我在一起的时候,是否也会想她呀?"又拖长了音调补了一句,"想你的青梅竹马呀?"嘉毅迅速坦率地答道:"没有。其实现在想起来很滑稽的。"他看了一眼小微,把这几天自己思索的一股脑地道了出来,"我跟她,看上去好像是青梅竹马,可是我平时很少想她,大概是没有她音讯的缘故吧,进高中后,几乎把她忘了。但我这几年一直没跨出谈恋爱这一步,所以至今没有女朋友。"说到这里他朝小微笑了笑,似乎带有歉意,这种歉意的表情好像在说"不好意思,我一直没有把这一秘密告诉你"。接着又诚恳地说:"这段时间里,也肯定错过了一些好女孩,不能说和她没有关系;虽说我几乎不想她,也没刻意在等她,可问题是,在听到她结婚生大胖小子时,我本应该不当回事才对,可为什么还那么酸溜溜的,那么沮丧呢? 她像一个影子,牢牢抓住了我,自己也不知道怎么一回事。还算好,她今年回来了,如果再迟十年的话,我还不知道傻不拉唧地变成什么样子呢。"当小微听到他承认错过了好女孩,心起一阵暖流,心想他肯定有所指,说不定指的就是自己。她抓住机会,笑盈盈地居高临下直截了当地问道:"你错过了怎么样的好女孩?"大有必须回答的架势。嘉毅含笑不答,这种笑是一种会心的微笑,还带有一丝羞涩,笑得很自然,笑得很大方。

服务员端汤上来,救了他。他朝服务员客气地说了一声谢谢,尔后拿起汤勺低头准备喝汤,以这样的方式回避小微咄咄逼人的提问和火辣辣的眼神,再自然不过了。小微见他没有回答的意思,也不追问,好像有了占上风的感觉,换了一个问题继续追问道:"你和她好的时候,你们才几岁?"嘉毅抬起头,认真地想了想说:"那时候的'好',也不知道算不算是恋爱。说来你不信,其实也没有什么,没有太多地说过什么爱呀,不爱的。也没有什么亲热的举动。"小微笑眯眯地抢白道:"我没有问你怎么恋爱的,你不用跟我汇报。我问你那时几岁?"嘉毅笑着无奈地答道:"大概不满十五岁吧。"小微又故作惊讶地笑道:"哇,才十四岁,你们就谈恋爱了。你出道可真早呀,看来你很讨女孩子喜欢。"她的笑,虽明显带有嘲讽,但没有一丝的鄙视或恶意,是一种真诚的流露,还带有一丝羡慕和赞颂。嘉毅不好意思地笑而不语,看着小微,等着她继续发表高论。小微像老师教育学生的口气继续道:"年幼无知的情窦初开,互表爱慕,人性使然,无可非议。只是人为地赋予了它太多的含义,美化也罢,歌颂也罢,使它变得太成人化,又附加了许多义务。这些硬性的美化和附加,又恰恰是那个时代所赋予的,我们就是在这样一个奇奇怪怪的环境中长大,难以幸免。而你中毒太深,太认真了,把原本小孩心血来潮的话变成了约束自己的山盟海誓,无意识中强迫自己要等一个人来临,才能绽放自己的爱情,给自己套上了精神的枷锁,让它控制着你的灵魂和爱情,不敢越雷池半步,所以你就变成了现在这样子,该爱的时候却不敢爱,完全是虚度年华。"小微停下来,看了他一眼,见他听得蛮认真的,心想他能够把深藏多年的羞于出口的故事,如此轻松地说出来,肯定已有了一定的免疫力,不会沉湎失恋的痛苦而不能自拔。她索性又加重了语气道:"难道不是吗?只有飘扬的尿布才能把你唤醒,当然醒来之后,痛苦是免不了的。看来只有我才能救你了,你应当感谢我。"嘉毅专注地听着,注视着小微,心里很震动,她的话似乎将他脑子里的一团乱麻,理出了头绪,发现自己正如小微分析的那样,儿戏的承诺阻碍自己的爱情,自己确实有点像钻进了枷锁里。小微见嘉毅一直在沉思,不愿意打断他,自顾自地默默地喝起剩下的汤来。

他们点的牛排上来了。他们不是第一次在一起吃西餐,刀叉肢解牛排的技术小微略高一筹,她常常笑嘉毅使用刀叉的笨拙。小微接过牛排,拿起刀叉,想起刚刚嘉毅说过还有第二件事情,就笑嘻嘻说:"别发呆了,说说第二件叫你高兴的事。"嘉毅木讷地答道:"学校里给了我一个出国留学的名额。如果手续顺利,可能下个礼拜天就去北京参加出国培训。"小微一下子兴奋起来,惊讶地叫道:"那好呀,祝贺你。今天你真叫我惊喜连连,新闻不断,好事一个接着一个。"她竟然把他的失恋也说成了好事。可她的兴奋一点带动不了嘉毅,他一脸凝重,思绪还停留在小微刚才为他初恋的剖析中。小微看他吃力地在肢解牛排不说话,想刺激他一下,拿出对他惯用的像审讯坏人似的腔调:"老实招来,这等好机会,是骗来的还是偷来的?"这一招,果然灵验,嘉毅头也没抬不假思索地答道:"捡来的。"尔后又一声不吭地摆弄着牛排。

小微急着想知道他获得出国名额的经过,就用刀轻轻地在盘子边上敲打两下,压低了声音追问道:"快点说,怎么捡来的?"想不到敲打盘子的声音远远高过她的追问声,引来旁边一对戴眼镜的中年夫妻向他们观望。嘉毅虽然从小缺乏父爱,但还是受到母亲的良好教育,姐姐们的培养和督促,使他从小受到上海城市文明的熏陶,对举止体面、礼貌文雅特别敏感,在公共场所从来不会不顾周围我行我素,尤其在这样优雅的环境中。他的余光告诉他有人在注意他们的举止,就像触电一样立刻感到脸上发热,赶忙制止小微,哀求道:"别这样,别敲,要让人笑话的。我说就是了。"小微看到他窘迫的样子,像是占了便宜似的,开心地笑嘻嘻盯着他,得意地说:"快说。"

嘉毅把注意力集中到自己出国的事上,把自己莫名其妙得到这个出国机会的事情说了一遍,接着又说出了对获得出国机会的感受:"这次我虽获得出国留学名额,可总觉得怪怪的,和毕业分配时宣布我留校一样,又是一个迟到的决定,就像天上掉下来的一样,总有点名不正言不顺。"小微以为他会放弃这次机会,急着叫道:"那,难道你要放弃?"嘉毅解释道:"那还不至于。但总有一种感觉,就像穿着件漂亮的衣服,可是捡来的,来路不正,叫人不舒服。到底是怎么一回事,我还蒙在鼓里,我想我一定会搞清楚的。"小微从紧绷的脸上露出笑容道:"好了,你一向运气好。你是捡到了一件出口的西装,别人偷都偷不到。知足吧,别胡思乱想了。至于谁帮你这个忙,迟早会知道的。"小微盯着他沉默了一会,突然冒出一句,"出了国,你还回来吗?"嘉毅想听的是她对自己得到这次机会的看法,而不想谈论出国的事情。不情愿地慢吞吞答道:"我也不知道。我姐姐一再怂恿我不要回来,我妈妈的意见是自己的道路自己走,不要管别人怎么说,一切让我自己做主。"小微跟进道:"这么好的机会,是我的话,肯定不回来。先在外面舒舒服服待个十年二十年的,如果要考虑回来的话,先把自己变成华侨再回来,那时要钱有钱,要前途有前途。我和你姐姐的看法完全一样。这里有什么好留恋的,还是一去不复返的好。"她最后一句明显放慢了语速,像是经过犹豫才说出口的。她又朝嘉毅瞄了一眼,喃喃地补了一句:"你不回来,我可怎么办呀？我要想你的。"嘉毅安慰道："将来回不回来的事情，我现在还没有考虑过呢。"嘉毅若有所思地继续道，"对我来讲，回不回来无所谓。如果我不回来，我倒是没什么，只是无论怎么说我是系主任送出去的，如果不回来，也许他会在学校里很没面子的。"

这话说者无心，听者有意。在小微听来，像是嘉毅已经准备一去不归，这让她惆怅和伤感，凝视着面前熟悉而喜欢的男人，想象着他即将消失，要在很长的时间里见不到。她不敢说出"我等你"这样大胆热烈的话，后悔刚才把自己接受家里介绍男朋友的事告诉了他，心想如果刚才没有告诉他自己有男朋友，她可以大胆扑上去，和他拥抱，把他占为己有，永不放手。她情不自禁地眼睛里闪着泪花，深情地低声说："只要你在那边，过得比我好，就可以了。"她看到嘉毅还在低着头笨拙地切牛排，也许为了冲淡刚才投入的过多感情，想把话题岔开，笑道，"你运气真好，真羡慕你。你回来的时候，吃牛排的技术肯定要比我好。"嘉毅看着她，一股柔情涌上心头，却开不出口。嘉毅不是不明白小微话里包含的感情，他虽不能说在感情上已经成熟到刀枪不入的程度，但已不是情感主宰一切的年龄了，再加上刚刚结束了一个惨淡的山盟海誓的故事，狂热冲动已远他而去。此时又值自己即将远行之际，小微背后又有若隐若现的男朋友，自己再怎么喜欢她，也不敢和她私定终身，弄不好会耽误她的青春，更不愿意让自己卷入无谓的感情纠葛中，只能忍痛敬而远之。他调整了一下情绪，笑着说："我不会辜负你的希望，下一次请你吃牛排时，我会好好表现的。也许那时你已经不是一个人了，当然，我会照请不误的。"他说完马上就后悔了，感到这话说得太白，太直，心里乞求这话不要太伤着小微。

尔后，两个人依旧谈笑风生，相互揶揄，和以往并无二致。表面上的全是两个人的开心和欢笑，而看不到的是两个人都在暗暗咽下眼泪，说话间多了一份谨慎和小心，避免触及对方心灵深处最柔软的部分，都在问自己同样的问题，将来两个人见面还会和今天一样吗？

第十七章　接手好运酒家

予兴的外婆去世了。他和父母的关系疏远了不少,家成了可有可无的单纯住宿之地。予兴的父母和他一样在家里的时间越来越少,父亲当上了研究所所长,出差次数更多,时间更长,工作十分繁忙;母亲的科研成果得了奖,出了名,同样是一个忙字。他们没有工夫和儿子有更多的交流,还是一如既往地认为他在自行车厂的销售部工作。看看儿子的房间,床头还是放着几本他喜欢读的书,每天早出晚归,一切和往日一样。在他们的眼里,儿子唯一欠缺的只是学历太低,无法找到更好的工作而已,在人生成长过程中就差谈恋爱结婚了。他们都是知识分子,认为在儿子恋爱方面,完全应该由儿子自己决定,父母不应该过多干涉。在予兴看来,父母的种种成功证明了一件事,当年没有提前退休让他顶替是正确的。在这段时间里,予兴也没有闲着,他的心思全部用在打桩上。他不像其他打桩的朋友,只想以打桩谋个生,混混日子,而是把打桩当成了事业。

随着出国的人越来越多,外汇需求越来越大,予兴有计划地将打桩的重心从倒卖票证转移到炒外汇,没多久就以炒外汇为主,把外汇炒得有声有色,积累了不少资金。如果撇开所谓的前途不谈,仅从手中的钱来看,予兴在上海滩的同龄人中无疑是佼佼者,叫人望尘莫及,羡慕不已,即使在打桩的圈内来看,也绝对称得上是数一数二的大户。他的钱全是现钞,有各种各样的币种,从来不存在银行里,一部分放在随身携带的包里,一部分整整齐齐地藏在家里床底下的皮鞋盒子里,随时准备接受更大金额的挑战。遇到金额不大的兑换，他就当场操作掉，如果金额大的，他可以视对象将其带到弄堂口或者家里支付，做到不论什么币种，金额多大，都能及时兑换，滴水不漏，像一家私人钱庄。资金的充足确立了他在打桩中的优势地位，他可以不用天天去马路上转悠了，有人会自动上门联系生意，这些人有的是慕名而来的，有的是打桩的朋友。他自嘲自己干的是数钱的事，整天数进数出。然而，这一切并不是予兴最想要的，最想要的已经永远无法得到了。他骨子里的学生心还没有泯灭，想着唯有读书高的事情。他以读书为前途的路已被堵死，更没有办法找到体面的工作，只能选择下下策，干起那些不敢跟人说的勾当，甚至冒着犯罪的危险，虽说一不小心赚了钱，成了万元户，但这毕竟不是他的心之所归。予兴看到自己拥有的钱，并不那么兴奋或满足，有时还有一种难言的心酸，无法述说的痛苦，似乎看到了用自己灵魂换来的补偿，而这补偿又远远不够填补他失去灵魂的损失。

予兴打桩打得顺风顺水，生活习惯也有了变化，他多了一项业余爱好，那就是搓麻将，也多了许多麻将的搭档。麻将是中国人发明的一种奇特的游戏，近几十年来它存在着巨大的争议。它美妙之处就在此，正好介于娱乐和赌博之间，喜欢它的人爱不释手，说它是人类智慧的结晶，不喜欢它的人则嗤之以鼻，视它为洪水猛兽，要赶尽杀绝。尽管麻将的历史很悠远，喜欢麻将的人数众多，却登不了大雅之堂。也许是因为被人冠予赌博工具的帽子，曾经在这块大地上一度绝迹。予兴这一代人在童年时，几乎没有见过整副麻将牌，只见过女同学玩扔沙包游戏中的零星几个麻将牌，甚至不知道一副麻将由一百四十四张牌组成。予兴开始玩麻将的时候，正是两个时代的衔接口，麻将也从绝迹到春风吹又生的阶段，那时虽不能光天化日下在弄堂口大摆城战，在家里关上门却也可以玩得不亦乐乎。

予兴玩麻将的地方，在他住的德兴里，和他家隔着两条弄堂，是靠新疆路的一户人家，也算是石库门。它的结构和它身后整片的石库门有所不同，坐北朝南正面沿马路的一楼变成了一家饮食店和米行，所以，没有那带石头门框的正门了，居民住二楼，是从后门上楼的。那麻将搭档的家后门，不论白天黑夜，总是黑漆漆的，越往上走越黑，不开电灯走不了几级楼梯。楼梯之间的拐角处有一间亭子间，再上去是两间前楼。这三间房屋住着三户人家，共用一个后阳台，这阳台是他们三家人洗漱做饭的地方。

亭子间住着一位年轻的寡妇，大家只知道她叫露露，其实她全名叫露晓春。她身材矮小，皮肤白皙，一副玲珑样，香气袭人。她特别喜欢香水，只要出门哪怕穿着睡衣来隔壁玩麻将，必抹香水，做任何动作或说话总是慢条斯理，不失优雅，有点像上海旧时小说书中描写的风情万种的小美人。她中学毕业去了崇明农场，在那里嫁给了比她大二届的校友，结婚不久，她老公在夜里干活时被江水卷走了，后来她办了病退回到了上海。这间亭子间是婆家的，曾经一度婆家来人吵着要她腾出亭子间，幸亏她回沪时将户口落在了里面，才未被赶走。有时候她也会上桌玩几圈，尤其在三缺一的时候，少不了她，但大体上观多玩少。东前楼住着一对年轻的夫妇，去年刚刚生了一个女儿，他们在同一家厂工作，经常要三班倒，基本上是同进同出，在玩麻将时也总是一个人玩，一个人抱着女儿站在身后观战，有时还会讨论几句，争论几句，大家叫他们是麻将夫妻。有人和他们开玩笑说：他们抱着女儿观战，是让女儿从小见习麻将，为她将来成为麻将高手打下基础。予兴的麻将搭档是一个单身，因为属猪，大家都叫他猪八戒，可他并不生气。他住在西前楼，房间结构和东前楼差不多，房间四四方方比较规整，面积大概二十来平米，最主要的家具是一张四方桌，几只方凳，一张床和一个旧的大衣柜，还算宽敞。四方桌上的灯是房间里最时髦的，可以上下伸缩，玩牌时可以拉下来，便于看清牌，他们叫它麻将专用灯。他在离家不远的里弄生产组上班，有业余时间也去那里打桩，赚些外快。予兴是在打桩时认识他的，他有一个女朋友，也是生产组的，不知道什么原因，他们谈了六年恋爱，还没有结婚。只要他在家里，任何朋友都可以去他房间里歇脚吹牛聊天，如果凑足人数，就可以开战。即使有人在玩麻将，他要出门办事,也决不会赶大家走,扫大家的兴,像是开麻将俱乐部的。

他们玩麻将的成员相对固定,要么是一些打桩的朋友,要么是周围的邻居。他们玩得金额也不大,一般大家都能承受。有人开玩笑说:"我们总是这几个人玩,如果记一下输赢的台账,一年下来,如果不输不赢的话,以后就可以别再玩了。"引得大家哄堂大笑。他们玩的时候多半会有观战的人,不分男女,七嘴八舌的,有时邻居会端着加了菜的饭碗,边吃边观,好不热闹或者乌烟瘴气。在打牌时,为了避免牌和桌面接触碰出太大的响声,影响左邻右舍,传到马路上,他们像其他在家玩麻将的上海人一样,特地在桌面上铺了一块布,这样只有麻将和麻将接触,声音也柔和了许多,不会引起人家注意。

中国麻将的玩法五花八门,不同的地方不同的时期有着不同的玩法,他们的玩法是上海那时最流行的"清混碰"。这种玩法不但要从桌面上已出现的牌判断自己和牌的机率,还要从三位对手打出的牌中,分析其是清、混还是碰三种和牌方式的哪一种,从而判断自己所出牌的出冲风险,同时还夹杂着结合对三位对手性格的揣摩。他们认为"清混碰"最有刺激性,最能看出一个人的胆略和牌品。玩麻将是最能消磨时间的,有时候他们会玩得很晚,玩得天昏地暗,直至第二天早晨楼下的饮食店开门,在那里吃了第一锅生煎包子或馄饨才散去。

予兴玩麻将的本事不是与生俱来的,也通过了入门、入迷、精通的阶段。他坐在麻将桌上,忘记了自己没有高中文凭的痛苦,忘记打桩的无聊,甚至忘记钱的作用,在乎的是在和牌和出冲之间之斟酌,有时会达到一种忘我的境界。他在玩牌时不希望身后有人观战,如果他身后有人,往往会被他赶走,唯独露露可以。露露刚开始在予兴的身后观战时,也曾遭到他的排斥,可周围的麻将搭档帮她解围,类似于开玩笑道:"每个成功的男人背后都有一个女人,你同样需要。"还有人起哄说:"上海男人听女人的,发财的。"加上她的坚持不懈,获得了这个特殊的地位。她甚至可以在观战时从头到尾一手搭在予兴的肩上,帮他出谋划策,看上去非常亲密,而予兴在慢慢适应这样一个麻将伴侣时,也习惯了她身上散发的香气。

那天，桌面上的牌都很大，大家差不多即将和牌，都在急切地等待着自己要和的那一张牌出现。予兴已经碰了上家和对门三对，一筒、二筒和四筒，手里捏两对也是筒子，分别是六筒和九筒。由于九筒的洞洞最多，他们给九筒起了个不太雅的"大麻子"的绰号。如果他能摸到这两张牌中的任何一张，就能和了这副清一色碰碰和，要翻八番，对另三家形成了严重的威胁。机会和风险并存，桌面上已出现了两张六筒和那张大麻子，这就意味着这副牌中仅剩另一张大麻子可供予兴自摸。而另三家并非等闲之辈，也是手捏一副好牌，虎视眈眈地等着他打出的每一张牌。这是最紧张的时刻，每一张牌关系到成败。予兴摸到一张"发"的字牌，人称"发财"，他朝桌面扫了一圈，发现没人曾出过这张牌，这就意味着极可能有人在等着这张牌来和牌，也许不止一人在等着这张牌。他拿着这张牌顺手往身后的露露面前一晃，似乎在征求她的建议，是打还是留。其实，在这时要出这张牌风险是很大的，要避免风险，只能收进这张牌，挑选自己手中没人要的牌出，比如扔掉一个筒子，那就永远成不了清一色，无法和牌了。露露为了鼓励他保存自己和牌的机会，打出这张该死的牌，不慌不忙地说："这张牌代表着你要发财了，没关系，它不会让你失望的。"在麻将桌上讨论如何打牌，需要一定的隐蔽性，尽量不能让另三家猜出打牌的意图。她这话虽没有直接说出是打还是留，但言外之意是值得一搏，正合予兴的心意，他故意做出很郑重的样子，把那张牌放在桌面当中，接着露露的话，顺口说了一句电影《简爱》里罗切斯特的台词："这张牌，意味着生活是无畏的。"以示他的胆略和潇洒。大家专心打牌，没人关心他说什么，只是紧紧盯着桌面当中的那张"发财"，不约而同地发出了"噢"的惊叹声，表示总算有人打这张牌了，对这张牌的警报解除，大家可以紧跟着出了，或者是为赞许有魄力出这张牌而发出的惊叹。这时，房门口进来了一位阿姨模样的人，带着苏北口音的大嗓门叫道："郝予兴电话。你果真在这里玩，我猜对了。"传呼电话阿姨熟悉弄堂里的每户人家，她知道予兴经常在这里玩，所以找来。尽管她这一声叫喊让大家吃了一惊,转瞬间又回到了麻将桌上,没有人朝她多看一眼,像是什么事也没发生过一样,予兴心想来电话肯定是找他换钱的,只是伸手接过传呼电话的小纸片,看也没看一眼,把纸片放在一边,继续盯着下家出的牌上。阿姨的苏北口音一点不难听,且声音还有点糯,有种亲切感。她又对予兴补了一句:"快点,对方人家电话没挂。"

当时上海滩传呼电话的方法有两种,如果接电话的人在附近,就要求对方不要挂电话,直接叫他来接;如果较远的话,就把打电话人的回电号码和姓名记在小纸片上,再由接电话的人打过去。由于这里离传呼电话站很近,所以阿姨就直接过来了。予兴看了眼纸片,上面只写了"沈佳意"名字,没写回电号码,心想"沈佳意"肯定是沈嘉毅了,说不定他有什么重要的事情找自己,就赶紧把座位让给露露,要她替自己玩下去,自己立刻起身下楼接电话。那位传呼电话的阿姨没有急着下楼回去,而是站在旁边观起战来了。露露朝正在出房门的予兴背影看了一眼,赤裸裸地问阿姨,来电话的是女人还是男人,一副似乎有权知道予兴一切事情的样子。阿姨说来电话的是男生,好像是他大学里的同学。这让露露很惊讶,在她的记忆中,予兴除了打桩的朋友来找他换钱,似乎跟大学这种文绉绉的地方不沾边,也从来没听说过他上过大学。但听说来电话的是个男生,像是达到了她的目的,便就不再问什么了,进入了打牌状态。予兴急急忙忙下楼,还没有下完最后一级楼梯,就听到后面传来露露欢快的叫声:"予兴,我杠头上摸到了大麻子,替你杠头开花啦。"

其实,予兴和嘉毅两家很近,共用一个传呼电话。嘉毅为了节约时间又能方便地找到予兴,就在学校里打了电话。予兴接完电话,才下午三点钟,又回到了麻将桌旁。露露见予兴回来了,就绘声绘色地向他讲述了刚才杠头开花的经过。说她先是摸到一张"梅"的花牌,后又在杠头开花处抓到了剩下最后的那张九筒。予兴有点心不在焉,敷衍道:"你的运气好,谢谢你。"露露摇了摇予兴的肩膀,黏乎乎地回道:"谁要你谢啦。"说话间,几乎把自己的上半身紧贴在予兴身上。予兴虽在打牌,心里却想着嘉毅即将出国的事情,对他能在匆忙的出国之前还来看自己,感到无限的欣慰,根本无暇顾及露露的亲密举动。她看出了予兴没有心事打牌,撒娇地在他背后轻轻推了一下问:"接了一个电话,好像掉了魂似的,牌也看不清了。电话又是向你换钱的吧?"予兴嫌她太烦,又不能直说,顺口答道:"是的,换美金。"这倒提醒他可以给嘉毅一些美金,以表示自己的心意。予兴看了一下旁边的台钟,说自己有事要和朋友吃晚饭,把麻将位子让给了露露,她撅了撅嘴发嗲似的要求道:"你完事了,一定要回来,我在这里等着你。"她想拉他一下手,予兴巧妙地避开了,他拍了拍桌布下面的钱,做出充满信任的样子对她说:"这些全归你了,希望你多多赢钱。"便匆匆离开了。

按照他和嘉毅在电话里商量的,不希望去外面饭店,要在家里无拘无束地吃,无边无际地聊。予兴去了附近的熟食店买了熟食。弄堂里常有些偷懒的人将生煎包子当饭吃,予兴不会做饭,就学他们样,又在他们打牌楼下的那家饮食店排队买了生煎包子,还特地去烟纸店买了花雕酒,回家忙活了一阵,等着嘉毅。嘉毅来时也拎着一包熟食,很可能是在和予兴买的同一家熟食店里买的,竟然和予兴桌上放的红肠、叉烧、烤子鱼是重复的,两个人看了都笑了,都说出那句熟悉得不能再熟悉的"英雄所见略同"。

予兴非常羡慕嘉毅现在的状态,这是他梦寐以求的人生,他为嘉毅感到骄傲,也为自己有这样的知己感到骄傲,认为嘉毅一定有宏大理想。他们干杯后,予兴说:"很想听听你对将来大展宏图的计划。"嘉毅轻描淡写地说:"没什么计划,只不过出去涂一层金而已,到头来还不是个'混'字。"予兴以为嘉毅是顾及自己的感受,在自己面前不愿意多说,或存心说的不以为然,就举起酒杯和他干一下,不再说了。嘉毅为自己斟满了花雕,一饮而尽,盯着予兴,缓缓说道:"说真的,我不在乎留学不留学的,我历来出人头地的想法就不强。你说我将实现理想,大展宏图。真的,说来你不信,出国留学我是抱着混混的想法,出去开开眼界,玩玩而已。我姐姐要我留在外面，不要回来，我也想过，但不知道能不能很好地留在那里。像你所说的实现理想的想法，真的没有。这也许是我们成长过程不一样，也许你还不了解我。"予兴对他最后一句有一丝不快，心想也许是指自己没有像他一样上过大学，所以说"成长过程不一样"。对此予兴也不好说什么，但脸上一点也没流露。嘉毅继续道："我们从小就不一样，你的性格那么阳光，什么事情都积极向上，走在大家的前面。你是否看出我一直是很消极的，总是被动的，我总是躲在你和唐游龙的后面，这就是我和你们不一样的地方。"予兴虽然了解嘉毅，却从来没有想到过这一层，而嘉毅说得很对，在学校里大家做任何事情，他总是比人家慢半拍。

予兴想知道这里的原委，好奇地望着他，又为他斟满了酒，等着他往下说。嘉毅朝他看了一眼说："我们是从小一起长大的好朋友，在你这里说说也没关系，你也不会笑话我。"予兴认真地点了点头。嘉毅像是下了决心似的，"其实这些话压在我心里已经好久好久了，好像是从小就想说出来的，却又不敢说的。因为我没有父亲，他是自杀的。那时候，是绝对不能对任何人启齿的事情，所以我一直躲在你们后面，没有你们阳光，没有你们自信，生怕大家谈到父亲，我说不出口。也许你会说现在好了，将来可以做教授做学者了，前途无量。你知道我母亲得知我留校做老师，她跟我说的第一句话是什么吗？"予兴瞪大眼睛望着他，无言以对。嘉毅停了停，继续道："我妈第一句竟然是'不许乱说话，不要像你父亲一样'。我认真想过，我也不想说什么，反正人云亦云，偷着乐也没什么不好，这是我的真心话，我不想成名成家，只想和以前一样，跟在大家后面慢半拍。所以留学，只不过到外面去看看，如果能够留下来，那也不错。留不下来，继续回学校混。这是我的真心话，一点不骗你。"

予兴非常惊讶，嘉毅会说出对自己剖析如此之深的话，事先他想到嘉毅会说到自己失去父亲的事，但没有想到他父亲的死对他影响这么大，这么深远。刚才对他的一丝不快瞬间烟消云散，安慰道："你父亲不是平反了？应该没事了。"话一出口，就感到自己的话不得要领，几乎是语无伦次。嘉毅缓慢地说道："平反，能让他死而复生吗？能让我的童年重新过一遍吗？"予兴无话以对，心想这些话是嘉毅的真心话，然而自己对他以前的委屈毫无察觉，只认为自己被剥夺上大学的机会是最大的委屈，想不到身边还有一位被夺去父亲的，被夺去正常童年的，有了一种无限感慨。但予兴还是很快意识到他们难得见面，又是为他送行，不宜在这样的气氛里打转转，苦笑着宽慰起嘉毅来："你总归比我好，有体面的职业，还将出国留学。而我呢，为了中学里的那点破事，要受到一辈子的惩罚。你看，我现在的日子除了打桩就是麻将，简直是堕落，整天干的是不敢见人的事。"他喝了一口酒，苦笑着继续道，"我们真是一对活宝。你看，你被毁了过去的童年，而我被毁了的是将来。"为了摆脱这个沉重的话题，挤出了一句幽默，"看来上帝还是很公平，你没有童年，我没有将来。让你来挑，你选哪一个？"嘉毅嘴里正塞着一块叉烧，还没吃完，笑了笑道："亏你想得出来。我一个也不选，全送给你吧，你是活宝。"予兴顿了顿，两腿伸直，几乎躺在椅子上，抬头盯着墙上挂着的带黑框的外婆照片，说道："我真想外婆。她对我很好，那种好不是一般人家说的把我当宝贝和溺爱我，是在我碰到问题时，她会不露声色地支撑我。她曾经对我说过'每个人都会碰到各种各样的挫折和困难，只不过你的挫折来得早了点，大了点，不一定是坏事'。我一直记着她对我说这话的样子，是那样的平静，就像在说今天的菜做得太咸，但还能凑合一样，有一种超脱的感觉，根本不像是在谈论我的人生和将来。"嘉毅插话问："就在你出了那事之后对你说的？"予兴点了点头。嘉毅感慨道，"这样大气的话，只有像她这样的老太太才说得出。也许她是对的。"

予兴又看了一眼外婆的照片说："外婆的追悼会，老校长也来了。"嘉毅问："他现在怎么样？"予兴答："老校长刚从国外回来，看上去老了许多，他已经撑拐杖了。"嘉毅插话问："他还回国外去吗？"他在这里用的是"回"字，似乎老校长的家是在国外，而不是在上海。予兴摇了摇头:"不知道,我们碰面没有多谈。"笑了笑又说,"从他拄拐杖的样子来看,好像不大可能再出国了吧。老校长这一代人,他们活着算幸运的。如果我是老校长的话,我很可能就不再回来了。"他转过身来,看着嘉毅问道,"你真的想不回来?"嘉毅自从得知自己即将出国留学后,碰到的每一个人都向他问这个问题。

那个时代似乎每个人都想离开这个国家,只要说到出国,接下来一句就是不回来了,或者不要回来了。说实在的,嘉毅当前也没有一个明确的想法,他叹气道:"有这么多的人不准备回来。周围的人没有一个不鼓励我留在国外的,我也有这样的想法,不知道能不能实现。"予兴鼓励道:"美国之音说我们这一代人,是既不知道富裕,又不懂得自由的一代人。不论什么国家,总归比我们好吧,听他们出国的人来信说,那边条件很好,从来不喝水,全喝饮料的。所以有那么多的人一到国外就想尽办法不回来,你又没有女朋友在国内,我看你还是不回来的好。"嘉毅还是不敢肯定到底是回还是不回,说:"你看,人家老校长不是回来了吗?反正我是逍遥派,让我吃苦的,我决不干。"

予兴发现自己刚才只顾得怂恿他留在国外不要回来,竟然忘了确认他到底有没有女朋友,便问起英姿是否有消息。嘉毅不想在他面前有任何隐瞒,说出了英姿结婚生子的事。予兴像是过来人似的,宽慰道:"人们常有一个误区,没有发生的故事永远是最好的,把它想象得很美好,很完美,一旦发生则就不一样了,还不如让它不要发生的好。"他说出了自己人生的经验,转过脸来朝嘉毅看了一眼,正好嘉毅也在注视着他。嘉毅不想让他说下去,笑了笑打断了他的话说:"看来你在和卢蓉分手中学到了不少道理呀。"予兴也不想谈论自己跟卢蓉的事,赶忙说:"这和卢蓉分手无关。上帝是公平的,在你结束一个故事的时候,肯定会开始一个新的故事。新的故事未必不是一个好故事。"嘉毅抓住机会问:"你新的故事开始了吗?"予兴苦笑着说:"我知道你要问什么。你看我周围的那些人,是会发生新故事的样子吗?有的只是乱七八糟的故事,我自己都讨厌,我和你的人生不一样。"他把乱七八糟的故事藏了起来,话锋一转问,"你碰到过黄莺吗?"

　　自从黄莺结婚后,嘉毅没有见过黄莺,很少听到她的消息。其实,嘉毅和小微碰面后,就着手考虑在和予兴碰头的时候是否要叫上卢蓉和黄莺,重温四人相聚的旧梦。在办理繁杂出国和培训的手续间隙,他考虑了好久,心想和予兴碰面这是必须的,在是否邀请卢蓉和黄莺的事情上,举棋不定,不好拿捏,有予兴的原因,也有自己的原因。嘉毅虽知道予兴和卢蓉分手了,而且分得很干净,如果自己擅自把卢蓉一起拉进来,予兴和卢蓉肯定会尴尬,也许会引起他们两人的反感,说不定还会把难得的碰面搞砸,不欢而散,这是嘉毅不愿意看到的。而是否邀请黄莺,是嘉毅考虑最多的,在获知英姿结婚,小微也可能有男朋友之后,不知道为什么,他总是想到黄莺,她在嘉毅的脑海里出现的频率比以往高出了几倍,似乎已经达到一种牵挂的程度,甚至有立刻想见到黄莺的冲动。

　　嘉毅对英姿、黄莺和小微三个女人有着不同的感觉,而这些感觉又相互交织、相互影响,伴随着他的成长。英姿是他感情生活中天真无邪的一笔,也是不成熟的一笔。英姿是高高在上的,像公主,这种公主样是她与生俱来的,嘉毅在她面前是渺小的,是受到照顾的对象。他和英姿感情的夭折有其幼稚的一面,也有他不能操控的原因,而这,即使现在他也是无法逾越摆脱的。此段残留不全的对爱的感觉,伴随着他磕磕绊绊的长大和成熟,留下了不深不浅的伤痛,虽然那些伤痛也许不久后就会被时间治愈,被他忘记,却使他对爱、对承诺有了更多的理解。小微是他在大学的亲密伙伴,在旁人眼里,她是最佳的恋爱对象,是最值得娶的女孩。他俩的默契远远胜过他俩的心心相印,默契需要相互的了解和智慧,心心相印需要感情的滋润。默契的火花能够产生心心相印,心心相印又会增加默契,本应两者相辅相成,螺旋上升,直至爆发爱情,可在和小微一起的时候,嘉毅却钻进了自己设下的感情紧箍咒,不能自拔,无法支配自己的感情,仅留恋于那种难以忘怀的默契,任其漂浮。黄莺曾经是嘉毅心目中的小妹妹,她是弱小的,需要好好呵护的。嘉毅在她面前的形象始终高大伟岸,因此他内心深处希望永远有这样一个小妹妹,当然他希望她能开心快乐,无忧无愁。对于黄莺在婚礼上故意和新郎亲热来气他,嘉毅现在一点都不计较了。他认为黄莺是这三个女人中唯一是因他而受到伤害的人。黄莺在以前暗恋他时受到的煎熬和苦痛,或许和他与英姿关系中自己所受的煎熬一样。想到这一点,使他对黄莺有了怜悯之情,恻隐之心。再加上这之前,他对黄莺婚姻不如意的情况也有所耳闻,这就更加激起他想见到黄莺的愿望,尽管这种愿望仅停留在相见而已。嘉毅心想在和予兴碰面时出现黄莺,对予兴来讲当然是无关紧要,他绝对不会反对的,但嘉毅却开不出这个口,即使拜托予兴转告,也没有这样的勇气。嘉毅再三犹豫,再三权衡,最后碰面的就剩下他和予兴两个人。

此刻,当予兴问到黄莺的事,嘉毅急切地想从他嘴里获得更多关于黄莺的信息,他快速简短地答道没有见过黄莺,希望予兴继续说下去。予兴顿了顿,好像是在卖关子又像是在犹豫,说:"其实跟你说说也没有什么关系,我们都是老同学加老朋友了。黄莺倒是来看过我几次。"他又修正道,"与其说是她来看我,倒不如说是来诉苦的。她说她老公对她很不好,让她很伤心。至于她老公如何不好,按照我的看法,也不是什么大不了的事情,最多是所谓的性格不合。她曾经想到离婚,当着我的面也流了不少眼泪,好像很伤心的。"又停了停说,"每次来都说到了你,问我是否知道你的近况,好像她还在想着你。"予兴朝嘉毅看了一眼,似乎想知道他对黄莺的看法。

嘉毅听到黄莺还提到自己,心中有一种说不出的滋味,是酸是甜自己也说不清楚。他淡淡地明知故问:"她好像生了个儿子?"予兴就事论事地答道:"她儿子已经两岁了。"嘉毅很想叫予兴多讲点黄莺的情况,但又不好意思直接问,只好不痛不痒地说:"我大概已有三年没有见到她了。她是个好女孩,从来不矫揉造作。"本想加一句"黄莺什么都好,就是嫁给了那个个体户不好"。犹豫了一下,予兴倒替他说出了:"原来黄莺蛮活泼的,结婚后我发现她多愁善感了许多,肯定和她嫁的那个人有关。我们每次碰面,她总是先拐弯抹角说要我联系你,一起碰碰面。但当我答应她和你联系,她又极力不让我联系,理由也稀奇古怪,一会儿说你可能很忙,不愿意打扰你;一会儿说自己结婚了,不好意思见你。我被她搞得有点晕头转向,心想她心里大概还想着你。"嘉毅听予兴说得这么详细,反倒不知道怎么回答了,瞬间进入一种浮想联翩的境地,心想如果黄莺没有结婚,那自己会怎么样,一个他自己永远无法回答的问题。

予兴望着他发呆的神情,猜到他是在想黄莺或以前的故事,心想让他去沉思默想吧,便起身去自己的厢房里取了一个信封,悄悄地放在嘉毅的旁边,歇了一会问道:"你还有时间吗? 是否找一下黄莺,让你们见见面?"这完全是出自予兴的好意,完全是征求意见,没有夹杂着任何一丝的不良动机。嘉毅想了想说:"算了,还是不见面的好。更何况我的时间很紧,后天一大早就出发去北京。你以后碰见她,代我向她问个好吧。"他指着桌上的信封问道,"这是什么?"予兴说:"一点点美金,是我的一点心意,无论如何收下。"嘉毅掏出美金,有一厚叠,赶忙问道:"这么多,多少?"予兴认真地说道:"出门在外,钱是最重要的。拿不出更多的,就一千。作为朋友,说句真心话,我真羡慕你,我很想能和你一样,也能留学,但这已是不可能的,那我只能希望你什么都能一帆风顺。千万不要客气,你收下我会很高兴的。"在那个年代,一千美金相当于嘉毅几年的工资,因此嘉毅一再声明自己不是自费留学,而是公派留学,是有高额奖学金的,无论如何不肯收下。最后予兴用了缓兵之计说:"你先拿着,可以在外面以防万一,穷人富路嘛。如果以后用不完,再还给我。"嘉毅听了这话也就不再推辞了。

予兴像是突然想起了似的说:"如果你不着急走,我真有事情想跟你商量商量。"嘉毅注视着他,似乎在说那就请问吧。予兴看两瓶花雕已经喝完,又从柜子里拿出一瓶竹叶青,朝嘉毅面前晃了晃问道:"白酒怎么样? 这是好酒。"嘉毅笑了笑说:"今天开戒了,什么都可以。你要说的事呢?"予兴一边开酒瓶一边说:"你也知道,干我们这一行的,朝不保夕。现在手上确实有点钱,前几天有人介绍,叫我去买乍浦路的饭店,不知道这样好不好。今后的国家政策是否会有变化?总有些拿不准。"嘉毅思考了片刻说:"你现在已经不弄那个自行车票证了吧?全部在炒外汇?"予兴说:"自行车票子偶尔玩玩,顺便的,主要是外币。这个来钱快,而且现在出国的人越来越多,我们也越来越好做。"嘉毅分析道:"我们国家的计划经济在一点点开始转变。按照我的看法,如自行车、彩色电视机和冰箱的票证,随着商品繁荣,它们会失去意义。管制外汇是我国目前的一项重要的经济政策,国家外汇紧张的状况,会长期存在,一时半会儿不会改变,也许以后外汇状况好了,首先会取消外汇兑换券。至于大的经济改革开放的方向,那是肯定不会变的,也不可能改变的,只会越来越开放,越来越好。买饭店做老板,也没什么不好。当然,经营饭店也是一门学问。国外有经营学,大概就是指的经营企业的学说。"嘉毅朝他看了看又说,"你不要太自卑,不要老是认为自己没有前途,现在的世道在变,并不是只有学而优则仕一条路。其实,就你现在手上握有的钱,绝对不亚于你认为的所谓前途。钱一旦多了,就成了资金,在经济学上资金的能量是巨大的。就拿你这次买饭店来说,在同龄人中谁有这样的能力,这就是资金的力量。只不过你现在来钱快的那一行,摆不上桌面而已。干起来小心点,适可而止就可以了。"

嘉毅这一番从国家政策、从经济学的说法,有板有眼,每一句都打动了予兴,使他震动不小,让他感到有一种茅塞顿开、久旱逢甘露的感觉。予兴赞叹道:"像你大学里教书的,确实说的头头是道,让人心服口服。听你的,我会好好混的。"他从心底里佩服嘉毅,也羡慕他。

那晚他们聊得很多,喝得很畅快,一直到很晚。予兴看嘉毅喝的太多了,有点担心,尽管嘉毅家就在附近,走得再慢最多也不超过十分钟,可予兴不顾嘉毅不让他送自己回家,坚持道:"你是国家重要人才,我要确保安全。"又补了一句,"再说我也想去外面吹吹冷风。"说时顺便将那只信封塞入嘉毅的口袋。深夜的弄堂,很安静,亮灯的窗户已经不多了,弄堂路灯泛着黄光。他们两个人脚下摇摇晃晃的身影随着他们的步伐由短变长,由深变浅,而后湮没在弄堂的石板地上;又在下一个路灯下,再由短变长,由深变浅,一直把他们送向弄堂口,就像他们的人生随着社会的大流起起伏伏。他们一路没有说话,跌跌撞撞地直到嘉毅的家门口,予兴说:"我看着你进去,就算我送过你了。祝你一路平安。"嘉毅回头凝视着他说了一声:"你也保重。"随之消失在漆黑的门洞里了。

予兴拿出香烟,点燃吸一口,伸开双臂做了两下扩胸,清新的冷空气让他酒后热烘烘的身子舒服了不少。随着脑子的清醒,想到不久嘉毅要离开,心中不免有些空空的感觉,感到一丝孤独。他踱着方步往回走,在弄堂口,从后面传来露露的声音:"这么晚才回来呀?"当她凑上前,闻到予兴身上的一股酒气,又加上一句,"怎么喝了这么多的酒,熏死人了。"予兴随口问道:"麻将什么时候散的?战况怎么样?"露露说:"不输不赢。早就散了,我夜宵都吃好了,准备回家睡觉。"当她要拐入狭小黝黑的小弄堂时,一把拉住予兴,朝他胸前查看了一眼说,"刚才在打牌时我就发现你胸前的纽扣掉线了,很快就要掉下来了。跟我来,上我屋里给你重新缝上。"予兴有些不情愿地说:"谢谢啦,今天我喝过酒,想睡觉了。"露露拉着不肯松手,以一种既像姐姐又像发嗲的口气说:"卖相蛮好的男人,胸前没有纽扣像什么样子?缝纽扣很快的。"露露连拖带拽地把予兴带上楼梯,到了亭子间门口,她一把推开门。予兴的脑子算清醒了,惊讶地问:"你怎么不锁门呀?"露露说:"都是熟人,哪里还用得着锁呀。"又一把将予兴推进了房间。由于楼梯上来的都是彼此熟悉的人,且一般没有来过的外人不敢轻易爬这样又暗又陡的楼梯,这三户人家都养成了暂时出门不锁门的习惯。

亭子间很小,靠里面的是一张双人床,床上方的墙上有一扇窗户,窗户不大,拉着粉红色的窗帘,紧靠床头柜旁边放着四方桌,桌上还搁着一个小碗橱,桌子下面放着一些不上台面的痰盂脚盆之类的,桌布沿着桌边垂下一个大三角,正好把那些不雅之物遮住,床尾摆着一个不大的橱柜,橱柜中镶嵌着一面立式的镜子。这小小的房间说不上是闺房,谈不上考究精致,但也透露出不少女人味。整个房间收拾得很干净,床头柜上排放着一些女人梳妆用品,还散发着淡淡的香味,有一种温馨的感觉,尤其在冰冷的早春之夜从外面进来,更有温暖可心之感。房间太小,周转不开,露露只能让他坐在床沿上。大概由于予兴体内的酒精开始作用,他似乎已经忘记了来这里的目的,屁股一着床,身子就朝后一仰,几乎横躺在床上。露露叫他起来脱外套,根本没有回音,睡得很死。露露只能自己动手,帮他解开所有的纽扣,抓住他的手臂,费了九牛二虎之力把他拉起来,帮他脱下外套中山装,而予兴的身子像是没有骨头,直挺挺地靠在她的身上,把身材姣小的露露压得死死的,动弹不得,但她一点不感到别扭。她从认识予兴那天就感到他和周围的人不同,他从来不讲粗话,很幽默。在她看来予兴不论打麻将还是打桩,都透出说不清的与众不同,对他有着一种特殊好感,甚至经常悄悄地拿予兴和她去世的丈夫比较,结论是他比她丈夫更吸引她。她以为予兴是假装不醒,存心压在她身上和她开玩笑,就索性闭上眼睛,一动不动等待着他继续开玩笑。她想,如果予兴利用压在她身上的机会向她示爱的话,她会很乐意地接受,即使侵犯她的话,她也不会拒绝的。过了一会儿,一点动静都没有。她被压得透不过气来,无奈抽出身子,回头仔细看了看予兴,确实是睡着的状态,心里为刚才自己的想法感到好笑,还带一份羞涩。她拿出了针线,在予兴的旁边盘腿而坐缝起纽扣来。听着他匀称而有力的呼吸,浮想联翩。

露露和予兴是在玩麻将时认识的,从来没两个人单独相处过,尽管周围的朋友总是有意无意地撮合他俩,可予兴从来不接口,也不否认。到目前为止她还不知道予兴有没有女朋友,然而这一切对她而言都是无所谓的,即使予兴有女朋友,她也不在乎,只要他不拒绝自己就心满意足了。当纽扣缝上后,露露看见予兴已经睡得像死猪一样,她用手捅了捅他身子,见他没有反应,觉得又好气又好笑,她又拍拍他的脸,还是没有反应,甚至捏住他的鼻子,他都不醒,最多动一动身子继续睡。她索性帮他脱掉鞋子,拉手拉脚把他在床上摆正,想让他睡在自己的床上过夜,自己睡地铺。她搭完了自己的地铺,蹑手蹑脚洗漱完毕,想起予兴不能合衣睡觉,担心他会受凉。她回到予兴身边帮他脱了衣服,看见他滑稽的睡态,感到好笑,有一种说不出的喜悦和亢奋,也触动了她内心深处那最隐秘的情感和愿望,心里荡起一阵无限的爱意,这样的爱意流进她的血液,占据她的全身,使她产生一股莫名的无法控制的力量,她冲动地几乎扑了上去,伸出双臂把他拥抱在怀里。过了好久,她灭了电灯。

第二天予兴醒来,首先映入眼帘的是靠床墙壁上的粉红窗帘,阳光透过窗帘,有一丝刺眼。予兴发现自己竟然睡在一个陌生的地方,非常惊讶,急忙抬头仔细观察了周围,想起了这是露露的亭子间,她却不在屋里。他闻了闻被子,散发着熟悉的香味,使他有点难为情。他努力地回忆昨晚自己是如何来到她房间里的,只能记起她为了帮自己缝纽扣,拉着自己上来的,其他什么也记不起来。他赶紧穿上衣服,帮她关上房门,上了后面的阳台也没有看到露露,又仔细听了听两间前楼也没有任何动静,只能怏怏地离开,心想露露可能上班去了。然而,他最想弄清楚昨晚到底发生了什么,他想自己不能这样不明不白地在一个女人的房间里过了一夜,传出去了肯定会遭到大家的笑话,这成了他一个不大不小的心病。予兴出弄堂口的时候,传呼电话的阿姨把头探出电话亭的小窗口,亲切地朝他微笑打招呼,他虽应着回了一声,但心里总感到怪怪的,似乎她在笑话自己昨天晚上的事情。他快步拐入新疆路。时间已经接近中午了,拎着菜篮子买菜的和早锻炼的行人已经消失得无影无踪,楼下饮食店的早餐也已结束了,可午餐还没有开始。予兴想起自己要购买的乍浦路的饭店,心想正好趁此机会,再去看看那店,和卖主好好聊聊。

乍浦路路面不宽,和予兴家门口的新疆路差不多,勉强只够车辆双向通行,几乎没有上阶沿人行道,两边都是店,绝大部分是饭店,是在近两三年开张的。那些开饭店的人被誉为第一批吃螃蟹的人,也是上海滩第一批被称之为老板的人,在这些人当中不难看出他们曾经经历过沧桑或坎坷,顺风顺水的上海人怎么会放弃原有的工作,平白无故地转行开饭店呢。乍浦路上大小不一,横七竖八的霓虹灯广告牌从两边伸向空中,几乎要把两边的房屋连成一片。一到晚上,食客络绎不绝,人声鼎沸,霓虹灯璀璨耀眼,还有密集的小摊贩,如炸臭豆腐,烤羊肉串的,整条街到处都是烟熏火燎的,热闹非凡,验证了一句流行语:乍浦路"白天很寻常,晚上露峥嵘",可以说,一时成了上海滩一景,一个新的地标。原本乍浦路上没有那么多的饭店,至于为什么会短时间内形成这条饮食街的,谁也说不清。乍浦路不长,予兴要买的饭店就在当中,靠近天潼路,是一栋三层楼民宅改造的,一楼是门厅和厨房,上面两层是餐厅,每层有三间包房,整个餐厅装潢还算考究。为了能够将菜肴及时送到餐厅,在厨房安装了送餐的升降机。据曹老板说,饭店是四年前开的,两年前进行了扩大和重新装潢。

予兴认识曹老板是经人介绍的。曹老板三十岁左右,他出生在一个典型上海滩的多子女家庭,父母生了四个儿子、四个女儿,他排行第五,人称阿五头。他家里很穷,周围小孩笑话他家里从来不吃肉。在七十年代初,他刚满十六岁那年夏天的一个下午,他在家后面的菜场玩,趁肉摊位的师傅打瞌睡,抽走了钱箱里的六块四毛钱,悄悄地溜走了,可在出菜场的路口被一双大手抓住,当时区里的民兵指挥部判他八年有期徒刑。据说判得比较重,原来是准备以盗窃罪判六年的,后来判的时候正好"刮台风",那时严厉打击刑事犯罪活动如果是在夏天进行的,经常被老百姓叫做"刮台风",会在菜场路口的空地上开公判大会,所以判的时候不能不重,否则成不了刮台风,没有威慑力。公判会是以卡车为舞台,犯人站在上面,街道空地为大堂,民兵指挥部的人躲在旁边的小车内,用车顶上的高音喇叭宣布他们的罪行和判决内容,以教育广大民众。在公判大会上,他和其他犯人一样剃光了头,穿着黄颜色的牢衣,被五花大绑押上卡车,他的那件牢衣是新的,在他们几个犯人中显得特别刺眼。他们身后站着的是手握铁质红缨枪、头戴柳藤安全帽、耀武扬威面无表情的民兵。其他犯人胸前的牌子上写着姓名和罪行还有

"罪大恶极"的字样,以示该人罪行的严重性,而他胸前的牌子上还算好,只写了姓名和"抢劫犯"。下面全是看热闹的人,都是居住在周围的群众,有人说可怜,有人骂活该,有人同情,有人向他们扔垃圾。有一位他家邻居的老太太说:"阿五头真可怜,从小没穿过新衣裳。今天却穿的是一件新牢衣。"肉摊位的师傅也在下面观看接受教育,好像自己犯了错误似的,哭着向旁边的人讲:"这样的结果,真没想到。如果我早知道的话,就不抓他了,又没多少钱,让他去了。"开完公判会,他和那些犯人就被押解到安徽白茅岭劳改农场去服刑了。菜场的路口又恢复了原样,大家也很快忘记了那个十六岁少年。

没人知道曹老板是怎么混的。他出来后,三四年一过,变成了老板。据传说他在劳改农场里遇到了一位厨艺高超的老头子,教给他不少开饭店的绝活,可大家从来没有看到他下过厨。他跟予兴说为了筹款去南方开厂,饭店急于要出手。予兴一是看这饭店还不错;二是想有了饭店,以后不能打桩了自己也有个落脚地方;三是自己手上的现钱要有个出处。

予兴从海宁路拐进乍浦路,中午行人不多,而每家饭店门口都有拉客的人在招呼。他没走几步远远就看见伸向空中的"好运酒家"霓虹灯招牌,从招牌来看,饭店在这里不是最大的,但也算是最大的之一。予兴心想只要付了钱,这家店就是自己的,心中不由得悄悄升起了自豪感。

曹老板无聊地坐在饭店门口的一只方凳上,手里拿着一只当茶杯的玻璃瓶,东看看西望望,看到予兴迎面过来,立即起身招呼,把予兴引进二楼临街的包房,又吩咐厨师上几个拿手的菜。予兴赶忙称昨晚喝了酒,胃一直不舒服,只想吃粥。曹老板能说会道地向予兴灌了一通迷魂汤后说:"没想到你这么年轻,能接手我的店,以后肯定不得了。"予兴听到说自己年轻,提醒了自己接手饭店也许并不是一件容易的事情,说:"我倒是担心接手后,如何经营。想听听曹老板的忠告。"曹老板喝了一口水说:"饭店人人会开,要开得好,诀窍还是有的。反正我以后不会再开饭店了,说给你听也没有关系。主要是噱头,让人感觉与众不同的新鲜感就是了。管理嘛,你是老板,你说了算,反正管人比挣钱容易。只听说过有赚不到钱的老板,没有听说过管不了人的老板。"曹老板瞄了他一眼问,"你接手后要重新装修吗?"予兴看到无法在他那里得到实在的经验,有口无心地说:"不打算装修。我想接手后,交给朋友来做。"予兴真实的打算确实是不考虑重新装修,但准备起早摸黑花两个月时间泡在这里,熟悉一下情况,以后花一半时间在这里,一半时间继续玩他的老本行。

他们一个吃着饭,一个喝着粥。有一句没一句地吹起牛来。予兴好奇地向他打听去南方开什么样的工厂,曹老板说是开生产彩色电视机的工厂。当时彩色电视机代表着最高科技,堂堂的国营工厂都生产不出高质量的电视机,就别提私人个体户了,更何况是个开饭店的。予兴露出不相信的眼神,开玩笑地讥讽道:"就凭你卖了这饭店的钱?"想到这钱还是自己付给他的,补了一句,"那我可以造飞机大炮了。"曹老板不以为然地开始吹起他的宏伟计划:"做生意死脑筋怎么行呢。别看只有这一点点钱,要开厂好像是天方夜谭。想发财要有巧妙的构思,钱要用到点子上。我的第一步,先在南方设立一家电视机工厂的筹备处,向当地官员说明我们的投资意图。你别以为那些当官的有什么了不起,其实都是没有见过世面的乡下人,但他们手上握有让我们发财的大权。只要我们向他们说明我们开厂成功就是你们领导成功,这样他们就会批给你工厂用地,允许你建工厂。工厂用地嘛,在他们那儿就是一块荒地。拿到了他们这些批文,第一步就算完成。为了这些批文肯定少不了送礼请客,我想我这点钱拿去送送礼还是足够的。其实在那里搞公关用不了这么多的钱,我是去投资的,他们请我们去还来不及呢。第二步是建厂房引进流水线,那需要大量的钱,我可以用获得的建厂用地在他们那里的银行抵押贷款,这些贷款足够造厂房了。第三步购买原料投入生产,当然也需要钱。那时我们手上有地有厂房,借款还不是轻而易举的事情,还可以收取电视机的预购款,在采购原材料时还可以赊账。只要电视机一卖出去，不就成了吗，大把大把的钱就进来了。"

他吹得天花乱坠，把赚钱说得比捡钱还容易。予兴也听得云里雾里，半信半疑，心想他如果成功了我可以依样画葫芦，如果失败了就把今天他说的权当故事来听。最后万变不离其宗，曹老板催予兴快点把钱付给他。

为了凑齐购饭店的钱，予兴需要将手上的一部分美金换成人民币。他从饭店里出来，直接去了南京路浙江路口，没有找到吴骏和吴鹏他们，发现马路上打桩的人几乎一个都看不到，而在各个角落里都有戴红袖章的老头子纠察。最后在人民公园的茶楼上见到了他们，方知今天有重要的外宾要参观南京路，增加了不少纠察，所以打桩的朋友全都撤退到茶楼里，混迹在人群中玩扑克。予兴无心玩这些，落实购饭店的钱款后，发现猪八戒不在茶楼，心想他肯定在家里搓麻将，便匆匆往回赶。他心里一直想着要弄清楚昨晚的事情，急切地想找到露露。他估计这时候露露可能已下班在家里了，说不定已经在猪八戒那里搓麻将了。

予兴上了楼梯看到亭子间的门关着，但从猪八戒前楼传来搓麻将的声音。露露看到予兴进门，雀跃地叫了起来："予兴快来，帮我换换手气，今天我倒霉死了，好久没有和牌了。"麻将桌上的还是昨天晚上的那些人，看来他们早就开始玩了。予兴只想问露露昨晚的事情，并不想玩麻将，可又不能当着大家的面问，也不能拉她出房间问个明白，只能耐着性子坐在露露让出的位子上，陪他们搓麻将等待机会。虽然他想知道昨夜的事，但不想让周围的人知道。而露露所有的事情都可以从她的脸上读出，是没有秘密的。他最担心她忍不住把昨夜的事已在麻将桌上说出来了。予兴细心地观察着麻将搭档们的一言一行，时刻注意回应他们的突然袭击。偏偏这时，猪八戒阴阳怪气地问道："予兴，你昨天回去后喝酒了，还喝醉了？"予兴目不斜视，佯装看手上的牌，没有听见他问话，可出牌显得有些犹豫。他心里有些埋怨露露嘴快，甚至还有点怀疑她存心把昨晚的事情说出来，要让牌友撮合他俩。

予兴已不是毛头小子了，对女人有了自己的鉴别力，生活经历和社会开放极大地丰富了他对女人的鉴赏能力,而他的鉴赏能力又被自己的自卑压抑着。他知道物以类聚,自己都不喜欢自己周围的人,他知道很难在自己的圈子里遇到称心如意的女孩。打桩发财也罢,老板开店也罢,予兴知道自己喜欢的那一类同龄女孩不会朝自己多看一眼。露露是他玩麻将的副产品,是意外的收获。在予兴的眼里,露露是一个会发嗲的姐姐。发嗲让他骨头发酥,姐姐让他得到关怀,这些对予兴来讲都不会拒绝。自从和卢蓉分手后,他一直孤单着,没有新的女朋友,心如枯木,亦无拈花惹草的事情。他对露露从第一面开始,就有了一种难以言状的感觉,他首先感到这种感觉不像是爱情,但又肯定和爱情有关,强烈程度也不亚于爱情。那种不像爱情的感觉是什么,又和爱情有什么不同,他始终无法回答,困扰着他。他心目中的爱情是以结婚为目的的,然而他对露露的感觉中除了没有要结婚的念头之外,样样都和爱情一样,还多了一层探险的刺激,使他欲罢不能。露露坐在予兴身后很近,几乎紧紧贴着他,他能明显感受到她身上散发出的香气,沁人心肺,叫他陶醉。

露露听到猪八戒的问话,警惕地向予兴瞄了一眼,似乎在看他的反应。露露喜欢予兴是显而易见的,见到予兴她身上每一个细胞都会活跃起来,不分场合会做出和予兴亲昵大胆的举动。她在牌友们的面前向予兴发起进攻,是真诚的,没有做作虚伪的成分。她向来无拘无束,不在乎和予兴天长地久,只求朝朝暮暮。予兴不露声色在桌下捏了捏露露的手,脑子里迅速地盘算着怎么来应答猪八戒的提问。谢天谢地,接下来猪八戒连着两次出冲,损失不少,他疲于应付,无心再问予兴昨晚的故事了。予兴看着牌,想着心事,索然无味地撑到麻将结束,露露坚持要陪予兴下楼吃夜宵。

时间已经不早了,楼下的饮食店客人不多,他们要了大排面和馄饨,找了一张靠边的桌子坐下。当有机会可以直接问露露时,予兴有些犹豫,不知道怎么样启齿。露露注视着他,眼睛里多了一层含情脉脉的期待,似乎知道他要说什么、要问什么,已经准备好了如何回答,而且还知道她回答后会把他引向何方。服务员先端上来的是露露点的菜肉大馄饨,露露关心地说:"你饿了,先吃两个吧。"予兴不肯,她用调羹盛了一个送到予兴的嘴边,他不好意思地凑上嘴。露露看他一口吞下馄饨的样子,笑道:"不要这样,狼吞虎咽的。"突然间,予兴在她面前变得像个孩子。露露看他迟迟不提昨晚的事,便笑盈盈地说了他们今晚最想说的话题:"今天早晨,你什么时候起床的?"予兴不敢直视她,低头吃着面,难为情地答道:"大概十点半吧。"露露笑道:"你可真能睡呀。"她心想自己比予兴大,又结过婚,至少在男女事情上的资格要比他老,自己和他一个人在一起的时候,可以占据主导地位。这主导地位无非是把主动出击、挑逗勾引的权利牢牢握在自己的手里,先下手为强。她笑盈盈地盯着他,带有一丝诡秘,一丝挑逗,慢条斯理富有挑战地说:"昨晚你喝得那么醉,我可没对你做什么哟。"予兴理解了她话里有话,委屈地被逼出了一句:"你做了,我也不知道,我醉了。"她故作委屈地用手指戳着予兴的脑门,压低嗓门说:"你真没良心。昨晚我睡地铺,你睡在我的床上。你还这么说,真该把你一脚踢下床。"予兴无意间听到了一句他想问而不敢问的话。他看露露撅着嘴的样子,还没来得及考虑这句话的真实意思,赶紧做出求饶的样子:"不要,不要,你对我好,我当然知道。"而脑子里一直转着那句"我睡地铺",他想从他们前后对话中判断那句话是真是假。露露看他若有所思的样子很好玩,略带放肆地咯咯笑了一阵,问道:"欠我睡一晚上的地铺,怎么还?"她眼睛里带着一丝勾魂的诱惑盯着予兴,笑眯眯地继续道,"今天你睡地铺,我睡我的床,还我一个睡地铺吧?"予兴立刻感受到这句话强烈的冲击感,但打桩的精明脑子不够用,对她的话一下子反应不过来,不是不懂这话所包含的暗示和诱惑,而是一时找不到合适的词来回答。予兴不敢直视她的眼睛,对于她露骨的进攻,有点手足无措,心脏狂跳脸上发烫。露露见他可怜兮兮的样子,乘胜追击,摆出做姐姐的样子反问道:"怎么? 不愿意?"予兴的内心深处又何尝不想今晚的机会,像条件反射般地马上否定道:"不,不。我愿意。"心想自己是一个单身汉,还有什么好顾忌的,不能放弃到嘴边的天鹅肉,不吃白不吃。他们吃完夜宵,很快消失在通向露露亭子间的黑暗的弄堂里。

在以后很长的日子里,予兴和露露经常在一起,亲密的就像一对情侣、一对夫妻,但又有一点不像,他们不愿意让太多的人知道他们的亲密。他们转战亭子间、露露的娘家,甚至予兴家的后厢房。由于亭子间和予兴的后厢房都在同一条大弄堂里,周围都是熟人,还有许多戴着红袖章的老头老太,那些人精力旺盛,以打听每家每户的私事为兴趣爱好。对只想在一起又无结婚打算的他俩来讲,这些熟人成了耳目,虽然这些耳目没有恶意,但总让他们感到心里发虚发慌,缩手缩脚,避之不及。露露的娘家是一个比较清静的地方,可露露的父母经常从安徽回来小住,所以只有在她父母不在上海时,在她娘家的家里才能无拘无束,缠缠绵绵。自从予兴盘下好运酒家,他俩的生活中除了麻将之外,又增加了一项内容,几乎每天晚上要去酒家逛一圈。

下部

第十八章　留学日本

　　嘉毅凭着在北京突击培训的日文和不错的英文，找到了学校提供的国际交流会馆，已是傍晚了。国际交流会馆是新造在坡上的一栋五层楼的楼房，专门提供给新来的外国留学生的宿舍，楼房周围还有星星点点的绿化和草坪，内部条件还不错，底楼的大厅可以供各国留学生休息交流，举办派对和联欢，二至五楼是宿舍，一人一间，配备床和其他必备的家具，还有电话，房间外有公共的厨卫，价格低廉，象征性地仅收取管理费。但限制条件是不论来自哪个国家的留学生，每人只能住一年，住满一年无条件迁出。按照和学校的约定，嘉毅第二天上午要去见他的指导老师。他从箱子里取出领带，试了试，很不习惯也不喜欢，这是他人生第一次戴领带，是在出发前匆匆忙忙去北京王府井的百货公司买的。关于戴领带，北京培训老师再三关照，在日本第一次和人相见必须戴领带，而且要求最好养成有戴领带的习惯。他拉开橱柜的门，照了照门背后的镜子，发现自己确实英俊了不少。到东京的第一天晚上，住的地方有了，明天的准备工作也做好了，剩下的是解决晚饭的问题。刚刚一路过来时，嘉毅已经留心过会馆周围的各种各样小店，每家小店的门口都有掺着汉字的招牌或门帘，对这些汉字连猜带蒙，就大致可断定有一部分小店是饮食店和小酒店。

　　嘉毅出了会馆，兜里揣着用予兴给的一千美金换成的日币，在暮色中沿着来的街道溜达，寻找吃饭的地方。街道很安静，很少有行人和车辆，只是不时会从远处传来列车通过的声音，隐隐约约似乎还听到了木屐声。披着夕阳的余晖，微风拂面，舒适宜人。这时嘉毅除了略微有点饿，心情却很放松，甚至有些无所事事的感觉，漫无边际的溜达，漫无边际的遐想。看着两边陌生的街景及各种走了样的汉字，浮想联翩，他想这就算是自己留学生活的开始，想到这就是异国他乡，甚至想起了郁达夫曾经说过的那句：有钱有教养有地位的日本人，对年轻的中国留学生一般采取的是笼络态度；而没钱没教养没地位的日本人，则直接表现出蔑视。他百感交集，发现现在的感受是在出国之前无法体会的。前面的街道上招牌和门帘多了起来，他知道在招牌上有"料理"两字的都是饭店之类的，可他吃不准这些饭店里是吃什么样的料理，不敢轻易进去，直到拐入一条沿着电车轨道的小径，看见前面不远处一家很旧的店面门口挂着蓝底白字"中华料理"的门帘，每一个字占着一片门帘，给人有温馨的感觉。他决定就进这家料理店试试。

　　拉开木制的移门，先映入眼帘的是他从来没有见过的样式，里面全部铺着榻榻米，完全没有上海饭店的样子。站在柜台里的一个女人立刻热情地招呼着"欢迎光临"，示意他请上榻榻米。他迅速地反应过来，脱鞋上了榻榻米，心想这榻榻米有点类似中国北方的炕。他在一张日本式的矮桌前盘腿而坐，打量着店内的客人和陈设。店内客人不多，在最里面的有两个老头，喝着酒低声聊着什么。榻榻米占据了整个店堂的一大半面积，榻榻米对面有一排不大的柜台，有一个年轻的男人在吃面，柜台后面的橱柜里放满了各式酒瓶，橱柜的最上一格由于房顶旁边射灯的光线照射不到，显得很暗，靠里边放着一张老照片，相片中是一个穿着和服的青年男子，相片前面还用架子搁了一把日本刀，这种日本刀很像以前在电影里见过的日本鬼子手上的军刀，这使得嘉毅掠过一丝不舒服感，心想在现代社会里很少有民族会拿刀来纪念或者装饰的。在他坐的正面有个从天花板上吊下来的不大的彩电，另一边的墙上贴着菜单，菜单上也是日文片假名掺杂着汉字，还算好，这些菜名中有一大半他在一个月前已经掌握了。其实，这家小店并不是什么正宗的中餐馆，只不过在提供的菜肴里夹杂着几个日本人常吃的中国菜而已。

店内的格局完全是日本家庭式餐馆的样子，白天供应饭菜主食，晚上兼营喝酒。

店里的那女人熟练地在榻榻米的边沿旁脱了拖鞋，弯腰上了榻榻米，到了嘉毅旁边，双膝一跪，轻手轻脚地在他的桌上放了小餐巾和一杯带冰的白水，问他想吃什么。他用日文说出了要点的菜名和啤酒。那女人很仔细地听他报菜名，像是在欣赏表演，又像是老师在听学生汇报。等嘉毅点完，她又用手指着墙上的菜单，以很慢的语速重复了一遍他点的菜名，以示确认他点的菜，也确认他的日文表达能力，最后加了一句："你日文说得不错。"嘉毅心里一阵窃喜，但还是谦虚地说："没有。"他不敢说的太多，生怕应付不了，同时心想那女人也许已经发现自己是外国人了，甚至已经知道自己是中国人了。在等着上菜时，电视上正在播出日本高中棒球联赛，解说员的棒球专业术语，他一句都听不懂，无聊之间，关注起站在柜台里面忙碌的那女人来。她和嘉毅的年龄相仿，个子不高，一副健康丰满的体态，身着深蓝色的和式工作服，看上去有点像中国国内的浴衣，干活的手势很娴熟，想必在这家店干了有些年头了。嘉毅喝了口冰水，突然想起国内常有人说日本女人都有难看的罗圈腿，想等到那女人走出柜台时，好好留意一下她的腿，一睹罗圈腿的风采。想起那女人刚刚跪着为自己点菜和端水的动作，感叹那女人做事情真认真。上来的回锅肉、番茄炒蛋还算可口，他很快吃完了饭，却磨磨蹭蹭喝光了杯中的生啤酒。在付账时，那女人笑容可掬地向他递上了一个皮制的小碟子，找零上压着一支口香糖，外加一句"谢谢光临"。他嚼着口香糖出了店门，没想到今后自己成了这家小店的常客，让他魂牵梦索。

日本的学士以上的教育基本上采用导师制，如果是外国留学生的，则可套用日本的有关外国留学生特别处置办法，录取与否，是否授予学位基本取决于导师或指导教授对学生的评价。沈嘉毅的学历情况和证明学术能力的材料包括他编著的《简述西方经济学》和在校研究生退学证明等材料。嘉毅在和指导教授石塚先生第一次见面时，石塚先生拿出那本薄薄的《简述西方经济学》翻了翻,看了看蓝色封面上沈嘉毅的名字,抬头说:"没想到你这么年轻。"看到嘉毅的反应有些跟不上,笑了笑马上客气地用英文问:"我们可以用英文交流吗?"嘉毅说:"可以。"教授又说了一遍你这么年轻的同样的话,接着说:"看了你的材料,我想确认一下,你在中国已是在读硕士研究生二年级了,你是在今年三月份退学后再来留学的,是吗?"他不厌其烦地把话说得很慢很仔细。尽管嘉毅准备了许多问题,只是这个问题是他没有想到的。当他听到这样的问题时,立刻联想到接下来的问题是"为什么"。他有些紧张,马上猜到了教授的想法,也许在教授看来自己不值得退了学来留学,好像是在浪费时间,正确的做法应该是在国内毕业后再来留学。他心里苦笑着,心想教授哪里知道中国年轻人对出国留学的热情,是把它当作第二次投胎,是改变命运的机会,并且狂热到无以复加的地步了,根本不会想到是浪费时间。嘉毅理了理思路,实事求是地答道:"我读的是在职的研究生。先退学,再留学,是学校安排的,我没有理由不服从。"他堵住了教授继续问"为什么"的可能性。教授略显惊讶,认真地点了点头,似乎表示理解。石塚先生是第一次接受外国留学生,他详细地告诉嘉毅:学校的硕士课程是每年四月份开始,入学需要准备一篇论文作为考试,题目可以写自己熟悉的领域,可以用日文或者英文,入学之前可以自由选一些课旁听。嘉毅从老师又回到了学生,这个考试对他来讲根本不成问题。他当即就有了对应的办法,准备将自己的大学毕业论文翻译成日文或者英文,只需在翻译时动点小脑筋就可以了。接着,他心想这样的话空余的时间太多了,真不知道在异乡他国如何打发这么多的空闲时光。

从指导教授那里出来,嘉毅得到了一位辅导员和研究室的一个坐席。辅导员是按照学校的规定,配置给每一位新来留学生的,主要是帮助解决留学生在言语上和生活上的困难,例如协助留学生办理医疗保险手续,帮助留学生的日文论文校对等,每周服务两次,为期半年,由学校统一承担费用。嘉毅的辅导员叫仓岛,他比嘉毅大两岁,也是石塚教授的学生,正在读博士课程。研究室的坐席每位研究生都有,包括准备读研究生的同学。经济、政治、法律三个学科的学生研究室都集中在他们经济学教学楼的三楼,一般每个研究室有四至五位同学。仓岛把嘉毅引到一个空的位子旁,说是嘉毅今后的坐席。这是一个用屏风和书架隔出的空间,包括一张书桌一把椅子,和椅子背后靠墙的一排书架。仓岛介绍道:"研究室坐席仅提供给学生在学校读书学习之用,而利用的方式各不相同,有的同学整天在研究室,也有的白天见不到人影,晚上则通宵达旦。"又指着坐席客气地补充道,"这个位子比较小。等明年新的研究室开出来或者有人毕业了,可以换一个大一点的。"他还为嘉毅介绍了研究室的另外三位同学的情况,两个是硕士在读,此时都不在研究室里,只有叫池田的在,他是学当代国际政治的,博士生毕业已经几年了,还在继续做课题。他起身对嘉毅说了一些客气的话,显得很热情,好像很欢迎他的到来。嘉毅知道是一些礼节性的话,可不知道确切的含义,只好用在北京学到的"初次见面,请多多关照"的日文来应付。嘉毅还想仔细看看自己的坐席,仓岛马上把他领到自己的研究室。他的研究室在三楼的另一端,沿着长长的走廊,嘉毅看到每扇门上都贴着研究室同学的名单和是否在房间的标志。来到仓岛研究室门前,趁他开门之际,嘉毅瞄了一眼房门上名单,发现有一个像是女生的名字,心里感到有些奇怪。

仓岛的房间比自己的还要拥挤,书架摆放得横七竖八,高高低低,空间变得很狭小,变得很暗,白天也要开灯,空气混浊;书架上除了书之外,还有酒瓶酒杯,喝咖啡的用具;书也不全是专业书,还有漫画和乱七八糟的报刊;为了保护自己的私密性,有的同学还在书架和书架之间拉起了布帘。嘉毅心里感到好笑,在他看来,这些研究室有点像国内学校的宿舍,只是没有床铺而已,而且男女杂居,感到有些别扭,根本不像做学问的圣地。仓岛拉了一把转椅让嘉毅坐在自己的对面,拿出一份留学生指南,向他介绍学校情况和图书馆的利用规则。他说的是日文,嘉毅勉强听着。这时有同学进来把仓岛叫走了,好像是去接电话。嘉毅刚才看到过公共电话在走廊中间,离开这间研究室有一段路程,估计一个来回需要一些时间。嘉毅好奇地打量着仓岛书架上的书,首先跳入眼帘的是一本下流杂志,封面的照片很刺眼,他目光一扫而过,不愿意在这样的环境中让人看到他在留意这样的杂志。在上面格子的一排书脊中发现了一本很旧的印有汉字"人工鱼雷"字样的书,他取下翻了翻,仅凭他的日文知识和书中的图片,可以轻而易举看出是讲述第二次世界大战时,日本为了挽回败局而使用的有人驾驶的鱼雷和美国人同归于尽的故事,这是嘉毅从来没有听说过的故事,有一种触目惊心、骇人听闻的感觉。在把书放回原来位子时,又看到旁边有一本厚厚的装裱漂亮的似乎是"神风攻击队名录",从名录的封面和书中的照片来看,一目了然可以看出这是颂扬那些人的名录和故事,这本书的旁边是一套封面已破损发黄的旧书,是一部反映日本侵华的系列长篇小说《士兵三部曲》,它由日记体小说《麦与士兵》、书信体小说《土与士兵》和长篇小说《花与士兵》组成,作者在日本几乎是家喻户晓的火野苇平。嘉毅曾经听人说起过这些书,侵华期间在日本非常流行,甚至红得发紫,为当时的日本国民提供了所谓的精神食粮。他再也不愿意去碰这些书了,从心尖上感到一阵刺痛,心想自己毕竟是在日本的学校里,这些书似乎都是宣传那些侵略者光荣的,而周围同学就是受着这样的教育长大的,书的主人对书中的故事肯定有着顶礼膜拜的感情。他暗暗地提醒自己,和他们混在一起,一定要记住自己是中国人,同时心中有一种苍凉孤独的感觉,感叹自己周围有着那么多的朋友想尽办法出国,而出了国后也会有和自己一样的感受吗?仓岛回到研究室继续向嘉毅讲述留学生的各种注意事项,嘉毅则尽量不去想刚才不快的那一幕,装出很认真的样子在听他介绍。

从苍岛研究室出来,嘉毅没有心思再去看自己的研究室,径直离开了学校。在地铁车站出口处,他从自动售货机里买了一包香烟,回到会馆后,不想马上回宿舍房间,就在会馆绿地的长椅上坐着,脑子里乱哄哄的,抽着烟,看着太阳慢慢西沉。见天空变成烦人的橘红色,嘉毅心想自己到东京差不多二十四小时了,可看到二次夕阳的感受却截然不同,最苦恼的是还无处诉说。他想喝酒,想灌醉自己,想麻醉自己,甚至想忘记自己是谁,忘记自己来自哪里,又在哪里。他不知不觉又来到了那家中华料理店,进店门还是那声清脆的"欢迎光临",那个女人还是那样笑盈盈的。嘉毅面无表情地坐到昨天坐过的位子,上了菜和啤酒后,他很快就把一大杯生啤酒喝完了,又要了一杯。这次他在小店坐到了很晚才回宿舍,还知道了那女人的名字叫惠子。

这种小店就是在日本再平常不过的居酒屋,可以理解为小饭馆或者小酒馆。这家小店只有她和父亲两个人在打理,她母亲早就离家出走了。父亲身体一直不好,他主要主持店内的厨房间,很少露面,惠子主管外面接待客人,父女俩勉强维持着小店的经营。她在嘉毅面前第一句话是:"我看你也是个孤独的人,就像我一样,是一个寂寞的人。"嘉毅的日文水平有限,起先他们的交流有些困难,还利用了中日文中共有的汉字笔谈,花了很长时间才说通这句话。尽管他们交流存在障碍,却乐此不疲。这样的障碍反而增添了一份情趣,别有风味,有了上一句就急切地等待下一句,上一句是说的,下一句是写在纸上的。嘉毅感到和惠子交流是一件愉快的事,他的日文水平也突飞猛进。小店成了他最想去的地方,好像这个地方没有国籍没有历史,是一个超脱现实的地方,只有一个男人和一个女人。

不知何时起,惠子开始关心中国的事情了。在晚餐空隙,她指着一本电影杂志上的中国电影广告,问嘉毅看过《芙蓉镇》电影吗?嘉毅知道芙蓉镇的基本情节,但担心用日文说不清楚,为了省事便说没看过。她提议如果想看,明天可以带他去看。翌日下午,他们从新桥的电影院出来,嘉毅花了九牛二虎之力向惠子解释了故事的时代背景,可她还是不理解地感叹道:"你们真可怜,怎么会这样?"这句话让嘉毅心起波澜,即使他的日文水平再高也无法回答这样的问题,心里有些后悔,不应该和她一起看这部电影,好像让她看到自己的伤疤似的,再一次确确实实地感受到自己是在国外。好在这样的波澜很快给眼前的热闹打断,他们无意间走到东京街头无处不在的扒金宫游戏机房门前。惠子问他玩过扒金宫吗？嘉毅在去学校的地铁站附近见过这样的游戏机房。每天早晨开张时，在很远就能听到那里大音量播放着庄严的进行曲，鼓励人们壮大胆子，拿起钱包去前仆后继投入战斗；每当夜幕降临，亮得刺眼的霓虹灯歇斯底里地闪烁着，里里外外光彩无比，犹如金宫玉店，照亮了周围每一个人，叫人流连忘返，陶醉其中。惠子听说他从来没玩过，便激情昂扬地叫道："我十八岁之后的零用钱全部交给了它们。今天托你的福，我要赚回来。"她拉着嘉毅并排坐在扒金宫游戏机前，手把手地教他如何操作。其实游戏需要的动作并不多，只是不断地拉手柄发射钢珠，接下来就是看着钢珠任意上升任意落下，如果落到可以开奖的洞内，游戏机当中三个显示窗不断地滚动着数字，这时会出现三个相同的数字或者三个相同的符号，如三个七或三个香蕉，随即游戏机下方的出口会按照不同的数字或符号吐出许多钢珠，那你就赢了，因为这些钢珠可以返还给店里换钱。为了引起周围的注意，开奖时游戏机顶上的彩灯会亮，还会发出悦耳的音乐。

嘉毅很快就掌握了玩法，刚买来的钢珠开始迅速减少，也不见开奖，只能不时地停下看看周围的人。敞亮的游戏房里，一排排整齐的游戏机，就像纺织厂里巨大的织布机，人们背靠背坐在游戏机前操作，噪声很大，钢珠在游戏机里滚动的声音和强大的音乐合在一起，营造让人神经亢奋不已的环境，叫人忘记时间，忘记周围的一切。整个游戏机房宛若一个能够让人忘记自我、消磨时光的大车间。嘉毅不习惯这样的气氛，也许没有尝到扒金宫真正的乐趣和刺激，看着周围聚精会神的人，感到不可思议。他发现惠子已经换了位子，只见她一手持游戏机手柄，一手夹着香烟，目不转睛地盯着游戏机，神情非常专注，她身旁放钢珠的格子里钢珠已经堆满了。后来听惠子讲，换座位是有讲究的。一般而言，扒金宫游戏具有一定的规律，一台游戏机在一天内总会开那么几次，相隔时间不一，如果一个人在那台游戏机上玩了很长时间没有开，第二个人上去也许只要玩少许时间就会开。有不少人会利用这一点寻找位子,尤其那些学生模样的人更善于利用这种可能性。在玩的同时注意周围客人的情况,如果发现玩了很久未开而离开的客人,就由自己接着上去继续玩。惠子也不例外,不一会儿,惠子玩的那台游戏机顶上的彩灯果然亮了起来,她开心地朝嘉毅做了一个赢的手势。嘉毅见惠子正玩得兴头上,无奈只能继续把不多的钢珠打完,心想打完手中的钢珠也不再加钱买了,准备就此结束扒金宫游戏。正在这时,突然听到游戏机发出悦耳的音乐,机器当中三个显示窗出现了三个猴子的头像,开了,机器下面的出口涌出大量的钢珠。他看见惠子正朝自己的方向在看,还做了赢的手势。他们都赢钱了,都很兴奋。当惠子把用钢珠兑换获得的钱放入精致的钱包里时,挥了挥钱包骄傲地炫耀道:"讨厌的东京,有时候也很可爱,会给你带来不少惊喜。"她要带嘉毅好好享受繁华而刺激的东京夜生活。

走出扒金宫时,已是很晚了,是人们喝酒唱卡拉 OK 的时候。街上行人熙熙攘攘,在热闹的地铁车站前的广场上,不时有打扮得奇形怪状的人在表演,面对匆匆而过的人流,他们熟视无睹,我行我素陶醉在自己的表演中,成了东京街头的一景。惠子悄悄地向嘉毅介绍:"他们这些人,白天干的是各行各业的活,晚上就喜欢在这里表演,他们不为钱只为表现自我。"在嘉毅看来这些表演有点滑稽,心想东京也许是一座包容的城市,也许是那些人被压抑的太久。惠子像所有的日本女人一样,走起路来目不斜视,步伐很快,一点没有逛街的味道。她带着嘉毅穿梭在街道和车站的人群之中,在拥挤的 JR 路国营轨道电车内挤进挤出。只要嘉毅不开口说话,混迹在日本人当中,一点也显不出是外国人,这对非常腼腆的又有点自卑的他来讲,减轻了不少压力。

惠子领他去了一家日本料理店,一是为了庆贺他俩双双赢钱,二是为了尽地主之谊,炫耀日本的饮食文化,点了上好的生鱼片。在日本料理中,除了生鱼片,还有许多食材都可以生吃的,如蔬菜、牛肉等。嘉毅除了在惠子店里尝过一点简单的生鱼片之类的生的食材,还在学校的食堂里吃过几次。嘉毅对生的食材谈不上喜欢,也说不出有什么不好吃,但每次吃的时候,总想到来日本之前有人说的一句刻薄的玩笑:"我们不像日本人,要吃熟的。只有鸡呀、狗呀、猫呀才吃生的。"为了尊重惠子的一番心意,他还是吃了不少生的料理。嘉毅一边夹着生鱼片,一边说着客气的赞美生鱼片的话,看着惠子为自己斟酒。惠子一手托着另一只拿酒壶的手,不紧不慢,适宜得体,精心地往小酒盅里斟酒,尔后把酒壶放回原处,又以双手将小酒盅移到他跟前,动作非常细腻而精准,有一种优雅的神韵,又有淳厚质朴的感觉,这时惠子显得特别有女人味,是一种让人有亲切温馨感的女人味。这种亲切感和在她店里感到的亲切感有所不同,平时嘉毅在她店里喝啤酒时,惠子也为他斟过酒,他并没有感到什么与众不同,就如一般服务员为客人斟啤酒,充其量也只能感受到服务的周到而已,是一种职业的亲切感。也许,今天喝的酒,是日本的清酒,配的是精致的日本式酒具,这些东西增添了日本女人斟酒的美妙。看着惠子优雅亲切的动作,嘉毅想起了曾经在一本书上读到的"世界上娶妻要娶日本女人"的话,心想也许这就是日本女人的奥妙所在。惠子表现出的亲切是从一个女人内心深处散发出来的,能够让男人产生浮想联翩的感觉。经过温热的清酒,醇香扑鼻。嘉毅非常喜欢清酒,可能是酒精的作用,使得他的日语流畅了许多,和惠子的话也多了起来。他们彼此总能心领神会对方的言语。嘉毅已经点燃了外冷内热惠子心中的火焰,他俩离开日本料理店时,已不像来的时候并肩而行,而是惠子挽着嘉毅的手,宛若一对热恋的情侣。其实在白天的东京街头手挽手、黏黏糊糊的男女并不多见,只有在夜晚时情侣才会这样。嘉毅在惠子的精心安排下,也乐享其成,一步步走向约定的目标。惠子又带他去了居酒屋和卡拉 OK,从卡拉 OK 出来已过了 JR 路国营轨道电车的末班车,他们名正言顺地住进情人旅馆。不论惠子有没有罗圈腿,她的出现给嘉毅在这段初来乍到的灰暗的日子里增添了一抹亮色,甚至有时候达到忘情的程度,使他忘记了自己在异国他乡。

自从嘉毅和惠子有了故事后,似乎有一点融入了日本人生活的感觉,见日本人时不再像以前那样,总感到有着一层隔阂,又似乎自己的内心强大了不少,不再讨厌有些日本人的怪模怪样了。同研究室的博士池田虽然很沉闷,可对嘉毅一直礼貌有加,很友善,有时还让嘉毅分享自己煮的咖啡。嘉毅也听到了不少池田和一位中国女同学小赖的故事。他们的故事发生在嘉毅来留学之前,小赖是学法律的,典型的中国东北美人,不知道在什么时候,什么场合,池田和小赖成了恋人,成了三楼研究室人人皆知的浪漫故事,同学们纷纷羡慕他们,祝福他们。可是,小赖在硕士升博士课程的考试中不知道什么原因没有通过。按照奖学金发放守则的规定,没有直接考入博士课程,哪怕第二年考入博士,都需要终止奖学金的。也许这对小赖打击太大,得了抑郁症,在今年元旦后的一个夜晚,上吊在自己住处后面小树林中的一棵树上。早晨警察来收尸时,正下着雨,尸体也是湿淋淋的,见到这场面的人都说太可怜了,警察宣布死因是自杀。伤心的小赖母亲赶来日本料理后事,学校很冷淡,几乎没有和小赖母亲有过接触,认为小赖的自杀和学校无关,按规定学校没有义务接待她,也许是学校担心惹麻烦不愿意接待。只有池田邀了一个中国同学协助小赖母亲,为她开车跑这跑那,办理各种手续,出了很大的力,也陪着掉不少眼泪。在小赖火化前,池田向她母亲提出想要小赖的一缕头发,以寄托哀思和对小赖的纪念,却遭到拒绝,小赖母亲说这不符合中国人的习惯,也有人猜测可能是小赖的母亲考虑到自己女儿的离婚手续还没有彻底结束,不便把小赖的头发给池田。陪同池田的那个同学听小赖母亲讲,小赖出国前是当地电视台一档节目的主持人,也小有名气,有一个七岁的女儿,小赖的年龄也不是二十八岁,而是三十五岁,大概是为了争取出国留学名额修改的。这些话传到三楼研究室,大家都很惊讶,都很同情池田,有些中国留学生责怪小赖不应该用假年龄来留学,丢了中国同学的脸,也有人认为小赖不应该向池田隐瞒自己的婚姻状况,欺骗他。尽管如此,池田还保存着那张和同学们在樱花下喝酒的合影,上面有小赖,就坐在池田旁边,看上去两个人很亲热。嘉毅见过那张照片,它一直被池田放在书桌的最里端。

有一天,池田特意拿一本杂志让嘉毅看,说杂志上有一篇自己的指导教授写的关于中国政治的论文,读了之后感到这篇论文在理论上有些牵强,想听听他的意见。嘉毅接过杂志一看标题,倒抽了一口冷气,竟然是《中国分裂之预想》,马上就来气,心里骂道:真是小日本"亡我之贼心不死"。但在池田面前,嘉毅只能装腔作势,不露声色地顺手翻了翻,而每翻一页,就像那些纸张在暗地里狠抽他的脸,使他在池田面前颜面扫地。嘉毅以前知道池田的指导教授研究的课题中有有关中国的课题,可怎么也没想到还包括研究中国如何分裂的。看着池田虔诚而接近愚昧的眼神,心想不论你是真傻还是假傻,我都会给你一个"满意"的答复。嘉毅克制着情绪,皮笑肉不笑地答道:"只要我的日文水平能看懂,肯定认真拜读。"

在八十年代后期,日本的经济泡沫达到了顶峰,日本人的心理也膨胀到了顶点,学术界也抛出了各种各样的奇谈怪论,他们骄傲地认为:当一个国家的面积只有像日本这样大小、人口像日本这么多的时候,才最适合经济发展,才能成为经济大国,并号称只有模仿日本的模式,国家才会有发展,才会富裕。一些别有用心的学者就将这种歪理套用到中国,进行挑拨离间,说什么中国想要发展经济要富裕,就应该将国家分成四五个类似日本一样大小的国家才能取得经济成绩,并推理出中国即将分裂的结论。这些歪理邪说嘉毅以前也见到过,略知一二,认为这些歪理经不起推敲,只感到气愤,也没有太放在心上。第二天,池田又找到嘉毅,谨慎地问道:"论文看过了没有? 如果可以的话,我想邀请你参加我老师的研讨会,题目就是谈论这篇论文。我们的研讨会里没有中国留学生,我想我们研讨会都很想听听中国留学生的意见。"

按照嘉毅在国内只求逍遥的秉性,他对类似这类课外讨论的活动历来是敬而远之的,甚至是不屑一顾的,然而池田的邀请把他顶在杠头上。他想了想答道:"好,我尽量参加吧。"池田恭恭敬敬地向他鞠了一躬,以示感谢。虽然嘉毅不想揽这种事情,偏偏这类事情落在他的头上,避都避不开。摊上这样的事,他只能无条件地应战,硬着头皮也要冲锋陷阵。他心想在国内从来没有想过自己和国家有什么联系,而现在却确确实实地再紧密不过了,仿佛自己代表着自己的国家。他暗暗下了决心必须在研讨会上有礼有节、不卑不亢地对论文予以反击和驳斥,深感责任重大,只许成功,不许失败,决不能丢自己的脸,丢国家的脸。他调动了头脑里所有的细胞,搜索反击的材料和依据。他心中憋着一股怒火,就像一个孤立无援的战士。

为了这个小小的研讨会,嘉毅开始挑灯夜战,阅读一些相关的资料和论文,设想许多在研讨会上可能碰到的提问,以日文和英文准备了答案,反复练习相关单词的发音,极力做到万无一失,比他对付任何一场考试都准备得充分,也许是他上学以来最认真的一次。他已经熬了第二个通宵,收起书桌上的材料,把两页写的密密麻麻的提纲放进夹子里,以便带去参加研讨会。嘉毅拉开窗帘,推开宿舍的窗户,呼吸着初冬清晨的新鲜空气。东京的纬度比上海高,冬天的太阳也比上海出来的晚。已经早晨七点多钟了,太阳仿佛没有睡醒,透过薄雾懒洋洋地探出脸来,把阳光洒在他的脸上,却一点没有温暖的感觉,太阳好像不像太阳,像大自然的一件装饰物,假惺惺的。他背靠椅子,脚搁在书桌上,闭着眼睛抽着香烟,心想维护了自己的颜面,也就等于维护了自己国家的面子,在国外自己就是国家,两者是紧紧联系在一起的。如果一个人连自己的国家都看不起的话,那还有人看得起你吗,这是要让人耻笑的。只要能够在研讨会上反驳那家伙的观点,自己连着数日的辛苦也算是值得的。但总感觉怪怪的,这种感觉是以往在国内从来没有过的,表面上看是矛盾的。因为在国内,自己曾玩世不恭地吹嘘过,自己不卖国已经是好的了,从来没有把国家和自己联系起来过,根本不愿谈爱国的话题,甚至不屑一顾,而现在那种联系太紧密了,自己就像一个准备出征的热血沸腾的民族战士,他百思不得其解。嘉毅摇着头,感叹道:谁叫我是中国人呢。

嘉毅在此之前,参加过多次他自己的指导教授组织的研讨会。这类研讨会的属性基本上是围绕某个在学术上有一定地位的教授自发组织的，一种小范围的研讨，讨论形式和内容也比较松散和自由，参加的都是教授周围的徒子徒孙。他发现每当在这种研讨会上自己用英语发完言，除了自己的指导教授几乎没人敢提问题。究其原因，原来不论是日本学生还是年轻教师，他们的英语水平都不怎么样，所以不敢用英语提问；如果那人英语水平很好，由于不熟悉发言讨论的话题，那也不敢贸然提问，剩下的只有自己的指导教授了。没人敢对嘉毅提问，让他的发言轻松了不少，有时甚至可以随心所欲发言，而能够熟练地说英语在同学们中也是一件值得骄傲的事情。这使得嘉毅找到了一项既有面子又能偷懒的方法，在往后的研讨会中，即使能够使用日语，嘉毅为了不让人提问，也尽量用英语发言。但这次研讨会，嘉毅决定说日语，他想让在场的人都了解自己的观点，也不怕被提问，不到万不得已决不用英语。在研讨会上，除了本校的研究生之外，还有其他学校同专业的年轻教师，总共十来个人。池田的指导教授最后一个进教室，他花白头发，浅色细格子领带，一副标准的日本教授模样。嘉毅第一次看到这位教授，心里骂了一句："人模狗样的，我今天一定要理直气壮地反驳你，我豁出去了。"

池田的指导教授被誉为中国问题专家，每年要多次访问中国，和中国一些大学院校有着一定的联系。研讨会的主题是研读日本国内最新发表的几篇学术论文，包括那篇《中国分裂之预想》。池田向大家介绍了嘉毅，说是想听听中国留学生对有关论文的意见，特地邀请的。可能由于池田事先介绍了邀请嘉毅参加研讨会的目的，为了避免嘉毅的尴尬，大家的谈论中反而没有涉及那篇论文，到了快要结束时，池田提议要嘉毅谈谈对该篇论文的看法。嘉毅先说了一些礼貌的话，接着话锋一转，直奔主题说道："没有一个国家需要模仿另一个国家，现实中也是没有模仿的可能性。在此前美国是世界上最富裕的、经济最强的国家，如果那时日本要发展，要像美国一样的发展，难道就应该像美国那样地域辽阔吗？再如瑞士也是本世纪最富裕的国家，那难道日本要富裕，就要把国家缩小到像瑞士那么小吗？国家的发展与否，不是看国家大小，人口多寡，而是看是否找到适合自己发展的途径。因此，中国要发展就要分裂成数个像日本这样国家的论点是错误的；其次，从中国的数千年历史来看，从来没有真正的分裂过，何况为了当前所谓的发展经济，更不可能分裂；再次，现行的中国国体也没有分裂的可能性，现行的宪法维护着中国的统一。所以类似的这种'分裂之预想'是没有现实依据和理论依据的。"说到这里，他有点激动，临时想起两句类似口号的言词，便脱口而出："中国不需要分裂，中国也不会分裂。"

嘉毅扫了一眼在座的，一些年轻的学生包括池田都低着头，他们听课的样子天生就这样，看不出任何的反对还是同意的态度，甚至看不出他们是在听还是在打瞌睡，几位教师包括池田的指导教授，看上去还是很专注地等着他下面的发言，心想这是暴风雨来临之前的平静。嘉毅在最后还不忘像日本人一样，加了一句客套话："我不知道已经说清楚了没有，谨请指教。"嘉毅为了大家便于理解，把话说得很慢，在重要的地方用不同的词汇不厌其烦地重复，以便保证在场的每一个人能够听懂。发完言，他静静地观察研讨会的每一个人，准备随时接受挑战。

意外的是，整个研讨会异常的平静，没有他预想的各种刁钻的提问，甚至没有人提问就直接讨论其他问题了。也许大家看他是第一次在他们的研讨会上露面的缘故，有所收敛吧，或许是那些年轻的日本同学比较内向，或许他的侃侃而谈把大家镇住了。在沉默了一会儿后，主持研讨的池田的指导教授说："没有问题的话，我想大家都看过了《外交杂志》中的关于今年七国首脑会议的评论。文章里提到了日本在国际上的地位问题，很有意思的，请大家发表高见。"嘉毅细心观察着，池田的指导教授说这话时的表情和先前没有任何的不一样，仿佛自己刚才的发言不是在反驳他的观点，几乎是无动于衷。他没想到池田的指导教授的虾兵蟹将并未继续讨论这个该死的话题，使得他没有进一步反击的机会，心里有些不过瘾；可同时，心想反正已把观点亮出去了，完成了使命，只要研讨会一结束就离开，再也用不着再见他们了，有了一种解脱的感觉。结束时，他没有和任何人打招呼，像解放了似的快步走出教室。

　　池田追了上来叫住了他,结结巴巴地解释道:"这只是一般的学术论文,学术讨论,没有其他的企图。"最后池田以乞求的口吻说自己的指导教授想晚上和嘉毅一起喝酒,招待他,希望他不要拒绝。嘉毅还是婉言拒绝了,拒绝的理由当然有不喜欢池田的指导教授的成分。以外,他知道一旦答应和他们喝酒,肯定会喝得很晚,会很费神。他不想第二天没精打采地和惠子一同去游箱根温泉。

　　翌日一大早,一辆亮丽的白色跑车停在国际交流会馆门前,惠子戴着墨镜坐在驾驶座上抽着烟,看见嘉毅出现在会馆门口,就神气地挥了挥手,示意要他上车。嘉毅赞扬道:"这车子蛮不错的。"她答道:"是我父亲的旧车。"惠子听了昨天嘉毅拒绝了教授邀请喝酒的事,大惊失色地叫道:"你怎么可以拒绝教授的邀请呢? 这在日本是不可思议的事情,教师是受到人们尊重的,学生怎么可以拒绝老师的邀请。"嘉毅没有跟她讲研讨会的事,只是淡淡地说:"我不喜欢那教授。我更喜欢精神饱满地和你一起旅游。"惠子说:"哦,这样讨人喜欢的话,在日本男人那里是绝对听不到的。真好,你是来自中国的。"嘉毅笑着补了一句:"我是来自中国上海的。"惠子有点自言自语:"我从来没有走出过东京周围的地方。上海太远了。不知道有没有机会去你老家上海玩玩?"嘉毅附和道:"只要你高兴,我可以随时陪你去看看,不过上海没有什么好玩的。"惠子手握方向盘,认真地问:"你们那里有没有扒金宫?"嘉毅解释道:"扒金宫这种游戏,在中国算是赌博,是禁止的。"惠子说:"是吗? 在日本赌博的游戏还有跑马、赛艇什么的,都是法律允许的。那么你们那里没有这些游戏,大家都玩什么呀? 拿什么打发时间呀?"嘉毅笑道:"那就不玩呗。"惠子也跟着笑着说:"那够寂寞的,没劲。"

　　车辆慢慢驶入快车道,嘉毅是第一次乘坐这样快速的车子,略感紧张,为了让惠子专心开车,尽量不和她说话了。跑车上了首都五号高速公路,公路上车辆不多,惠子把速度提得更快了。嘉毅看着一幢幢现代化大楼倒向身后,感受到了现代大都市的气派,心里莫名其妙地冒出一句：这是东京,而不是上海,是人家的地方。看着惠子驾驶车子潇洒的样子,感受到自己和她的区别或者差距。嘉毅喜欢和惠子在一起,可也有许多不习惯和不理解的地方。就拿他们看电影的那天晚上来说吧,惠子在扒金宫赢了比嘉毅多得多的钱,她说要请客嘉毅游玩,可第二天在出情人旅馆时,嘉毅主动要付旅馆的住宿费时,惠子说要按照日本的习惯各自承担一半。嘉毅疑惑地问她为什么昨天是她请客,而今天却不让他付账。惠子说昨天是自己有言在先要请客的,而没有说今天的住宿费由我或由你承担,所以只能一人一半。还说:按照日本的习惯,不论男女朋友在一起,还是一群朋友出游,如果没有事先说明的,则都是"割勘"的,即平均分摊的。这种"割勘"的平均分摊,嘉毅总觉得怪怪的,少了一份心情,多了一份计算。为此,他还为这次出行准备了一半的费用,包括汽油的费用。他很不习惯这种做法,好像不是在谈恋爱,而是更像在找合作伙伴或者旅游伙伴。他想起了在国内时曾经读到这样的说法:越是文明先进的地方,请客吃饭和送贵重礼物的事情越少,其实这是一种权利意识的表现,越文明,权利意识越强。难怪西方夫妻还有分账的、婚前财产登记的事情。心想也许越是文明,人情味越少。想到这里不免有一丝悲哀:文明的人究竟怎么啦? 当然,在现实中也不免有心中窃喜的时候,幸亏日本有这样的习惯,否则,如果和惠子在一起的开销全部由自己承担,他的奖学金很快将入不敷出,难以持续。

惠子为了找一家心仪的家庭温泉,在半山腰转了好几圈。沿路清新的空气中,不时飘来难闻的硫磺味,两边丛林中时而闪现一簇簇火红的枫叶。阴沉的天空飘起雪花,他们问了好几家,才找到满意的。榻榻米的房间外面连着露天温泉,两旁的树丛将温泉隔成一个独立的空间,是一个供家庭或情侣休闲的好地方。按照惯例他们洗完澡,拿着毛巾步入温泉池。温烫的泉水,使他们的血管扩张,解除了疲乏,小小的冰凉的雪花落在脸上,又使他们神清气爽,平添一份露天温泉的情趣。从温泉眺望远处,风景很美,虽在下雪,山下的芦之湖还是尽收眼底,清澈的湖水湛蓝。嘉毅看着脸上红扑扑的惠子,赞叹道:"这里真美。"惠子骄傲地说:"不但美,还很舒服。泡完温泉,身上会感到很滑爽。"

突然,从他们身后传来一个女人的声音:"嗨,这房间是最好的。在晴天的时候,从这里可以看到富士山,还有湖水中倒映出的富士山雄姿。"并把一个盛着水果拼盘的木盆放在池里,推向他俩。嘉毅让这个女房东的举动吓得不轻,赶紧躲在角落里,把身子缩成一团,样子很好笑。惠子大方地袒露着身子,接过木盆客气地道了谢,还问了周围有什么好玩的景点。惠子目送了女房东,看到嘉毅紧张的样子,大笑道:"你啊,毕竟是外国人。不习惯吧?"嘉毅尴尬地回过身来,责怪地说道:"你们日本人真不可思议。泡温泉、洗澡这种私密的事情,人家正光着身子,陌生人怎么可以进来呢? 真是不分男女。"

惠子一手轻轻地将盛着水果拼盘的木盆推向嘉毅,一手拿着一片西瓜往嘴里送,笑嘻嘻地解释:"我们历来如此,以前我们还男女同浴呢。就连我也感到不可思议,和父母家属一起洗澡那倒还可以接受,有时候在公共浴室突然会看到一对老夫妻光着身子在相互搓背,让我们这一代年轻人真有点哭笑不得,可也不是什么大不了的事,慢慢就习惯了。在报纸上也读到过不少外国人批评我们的这种做法,说是不尊重个人隐私,是一种落后的表现,更有人恶狠狠地批评道,这是畸形。但我们有一种说法,说洗澡是清洁身体,是非常神圣的事情,不需要避讳他人。我也不知道这种说法是错还是对。"嘉毅苦笑着说:"我也不知道说什么好。但畸形谈不上吧。我们中国有句古话,入乡随俗,也许说的就是我现在要做的。"接着朝惠子瞄了一眼加了一句,"随俗。"惠子追问道:"你们中国没有这种事吧?"嘉毅肯定道:"好像从来没有。如果真的有这样的事情,人家肯定要叫警察的,搞不好要被抓到公安局去的。"惠子想了想,认真地点了点头说:"这倒蛮文明的,比我们这里好。至少了许多难为情的事情。"嘉毅本想按照在国内的说话习惯和惠子揶揄一番:我现在一点不难为情,你难为情了吗? 自从来了日本,嘉毅一改在国内说话的风格,很少和周围的日本同学包括惠子开玩笑,毕竟在国外,说的语言又是外文,如果表达不精确会产生误会,如果有误会还要用外文去解释和纠正,那就更加麻烦和得不偿失了。

嘉毅为了转换话题,无话找话问起惠子那小店的事情,用毛巾划着水问道:"你喜欢做老板娘？在店里干了多长时间?"惠子答道:"喜欢谈不上。我大学毕业,和我一样的女生都去公司就职了,也有像你一样读研究生,我也想和她们一样,可我父亲没有儿子,如果我不在这个店里的话,父亲坚持不了几年就只能把店关闭或者卖掉,这样他会很伤心的。由于父亲不愿意雇人,两个人打理这样一个店,每天中午四小时,下午到晚上七八小时,没有周末和星期天,几乎年中无休,很累,很辛苦。可我已经干了两年了,天天如此,习惯了。我们日本人就是这样辛苦。"说到这里惠子面露骄傲的神情,朝嘉毅看了一眼自夸道,"厉害吧。"接着说道,"哪里像你,这么好的福气,又拿奖学金,又能读书。"嘉毅支支吾吾不知道说什么,才能恰到好处。她突然兴奋地笑道:"父亲大概还想要我招赘入婿来把店继续下去吧。"嘉毅不知道说什么好,附和道:"是吗?"惠子依然在自己的思绪中,还在不停地笑,这笑容中夹杂着一丝大胆和轻浮,从水里伸出泡得微红的手,指着嘉毅问道:"我父亲未来的女婿是你吗?"这样的大胆和轻浮是建立在和嘉毅情感上的,是戏谑和调皮的一种,其中没有做作和夸张,还透露出一点点无奈。惠子说完赶快不好意思地用毛巾捂住大笑的嘴,可眼睛里还是笑出泪花。

嘉毅比惠子要敏感的多,拘谨的多,面对这样的问话,他判断不出是玩笑还是认真的,更不知道像自己这样的外国人又和她有这样一层故事的人应该怎样回答,只能陪着笑而不答,等到惠子笑停了,赶紧转移话题问道:"你出来泡温泉,你父亲可要在店里忙了,会很辛苦的吧?"惠子答道:"没有。我为父亲找了一个临时工,把我的那份工资给了临时工。"嘉毅惊讶道:"这店不是你们自己的吗,还用得着你付临时工工资?"惠子双手捧水边玩边说:"店当然是我们的,但谁不工作谁不拿工资,这是店里的传统。这店是我爷爷的,从我奶奶和父亲掌管时就这样的。"嘉毅顺口问:"那你爷爷不工作,拿工资吗?"惠子答道:"爷爷早就没有了,我从来没见过。"嘉毅为自己问了一个多余的问题有些尴尬,赶忙说:"对不起。"

尔后有了一瞬间的沉默,惠子严肃地转过头来望着嘉毅说:"现在我们日中友好了。这是我们爷爷一辈的事情,应该和我们没有什么关系了吧,你说是吗?"嘉毅一时无法理解她的话,一头雾水,答不上来,只能瞪大了眼睛看着她。惠子像是下了很大决心似的说:"我爷爷死在你们中国的南方,连骨灰都没有运回来,到现在连个墓都没有。"后又补充了一句,"这些事情,平时我们家里从来不说的。"听惠子这么一说,嘉毅更不知道说什么好了,心中倒记起了在第一次去小店时看到那橱柜上的相片和军刀,心想相片里的那年轻人可能就是惠子的爷爷,也是这小店的主人,相片也许是她爷爷前往中国之前的留影,还有那把可憎的军刀也许是为了纪念他的军人身份。想到这里,他无神地注视着惠子,她也呆呆地盯着嘉毅,好像谁也不愿意先开口说话,两人相对无言了好长时间。雪花似乎变大了,无声地飘落着,落在他们的脸上,冰冷直接流进了他们内心的深处。

第二天早上,雪停了,又是一个游玩的好天气。嘉毅睁开眼睛,见惠子双手托着头趴在身旁,眼泪汪汪地看着自己,一动不动。嘉毅疑惑地问:"你在想什么?"惠子犹犹豫豫地问道:"你可以不回中国吗?"这个问题已经不知道被人问了多少遍了,可日本人直接问还是第一次,嘉毅还是不知道怎么回答才好,而惠子在这样的情景下问他这个问题,使他更加难以回答。他把惠子轻轻地搂在腋下,没有说话。惠子伸手摸着嘉毅的脸颊,自言自语道:"如果你是日本人就好了。"说话声虽然很轻很细,可嘉毅听得真真切切,仿佛是在他脑子里一声响了惊雷。他自己又何尝没有这样的想法:如果惠子是中国人那该多好呀。

房间里很安静,再也没有任何的声音。昨晚起就没有拉上窗帘,或者应该说是没有拉上通向温泉池玻璃门的门帘。从他们躺着的榻榻米的位置向外望去,看不到太阳,只能看见湛蓝湛蓝的天空,时而飘过几朵白云。他们没有说话,没有交谈,只是相互感受着对方的肌肤和体温,甚至还能感受到对方的心跳和呼吸,心里却想着各自的心事。嘉毅清醒地意识到在背井离乡寂寞难忍中产生的情爱,已经到了与现实冲突的阶段了。要么无视冲突,永远装聋作哑;要么尽快情断义绝,忍受无尽的孤寂。嘉毅无法作出清晰的选择,只能任其自然。也许放任是一种最好的选择,嘉毅以一种最偷懒的方式面对世界上最难以解决的困难,这似乎符合他的性格。

随着时间的流逝,对嘉毅来讲有好消息也有坏消息。好消息是他仅凭在大学里毕业论文的日文翻译件,就获得硕士研究生的入学,还得到了指导教授石塚的肯定,称其论文使用的资料和信息都很新,分析了中国的经济发展方向。另外,嘉毅的辅导员仓岛跟他说:受人之托,有一所短期女子大学急着要找一位临时教中文的老师,希望嘉毅能够帮忙。他无意间得到了一份工作,收入也不错,加上他的奖学金,在三楼的学生中算得上是富裕的了。坏消息是他住的国际交流会馆的期限到了,需要自己找房子住。

在日本,外国人找房子是一件麻烦事,需要保证人。保证人制度是日本社会诚实体系中的重要一环,租房借钱都需要保证人担保。由于保证人制度把个人的私事全部暴露在他人面前,嘉毅特别烦这个保证人制度。他最先考虑惠子为自己做租房保证人,惠子说只能帮助他找房子,保证人做不了,她不够保证人资格,不过告诉嘉毅如果愿意的话,她可以叫她父亲作保证人。嘉毅不想麻烦太多的人,谢绝了。他不得已,只能找自己的指导教授石塚,尽管石塚教授是一名大学教授,可还是很愿意帮这样的小忙。

嘉毅在离学校地铁四站路的居民区找到了一间不大的日式房子,就是那种榻榻米式的,不远处就有地铁站、通宵店和超市,还有扒金宫和不少的居酒屋,生活还算便利。他不习惯那种晚上取出被子睡觉,白天收起被子的日本人生活方式,也不习惯盘腿而坐,而是喜欢坐在书桌旁的椅子上看书写字,可以随时躺下休息的生活方式。嘉毅不喜欢榻榻米还有一个理由,是经常拿下面的话和中国同学开玩笑:"睡榻榻米就像睡地铺,只有鸡呀、狗呀、猫呀等动物才不睡床,睡地铺。"所以他在心理上已对榻榻米先入为主了。他在榻榻米上进行了创新，直接把床、书桌和椅子搁在榻榻米上，不过在进房间时还是沿用了榻榻米的方式，养成了脱鞋的习惯。

惠子看了他房间的布置，是她生平第一次看到在榻榻米上搁床搁家具，大惊失色地摇着头叫道："榻榻米是我们日本人的床，你们这样使用，简直是糟蹋榻榻米，我们日本人要伤心得哭的。"随之用略带埋怨的口吻道，"怪不得有许多房东不愿意借房子给你们外国人。你如果不习惯榻榻米，你应该去借欧式的房子。"惠子这么说榻榻米是嘉毅没有想到的，更没有想到这小小的榻榻米在日本人心目中有这样的地位，敏感的嘉毅马上感到在日本人面前这样布置榻榻米房间有些不妥，但已无法挽回。他无奈地耸了耸肩，找了些客观的理由来解释道："附近没有欧式的房子，而且欧式的房子租金要贵许多。"嘉毅心中有些后悔带惠子来看自己的房间，深感两种不同生活方式的融合是一件不容易的事情，日后在和惠子的交往过程中，他将愈加注意，避免不必要的冲突，避免相互留下不好的影响。

嘉毅租房的地方离惠子的小店比原先的国际交流会馆远了不少，主观和客观原因都让他和惠子渐行渐远。在这些日子里，嘉毅感受到客居他乡寂寞的同时又增添了一层新的伤感。他有许多话要对人说，在这里没有人能够倾听他的述说，他想起了上海，想起了上海的朋友。在无聊的胡思乱想中，想得最多的是罗小微，虽然他和小微在嘴上都不承认他们俩是恋爱关系，甚至还去和别人相亲，但那种知己知彼，心心相印的感觉，叫他难以忘怀，如果小微在身边的话，他肯定会向她诉说衷肠，诉说心中的不快和郁闷。有时候还会想起黄莺，其实黄莺是他来到日本后最先想到的，他见到惠子后发现她身上有许多品质很像黄莺，此后在和惠子相见的过程中，脑海里多次闪现黄莺的影子，虽是瞬间，却很顽强，挥之不去，甚至在和惠子约会结束后，还会想黄莺近来好吗，为她祈祷幸福，也许这是在出国前郝予兴告诉他黄莺婚后过的不怎么样而引起的。尽管他忍受着寂寞和孤独，却几乎没有给她们写信的愿望,或许是因为不愿意打扰她们,或许是因为懒惰,或许两者兼而有之,唯独思念是真切存在的,会不由自主地冒出来的。思念伴随着喝酒成了嘉毅打发寂寞时光最好的办法,他开始借酒消愁,经常出没在他居住周围的居酒屋。

居酒屋是人们晚上吃饭喝酒打发寂寞时光的好地方。有人曾这样描述过居酒屋:"那些空巢老人或者是怨夫怨妇,又或是正当年富力强,恰逢风雪之夜,一个人在屋里实在待不住,孤寂得要发疯,而想要杀人又不敢,于是,就可以来到居酒屋,喝点酒。然后,醉醺醺地跌跌撞撞回到家里的榻榻米上,一直睡到第二天日上三竿。"那里聚集了在白天忙得筋疲力尽的年轻白领、倍感生活压力的失落的中年人和孤独无援的老人,喝着妈妈桑递上的酒,散发出一天积聚起来的怨恨和牢骚,寻到自己的需要或安慰。有时候,嘉毅一个人在屋里实在待不住了,也会和日本人一样,把居酒屋当成咖啡馆,拿上一本闲书,要上一瓶啤酒或者那种日本独有的威士忌加冰加水的混合酒,找个安静的位子坐上一个晚上,直到打烊为止。

到一九八八年,来日本留学的中国年轻人越来越多,极大部分是自费留学,其中夹杂着很多借留学名义来日本打工赚钱的。那一年也是日本泡沫经济到达顶峰的时期,到处在招聘人,街道上报纸上到处是招人广告,小小的居酒屋也不例外,这给想打工赚钱的中国留学生创造了许多机会。嘉毅常去的那家居酒屋也来了中国留学生打工,是一位从上海来的女生,叫丁霓。那天嘉毅一进居酒屋的门,妈妈桑就把丁霓介绍给了他,说他们是同乡,可以说说家乡话。嘉毅来日本这几年,一直说的是日语或者英语,遇到中国的留学生多数时候说的也是普通话,说上海话的机会很少。他们礼貌地谢过妈妈桑后,趁店里客人不多聊了一会。小丁来日本的时间和嘉毅差不多,也在东京的一所私立大学里读经济专业。她在上海的大学里读的是日语专业,读到第三年时,正好有一个来日本就读语言学校的机会,就退学来日本,在语言学校混了近一年,提前考入了现在的学校。嘉毅看到有客人进店,便识相地主动中断了和丁霓的聊天,要她回柜台里去招呼客人,自己找了一个离柜台最近的位子坐下。嘉毅吃完饭要了一杯酒,收起了平时读的闲书,一边喝酒,一边断断续续和柜台里的丁霓聊天。丁霓很勤快,和嘉毅说着话,两只手做着各种杂事从没停息过。

他俩有着许多共同的语言,丁霓给嘉毅带来了许多有关语言学校里的自费留学生的故事。她对语言学校爱恨交加,从说话的语气可以看出她对语言学校的不屑一顾和无奈。虽然她自己也是从语言学校出来的,可以说上这类语言学校是她出国的唯一途径,但她还是把语言学校说成是附带出售签证的学店,是中国人黑户口的发源地。在八十年代后期的中国,国门刚刚开启,有许多年轻人尤其上海的年轻人拿着就学签证前往日本留学,就读日本语语言学校,可结果却有点惨不忍睹,因为除了极少数的同学能考入大学或者读研究生,其中绝大部分的同学中途退学或者最后直至签证过期后,留在日本继续打工赚钱。对不少人而言,这也许和他们出国前的预想是基本一致的,只是,成为日本官方所称的在日不法驻留者,即无签证在日本居住的外国人或者上海人嘴中的黑户口,多少有点狼狈。由于这群人数量急速大幅度增加,再加上这群人在异国他乡的生存压力和赚钱心切,做出了许多让胆小怕事的日本人头昏目眩的事情,很快成了日本媒体广泛关注的一种现象,损害了中国留学生的形象。对此嘉毅和丁霓深有同感,甚至为这种现象感到羞愧。由于他们的聊天是在丁霓的上班时间,虽妈妈桑欢迎丁霓和顾客聊天热络,这对留住顾客有利,但嘉毅也很知趣,绝对不影响丁霓的工作。看到丁霓经常在柜台内侧的水池旁洗洗刷刷,他专挑靠近水池的柜台位子坐,以便和她聊天。他们说的也不尽是上海话,为了表现出不显眼,或者尊重其他的日本客人,有时候也会掺合几句日语,看似和周围的气氛很融洽。

随着他们接触的增多,嘉毅了解到丁霓在日本留学的日子和自己完全不一样,过得很不容易,没有奖学金,不但要读书还要应付高昂的生活费和学费,尝尽了自费留学生的艰辛。刚来东京时,人生地不熟,生活很困难,边打工边读书边考学校,因为一个人独立租不起房子,半年里换了九个住处,当下也是和一个上海来的女生合住一间小公寓。那女生和丁霓是语言学校的同学,还在语言学校读书,她和丁霓不一样,没有读书的兴趣,家里还有一个儿子要养,只想利用在日本的机会多打一点工,多赚一点钱。另外,那女生还仗着年轻漂亮,想嫁一个日本人,那就用不着打工了,还可以把儿子接过来,一劳永逸。

丁霓问嘉毅嫁人算不算是一种好的出路。嘉毅像大哥一样,拿丁霓举例,以教科书标准答案的方式,四平八稳地答道:"人各有志,因人而异。如果像你这样的,在这里能够读大学,前途无量,那就不用考虑走嫁人这条路了。如果像你的朋友,在这里没法混下去了,回国也找不到像样的工作和像样的男人,还有负担,生活不易,那嫁人也无所谓,不失为一条出路,就赌一把。"靠嫁人留在日本,有这种打算的女生不在少数,嘉毅听的多了,也不足为怪。虽然他没有理由反对嫁给日本人,然而他心里极其不喜欢那些为了利益而嫁给日本人的女孩,认为她们亵渎了爱情,但他从来不挂在嘴上,免得伤及无辜。丁霓只是邂逅没几天的同乡,且也是个女生,说不定也有在这里嫁人的想法,所以在她面前不可能说出自己真实的态度。丁霓在水池边洗着杯子,斜瞄了一眼嘉毅说:"你倒是挺开明的,到底是做过大学老师的,讲出道理来,一套一套的,不像我以前语言学校的那些男的,一听到我们女生在这里要嫁人,就妒忌得要命,好像嫁的是他们的女人一样。"嘉毅只是笑而不答,也许在为刚刚没说实话而感到庆幸。丁霓转过脸神秘兮兮对嘉毅说:"我见过她的那个日本男朋友。看上去人还不错,是一家小公司的老板,出手还算大方,为她买了不少衣服和好东西。"她直起了腰叹息道,"嗨,也算是我朋友的福气,苦尽甘来了。听她说,男朋友不在乎她有儿子,答应婚后让她儿子过来读书,她儿子也有了着落,很好的。唯一不足的就是那人岁数略微大了一点。"从这叹息中,听不出有多少叹息的成分,而更多的是赞叹和欣慰,甚至无意间在眼神里闪烁着羡慕。

嘉毅对这些话题不感兴趣,无聊之际又打开了另一个无聊的话题:"打工很累吧? 日本人讲认真,很不习惯吧?"丁霓知道他享受公派留学生的待遇,无需打工也能在日本生活的很好,她看了一眼旁边的妈妈桑,悄悄地低声说:"这已经是我第十一份工作了。最苦的时候,除了读书还坚持打几份工。"停了停,看妈妈桑去柜台另一头照顾客人了,以一种埋怨和诉苦的表情说:"日本人太认真了,而且还死板,就连洗手间也一尘不染,刚来时很不习惯。"嘉毅笑着问:"这里的洗手间也是你打扫的?"丁霓点了点头,嘉毅惊讶道:"你,真够呛。"接着感叹道,"人家是经济动物,就是靠这样认真干出来的,不是靠吹牛吹出来的。"他说完又朝周围扫了一眼,诡异地一笑,轻声说道,"依照我的看法,他们的认真已经到了病态的程度了,他们是一个要求妓女干活也要认真的社会。"丁霓噗嗤地笑出声来,立刻收敛起来,瞄了一眼四周,动作幅度很隐蔽地指了指嘉毅道:"你真坏,骂人不带脏字。"他俩都会心地笑了。歇了歇,丁霓问:"你现在还在女子大学教中文吗? 你可以留在大学里教书吗?"嘉毅反问道:"你是说让我留在那所女子大学教书? 我才不想呢,也不可能的。"丁霓追问:"如果你拿到了博士学位,有可能留在现在的大学里做老师吗?"

按照嘉毅对日本大学和授予博士学位传统的理解,不论是留学生还是日本学生,一般学校不会轻易授予社会科学方面的博士学位。在学校里做了一辈子的教授,临到退休前才授予某某博士学位的事情很多,博士学位有了一种荣誉的味道。在日本的学生中,读完博士课程得不到博士学位,就离开大学的人占到绝大多数,他们的学历只能算是读完或者修完博士课程,而不能称博士。如果留学生的话,确实优秀,或者有其他原因的,按照留学生的特别处理办法规定,也可能授予博士学位,但是该留学生得到学位后,绝不可能留在学校或者留在日本该领域里从事教学和研究活动。因为如果不是这样的话,对有相当资历的未获得博士学位的日本学者来讲就很不公平了。即有了一条不成文的潜规则:对留学生来说,获得博士学位和留下来,不能同时兼得。嘉毅心想像丁霓这样本科生的女孩,现在还不会考虑得太多,只想着要留在日本,不论是就职还是嫁人,只要能留下来,就算心想事成了,而自己也许要的更多,既想得到博士学位,还要以与之相配的身份留下来,这又谈何容易。他没有向丁霓说出自己的想法,也许什么都没有确定不好说,只是含糊其辞地轻声感叹道:"将来,何去何从是个问题。"

第十九章　获得博士学位

　　仓岛博士论文研讨会，即将如期举行，即在指导教授石塚主持的研究会上讨论他的博士论文，这将意味着仓岛的论文可能获得通过，他也即将取得博士学位，将来就有可能有大学聘他做大学老师了。仓岛是嘉毅来到学校后第一个认识的同学，不久后，就发现他是一个非常聪明细心的人。报到的那天，嘉毅在仓岛研究室看到的两本讨厌的军国主义的书，在以后的日子里不见了，而且也没有出现过类似的书，心想也许仓岛意识到在这种半公开的有中国人进出的场合放置这些东西不好，收起来了。仓岛是嘉毅的辅导员，嘉毅遇到困难总能在他那里得到圆满解决，例如去年嘉毅刚刚取得驾驶执照，需要练习开车，多亏了他的帮忙。排除各自的文化背景差异，从表面上看，他俩是一对很好的朋友。日子长了，嘉毅了解到仓岛来自东京北面的一个小镇，他家庭成员的架构和自己差不多，有一个姐姐，父亲是大学老师，在他七岁那年，因交通事故去世了；母亲是当地的一名公务员，一心希望仓岛像丈夫一样能够成为大学老师。

　　嘉毅很关心这次研讨会。仓岛是在读完博士课程三年后，石塚教授才允许他写博士论文的。如果仓岛这次获得博士学位，他就是石塚教授培养出来的第二位博士。按照日本的大学传统，一位社会科学的教授，一生培养两三个博士，已经是一位了不起的教授了，不可能连续两年每年都培养出博士。嘉毅想到自己明年将是博士课程的最后一年，如果考虑想获得博士学位的，从现在开始就要准备写论文了，就应

294

该现在确定论文的题目了,而这又必须得到指导教授的首肯。可是关于自己何时能写论文,石塚教授从来没有提起过。嘉毅近来一直心神不定,想找一个机会试探着问一声教授,自己是否可以准备博士论文,但不知道怎么开口,他希望通过仓岛的博士论文发表研讨会一探究竟。

在研讨会上,每个同学的桌上放着仓岛的论文复印件,比平时略微显得正式。仓岛身着正装出席,首先由他介绍论文的大体内容,尔后大家提问讨论,最后由石塚教授进行评价和建议。教授肯定了仓岛的《论经济学者之独立精神》,评价道:"当前的经济学人和企业和政府有着密不可分的联系,甚至在企业和政府中担任职务或者获取经费,自觉不自觉地影响着学人对经济现象的分析和解释,很难写出像样的经济论文。仓岛君提出了经济学人应该以什么样的态度去研究经济,看上去有点像哲学问题或者经济哲学问题,其实更是经济问题,是一个很重要的经济问题。他能够将论文涉及这样一个敏感领域,一个无人探索过的领域,是需要一定的胆识,值得赞赏。"教授观察了一下在座的同学,骄傲地补了一句,"这也是我这几年来看到的学生论文中比较好的一篇,我看今后几年里在座的几位,很难写出这样有质量的论文。做学术需要虔诚,虔诚是最好的老师。"

嘉毅对仓岛的论文并不感兴趣,但敏感地感到教授最后一些话的潜台词,这是说给自己听的,因为自己如果要发表论文的话,就在明年,而教授说今后几年内看不到同样质量的论文的话,则在暗示,其目的就是要打消自己在明年发表博士论文的念头,也就是说明年按时毕业拿到博士学位是不可能的。嘉毅看了一眼仓岛,只见他的白衬衫领口已解开,深色领带的领结也被拉松了,额头渗出汗珠,神情紧张地听着教授的讲解。嘉毅又把目光落在石塚教授的脸上,可是只见教授的嘴在动,却已经无心去听他在说什么了。嘉毅从外表看起来还是在认真地听讲,可心如乱麻。他不服气,对教授讲的虔诚很不以为然,暗暗骂道:虔诚算什么,愚蠢的虔诚就是八嘎,智慧才是一切。我的虔诚早就让狗吃了,自从没了父亲的时候,从批判孔老二克己复礼的时候就没有了。

无论怎么样,我必须得到那件洋外套,博士学位。

仓岛即将获得博士学位,高兴是不言而喻的。研讨会后,同学们都聚集在仓岛的研究室,祝贺他的成功。仓岛脱了西装,解下了领带,拿出从家里带来的咖啡豆,为大家煮咖啡,以示感谢。大家在祝贺之余,也在猜测下一个发表博士论文的是谁,在什么时候。仓岛说:"下一个肯定是嘉毅,时间可能是在他读完博士课程后一年左右。"嘉毅只淡淡地表示不急,慢慢来。旁边有同学问为什么是一年后。仓岛分析道:"嘉毅写论文应该是没问题的。可是据我所知,我们经济学部从设立至今,三十六年来,出了二十一个博士,以前十几年也没有一个,现在开始多起来了,但从来没有一个是当年读完课程,当年授予博士的。我想嘉毅运气好的话,至少等一年吧,比我好,我等了三年了。"他拍了拍嘉毅的肩膀,说了一句日本人的口头禅,"加油。"嘉毅历来反感这句口头禅,心里很不舒服,嘴上却说:"我会加油的。"仓岛又补充道:"如果你获得博士学位的话,你将是我们经济学部第一个获得博士学位的外国留学生。"仓岛的这些分析是有道理的,提醒了嘉毅如果想要在读完课程就获得学位,必须从现在开始引起重视,拿出特殊的办法来对付,让石塚教授同意自己发表论文。

在以后的几个月里,嘉毅一筹莫展,想不出任何办法,甚至和石塚教授见面的机会也很少。嘉毅意识到自己已经到了留学的关键时刻。明年是读博士课程的最后一年,首先的问题是能否获得博士学位,其次是留在日本就职还是回国。现在第一个问题就非常渺茫了,在未获得博士学位的情况下不论是留在日本还是回国,对他来讲都是难以想象的。

嘉毅在日本迎来了第五个元旦,宁静无趣的新年休假让一场地震搅得不得安宁,东京到大阪的东海道新干线因地震检修晚点,市内的多条地铁和JR路国营轨道电车线路不能正点运行,整个东京处在消除地震影响的混乱中。还算好,嘉毅去学校的地铁线路没有受到影响。日本多地震,每次震后,研究室书架上的书籍和杂物都会不同程度地掉落。嘉毅已经习惯了,每遇到地震都会及时赶到研究室去查看。

在去研究室途中,他看到在三楼过道的公共桌上有给仓岛的贺卡,是他母亲寄来的,顺手瞄了一眼卡片的背面,除了新年祝贺,还祝贺他获得博士学位即将成为大学老师的贺语,其中有一句"愿你将来在大学的讲台上多姿多彩"。嘉毅到仓岛研究室,把贺卡递给他说:"你成功了,如你母亲所愿,即将成为一名大学老师了。"仓岛腼腆地笑道:"学校的聘书还没收到呢。这段时间也许是我在这里的最后一段时间,不敢不加油。"这句"不敢不加油",是仓岛经常挂在嘴上的话,嘉毅特别烦这句话。他仔细研究过仓岛在不同的场合说这句话有着不同的感觉,有时候纯粹是说说而已,或者只是一种与众不同的修饰而已。嘉毅心想,现在的这句话就是没意义的,难道等待聘书也能加油的? 仓岛还在喋喋不休地说着:"只有收到了大学的聘书,自己的心才能定下来,才敢跟母亲通电话,告诉她。"说话间,嘉毅想起了自己远在上海的母亲,脑海里突然冒出那句谆谆教导:"以后当大学老师了,可不能乱说话。"他不知道为什么在这个时候会想起母亲的那句话。心想仓岛的母亲在得知儿子要做大学老师了,也会有这样的谆谆教导吗? 想到这里,心里一阵发酸。他不想在仓岛面前有所异样,赶紧没话找话问:"地震没关系吧?"仓岛道:"还好,基本上没有东西从书架上掉下来,我估计你书架上的东西也不会掉下来,不需要整理。"这话听上去像是邀请嘉毅继续在他的研究室里待一会儿。嘉毅收起回自己研究室的心思,浏览着书架上的书,客气道:"你走了,以后帮我忙的人没有了,我会想你的。"仓岛说:"我至少还要在这里待两个月。更何况我那新的地方离这里不远,我会来看你们的,还有我们的石塚教授。"看嘉毅懒得说话,他知道嘉毅的烦恼。也许近来仓岛心情特别好,向来不管闲事的他便宽慰道:"只要论文写得好,加油干,石塚教授会让你通过的,哪怕花上两年时间也值得的。你们留学生有留学生的优势。"仓岛无法想象嘉毅要的是明年就通过博士论文,他的宽慰根本不得要领,只能使嘉毅更加深了一层愁绪和烦恼。

沈嘉毅必须想出让石塚教授接受自己在当年写博士论文的办法，这叫他焦急上火，无心做任何事情。他这段时间去居酒屋喝酒的次数明显多了，在店里的样子也有了细微的变化，难得见他再拿出书来阅读了，像其他日本人一样，纯粹是为了喝酒而来。那天，也许天气寒冷的缘故，店里客人特别少，特别安静。丁霓在柜台里不慌不忙地为嘉毅换了烟灰缸，这已经是那天第三次为他换烟灰缸了。她直起身子朝冷冷清清的店堂扫了一眼，凑到嘉毅面前轻声道："今天是中国的大年三十呀，没想到这里这么冷清。"嘉毅慢悠悠地又从烟盒里抽出一支香烟，衔在嘴上，点燃后吐着烟圈，以索然无味的眼神看了一眼丁霓道："在这里时间长了，人都麻木了，我已经好几年没有过春节的概念了。"丁霓叹了口气，抱怨道："在这里，过日本年没劲，中国年又过不到，真没劲。有时候想想，我们这些人为什么要来这里，要来受这份苦。"说完无奈地摇了摇头，似乎表示对自己现状的怀疑或者无可奈何。

　　挂在店门口的风铃发出悦耳的响声，有客人来了。丁霓快步移向门前，准备迎接客人。妈妈桑一句清脆的欢迎光临，打破了店堂的安静，迎来了一位女顾客。那人站在门口的柜台边，隔着柜台和丁霓说着什么。嘉毅好奇地扭头看了一眼，由于那人站的位置光线很暗，柜台正上方的射灯只能照亮她的肩膀以下，她的脸部正好在阴影中，又有一些距离，无法看清，而那人的衣着在灯光的照射下显得耀眼华美。听她和丁霓说的话，是日语中夹杂着中文。在中国留学生之间，在日语夹杂中文或者在中文夹杂日语的说话方式不在少数，嘉毅听出了夹杂的不但有中文，而且好像有些单词是上海话发音。对母语和对乡音的熟悉是根深蒂固的，这驱使他仔细聆听她们的谈话。那人的说话声音似乎还有一丝熟悉，但无法让这一丝熟悉和他的记忆中的声音对号入座，也许是他潜意识中有一种想法阻止了他对号入座，那就是认为这种熟悉的声音绝对不可能出现在这里。嘉毅看到丁霓把那人引向自己，那人好像加快步伐朝他走来。由于嘉毅是坐在柜台旁的，头顶上的射灯照亮着他的脸，那人可能认出了他，他便慢慢起身准备相迎，在这一刹那，他认出那人是黄莺。还没等他开口，黄莺睁大眼睛用手捂着嘴，压低声音惊讶地用上海话叫道："沈嘉毅，你怎么在这里？"后又以日语加了一句，"太让人惊讶了。"嘉毅也抑制不住诧异，脱口而出道："真没想到，在这里能够见到你。"说话间，黄莺已经伸出双手抱住了嘉毅。她这一动作完全出乎嘉毅的预料，他被动地伸出手拥抱了黄莺，像是完成任务，他闻到了黄莺身上散发出淡淡的香水味。虽黄莺激动得眼睛里闪着泪花主动拥抱，嘉毅还是感到她的拥抱有更多的礼节性和表演的成分。这样的拥抱外表看热情似火，却保留了彼此的心灵距离，这种有所保留，只有他俩才能感觉得到。他们之间不论拥抱如何热烈浪漫，似乎还有一条看不见的缝隙。丁霓和妈妈桑被他们的举动所感动，在旁边轻声欢呼拍手。

黄莺转身急切地向丁霓和妈妈桑介绍嘉毅是自己在中学的同学。嘉毅在惊讶之余，一边等着丁霓的说明和介绍，一边打量着黄莺考究的穿着打扮，脑子以极快的速度想象着黄莺是怎么来日本的，她和丁霓是什么关系。凭着刚才断断续续听到她们对话中的"拿钥匙"和"一起回家"等几个单词，他猜想黄莺或许就是丁霓以前曾说起过的和她同住的上海女生，可又很快否定了这样的猜测。他想如果同住女生是黄莺的话，可黄莺已婚，怎么可能嫁给日本人呢？他不愿意黄莺就是那女生，或者本能地不愿意看到自己曾经想念过的女孩会嫁给日本鬼子，而且心理上也难以接受这样的事情，因此潜意识里拼命抵抗着这种事情的发生。可又不得不想到：难道她和阿斌已经离婚了？

嘉毅屏息等待这个谜底的揭晓。丁霓的介绍让他崩溃，让他身子发软。他的猜测是对的，黄莺和丁霓曾是语言学校的同学，她们同住一间公寓，黄莺就是和丁霓同住的女生。这天黄莺因忘记了带房门钥匙，从外面回来进不了门，来找丁霓拿钥匙，丁霓要她顺便在这里吃了晚饭再回去，这才出现了刚才的那一幕。

黄莺兴奋地向嘉毅介绍了来日本的经过，流露出对在日本的前景充满自信，甚至还夹杂着一丝骄傲。嘉毅脸上还保留着旧友重逢喜悦的样子,内心却完全不是那么回事。这一瞬间,叫他惊讶的事情实在太多,太重大。先是在这里见到了黄莺,后又发现黄莺就是那个要嫁给日本人的和丁霓同住的人,还有黄莺也许已经和阿斌离婚了,这些对他的冲击太巨大,就像在他的心脏里引爆了一枚小型炸弹,五脏六腑都翻腾起来了。他需要很长时间去整理一片片心灵的碎片,把以往朴素无华的黄莺和眼前穿着不俗的女人联系起来,才能做出恰当的反应。以往的感情和当下的态度,内心的痛和酸混合在一起,曾经的想念、牵挂和眼前的诧异交织在一起,叫他不知道说什么好。嘉毅低斜着头,趁黄莺在和丁霓说话的时候,偷偷地再次瞄了一眼黄莺,虽是瞄了一眼,则想极力在她脸上搜索到自己需要的信息。发型和以前差不多,还是不到肩膀的短发,略施粉黛,不像日本女人那种重彩浓抹的浓妆,恰到好处,很得体,看上去很妩媚,眼睛还是那样黑白分明,那样的漂亮,透着迷人的光彩,只是少了一层以往的清纯,多了一份自信甚至骄傲。嘉毅无法判断她的自信和骄傲是如何形成的,从何而来,她的清纯又去了何方。他尽量控制着自己的表情,不让自己过分失态,同时为了避免黄莺的尴尬,避免让她知道自己已经在丁霓那里了解了她的许多情况,就尽量做到只听不问。

丁霓凑上来,将烤青花鱼和几品料理放到黄莺面前,还有一碗米饭,笑嘻嘻地装出郑重其事的样子说:"这是正宗的日本料理。"又向嘉毅说道,"从没有见过她这么高兴。"其实更加精确地讲黄莺的表现是兴奋。丁霓对黄莺说"这是正宗的日本料理"是有道理的,因为黄莺曾经在丁霓面前发愁自己做不好日本料理,担心未来伺候不好日本的丈夫,遭到过丁霓的嘲笑。她的话外之意是提醒黄莺如果要学日本料理,今天就应该好好仔细品尝,可黄莺根本就没有留意丁霓的用心,只朝她叫道:"今天我要和嘉毅喝酒,我请客。"一副未喝先醉的样子。

嘉毅这次和黄莺邂逅,是自从参加她的婚礼后的第一次见面。得知她为了要留在日本将再次结婚,嘉毅就像被浇了一盆凉水,往日的对她那么一点点思念和惦记也被浇没了。原本如何让石塚教授同意自己开写博士论文的事情,已经够叫他烦心的,黄莺的出现又让他伤心。他开始懒得去丁霓打工的那家居酒屋,更不想去惠子的小店吃晚饭,增加麻烦,整天赖在三楼的研究室里,吃饭全部在学校的食堂里解决。他在研究室里的大多数时间,根本无心读书,最无聊的时候,会在三楼的过道里来回闲逛,假装在思考问题的样子。一个偶然的机会,他瞥见了在公共电话上方的公告栏里贴着的一则讲座通知,内容是下周一有英国教授来学校讲授"英国经济学原理和现状"。外国教授的讲座在学校里极为普通,每年有十几次之多,教授来自世界各国的大学,讲授的内容也五花八门。据他所知,学校里有不少教授也经常出国讲学。原本不值得大惊小怪的讲座通知,因为无聊,嘉毅看得非常仔细,最后把目光落在那句"为了增进两国学术交流"的套话上,不由眼睛一亮,认为创造这种学术交流的机会不难。自己是大学老师出身,有着天然的条件,可以依样画葫芦,把石塚教授带到上海的大学里转一圈,做一两次学者访问的讲座,搞一下所谓的中日两国学术交流活动,完全是轻而易举的事情。如果石塚教授对这种交流感兴趣的话,回来后让教授同意自己开写博士论文,不是没有可能。想到这里他心中一阵窃喜,又联想到仓岛曾经说起过"留学生有留学生的优势"的话,心想这句话的奥妙也许就在此,内心泛起一股对仓岛的感激之情。嘉毅立刻回到研究室,用日语的打字机写了一份所谓的下学年的学习计划书,内容主要是:年初进行一次中日学术交流,争取在年底完成一篇像样的中日经济学的比较论文。他从打字机里抽出打印纸,在台灯下逐字逐句读了一遍,发现上面沾着灰尘,轻轻地吹了一下,签上自己的名字,心想死马当活马医吧。

第二天,嘉毅找准了石塚教授在学校的机会,忐忑地推开了冰凉浅灰色的在五楼的教授办公室房门,把计划递给了教授,说道:"我写了一份交流计划书。上海的大学希望能够邀请教授去讲课,不知道教授有没有兴趣?"教授拿起计划书看了一遍,淡淡道:"和中国的学术交流我还是第一次,不过在贵国我不能停留时间太长。"做了一个两手一摊的无奈动作,继续道,"两三天没有问题。你去安排吧,具体时间确定之前通知我一声。"教授还答应他会带夫人一同前往。在谈妥交流的事情后,又抬头看了一眼嘉毅,补了一句:"学习计划不错,你就认真地按照计划实施吧。"嘉毅最感兴趣的是最后一句,他连连点头,认真地答道知道了。出了教授的办公室,他一阵狂喜,似乎达成了一项重大交易,几乎一步一跳地走下了楼梯。

嘉毅一边开写论文的提纲,同时考虑要尽快落实交流的事情,便想到了自己母校的系主任。老主任是嘉毅心目中最尊敬的人,又是最害怕的人,尊敬是因为老主任的人品和学术,害怕是因为老主任的智慧超群,生怕自己的小算盘被他看破,担心他不支持这种背后带有利益的学术交流。嘉毅很快和母校取得了联系,得知老主任去年已经退休了。虽然他有点担心老主任不支持他的学术交流,可心里还是有一种遗憾和失落感。嘉毅心想老主任退休了,这就意味着以后不大可能再有见面的机会了。尽管自己在老主任面前战战兢兢,可内心还是希望自己能够继续做他的助手,能够感受他的学养和人格魅力,学到人生的真谛,那对自己将是终身受益的。

母校原来的经济学系升格为经济学院了,院长是从校部空降来的,之前嘉毅从来没有见过面。为了撮合这次学术交流,嘉毅在给学院的信里把石塚教授大大地吹嘘了一番。也许学院接受外国教授访问的机会不多,也许嘉毅在信中的吹嘘起到了作用,学院将石塚教授当成了一位了不起的著名教授来接待。过后嘉毅了解到,新来的姚院长在年轻时候学的是政工,后来一直做的也是政工工作,在普通人中有一种居高临下的威慑力,人们背后称他是一个天生的领导。而他在没有知识分子的场合说自己是臭老九,在知识分子中说自己是农民的儿子,具备深刻领会上级领导的意图和正确把握形势的本领。让嘉毅惊讶的是,他对接待石塚教授的事情表现出异常的上心,尽管他不懂经济学但还是亲自接待,全程陪同,参加教授的每一次讲座,还要求嘉毅把教授的演讲稿翻译成中文刊登在学校的学术刊物上,就是那本莫名其妙地刊登过嘉毅大学毕业论文的杂志。在石塚教授讲座时,姚院长不但要求学生全部参加不能缺席,还要求参加的青年教师适当提问,避免冷场,真是给足了面子。由于姚院长的普通话很不标准,地方口音很重,是那种嘉毅从来没有听到过的方言口音,嘉毅在为他做翻译时感到很困难,只能连猜带蒙,以做到无伤大雅。又由于姚院长不懂专业,凡是嘉毅发现他在和石塚教授谈论经济学上有外行话的时候,只能擅作主张,修改他的话,在教授夫妇面前维护他院长应有的素质和地位。

在嘉毅和石塚教授临回日本的前一天晚上,姚院长在学校的小食堂里为他们举行了告别晚宴,是学校里较高的礼遇。晚宴只有两桌,出席的多为学校里的教师。也许教师们很长时间没有这样聚在一起用餐了,场面非常嘈杂混乱,年轻的教师搬动椅子,相互换位子,交头接耳聊天打招呼,这样的氛围可谓混乱和热闹,有点像单位里吃年夜饭的感觉。其实,作为外国人的石塚教授夫妇实在不适合出席这样的宴会,他们两个人完全离不开嘉毅的翻译,而他们的谈话声或者翻译声都被淹没在宴会的嘈杂声中。还有轮番敬酒,让这对外国夫妇应接不暇,很不适应。为了便于翻译,嘉毅的位子被安排在姚院长和教授的中间,他觉得自己身旁的两边很不协调,反差太大。一边是白净干瘪,目光中透着精明和严肃,神态略显拘谨的指导教授,另一边是有点臃肿,双眼透着江湖气,可却始终带着莫名其妙微笑的院长。嘉毅夹在体型神态迥异的这两个人当中,感到极其不舒服,有一种反胃的感觉,根本无心进食。这样的招待场面也让嘉毅感到紧张,总觉得热情而不得要领,看上去热热闹闹却让人受不了,他悄悄地观察着教授夫妇的一举一动,殷勤地照顾着他们,只要有什么不适合他们的事情,尽快出来解围。

坐在他们对面的几位年轻教师在用沪语笑谈着什么,也许是酒精作用,声音之大可以用肆无忌惮来形容,特别刺耳,与晚宴的氛围格格不入。嘉毅敏感地感到这样的谈笑有点目无组织,肆意妄为,他不止一次地向他们白眼,以示安静些,可他们却浑然不知。姚院长也许认为这样的场面太不成体统,有伤学校的体面,做出很生气的样子,用手指着他们,大声地用了那句不知何时在上海流传起来的口号,呵斥道:"请讲普通话。"

嘉毅心里微微一震,他回上海这几天,已经不是第一次听到这句口号,好像以前自己在上海时从来没有听到过,它有点像命令,有点像提倡,分辨不出哪个成分多一点,哪个成分少一点,反正他不怎么喜欢这句话。心想姚院长也许是制止他们说话的话说不出口,只是用这句口号来提醒他们,说话的声音要适可而止。这样的呵斥声说实在的有点像吵架,当然也惊扰了石塚教授夫妇,他们自然把询问的目光转向嘉毅。嘉毅一时不知道怎么回答,怎么翻译,即使把"请讲普通话"翻译了,他们也无法理解其背后的含义,不翻译又有不礼貌之嫌,有点尴尬,他灵机一动,索性实话实说,解释道:"方言阻隔了人们的交流,上海正在倡导讲普通话。"教授听了这样的解释又有了新的问题,环视了下周围问:"在座有人听不懂上海方言?"嘉毅被自己的回答绕了进去,无奈地继续解释道:"上海历来是移民城市,现在也是。在座的老师中,有些来自讲不同方言的地方。"教授回过头来面向嘉毅,似乎很有经验地判断道:"那上海的方言很快就会消失。在日本六十年代经济快速发展之前,全国各地也存在着方言,当然没有你们国家如此千差万别,但通过收音机、电视的普及,交通的便捷、人员的迁移和经济发展,方言现象变得越来越淡,现在只有在边远地方才能听到。我想上海方言也会这样。"嘉毅将信将疑,他不希望自己的方言消亡,世界上没有一个人希望自己的方言消亡。他扫了一眼周围,发现大家都在自顾自地说着话,好像没人想和教授说话,便装模作样地无话找话问道:"方言消失是好事吗?"教授认真地答道:"经济发展会或多或少影响人们的生活方式,包括方言。方言是社会文化文明的一种,消失一种方言就意味着消亡一种文化。在日本已经有人意识到这种现象,提出要保护方言。我想你也不希望用熟的上海方言消失吧。"嘉毅听了这些话,不知道如何答复好,心里掠过一丝悲凉,可他来不及过多思考这层悲凉来自何方,当下主要任务是不要让如此混乱场面惊扰身边的教授夫妇,丢自己的脸。

谢天谢地,宴会总算接近尾声了,总算可以逃过这一劫了,可是一直坐在旁边满脸红光的姚院长向嘉毅摊了牌，说："我有一个没有考上大学的小把戏，很想去日本语言学校读书，希望你或者石塚教授帮帮忙。"姚院长的口音太重，或许是他喝了酒口齿不清，又夹杂着嘈杂声，嘉毅一时没有听清楚。他看着姚院长肥大光亮的额头和带血丝的眼睛，谨慎地问："需要我帮什么忙？"姚院长似醉非醉地用左手拍着嘉毅的大腿，右手伸出一个手指，一边打着饱嗝，一边以上课语气一字一句说："我只有这一个小把戏，是我的命根子。他天天吵着要去日本，我给闹得实在没办法，你想想办法让他去吧，我不求他有什么大出息。"尔后不顾周围众多同事，像日本人似的，重重地说了一声"拜托了"。嘉毅很快地朝周围扫了一圈，再看了一眼坐在旁边的教授夫妇，幸好大家都在埋头吃喝，没人注意他们的谈话。其实当嘉毅在弄懂"小把戏"就是小孩或者儿子的意思时，他已经知道自己摊上了什么样的好事了。这种帮人办理去日本手续的事情，虽说不上难办，但比较麻烦。嘉毅心想即使再麻烦，自己再懒惰，再不愿意管闲事，也绝对不能拒绝，就算是让教授同意自己开写论文的副产品吧，于是便答应了下来。

这次学术交流对石塚教授和嘉毅来讲是大获成功的。嘉毅心想受到如此隆重的接待，但愿教授能够领情，因为回日本后，他可以在自己的教授朋友中大吹一通，说自己在中国受到了如何如何的"国王"般的礼遇。

在陪同教授期间，嘉毅住在自己的家里。这是他出国后第一次回家，家里的情况发生了不少变化，只有母亲一个人住在空空荡荡的家里，两个姐姐都出嫁了，奶奶已经化成了相片挂在了他的房间里，这是一年以前的事了，当时母亲为了不影响他的学习，一直瞒着他。他看着奶奶的相片，心里酸溜溜的，百感交集，不明白自己做的一切是否值得。早出晚归的陪同工作让嘉毅疲惫不堪，陪母亲说说话的机会也没有，更顾不上联系以往的老朋友，只找了个借口，邀请小微作为编辑混在学生教师中，旁听了教授的讲座。讲座在学院最大的梯形教室里举行，嘉毅坐在翻译的位子上，利用翻译的间隙，不时地把目光瞟向坐在前排角落里的小微。他在留学之前无论如何也不会想到多年后他俩竟然以这种方式见面,没有雀跃,没有问候,更没有拥抱,只有远视一下。看见小微神情安然地看着自己,嘉毅心想他们是否还能和以前一样相互斗嘴玩笑?她现在正在想什么?是否已经真的有了男朋友?或许已经结婚了?在讲座结束后,也只能匆匆和她说上几句话,意犹未尽,一切都太匆忙。嘉毅忙前忙后的短短几天,很快就过去了,为了圆满结束这次学术交流,不留瑕疵,他不敢在上海多停留,和教授夫妇一同回了日本。嘉毅在自己的家乡变成过客,心中的无奈和孤寂无以言表。

返回日本后不久,已是四月初,新的学期开始了,同时也迎来了欣赏樱花的季节。仓岛去了一所私立大学做讲师,大概不久会升副教授。由于嘉毅成功地组织了这次学术交流,开写论文已不成问题,一切都在心照不宣中。有一家历史悠久的经济咨询株式会社(公司)找到了嘉毅,声称不论嘉毅明年毕业时能否获得博士学位,都希望他去株式会社就职,他们急需了解中国的情况,为投资中国的企业提供帮助。留学生面临的难题,一瞬间在嘉毅的面前云开雾散,得来全不费功夫,他的心情也爽了不少,恢复了往日的潇洒和闲情,甚至有些飘飘然,向丁霓发出邀请,邀她和黄莺一起赏樱花。

赏樱花是日本人在樱花盛开季节里的一项重要休闲活动。大家聚集在樱花下,载歌载舞、喝酒赏花。那时的日本到处是樱花,在东京著名的上野公园里人声鼎沸,游人如织,人多人杂一点不亚于过节的上海南京路和城隍庙。嘉毅他们来东京已经有些年头了,熟悉这些过节的去处,不愿意凑这样的热闹,他们把赏花的地方约在经常路过的多魔川河边。那里同样有如云的樱花,有树有花又有水,视野开阔,空气清新,而且赏花的人不多,让人更感到心旷神怡。嘉毅早早地在河边找到了一块斜坡,铺开携带的毯子,摆出了啤酒饮料和一些从超市买来的袋装食品,还有三份便当,等候两位佳丽的到来。

满目都是粉白的樱花和刚刚萌芽的新绿。樱花以美丽却短命而著名,边开边凋零,树上开满粉白的樱花,树下也满是凋零的花瓣,日本人常常将樱花比喻为短暂人生或者短暂美好的事物。嘉毅别扭地盘腿坐在樱花树下,懒洋洋地望着宽阔的多魔川中央流淌着像溪流一样的河水,樱花的花瓣在他眼前飘落。好景致,好心情唤醒他那自由散漫的食欲,等不到两位佳丽到场,就开了一听啤酒,准备开喝,这时恰好丁霓出现在他面前,他不好意思地放下啤酒说:"刚要喝,就让你看见了。"他发现只有丁霓一个人,没见黄莺,便问道怎么黄莺没有来。丁霓神情凝重,略带怨气道:"谁像你没心没肺的,有这么好的兴致,赏花喝酒,还要我们两个美女来陪你。今天黄莺心情不好,病了,来不了。本来我也想不来的,只是不想让你一个人干等着,所以我过一会儿就赶紧回家,去陪陪她。"嘉毅让她没头没脑地数落一通,有些扫兴,疑惑地抬起头看着她问道:"她病得这么严重? 什么病? 需要你陪?"丁霓脸色有点不大好看地说:"心病。她被日本老头甩了,结不了婚了,签证也要快到期了,又欠着债不能回去,又不想做黑户口,真是愁死了。"丁霓一口气说出自费留学生所有的难处和痛苦。

嘉毅对自费留学生这些的情况也略有所闻,具体没有碰到过,而且在之前还听说黄莺是准备和日本人结婚,要留在日本的,一副骄傲的样子,现在怎么弄成这样,好像自费留学生的难处全都落她的头上,变得太快,他一时反应不过来。惊讶之余,以往内心那丝酸溜溜的情绪转化为一种幸灾乐祸的窃喜,但脸上不敢流露半点。等丁霓在毯子边上坐下,他慢悠悠地为丁霓开了一听饮料,递了过去,小心翼翼地问:"她到底怎么回事?"丁霓接过饮料,喝了一口,叹气道:"只怨她太相信那个日本老头了。你看看在那种店里认识的男人,会有好人吗? 开始时,她和那老头似乎有点像谈恋爱,其实人家是有老婆的。当时人家还给她钱,她不要,说要培养什么感情。现在好了,人财两空,还耽误了签证。"嘉毅听到这里,刚刚出现的一丝窃喜消失得无影无踪,开始关心起黄莺的事来了,内心的酸楚盖过一切情绪。他微微抬头,低声问了一句:"那老头年龄多大了?"丁霓看了看他说:"那人我见过,其实也不太老,我们女生嘛,都把这类男人叫做老头。听她说好像是四十一岁吧。"丁霓没有看他，望着远处，继续以生气的口吻说，"她现在知道苦了吧？当时我提醒过她，不管和那个男人结不结婚，在语言学校毕业之前，先找一所专门学校报个名，以便结不了婚时还有退路，可以借专门学校的入学通知混个签证，继续打一段时间的工，把债还了再说。真没见过她这样傻的女人，喜欢把心交给男人。"

嘉毅听到丁霓说的最后一句，内心一阵发痛，有一种负罪感，心想黄莺当时何尝不想这样把心交给自己，于是喃喃自语道："她就是这样一个人。"他看了一眼丁霓，又问道，"她来日本时，借了多少钱？"丁霓想了一会儿说："好像二十几万。她花钱又没有计划，只还掉一小部分，现在大概还欠着十几万吧，够苦的。她剩下的签证期限只有两个礼拜了，真是急死人的事情。"嘉毅至今还有一个有关黄莺的问题没有搞清楚，试探地问道："她来日本之前就离婚了吗？在我们一群七九届高中同学中，她是结婚最早的一批，丈夫也不错，是开饭店的，而且听说很快生了一个儿子。怎么来了日本想嫁给日本人了？"他压在心里的不解终于说出来了。丁霓双手抱膝，望着远处，不带表情地回忆道："她跟我说起过。她说：从外人看夫妻，总是很美满的，是否美满只有自己知道。她结婚后四年不到就离婚了，表面上她丈夫很好，其实他在饭店里和一位外地来上海打工的女孩搞上了。那女孩很有心计，怀孕后等到肚子好大了，已经不可能打胎了，才在一天晚上来敲黄莺的门，尔后扑通一声跪倒在她的面前，要她救她。黄莺也是个老实人，就带着两岁多点的儿子回了娘家，和丈夫离婚了。"丁霓叹息道，"黄莺一路走来也不容易，年纪轻轻的，就带着孩子一个人生活。本想在这里嫁人的，又碰到这样的事情。"

嘉毅听着黄莺的故事，眼前仿佛出现了黄莺婚礼的场景，一时说不出话来，以往对黄莺的恩恩怨怨都化成了乌有，剩下的只是同情。一阵微风吹来，花瓣纷纷从树上飘落下来。丁霓理了理头发，盯着飘落在毯子上的花瓣，似乎想起什么，转过头来向嘉毅问道："你和黄莺以前是中学同学？谈过恋爱？"嘉毅不知道黄莺在她面前是如何介绍自己的，不敢说肯定,也不敢否定,只能支支吾吾地应着,等着她下面的话。丁霓看他没有否定,就爽快地说出了自己的想法:"你们至少同学一场吧?在她有难处的时候,又在国外,你也应伸出手来帮她一把。"这时嘉毅先前的窃喜和酸楚统统化成了同情,这种同情似乎是与生俱来就深藏在内心的深处,随时会被激发出来化成责任和动力。见丁霓如此直白替黄莺说出请求,便接着她的话问道:"要我怎么帮? 只要我所能,我将不遗余力。"说这话时,他已经看到了黄莺面前只有做黑户口打工的一条路了,虽他不齿黑户口打工,但也能理解那些人的种种想法和困难。丁霓也答不上来如何才能帮黄莺,只是摆弄着飘落的花瓣。嘉毅快快地说:"如果没有更好的办法,那她只能做一段时间的黑户口了,打点工赚钱,回国后可以还债。"丁霓停下手里摆弄的花瓣,盯着他说:"你以为做黑户口这么轻松。大概你周围没有这样的人,不知道他们的惨样。其实,他们很可怜的。我有几个朋友,有男有女,签证过期了,又想留下来打工赚钱,做了黑户口。他们除了打工一般不大敢出门,怕遇见警察查看他们的外国人登录证明,只能躲在家里喝闷酒,有时候喝醉了,像神经病一样唱《大刀进行曲》,不是人过的日子。我想黄莺有很强虚荣心,这样的日子她会受不了的。按照她的说法就是'死的心都有了',真叫人担心。"丁霓说完,白了他一眼,扭过头去漫无目的地盯着远处,似乎在流泪,又不愿意让嘉毅看到。

嘉毅脸上虽没有变化,心里却大大地震动了,最主要的是丁霓最后一句,使他想起了池田的中国女朋友小赖,心想小赖的故事决不能在自己的朋友中发生,却不知道自己可以为黄莺做点什么,可以帮到她,也不知道怎么对丁霓说,一副一筹莫展的样子。歇了好一会儿,丁霓板着脸,站起来说:"有些事情你是没法理解的。谁像你,拿着公派护照和奖学金,用不着打工赚钱,将来留下来工作也不用发愁,如果回国,还可以继续做大学老师,出国留学只是镀金,前途一片光明,无忧无虑。我们是两种人,不是一条道上跑的车。"她抖了抖身上的花瓣,补了一句,"我该走了,去陪陪倒霉的黄莺。"嘉毅看她要走,心里有点急,赶忙说:"再坐一会儿,我们为她想想办法吧。"丁霓听出他语气里带着恳求,停下脚步,低头扫了他一眼说:"你敢说以前没有爱过她吗?"丁霓看他没有回答的意思,接着继续道,"难道你就不能和她结婚吗? 不能让她拿留学生的配偶签证吗? 她就可以继续留在这里了。哪怕和她假结婚也可以呀。"

通过结婚获得配偶签证,这种事情在留学生中不稀奇,大家早已有所闻。嘉毅听清楚了丁霓所说的内容,他万万没有想到自己会碰上这样的事情,是一个自己从来没有想过的问题。虽然他深深感受到黄莺确实需要帮助,然而为了她能够留下来继续打工,和她结婚似乎太委屈自己了,又使自己处于太尴尬的境地。他需要时间考虑,还需要弄清楚黄莺的真实想法。嘉毅担心丁霓认为自己不愿意帮黄莺,会很快离开,想先稳住她,便说:"这办法是你想出来的? 她本人也许没有这样的想法。"丁霓一愣,定了定神说:"这种办法又不是什么高精尖的难题,骗骗日本入国管理局的把戏,人人都会想到,只是没有机会而已。黄莺虽不好意思直接跟你开口,但我敢保证她决不会反对的。"其实,丁霓在来之前是和黄莺商量过的,这些话是设计好了的。丁霓看到他还在犹豫,紧逼一句:"你又没有结婚,也没有女朋友。就算假结婚,对你也没有什么损失的。当然,我想你也不会收她的钱。"嘉毅看她把话说得滴水不漏,心想她和黄莺事前肯定商量过这事情,扬起头说:"只要能够帮助黄莺渡过难关,豁出去也值得。"丁霓惊讶地看着他,问道:"那你算是同意和她结婚喽。"嘉毅默默地用力点了点头。丁霓露出笑容,有点激动,朝还坐在毯子上的嘉毅挥了挥手,催促道:"有这样的大好事,那你还不快点和我一起回家看她。"

嘉毅没有站起来和她走,反而身子朝后倾斜,侧依在毯子上一边去拿旁边的香烟,一边说:"去看她,就免了吧。替我告诉她,只要她有困难,我肯定会帮忙的。"丁霓愣愣地盯着他,心想趁机撮合他俩姻缘的好事可能要落空,便又逼出一句:"你真的不和我一起回去看她?"嘉毅朝她瞟了一眼,好像恢复了先前的样子,从香烟盒里取出一支烟,调皮地微笑道:"趁我还没有改变主意,你快回去告诉她吧。什么时候办理手续,由她来安排。"看着丁霓的背影,嘉毅的心里有说不出的委屈和心神不定:这个帮助黄莺的决定,也许将铸成影响自己一辈子的大错,也许只是人生旅途中的一个美丽插曲。

　　嘉毅和黄莺在中国大使馆办理结婚手续,后又去入国管理局申请签证。在这期间,他们很少说话,除了必要的话,没有多余的,很平静,相互间彬彬有礼,配合密切,好像在完成一件和他俩无关的事情。到周五的傍晚,黄莺总算从东京的入国管理局得到了配偶签证,在回来的路上,他们在同一个电车车站下了车。淅淅沥沥的春雨中,两个人并排各自撑着雨伞,走得很慢,没有说话。在路过黄莺和丁霓合住的公寓时,黄莺停下脚步,眼光盯着通向公寓的门廊,谨慎而客气地说:"这几天,为我的事情受累了,让我上楼为你准备一顿便饭吧,不知道你肯赏光吗?"黄莺的邀请表面上看起来只是真诚感谢的表示,而邀请的内涵又包含着太多的内容,太多的情怀,不过从语气上可以听出黄莺缺乏自信心,她对嘉毅是否接受邀请没有把握,主要是她不知道嘉毅对自己的看法或者对自己怀着什么样的情感,但她已经做好了一切准备,不论嘉毅对自己有如何过分的看法或者意见,她都会无条件的接受,甚至只要嘉毅不嫌弃,她愿意为他做一切事情。虽然这些是无法用语言来表达的,只能在眼神和语气中传递,但她无法做到正视嘉毅的眼睛,只能把斟酌已久的邀请之词像背书一样说出口。嘉毅朝公寓的门看了一眼,想了想说:"不用这样客气了,谁叫我们从小就是好朋友。如果需要帮忙的话,请随时来找我。"这是一句承诺,保证了黄莺今后在续签签证时都会得到同样的帮助。他的话不多,说得很慢,声音也不大,可逐字逐句就像针扎在黄莺的心上,叫她没齿难忘。她不敢看嘉毅一眼,一直低着头,盯着湿漉漉的地面,一动不动,仿佛时间在她身上停止了。嘉毅移开伞,看了看天说:"不早了,你也累了,上去休息吧,就别管我了。"嘉毅说完朝她扫了一眼,发现她双眼已噙满了泪水,他知道自己受不了她的眼泪,赶紧说了一声再见,起步朝前走去。

嘉毅没有回头,他知道她还没有离开刚才站的位置,撑着伞注视着自己。嘉毅一直走到尽头拐了弯,才略微平静下来,可眼前始终萦绕着高中时代黄莺的身影,挥之不去,就如他所说"谁叫我们从小就是好朋友",这就像一份缘分锁住他俩,又像是一份责任,不分你我。雨停了,嘉毅毫无察觉,还是撑着伞,漫无目的地走在被雨冲刷的干干净净的街道上,和苍茫的暮色融为一体,随着天色变暗,整个身影消失在黑暗中。

　　嘉毅抽空在东京的一家留学生服务公司里买了一套保证人的材料,找到了一所接受中国人的语言学校,轻松地为姚院长的儿子办理了就学签证。自从帮黄莺办完签证后,他有一段时间没去丁霓打工的那家居酒屋吃饭,倒不是不想去,只是去了肯定要和丁霓谈到黄莺的事情,而眼下,黄莺的遭遇让他感到酸楚和痛心。也许是怕自己伤心,嘉毅有点躲着那家居酒屋的味道。不过,嘉毅觉得一直躲着也不好,丁霓也会产生误会,所以嘉毅在忙完了论文提纲和基本内容的初步发表,得知不出意外可以获得通过后,就找了一个傍晚时分,早早来到了居酒屋。还是坐在原来的位子上,店里客人不多。

　　丁霓笑盈盈地迎了上来,送上茶水,说了一些客套话后说道:"这么长时间不来店里,我以为你生我的气呢。"嘉毅知道这话的意思,是她当时极力劝说他帮助黄莺,最后真的搞成了和黄莺的假结婚,使他陷入了尴尬。他装糊涂道:"我为什么生你的气呀?"丁霓倒是不绕圈子,坦率道:"黄莺的事情给你添麻烦了。我最初还以为你们会真结婚的,没有想到会这样。"嘉毅听了这样的大白话,也不知道说什么好,只淡淡地说:"没有添麻烦,还要谢谢你,我是真心想帮她渡过难关。"丁霓的目光停留在嘉毅的脸上,感叹道:"你真是一位好人。现在为了各种事情,假结婚的人不少,都是有着各种利益需求。看来你以前和黄莺关系很好。"

　　丁霓想弄明白他为什么不肯真结婚,又不能直接问,只能发出这样的感叹,引诱嘉毅说出他真实的心思。其实嘉毅自己也无法清楚地描述他对黄莺的感情,更不用说在丁霓面前说清楚了,就敷衍道:"以前大家是好朋友,她有难处,帮一把也是应该的。"丁霓看到他说的不痛不痒,但不讨厌这样的话题,便进一步直截了当地问:"你不肯真结婚,不会是嫌弃人家有孩子吧?"嘉毅笑道:"什么我不肯呀!不论真结婚还是假结婚,都是两个人的事情,不存在于一方同意不同意的。至于孩子的事情,"他停了停,朝丁霓瞄了一眼,以调皮的口吻继续道,"我给你说个故事。在读大学的时候,我们男生们躲在暗地里,讨论应该娶什么样的老婆时,有人说:男人应该娶有孩子的女人做老婆,这样可以不费一枪一弹,做现成爸爸,最划算。所以孩子绝对不是讨老婆的障碍。"丁霓也笑了起来,趁机逼问:"那你为什么不讨她做老婆?"嘉毅不知道什么缘故,叹了一口气,笑道:"也许还没到火候吧。"这时店里来了客人,丁霓赶紧过去招呼。

等丁霓再次过来时,嘉毅问她黄莺现在还好吗?丁霓答道:"你帮她办了签证后,她回了上海一次,看了看儿子,好像蛮开心的。她看完儿子,总算能安心打工赚钱了。还常说起你的好。"嘉毅扫了她一眼,又问:"她说我什么啦?"丁霓神秘一笑,说:"她说什么呀?她说她配不上你,过去配不上你,现在还是配不上你。你满意了吧?"嘉毅听到了他最想听的,也是听了最舒心的话,却不好意思直说,打哈哈道:"什么话呀,没有配不配的。"丁霓笑道:"不要否认,脸都红了。"嘉毅知道自己不大容易脸红的,心想丁霓的话也许触及自己内心最柔软的地方。在以后的日子里,他又恢复了像以往一样常去那家居酒屋。

嘉毅忙里偷闲,完成一件必须完成的工作,那就是把获得日本签证的姚院长儿子接到自己的住处住了三天,为他联系语言学校入学报到事宜,还在语言学校附近替他找到了住处,彻底把院长儿子在东京的生活起居安顿妥当,也算了却了一件心事。对嘉毅来讲,提交博士论文的时候,是既紧张而愉快的。时间过得很快,一转眼又到了学年末,一切像他预想和设计的一样,石塚教授一路绿灯,博士论文轻松过关,如他所愿,获得了博士学位这一件华美的外套。但他希望披着这件外套,继续在日本学术界崭露头角的想法落空了,这也是他预料之中的。按照当时流行的做法,在日本的留学生,就职当地的公司也是一种不错的选择。他认为自己是做学问的料,不齿在公司里就职,但面临这是唯一选项时,他屈服了,与那家早就来预约的经济咨询株式会社签订了雇佣合同,即将成为公司的职员,准备在日本过做一天和尚撞一天钟的逍遥日子。唯一的问题是,他要回国将自己的因公护照更换成因私护照,这需要得到他的上海学校同意,或者向学校缴纳一定的罚金。聪明的嘉毅早已有了打算,当时答应姚院长儿子留学的事,就是为这一天埋下了伏笔。估计回学校办理这样的手续几乎没有难度,他心想回上海最多两个礼拜就能完成。嘉毅从小养成的拘谨、瞻前顾后的思维习惯,在这件事上发挥得淋漓尽致,而且不留痕迹。

第二十章　回　　国

　　嘉毅回到上海,第二天一大早,屋外的车水马龙和老太太早锻炼的嘈杂声唤醒了他,迷迷糊糊睁开眼睛,有一种恍如隔世之感,既陌生又熟悉。他定了定神,才意识到自己已经在上海的家里了。和以往出门上班相比,只是奶奶换成了已经退休的母亲,为他准备了早点,一切如旧。天色灰蒙蒙的,18 路电车依旧是那样的拥挤,而且拖沓,该来的时候不来,不该来的时候一下子来了几辆,候车的人群像潮水一样涌来涌去,毫无次序可言。眼前的景象,有一种既熟悉又陌生的感觉,这一切既属于自己生活一部分又有一种临时的感觉。在学校的办公室里多了几张新面孔,不论新旧面孔都流露着一脸的惊讶,说不出是惊喜还是欢迎,使嘉毅很不习惯。他散发了一些从日本带来的小点心,打听到姚院长已升学校的副校长了。他对姓姚的没什么好感,除了宽额头和吐字不清的方言,没什么印象深刻的,心想他升官是好事,他的官当得越大越好,自己的事情会更快办妥。他眼下唯一的想法就是办完手续快点离开这里,像是狐狸被关错笼子,来到了一群猴子当中,只想尽快逃走。

　　嘉毅在校部大楼的顶层找到了姚校长的办公室。姚校长客气地让了座,寒暄后,双眼放着光彩,感激道:"我小把戏来电话常说起你,他非常感谢你对他的照顾,说要以你为榜样,好好学习,像你一样在那里获得学位,站稳脚跟。他的变化真大,以前在国内可不是这样的,娇生惯养,不求上进,看来你把他调教得不错呀。"他的目光注视着嘉毅,感慨道,"我呀,从心里感激你,真心希望你能在东京多待一些时间,可以好好开导开导我那小把戏,督促督促他,这是他的福气。"嘉毅听了有些迷惑,似乎自己是否还能回日本就职那家公司是一件不确定的事情。他怀疑姚校长的表达能力,要么就是自己对他方言的理解有问题。姚校长不慌不忙地喝了一口茶,继续道:"你这次回国,赶上了一个好时候。当前国内人才青黄不接,国家对回国留学生非常重视,希望通过再一次选拔,把你们培养成为第三梯队,结合进高校的领导层。据我所知,我们周围的几所高校里,从去年到现在,只有出去留学的,还没有回来的。前几天收到你的来信,我就向其他几位校长汇报了,认真讨论过你的事情。在这个时候再放你出国,太不合时宜了,也没有人担得起这个责任。所以决定把你留下来,作为我校的归国留学生报效祖国的典型。考虑到你在留学之前已经是系主任助理,在教学方面能力也比较强,还出版过教科书。"他顿了顿,笑眯眯地看着嘉毅,像是作出重要决定似的,郑重其事道,"考虑暂时任命你为经济学院的代理院长,等到上面正式批文下来,再任命你为正式院长。你现在的事情,就熟悉熟悉院里的情况,以便将来展开工作。另外,学校可能会安排几场留学生报告会或者座谈会之类的要你去讲,你就不要推辞了。"

姚校长的话,让嘉毅一愣一愣,完全出乎他的预料。呆呆地坐着,看着姚校长发光锃亮的宽额头,不知道说什么好,更来不及考虑如何接受这些任命。姚校长看出他的心事,神情略显严肃,慢慢地说道:"小沈,大概你也知道,在国外也许看到的比我们国内多。近来,西方有些国家挑拨一些留学生,鼓励他们不要回国,长期滞留国外,还有一些在西方留学的留学生,为了达到滞留国外的目的,忘恩负义地竟然把自己的护照都烧了。形势非常严峻,国家需要你们留学生回来,发挥你们的才华,你可不能打退堂鼓呀。"停了停,补了一句,"当然,你报效祖国,祖国也不会亏待你们。"嘉毅左手捏着右手,他从心底里反感这些冠冕堂皇的话,心想自己的计划彻底破产了。这时他的思绪混乱,六神无主,可从外表看起来,似乎还在聆听姚校长讲话。姚校长看他还是没有转过弯来,便更加直白道:"我知道你的心思,想继续待在国外,自由自在的。其实,我也希望你能够继续留在那里,还能照顾我小把戏,有你在他身边,我会更放心一些。可是,我和几位校长商量下来,把你放回去,实在是难办,即使你赔偿学校的培养费、辞职,学校里也没人能够承担让你辞职的责任。"他叹气道,"我看,这几天,你先静一静心,准备一下报告会的内容吧。如果有困难请来找我。"

姚校长已经把话说到这个份上了,嘉毅也无话可说,只能认命了。在回家的路上,嘉毅怏怏不乐地坐在公交车上,望着车外熙熙攘攘的行人,反复回味着刚才和姚校长的谈话。就他的个性来讲,他无法喜欢那个姚校长,内心还有一点点鄙视,可他知道,眼下的姚校长是不能得罪的,应该表现出对他尊重一些。尽管从姚校长的话中可以确定,自己回日本是没有希望了,但能感觉到姚校长也是无能为力,他的话说得也够恳切了,甚至说出了他也希望自己能够回日本,照顾他那宝贝儿子。看来回上海换不成因私护照,只能怨自己没想周全。至于当代理院长,他并不感兴趣,对院长这个职务也没有太多的认识。

嘉毅还没有转过弯来,就被推上了归国留学生报效祖国的座谈会。座谈会在校部的大会议室,参加的都是年轻教师和少数研究生,绝大多数是他不认识的。嘉毅心想他们当中肯定有不少人正在谋划出国留学,或者那些人会想自己为什么会这么轻易地回国,或者希望在自己这儿得到留学的真谛,他感到自己的发言责任重大。在来会议室的途中,嘉毅听姚校长介绍还有新闻记者。姚校长带着嘉毅绕到大圆桌正中,坐定后姚校长拿过话筒,亲自为他做开场白。他对着话筒清了清嗓子,带着浓重的方言,声音洪亮地说:"沈嘉毅是我们学校送出去的老师,通过在国外数年的发奋拼搏,获得博士学位,实属不易。而在当下西方制裁我国的时候,能够毅然决然地放弃了外国公司的高薪聘请,响应祖国的召唤,回到母校继续任教,报效祖国,实属难能可贵。"

嘉毅拘谨地坐在校长旁边,无法承受如此高的褒奖,可心里直感委屈。这时,从他的后排传来一个女生轻声嬉笑议论:"在这个事迹介绍后面加上'鞠躬尽瘁',就成了他的悼词了。"这话让嘉毅哭笑不得,无地自容。他感觉眼前就像在演戏，自己不知不觉成了主角，戏服就是那件进口的华美外套。要命的是嘉毅天生就不会演戏，不会朝自己脸上贴金，可这场戏又只能成功不能失败。他预先想好的台词，一句也想不起来了，只能就自己留学生活的点滴和看到的风土人情，想到哪里说到哪里，凑足了一小时的座谈发言。

留下来的时间是提问，有一位年轻的女生接过话筒问："你怎么会毅然决然地做出决定回国，报效国家的？"潜台词是对嘉毅的怀疑。对于这个问题，就像在出国之前被问及是否还回国一样，叫他熟悉，早已准备了台词，可惜这些让他自己都不相信的台词，在这一刻话到嘴边却变成了："实事求是讲，我曾经确实想过留在国外，但没有合适的发展环境，更何况我出国前和学校有了约定，学成后要回学校工作，就这样回国了。"提问的女生有点像记者，她的桌上搁着一架照相机，还拿着记事本记录，不依不饶地追问道："那你放弃高薪聘请是怎么一回事？"嘉毅心想既要按照事实回答，又不能损害自己和学校的形象，尽量把话说得委婉些，不想让人感觉自己太高大。他为了证明自己不是在吹牛，平静地回应道："其实，我这次回国，原来是趁毕业之际回来探亲的，按计划一两周后回那边，然后就正式就职于一家咨询公司，担任亚洲经济形势分析师，工作内容和我的专业差不多。我和这家公司的聘请合同早就签订的，薪酬也不低。由于回国后，姚校长传达了学校对我的希望，我就做出了不再回日本的决定。整个过程就这么简单。"说完朝旁边的姚校长看了一眼，见他在频频点头。

座谈会一结束，那位记者就到嘉毅面前要求采访。嘉毅朝她扫了一眼，注意到她的眼神就是那种刨根问底，紧追不舍的样子，心想即使眼睛长得再漂亮，有了这样的眼神也是令人生畏的，不会讨人喜欢的。他不愿意和她多啰唆，不耐烦地说今天没有时间。在一旁的姚校长含笑劝道："唉，小沈，记者采访你也是她们的工作，我们应该协助，时间不会太长的。"记者也许为了调和气氛，赶紧说："我对从日本留学回来的特别感兴趣，因为我哥哥也在日本。"嘉毅无奈地重新坐下，回答了她一些无关痛痒的问题，算是完成了采访。最后嘉毅随口问了一句："你哥哥在哪个大学留学？"记者道："他可不像你这么有出息，读完了专门学校就留在那里了。"嘉毅知道专门学校几乎就相当于国内的技工学校，即使有公司雇佣这种学校毕业的留学生，签证也是很难获得的。他轻轻地噢了一声说："那也不容易。"记者朝他瞄了一眼道："哪里呀！他没出息，年龄也大了，读不了书，只能做黑户口，靠打工赚钱。"嘉毅勉强地说了一句："那也不错。"他被记者毫无隐瞒的态度而感动，为了弥补先前不合作的态度，决定把记者送到校门。看记者年龄比自己小得多，有意无意地问她是否也想去留学，记者骄傲地答道："如果我要留学的话，肯定不会去日本。"嘉毅听了这话，感到自己好像一下子矮了一截。无趣地送别了记者，一个人在回办公室的路上，心想也许去日本留学的人都是在留学的这条路上无法选择，万不得已才去的呀。

座谈会后没几天的一个上午，姚校长把嘉毅叫到办公室，高兴地拿了一份报纸给他，说："写得不错。你出名了，这是你的光荣，也是我们学校的光荣。"报纸上刊登了一篇介绍归国留学生报效祖国的长篇通讯，翔实而生动地报道了本市几位留学生回国报效国家的典型事例，其中很大篇幅介绍嘉毅回国从教的故事。嘉毅回到自己的办公室，还没有来得及读完文章，电话铃响了，电话那头传来的是小微的声音："我的爱国留学生，回来了怎么不告诉我一声，还搞保密呀。"嘉毅一愣，他的思绪马上跟上电话那头的节奏。那是一种久违的节奏，快而活跃，让人很快能够兴奋起来的节奏，这种节奏深入他的血液和内心深处，一旦激发就像唤醒沉睡的火山。嘉毅一下子亢奋起来，赶忙答道，却有点语无伦次和口吃："我才回来没几天。不好意思，对不起，本想安定一下就来看你。不好意思，对不起。你是怎么知道我回来的呀？"小微哈哈大笑道："没有那么多的'不好意思，对不起'。你的爱国故事都上了报纸，全世界都知道了。我怎么会不知道呢？"嘉毅理应先打电话找小微的，由于突如其来的探亲变成了归国报效祖国，心里的拐弯还没有彻底完成，所以把见小微的事情搁了下来，于是尴尬地笑道："快点找个地方，我当面向你汇报思想吧。"嘉毅放下电话,和小微约会的时间定在下午,还有一点时间,可以悠哉悠哉胡思乱想一通。这时电话铃又响了,嘉毅一手拿报纸继续看着,一手把电话筒贴到耳边。来电话的是陆文晴,嘉毅先是先一愣,后再打招呼,说不好意思,说应该自己先和她联系才是。陆文晴告诉他,自己在报纸上读到了他的故事,说他是一个典型的归国留学生爱国的案例,要他不要辜负了这样的机会,还预祝他当院长,因为按照她的估计,在不远的将来他就会坐上院长的位子。她的话虽然说得现实了点,有点俗,但声音还是那样的优雅,句句说到了他的心坎上,听到这样的声音,他仿佛看到了她翩翩起舞高贵的样子。嘉毅似乎有些飘飘然,颇有真的成了名人的感觉。他放下报纸想好好考虑一下,和小微碰头要说点什么,可脑子冒出来的全是姚校长的那句"你出名了,这是你的光荣",眼前总是浮现出那张赶不走的宽额小眼睛的脸和那个不讨人喜欢的记者,可现在他们两人在嘉毅的心目中也不再显得像先前那样讨厌了,而且还有一丝感激之情,因为他的出名要归功于他们两人。过了很久,才想到如何向小微述说自己是怎么成了爱国故事的主人公。

他们的约会安排在南京路上一家著名的五星级大酒店,是当时新造的浦西最高的地标建筑。嘉毅踏着时间点,进了靠东侧副楼里的咖啡厅。宽敞静谧的咖啡厅,深红的地毯和沙发,在壁灯的映衬下,显得大气优雅,渗透出一种异域的文化。嘉毅进门一眼就看到小微坐在里端的沙发上,身着白色套装,内穿浅湖绿色衬衣,显得简洁大方,又有一份职业女性的稳重和干练,正聚精会神地读着一份报纸。他猜该报纸肯定就是刊登了自己故事的那份,心想但愿她看到这些肉麻的叙述不要恶心。他偷偷朝小微扫了一眼,还是圆圆的鼻子,大大的眼睛,整齐的刘海,依旧一副可人的模样,也许因为兴奋或者心怀喜事,脸上洋溢着照人的光彩。

可能迎上来的服务生引起了小微的注意,她抬头看到嘉毅,赶忙放下报纸,大方地向他招招手,笑盈盈地注视着他,调皮道:"我尊敬的爱国留学生,回国感觉如何?"嘉毅倒有些腼腆,瞟了一眼小微面前的矮桌。桌上放着一杯咖啡和一杯凉水,旁边还有一个考究的欧式高低盘放着各色小点心,而盛凉水的杯子用的是大号的高脚葡萄酒杯,显得非常扎眼和不协调。小微的目光紧盯着他,以煞有介事认真的口吻继续道:"好像比上一次看到时胖了点,更加精神了。"嘉毅不好意思地答道:"应该是瘦了些吧。刚回来,还有很多事情要熟悉,就拿这个大酒店来讲吧,我出国时还没有它呢。"小微似乎又有了往日和他调侃的感觉,发出了一连串连珠炮:"怎么出国没几天,就不习惯国内的生活了? 忘本了? 那你还回来混什么爱国留学生,不会是在外面混不下去了吧?"嘉毅心想她一点没变。他好久没有遭遇到这样的调侃了,几乎无法应付自如,只是含笑不语看着小微,就像沐浴在春风里,享受着这样的调侃,享受着这样的戏谑。小微笑着继续逼问道:"怎么留学回来变傻掉了? 话也不会说了?"嘉毅再次让她说得不好意思,答道:"没有。人家看到你高兴得不知道说什么好了。"小微做出一副急吼吼的样子说:"没那么夸张。快点,说说你的归国感受。"

嘉毅无奈地把探亲变成归国的来龙去脉说了一遍,最后指着小微面前的报纸说:"我只能留在国内。报上的东西都是添油加醋搞出来的,我都不好意思看。"小微仿佛恍然大悟道:"原来是这样呀! 赔钱辞职都不行,那学校也太可恶了。"尔后她直直腰,伸出右手食指向他点了点说:"话要说回来。我刚才认真地在读这篇文章,心里就在猜哪些是真的,哪些是假的。不过,上面写的你获得了博士学位,归国回母校从教,没有去外国公司就职,当上了院长,这些大的事情,还算是事实吧。"嘉毅纠正道:"是代理院长,不是院长。还有,总不能把我说得那么高大吧,说我是'刻苦攻读,情系祖国,时刻准备着回国报效国家,把国家利益看得高于一切',这些够肉麻的,我很不喜欢,我也没有这样的觉悟。"小微笑嘻嘻地插话道:"刻苦攻读大概还是有一点的吧? 我知道那里的社会科学博士不好拿。"嘉毅轻蔑笑了笑,说:"日本的社会科学本身就不是很发达,而且教育制度又僵化顽固,应该说正常的话,是比较难

321

拿。"小微敏感地感到他拿博士学位有故事,饶有兴趣地看着他,逼问道:"那你是怎么拿到的?不会是又动了什么坏脑筋骗来的吧?"他笑道:"在你面前没什么好隐瞒的,差不多吧。说实话,我太需要那东西了。你还记得那次我带着日本教授来学校访问的事吧,就是为了哄他开心,美其名曰'国际学术交流',也许我对国际学术交流有了贡献,所以教授网开一面,让我获得了那件还过得去的'外套',我可以穿着它混一辈子了。"小微先是一愣,而后马上理解了他说的那东西和外套的意思,略带责备的口气说:"哼,怪不得那次你回来,连我们单独见面的机会都没有,原来在别有用心地伺候日本导师。你这家伙,轻友重利,而且一点不虔诚,竟然把博士学位叫做外套。我真想替你导师打抱不平,谁做你的导师,谁倒霉。我们学校也是瞎了眼睛,把你当成爱国留学生的活宝。"他做出一副委屈的样子,辩解道:"现在好了,给我戴了这么多的高帽子,大家都知道了,几乎让我骑在老虎身上下不来了,这不是逼着我说大话,叫我难堪吗?你知道的,我只想混混而已,真的没那么爱国、那么高大。"他看了一眼小微,好像申辩似的说,"关于一个人爱不爱国,按照我的看法,只有当一个人身处国外,才会发现自己是一个中国人,那时你就不得不把自己和这个国家联系在一起,维护了自己的荣誉就维护了国家,维护了国家的荣誉就等于维护了自己的面子,这大概就算是爱国情怀了吧。至于你回国就是爱国、不回国就是不爱国的说法,那也太幼稚了,在逻辑上就有一点滑稽了。真不知道学校和那些写文章的人是怎么想的。"小微做出一副蛮有经验的样子说:"这就叫做抓典型,懂吧?有了典型,学校就有了光彩,抓你写你这个典型的人也有了成就感,而你也就顺风顺水上了一个台阶。看来你留学真是留傻掉了。反正你很聪明,以后混在院长的位子上,时间长了就自然懂了。不过,我但愿你还是不要懂这些事情为好。"说到担任学院院长的事情,嘉毅有点急于申辩,想表明自己对此事的态度:"你是知道我喜好的,我对这种事情历来不感兴趣,我喜欢自由自在闲云野鹤的日子,不在乎当院长不当院长的。要是一不小心当了院长,会少了许多安宁和逍遥。"

小微看着他说:"那倒是,这话有点像你的性格。可你啊,福气不错,一不小心成了爱国留学生的典型,一不小心当上了院长,而且还是个博士。你看你说得多轻松。人家挖空心思、投机钻营想得到的东西,你得来全不费功夫。说不定将来还会一不小心移民美国呢。"小微这句说将来的话,心里是有打算的,是有所指的。她顺手端起咖啡杯,喝了一口,身子朝后靠了靠,似乎回忆道:"我记得你在大学毕业时,毕业论文得奖,也说过'一不小心得了奖'的话。似乎好运一直罩着你呀。想想看,如果没有那次得奖,我看你哪里有今天。你可不要得了便宜又卖乖呀。"嘉毅哈哈大笑道:"如果你说我不是'一不小心',那又是什么呢?我知道这些东西也许是好东西,但我从来没对它们动过脑筋。不论给我什么职位,反正能够混口饭吃就可以了,我只想做我自己。"

小微心想好久不见,见面就讨论这种问题很无趣,便说:"你在那里待了这么长时间,可以算日本通了,说说在日本有趣的事吧。"嘉毅的思路好像还停留在刚才的话题上,继续道:"其实,我也并非一定要留那里。在日本公司里就职并非是天堂,你没有听说过日本人那种埋头苦干的劲道,我肯定会受不了的。对我来说,继续留在那里真是一件食之无味弃之可惜的事,自动放弃有点难。当然,如果能够留在那里的大学里,那又另当别论。现在回来了也不错,还有你们这些老朋友。"小微无心听他啰唆这些内心独白,就歪着头,盯着嘉毅,显出一副可爱淘气的样子,眨巴眨巴眼睛,眼神里闪烁着希冀,接着笑盈盈地用调皮的口吻,拉长了语调又问道:"这几年,你在那边有女朋友吗?"听上去好像是大人在审问一个孩子,是否在外面做过错事一样。这种审问在成人中只可能发生在最亲密的人当中,是一种亲热有加和戏谑的表现。

在来约会的路上,嘉毅一直在考虑这个问题,他知道和小微见面,肯定会被问及。如果如实回答,自己和人假结婚,小微肯定不会相信,而且会伤心,如果不说实话,可自己于心不忍,有负罪感,而这种事总有一天要露馅,那时就更加不可收拾了。他想了大半天,也不知道怎么回答才好,又隐隐约约感到当时和黄莺的假结婚可能是一件最最愚蠢的事。

嘉毅看了小微一眼,她那希冀的目光令他心酸。他的声音有点涩,支支吾吾道:"外面的世界很精彩,也很无奈。没有到过这一步的人很难理解,说出来也很尴尬的,我假结婚了。"他瞄了一眼小微,看见她睁大着眼睛瞪着自己。他不忍再看她,自顾自地把和黄莺假结婚的前前后后说了一遍,面无表情,像背书一样。在讲述中,他特地强调了黄莺是曾经结过婚的,也有孩子,希望通过这些事来证明自己和黄莺是真的假结婚,不是因爱而结婚。说完了,嘉毅不敢抬头,双手搁在膝盖上撑头,像是等待她的判决。心想不论小微怎么样批评挖苦,甚至无理谩骂,自己都应该无条件接受。

小微抬起头,笑了笑,难掩一丝勉强,说:"我能理解,她是你中学的同学嘛。上海人像她这样举债出国的人很多,为了赚钱,背井离乡的。你们在日本的故事我也听了不少,在上海的报纸上有一篇叫做《吧啦,吧啦东渡》的文章,讲的就是上海人在那里生活得如何艰难,什么工都打,干背死人的活也有。但没有想到你也会遇到这样的事,假结婚都用上了,真可怜。"

小微的话,虽然听上去似乎已经理解了嘉毅的假结婚是事出有因,但话语里透着一丝怀疑和骄傲。她太想知道嘉毅和黄莺以前是要好到什么样程度的同学,难道超过了自己和他的密切程度,难道可以拿婚姻相帮,又为什么在以前从来没有听说过他有这样一个异性朋友。而她的表态只能是理解,不说理解又能说什么呢。而骄傲,小微确实有骄傲的资本。随着时代的变迁,政策的落实,她家小洋楼的住户全部被迁走了,父母去年已经移民美国,自己也在考虑去美国的事。这一切在上海滩的普通人看来都是望尘莫及的,值得炫耀的,根本无需再去日本吃什么苦。她从报上得知嘉毅回国的消息后,急不可待地找他联系。去约会的路上,一直想象着嘉毅的音容笑貌,满怀憧憬,脑海里荡漾着和他比翼双飞的美梦,欣喜不已。其实,自从她父母到了美国安定下来后,就催促她尽快去和他们团圆,而她借口自己单位里一时走不开,想等嘉毅毕业了,看看是否有机会邀他一同前往美国成亲。小微心想今天机会总算来了,刚才那句"说不定将来还会一不小心移民美国呢"就是出于这样的考虑。询问嘉毅是否有女朋友,只是实施这个美梦的开场白,而嘉毅的回答太出乎她意料了,毫无回旋的余地。面对嘉毅,她只能悄悄地收起破碎的美梦残片,继续装着没事一样。他们俩在以前的交往中,没有任何的约定,嘉毅对小微也没有任何的承诺,但嘉毅还是有很重的负疚感。他知道不论自己怎么解释或说明,都无法立刻消除小微对自己假结婚的惊讶和疑虑,甚至伤心。

他们无言而坐,过了很久,小微打破冷场,问道:"现在你回来了,你们的假结婚打算什么时候结束?"她好像在考虑自己和嘉毅是否还有可能,还想挽回这样不堪的局面。何时结束假结婚的问题,嘉毅在做出假结婚决定的时候就根本没有考虑过,而现在和黄莺分居两地,更加无法回答这个问题了,什么时候结束假结婚的主动权似乎不在嘉毅的掌控之中。他无奈地摇了摇头,双手十指交叉握在一起,艰难地答道:"当时在和她假结婚时,没有想这么多,事情也没有这么复杂。现在看来只能等她回上海后,才能解除这个假结婚了,我猜大概也是在一年半载之后了。"嘉毅说完又偷偷地瞄了她一眼。

小微沮丧的表情显而易见,这样的表情让他感到心疼。小微愤愤地说了一句像是骂人的狠话:"我看你们假夫妻的感情比真夫妻还好。你肯定趁机占人家便宜了。"按理说,小微无权这样指责他,换了别人肯定要和她翻脸。而在嘉毅看来,这样的指责正是自己在她心目中还尚有一席之地,心想小微生气伤心是有理由的,他乖乖地像闯了祸的小孩低着头,一声不响地接受她的责备。小微见他不吭声,认为自己的判断是正确的。眼睛里带着泪花,更加伤心地说:"不响了吧?你们哪里是假结婚。占了人家便宜,就不能叫做假结婚。分明是真结婚,拿假结婚的鬼话来骗我。"说完伸手去拿报纸,像是准备起身离开。

这时嘉毅急了,做出姿势像是防止小微离开,赶紧辩解道:"我向天发誓,哪里占人家便宜啦,我们真的是干干净净的假结婚。不论以前在中学里还是当时在日本,我们都是干干净净的。"小微看他急成这样,发誓的话都说出来了,忍不住噗嗤一声笑出了声来,放下手中的报纸,带有安慰的口气道:"看你一副傻样,谁管你的闲事。你跟她真结婚也好,假结婚也罢,关我屁事?只要你不被人骗了就可以。"嘉毅支支吾吾嘟囔一句:"我从来不骗人,我和她真的没有那个。"小微看着他的委屈样,像哄小孩的口气劝慰道:"好啦,好啦,相信你们是假结婚,不说这个了。说说别的吧。"

两人又冷场了一段时间,嘉毅小心翼翼地看了小微一眼,脸色好多了。他很想知道小微是否结婚,对此他心里很矛盾,当然,私底下肯定希望她还没有结婚,还没有男朋友。从刚才她生气的样子,好像还没有结婚,否则就不应该如此生气。可是,他又不忍心看到她掉眼泪,心想她还是结婚的好,好像她结婚了,就会对自己假结婚的罪过减轻一点似的。他想自己的事情已向她说清楚了,该有问她是否已经结婚的资格了,于是壮大了胆子,轻声问:"你,你结婚了吗?"

小微又一次忍不住笑出声来,做出居高临下的样子道:"我结婚与否和你有关吗?你在法律上已是结过婚的人了,你还想怎么样?"嘉毅只好低头嘟囔着:"你原来不是有一个做医生的男朋友吗?现在怎么样了?"小微摆出一副生气的样子道:"现在想起来关心我了?出去那么多年,也不来信,现在才想起我来。"她停了停,又拉长了语调,道,"人家早就去美国留学了,我被人家甩了。你高兴了吧。"嘉毅听到的答案是否定的,心花怒放,且被她的怪模怪样逗乐了,又不好意思笑出来,有些尴尬。

小微看着他想笑不敢笑的样子,感到又好笑又生气,故意做出一本正经的样子宣布:"你别高兴得太早,本小姐也马上要去美国了。"

嘉毅惊讶地看着她,半天说不出话来。小微得意地慢条斯理道:"只允许你出国镀金,就不允许我出国逍遥逍遥。"嘉毅惊讶的是她做医生的男朋友不是把她甩了吗?怎么又跟着他出国呢?他们到底是怎么回事?要么那句"我被人家甩了"是假的,是哄自己开心的。由于刚才自己伤过她的心,不敢随便乱问,脑子里乱极了,只是呆呆地看着她,希望她把话说得清楚一点。可是看小微的样子并不像要解释,嘉毅只能问一些无关痛痒的问题:"那大概什么时候出发?"小微随口答道:"顺利的话,今年秋天签证可以下来。"他继续问道:"单位里的手续是办停薪留职?"小微答道:"单位里办停薪留职大概问题不大,但对我来讲无所谓,我反正是移民。"嘉毅看她回答问题很认真,没有继续生气的迹象,便战战兢兢巧妙地变了一种方式,听上去像是在赞许小微的男朋友,提出了自己最想知道的问题:"这样看来你男朋友对你还不错,还为你办理了移民。真替你高兴。"

这一下轮到小微惊讶了,她瞪大眼睛,撅了撅嘴,又愤愤道:"哼,我去美国怎么会和他有关系呢? 他走他的阳关道,我走我的独木桥。我父母还在催我快点过去,要不是想和你碰个头,我早就走了。"嘉毅先前把小微的话理解错了,且又听说小微是为了和自己见面,才迟迟没有成行的,感到既惭愧又兴奋,赶忙故作镇静地点点头说道:"噢,原来你是要和父母在美国团聚。他们什么时候去的美国?"

小微把家里这两年的变化说了一遍,又把自己真实的想法隐藏在半真半假的玩笑中说了出来:"先前想的好好的,等你拿了博士,和你一起去美国的,即使你留在日本,我也要把你从那里直接拖过去。现在好了,你不争气,那就只好暂缓了。我先一个人过去看看再说,如果有好男人就把自己嫁了。"

嘉毅一下子心起波澜,听出了小微先前的真实想法或考虑,私下为他俩设计了宏伟蓝图,让自己的一不小心,全成了泡影。他真想冲上去抱住她,把她拥在怀里,不再让她受半点委屈、半点伤心,可现在只能小心翼翼地望着她,在心里向自己发问道:小微是不会欺骗自己的,而自己还有资格娶这个女人为妻吗?

第二十一章 一九九二年

一九九二年初，上海滩异常的寒冷，灰蒙蒙的天空上似乎游荡着一个幽灵，它不断地穿街走巷，撩拨着人们的欲望和情绪，时而掀起大浪把人抛向空中，让人喜极而泣；时而把人摔入低谷，让人欲哭无泪，那就是在上海滩已消失了四十多年的股票。不论天气有多么阴冷，寒风有多么凛冽，几乎每个证券公司门前始终人头攒动，聚集着的人在谈论着股票、股票发行、股票认购证、中签率等陌生的新名词，大家都想从这些新名词中找到发财的灵感和机会。其中，股票认购证掀起的波澜最大。第一批发行的上海股票认购证，每本三十元，同时，交易所声称购买认购证的款项除去发行费后，是捐给社会福利机构的。开始时，很少有人愿意购买这种认购证，受到冷遇，甚至有人上门去企业推销也乏人问津。大多数精明胆小的上海人打着自己的小算盘，认为认购证太贵，三十元几乎是普通人工资的四分之一或者三分之一。买多了买不起，即使买了中签，还要花更多的钱买股票，股票是涨是跌又很难预料；买少了如果不能中签，就等于把钱捐给了社会福利机构。所以大多数上海人对认购证心存疑虑、举棋不定，面对发售认购证的宣传根本不予理睬，也懒得听。这时，另外一群精明胆大的上海人研究起在购得认购证后可以获利的可能性，其关键在中签率。那些人在股票发行数、认购证出售数和中签率之间找出了其中的奥妙。那就是，股票发行数是已确定的，认购证出售的越多，中签率越低，反之中签率越高，又因当时的政策偏重于保护投资者的利益，一般股票发行后均有较好的上涨空间，尔后只需简单的加减乘除,就大致能计算出是赢还是亏。因此,那些聪明的人不顾人们风传的有关认购证骗钱的谣言,以及让人对购买认购证望而却步的各种传说,在暗中密切注意认购证的销售情况。如果认购证有滞销的情况,则中签率会很理想,他们会在发行认购证最后一天大量买入,然后等中签购入股票,持股等上市后,一般就可获得相当收益。

购买认购证后,其赚钱的方式有两种:其一,在抽签前,以高价卖掉,赚个排队辛苦钱没问题。其二,在抽签后,买下中签的原始股票,待其上市后再抛掉,赚取的是原始股票上市后形成的收益,这种方式关键在于中签率,和手头持有的资金。当大多数上海人发现了认购证的玄机时,一张小小的中签的认购证,已经能够卖出几千元甚至上万元的价格,当时没买的人捶胸顿足,后悔不已。在后来的日子里,每个证券公司的里里外外,不分昼夜都是人,男女老少都怀揣发财的梦想,拼命地研究股票这种东西。那一波行情之后,上海滩流传着一句对那些发了财的人的描述:"万元不算富,十万才起步,百万是小户,千万算大户。"自从上海滩认识了个体户、出国潮的财富效应之后,人们似乎有了再一次重新认识财富的必要,相信了一夜暴富不是天方夜谭。

那年年初,正是开始实行股票认购证的时候,也是股票认购证从无人问津变成炙手可热的过程。予兴凭着打桩形成的敏感嗅觉,很快就从这一变化中看出了发财机会的端倪,又凭着多年打桩的经验和魄力,他胸有成竹地把去年考虑收购第三家饭店的钱,全部准备用来购买认购证和股票。

予兴周围有一群素来无所事事的小兄弟们,他把他们召集起来,告诉他们如何购买认购证,等待中签后购买股票,再等到股票上市时择机抛售。由于当时证券公司门市少,买卖股票经常需要排对等候,费时费力,予兴还带领他们起早摸黑,转战在各个认购证发行点和证券公司。

那些兄弟们如果有钱的,自己做自己赚,没有钱的可以替别人帮忙。予兴已然在那群小兄弟们当中成了股票专家,白天他拎着一大堆现金和他的兄弟们研究如何操作，游走各个股票交易现场，晚上回到他的好运酒家，喝着啤酒，拿着不离手的上海证券报，分析报上的每一条信息，不时还取出计算器敲打一番。予兴依照简单的低拿高出的原则，凭着雄厚的资金，轻松地把认购证和股票变成他的财富。通过现钞购买认购证变成股票再到现金，这样反复数次，雪球越滚越大，短短的几个月，他的资产迅速积累，成几何级数翻倍，就像变戏法似的，使他一夜间成为了上海滩第一批有钱的人。

予兴一下子钱多了，生活的方式还是照旧，只要礼拜天露晓春父母在外地没有回来，就躲到她家里去，既可避开周围不少邻居的耳目，又用不着听父母的唠唠叨叨。他们在露露的家里过了一个舒舒服服的礼拜天，第二天一大早，露露为予兴买来早点，放在四方桌上，随后丢下他，出门上班去了。由于她家就在淮海路和成都路的转角附近，离予兴近来每天要去的文化广场不远，他一直睡到九点多钟。有一天，他吃过早饭出门前，查看了一下拎包，发现准备买股票的二十几万元现钞少了一万元，心想这肯定是露露拿的。这已经不是第一次了，以前在炒外汇时也经常发生这样的事情，只是当时钱少，是装在衣服口袋里的，金额没这么大。对于露露私下拿他的钱，他从来没有和她挑明过，不是因为他钱多不在乎，而是因为予兴曾经几次主动要给她钱，她始终拒绝，说收了他的钱，他们的关系就庸俗，不浪漫了。

露露第一次私下拿钱后，予兴会故意随身携带很多现金，准备她来拿。每次少了钱，予兴从不生气，反而会露出会心的笑容，认为这钱是应该给她的，也许这是他们最完美的感情交流。他们两人在一起时间长了，似乎谁也离不开谁，对彼此也愈发了解，可想要结婚的念头则愈加淡薄了，仿佛离得越来越远。他们从来不谈论结婚的事情，是有原因的。在他们刚刚要好的时候，露露曾经问过予兴："我们只恋爱不结婚要紧吗？"予兴说："你不要紧，我就更不要紧了。但你要给我一个理由。"露露说："我比你大四岁，结了婚对你我都不吉利。"其实，这个理由太牵强，真实的理由是她还想将来嫁给外国人或香港人什么的，准备以此方法出国,予兴对此也是心知肚明的,只是不点破而已,再说他原本就对婚姻没有信心。这次予兴和以往一样锁上门,把装钱的拎包放入自行车前面的篮子里,沐浴在清新的空气中,像所有上班的人一样,笃悠悠地骑着自行车,沿着淮海路向西,至陕西路口时朝南面拐去。

位于陕西路复兴中路附近的文化广场,原来是三十年代著名的露天跑狗场,二战爆发后由于无法经营,一直荒废至五十年代初,后来政府把它改建成可容纳一万多人的室内大会场。予兴到时已经接近中午,场内外人声鼎沸。自从文化广场被改造成一个巨大的证券超市后,有不少证券公司在那儿设立了临时交易柜台,永远是人头攒动,人山人海。场外苍劲的松树上落满尘土,灰头土脸,稀稀拉拉不全的绿化带上,堆积着从高大的梧桐树上掉落下来的枯枝败叶,在灿烂的阳光下,依然有着抹不去的那份破败和凋零。场内前方正面和两侧修建了交易柜台,中央的座位已经不见了,增加了不少不锈钢的扶栏,供人们排队。屋顶上脏兮兮的钢结构已锈蚀,让人不忍细看,广场两边巨大的玻璃钢窗已锈迹斑斑,到处暴露出临时的痕迹。尽管如此,这里还是成了心怀发财美梦的股民们朝圣之地,人群络绎不绝,天天上演着几家欢笑几家愁的人间悲喜剧。成百上千的人整天聚拢在这里,不愿离去,只为了那几十只股票的涨和跌,买和卖。

场内场外破败的环境掩盖不了股民们对股票的热情,予兴有时也会在这里待上一整天。予兴在场内的一个角落里,找到了吴骏和一些兄弟们,他们中有人拿着股票播报机,机器里不断传来女播音员的声音,这时还是报出一轮比一轮低的股票价格,好比一阵阵冰雨浇落在股民的心上,叫人发冷,叫人绝望。大家都哭丧着脸,场内大都在抛售股票,很少有人买入,买涨不买跌是大多数人的习惯思维。予兴在来的路上已经想好,只要今天股市继续保持跌势至下午,就可以认为上证指数跌至新低,在收盘前就把包里的现钞全部换成早已看好的几只股票,迎接新一轮上涨。午饭过后,还在延续着上午的跌势,周围的一些朋友对收盘行情不抱希望,早早就溜走去搓麻将,只有吴骏和猪八戒还在和予兴一起看着行情。

　　吴骏早先把予兴带入了打桩的行当,他们成了好朋友,他们有着同样的泪水和不同的欢笑,有着同样的希望和不同的底子,一个只想今朝有酒今朝醉,只愿为今天努力,最多为明天或后天,不会为将来;另一个则想卧薪尝胆,期盼着伟大的将来。正是这些不同,带来了不同的运气,使得予兴的资金积累远远超过了吴骏,并把吴骏带入股市,也让他在股票认购证上大大赚了一把。在予兴出手购进股票前,吴骏好意劝道:"真是匪夷所思。你看看,场内还有人在买进股票吗? 不要以为二十几万金额不大,就掉以轻心。"予兴自信满满道:"我赌的是我们政府的股票试验田不可能失败。持续跌了这么长时间,已到四百点以下了,应该是这次大跌行情的底部了。你想想,按照上证所的计划,还有好多股票要发行,如果股市整天跌跌不休,上证指数上不来,后面的股票怎么发行? 不发股票,那些企业的融资怎么办? 股票试验田岂不要失败?所以我赌的就是这个。"他拍了拍吴骏的肩膀,又道,"有位证监会的高官说过:'股票市场价格猛涨,上边有意见;股价猛跌,下边有意见;不涨不跌,所有人都有意见。'知道吗?"吴骏有点不以为然,看了一眼予兴说:"按照他的说法,股市只有涨涨跌跌,才能老少无欺。现在应该是跌到头了,接下来是涨?"在旁边的猪八戒插话道:"你怎么能相信报纸上说的内容呀,这些都是骗骗人的。"予兴继续道:"人家不信,我信! 我信它马上有一波反弹行情。怎么样? 敢跟我上吗?"吴骏摇了摇头,笑道:"我可不敢,没有你那么有魄力,也不像你有那么多的钱可以赌。"猪八戒快快地跟了一句:"你是大户,有钱,你赌吧。我们跟不起。"

　　予兴一意孤行买完了股票,出文化广场大门时,猪八戒无意中说起:"这里原来是跑狗场,不知道当时他们怎么玩的?"予兴转过身俏皮地对吴骏说道:"知道吧,这里原来是跑狗赌钱的地方,现在我们在这里买股票,能不赌吗? 没有魄力就别到这里来玩。"吴骏针对猪八戒的提问,答道:"跑狗大概和跑马差不多吧,选一条狗或选一匹马,把钱压上,跑得快的就赢钱,跑得慢的就输钱。"猪八戒把手搭在吴骏的肩上,认真地说："这和我们现在玩股票没有什么两样。挑一个股票,是涨的,就赚钱了,是跌的,就赔钱。"吴骏先一个人哧哧地笑了起来,后又接着猪八戒的话,大声嚷道："是啊,我们挑选股票和挑选那些畜生差不多。"此话一出,他们几个人都大笑起来,为他的刻薄,或者为他的无知而笑得东倒西歪,看似一副开心的样子。

那天晚上,已过了晚饭时间,予兴的饭店里没有像往常那样,除了普通客人之外一个朋友也没有,就连露露也没来。他无精打采地坐在二楼靠落地窗的桌旁,桌上放着一份已翻烂的证券报,默默地用深褐色的玻璃瓶喝着茶,看着客人一个个离开,他也懒得起身招呼,显得无聊落寞得很,就像饭店里的勤杂人员在休息一样。从外面透进来的霓虹灯亮光,让他披上了一层变化莫测的色彩。

当嘉毅出现在他面前,才起身连声道稀客稀客,招呼入座。予兴一下子提起精神问他想吃什么,嘉毅说晚饭已经吃过,喝茶就行了。予兴说："到我这里来,怎么能只喝茶?蒸上两只大闸蟹,喝点酒吧,就算陪我。"说完不等嘉毅接话就下楼去厨房间了。

予兴吩咐完后,又懒洋洋地回到原来的位子上坐下,解释道："平时店里热闹得很,今天算是安静的,无事可做,所以我刚才迷迷糊糊的,快要睡着了。"嘉毅回道："怪不得,刚才看你闷闷不乐的样子,我还以为不欢迎我呢。"予兴伸了一个懒腰,赶忙说："哪里,哪里。你来是我的荣幸。"说话间,接过服务员端来的黄酒,予兴为嘉毅斟酒满,介绍道,"在黄酒里加入少许干话梅再加热,让话梅的甘甜溶解在酒中,会散发出特殊的香气,去除了黄酒中的酸味,留下淡淡的甘甜,酒变得更加柔和可口。这样温出来的黄酒,和大闸蟹一起吃,那是绝配。"

嘉毅拿起酒盅,抿了一小口,朝他赞叹地点了点头说："真不愧为开饭店做老板的,喝酒还喝出了花样。"予兴指着嘉毅手中的酒盅,接着他的话又道："你说到花样,还有只能用瓷的酒盅喝,才有韵味。这是传统,我们老祖宗就是这样喝过来的,不能变。你见过喝茶用玻璃杯的吗?如果用玻璃杯的话,就成了现代快餐了。"

嘉毅笑着明知故问道:"喝茶不用玻璃杯用什么?"予兴一本正经地说:"日常的用玻璃杯喝茶,只能说是'饮水''喝水',不能称之为喝茶。喝酒也一样。"他停了停,看嘉毅饶有兴趣地在听,便有点忘乎所以了,仰了仰头继续道,"其实,我们上海人喝酒,应该说'喝'的成分少,'品'的成分多一点。喝酒会醉,品酒不会醉,喝酒只有刺激和让自己昏昏欲睡,而品酒有韵味和意境,让人振奋和浪漫。虽这两者很难区别,但界线还是有的,只不过因人而异罢了。此'品酒'不是那个'拼酒',喝酒和拼酒都不是我们上海人的风格。上海位于长江口,是江南的鱼米之乡,菜肴都以清淡为主,酒也不例外,以温和为主。烈酒不适合上海人,上海和上海周围没有像样的烈酒,就是这个道理。所以上海人在吃喝上,讲的是精细,做的要优雅,吃喝也是细嚼慢咽地品,什么都吃出个意境来,什么都喝出个韵味来,这就是我们精致文明生活的一部分。上海人不会大碗喝酒,大块吃肉,狼吞虎咽,吃到打饱嗝为止。那是为上海人所不齿的难看吃相,瘪三样,叫上不了台面,从旧社会开始历来如此。"嘉毅被他的一套一套奇谈怪论的话逗笑了,附和道:"但愿我是上海人。不要辜负了你对上海人的期望。"他夸张地用三个手指捏着酒盅,在眼前转了一周,又慢慢地放到嘴边抿了一口,调皮地说:"不错,有韵味。这样温过的酒味道不错,蛮好喝的。我要好好地品,不要有瘪三的样子。"

予兴得到嘉毅的首肯,心满意足地笑了。突然他似乎想起什么似的,说道:"噢,我要谢谢你,去年年底你不让我买新的饭店,要我入股市。这一把赌大了,我赌赢了。真不知道怎么感谢你才是呀。"嘉毅道:"不关我的事。不用谢我,这都是凭你自己的聪明才干赢来的。"停了停,看了一眼予兴,又补了一句,"什么话,'赌赢了',我可没叫你去赌博。"说完两个人都笑了。

这是两个知己男人之间的谈话,无拘无束,无须转弯抹角,有话直说的那种。嘉毅补充道:"上次叫你不要买饭店,只是告诉你可以尝试一下做股票,没想到遇到认购证,是瞎猫碰到死耗子。不要以为我像神仙一样,能够预知未来。"他说完,注视着予兴,顺口又问了一句,"现在你已经有几位数了?"予兴跷起了二郎腿答道:"已经超过了这个数。"扫了一下周围,伸出右手,做了个数字八的手势。嘉毅看了心领神会道:"我们的郝老板,发财了,可喜可贺呀。"举起小酒盅和予兴碰杯,一饮而尽,算是祝贺。可予兴对这样的祝贺,似乎没有嘉毅想象的那么高兴,斜着头望着嘉毅,满不在乎道:"我又不要发财。你知道的,我最想要的已经没有了,剩下的只有削尖脑袋赚钱了。"

嘉毅知道予兴的心情,由于高中时代阴差阳错没有上大学,干上了打桩这一行当,一直有着一种刻骨铭心的自卑感,好像全世界都欠着他的,即使有再多的钱也弥补不了这个缺陷。他不想让予兴始终深陷于这种情绪之中,便淡淡地说道:"钱不是万能的,但你这个数可不是个小数字。上海滩上,有这个数的人不多,它可以买一个不小的企业。"予兴微微一笑,说:"是啊,这些钱就算是对我堕落到打桩地步的补偿吧。这几个月来,像发疯一样,钱来得太快了,就像暴发户。我真不知道怎么办了。"他脸上虽微笑着,却带着一种让人难以察觉的苦涩或自我嘲讽。

嘉毅听出了他的弦外之音,不想让他的这种情绪继续蔓延,便引导道:"即使是暴发户,钱多那也不错。有这个钱,你可以正儿八经,堂堂正正地做点事情了。如果说赌的话,你要知道,现在你手上捏着一副好牌,周围的人可望尘莫及呀。"这话似乎正中予兴的下怀,有了兴趣。他凑上前谦虚地问道:"我有些朋友说,现在股票的机会到头了。看我手上有些钱,劝我做生意。真是树大招风,乱七八糟的生意都会找上门,有找我借钱的,有找我开工厂的,什么都有,甚至有人叫我买几艘渔船,雇一些渔民出海捕鱼,说是很赚钱。都想钱想疯了。我想问问你,现在我还可以做什么呀?"

嘉毅再次拿起酒盅和他碰了一下,笑着迂回道:"我哪里知道做生意的事,今天只是闲来无事,想到你这儿坐坐而已。"予兴急切地说:"不要卖关子,我的大教授。我就是喜欢听你讲些大道理。"嘉毅笑了笑,自信地说:"我有时候讲话确实像上课,不过道理在其中。"看着予兴认真听他讲话的样子，他也不忍心再说废话了，只拣予兴最想听的讲，"以后，政府对股市的监管只会越来越严，各种管理机构、法律制度越来越齐全，而且炒股的人会越来越多，像今年早些时候的机会不大可能再会有了，更不用谈认购证的这种机会了，即使有，也是风险大利润小。但是，邓小平南巡讲话中，提到了上海作为改革开放龙头的重要性。我看在上海，将来随着经济改革的深入，实体经济会大大发展，也就是私营企业会大量出现。你手上有这么多的资金，想必机会不会少。关键问题是如何去伪存真，抓住最好的机会，这才是主要的，而且要把各种风险控制好，方能赚大钱。"

予兴很信赖嘉毅，尤其通过今年年头按照他的建议把大量资金投入股市，赚到了大钱后，更加敬重嘉毅了，几乎把他当成了自己赚钱的军师。予兴虚心地问："怎么能去伪存真？如何控制风险？"嘉毅用略带说笑的口吻说："去伪存真嘛，就是广交朋友，慎重选择生意伙伴喽。钱不要让人骗了。"

予兴听得很专心，似乎不过瘾，他取出一盒香烟，向嘉毅递上一支，为其点燃后继续追着问："那控制风险呢？"嘉毅吐了口烟，笑道："那就无非是，对自己不熟悉的事情千万要当心，不要碰，最好先多问问懂行的人，比如律师什么的。"予兴一点没有当说笑听，若有所悟地点着头。予兴把刚刚出锅的清蒸大闸蟹，递到他面前，略带调皮的口吻说："知道了，律师都用上了。反正我碰到不懂的，就来找你这个研究经济的，肯定没有错。"

嘉毅端详着眼前的大闸蟹，厚实肥硕的大闸蟹在雪白的金边细瓷盘的映衬下，显得橙黄金亮，让人垂涎欲滴。他做出一副哭笑不得的样子，笑道："大闸蟹不错。可我不是你的万宝全书呀。"予兴骄傲地说："我可以向你保证，在乍浦路所有的饭店中，我的阳澄湖大闸蟹最正宗，最好。"大闸蟹是长江中下游水乡特有的水产，又名螃蟹，肉质鲜美，营养丰富，素有"蟹肉上席百味淡"之美誉，数上海附近的阳澄湖大闸蟹最有名。清蒸大闸蟹已是一道价格不菲的上海名菜，也成了乍浦路上每家饭店必不可少的主角。

在嘉毅和予兴的孩提时代，大闸蟹并不算稀罕之物，是一种大众化的食材，而且野生的居多，在上海周围的湖边池塘甚至田埂旁都能捉到。每当秋天，菊黄蟹肥时，一般的家庭都会吃上几回。嘉毅熟练地掰下蟹脐，打开蟹盖，清理了蟹体上的蟹腮等不能入口的东西，再将蟹体一掰为二，蘸着用姜末、醋、糖合成的作料，分而食之，三下五除二又把蟹钳、蟹脚也吃得干净利落。

予兴看着嘉毅优雅的吃蟹动作，赞叹道："你的吃法倒蛮老道的嘛。"嘉毅回道："小时候穷，原本是吃不起这种东西的，但当时母亲在崇明岛五七干校劳动，干校里的同事有人会捉螃蟹，每次都能分到一点带回家，所以练就了这套吃功。"他又意味深长地回忆道，"看到螃蟹，我会想起小时候的情景。秋天的礼拜六，全家等母亲回来，想着今天母亲是否会带螃蟹回来。我母亲总是穿着一件洗得发白的卡其布外套，看见她拎着一个草编的大荷包，大家就知道今天晚上有螃蟹吃了。母亲一进家门就把荷包往水池里一放，十几只螃蟹就会横着爬出来，大家都围拢过来看这些横行霸道的东西，这时是我们家里最开心的时候。"他拿起小酒盅一饮而尽，身子往椅背上一靠，感叹道，"凡是小时候记住的东西，想忘记也忘不了，吃螃蟹的功夫也是如此。"他又兴致勃勃地凑到桌前，在自己吃剩下的蟹壳里，找出了两个已成一半的蟹钳。每个蟹钳的后面留有类似白色塑料的软组织，不能食用，其形状像半只蝴蝶的翅膀。嘉毅小心地把两个这样的蟹钳拼在一起，一只栩栩如生的蝴蝶就诞生了。予兴歪着头看着这个拼图，赞叹道："你还有这一手。"嘉毅回道："这就是小时候的记忆。"他又看了一眼予兴盘子里一堆被嚼得稀烂的蟹壳，指着这堆蟹壳，潇洒地笑眯眯道："看来喝黄酒是你考究，可吃螃蟹是我内行。"

他们两人也不是经常见面，见面之后的谈话不免会谈到以前熟识的老同学。然而这些老同学已时过境迁，大家的境遇都发生了很大的变化，而且还有说不清道不明的联系，所以在相互提及时总有各种各样的顾虑。这两个男人似乎都有一个不愿意被过多提起的女人，一个是卢蓉，一个是黄莺。予兴想提黄莺的事，很想知道目前嘉毅和黄莺的关系怎么样，这一半出自对朋友的关心，一半是好奇。他不敢正眼看着嘉毅，为了不让嘉毅看出他那一半好奇心，只是偷偷地朝他扫了两眼，趁低头为他斟酒的时候，做出心不在焉的样子问道："最近和黄莺联系上了吗？"嘉毅喝了口酒，大方地长长叹了一口气道："没有呀。我在等她回来，可她现在连枪都打不着呀。"苦笑着看了一眼予兴，又说，"我真不知道怎么办。"嘉毅没说等黄莺回来是团聚，还是办理离婚手续。予兴从这样的回答中判别不出他等黄莺回来的目的，却又不知道怎么往下说，只能应和道："再等一段时间，她肯定会回上海的。"算是安慰。

嘉毅朝四周瞥了一眼，自嘲地笑道："尴尬的事情还有呢。很好笑，现在人家问我结婚了吗，还有人要帮我介绍女朋友，我真不知道怎么回答。和黄莺的这事实在说不出口，连我母亲都瞒着。"予兴看到面对自己的提问，嘉毅还能轻松地自嘲，便大着胆子顺着他的话笑着说："那就和黄莺这么过下去，也蛮好的，大家都知根知底。"虽然嘉毅和黄莺关系很好，嘉毅却似乎始终没有对黄莺产生过爱慕之情，自己也说不清楚为什么会这样。自从罗小微去了美国之后，嘉毅经常在夜深人静的时候会想起黄莺，想她倒不是急于办离婚手续，而是担心像她这样的女生，在这个表面礼貌周全、内心冷漠的日本社会里如何生存，想象她在那里生活的情景，想她的这些事情甚至比想小微的时间还要多。人们常说等待结婚是一种浪漫，也许对嘉毅来讲，等待离婚也算是一种浪漫，只不过带着一层苦涩。对于予兴的提议，他只能苦笑着继续含糊其词："这是两个人的事情，离也罢，这么过下去也罢，不是我一个人可以说了算的。总要两个人碰了面，才能决定吧。"

予兴也不再试探了，换了一个话题问："我们的那些上海朋友在那边生活得怎么样？像黄莺这样的人可以做些什么？"予兴问这样的问题很自然。关于这个问题，上海滩有着太多的传说，太多的真实，大概可以分为两个版本。人们从报上读到的，在亲朋好友、邻里同事的嘴里听到的不少流言蜚语里，都是一个"苦"字的翻版，后来又总结了在美国的留学生活，创造出了"洋插队"一词；而人们从那些回国的朋友脸上看到的却是光彩照人、叫人羡慕、另加厚实的钱包，把流言中的"苦"字吞进了肚里，成了另外一种现实版的流言，激励人们前仆后继地出国。所以未出过国的人永远搞不清楚那些在国外的朋友是怎么混的。刚好有一位店里的女孩过来为他们撤盘子，她一眼就可以被人看出是来自农村的。嘉毅悄悄地指了指那女孩说："这些女孩背井离乡到上海，除了在你饭店里打工，还有更好的出路吗？她们回到家乡，或多或少可以带些钱回去。上海人在日本其实和她们差不多，只不过一个是从农村到上海，而另一个是从上海去东京。看到她们在上海是如何过的，就可以知道那些朋友在日本是怎么过的。"他歇了歇，用缓慢的语气道，"我估摸着黄莺在那边，不会好到哪里去。真为她担心。"他避开黄莺在那边能干什么的问题，不愿意在予兴的面前妄加猜测。

这时，从楼梯口传来一个风风火火的女人声音："予兴，怎么你坐在这里呀？我累死啦。"露晓春斜着身子朝予兴旁边的空位一坐，一下子看清了予兴对面坐着的是嘉毅，立刻收敛起来，正直了身子，摆出一副好客主人的样子，"原来是沈教授呀，好久没见你来了，怎么不常来坐坐。"她和嘉毅有过一面之交，她从予兴以往对嘉毅恭敬的态度中意识到，他不是予兴的一般朋友。

嘉毅和蔼简单地答道："现在不是来了吗？"露露看了一眼桌面说："哎呀，夜宵只有大闸蟹怎么行？我去叫他们搞几个菜来。"嘉毅赶紧说："我们已经差不多了，不用再添菜。"予兴自信而大气地插话道："让她搞吧，她自己可能连晚饭还没吃呢。"露露似乎没有听见予兴的话，像女主人一样，收拾了桌上的堆满蟹壳的盘子，起身离座去吩咐厨房了。在他们两个男人周围留下了一股淡淡的香气，好像是她的到此一游的标志。

嘉毅看着露露下楼的背影，试探地问予兴："你们两人真的不打算结婚？就这么只谈恋爱，混下去？"他曾经听予兴说起过他们的事。予兴笑道："她一直热衷找境外人士结婚,我有什么办法。"予兴停了停,朝着空无一人的楼梯口看了一眼,继续轻声道,"说得好听一点,是只恋爱不结婚,好像是一种浪漫;说得难听一点,是准备随时各奔东西。"

嘉毅有点替予兴担心,生怕他受到伤害,认真地问道:"如果她真的要跟人家境外人士走了,那时你不伤心吗?"予兴抿了一口酒道:"想嫁外国人这是她的志向,自从她做了寡妇回了上海,就有了这样的想法。"又停了停,朝嘉毅看了一眼说,"我们好的时候她就有言在先,她想嫁外国人,想出国。我有什么办法,就像我以前鬼迷心窍一样,总想着一条道走到黑,不碰壁是不会回头的。我只是她一个临时的男人。也许她真的要嫁人了,我会有点伤心,不过很快会过去的,我善于自我了断,有心理准备。"

嘉毅心里佩服予兴对露露的事情看得透彻,便继续试探:"那你现在的经济条件不错,如果她嫁给你了,她不会受穷,你也养得起她,她怎么还要这样?"予兴淡淡地笑了笑说:"她也是个要强的人,要面子。在我面前说出的话也不好意思轻易收回,即使她收回了,还有个我愿意不愿意的问题。"嘉毅做出突然醒悟的样子,笑道:"哦,我懂了。原来是你心里有小疙瘩。"予兴又朝楼梯口扫了一眼说:"我们都是明白人,讲究的是识相和知趣,你懂事我也懂事。我原先在她眼里,也许只不过是一个略微有点钱的小白脸。"苦涩的脸上露出一丝自嘲,继续道,"当然大家都不容易,我只要有能力,是不会亏待她的。是否结婚,我也说不清楚。"

嘉毅心想这大概是予兴的心里话,是只能对最私密的朋友才能讲的心里话,他想象着予兴和露露是怎么样的一对男女,无言地看着予兴,似乎在问怎么会这样。予兴瞟了他一眼,玩弄着手中的酒盅,继续道:"像我这样的人,在这种环境里混,只能这样了,即使有点钱,也改变不了什么。只要自己良心过得去就可以了。"嘉毅为予兴的酒盅斟满了酒,拿起酒盅注视着予兴的眼睛,等着再次和他干杯,道:"有'良心过得去'还不够吗?你已经混得不错了,以后会更好。"这时楼梯口传来女式皮鞋的脚步声,嘉毅和予兴便不再开口了,似乎在等着露露给他们带来新话题。

予兴按照嘉毅给他出的主意,凭着雄厚的资金和两家酒家,忙活了一阵,总算成立了好运实业公司。虽只有他一个光杆司令,还是印了总经理头衔的名片,想着做生意可以用。他平日没事,就在乍浦路的好运酒家,打理饭店的事。予兴成立了公司,猪八戒很起劲,甚至在外面把自己说成了是好运公司的一员。他原先的街道工厂被拆迁了,自己也下了岗,闲着没事,整天拿着予兴的名片,到处散发,在外面宣传,想替予兴招揽生意。他原来的街道工厂厂址被规划开发了,要造二十几层的大楼,将来成为区里的标志性建筑,区政府正在寻觅开发商。负责这个项目招商的是区政府办公室秘书小金。此人也属虎,大学毕业进区政府刚上班时,曾被下基层劳动锻炼,劳动的地方就在猪八戒的街道工厂里,猪八戒和他关系不错,可以称兄道弟。猪八戒得知这一信息,激动不已,想把这个项目拉给予兴的好运公司。

予兴对这个事情不抱希望,认为自己只有区区一二千万钱,而且对工程项目一窍不通,不足以承揽这样大的项目。猪八戒却热情高涨,硬拉着他要和金秘书碰面。予兴抱着多认识一个朋友和多了解一些行情的想法,跟着猪八戒一起来到了金秘书的办公室。他的办公室很小,还有另外两位同事在谈着事情,金秘书夹着一本厚厚的笔记本,把他们引到一间没人的会议室里,进门后先简单地和猪八戒叙了一番旧。猪八戒介绍了予兴,说明了来意。金秘书接过予兴递上的名片,朝他看了一眼,问道:"郝先生的实业公司具体是做什么的? 公司成立几年了?"予兴在金秘书面前有些拘谨,可不想隐瞒自己公司的弱点,实事求是地答道:"才成立不久。"猪八戒反应极快,插话道:"实业公司嘛,样样都做。正是公司成立不久,手上才有空闲的资金。如果时间混长了,早就没有多余的资金了。"金秘书推了推眼镜,又朝予兴扫了一眼,似乎在验证猪八戒说的是否属实。他习惯地翻开笔记本,把予兴的名片轻轻地压在上面,又从上衣口袋里抽出圆珠笔,似乎准备随时记录的样子,显示出一种职业素养和职业上的亲和力。他对着予兴又问道:"你们公司大概有多少资金?"猪八戒抢先答道:"我们现在就可以拿出三千万的现金。"金秘书流露出一种接近惊讶的表情,这种表情不但包含着诧异、疑问、怀疑、嫉妒,甚至还夹杂着一丝不屑一顾。他笑了笑,这种笑的成分多半是出于礼貌或掩饰。他身子朝后靠了靠,把坐姿调整到最舒服的状态,右手熟练地玩弄着圆珠笔,客气地赞许道:"那不错,一个刚刚设立的公司就有这样的资金,不简单。"猪八戒大大咧咧地笑道:"没有这样的实力,怎么敢介绍给你呢?"

予兴敏锐地感到金秘书的眉宇间、眼神里透露出一丝轻蔑,似乎在说"你们这些暴发户,钱还不知道是从哪里弄来的,就把手伸得这么长,要来抢这个项目"。这样的眼神充满着养尊处优的优越感和居高临下对一切怀疑的感觉。这是来自同龄人的眼神,它彻底激发起予兴内心深处的自卑感。他知道金秘书的年龄和自己相仿,走过的路却截然不同,如果没有在高中时的那些破事,也许他不比金秘书混得差,可眼下他在金秘书面前毫无优势可言。予兴无法回避他的眼神,只能装着无动于衷,微笑着附和着,似乎准备认真地聆听他的指示。金秘书又朝他们俩看了一眼,缓慢而清晰地说:"这个项目是我们区里比较大的一个,是个重点项目,招商要求相应也比较高,需要资金量大。现在估算下来前前后后的资金可能要达到一点几个亿,还有规定完工的期限,三十个月内必须完成。一般没有实力的公司,以前没有做过的公司是搞不定的。这个项目由区里的分管领导直接管,我只是负责具体的事务工作,而且好像现在有一家香港公司谈得差不多了,估计下个月可以签约。"他说得滴水不漏,面面俱到,似乎有一种固定的模式或格式,是一种经过长期磨炼出来的成果。他说话的语气听上去还很亲切,可已经拒人于千里之外了。猪八戒吐了吐舌头,似乎表示自己没有这样的实力。

他们离开了区政府,在回去的路上,猪八戒对予兴宽慰道:"我们当然竞争不过香港公司,反正以后有的是机会。"予兴对这次碰壁并没感到什么沮丧,坦然道:"你还吹嘘我们有三千万资金,没用。我们不可能一下子吃成一个大胖子,做生意哪里有这么容易。还是小打小闹的稳妥。"

第二十二章 "天 使"之 谜

　　不知从何时起,早已销声匿迹的西装领带又陆续出现在上海滩的马路上,这股时尚之风好像大部分来自南方的外地省市。西装是舶来品,对于旧时的上海人来说再熟悉不过了,上海人穿西装的历史可以追溯到十九世纪中叶的上海开埠之初。那时,西装就在上海落地生根了,代替了传统的长袍马褂。到了 20 世纪二三十年代,西装和女士的旗袍搭配,形成了上海独有的海派服饰特点,引领着中国的服饰文化。西装又叫洋装,具备庄重和体面的品格,似乎是永恒不变的时尚。它有着深入人心的文化内涵,那时的人认为西装象征着受过良好的教育,是举止文雅的一种表现,就像英国绅士的文明棍一样,成了文明的标签。因而常有人用"西装革履,文质彬彬"来描述那些有文化讲体面的人。而那些穿上西装的人则会格外留意自己的举止文明,以示自己配得上这身西装,即使再不讲文明的人,也会装腔作势讲一些文明。

　　西装不但成了男士的身份所在,体面所在,也意味着对他人的尊重和认真。那时候只要出门办事,不管有钱没钱的,都会穿上西装,即使没有也要借一套西装来穿,所以那时上海滩的小孩有这么一句骂人的话,"洋装瘪三,领头一翻,老白虱交关"。后来随着时代的变迁,人们把西装收起来,压进了箱底,还批判旧时的做法是"只认衣冠不认人",是虚伪的假文明,甚至把穿西装说成了是资产阶级的生活方式,于是,马路上满眼是中山装,再也看不到西装了。它成了人们的记忆,成了照片和电影里的服装。现在西装复出了,又成了时尚。也许这些穿西装的人大多数是第一次穿,一些上了年纪的人横看竖看,总觉得这些西装和以前他们穿的不一样,总有些别扭,不知道是人出了问题还是西装出了问题。还有人为了那份西装的洋味和时尚,不分场合,整天套着西装,把它活脱脱地变成万能的外套,忘记了西装本该有的品格。其实,他们即使穿上了西装,骨子里还是穿中山装的样子,一点没改。这样的穿法,与其说穿出了庄重和体面,倒不如说反而显出了自身的粗俗和邋遢。然而,服装的变化透射出人们生活改善的信息,聪明的人就会想到随着人们生活的富裕,人们不但会追求光鲜亮丽的服装,还会追求各种各样的品牌。一些百货公司广告板上,西服的商标广告层出不穷,还混杂着不少洋品牌,其中有一个广告非常抢眼。它的商标是白色的底子上有一个精致的天使娃娃,下面印着 Angel(天使)斜体的外文字母,还标着"1878"字样,整个图案简洁而华美,有着一股逼人的洋气,人称天使牌西服,似乎给人印象是一个国外的大品牌,而且是创始于一百年前的老牌子。天使牌西服的价格要比国产的西服贵上一倍,据说销路好像还很不错,甚至还有许多结婚的新人把它当成了礼服。

自从予兴成立了好运实业公司,生意上没任何起色,周围的生意朋友却多了起来。其中牛老板和他走得最近,而且态度也最殷勤,隔三岔五不请自来,带着小舅子或女助手,带着发财梦想和各种生意经,来找予兴谈合作开厂的事情。牛老板似乎就像狗循着肉包子的香味,有一股锲而不舍的劲头。牛老板做服装生意起步较早,曾经在他们乡下老家做得风生水起,名噪一时,被当地人封为企业家。牛老板为了证明自己工厂做的西装精美,几乎整天不分场合穿着笔挺的西装。可惜他外表实在不敢恭维,五短身材,实在不适合穿西装,也不懂得穿西装。他的西装永远是同一种款式,不同的季节,不同的颜色都是三粒扣的,而他又从来不系扣子,这几乎成了他的标志。有一段时间,他总是穿着黑色的西装,配白衬衫黑领带,以示与众不同,自我感觉很好。有些朋友捉弄他,郑重其事地问他,最近家里有谁病故,他浑然不知问话的意图,煞有介事地回答没有呀。旁边的好心朋友提醒他,黑色西装配黑色领带不能随便穿,只有在开追悼会时才会穿。牛老板穿西装尽管闹出了许多笑话,但他还是义无反顾,无所畏惧,坚持不懈。

他在予兴面前吹得天花乱坠,说自己拥有一个国际的西装品牌,商标的名称就是"天使",它是欧洲西装中著名的百年老品牌,国外的各大商场都有销售。自己在两年前经高人介绍,去欧洲考察了多次,好不容易花重金才从一个快要死的意大利富婆手上买来的,连同她的那些制衣厂也一起买下。由于担心自己在那里人生地不熟的,无法管理那些制衣厂,就花钱把厂关了,把成衣生产订单集中到国内来做。不过,在乡下老家的制衣厂太小,产量远远满足不了订单的需求。如果有了大的成衣厂,产量上去了,凭着天使的品牌,既可以出口欧洲,也可以内销,根本不愁销路。所以正考虑投资两千万,在上海郊区建造一个大型成衣工厂,充分利用国内便宜的劳动力和人脉关系,准备让天使西装的产量翻几番,而产量翻番,就是利润翻番。现在唯一的问题是缺少一部分资金和一个有实力的合伙人,如果能够和予兴合作的话,他们就是国内西装生产行业的龙头老大,估计工厂开工一年后就可以收回所有的投资。他为予兴描绘了一幅令人目眩的宏伟蓝图。

那天,予兴和露露从外面回好运酒家,已到了吃晚饭的时间点,看到包房里猪八戒和一些朋友正吃得欢,隔壁的房间里牛老板和他的女助手正等着予兴。露露撇了撇嘴,悄悄地在予兴的耳边说:"这个十三点兮兮的牛老板,又来骗吃骗喝了。"露露虽然是土生土长的上海人,没有显赫的家史和殷实的家底,甚至自身没有任何值得骄傲的经历,却有着天然的莫名其妙的对外地人的排斥感和优越感,而且根深蒂固。在她眼里,外地人都是土里土气的,是傻冒,因此她不大想接触外地人,一旦接触,则不论对方有无文化教养、是不是当官的、有没有钱,往往会毫不吝啬地施展她独有的不屑一顾的表情。

予兴则与她有所不同,由于长期从事打桩,其中一部分重要的客户,那些急于用高价得到票证的人,大多数是外地人,接触外地人要比露露早得多,也多得多,对外地人有着更多的了解。因此在他眼里,来好运吃饭的都是客，没有外地人上海人之分，一贯好生接待所有的人。尽管有些服务员也不把牛老板放在眼里，予兴还是尽到地主之谊，一来算是交个朋友，二来可以听到各种做生意的故事。予兴对露露说："今天如果没有其他朋友的话，就陪牛老板吃个饭吧。"露露答道："我真懒得搭理连上海话也说不清楚的家伙。"话虽如此，不过还是收起了不满的表情，面露笑容地随予兴进了包房。

牛老板见到露露，立刻露出夸张的表情，把她从头到尾打量了一番，对予兴赞许道："啊呀呀，到底是上海女人！你看露露的身材，多好呀，要线条有线条，要样子有样子，真是精致呀，叫我们乡下人看傻眼了，我老婆有她的一半就知足了。"在露露看来，牛老板的眼神里似乎少了一份欣赏和友善，多了一份不讨人喜欢的遐想。她朝牛老板旁边的女助手瞥了一眼，反讥道："你牛老板，现在发财了，看不上原来的老婆，那就换一个，省的像个馋猫似的，总想着偷腥。"牛老板做出一脸的苦相，委屈道："我可没想要换老婆。换老婆，在我们乡下是不作兴的，要让人骂死的。我是说，露露你身材好，要是我和予兴合作成功的话，今后做出天使牌旗袍，就让你来第一个试穿，做模特。"露露毫不相让："我可不敢当。"予兴插话："牛老板的天使牌，做男人的西装还不够，还要做女人的旗袍？现在可没有人穿旗袍呀。"牛老板煞有介事道："做生意，眼光要放远一点。要不是两年前我没有发现你们城里人这么喜欢西装，喜欢洋品牌，我也不会引进天使。如果市面上有人穿旗袍，我们就要做，做在前头才能赚大钱。"

予兴从牛老板的话里听出了他有一丝做生意的精明。其实，予兴内心骨子里和露露差不多，不太看得起牛老板，但他想从和牛老板的交往中学到一些做生意的东西，或许还能和他合作做服装生意。予兴在牛老板的对面坐下，挽起双袖做出一副神定气闲，准备喝酒大吃的样子，吩咐露露叫厨房上菜。牛老板的眼光又朝露露的背影溜了一圈。露露淡绿色的开司米羊毛衫配深底色带小黄花的长裙，随着她的步伐，长裙有节奏地摆动，显得背影更加轻盈妩媚和飘逸动感。牛老板情不自禁伸出舌头舔了舔嘴唇道:"真是一个穿旗袍的美人胚子。"

予兴看不惯牛老板的这种眼神,笑着一边打着哈哈道:"牛老板是看人呢? 还是看旗袍呀?"一边朝他扔了一支烟。牛老板自知失态,赶紧凑上前去点烟,想找话蒙混过关。他的目光落在予兴的手腕上,发现没有手表,便说:"你是上海人,为什么不戴手表? 男人最最紧要是要有一块好表。"说着高高抬起左手腕,把手表显示给予兴看,说:"你看,以前人家说我指甲黑乎乎的。"这时猪八戒神不知鬼不觉地出现在牛老板身后,一手拿着白酒瓶,一手拿酒杯,嚷嚷着插话道:"谁敢说我们牛老板的手指甲黑乎乎?"牛老板说:"我是在和郝老弟说穿着的重要性。以前一些做生意的人说我指甲黑乎乎,嫌我脏,看不起我,现在我有了钱,戴名表,谁还敢说。我伸出手,即使再脏再糙,人家首先看到的是这款锃亮的手表,什么屁话都没有了,都让这表堵回去了。所以啊,男人一定要戴最贵的表,才能体现出你的身价。"

猪八戒不露声色地顺着他的话,讥讽道:"先敬罗衣,后敬人嘛。最好再戴上韭菜宽边的金项链,金光闪闪的,这样才能显示你的身价。"说着朝牛老板面前的小酒杯里斟满了酒,又道,"你们这里还没开席,我们先干一杯。"要牛老板拿起酒杯。牛老板倒也爽快,一饮而尽,眨了眨眼睛看着猪八戒,认真道:"金项链太俗,太土,金贵气太重,让人看上去感觉没有文化。只有手表才能体现一个人的素质。你看电视上的大人物都戴手表。手表好啊。"他似乎想起什么似的,指着手表继续道,"这就是你们上海人说的'派头'呀! 我们是做生意的老板,是有钱人,就是有派头的人,就要让人知道我们是有钱人,否则做人还有什么意思呢?"

猪八戒感到好笑,忍不住打断他的话:"牛老板,你放心,你现在已经派头十足,不要和我们上海人比了。上海人快都下岗了,成了穷光蛋了。你现在是老板上岗,没有人会把你当成穷人的。"说完就离开了房间,去招呼自己的朋友。牛老板不为猪八戒的话所动,继续兜售着他的"派头"理论,他注视着予兴,有感而发道:"我们这些干企业的人呀,信誉和实力都表现在我们嘴上的每一句话,和身上的点点滴滴,包括手表。"予兴听他自称是"干企业的人"而不是"企业家"或者"老板",心想牛老板居然能够如此谦虚,装得文绉绉的,感到好笑。

牛老板看予兴没有否定自己的观点,有些得意,用右手抹了抹手腕上的表说:"这是我第一次去意大利时,那个意大利老太太送我的,还说'手上没表,办事不牢'。意大利人最讲时间观念了。它为我挣得了荣誉和财富,真要好好感谢这块表。"他说话间的神态仿佛是一位老者在回忆过去的峥嵘岁月。予兴在此之前已经不止一次地听他提到过那个意大利老太太了,心里骂道这个牛老板就差吹自己是那个老太婆的儿子了,心想从来没有听说过意大利人是最遵守时间的,真是吹牛不打草稿。

服务员把几个冷菜沿着桌上的转盘放了一圈,当中上了一盆大王蛇。一块块金黄的蛇肉以盆中心为原点,依次展开,摆放得很整齐,旁边还有装饰用的蔬菜和小花。虽然,予兴从来不碰这类稀奇古怪的食物,但每逢请客都上这道菜,因为它已经成了乍浦路饭店里最时尚的菜肴,是一种标志,它代表着食客的身份和档次。予兴饶有兴趣地介绍道:"蛇肉是很有营养的。它有人体必需的多种氨基酸,有能够增强脑细胞活力和解除人体疲劳的营养成分,比猪牛肉还要灵,而且胆固醇很少。平时多吃蛇肉,有强壮神经、延年益寿的功效。到我们这里吃饭的客人几乎必点此菜,其中数椒盐的人气最旺。"

他为牛老板和他的女助手各夹了一块,放下筷子又绘声绘色地说起大王蛇的烹饪方法来:"这道菜的步骤很重要。先将大王蛇斩头,放血洗净,切成长块,用清水焖煮至熟,取出晾干,浸泡在事先配好的调料中,腌制一段时间,让其入味,等到调味料彻底渗入取出再晾干,而后将其放入油锅中和油温一起升至七成热,蛇肉淡黄捞出,待油温升至九成热,再次放入油锅复炸,至蛇块表面颜色呈现金黄色,捞出沥油,装盘撒上花椒盐,即可上桌。"由于予兴没有那么多的生意经可以传授给牛老板,只能把从厨房间看来的大王蛇烹饪方法大吹一通。最后予兴还故弄玄虚了一把:"这些步骤一个不能少,而且每一步都要恰到好处,否则做不出这样的蛇肉。"

在一旁的牛老板女助手好奇地问："为什么要油炸两次?"予兴答道："一次炸完,由于油炸的时间太长,蛇肉的内部水分就全部蒸发了,蛇的肉质会变得很硬,不好吃。只有这样做出来的蛇肉,看起来色泽金黄,吃起来外脆里嫩。"女助手佩服地点着头。

牛老板嘴里叼着一块大王蛇,边吃边口齿不清地说："啊,郝老板不愧是开饭店的,对大王蛇的烹饪有一套,说的头头是道呀。"他放下吃剩下的蛇块,斜着眼睛朝予兴瞟了一眼,问道："以前,你们上海没有这种大王蛇的吧?"予兴略带骄傲地说："是啊,现在生活条件好了,大家不但要吃得饱,还要吃得好。上海这个地方,海纳百川,吃的也一样,有着来自五湖四海的吃法。上海周围根本没有大王蛇,这个菜原来也是南方菜,大王蛇也是从南方运来的。前几年不知道是谁引入了上海,好像是有了乍浦路的饭店,就有这个菜。现在受到大家欢迎,成了我们乍浦路饭店的一个招牌菜。就像你弄来的意大利天使西装,也不是在上海落地生根、开花结果了吗?"牛老板听到后面一句,显得特别来劲,笑着频频点头道："是啊,是啊,穿的也一样。不但要穿的好,还要穿世界品牌的衣服。我的天使品牌在这里也卖得很好,就像你们这里的大王蛇。上海真是一个人杰地灵的好地方,是个赚钱的好地方呀。"他们两个人都笑了,似乎找到了共同语言。

牛老板招呼正在忙着吃大王蛇的女助手,要她快点拿出合作协议书。他把薄薄的几页纸放在桌上,用手抹了抹,又压了压,畏畏缩缩地推到予兴面前,指着协议书封面上的"天使"两字,双眼紧盯着予兴,笑着说："这是我们发财的保证书。用天使的品牌,赚全世界的钱。只要天使在,我们就有滚滚财源啊。"予兴拿起协议书,心想他肯定是以商标折价作为部分出资,可折价的金额多少呢?他故意做出不着急的样子,顺手翻了翻协议书,没有看到牛老板一直吹嘘的天使商标的折价金额,便说："等两天,我看完就签。"牛老板道："你放心,不会坑你的。早签早赚钱,发财不等人呀。"

当酒过三巡,牛老板得意洋洋抹了抹嘴,略显醉态,眯着眼睛笑眯眯地盯着予兴说:"兄弟,我跟你说,你们城里人总是自以为是,其实很好骗。"他停下来,打了一个饱嗝。予兴诧异地问道:"谁自以为是啦?你要骗谁?"牛老板因酒精作用,脸红红的,仰起头举着筷子比画道:"你们城里人就是自以为是,看不起我们农村的,认为我们土,什么都干不了。其实呀,你们城里人才土呢。穿西装有什么了不起? 现在我们农村发达了,做几件西装给你们看看。你们喜欢崇洋媚外,就给你们搞个洋品牌,那还不简单吗?"说到这里,他突然莫名其妙地哈哈大笑起来,笑得连手里的筷子都掉了,笑得很难看、很猖狂,笑停了,又抹了一把嘴,歪了歪头,提高音量,用洋泾浜的上海话豪爽道,"只要能够赚到你们城里人的钱,你们喜欢什么,我们就搞什么。兄弟,你跟着我,保证让你赚到钱。"他眼睛里透着一份狡诈和骄傲。

予兴心想这个家伙酒后吐真言,又感到他的话有些好笑。为什么在发类似于向上海人下战书似的牢骚时,要用上海话说呢? 像是他吐出了憋在心里多年的一口恶气,总算趁着酒劲发泄出来了。予兴自己是上海人,可一点没生气,相反学着他发音的腔调敷衍道:"对,就要赚那些自以为是的上海人的钱,而且要用他们喜欢的西装来赚。"

其实,予兴对牛老板的第一印象并不好,一点不喜欢他的外表和谈吐,感到这个人一点不像老板,甚至有些猥琐,似乎在躲避着什么,虚的多实的少。起先予兴对他老板的身份也将信将疑,自从被他拉着去那些大商场逛了一圈,看到门店里在销售天使品牌的西装,才相信他确实拥有天使商标,是一个蛮有实力的老板。但予兴还是心存疑虑。因为在商场的门店里,醒目的商标,摆满亮丽挺括的西装,理应是牛老板最有利于炫耀品牌和报出高价的时候,可予兴变换着方式想把这商标的价格问清楚,他却三缄其口,只是指着商标下面标注的 1878 字样说:"你看看,是不是老牌子? 有一百多年的历史了,靠它出口就可以大赚一笔,现在我来不及生产,失去大好的赚钱机会。"他一副很神秘而得意的样子,只谈商标不谈价格,予兴也没有办法。予兴跟在他后面,又悄

351

悄地朝商标下面的1878数字瞄了一眼,他内心很佩服设计这个商标的人,把年份做在商标里,可以随着时间的延续让人知道这个商标的久远,时间越长越值钱,也许这样的设计本身就是无价之宝。他心里狠狠地骂了一句:其貌不扬的家伙竟然能够觅到这样的宝贝。予兴有着自己的考虑,他的好运实业公司已成立了有一段时间,可一直没有开张,心里有点急,又经不起牛老板发财梦的轮番轰炸,开始蠢蠢欲动。他虽嘴上没有答应牛老板的合作,暗地里却早已留心这个说话不利落的牛老板,盘算着和他合作的可能性。予兴想牛老板可能会欺骗自己,但他手上握着的商标是不会骗人的,如果要合作,首先要知道牛老板在买这个商标的时候花费了多少钱,现在的实际价值是多少,这样才能确定自己投资的金额和在合作中的比例,以及今后的利润分配比例。

予兴趁着牛老板半醉半醒的状态,拐了一个弯问道:"你在意大利给了那个快要死的老太婆多少钱?让你来赚钱。"牛老板口齿不清地反问道:"我哪儿有,快要死的老太婆?"在他旁边的女助手赶紧提醒道:"就是买天使商标的钱呀,你给了意大利老太婆多少钱?"这时他好像酒醒了一半,搞清楚予兴问的是什么,便大声吼道:"那是畅销品牌,贵着呢,讨价还价最后付六十万美金。再加上关掉的那个厂子,又花了不少钱,七加八加,总共八十万美金吧。你和我合伙,肯定能把钱赚回来。我们要尽快合作吧,一起赚钱。"予兴心里估算了一下,如果要和牛老板对半,估计要投六七百万,这个数字即使对有钱的予兴来讲也不是小数字,他也不敢轻易出手。他很纠结,既想尽快和牛老板合作赚钱,又不敢完全相信他。

牛老板的酒量不怎么样,每喝必醉,而且是最后一个离开饭店。这次也不例外,虽没有吐,但已迈不开步了,予兴和他的女助手架着他,费了九牛二虎之力才把他塞进出租车。予兴送走牛老板,回到店里,见露露已经拿着环型门锁迎了出来,笑呵呵道:"你怎么看到牛老板,就躲起来不见了呢?"露露做出一副不屑的样子说:"我懒得搭理他。"予兴笑呵呵继续道:"人家又没有得罪你,为什么这样冷淡?他手上的天使商标还是蛮值钱的,我在考虑和他合作开厂呢。"露露一直不赞成予兴和牛老板合作,便认真地说:"我好心劝你,最好不要和他合作。看他那副样子,还算是老板呀,真是'瘪三发财讨饭样',不会有多大出息的。"予兴笑道:"看来你这个上海女人真刻薄。真不知道什么样的朋友你才会看得起? 人家好不容易有了一点钱,来到了城里,内心非常敏感,最担心的就是像你这样的人看不起他,所以他拼命地装着很有文化的绅士模样。你完全可以找你喜欢的人喝咖啡聊天做朋友,也可以和你不喜欢的人合作做生意赚钱。"露露反驳道:"不是我看不起他,反正他身上有一股说不清、道不明的让人讨厌的东西。如果是土包子,其实也不会让人如此讨厌,土包子的人多着呢,我并没有讨厌所有的土包子。他是那种既是土包子,又拼命在自己脸上贴金抹油的人。没有文化不要紧,但不要有了一点钱,就夜郎自大没教养了,那可叫人受不了。"

予兴接过她手上的环型门锁,边关店门边接着她刚才那句骂人的沪语"瘪三发财讨饭样"说:"看来你啊,宁可喜欢'不走样的落难乡绅',也看不起像他这样发财的。"这句话在露露听起来,好像是说话人把自己置于"落难乡绅"的位置上。露露朝他白了一眼,反击道:"你又不是什么'落难乡绅',有什么可得意的。"她在予兴的身后,亲昵地用手指点了点他的脑袋,加了一句,"其实你也蛮讨厌的。"说完哈哈大笑。予兴本想说一句"你只看得上外国人",可话到了嘴边,考虑到她一心想嫁给外国人,这话也许对她太敏感,为了避免不必要的不开心,换成了:"我知道,你看得上的人不多,你是目空一切的人。"也许露露意识到这样的话题不能再继续下去了,便一声不响地帮着予兴锁店门,尔后挽着予兴的胳膊,混入了乍浦路上熙熙攘攘的人群之中。

予兴认为按照自己的实力,投资服装比投资房地产更加实在,风险要小,自己也更容易熟悉上手,所以基本决定和牛老板合作。不过,他想起了外婆从小对他的教诲:"害人之心不可有,防人之心不可无。"为了了解上海滩西装这行业和牛老板的天使品牌,他找来了饭店里厨师小王的外公傅师傅。傅师傅是宁波人,从前是亨生老牌西装店里的裁缝,前些年刚刚退休。那天中午刚过,傅师傅就早早地在好运酒家等着了,予兴向傅师傅说明了要他来的意图,还特地要了出租车,陪他去了商场天使门店,查看那里的西装质量。回来的路上,傅师傅带着浓重的宁波口音告诉予兴:现在的西装和解放前的西装不一样,以前都是裁缝手工做的,比较考究,款式也多,瘦长的排骨可以穿单排扣的,胖子穿双排扣的,而且在领子上可以翻出许多花样。裁缝在做的时候,考虑比较多的是如何让穿的人显得更加挺括和舒适,有气派,有盛装的感觉,价格也比较贵。现在都是流水线上生产的东西,相应简洁些,更大众化,服从于机械化的流水线操作的需要,款式较少,充其量只能算是简化的西装,比较轻便,类似于夹克,价格也相对较便宜。

予兴问:"傅师傅,以前听说过这个天使品牌吗?"傅师傅说:"我们那个时候,西装嘛,考究一点的,肯定是英国的,粗花呢格子西装在上海滩鼎鼎有名了,一般人穿不起。略微便宜一点的话,就要数我们上海的那些老牌子了,我做的那个牌子,在国产当中也是数一数二。意大利的从来没有听说过。"予兴眉头一紧,又问:"你看天使的西装质量如何?"傅师傅实话实说:"如果按照没有掉线的标准,质量是没有问题的,可谈不上做工考究,毕竟是流水线上下来的,简单。"他停了停又说,"不过他们的款式太单一了。门店里挂着的西装,粗看起来似乎有些不同的样式,其实,这些不同样式的感觉是由不同的颜色和不同的布料产生的。按照我们行话讲,门店里的西装几乎是一个版子做出来的,全部是三粒扣和四粒扣的,它们差别不大,用一块版子完全可以做。门店里没有两粒扣或者双排扣的,也许现在不流行了。"

予兴笑了笑,提了个最关心的问题:"看它的样子,利润怎么样?"傅师傅道:"现在在大商场里的算法我不清楚,大商场肯定费用高。如果按照我手工做的话,材料加手工费,最多是价格的十分之一。"傅师傅最后的回答,总算使予兴得到了一点欣慰,使他对合作增加了一点信心。他心想流水线生产的成本应该比手工还要少,不由暗暗感叹服装行业的暴利实在诱人,决心只要在分成方面能够谈妥,就投资天使品牌。

第二天，予兴早早去了电话，约牛老板再来谈谈出资和利润分配比例的事情。接电话的是牛老板的小舅子。予兴和这个小舅子有过一面之交，那次见面他仅跟在牛老板后面，一句话都没说。予兴心想通过小舅子转告牛老板也没问题，另外可以多了解一下牛老板周围的人，就把要牛老板来上海的事简单地说了一遍，对方满口答应。可几天后来的却只有小舅子一个人，予兴照例热情接待。当问起牛老板为什么没来的时候，小舅子的回答大大出乎予兴的意料："是我姐姐让我来的。姐姐不同意这个项目，所以没让姐夫来。"予兴看着小舅子憨厚朴实的脸，好奇地问了缘由，小舅子结结巴巴地解释道："我姐夫一直在骗你，姐姐担心会骗出事情来，所以才阻止了他。"予兴更加惊讶了，叫他慢慢说。

小舅子断断续续说出予兴不知道的所有事情。原来，牛老板和他老婆在老家是养猪的，后来他的岳父把乡镇企业成衣的活拿回了家做，自己的家慢慢地就变成了成衣作坊，发展得很快。后来牛老板岳父中风了，成衣作坊就靠女婿经营，没多久，牛老板学着村里其他成衣作坊的样子，想把服装打进上海，就托人在意大利注册了"天使"商标。结果，那些成衣一天也没有离开过他们的村庄，却成了价格不低的意大利品牌西装，或者变成出口转内销的产品，在上海的商场门店里一路畅销，生意不错。可最近，牛老板嫌生意太小，来钱慢，想扩大生产，造一间大厂房，可一时筹款没有门路。牛老板认为只要有这个外国品牌的帽子，就可以搞到钱，所以编了个故事来骗予兴。小舅子说完就低着头，一声不响。

予兴听了半天说不出话来，他最惊讶的是自己居然愚蠢到这种地步，看了门店的商标牌就会相信了他的鬼话，竟然还认为"商标是不会骗人的"，内心惭愧至极，痛恨自己的愚蠢和牛老板的狡猾。他震惊自责之余，静了静，整理了一下思路，想进一步知道牛老板是怎么样的一个人，便耐着性子问："牛老板以前去过意大利吗？"小舅子不屑一顾道："他这种人哪能出得了国，大字不识几个。我们老家偷渡去意大利的年轻人很多。商标是他花了一千元托人画了一个图，标了几个字，寄给了

355

在那里的老乡办的。我们那里的一些成衣工厂都这么做的,只有你们城里人傻,不知道,还以为是真的外国货。"予兴问:"商标下面的1887是什么意思?"小舅子吞吞吐吐道:"听姐夫讲,这是他发明的。就是让人误以为是商标设立或登记的年份,看上去像是在一百年前,1887年就有了这个商标。"予兴拍了一下腿,惊叹道:"牛老板的脑子很好使呀,聪明。这一招很妙,一般人都会认为这些数字是年份。他骗过成百上千的人,而且让人自觉自愿上当受骗,自以为是地上当受骗,不简单呀。怪不得他酒后醉了说,骗你们上海人'那还不简单嘛'。如果他有了钱,那就更加不得了了。"

小舅子抬眼看了他一眼,神情里明显表现出不同意他的看法,说:"我姐姐说过,像他这样动歪脑筋的人,是不可能富起来的。"予兴又问:"你是牛老板的小舅子,为什么要跟我说这些,坏他的事?"小舅子道:"我姐姐担心他骗的资金太大,可能会闯祸,叫我来跟你说实话,其实我也反对他这样的做法。"予兴倒吸了一口冷气,心想如果今天这个小舅子不说出实情,凭着牛老板胡编乱造的价格,自己将可能投入好几百万。他想想有点后怕,一时说不出话来。

歇了一会,小舅子继续道:"姐姐和姐夫虽然从小一起长大,却完全不一样。可现在家里富起来了,姐夫也有些不太规矩,和那个女助手勾勾搭搭的,想和我姐姐闹离婚。我在旁边也看不过去。"予兴想起了一直在牛老板身边的那个不怎么惹人厌的女孩,便接着他的话问了一句:"就是他带到我这里的那个女孩?"小舅子点了点头,又叮嘱道:"你以后碰到我姐夫,找个理由不和他合作就是了。千万不要说我跟你讲过这些,否则他会和我姐姐闹得鸡犬不宁的。"予兴面对这样的话题,不知道怎么继续下去,望着小舅子那张有些木讷的脸,想着他姐姐的样子,赞叹道:"你姐姐真是一个好人,她会有好报的。"

予兴刚刚送走牛老板的小舅子,猪八戒就又急吼吼地冲进饭店找予兴,说区政府的金秘书有急事找他商量。予兴问什么事情,猪八戒答道好像还是为了那个项目的事情,具体情况还不清楚。予兴心想自从上次和猪八戒一起见到金秘书已过了四五个月,早已把这个事情忘得一干二净了,便埋怨了一句:"这种急急忙忙的事情,肯定没好事。"当他们找到金秘书,他客气地又把他们领到原来的那间会议室,要他们俩等一会儿,自己就出去了。过后金秘书还是老样子,拿着厚厚的笔记本,向他们引见办公室主任老方,予兴他们恭恭敬敬起身和老方握手。

坐定后老方开门见山道:"听小金说,你们有投资国际广场的想法,所以我们今天谈谈,看是否有可能性。"予兴他们以前从来没有听说过国际广场的名称,一时没有反应过来。金秘书插话道:"就是你们以前说的那个项目,现在暂时取名'某某国际广场'。如果你们投资的话,当然会听取你们的意见。"老方继续道:"哦,原来的香港公司有了一些意外,不能再继续了。幸好我们区政府还没有和他们签订开发合同,不过我们政府方面的准备工作已经全部就绪了,只等开发商。如果你们有意愿又有启动资金,那就由你们来接这个盘子。"

予兴听到"启动资金",马上联想到曹老板跟他讲过的故事,赶忙问道:"启动资金需要多少?"老方答道:"听小金介绍,你们的公司刚刚成立,有三千万资金。少是少了一点,但我们是政府指导的开发项目,各个有关方面会给予协助的。我们这一方可以让你们延迟缴纳土地出让金,等到项目的房屋出售到百分之五十之后再付,你们这些钱先把施工单位请进来,等到工程出了地面,通过银行贷款再把房子造上去,让你们早一点拿到预售许可证。我们内部测算过,国际广场建成后,销售收入可能达到三亿左右,资金不足的问题完全可以解决,主要的问题是一定要确保工期,在两年零几个月的时间里完成,这是我们区政府向人代会做出的承诺。原来要重新组织招投标的,也是因为时间紧,特事特办,让你们公司捡了便宜。"

予兴听懂了老方的话,他们现在万事俱备,就缺一个有资金的开发公司,而且资金不需要全部到位,只是时间比较紧张。这显然是一个赚钱的机会,对他来讲似乎太意外了,得来全不费功夫。予兴谨慎地问道:"我们公司确实有这么些资金,但还是刚刚起步阶段,开发房地产没有经验,可能需要一些时间。到时候还需要你们政府的帮助。"

老方扫了他们一眼说:"我看你们比香港公司可靠。你们诚实。没有经验不要紧,但必须诚实。作为我们政府想扶植的企业,就应该像你们那样。如果你们承揽国际广场的开发,我们政府会不遗余力地支持你们的,各个机关会一路绿灯,为你们保驾护航。这个项目的关键是时间紧,所以我们将派小金作为协调员,对你们的工作进行指导。因为在找施工单位、监理单位、银行等方面,我们这里都有现成的,都可以叫他帮忙解决。我马上把国际广场的规划、已有的设计方案和预算等资料给你们,你们回去考虑两天给我答复,时间紧,只能给你们两天考虑。你们在考虑时顺便把国际广场的名称也考虑一下。"

予兴朝金秘书看了看,小金笑着道:"对一般公司而言,这简直是天上掉下来的馅饼,还要考虑吗?"老方插话道:"接下来的事情,你们可以和小金商量。我还有个会议,先去开会。"在离开会议室时还回头说了一句:"我等你们的答复。"

金秘书看着老方带上会议室的门后,转过脸来对着予兴他们说:"现在好了,领导走了,我们可以敞开来说话了。你们很幸运。香港公司的老板上个月初在澳门自杀了,一直吞吞吐吐,前几天才告诉我们实情。我们区长急了,估计他们肯定不可能按时竣工,就向他们发出了终止签订合同的信函,同时要我们推荐新的投资公司,所以我就把你们好运公司提出来了。"停了停朝予兴瞟了一眼,继续道,"上面也知道你们的实力,反正遇到什么问题,区里都可以帮忙解决。这个工程嘛,是只赚不赔,反正土地出让金也可以延迟付的,只要聘请一个施工单位就可以开工了。如果你们一时找不到,我们可以推荐,快的话下周初就可以进场。"

猪八戒插话:"这个工程不会亏本吧?"金秘书解释道:"你们的土地出让金这么低,造好后是外销房,如果有了困难还可以找区里求助,只赚不赔,你们简直是空手套白狼,哪里去找这样的发财机会。"予兴听了笑了笑,想起了自己公司的营业执照,问道:"我们公司现在的营业执照可以用吗?"金秘书轻松地答道:"我估计大概需要变更一下。这事你先派人向工商局打听一下,需要什么材料我们补,如果有问题我以区里的名义去协调。你们只管尽快开工,先开工后办手续。只要打桩机一响,我们领导悬着的心才会放下来,也算我们的工作有了成果。"

予兴总算明白自己为什么会得到这次投资的机会,自己竟然和区政府的工作成果绑一起了,心里也有了底,安心地和猪八戒捧着一大堆材料回了好运酒家。

露露看到予兴和猪八戒在包房里谈论着事情,圆台面的饭桌上放着资料和图纸,惊讶地问:"你们躲在这里干什么?"猪八戒兴奋地抢先答道:"好运公司要造房子了,这些就是图纸和合同。"露露知道猪八戒曾经介绍过开发造房子的事,一脸迷惑地问予兴:"不是人家不要你们造吗? 怎么回事? 你们又找到新的方向了?"予兴抽出一张效果图递给露露,笑嘻嘻地说:"就原来猪八戒街道工厂的那块地,已经和区政府谈好了,由我们投资来造二十四层的外销房,连大楼的名字都想好了,叫'好运国际大厦',怎么样?"露露惊叹道:"二十四层,和国际饭店一样高。"猪八戒接着她的话说:"当然啦,这是地标性建筑。"露露拿过效果图,反复看了几遍后说:"看来你们的运气真不错,大楼造起来肯定很漂亮。"

猪八戒急切地朝露露叫道:"什么你们,你们的,分得这么清楚,你也太见外了。是我们,是我们的好运公司。"露露听了这样贴心的话自然很开心,就悄悄地朝予兴瞄了一眼,提议为大家有个好的开头,今天晚上好好庆祝一下,猪八戒听了手舞足蹈地拍着桌子叫道:"好。今天晚上一定要一醉方休,从明天开始就忙了,要好好干活,造大楼。"予兴笑道:"就算祝贺好运公司有个好的开始吧。"他转向猪八戒问道,"我估计如果大楼顺利造起来的话,我们可能会赚到五千万元以上。是否要拿出一点钱来,先感谢一下金秘书和方主任? 每个人给三十万元还是五十万元? 今后还要他们帮忙呢。"猪八戒想了想说:"需要表示一下谢意。不过现在我们自己也正是用钱的时候,先给三十万元吧,以后事成了再给也来得及。"露露受他俩热烈气氛的感染,也沉浸在兴奋之中,关心地问七问八,问了一大堆问题,最后问道:"那你们和牛老板的天使还做吗?"猪八戒插话:"那个姓牛的,是诓人的,去他妈的牛老板。"接着油腔滑调地变着声叫道,"我宣布,天使已死了。"露露惊讶地看了看予兴问:"这是真的?"猪八戒继续道:"那个姓牛的,指甲黑乎乎的,没什么好打交道的。"又加了一句从一部法国电影里学来的台词,"真是'指甲黑乎乎,本性难改'。"猪八戒举起左手,用另一只手指着该手的指甲显示给予兴和露露看,动作有点夸张搞笑,三人都笑了。予兴挥了挥手,阻止猪八戒再说出进一步嘲笑牛老板的话,同时看了看露露,大气地对猪八戒说:"不要这样尖酸刻薄嘛,人家只不过想搞点钱。"露露笑了笑,拉长了语调接话道:"谁像你呀,藏而不露,一切都在礼貌的轻蔑中,比尖酸刻薄还恶毒。"三人又笑了起来。

第二十三章　与过去重逢

　　嘉毅做学院院长已有两个年头了,院长这个职务几乎是人家送给他的,当然他不能拒绝,也不能流露半点不乐意,他深谙这个道理。他不喜欢院长的职务,不是他没有能力,而是对所谓的权力不感兴趣。他不喜欢整天抛头露面、支配或者评价别人,成为大家的中心,这也许和他少年时形成的处处躲避隐藏的性格有关;他更不喜欢院长职务中包含着许多行政性事务,他一向懒得处理这些行政性事务,常常把具体的行政事务交给愿意办的人,这样的人他称之为自己的替身。似乎院长的职务打破了他一直坚守的宁静和散漫,束缚了他闲云野鹤般的自由,因此他极力要在自己的性格和院长职务之间找到平衡点,希望既不改变自己,又能风平浪静地履行院长的职责。他奉行着无为而治的原则,你好我好他好大家好的和事老原则,还有一个不上台面的原则,那就是能拖则拖,能躲则躲,无意间把自己老于世故的本领发挥到极致。好在学院毕竟是老师教授成堆的地方,都是些知识分子,喜欢讲究体面,也比较自觉,相对来讲矛盾不太会表面化,而他的无为而治或和事佬的做法,又迎合了大家的需要,为他赢得不错的口碑,即使对他有意见也提不出口。

　　那天嘉毅像往常一样,午饭过后,悠然自得地回到自己收拾得还算干净的办公室,准备靠在沙发上打一个瞌睡,无意中又看到了放在桌边的那份校部发下来的通知,拿起来看了看,皱了皱眉头,一屁股坐到沙发上,把那张通知盖在脸上,闭上眼睛,却怎么也睡不着了。这是一份要求各系院校做好分配教师住房工作的通知,在那里已无声无息地放了一个多月,他感到有些棘手,一直懒得处理。这几天,其他院系已公布方案,只是分配办法各不相同,院里也有老师在催问他,何时公布分配方案。似乎这事迫在眉睫,不能再拖了,让他感到头痛。分配住房是住房紧张的上海人心目中的一件大事,这是福利,也是人们改善住房的唯一希望,但它永远是僧多粥少,杯水车薪,让人抓狂,会使人想出各种各样的理由骗取住房,也有人趁掌握分房大权之际中饱私囊,或为己所用笼络人心。主持分配一般被人认为是吃力不讨好的工作,难以做到真正的公正,弄得不好还会引火烧身。学校的通知里没有具体的分配方案,只是简单得不能再简单地提到了根据申请综合评定,做到公平公正合理分配。通常的做法是,由学院的领导或其他成员根据申请住房老师的现有住房条件,进行所谓的综合评定,决定由谁得到新的住房。这样的传统办法,随意性较大,没有得到住房的人怨声较多,甚至闹出矛盾。嘉毅认为分配住房牵涉到老师们的利益公平问题,事关重大,不可能像以往一样,找个自己的替身来干这件事,自己必须亲力亲为,可苦于想不出更好的分配办法。在嘉毅昏昏沉沉中,电话铃响了。他无精打采地伸出手拿起听筒,装出比较有精神的语调问道:"你好,哪一位?"电话的那头是他姐姐,告诉他今天早晨母亲因心脏病发作,被邻居送进了医院,要他赶快去。

凶险的心脏病让嘉毅的母亲走得很快。他赶到医院时母亲已经不能说话了,等到家里三个孩子到齐,母亲就咽气了,没有留下片言只语。追悼会结束,天色已暗,嘉毅和姐姐、姐夫们一起回到了家里。姐姐佳曦把妈妈的遗像挂在妈妈卧室正中的墙上,她考虑到弟弟将一个人住在这屋子里,母亲又走得这么突然,难免会思念母亲,会悲伤,所以留到很晚,对他说了不少安慰话。

嘉毅送走姐姐姐夫,到自己屋里躺一会儿,从前儿时的事像走马灯一样在眼前浮现,没法入睡,便拿起一盒烟,又回到了母亲的房间。开亮了日光灯,看见墙上的母亲正注视着自己,母亲的神态还是那样的安详,让人感到心里暖暖的。他缓缓地踱到母亲常用的书桌前坐下,用废纸叠了一个烟缸,望着母亲,点了一支烟。随着烟雾的冉冉飘散,他慢慢地把目光从母亲的遗像上移开,环顾四周,总觉得熟悉的母亲房间里少了一点东西,却又想不清楚缺少的是什么。过了一会,他想到母亲旁边还应该有一张遗像,那就是父亲的遗像。他的记忆中很少见过父亲的照片,只有在父亲的追悼会上见过一次。心想母亲应该有父亲的照片,这时他特别想看一看父亲的样子,哪怕是看一眼旧照片也行。这种冲动非常强烈而迅猛,是从来没有过的,或许是来源于人的最原始的好奇心,对亲生父母的了解,或许是潜意识中想趁母亲离开之际,彻底了解一下自己最亲密的人的身世。

他拉开母亲书桌的抽屉,寻找父亲的照片。抽屉一个个被打开,每个抽屉里的东西不多,摆放得很整齐。他在旁边的小抽屉里找到了打开中间大抽屉的钥匙,打开抽屉,里面有一个扁平的纸质泛黄的旧盒子,似乎很像是存放照片信件的地方。他平静地打开盒子,映入眼帘的是一厚叠信件,好像有些年头了,有些信封上贴着四分的邮票,地址是母亲以前的工作单位,有些信封上只写着母亲的名字。他顺手打开了一封,信开头的称呼竟然是"姗"。他知道姗是母亲的名,但从来没有听到过有人这样称呼她,更不要说在信中读到了。他好奇地读了起来:"姗:最近我们这里批斗会特别多,有时候一天两场,下午晚上各一场,几个老右派天天认错,还是不放过他们,说他们是假投降真反扑,好可怜。前天在批斗会上要我们做自我批评,我看我也躲不过去了,就把我以前写的论文恶狠狠地批判得一文不值,说了一大堆没人相信的假话,往自己头上扣了一顶十七年修正主义教育路线的罪魁祸首的大帽子,得到了干校领导的肯定,说我态度好,是有勇气改正错误的人,当场让我去机修站管农具,不用再下大地干活了。晚上郁闷得很,找到我们那里的老右派,一起去老农的牛棚里喝土烧。那天也许真是个倒霉的日子,晚上我们那儿还停电,老农倒很热心,为我们烧了火,拿出了牛肉。我们在透风的牛棚里,马灯下和火盆旁,闻着牛棚天生的臭味,喝酒吃牛肉,大发牢骚。那个老右派是老运动员,历来的政治运动无一遗漏,九死一生。他凡是在比较正式的场合或者有头头在的时候,逢人必称自己是牛鬼蛇神,必说自己罪该万死,他的自我诋毁为他逃过了历史反革命和现行反革命的死罪,逃过了去监狱的劳动改造,让他混迹在五七干校里养牛。可他的腰越来越弯了,看人的眼神永远是由下朝上斜视的,白天放牛,看牛,有时候还要杀牛,晚上躲在牛棚里借酒消愁。按照他的话说,他是一个经验丰富的运动员,屡教不改,却能够从容应对一切猛烈的批判,化危为安,他的秘笈就是毫无顾忌地说假话,说那些头头们想听的话。我告诉他,在白天的批斗会上说假话的事情,他大声对我叫道,你做的对,说这个世界真话不值钱,只有傻子才会说真话。他对我说,在这里坦不坦白,认不认错有人管,不坦白不认错死路一条,会死得很惨,而满嘴胡话,满嘴假话没人管,却能平安无事,平安回家。看看他的样子,我算是开窍了,我们两个人趁着酒劲,大大地把假话的功能赞美了一番,还傻乎乎地高喊'假话万岁','说假话长命百岁',把旁边喝醉的老农搞得稀里糊涂,也跟着一起大喊大叫,活像一群疯子,而我听起来像是一群哭丧的人在惨叫。摸黑回到宿舍,我怎么也睡不着,想哭,我没了良心,没了正义,你以后不会看不起我吧。在这里和你写信是我的唯一乐趣,以后在机修站里会有更多的时间给你写信了,千万不要剥夺我这一机会。不知道你们那里的情况怎么样?如果也有那种批斗会,千万要随机应变,跟上形势,否则吃亏的是我们自己。切记为了孩子也要保重自己,保重身体。此信阅后,务必销毁。"信的落款为"知名不具",时间是"一九七〇年三月三日"。

嘉毅心想从信的落款时间来看,应该是母亲在崇明五七干校时收到的,信里讲的内容是干校的事。他虽然不知道五七干校因什么而起,又何时结束,只大概知道五七干校是文化大革命的产物之一,这类牛棚或者干校的故事早已在书中报上读到过,不足为奇,但从来没听说过发生在周围人身上的这类故事,尤其母亲在那时期经历的故事。从信中能窥探到自己尚未懂事之时母亲的生活和心路历程。五七干校并非劳改农场,但以嘉毅的经历来看还是触目惊心的,尤其信中提到的"假话万岁"和"说假话长命百岁"两句口号,反映了当时的真实情况,又联想到读小学时那个看门的石老师,也是弯弯的腰,斜斜的谦卑的眼神,感叹真不知道母亲在这样的环境中是怎么熬过来的。嘉毅看了看信封的正反两面,上面什么也没写,心想这信可能是当面交给母亲的。他很想知道这个"知名不具"的人是谁,最使他惊讶的是这个人竟然好像对母亲很依恋,这更加激发了他的好奇心,更想了解那个人和母亲的关系,母亲对他的态度如何。可他无论如何也记不起母亲提起过哪位男士和她亲密过,曾经往家里带过哪位男士。

他急切地取出第二封信,信封上只写了母亲的名字。称呼还是"姗",笔迹和第一封差不多,圆珠笔写的略带连笔的正楷,漂亮而坚挺。心想见字如见人,能写出这样潇洒字体的男人,教养也不会差,潜意识中也许是母亲的朋友不会差。信的内容是:"告诉你一个不好的消息。上两个礼拜我对你说起的我们那里一个同学因病回上海治病,我们还很羡慕他,以为他可以脱离苦海了,没想到前几天走了,留下四个儿子一个女儿。告诉你这个消息,不是为了让你悲伤,是要你多多保重身体,身体健康是我们唯一的本钱。为了孩子们,我们也要好好地活下去,务必保重。听说你明天回上海,我昨天晚上和老农捉了一些大闸蟹,是给孩子们的,请收下。"

信的落款还是知名不具,时间是一九七一年十二月十五日。嘉毅又看了信封一眼,心想显然这又是一封托人带的信,也许是和蟹一起转交给母亲的。他想起了小时候如何焦急等待母亲回家,看到大闸蟹时的高兴,从心底里感谢那位照顾母亲的人,更想知道那个人是谁。

接着他打开第三封信,"姗:上次早晨送你回去的时候,你问我,我们在这里何时是个头,我看快了。你想林彪事件都已过去两年多了,又听说著名作家巴金在今年夏天已经恢复工作了,像我们这样既没有反党又不是反革命分子,只是受到牵连的人,需要接受教育而已,应该很快会结束在这里的学习,回原单位工作。这些橘子和牛肉,给孩子们吧。多多保重。知名不具"。落款时间为一九七三年十一月二日。

嘉毅有些急不可待，为了尽快知道那个知名不具的人，他翻了翻这叠信，从底部抽出几封看了看，挑了一封信封上写有母亲单位地址和贴邮票的，信封的纸张也比较新，接近当下使用的信纸信封。他打开信，先查看了信最下面的落款，是"庄峰"，时间是一九八三年三月九日。他想不起这个名字，更想不起这个人来，无奈地把揭开谜底的希望放在信的内容上。抬头称呼照旧，信的字迹和前面几封差不多，应该是和那个知名不具同一个人。信的开头："我见过你儿子，那时他还很小，他的聪明伶俐给我留下深刻印象。你能把他前途的事情交给我，我会像对待自己儿子一样为他考虑，扶植他成长的，务必请放心。"他读了这第一句，为之一振，心想怎么会牵涉到自己。他有一种预感，难道自己大学毕业之后奇奇怪怪的顺利发展都和他有关吗？他瞪大眼睛继续读下去："看得出你既希望他留校成为大学老师，又担心他做不好，真是'可怜天下父母心'。你说大学是象牙塔，是做学问和形成思想的地方，一句话就代表一个观点、一个立场，观点和立场的正确与否至关重要，担心孩子任性乱说话，会惹祸上身，担心他会有像我们见过的那些老右派的遭遇，反而毁了他一生。我看时代不同了，每一代都有每一代的情况，我们那个恐怖的时代已经一去不复返了，他们不会有那种遭遇的。他们这一代应该比我们更加聪明，没有我们年轻时那样的单纯和狂热。他们会思考，其实我们这一代的遭遇就是他们的教科书；他们会反思，会吸取我们这一代的教训，当然也会保护自己，你的担心是多余的。我想只要能够做老师，还是值得的，今后的社会肯定会越来越尊重知识，大学毕竟是知识的圣殿，也许以后还有出国留学的机会，我的意见还是让他留在学校里的好，如果他父亲有在天之灵的话，也会同意他做老师的吧。我担心的是今年出台一些硬规定且名额少，不利于他留下来。你先告诉他毕业论文尽早准备，写得认真一点。其他事情我会安排的。另外，在这件事上你用不着告诉他背后有我这样一个人在帮忙，让他感到是凭自己的实力取得的机会，这样对他今后成长有利，不会背上我们这个包袱。祝你儿子茁壮成长,祝你身体健康。"

嘉毅捏着信,呆了好长时间,让他猜到了。他又细细地读了一遍,萦绕在他心头多年的云雾总算散开了,自己在大学毕业时的许多疑问得到了解释,还有老教授在告诉自己获得留学名额时的表情都得到了解释。他翻了翻这叠信,从信封上的字迹来看,虽有新旧不同,用的笔不同,但一眼就可以辨别出都出自那个人之手,他又从这叠信的下面取出一封,日期是一九八〇年十二月四日的,慢慢地读了起来:"姗:老沈平反的事不用感谢我,这是我们活着的人都应该努力的。老沈是一个值得我们尊敬的人,更何况我是他生前的同事加朋友。他的平反也了却我一件最大的心事,只有这样我们活着的人才能好好地生活下去。你也是一个了不起的女人,这么多年,这么艰难的日子,你一个人守着他母亲,不离不弃,含辛茹苦把三个孩子养大成人,真是不容易。我理解你的想法,只要老沈的母亲在,我们的事将无限期延期。你的无私让我很感动,我会陪伴在你身边的。下周在北戴河开会又能见到你,真让人期待。"

他愕然了,木然地望着母亲的遗像,百感交集,思绪混乱,甚至忘记寻找父亲的遗像。只有一个欲望是清晰的,并且在不断地增强,迅速控制着他的全部思路,那就是想方设法去了解庄峰这个人。这个人身上存在着太多的和自己有关的事情,和母亲甚至和这个家庭有着太多的联系,嘉毅必须搞清楚。

两天后是母亲过世的第七天,按照习惯,家里有一个小小的祭奠仪式,俗称做"头七"。两个姐姐都来了,嘉毅在母亲的遗像前,最后一个上完香,磕完头,又在母亲遗像下的火盆里烧了一些纸,火盆是用脸盆代替的。仪式过后,可能这几天来的悲伤或繁忙,大家看上去都有点憔悴,似乎都不想说话。嘉毅想趁机问一下有关庄峰的事情,心里有些犹豫,不知道怎么开口,朝两位姐姐看了一眼,磨磨蹭蹭地拿出信来,低声问她们是否记得母亲有一个叫庄峰的同事。佳曦接过信,和佳敏分着粗粗地读了一遍。

佳曦是家里的老大,对家里的事情也知道得最多。她告诉他们:"庄叔叔不算是母亲的同事,应该是父亲年轻时候的朋友。在文化大革命前,庄叔叔做过大学校长,父亲在世的时候,曾来家里玩过几次,好像还带着他老婆一起来的。那时你们可能还小,不记得了。我也不大,只是有个大概的记忆。在父亲去世后,他很照顾我们,妈妈不止一次说起过。"她意味深长地朝他俩扫了一眼,叹息道,"这些都是他们那一代人的事了。"

　　嘉毅问道:"他现在在哪里? 他的老婆怎么样了?"佳曦像是知道嘉毅问这个问题的用心,便详细回答道:"他老婆好像在文化大革命初就生病死了,我记得母亲跟我说过。庄叔叔是在我们奶奶去世后,没多长时间就因车祸死的,母亲还去参加了他的追悼会呢。"她又补充道,"那时,你正好在日本留学。从庄叔叔给妈妈的信来看,要是没有意外的话,妈妈也许会和他走到一起的。"佳敏插话道:"我们上一代,都是可怜的人,几乎没有享过什么福。"佳曦接着她的话道:"他们都是为了我们呀。"转而问嘉毅,"妈妈珍藏的这些信,你是从哪里找到的?"嘉毅答道:"我在找爸爸相片时,在妈妈的抽屉里发现的。"佳曦说:"家里应该有庄叔叔和我们一家人的合影,我记得小时候照过。好像是我们两家人一起去西郊动物园玩过,玩的时候肯定拍过照片,而且还很多,那时好像我还没上小学呢,你们更小,肯定什么印象都没有。"嘉毅说:"我为了找爸爸的相片,把妈妈的写字桌抽屉翻遍了,也没有看到这些照片。"佳曦顺手拉开抽屉看了看,说:"要不就是在文化大革命期间,妈妈看到周围抄家,担心哪一天这些照片给造反派搜去了,会给两家带来麻烦,大概全部都让妈妈给烧了。"佳敏说:"小时候,我发现好几次,晚上妈妈一个人在厨房间的水池边烧东西。"嘉毅问:"那爸爸追悼会上用的相片是哪里来的?"佳曦说:"好像是单位里的人从爸爸的档案中翻拍的吧,我记得那时我们家里已经拿不出爸爸的照片了。蛮好在追悼会结束后留下爸爸的照片的。"佳敏道:"我们真可怜,爸爸妈妈没有了,我们连爸爸的相片都没有。"

姐弟三人又一阵沉默，房间里立刻填满了悲伤的气氛，火盆中的火焰已熄灭，房间里变冷了，只有遗像中母亲和蔼可亲的微笑，才让他们感到一丝暖意。佳敏忍受不了这样的气氛，似乎在抽泣着，一边低头翻看着信，一边喃喃地说："这是妈妈珍藏的东西，我们就烧给她吧。"她蹲下身子，慢慢地把一封封信放进火盆，划着了火柴，点燃了信封和信纸。这些信封和信纸很快在火焰中变得弯曲发焦发黑，最后火焰熄灭，成了一堆灰烬。佳曦看着火盆里的灰烬，叹息道："妈妈他们这一代人，就这样过去了。"

嘉毅自从母亲去世后，反而回家更勤了，似乎回家能使他离母亲更近些，或者可以弥补以往长期住宿舍而不回家，和母亲聚少离多的遗憾。那天，他回来得特别早，在家门口碰到葛英姿的母亲。英姿母亲还是戴着副浅褐色眼镜，卷卷的头发里多了一半的白发，使得她布满皱纹的脸显得更加黝黑，手里拉着一辆精致的小行李车，像是刚刚买菜回来。嘉毅在以前也碰到过她，也许是受到他孩提时代对英姿父母的畏惧感从来不敢和他们多说话的影响，或者是成年之后又感到有难言之隐，生怕触及自己心灵深处那块最柔软的伤疤，总之凡遇到他们能避则避，避不了也只是扔下一个最简单的礼貌性的招呼走人，绝没有第二句多余的话。这次又碰了个正着，嘉毅没有回避，采取了主动的态度，或许因为听姐姐说母亲发病倒在楼梯过道时，最早发现的就是英姿母亲。他停下脚步，真诚地感谢她当时能够出手相救母亲，和参加母亲的追悼会。英姿母亲说了一些谦虚的客气话，仔细地打量着他。

英姿母亲的眼神里满是关怀，还带着一丝欣赏，是一种长辈对后辈的赞赏。她说了许多赞赏他的话之后，一阵嘘寒问暖，关心地问道："听你妈妈说，你是在大学里做老师，现在工作还好吧？妈妈没有了，一个人生活有什么困难吗？"看到英姿母亲如此热情客气，他只能逐一简单地回答。为了不显得生分，在回答之余，出于礼貌他问起了英姿的近况。英姿母亲却一脸愁容，介绍道："英姿的命没你那么好，她带着两个女儿，已经回上海一年多了。可惜的是到现在为止，户口和工作还没有落实,每天在家里不肯出门半步,叫我为她找工作,我只能去我以前工作的单位和他父亲生前的单位说明情况,托人求情,可人家都说无能为力,难死我了。"英姿回到上海的事情,嘉毅还是第一次听到,让他更诧异的是为什么说"命没你那么好"、为什么只说"带着两个女儿",而没提及她的那位军官丈夫? 英姿怎么会没有落实户口和工作呢? 心想凭着英姿父母过去的级别和实力,解决女儿这些问题是易如反掌。嘉毅像条件反射似的应付道:"是吗?"英姿母亲见他疑惑的表情,解释道:"我已离休,不在位子上了,她爸爸也去世五年了,已没有余热可以发挥了,真是人走茶凉呀。我们这一代把全部都奉献给革命了,现在好了,女儿有困难了,想找组织帮忙,却没有人来帮我们。"英姿母亲摇了摇头,又添一句,"现在啊,哪里还讲什么阶级感情呀。"嘉毅听到这句过时的口号,再一次诧异地看着面前的略显老态的她,心里一阵发酸,心想这些过时的口号早已被人们当笑话抛弃了,怎么她还在寄予希望,好像她是一个隔世老人。他想说一些安慰的话,却又不清楚英姿的情况,不知道从何说起。

看到英姿母亲的这种状态,嘉毅真不敢想象英姿现在的样子,一股强烈的好奇心驱使他想见英姿,了解她现在的状况,解答这些年来的好多谜团。他看了看英姿的母亲,带着安慰的口吻说:"如果晚上英姿在家的话,我上来看看她,好吗?"英姿母亲露出一脸笑容,立刻接口道:"好呀,好呀。她在家,你们好像也有好几年没见面了,上来好好聊聊吧。"嘉毅从她激动的表情可以看出她们母女俩可能早就议论过自己,而且猜得出她们是如何谈论的,他也能看出她希望自己去看她的女儿,至少看得出自己的处境要比英姿好得多,心中荡漾起一丝骄傲的涟漪。

晚上,嘉毅一边胡乱煮面条,一边在胡思乱想。心想这么久没和英姿见面了,见到后该说些什么,一见面是该和她握手还是拥抱,他举棋不定。握手和拥抱代表着两种不同深度的情感。犹犹豫豫直到吃完面条后准备出门上楼了,他还没想清楚。

嘉毅一出门,一个女人迎面站在门口,他吃了一惊,定下神来,看清了是英姿。她发福许多,看上去更加丰满而沉稳,发型已不是初中时的马尾巴长发,而是齐耳短发,一丝不乱,质感丰盈,有着浓浓的少妇特有的那种雍容大方。嘉毅差一点没认出来,他对英姿的记忆还停留在苗条的亭亭玉立的少女印象之中。她先笑盈盈开口:"听妈妈说,你要上来看我。我想还是我下来比较方便,我家里有两个女儿,如果你来的话,她们会捣乱的。"她的语气一点没有久违的感觉,就像刚刚分手又见面了一样。嘉毅惊讶之余,笑着响应道:"那好呀,快点进来吧。"把她引到自己的房间,就是他以前和奶奶住的最外面的一间。当英姿在书桌旁的椅子上坐下,嘉毅赶忙去厨房间拿热水瓶和杯子,为她倒水。突然改变了见面方式和环境,反客为主了,他原来想好的开场白全都忘了,握手和拥抱都免了。

英姿打量着房间的布置,和她初中时代来玩时差不多,书桌和椅子是原来的,位置也是在原来的地方,房顶正中还是一盏长长的日光灯,只是少了一张嘉毅奶奶睡的床。在英姿看来,时隔这么些年房间布置几乎没什么变化,心想这些不变能够预示嘉毅对自己的感情也没变化那该多好,心里一阵忐忑。英姿了解嘉毅的近况,要比嘉毅了解她的近况多得多。因为她母亲和嘉毅母亲经常会在楼里不期而遇聊天,会各自讲述自己儿女的情况,英姿可以从母亲嘴里听到不少关于他的信息。她知道嘉毅还没有成家,至于有没有女朋友她吃不准,但可以肯定的是,没有那种即将结婚的未婚妻式的女朋友。她每每想到嘉毅基本上还是独身一人,内心不免会晃过一阵骚动,她很早就想来见嘉毅,可是她不敢轻易前来,她担心"落难的凤凰不如鸡",现在自己几乎成了外来妹,怕他笑话和轻视,再三犹豫始终跨不出这一步。对她而言今天是和嘉毅见面的极佳机会,为此她还特地去理发店洗头吹风做了发型。

嘉毅把杯子递到英姿面前,她落落大方地注视着嘉毅,微笑着问道:"我们有多少年没见面了?"嘉毅想了想,像是和她探讨的口气道:"十六年? 还是十七年?"英姿在问之前已经有了答案,笑道:"十六年零两个月吧。那年我是开学九月初去福建的。"这是嘉毅第一次知道自己

371

那时日思夜想的人是在福建。他轻轻地啊了一声："原来你是在福建当的兵。"英姿回忆道："那天,我爸爸派了一辆吉普车,开了三天才到部队的。"她抬头看着嘉毅问道,"我在那里的情况,你一点都不知道吗?"嘉毅摇了摇头说："我去问过你爸爸,他说部队上的事,他也不知道,言外之意好像是军事秘密。"后又加了一句,"大概是他不愿意告诉我吧。"英姿苦笑道："应该是的吧。我到了那里,他们不让我寄信回来。那里旁边就是台湾海峡,部队里对通信管理得很严格,都由指定人员负责投寄。可能爸爸向他们打过招呼,要求他们严格管理我的信件,我没办法寄出信件。"嘉毅说："这样的情景,当时我虽不知道你在哪里,也猜出了几分,你父亲完全做得到。"英姿叹息道："就这样,在那里我寄不出信,也收不到信。时间长了,可想而知,就发生了变化。"

嘉毅听出"发生了变化"的含意,他不想打断她,不想刨根问底,只想继续听下去。英姿停了停,瞟了他一眼,拿起杯子喝了一口水,说："你知道吧,我老公抛弃了我和两个女儿。我是不得不回上海的,我混得很惨。"她心想自己的那些破事,再掩饰吹牛也无法解释目前的窘境,与其让他问了再说,倒不如自己先说出来,生活似乎教会了她无所畏惧。

嘉毅诧异地注视着她,不敢轻易发问,等着她继续说下去。她叹气道："我成,是我这个家庭;我败,也是这个家庭,其实我也没什么成过。"她拿起杯子,重重地咽了一口水,像是决心已定,如同罪犯坦白自己的罪行似的,没头没脑地说道,"那个当兵的是我父亲的同乡,略微沾亲带故。他一面按照我父亲的吩咐,不让我寄出信件,一面又拼命向我示好,追求我,看上我父亲能为他升官发财铺路。他很有心机,部队转业时他不肯跟我回上海,而是回了他老家那里的大企业,我和父亲都扭不过他,只能依了他。他在那里既能得到我父亲的各种关系网,又能脱离我父亲的视线。由于有我父亲那层关系,他如鱼得水爬得很快,不久就当上了企业老总,一帆风顺。开始他对我还可以,后来我父亲死了,他认为我的利用价值已用尽,开始对我阳奉阴违,外面也有了野女人。没多久,他开始在单位开始贪污公款,数额不小,事情败露后竟然带着野女人携款出逃,不知道去了哪里,有人传说他们逃到国外去了。那边的家也让当地的公安局抄了,我只能带着两个女儿回到上海,当务之急是要养活两个女儿。"她用短短的几分钟,一口气讲完了这些年发生的故事,像是完成了一件重大事情,长长地呼出了一口气,望着嘉毅,似乎在等待他的评判。她想用这样直白的方式,掂量出自己在他心目中的分量。

嘉毅对她的故事毫无思想准备,她的如此结局远远超出他以前所有的想象,他自己也说不清此刻的心情是同情还是爱怜,更不知道说什么好,只感到心里隐隐作痛。他想起了奶奶跟他说过英姿生了大胖小子的情景,现在怎么变成了女儿,心想也许奶奶记错了。

一时间,两个人都没话说,气氛有些沉闷。嘉毅为了避免尴尬,转身拿起暖水瓶替她添水,还是英姿打破了沉默,说道:"我听母亲说,你发展得很不错,不但上了大学,还出国留学,做大学老师了。"嘉毅应和道:"没什么,只不过是一个老师而已,也不是我心怀教授梦而成老师的。"

英姿低头搓着手,轻声说:"如果我不去当兵,也许也能上大学,就不是现在这个样子了。"嘉毅想说如果你父亲不逼着你去当兵,也许你就当不上兵,而凭你的聪明,肯定能上大学。可为了避免增加英姿的不快,他什么也没说,只是静静地望着英姿,心想很难说她现在没有初中时代漂亮,只不过表现出来的魅力有所不同,他正在寻找被魅力诱惑的感觉,是一种全新的感觉。

英姿看见他盯着自己,发现他的眼神里并没有自己所担心的鄙视和轻蔑,而更多的是探究和欣赏,为之一阵轻松,为她以后的言行增加了不少信心。只不过嘉毅凝视她的时间太长了,她以为自己身上有什么不对,看了看自己的衣服,发现没有问题,笑了笑说:"你好像没变,还是那样瘦瘦的,很好。你看我胖成这个样子,真难看。"嘉毅不知道哪里来的灵感,来了一句:"生过孩子的女人更有风韵了。"这句看似赞扬的话,却在英姿心里掀起小小的波澜。她不想在嘉毅面前太多提及孩子的事,面对同龄人自己成了为人之母,却没有一丁点的自豪感,叹息道:"女人生了孩子,一切美妙的时光将一去不复返了。"嘉毅看出她对生活缺乏信心,想象得出以前生活对她的打击,鼓励道:"孩子给人生带来的美妙是用钱也买不来的呀。"英姿似乎自嘲地笑了笑,说:"话是这么说,但首先要养活她们才是呀。为此,我现在在菜场里打杂。"

嘉毅感到有点意外,就问:"你怎么在菜场工作,好像你妈妈还在为你找工作。"英姿有些难为情地说:"这是居委会的阿姨帮我找的。已经干三天了。"她叹了一口气又说,"也没什么抬不起头的。那里的阿姨们都挺好的,很朴实,和她们相处没有负担。我妈妈可能还有些想法,认为像我这样的不应该干这种婆婆妈妈的活。她还在托以前单位里的同事,所谓的依靠组织帮我找工作,帮我解决户口的事,可总是受一肚子的气,看看她也很可怜。我对这些无所谓。"

嘉毅意识到,自己面前的英姿,已不是一个充满优越感的骄傲的小公主,是一个做过军人、遭遇过背叛和抛弃、有两个女儿的女人,其中经历了多少磨难和心灵变迁,旁人是不得而知的。但她肯定是一个面对困难无所畏惧的女人,是那些矫揉造作的城市小女人所无法比拟的。想到此,由衷升起一股敬重和佩服。

英姿笑眯眯地望着他,问道:"你有女朋友了吗?"这个问题,在他们见面之前嘉毅已经想到了,怎么回答始终没有想清楚,他想说自己"有妻子,却没恋爱",话到嘴边又担心英姿会误解,没说出口。英姿看他在犹豫不决,爽朗地笑着说:"哈哈,不方便说,就不要说了,没关系。"尔后又问,"予兴在干什么?"嘉毅赶紧把予兴的情况介绍了一遍,英姿感叹道,"他能赚钱真好,我可只是个当兵的,没有这个本事。"顿了顿,她眼睛里带着神秘的微笑,问道,"那经常和他在一起的那个女生,叫卢蓉的,他俩后来有戏吗?现在怎么样了?"嘉毅又一五一十把高中里予兴和卢蓉的故事说了一遍。英姿听了,有些忘乎所以地笑了,似乎听了一出情感悲剧,意味深长地惋惜道:"怎么都是这样,他们分手真有点可惜了。初中时,他俩也是很好的一对呀。"说完她注视着嘉毅,似乎不敢漏过他脸上任何一个细微的表情。嘉毅听出了她最后一句里的"也"字的含意,他以不让她察觉的角度迅速地朝她瞟了一眼,继续道:"按照予兴的话说,他们的恋爱就像把老鼠和猫关在一个笼子,即使小时候再青梅竹马,最后还是天敌,所以老鼠只能识相一点,趁早逃出来,把笼子让给猫了。"英姿又大笑,笑弯腰,直起身含着笑说:"这话只有予兴说得出来,像他说的,还很贴切。"她笑出了眼泪,但还是目不转睛地注视着他。

嘉毅婉转地避开她的目光,大谈予兴的趣事。英姿总是把话题有意无意地拉到他们的少年时代,似乎要让嘉毅回忆以往的美好时光,她问嘉毅还画不画图。嘉毅想了想说:"很久没有画画了。想倒是想,可没有这样的环境和心情。"接着又半真半假地笑道,"等我退休以后,去乡下办个天然养鸡场,养养鸡,画画鸡,那也不错。"

这两个人从小就心心相印,加之这座城市的文明熏陶,在表达自身情感时充分体现了这种城市文明投射在他们身上的含蓄和体面,顾及对方感受。尽管彼此心潮起伏,唏嘘岁月无情,而心照不宣地理解对方成了他们感情交往的最高境界。这天,他们谈得很晚,英姿不得不离开的时候到了,嘉毅送她出门。敞开的阳台过道让马路上工地的灯光照得通明,工地在夜以继日地赶工,拓宽马路。这是西藏北路第一次路政改造,取消人行道上的绿化带,增加了行车道。英姿被巨型灯光照得睁不开眼睛,躲在嘉毅的身后,埋怨道:"这种马路改造真叫人讨厌,从来没有听取过我们居民的建议。马路两边这么好的梧桐树都没有了,大门口的两棵柳树也被砍了,真不习惯。"嘉毅应和着,知道她的埋怨是另有原因的,只淡淡地说了一句:"以后会好的。"他们来到了楼梯口,这里没有灯光的照射,显得很暗,嘉毅想以初中时代目送她上楼的那样,等待她湮没在黑暗之中。可英姿停下脚步,转过身来,在黑暗中凝视着嘉毅,仿佛只有在黑暗的掩饰下才能直面他,才能表达自己的真情,她在期待着,在挣扎着。嘉毅不可能再假装不懂,无视她那眼神中所包含的情感,他轻轻地伸出双臂把她搂在胸前,却感受到一个紧紧的拥抱。他们没有说话,一切尽在不言中,感受着对方的心跳和心绪。嘉毅不敢首先放下手臂,直到英姿推开他,扭身向更暗的楼上奔去,头也不回地说了一句:"不用送了,快进去吧,外面冷。"消失在楼梯的拐角处。

自从和英姿见面后,嘉毅又恢复住学校宿舍的生活。由于母亲的去世耽搁了许多行政上的工作,其中就有那件叫他烦心不已的福利分房。学校里有几个学院已经分房结束了,但都不大不小地闹出了一些事情:文学院有人向校部投诉院长暗箱操作,自己多分了房;法学院有两位老师联名写信,越级向上反映院里分房不公;外语学院有老师的家属跑到学校来吵闹,还有老师之间相互揭发,在申请房屋时提供假材料,搞得许多老师怨声载道,斯文扫地。嘉毅掌管的经济学院至今还没有启动,有些心急的老师催促他快点拿出分配方案,也有人认为他在几个院长中最年轻,肯定搞不定这类利益错综复杂的分配,在等着看他的笑话。

住宿舍的晚上有时很无聊,除了读书无其他事情可做。那天晚上很冷,嘉毅早早上了床,无聊地盘腿而坐,胡思乱想,想到了母亲,想到了那个未曾见过面的庄峰,也想到了英姿,手拿着铅笔却在一叠纸上涂鸦了一只孤独的大公鸡,叹了一口气,把它揉成一团,扔进了废纸篓里。突然想起了学院分房的事情,便在公文包里拿出了从姐姐佳敏那儿要来的一套分房方案,仔细看了一遍,简单地用铅笔修改了几个字,准备明天让人打印公布,便钻进被褥睡觉了。这份东西在他的公文包里已经放了好几天,是佳敏在西藏路家里祭奠母亲时知道了他的烦恼,把她自己单位里的分房方案复印给他的。佳敏是万人大厂工会负责分房的,每年都在分配房屋,少则几十套,多则上百套。这套分房方案是她的法宝,也是她的经验积累,它能够应付所有人群,对他们住房条件进行测评打分,比较判断,从而确定应该获得房屋的那些人。它的操作原理是将申请人的可以获得住房的条件进行极其详细的分门别类,并标上一定的分数,符合某项条件的则加分,分数最高者获得分房,这些条件包括申请人的工龄工资职务、同住人的户籍性别年龄、房屋结构朝向、是否独门独户等等。它能适用于成千上万人，应付嘉毅的经济学院的几十个人的分房，绰绰有余。按照这个方案，佳敏在厂里操作几年，几乎没人为分房闹事，似乎能够做到童叟无欺。这个方案属于该厂的最高机密。嘉毅有了这份方案，可以轻松解决学院里的分房难题。他唯一做出修改的地方是不但公布方案，而且给大家一周时间对方案提意见，如果没有意见就实施，并公布每个人测评打分的结果，让人一目了然，形成相互监督机制，保证了透明公平。方案实施后，很快完成了分房任务，更重要的是受到大家的一致好评，受到校部领导的关注。

嘉毅在食堂里碰到陆文晴，他们坐到一起用餐。他们平时几乎没有什么往来，即使碰面也是在学校里不期而遇，但碰面总是很客气，夹着一层老朋友的感觉。对嘉毅而言，陆文晴似乎是前辈，不论自己的职务发生怎样的变化，在她面前还总是保持着谦虚的态度。陆文晴看到嘉毅虽做了院长，对她的态度还是一如既往，心里也很开心，在他面前说话当然实话实说的多，有所顾忌的少。她虽然比嘉毅毕业得早，因只有本科文凭，在学校里每次评级晋升时，不是碰到学位太低，就是学术论文出版不够，所以还只是讲师。她对院里的评级晋升制度开始还满腹牢骚，最后到不抱希望。当前她把主要心事都花在相夫教子、培养女儿上，学校能不来则不来，是学院里课时最少的老师。

他们一阵寒暄问好后，陆文晴问道："做了院长很忙吧？你们经济领域这么热，好像看不到你的影子，像样的研究大作好像也不多。"研究大作好像也不多，是客气话，其实是根本没有。嘉毅道："还好不太忙。我除了把原来的《简述西方经济学》的小册子完善一下，变成了《西方经济学概论》，真的还没有写什么东西的打算。"她诧异道："我们的经济学院院长的研究大作就这么点？我看你们院里的几位副教授在外面很卖力的，很活跃，参与官方的什么论坛呀、企业的研讨峰会呀，论战搞得不亦乐乎，还上了电视，好像很热闹。你怎么不做点？这些事情很容易让人出名的。"嘉毅笑道："我知道，这几个人很喜欢这些事，我就不掺和了。我也没有这方面的兴趣。"她朝周围扫了一眼道："现在的人呀，这种出风头的机会找都找不到,你还躲着,真有你的。"嘉毅努力地解释道:"真的做学问,忌讳热闹,忌讳论战。只要认真做就可以了。有人喜欢热闹,那就让他们热闹吧。"陆文晴笑着,像是在开导他:"你是不是太清高了一点吧。做了学问就要发表出去,就要参与论坛和研讨会,出了名,说话也有分量,做的学问也就有了权威。"

嘉毅听她说得这么执著,这么明了,便说:"我们教书做学问的人,要有自知之明。就拿经济学来说吧,现在外面到处是经济热,经济学肯定时髦。但在有些不学无术的当官的眼里,经济即政策,政策即政治。一旦和政策政治沾上了边,经济岂能让我们这些小巴辣子评头论足的?什么是权威,有权就是权威了,你说的符合他们的心思,符合他们政绩的创造,那你的理论就是对的,是符合经济规律的;如果不符合他们的心思,或者有碍他们政绩的创造,那你的理论再正确也是错的,是没有市场的。还有和所谓企业家搞讨论,你说的对他们赚钱有利,那他们就吹捧你,你是他们的专家,他会说他们的赚钱是合理合法的,有利于社会的,并得到某某专家的支持;如果说他们不应该赚黑心钱,那人家就不高兴,结果也可想而知的。所以我在研究经济的时候,不愿意把今天或者将来联系起来,我只研究经济演变的历史。而经济学历史,一不时髦,二不能帮人分析形势来赚钱,三不能直接解释政策的准确性,写了也没人要看,一本小册子上课也足够了。"

陆文晴用怀疑的眼光看着他说:"不过你说的也是。在我们院里也有这样的事情,只要有人邀请,不管什么地方都会去胡说八道一通,这些鬼话连自己都不信。写出来的文章,论文不像论文,广告不像广告,贺词不像贺词,很恶心,仔细推敲,每一句话无不打上利益的烙印,没有一句是真心,真是利欲熏心的产物。"她停了停又说,"你倒蛮潇洒,这样也好,可以省心。不过凭你现在的身份,又是归国留学博士,没有新的研究成果,仅有文凭,也够你混一阵的了。"嘉毅好像魔术师被行家揭了秘一样,大笑道:"哈哈,你不要说得这么粗俗,这么直白嘛。"她也笑了。

他们又说起学校里分房的事情,陆文晴问道:"这次你院里的分房搞得不错，花了很大精力吧？"嘉毅笑了笑，反问道："你院里大概闹得天翻地覆了吧？"陆文晴眉飞色舞地答道："我只知道学校正在要我们院长写情况汇报，那两个写信的都是有些年龄的老教授，其中一位是我们学院的前院长。主要问题是现任院长把一套最好的房子分给了一位不该得到分房的年轻女教师，更玄妙的是那女教师的前丈夫上半年曾来学校投诉过，说我们院长抢了他的老婆。"

嘉毅望着她，突然想起不知道在哪里看到的一句所谓的名言，"人们对自身的毛病，总是附带着患遗忘症，而对他人身上的毛病，总是扮演医生的角色"，心想你不是也抢了人家的老公吗？可嘴上却说："你们学院够可以的，故事很多呀。"后面又略带戏谑地加了一句，"那位教师很漂亮吗？"陆文晴朝他瞪了一眼，干巴巴地回敬道："漂亮不漂亮，你自己去看。"好像烦他打断她精彩的故事，继续道，"更要命的是，据不可靠消息，这位女教师是前院长从外地的大学引进来的。刚来院里的时候，跟前任院长关系很不一般，曾有人这样描述过他们两人，说只要在能找到那位女教师的地方，就能见到我们的院长。"

嘉毅笑了笑说："你们院里的这些事，够丰富的，可以写小说了。"陆文晴瞄了嘉毅一眼，慢悠悠道："也有关于对你的评价。"嘉毅盯着她，故作惊讶地问："不是什么绯闻吧？"等着她继续。陆文晴注视着他，似乎在等待欣赏他即将出现的表情，说道："是好的。我们院里的一位搞西方法制史的老师说，经济学院的分房办法包含着西方法制的两个基本元素，公开，平等。你看评价高不高。"嘉毅笑道："我可没那么高，还基本元素呢，什么乱七八糟的。我是为了大家摆摆平，没办法，才想出了这个笨办法。说老实话，这次房子的质量和地段确实不错，我也想搞一套，谁不想？"陆文晴认真道："问题就在这里。你也想要，谁不想要，这是实话。可你采用了公开，你想要也没办法要了，那就变得公平了，就这么简单。"

嘉毅抓了抓头发说："你要这么说，那也没办法。我可没想得那么多，混混而已。"陆文晴有点不服气地瞥了他一眼，说："混到了院长的位子,还说混混。如果不混,还要不得了。"话一出,两人不约而同都笑了。嘉毅加了一句:"我只是有良心的混而已。"后来学校里有传闻说,下一次分房由校部统一操作,可能也要采用经济学院的分房方案。可问题是下一次分房,整个学校没人知道会在什么时候开始。虽然嘉毅一向低调,可他的分房方案着实让他成了学校里的名人。嘉毅的出名,其实不是他做得有多好,而是因为周围的人做得实在太差。

第二十四章　好运国际大厦落成

　　自从予兴决定投资好运国际大厦后,几乎没有人手,只有露露和猪八戒,他俩义不容辞地帮了好运公司不少忙,露露帮着借公司的办公场地,招聘人员;猪八戒陪着嘉毅在外洽谈业务。由于公司的事情多,大家都在忙,一起在好运酒家吃饭喝酒的机会也少了,予兴和露露也经常碰不到面。好运公司走上正轨后,露露在公司里露面的机会越来越少了,再后来,有人传说她要远嫁澳大利亚华人,正在办理签证。当予兴从旁人嘴里听到这个消息时,并不惊讶,他理解露露的出国愿望,从他们认识那天开始他就知道会有这一天。但他还是心痛,每每听到有关露露嫁人的议论,心如刀割,却又不能溢于言表。他很想自己是第一个听到这一消息的人,而且是露露亲自告诉他的。现在公司里里外外都知道露露要远嫁,可予兴最近连和露露见面的机会都没有。予兴再心痛,也不愿意自己去找露露求证这一切,更无心情谈生意,就把所有的事情都拜托给猪八戒,将自己关在办公室里,闷闷不乐了好几天。突然有一天,接到露露来的电话,约他晚上在外滩的海鸥饭店碰面。在好运公司开张之前,他俩几乎天天见面,如果想碰面,根本用不着像谈朋友那样,为了见面而约时间约地点。

　　灯火阑珊时分,予兴去了饭店楼上的酒吧,露露已经在那里了。她穿得很漂亮,像是礼服,又像连衣裙,有些袒胸露背,浅浅的条纹,很配她的身材,也很符合酒吧的环境。露露的这套装扮是予兴从来没有见过的,太过于炫眼,太过于盛装,他一时有些难以适应,只有她身上散发出的浓郁的香水味是熟悉的。相反，他的着装仅是白衬衫和牛仔裤，显得有些过于随便，过于普通。露露面前放了一杯非常独特的鸡尾酒，隔着柜台透过巨大的窗户，望着外滩的灯火正出神，她的神态是一副迎接喜事的样子，人也变得光彩照人，还很性感，魅力四射。

予兴静静地在她旁边坐下，招呼道："哇，这么认真。"她朝他嫣然一笑："来啦。"指了指自己面前漂亮的酒杯说，"你也来一杯鸡尾酒吧。这里有几种鸡尾酒很不错的。"予兴朝她面前的酒杯看了一眼，问道："这酒，很漂亮，好喝吗？叫什么名字？"露露答道："这是我们女人喝的，口味一般般，叫粉黛佳人。"又笑着补了一句，"我又不懂，看它好看才点的。"予兴笑了笑，没有看酒单，就向酒保要了一杯曼哈顿鸡尾酒，显示出有些熟门熟路的样子。露露以欣赏的眼光注视着他，问道："你好像对鸡尾酒很熟，你来过这里？"他答道没有，露露又问，"那你怎么知道这里有你点的那种酒？"予兴淡淡一笑说："一般有鸡尾酒的地方，都会有曼哈顿。至于鸡尾酒，则略知一二。"

在九十年代初，上海还尚未流行鸡尾酒，还是个时髦的新玩意，能够说得出鸡尾酒子丑寅卯的人不多。予兴继续道："鸡尾酒是在国外的晚会上、酒吧里经常喝的一种酒。这类酒说白了也很好弄，就是把几种不同的酒混合在一起，再随心所欲起一个好听的名字，就成了某某鸡尾酒，其中有的很快被人遗忘了，有的被广泛流传，一直延续下来，成了固定模式。就如曼哈顿，主要是威士忌加某种苦酒，最后混合而成，口感还可以，有的考究一点的，杯口上抹上一层细细的盐花，以增加其口感。"露露好奇地继续追问道："你是从哪里知道这些洋玩意的？"予兴神秘地笑了笑，给了她一个下马威，反唇道："我知道你是从哪里知道这粉黛佳人的。"

露露瞥了一眼他，似乎知道自己说漏了嘴，把目光移向窗外，没有回答，心里有些后悔不应该约他到这种地方来，更不应该穿成这副模样。她能感受到予兴对她一举一动的留意，也能体会到他当前的感受，觉得自己不能在他面前太喜形于色。他们之间太熟悉、太了解对方了，原本是一对谁都离不开谁的情侣。予兴淡淡道:"是最近有了新朋友,才见识到这些新玩意的吧?"露露转过脸面向他,一反刚才一个人时优雅的神态,流露出一种哀婉求饶的神情,轻声问:"我的事情,你都知道了吧?"予兴实事求是道:"道听途说听到了一点,我没有主动去打听过。"露露继续道:"本来应该首先告诉你的,那时一个是事情多,另一个是一时间找不到合适的机会跟你说,所以拖到现在,对不起。"予兴听了这话,有一种苦涩的释怀,赶紧说:"没什么对不起的,现在也不迟。"露露没理他,按着自己的思路继续道:"对方人不错,我想算了,先出去了再说。手续几乎差不多了,可能下周五就能成行。"说完就把目光又移向窗外的黄浦江。

予兴看了一眼窗外,平静地说:"这也是一个出去的机会。没关系,如果在那边不开心,可以随时回来嘛。"他说这话的语气好像是早已准备好的台词,是一种深思熟虑的表现,一点看不出有敷衍和不真诚的成分。露露回过头来说:"你看我是否很傻?有点像赌博?"予兴没有立刻接她的话,这时酒保递过曼哈顿。三角酒杯很漂亮,酒的成色呈现出一种特别的金色,杯底部还沉着一个小樱桃。予兴拿起酒杯,啜了一口道:"我知道你的想法,出国是真,嫁人是假。那就赌一把吧。不赌,怎么知道结果。我是你的话也会赌一把,抓住机会吧。"他说出了她的心里话。

露露看着自己的酒杯,犹犹豫豫地说:"我有点害怕。如果你叫我不要去,我就不去了。"予兴想了想,摆弄着酒杯道:"你想出国,想了这么长时间,我还是不出这个主意的好。你去吧,去看看外国的月亮有多圆。只要好运公司在,我留百分之十的股份归你,回来肯定有饭给你吃。你就放心去吧。"露露感激地看了他一眼,伸手想去抓他摆弄酒杯的手,犹豫一下又缩了回来,真诚地说:"你真好,我不知道怎么感谢你。"

一阵沉默,两个人似乎都在想着各自的心事。露露喃喃地说:"之前,我真的很想出国,想赶紧离开这里,越快越好。现在临到真的要走了,却有点舍不得了,想再多看看上海,所以今天约你到这里来,看看外滩,看看黄浦江。"又是一阵沉默,两人无言地注视着窗外。隔着茶色窗玻璃,黄浦江变得像是黑漆漆的宽绸带,泛着点滴的波光,平缓而不露声色地流淌着,似乎在它的底下隐藏着巨大的能量,似欲望又似梦想,它将吞没一切。

予兴收回目光,说道:"说起来,黄浦江虽是我们的母亲河,我们喝着她的水长大,从小就守在她的身旁,可又怎么样呢? 我们从小到大,得到了她给予我们的幸福吗? 这实在是一个叫人难以回答的问题。你也不要太留恋了,包括对她、对我。离开这里也许是一条出路,至少我是能够理解你的。"露露回过头来,感慨道:"是一条出路,我也知道。但要离开这里,说说容易,真的做起来,就没那么容易了。"停了停,她面向予兴有点难为情地笑了笑,问道,"我们以前在一起的时候,我经常悄悄地拿你钱,你知道吧?"予兴笑道:"知道,最多一次从我四十几万中,抽掉两万,够狠的,使我少买了许多股票,损失不小。"后又加了一句,"给你嘛,你又不肯要,偏偏要自己拿,反正我也习惯了。"露露更加不好意思了,笑着再问:"我还拿你钱包里的钱,你知道吗?"予兴说:"有些我知道,有些大概不知道吧。"露露深情地瞟了他一眼,坦白道:"当着你的面,不好意思收你的钱。那算什么呀,算我卖给你的?"予兴笑得更厉害了,说:"你自己拿,又算什么呀?"露露扭了扭身子,做出一副百般娇柔的撒娇样子道:"不好意思嘛,人家缺钱,只能自己拿了。"

予兴难得看到她如此撒娇,这样的撒娇任何男人见了都会心花怒放的,有着巨大的诱惑,会使人产生不可抵御的冲动。这是露露的真情流露,出于对予兴照顾自己的真诚感谢,不是故意表演的那种。而此时予兴见了,只能默默地从烟盒里取出一支烟,点燃后深深地吸了一口,黯然地把目光移开,心想这个女人一切的风韵卓姿,从今以后和自己无关。他为了露露的将来,强迫自己分清楚恋情和友情的区别,把对她的恋情恢复成了友情,这也许是常人难以做到的。人们一般认为友情发展成恋情是理所当然的,是人们大为赞美的好事,而恋情变成友情,则变得叫人难以启齿,甚至难以坦然相处。

露露看予兴不说话,不知不觉地眼睛有些湿润,转过身子,伸手拿过予兴嘴上正叼着的香烟,抽了一口。她拿过香烟的动作做的很熟练,像是专门练习过的。这是他们以往在一起的时候,尤其在他俩单独相处的时候,经常做的动作,那是一种无声胜有声的情感交流和默契,似乎成了他们心灵深处不可抹去的印迹。露露面朝他轻声道:"你这个上海男人,做情人真不错。让我帮你介绍一个女朋友吧,怎么样?"予兴诧异地看着她没有马上回答,心想这一举动也许是她对自己的弥补,也许是她的肺腑之言,可总有些难以接受。露露继续道:"她是我生产组的同事,大学毕业分配到外地没去,就到我们那里了。比我年轻漂亮,身材也和你很相配。"予兴笑着插话道:"你过好自己的生活就可以了,不要为我瞎操心了。"露露似乎并没有把他的拒绝当回事,自顾自地说:"真的,人家女孩很好的,还是个姑娘,不像我已是老菜皮了。我很早就动过这个脑筋,可是以前舍不得把她介绍给你,怕失去你。"说到这里她停了停,盯着予兴,想从他的表情里看出点什么来,可予兴一副木讷的表情,似乎讲的事和他根本没有关系。她收回目光,接着说:"现在不一样了,我想我不这样做,以后我会后悔的。给我一个赎罪的机会吧。"予兴又喝了一口曼哈顿,认真道:"不要这样想,什么赎罪不赎罪的,你不欠我的。至于我今后的事情,还是我自己解决,你放心去吧,如果不开心,随时回来。记住上海有我这样一个朋友在。"

她再一次听到他的承诺,就好像赌徒摸到了一张称心的好牌,让她心里有了底,他的话在她心中荡起一阵浓浓的感激之情,唯一遗憾的是他用了"朋友"两字,而不是"情人"。露露深情地瞥了他一眼,慢悠悠地斜过身子将烟头的烟灰抖落在烟灰缸后,凑到他额下又重新把烟放到他的嘴边,说了一声:"你真好。"予兴接过烟,看见她脸颊上有一滴泪珠,在吧台顶灯的照射下,晶莹透亮,他不知道说什么才能抚平她的心情,无言地吸了一口。

露露重新坐直身子,又面朝窗外,抹了一下脸颊,注视着黑咕隆咚的黄浦江。其实这时她什么也看不见，心中涌出了更多他俩在一起的往事，一种依恋惜别的情绪占据她整个身心。她整个身体靠在吧台上，像是一个有气无力的病人，自言自语道："现在想起来，我们在一起的时候，彼此从来没有说过'我爱你'之类的话，但我们的感情不输给任何一对恋爱男女的。"停了停又说，"以后，我会想你的。"本来她很想对他说一句"我爱你"，可在这样的情景下，她只能说"我会想你的"。予兴把自己心里想说的全都说了，就像完成任务似的，有一种轻松的感觉，也变得无话可说了，也许这就是从恋情转变成友情的感觉吧。

露露和予兴的关系不是夫妻胜似夫妻，不是恋人胜似恋人，是一对不修正果的情侣。他们之间不存在背叛和抛弃，隐瞒和欺骗，他们的分手是有言在先的，也许是命中注定的。他们各自怀着自己人生的美梦相互依偎在一起，抵御纷繁杂乱世界的侵扰，追求梦想，又以各自的美梦而分道扬镳，这样的情侣结合需要勇气和胸襟，分手需要理解和情怀，是一般人难以想象的，不论结合还是分手都是刻骨铭心的，终生难忘的。

露露走后，时隔不久，好运国际大厦结构封顶，可以销售的部分已全部销售出去，再有几个月就能交付了，竣工仪式就在眼前。回笼的资金早在半年前，又在上海滩西南角上投资了一个住宅小区。予兴为了感谢在造大楼中帮助过自己的人，尤其区政府部门里的那些人，特地在豪华的酒店里宴请他们，这种宴请叫饭局。他们当中自然包括办公室主任老方和金秘书，可让予兴没有想到的是，嘉毅也来了，是老方带来的。见面时，老方拉过嘉毅，笑嘻嘻地向予兴介绍道："听说你们是老朋友了。郝老板大概还不知道吧，你要好好感谢沈教授，是他最初把你们好运公司举荐给我们领导的。他是我们区里的经济顾问，当时香港老板死了，无法操作，时间又紧，我们领导急得走投无路，正好沈教授知道了，他说与其依靠香港老板还不如培养一个自己的老板。领导让我们找你们好运公司试试看，后来和你们合作得不错。可是当我们要感谢沈教授时，他竟然说把推荐你们公司的事忘得一干二净，不记得了。"

其实,嘉毅并没有忘,而且一直放在心上。他知道这类和政府合作造房子,完全是只赚不亏的买卖,对刚刚起步的好运公司有着极大的好处。他把好运公司推荐给他们纯属偶然。当时他的话一出口,就感到有所不妥,这毕竟是一件容易被人误以为官商勾结的事情,夹在他们之间有违自己做人原则,尽管这样的机会对好运公司来讲是千载难逢的。正在犹豫不决,是否要继续介绍时,得知金秘书和好运公司早已有了联系,便顺水推舟,把联系好运公司的事推给了金秘书他们,自己却缩了回来,不愿意让人感到是他推荐的。嘉毅表面上对这事情漠不关心,暗地里始终关心着事情的进展,甚至在方主任面前形象地比较了两家不同实力的公司承揽该工程,有着不同的结果,他说:"你们这个项目,关键在于按时竣工,你们领导已向大家做出承诺。有实力的公司对你们来讲监管比较省力省事,可是按期完成并不一定能够成为他们心中的目标,他们接到这个项目后可能有自己赚钱的时间表,你们无法控制;而如果是一家初出茅庐的公司则有所不同,他们完全仰仗你们的协助,只能服从你们的监管,不敢违背你们的竣工时间表,按时竣工也就成了水到渠成的事了。"嘉毅在他们面前,话里话外不点名地极力推荐好运公司。为了避免不必要的麻烦,没有将自己参与推荐好运公司的事情告诉予兴,始终里里外外都装着好像没有这回事一样。而这天大家都聚到了一起,嘉毅不能再以记不得了来搪塞,就朝予兴笑了笑,解释道:"予兴是我从小一起的穿开裆裤朋友,我怎么会忘了呢。我向你们推荐了他们,是因为好运公司有向上发展的潜质,我只是点到为止,最后是由领导定夺。看到你们金秘书和好运公司也很熟,协助得也不错,那就用不着我插手了。事实上也是这样,大楼造得很好,公司发展得也很快,这样不是很好吗?"在一旁的金秘书插话道:"没有沈教授的推荐,我们领导哪里会想到好运公司呀,我们小秘书又不敢擅自做主。多亏了沈教授对我们领导说,'作为地方官要有忠诚于自己的企业,这样才能更好地服务于地方百姓。'领导想想这话有道理,就叫我们联系好运公司了。所以这件事情是经沈教授推荐,领导批准,才成功的,我们只是负责跑腿联系的,功劳应归沈教授。沈教授做事高风亮节,做好事不留名,不求感谢,让我们情以何堪。"

嘉毅记得自己确实对他们领导说过类似的话,这些话有违他的经济学理念,这次又被重新提起,让他羞愧难当,这是他难得的利用自己的优势顺水推舟为他人谋利。他身子朝后移了移,含笑不语望着大家。金秘书又转身对着予兴说:"郝老板,这件事你可要心中有数,沈教授是这个项目的头等功臣。"虽然予兴被搞得有点懵懵懂懂,不清楚事情的来龙去脉,但有一点是清楚的,知道了嘉毅早就为自己得到这个项目出力了。他朝嘉毅点点头,连声应道:"是啊,是啊。我肯定不会忘记沈教授的功劳。"接着一个劲地照应大家落座。

老方入座在正中位子,向大家挥挥手,吩咐道:"大家还是先入座吧,这里的都是对好运国际大厦建设的有功之臣。不用客气啦。入座吧。"予兴的这次饭局人不多,全是区政府的一些干部,老方是级别最高的,年龄也最大,如果有和他平级的,也是他资格最老。老方的神态很自然、很大气,不明底细的人还以为他是做东的。予兴殷勤周到,拿着酒瓶转了一圈,为每一位朋友斟满了酒,回到座席上,请老方发表祝酒词。原本是予兴的答谢宴,却变成了老方主导的庆功宴,老方当仁不让地拿起酒杯,清了清嗓子,拿出一副大派头的样子,敞着烟酒嗓门,大声道:"大家举杯,庆祝好运国际大厦落成,庆祝我们圆满完成组织交给我们的任务。谢谢好运公司的合作。干杯。"

嘉毅坐在老方的旁边,席间老方拍着嘉毅的肩膀,说:"我看,沈教授,不要有牢骚。还是老九不能走啊。"随他的大嗓门,大家都把目光集中到了嘉毅身上,嘉毅只能无言地含笑面对大家,似乎有一种难言的神秘感。老方不慌不忙地对大家说:"沈教授是我们区里聘请的经济顾问,他想不做了。大家说同意不同意?"大家应声学着《智取威虎山》里座山雕的那句台词:"老九不能走啊。"老方往椅背上一靠,一手搭在嘉毅的肩上,看着大家疑惑的眼神,解释道:"沈教授对我们的工作有些怨言,大概不符合他的胃口,嫌我们领导把他当成花瓶,聘而不用。只是在开大会时露一下脸,以证明开会的内容是经过经济学专家认证的。其实呀,顾问要看你怎么当的,这次为我们推荐了好运公司不就很好吗? 双赢,皆大欢喜。"说完哈哈大笑起来,那是一种居高临下的笑,是上司在部下面前略带骄傲和得意的笑。

嘉毅有些尴尬,赶紧客套起来:"哪里,哪里。你们政府部门人才济济,比如我们老方主任和金秘书,都是专家级的人才,还有你们足智多谋的领导,哪里还用得着像我这样的绣花枕头呀。"最后又含糊其辞地把话收了回去,"我只是这么一说而已,如果需要我效力的话,那我肯定还会效劳的。"

老方叹了一口气,摆出一副作报告的架势,又用循循善诱的样子道:"我们基层政府机关,工作繁重,责任重大呀。要负责一方的经济发展,又要保一方平安,尤其经济发展方面绝对不能落后,否则要让老百姓戳脊梁骨的呀。"他停了停扫了一圈周围的人,把目光落在嘉毅身上,眼神里似乎带着一种做长辈做领导的和蔼。他挪了挪身子,又清了清嗓子,继续言之凿凿道:"我们有时候确实会特事特办,不得不绕过一些法律和政策上的障碍,或者按照沈教授的说法,就是不太符合经济规律,去办一些事情。不过要看是什么事情,如果是私事,那绝对不行,如果是为了大家的利益,百姓的利益,那就另当别论了,因为这不是我们自己的私利,是为一方繁荣,是我们的责任所在。就拿好运国际大厦来讲,如果不能按时竣工,不能繁荣一方经济,我们政府就失信于民,那是大事,是我们在座的失职,所以我们可以不依照经济规律办,帮助好运公司解决造房子的资质问题、资金问题、竣工验收问题,确保按时竣工,确保政府承诺的兑现,这是问题的主要方面,是主要矛盾,其他都是次要的,都可以缓一缓。在工作中要抓主要问题,解决主要矛盾,这符合我们一直讲的唯物辩证法的方法论,就是正确的工作方法。你们看现在大楼竣工了,繁荣了经济,百姓满意;我们完成领导交办的工作,得到了领导的肯定;好运公司得到了发展,你们也开心。通俗地讲,就是在工作中要分清孰重孰轻,把工作做好了,肯定对大家都有好处。你们说,是不是这个道理?"老方把对好运大厦的议论提高到了哲学的高度,折服了在座的同仁,大家连声说是,仿佛忘记了这是予兴埋单的答谢宴,在金秘书的带领下,像是在会议室开会一样鼓起了掌。只有嘉毅为了表现得不与众不同,勉强地合了三两下掌。

予兴接着急切地附和道:"在造大楼前,真不知道和你们合作的重要性,你们是我们的父母官呀。"老方把搭在嘉毅靠椅上的手举了起来,得意地向予兴摇了摇说:"父母官,我可做不了。你要知道,和我们合作是支撑一方经济的繁荣,不是为了某个人某公司的利益,是为了这个地方的全体百姓利益。只有这样我们才能有开阔的心胸,有更大的胆子,才能办好更大的事情。"他说话的声音铿锵有力,足以证明他的自信心。

嘉毅听着这些似曾相识的话,感到很无趣。如果在其他的场合,凭着他的秉性会不让人察觉地溜走,可那天不行,他的位子就在正中,而且予兴也在,是他请客,不能不顾及他的面子,只能耐着性子,熬到饭局结束。看到予兴给每个人发了一个漂亮的纸袋作为礼物,他想等予兴有空隙时,打一声招呼后尽快离开。予兴却拉了拉他的手臂说有话跟他说,要他留一留。

当予兴恭恭敬敬把客人送走,打发走猪八戒后,回头跟嘉毅说:"我们好久没有碰面了,找个地方聊聊吧。"接着就向不远处的出租车打了要车的手势,嘉毅举起纸袋摇了摇,问:"里面装的是什么?"予兴头也没回地答道:"两条小黄鱼。"嘉毅还没有缓过神来,就让予兴拉进了出租车。在车内嘉毅不敢多说,生怕司机多疑,反而予兴无所顾忌地说:"请这种人吃饭,小黄鱼是最起码的标准,否则人家不来。"嘉毅回道:"我就不要了,拿回去也没有用。"予兴说:"好玩呀,拿着,拿着吧。以后总会有用的。"嘉毅朝司机看了看,轻声问:"这次饭局花了不少吧?"予兴喜滋滋答道:"饭局算不上什么。我给你留了一套好房子,以后有机会去看看。"嘉毅笑着说:"你给我留房子干吗?我又不要房子,也买不起。"予兴笑道:"谁要你付钱。"嘉毅反问道:"那你给我房子干吗?我又不缺房子住。"予兴慢悠悠地说:"我早就想好了,给你是必需的,不管你要不要,反正我会把产证办成你的名字就是了。要不是经你指点,让我成立公司,我哪有今天呀。"嘉毅分辨道:"你不要胡来,我真的不要。你的发达,那是你的运气,和我没什么关系。你要谢,去谢他们。"话一出口,他感到有些不妥,那句"去谢他们"太敏感,太有所指了,不应该提醒予兴要感谢谁,容易产生误会,马上苦笑着补了一句,"当然,他们都不是什么贪官污吏。"予兴笑了笑,笑得有些勉强,感慨道:"你就不要再推托,还是收下吧。至于感谢和交易,我是分得清的,我还懂感谢要真诚,交易要守信,你就不用管啦。"嘉毅听了这句话,有一种不太好的预感,似乎当初向他们推荐好运公司时,最担心的事可能会发生。这时出租车正好停在一家酒吧门口,予兴爽快地付了钱,熟练地出了车门,一溜烟地进了酒吧,嘉毅来不及说话跟了进去。

整个酒吧的光线较暗,每张小桌上放着点燃的蜡烛,布置得让人感到很舒服,正前方一个女孩正在唱着外国情歌,有点像靡靡之音,音量不大,氛围不俗。嘉毅在酒吧里坐定,似乎才从刚才的一惊一乍中缓过神来,不想再继续刚才的话题。看见予兴很热络地和一些朋友打招呼,好像他经常来这里。过了好一会,予兴一手举着一瓶威士忌,一手拿着两个杯子转了回来,边为嘉毅斟酒,边介绍道:"这个酒吧,是我以前一个打桩朋友开的,他也是我们七九届的。还不错吧。"嘉毅又扫了一眼周围,有话无话地问:"不错嘛,酒吧赚钱吗?"予兴正要回答,过来一个像是酒吧的服务员,身着一件笔挺的白衬衫,没有系领带,显得很精神,手里拿着一只装冰块的小桶。予兴起身笑着向嘉毅介绍道:"这里的老板,吴骏,年龄和我们一样大,属虎,也是从日本回来的。"吴骏一点不认生,不等嘉毅开口,自我介绍道:"沈教授你好,早就听郝老板说起过你,正宗的留学生,了不起。我们不能和你比,在那里瞎混的,回来又没有正儿八经的工作,和我哥一起搞了个酒吧,不赚钱,过过小日子。"

嘉毅望着吴骏,眼前却闪现出黄莺的影子。这是他在上海第一次碰到从日本回来的黑户口,心想黄莺如果回来了,不知道会怎么样。吴骏把小桶在嘉毅眼前晃了晃,示意是否需要加冰块,嘉毅点了点头。吴骏自信地说:"我知道,大凡从日本回来的,一般喝洋酒都喜欢加冰块,还有水。"嘉毅笑了笑说水就不要了,问道:"你在那里待了几年？回来的感觉怎么样？"

这是属于国人遇到回国人员的经典的问候语,回答也相当有趣,五花八门,各式各样,有人把国外捧上天,有人却把它说成地狱,当然都夹杂着自己个人的感受和体会,也是那些没有出过国的国人了解外面世界的渠道,所以这样问候成了标准程序。吴骏仰了仰头,油腔滑调地答道:"在那边待四年不到。讲起感觉来,老实说,一把辛酸泪。在外国,碧蓝天空下的高楼大厦,和我们这些人搭啥界,我们还是穷人一个,而且是个黑户口,还要打黑工,天天躲着警察,在那边连话都说不来,日子不好过,想想待在国外只有一个'苦'字,还是回来好。但回来一看,上海滩已经大变样,我也有点不认识了,讲得难听一点,像一只大的垃圾筒,晴天一身灰,雨天一身泥,到处造房子,造起来的高房子现在看来也跟我不搭界。再看看周围,没有工作的人越来越多了,外地人也越来越多了。我是在出国前就没有工作的,回国后没有工作,也算正常,旁边原来都有像像样样工作的人,一夜间,也没了工作,我不晓得他们怎么办。还有,像我这种人,到了国外讲不来外国话,天经地义;滑稽的是,我回到上海了,总归没问题了吧,可现在到处叫我'请讲普通话',不是我讲不来,是不习惯,还有开了许多教广东话的学校,好像上海滩不是原来的上海了,不是上海人的上海了,我正正宗宗的上海人搞得像是一个多余的人,日子当然还是一个'苦'字。外国再好,跟我不搭界,还说得过去;上海发展了,我还是借不到光,真不知道怎么回事。我就像沪剧《阿必大》里唱的那样,'中药店的揩台布,揩到哪里,苦到哪里',你讲我感觉会好吗？"

他眉飞色舞像唱词一样的诉苦,引得予兴和嘉毅都笑出了声来,嘉毅笑嘻嘻地调侃道:"上海滩造了这么多的高楼大厦,跟你没有关系,你跟郝老板说,他正在造房子。"予兴道:"我晓得,你小时候是很苦,但你现在不苦了,做老板了。"吴骏委屈地打断道:"我才不要做这个老板呢,天天守着这个酒吧，一点自由时间都没有，又赚不到钱，还不如以前我玩打桩赚得多。"他朝嘉毅看了一眼，又朝予兴道，"说真的，我很想回到那个有脚踏车票的时代，多自由自在，打打桩，喝喝小老酒，日子多舒服呀。"嘉毅见吴骏一点没有说笑的意思，有点激动，像是实实在在的抱怨，便想抹平一下他的心情，插话道："其实，大家都差不多，我们上海人都一样。"吴骏延续着刚才的情绪说："为什么上海人要苦啦？你看看，现在外面都是外地人撑世面，跑到马路上都要讲普通话。"予兴在旁边道："现在流行'上海是全国的上海'，不管有钱没钱都来上海，有钱的来花钱，买房子；没钱的来赚钱，造房子。这叫上海的城市活力。你懂吗？"吴骏不买账地说："现在有一句话，不知道你们听说过没有？'外地人住新房，上海人下岗做门卫、做保洁'。难道这就是'全国的上海'？我们的位子去哪里啦？"他停了停又说，"还有些外地人，吃喝拉撒都在上海，赚着上海的钱，讨着上海女人做老婆，却还在喋喋不休一个劲地骂上海，好像上海让他们受了委屈。他们觉得上海这样不好，那样不好，不要来上海好啦，又没有人请他们来。你说这些人气不气人？"予兴和嘉毅又笑起来了，笑他的话既荒唐又现实。

予兴玩笑道："他们喜欢的是上海滩这个地方，不是像你这种小气的上海人。"嘉毅笑嘻嘻帮着吴骏说话："一个地方，一个城市的特色和氛围是由那里的人创造而形成的，不是一天两天，一年两年形成的，是上百年历史沉淀的文化。文化离不开人。"吴骏得到嘉毅的支持，一下兴奋起来，急吼吼地对着予兴说："狗屁，他们分明是妒忌上海人的文明。我才不要看他们粗里粗气的样子，仗着他们有钱，有一份好工作，就爬到我们头上来吆五喝六了。有时候竟然还会动拳头，'背大刀'这种事现在上海人谁还在玩？早就过时了。"予兴笑着说："这倒是。这种事情是文化大革命中我们上一辈人白相的东西。"嘉毅好奇地插话问："什么是'背大刀'呀？"予兴解释道："就是打群架。现在很少看到上海人打架了，这倒是真的。就拿我们打桩的人来讲，算是上海滩上最'流氓'的人了吧，几乎是和三教九流同类。可拿刀打架的事情几乎没有，只是一门心思赚钱。"吴骏起劲地附和道:"我哥在炒外汇时,经常随身携带十几万美金,可从来不碰刀的。"停了停他又补了一句,"依我看,那些人脚上的泥巴还没干,就到上海来混了,真不知道怎么说他们才好。"

予兴噗嗤一下笑出声来,说:"你哪里学来的刻薄话? 谁像你,一句日文不会,就敢混到东京去。"大家都笑了,嘉毅一笑,不小心呛了一口酒,在咳嗽,没有机会说话。予兴继续笑着开导道:"你以为上海滩是你的,他们来混,需经过你同意? 外地人中也不是个个会打架的,好多人比你文明得多。能够在举目无亲的上海滩生存下去,也是一种本事。看你,到了东京,就混不下去只能回来。他们比我们更加吃苦耐劳,你只看到他们享受成果的一面,心里就不服气了。刚才我没有说错吧,他们骂的正是你这种好吃懒做的上海人。"嘉毅笑了笑,附和道:"在大学里,也是外地学生要比本地的用功,考研究生的比率也是外地学生高。他们身上背负着比上海孩子更多的希望和负担,想今后能够留在这座大城市,让他们的家人能来一起生活,所以他们都很刻苦。"

吴骏正要说什么时,被刚才唱歌的女孩打扰了,说前台有人找老板。吴骏拉过女孩,介绍道:"她是我女朋友,从南方刚刚过来的。"又回头笑嘻嘻地加了一句,"我去日本的那时候,就像她现在到上海一样。"说着跟女孩回了前台。予兴笑了笑道:"小吴就是这样一个人,容易生气发火,一肚子的牢骚。看来他在日本过得真够苦的,外国真不是什么好去处呀。"嘉毅道:"没钱哪儿都一样。现在懂得这个道理的人越来越多了,陆陆续续回来的人也多了。"

予兴凑上前,神秘地问:"黄莺怎么样? 还没有回来?"嘉毅摇了摇头。予兴又问:"那你怎么办?"嘉毅表情有些惆怅,叹气道:"没有办法,只有等。"予兴也许为了安慰他,不再问了,却讲起了自己和露露分手的事情,最后说:"我和露露这对貌合神离的露水夫妻也算到头了。"嘉毅沉思了一会儿,朝予兴看了一眼,纠正道:"你们是露水夫妻不假,但我看貌合神离好像不对吧?"想了想又说,"你们应该是貌合神也合,只不过是有离别的约定,是契约情侣。"予兴感叹道:"我不管契约不契约。

在感情上，只要有投入，就会有苦恼。"他俩碰在一起，由于相互间的知根知底，可以说一点平时无法对旁人说的话。嘉毅举杯和予兴碰了一下，慢悠悠地喝了一口酒，把身子往后靠了靠，看着予兴说："我见到英姿了。"予兴立刻精神起来，直截了当地问道："还有戏吗？"嘉毅仿佛又回到了初中时代的样子，对自己和英姿恋爱的故事一概予以否认，像条件反射一样回敬道："你想到哪里去了。"接着把英姿的情况说了一遍。

予兴沉默一阵，抬头道："故事好像有些伤感，英姿够苦的。"停了停又问，"她和老公现在大概还没有离婚吧？"嘉毅道："我不敢问，应该还没有。她老公逃了，怎么离婚。"他又苦笑着加了一句，"和我一样，等着呗。"予兴被这句弄得哭笑不得，扔给嘉毅一支烟，注视着他，一边点烟一边说："我实话实说，说错了，你不要生气。"嘉毅爽快地点点头："快说。"予兴以猜测的口气说："这么说，英姿和她老公是同一个部队的，他们的感情应该很好吧。就如我们小时候常说的，经过战斗的洗礼，牢不可破。怎么会搞成这样，真有点想不通。"嘉毅一副释然的样子道："我还以为是什么话呢。有什么想不通的，这就是生活。"他眨了眨眼睛，接着予兴先前的话，回敬道，"我倒是有一句，说了，你不要跳。"予兴笑道："快说。"嘉毅以平静语气说："同样的道理，你和卢蓉在高中时，经历了这么残酷的事情，应该会一直好下去吧，可还不是分手了。"予兴立刻笑了起来，又重复提起了那句自嘲式的自我描述："是。不过，我和她的关系是有问题的，是猫和老鼠的关系，天生就好不长的呀。"嘉毅也笑了，拿起一张餐巾纸，顺手在上面画了一只虎视眈眈的猫和一只落荒而逃的老鼠，笑着扔给了他，调侃道："反正我把你们画在一张纸上，谁也逃不了。"予兴接过餐巾纸看了大笑起来，指着纸上的猫和老鼠，感慨道："画得好，绝，我要好好收藏它。也许吧，这就是生活。"后又补了一句，"最好再画一个笼子。"嘉毅附和道："在生活面前，没有什么牢不可破的，包括笼子。也许这就是我们的命。"他俩都笑了，可谁都没有说出笑的是生活，还是笑的是爱情。

第二十五章　又　闻　卢　蓉

　　一九九六年是好运公司的大年,予兴把建造好运国际大厦时积攒下的资金和人脉全都发挥到极致,顺利地进入了上海滩的房地产和金融等投资领域,组成了好运投资集团公司,下有多个跨行业的投资子公司。予兴自己也成了集团的总裁,猪八戒为副总裁,他们两人配合得游刃有余,把公司业绩做得风生水起,准备上市。予兴作为总裁,他有时候会出席每个月一次由猪八戒主持的集团例会,由集团财务总监和子公司的负责人参加。那次例会结束前,财务总监向例会汇报了旗下一个子公司的财务人员安琪,挪用了公司的五百万资金炒股,让人举报,人已经在一个月之前被公安局带走,检察院要求公司出具损失情况报告。可是按照昨天的股市行情,如果把她账户上的股票全部抛出,将超过六百五十万元,子公司的人不知道怎么操作。

　　猪八戒问道:"我们在她的账户上可以自行操作吗?"财务总监答道:"她的账户资料由她父母交给我们的,可以操作。"猪八戒接过材料,一边将逐页看完的材料放到予兴面前,一边说:"公司没有损失,按照法律她也要吃官司的,只不过轻一点。"大家都点头说是的,可能要判五六年徒刑。予兴顺手拿起材料,第一页是那个人的简历,上面贴有一张二寸的大头照片。他朝照片扫了一眼,心里一紧,再仔细看了简历中姓名和年龄,姓名从来没有见过,年龄一栏填着二十五岁,而照片上的年龄最多十八岁,分明在填表格时用的是旧照片,是一张极其普通的学生标准照,拍摄的不怎么样,或者说是一张不成功的照片,几乎没有化妆,颈后部的碎发明显可见，眼神略显呆滞和惊恐。显而易见，能够用这样的旧照片贴在就职简历上的人想必经济上不会宽裕。

大家在议论那个人的挪用公款的经过和将被判几年，予兴一句也没有听进去。他悄悄地拿起简历，仔细看着照片，似曾相识，又瞄了一眼姓名，心想肯定不认识这个人，但照片上的神态印象太深刻，似乎占据他整个脑子，可怎么也无法和自己记忆中的任何人联系起来。他集中心思，冥思苦想，终于在陈年往事中搜索到了，在他和照片上的那个人年纪差不多的时候，在卢蓉的家里，见到卢蓉时，就是这个样子，颈后部凌乱的碎发，神情像惊恐的小鹿，目光呆滞，一副让人怜悯的可怜相，而自己却无能为力，他不止一次地痛恨自己的无能，以至成了自己心中难以愈合的伤疤。予兴微微闭上眼睛，心想那个人现在在拘留所里说不定也是这样的眼神，在他的潜意识中产生一股强大的愿望，不想看到这样的眼神，不想有这样的眼神，他要阻止这种眼神的继续，似乎今天阻止了这种眼神的继续就能弥补当年的无能为力。

予兴回过神来，听到猪八戒在说："先抛掉她的股票，把五百万划到公司的账上，然后配合公安局，出具他们要的材料。如果我们没有损失，也要判她刑，那也没有办法，只能怨她自己，罪有应得。"予兴朝猪八戒摆了摆手说："慢点。"向财务总监问道，"这个案件是我们公司报案的？"财务总监回答："不是公司报案的。如果我们报的案，我会事先向总公司汇报的。听说是匿名举报，不知道是谁。检察院拿走了许多账册和凭证。"予兴又问："除了账册和凭证外，公司出具过什么盖过公章的书面材料吗？还有公安局向谁做过笔录？"子公司的经理插话道："这好像都没有。如果有的话，我肯定会知道的。"予兴表情严肃地说："这事情到此为止。你们离开会议室后，也不要再议论什么挪用不挪用了。你们子公司是总公司直接全额投资的子公司，下面的财务人员有时候可以直接听命于总公司。公安局来调查，也就这么说，要他们直接找总公司。今后要出具什么材料，必须通过我和我们的律师。至于那人账户里的股票暂时不要抛，我看这个月应该还有一把行情，什么时候抛，等我通知。副总留下，其他人可以散了。"

等大家都出去了，猪八戒问道："这人你认识？要捞她出来?"予兴答道："不认识，但我想捞她出来。叫我们的张律师帮帮忙，你去跟他说吧。"猪八戒瞪大眼睛问道："不认识，你捞她干嘛?"予兴拿起材料，无精打采地站起身来，苦笑道："不为什么，看她可怜。也许为了小时候的记忆。"其实，予兴自己也说不清为什么要帮这个女人，或许是为了弥补以往的缺失，或许是一种冲动，是情感的宣泄。猪八戒一副似懂非懂的表情，轻声嘀咕着："小时候的记忆?"却不敢多问，茫然地跟着他出了会议室。予兴在自己的办公室里，又拿出那份简历，端详了很长时间，直至下班，公司里空无一人。

猪八戒从予兴的表情中，认定那个女人和予兴有着非同一般的关系，当天晚上就联系了张律师。张律师也敏感地感到这个案件非常蹊跷。一般来讲公司不会对一个损害公司利益的人，在没有任何理由的情况下如此客气，还要动用人脉关系捞人，除非有某种隐情。张律师见多识广，心想私营企业就像一个大家庭，内部关系错综复杂，作为律师只要为当事人解决问题就可以了，尽量少管闲事。他非常卖力，第二天上午就把事情打听得清清楚楚，下午约了猪八戒一起到予兴的办公室。

张律师有板有眼地向予兴汇报道："捞那个财务安琪，一般而言，难度不大。毕竟：第一，公司能够原谅她的过错；第二，没有造成公司的损失；第三，公司至今还没有正式报案。问题是：碰到了一个辣手的女检察官，她办案风格是能重则重，在看守所名气很大，一些嫌疑犯遇到她是案件的公诉人，多半只能自认倒霉。周围的人对她有这样的议论，说得好听点，正面一点是疾恶如仇，严惩坏人；说得难听点，刻薄一点是心理变态，人格扭曲。在她手上很难办出取保候审或者缓刑。"

张律师在话语中，并未提到如果公司至今还没有报案或没有损失，可能会使那人无法构成犯罪，他不想把事情搞得太复杂，把话说得太死，以免今后被动。予兴问道："我们没有报案，他们怎么能立案定她的罪?"张律师说明道："公诉案件中，公安局、检察院当然可以根据举报立案侦查,包括受害人的举报。受害人没有损失只不过是在量刑时的一个酌情从轻情节。至于受害人不愿意报案,情况就有些复杂,嫌疑人也有可能被定罪。"

予兴有些不耐烦道:"你不要讲的这么复杂。我问你,我这个公司全都是我个人投资的,更没有上市,如果我现在愿意她拿钱去做股票,不管是输是赢,我都愿意,那她还有罪吗?"猪八戒在旁边帮腔道:"说白了,假如安琪是我的女朋友,或者是郝总的女朋友,她干的时候我们不知道,但我们事后予以追认同意她炒股,那事情又是怎么样?"

张律师眨了眨眼睛,道:"理论上应该是无罪,但在实践中就比较复杂,尤其在卢蓉检察官那里,将会很困难。他们是不可能办错案的。"猪八戒急了,叫道:"什么不可能办错案? 现在他们很有可能就在办错案。"予兴在为张律师的第一句话感到庆幸后,没有听清楚后半句,像条件反射似的感到遗漏了什么重大的内容,可不知道是什么,他愣了愣,又紧张地问:"你说的检察官名字,叫什么?"张律师看到他的表情,惊讶地回答:"她姓卢,叫卢蓉,椰蓉的蓉。"随之又反问,"怎么,你认识她?"予兴只急切地追问:"她就是你刚才说的那个怪怪的女检察官?"得到的答复是肯定的,予兴一下子闷了,脑子一片空白。

这十几年来,卢蓉的名字,除了从嘉毅嘴里听到过,从来不曾有人在予兴面前提起过,这是第一次,而且在提到卢蓉名字之前,那人已经把她描述成一个怪怪的检察官,这让他实在无法接受。予兴脑海里涌出想了解现在的卢蓉是什么样子的念头,出现这种念头也是和她分手以来第一次,是好奇心驱使,还是出于关心,或是为了证明和她分手是一件值得的事,他自己也无法说清楚。

予兴掩饰了一下自己的失态,慢悠悠地问道:"你认识卢蓉?"张律师发现他对卢蓉感兴趣,但不知道予兴希望听她好的故事,还是想听她坏的故事,犹豫一下,只能把自己知道的有关卢蓉的情况一股脑地全说了,在介绍时尽量不添加任何自己的判断,又严密关注着予兴每一个细小的表情变化,以便判断他的喜恶,及时修正介绍内容。他放慢语速,像是回忆道："我只是在办案时,见过她几次,人很漂亮,也很聪明,在法庭上确实犀利,有一股把嫌疑人逼至死地而后快的干劲。我的一个同事是从他们检察院里出来的,对那里的情况很熟悉。说卢蓉大学毕业后分配到检察院,她和当时的老检察长走得很近,时常两个人一起出差,外出开会,有点暧昧。老检察长是鳏夫未娶,她单身未嫁,当然无可非议,但他们的年龄差异和上下级关系,还是受到了周围人的议论,有些很难听,大家为了避嫌,所以和她很接近的朋友不多。她在工作中也比较卖力,当时严打时很忙,跟着老检察长,每天带着案宗回家看,惩罚坏人毫不留情,确实办了一大批案件,后来很快当上了起诉科科长,在院里红极一时,有盛气凌人的架势,得罪了不少人。老检察长退休后,那些在老检察长在位时不敢惹她的人,全都冒了出来,她在院里显得有些孤立,没什么朋友,再也没有从科长的位子上有所升迁。她还是一如既往,继承了老检察长的那一套工作思路,拼命工作,像是个工作狂。"

予兴的脸上没有一丝表情,呆若木鸡似的。张律师不敢再继续往下讲了,想等一等他的反应。这时予兴已经完全忘记了那个安琪的事情,看张律师不说话,他脱口而出:"她和检察长结婚了吗?"张律师朝他看了看说:"在检察长退休之前,好像没有结婚,只是同居,所以那时检察院里对他们的议论很多,但大家不敢明说。现在是结婚了,还是分手了,那就不知道了。"予兴又问:"检察长是在什么时候退休的?"张律师马上意识到,这个问题是予兴在计算老检察长的年龄。他想了想答道:"他好像不是退休。他参加工作比较早,算是离休吧。时间大概在一九九二年吧。"

予兴用手撑着头,像是在思考,又像是头痛不舒服。这是予兴在他们分手十几年后第一次听到卢蓉的故事,故事中没有一点能给他欣慰的,她犀利强硬的工作作风,缺乏同情心,即使再有正当合法的理由,在他看来都不值得一提。最最让予兴诧异的是她竟然和老头子搞在一起,掐指一算两人的年龄差了整整三十岁,在他看来简直是大逆不道,是一种冠冕堂皇的堕落,这是他万万没有想到的。他虽不知道他们怎么好上的,但绝对不相信他们之间会有爱情。这时在予兴的眼前闪现一幅俄罗斯名画,是在他小学生时和卢蓉一起看过的,那幅名画的名称叫《不相称的婚姻》,画的内容是在金碧辉煌的大教堂里,主教在为一对新人主持婚礼,新娘是一位十七八岁可爱的女孩,新郎却是一位头发花白的老将军,极不相称,心中不免升起一种对她的蔑视和厌恶感。卢蓉在他心目中华美可爱的印象一瞬间彻底崩溃,荡然无存。她的巨大变化击垮了他的思维能力,他陷入思绪混乱,已经无法再继续思考。

张律师和猪八戒见他这种神情,不敢多问。张律师吞吞吐吐道:"如果要帮那个财务的话,我们可以先为她聘请一名律师作为辩护人,以后如何操作,再商量。"予兴点点头说:"我头疼,有点不舒服。今天就到这里吧,先按你的意思办吧,为她找个律师。"他又吩咐猪八戒道:"他们不论是谁来要我们开证明,或做笔录,没有我的允许都不要给他们。"猪八戒识相地点了点头,和张律师退出了办公室。

卢蓉在接受安琪的案件之前,已经办理过几百件刑事案件,十几年来积累了丰富的办案经验。安琪的案件实在是太简单了,嫌疑人已经把挪用的过程坦白得清清楚楚,要定罪是轻而易举的事情,对她来讲小菜一碟。当卢蓉的助手提醒她,案宗中没有受害人公司出具的损失报告,她并没有放在心上,只是轻描淡写地吩咐助手,打电话向该公司去要一份来。当助手告诉她碰了一个软钉子,要他们找上级集团公司去办,她感到有些愤愤不平。按照她的习惯思维,认为自己是为受害人抓坏人,哪有我们去求受害人的道理,简直是不识抬举。一家独立公司要出具一份报告需要上级投资公司同意,这种事情很少见,更何况是向检察院出具。在卢蓉的检察官生涯中从来没有遇到过这样的事情,她觉得有伤职业的自尊心。尽管检察官有权动用强制力调查案件,当然是对嫌疑人,而不能对受害人。如果这件事发生在她刚刚当上起诉科科长那时,她只会认为是一个小小的瑕疵,会毫不理会地把案件起诉到法院。然而,现在她已经是一个坐在科长位子上多年的人,不可能再犯这样低级的差错,更何况背后许多人盯着她的科长位子,所以她一直很识相,处处小心,不愿意出一丁点纰漏。卢蓉知道受害人对此事的态度至关重要,决定安琪是否有罪,关系到这个案件是否能够顺利起诉。可现在翻遍案宗也找不到受害人的一句话,她感到有些棘手,她叫助手去工商局调来受害人公司和上级集团公司所有工商档案。她惊讶地发现了郝予兴的名字,他是这两家公司的出资人,可以说这两家公司都是他个人的。这给她第一感觉是"不可能",并且很快作出反应,要寻找出"不可能"的证据。

她又反复查看所有的档案材料,核对予兴的住址和年龄都与自己记忆中的相符合,确定不是同名同姓的误会。最后把目光落在予兴留在档案中的身份证影印件上,身份证上有他的照片,照片上他的脸型、眼睛、鼻子和嘴有点模糊,但对卢蓉来讲,是那样的熟悉。在她看来他的眼睛正注视自己,仿佛在说你为什么这样看我?卢蓉呆呆地看着予兴的照片很久,脑子飞快地转动着。第一个问题,这个公司是他的吗?他怎么会这么有钱,难道是靠打桩赚的钱?第二个问题,是她助手提醒她的,助手在工作中和安琪的辩护律师有所接触,听那个辩护律师说,安琪此人在公司里的背景比较复杂,好像和公司老板有一腿,否则集团公司不会这么兴师动众的,只是他们的具体关系,谁也说不清楚。助手这无意间的提醒对卢蓉是致命的,她对这个问题的关心和好奇远远超出了工作范畴,心想予兴和这个女人的关系必须搞清楚,哪怕是恋人关系也要搞清楚。她想先从予兴入手,接着自然而然地产生一个和案件无关的问题,予兴结婚了没有?难道这么有钱的人还是单身吗?难道是婚外恋?其实,自从和予兴分手后,她内心曾有一丝对他的歉意,因为是他让自己得到了解放,可以无后顾之忧地展翅高飞,尤其在得到老检察长的赏识和栽培后,前途一片光明;按照她眼中的男人标准,检察长是最理想不过的,年长也成了优点,她可以得到细心的呵护和情感的满足。在此后的日子里,她彻底把他忘了,沉迷于老检察长交给她的工作之中。这是她第一次想知道予兴是否结婚了是否有恋人?甚至有点不是出于好奇,而是出于自己的私情,并想趁此机会对予兴的个人生活进行彻底调查。一个人结婚与否在身份证上是看不出的,所以她又调来予兴的户籍资料,当看到婚姻一栏是空白时,她的心一下子稍稍安了一点。为了弄清楚第二个问题,卢蓉再次去看守所提审安琪。她表面神情严肃,可内心忐忑,除了案情以外,她还问了许多看似和案情有关,却是自己最为关心的问题,如:你什么时候进的公司? 是谁介绍的? 安琪的回答是:一年前自己应聘进的公司,没有人介绍。还有:"你是否经常去集团公司汇报工作,认识集团公司里的哪些股东?"她的回答是:汇报工作由公司财务总监汇报,她从来不去集团公司,也没有认识的股东。最后卢蓉直接问道:"是否有男朋友?"安琪抬头看了她一眼,厌烦地答道:"没有。"从卢蓉多年办案经验来看,安琪没有说假话,她不认识予兴。这是她这些天来除了了解到予兴尚未结婚之外,第二个值得安慰的信息,可她凭着经验无论如何解释不了一个小小的财务人员犯事,为什么会让集团公司做出如此大的举动。她想于公于私都应该亲自前往好运集团公司去调查。

卢蓉和老检察长一直同居着。在老检察长离休后,她在里里外外感觉到不少微妙的变化,在单位里似乎碰到的难题和不顺心的事情越来越多,可以说说话的人也越来越少,有人嘴上不说眼神里透着鄙视的目光,让她感到很不舒服。回来和老检察长商量,得到的只是他的唉声叹气或者大发牢骚。她甚至还考虑过离开检察院,去做她以前不屑一顾的律师。在她的眼里不论职业的高贵还是手中权力的大小,律师和检察官是无法比拟的,但是憋屈的工作环境让她不堪忍受。在家里,虽然老检察长在生活上对她百依百顺,关爱有加,小日子过得红红火火的,可不知道什么原因,老检察长住房的姓名变成了比卢蓉年龄还大一岁的老检察长女儿的名字了,而他的女儿从来不照顾他,为此她心中一直有着一股莫名的火气。所以在是否和他开结婚证的问题上,她也开始犹豫了,抱着混一天是一天的想法,绚丽的憧憬和缠绵的老少恋已褪色一大半,变成了凡俗乏味的平常日子。

为了和老检察长同居,卢蓉付出了沉重的代价,和父母几乎失去了联系,唯有和姐姐还保持着联系,当然见面不可能是在双方的家里,而是约在外面的咖啡馆或者茶楼。姐姐每次见面总是说她为了这个老头子付出青春不值,反复叮嘱她尽量向老头多要一些钱,免得以后分手时吃亏。卢蓉的生活受到来自单位和家庭的内外夹击,唯有把自己躲进所谓的工作中。她的工作对象是已被国家强制力追究的不能动弹的嫌疑人,这种工作状态看起来很投入,实质上是一种发泄,是情感的另一种宣泄。最近一段时间,老检察长身体不好,还住了两次医院,都是卢蓉在照顾,两人话不投机的时候也多了,内心的激情就像退潮的海滩,在一点点减退,露出了单调的沙滩,老少配另一面的苦涩在一点点增加,在一点点积累,她的心里更是苦不堪言,却无法与人诉说。

郝予兴名字的出现,正好在卢蓉感情的空白点上,在她的心中掀起巨大的波澜,使她内心燃起新的希望和欲望,似乎发现了新生活的开始。她想象着予兴现在的样子,年轻富有,是大公司的总裁,就像电视上出现的大腕一样,是众人关注的对象,年轻人的偶像。她知道在这个崇尚财富的世界里,他将成为一个无可挑剔的完人,没有人会问起他的过去,就像英雄不问出处一样,他的财富让人敬仰,让人羡慕。凭借想象,她轻而易举地忘记了前不久自己还以主流社会自居,对所谓私营经济的个体户不屑一顾,更不用说瞧不上眼的打桩模子了;凭借对往事的记忆,她还想象出予兴有一双对自己含情脉脉的眼睛,好像还会向自己诉说他们美好的未来。她对予兴的想象使得身边的老检察长黯然失色。有人说女人最擅长比较,可她无法把予兴和老检察长作比较,如果进行比较,她会后悔不已,就像捡了一块石头,丢了宝石一样让人捶胸顿足。她仔细回忆了自己和予兴在一起的各种故事,尤其他们分手的过程,检讨了在予兴提出分手后自己的态度是否有何不妥,以便在重新碰面时加以弥补。卢蓉想好了这一切,叫助手和好运集团公司联系,约定两天后去调查,并嘱咐助手明确告诉对方,希望能和公司总裁见面。按照她的想法,予兴不应该会把自己忘了,她将突然出现在他的面前,趁他来不及做出反应之际,就再一次征服他,使他重新燃起对自己的爱情,对此她充满信心。

　　猪八戒听说检察官指名道姓要见集团公司的法定代表人,他不知道具体情况,心里有些紧张,为予兴担心,正好张律师也在,赶紧叫上他一起去予兴办公室商量对策。予兴问张律师:"按照法律规定,他们一定要和法定代表人作笔录吗?"张律师详细答道:"并不一定,没有这样的规定,只要能够代表公司就可以了。一般没有什么特别严格的规定,如果你没有时间,可以委托一个人,甚至出具一份盖公司章的类似损失说明的文件,邮寄给他们也可以。"接着又摇了摇头,笑着解释道,"应该说公安局检察院的办案人员没有非要见法定代表人的理由,他们非要见你,可能有些其他的事情吧,那我就吃不准了。"张律师的话说到这个份上,予兴已猜到这是卢蓉要见自己的借口。予兴为了再次确认,就问:"承办就是那个女检察官卢蓉吗?"张律师诡异地点了点头说:"好像是冲着郝总来的。"

　　在予兴看来自己和卢蓉已经是两种人,有两种人生,她喜欢的是表面光鲜亮丽、众人瞩目的有一种虚荣包裹着的生活,他喻之为是她的阳关道,而则把自己走的贬低为不入流的羊肠小道,这样的看法以往就有,即使现在也没有改变。前些天张律师介绍的故事,更证明了他的想法是正确的,就像自嘲的猫和老鼠的关系。在处理和卢蓉的关系上,有种强烈的愿望主导着他,既然分手又何必再见。另外,自从上次听说卢蓉和老头子搞在一起,便对她心生厌恶,见面的想法就变得更加无影无踪了。他不愿意见卢蓉,为了防止卢蓉以后借着办案的名义,再找上门,决定公司全力协助办案,一次性了断,不给她第二次上门的机会。他想定后,笑了笑对猪八戒说:"这件事情,我就不出面了,我也不善于和他们打交道。"猪八戒一听这话,心想事情要落到自己头上,急切地问道:"那我们应该怎么对付他们?"予兴转向张律师说:"这事,还需要辛苦你。就你俩接待一下他们吧,你在我放心。反正他们要我们出具什么材料,我们都予以协助,但我们作为公司必须表明:第一,愿意原谅那个财务;第二,公司没有任何损失。希望他们从轻发落她。"猪八戒和张律师略有诧异地看着他,他们根本无法知道这背后的故事。

卢蓉去好运集团公司的那天,一改常态,穿上了一套西装套裙,这套服装和制服类似,颜色也相差无几,只是把西裤变成了裙子,却比制服更加服帖合身,这一细微的变化使她显得更年轻精神,更有女人味,又不失职业的特征。她和助手来到集团公司,被引入一间宽敞的会议室,会议桌上放着考究的鲜花。在等待来人时,助手看了一眼卢蓉说:"卢老师,你这套套装很漂亮,来这样的办公室,就应该穿这样的西装,很匹配,很神气。"卢蓉瞪了她一眼,道:"别胡说。"心里想着过一会予兴出现了,应该怎么说。

办公室的门开了,猪八戒和张律师鱼贯而入,他们恭恭敬敬地递上名片,猪八戒说:"郝总在外地没有回来,由我和张律师来负责这件事情。"卢蓉的失望溢于言表,朝张律师扫了一眼,板着脸向猪八戒问道:"我们不是事先已经联系过了,要找他谈话。"猪八戒马上解释道:"郝总吩咐过,要我们按照你们的要求,给予你们最大的协助。"予兴不露脸,卢蓉一筹莫展,她知道不能强制要求受害人的法定代表人到场,只能让助手对猪八戒作了笔录,心里一直想着一个问题:今天自己的到场,予兴是否知道? 她找不到予兴肯定知道是自己到公司来的理由,坚信予兴如果知道是自己到场,他肯定会和自己见面的。她看到笔录即将结束时,插话问道:"如果我们向法庭建议判缓刑的话,在缓刑期间你们公司有对她监督义务,你们愿意让她上班吗?"张律师立刻接话道:"当然愿意,我们公司已经开会讨论过了。"

猪八戒像是想起什么,慌忙地说:"刚才我说她炒股没有亏损,不假。"接着朝卢蓉坦白地笑了笑,继续道,"可现在她的账户由我们老总拿着在炒,以后的盈亏就和安琪案子没有关系了吧?"卢蓉转过身来,看了一眼张律师说:"哦,你们郝总喜欢炒股?"猪八戒答道:"是啊,他喜欢炒,他是高手。"卢蓉阴郁着脸,解释道:"我们办案是按照在案发时的交易记录来确定,以后不是她操作的,当然和她无关。"心里对安琪在看守所的回答产生了一丝怀疑,为什么他会拿着安琪的账户操作,难道真的这么喜欢炒股,而他们之间没有什么其他的。最后在临走时,卢蓉略带诚恳地说:"安琪的案子,我们会考虑公司的立场,妥善处理的。"后又拿出了名片,吩咐道:"我和你们老板是多年未见面的老同学,本来想趁此机会来看看他的。请帮我带个口信,如果他有时间,请打电话给我。"张律师听到这句话,心里什么都明白了,也明白了平时一向不发名片的检察官,为什么会拿出名片来,更明白了予兴为什么在这件案件上反反复复的态度,于是就恭恭敬敬地接过名片,若无其事地笑嘻嘻说:"噢,原来这样呀,那我们肯定把口信带到。"

卢蓉来调查的时候,予兴正在办公室里和牛老板围着茶几喝茶聊天。牛老板自从有人说天使牌西装是小白领的工作服,他就再也不穿他的西装了。他旁边坐着一个苗条的女人,由于牛老板身边的女人经常换,予兴也不当回事。尽管以前予兴差一点上他"天使"的当,但予兴没有把事情点破,还一如既往对他客客气气地来往着。这种不露声色的涵养,是上海滩许多人的处世之道,因为表面的和气使大家在将来都保留了足够的回旋空间,其实,这也是一种生活技巧。那天牛老板又来了,予兴同样热情款待。牛老板来主要是想拉予兴投资他的两项生意,一是说金融生意,说他老家那里不缺赚钱的机会,只缺钱,如果有钱可以出借,稳赚百分之三十五的利息;另一个是说他现在从事进口法国的拿破仑品牌家具,款式都是拿破仑生前用过的,生意如何红火,想找一位有实力的合伙人在淮海路上开一家大型门店。予兴哼哼哈哈地听着他的满口胡言,也没有打断他,只说公司里除了房地产投资要大家讨论后由自己决定,其他的投资都由副总研究决定。他不想由自己把门关死。这时猪八戒和张律师正好送走卢蓉她们,进来汇报。牛老板以前没有见过张律师,但和猪八戒已算是老相识了。予兴客气地把张律师介绍给他,让牛老板不要走,过会儿一起吃午饭。

张律师和猪八戒在牛老板对面的沙发上坐下,张律师信心满满道:"还是郝总面子大,看来那个安琪缓刑是没有问题了。"顺势把卢蓉的名片放到了予兴面前,予兴像是早就知道似的,拿过名片看了一眼问:"缓刑的话,判决后马上可以出来吗?"猪八戒大大咧咧地抢着回答:"听那个检察官说,缓刑期间我们公司有监督义务,那就肯定是出来的。"不知道牛老板是听出了故事的大概,还是事先知道的,插话赞叹道:"你们郝老板这样对待坑他的人,真是宽宏大量呀,所以生意也做得大。"

猪八戒看到予兴满意的表情,这几天悬着的心总算放了下来,人也轻松了许多,想拿牛老板开玩笑,问道:"牛老板最近在发什么财?"牛老板想起了刚才予兴说他有一些对外投资的决定权,便滔滔不绝地介绍起他的金融和家具生意,话还没有说完,猪八戒叫了起来:"牛老板,你真幽默,竟把高利贷的行当说成是金融,你不要害我们好运公司好吧?哪里来稳当的百分之三十五的利息。"牛老板涨红着脸分辩道:"是真的,我们那里全是这样操作的。有人一夜间,成了亿万富翁,这是千载难逢的机会呀。"猪八戒不让他说完,笑着叫道:"算了,算了吧。还千载难逢的机会呐,我们公司不敢碰你的东西。全是高档的东西,不是金融,就是世界著名品牌,我们已经领教过了。"予兴想为牛老板挽回一点面子,打断猪八戒的话:"现在牛老板在当地是名人,是荣誉市民,他出钱在山区里造了两所漂亮的学校,事迹都上报纸了,今后更多的荣誉和名气滚滚而来。"

牛老板一下子脸上光芒四射,神气活现地说:"像我们这样的有产阶级,其实无所谓什么荣誉不荣誉,名气不名气的,我们有产了嘛。我们出钱做好事,主要还是为了赚钱,做好事赚荣誉赚名气,有了荣誉有了名气,可以赚更多的钱。舍不得孩子套不住狼嘛,这就是我财源滚滚的秘诀。"接着又面向予兴说,"郝老板也可以像我一样,捐一点,混个什么名分,以后保证能够赚回来。"予兴淡淡地笑了笑说:"我有自知之明,没有这样的雅兴。"猪八戒急不可待地叫道:"像你这样的人捐款造学校,以后这个学校里培养出来的人都像你,那可糟了。"

牛老板最近几次来予兴这里玩,每次都会从嘴里蹦出几个新名词,类似什么"资本运作""附加值",凭他的文化水平,充其量对这些新名词最多也是一知半解。这次是称自己"有产阶级",说的时候拖着长音,口气有点像苏联电影里的列宁演说中说到"死亡,不属于工人阶级"的样子,充满着自豪和自信。予兴发了一圈香烟,一边拿出烟嘴往上面插着烟,一边饶有兴趣地问:"你张口闭口的'有产阶级',是什么意思?"难得有人请教问题的,牛老板兴致高涨的不得了,跷起了二郎腿,点上香烟,吸了一口,得意洋洋地回答道:"我们这些人,就是以前大家叫的有钱人。你看,我们有厂子,有机器,有工人,有资金,这不就是马克思说的资本家、资产阶级吗?资产阶级这个名称太臭,换一种说法而已。"在旁边一直听着的张律师笑了笑,插话道:"按照牛老板的说法,更确切的应该叫'有钱阶级',那样更好听。"猪八戒一听张律师这么说,更来劲了,继续调侃他:"问题是,这个'钱'是不是包括像牛老板这样赚来的钱呀?"

予兴笑着朝猪八戒挥了挥手,要他不要再调侃牛老板了,又用两根手指夹着卢蓉的名片晃了晃,似乎在问张律师这名片是怎么回事,张律师笑着说:"听卢蓉讲,你们是老同学。她要我们带口信给你,要你有时间打电话给她。"予兴又朝名片瞄了一眼,笑着反问道:"是吗?"张律师朝旁边的猪八戒指了指,头歪了歪,做了一个鬼脸道:"不相信,你问他。"尔后笑着补了一句,"这名片是给你的。我们可没有这个面子,能够拿到检察官的名片。他们办案是不会发给当事人名片的。"予兴笑了笑说:"是吗?"把名片放在桌上,淡淡地说了一句,"是以前中学里的同学。"然后对大家说,"走,我们吃饭去。"还特地向牛老板招招手,示意一起去吃饭,一点没有收到老同学名片的兴奋和激动。在以后的日子里,予兴的办公桌上多了一个小镜框,里面是一幅猫和老鼠的简笔画,只不过是画在餐巾纸上的。此后,予兴一直没有和卢蓉打过电话,名片也不知道丢到哪里去了。卢蓉也没有联系过他,两人似乎成了生活在这座城市里擦肩而过的人。

第二十六章 期 待 离 婚

　　嘉毅在等待黄莺回来的这段日子里,有过一次悄悄的闪电般的恋爱,最终让他痛心疾首。那是在一个外地的学术研讨会上,嘉毅遇到了多年前毕业的学生,她的名字叫扬婕。他辅导过她的本科毕业论文,毕业后她在一家房地产公司就职,此次相隔数年在外地邂逅,相互平添几份好感。学术研讨会在一家豪华的五星级宾馆内举行,研讨的题目是"探索城市房地产成为支柱产业之路"。嘉毅一看研讨会的标题和场地,就知道这是一场由企业主导的研讨活动,他对此类学术研讨活动向来没有多少兴趣,和这类活动始终保持着一定的距离,认为有企业参与的理论研讨,至少会有为了企业自身发展作推销之嫌。他常常怀着了解市面行情和"看戏"的心情参与这类活动,在会议上从来不主动发言,如果迫不得已要发表意见,就尽可能地说一些高深莫测的废话,让人在云里雾里不知所云。这样做有两个好处,一是显示他理论的高深,周围没人懂;二是没人知道他真实的观点,不得罪人,也不会让人抓住把柄。他知道不论自己支持或者反对某种观点,由于这些观点的背后代表着利益,自己很可能会被人贴上某种利益的标签。他生怕这样的标签玷污了自己的学术良心,造成误解,所以有时候他甚至把这种活动当成一种散心来对待。

　　人大概一到了外地,就摆脱了束缚,似乎有了一种莫名的轻松和自由,可以无拘无束地放任自己,甚至放肆。这次研讨会又是地处青山绿水的观光地,还有美人从天而降,嘉毅更把这类学术研讨扔到了一边,酣畅淋漓地泡起女生来了。嘉毅自从在会议报到台前遇到扬婕,他俩就再也没有进过会场,几乎白天都泡在宾馆咖啡厅里,晚上则在酒吧聊得很晚。扬婕喜欢听他讲在日本留学的故事,喜欢听他以嘲讽的口吻抨击在学术中存在的各种怪现象;嘉毅为扬婕所吸引,她容貌不算出众,但和她的气质谈吐结合起来,即变成了一个完美无缺的女人,透着知识女性的优雅。第二天,两人索性外出观光游玩去了。经过两天一夜的如胶似漆的长谈,两人是那样的默契,一颦一笑,每一个动作每一句话都会增加他们的情感,原本的师生之情很快就升温到了情侣之爱。嘉毅暗暗庆幸,扬婕始终没有问过他是否有妻儿,如果她问起来,他真不知道如何回答,心里一直发着虚,想在以后找个机会向她说清楚。第二天晚上,他俩顺理成章地再也没有分开。翌日在回上海之前,他俩在宾馆楼下用早餐时,扬婕拿出了一叠材料,叫他帮个忙,算是帮她完成一项任务,要他为自己就职的房地产公司写一篇论证性的文章,最好写成论文的形式,来证明该公司前程远大,说是为公司上市作准备。虽嘉毅厌烦这种事情,但看在热恋的份上,又在这样一个情意绵绵的早上,他不忍心拒绝她,只不过要求不能以他的名义发,以她的名义或者她公司的名义发都可。扬婕绽放着笑脸,吻了他一下。他俩卿卿我我地离开宾馆时,嘉毅无意中朝大厅里还没撤走的研讨会的海报瞄了一眼,发现扬婕就职的那家公司赫然列在出资举办方的名单中,感到刚才被她亲吻过的脸颊上一阵凉凉的,心中腾起了一股遭愚弄的感觉。

回到上海,嘉毅花了十来天,总算把那篇该死的为企业歌功颂德的"论文"完成了。他们约在一间茶楼见面,茶楼很雅致,很适合谈情说爱。两人见面后,没说上几句话,嘉毅把论文递了过去,扬婕给了他一个信封。嘉毅把信封推了回去,说:"我跟你就不用这个了吧,如果其他人说有钱让写文章,我还不写呢。"他看着扬婕收回信封,心想气氛不错,便把自己和黄莺假结婚的事情说了出来,想让她做个判断,以免今后她说自己欺骗了她。他把话说出来了,感到如释重负,静待答复。

扬婕可能为了掩饰内心的混乱,拿起文章翻了翻,似乎经过了一阵

411

思考,叹气道:"很早我妈就跟我说过,'结过婚的男人不要碰',真让她说着了。"嘉毅听到此话,也好像早有准备,一声不响,等待另外话题的开始。两人有一小会儿的冷场,之后的谈话再也不提这个话题了,但还是谈笑风生,亲热有加,旁人看来他们依然是一对亲密无间的恋人。在他们离开茶楼时,还亲切地互说了再见,却谁也没说具体的再联系方式和时间。从此以后,他们再也没有联系过,更没见过面,就这样彬彬有礼悄无声息地分手了,就如他俩这次在宾馆里见面一样,有着一种默契。

一个月后,嘉毅在一份大型的证券报上读到了自己的那篇文章。打开报纸,整个左边的版面都是他所谓的论文,标题下不但署了他的名字,还标上他学校的名字和他的职务,右边版面是介绍这家公司的广告,两个版面放在一起,还配上这家公司的大幅照片,美其名曰作为一个企业专题的栏目。真让人分不清是把论文写成了广告,还是把广告做成了论文,不过验证了一句话:广告无处不在。嘉毅面对报纸,无奈地摇了摇头,好像报纸是他为自己做傻事而埋单得到的一张巨大的发票,上面盖着鲜红的"银货两讫"的图章,心中有一种恶心,一种像是吃了一只苍蝇又吐不出来的感觉,让人无法诉说。

一九九六年底随着上海城市规划的进展,嘉毅家周围有两个大的市政改造,一个是拓宽延长海宁路,成了上海的三纵三横之一,使得原来狭小的新疆路只保留了最西面的一小段,一大半湮没在声势浩大的工地中;另一个是,西藏北路四车道变六车道才没几年,又迎来了穿越铁路的隧道工程,使得西藏北路贯通铁路南北,并延长至北面更远的地方。嘉毅家南面处于海宁路拓宽工程的边缘,而家门口正处于隧道工程的旁边。工程队紧贴着他家的公共晒台开始打井灌浆,在地下做围护,昼夜不停,以保证在开挖隧道时不至于影响旁边楼房的地基。这时周围已分不清哪里是工地,哪里是人行道了,天晴一地灰,天雨一地泥,四周楼房里的居民不胜其扰,苦不堪言。嘉毅为了逃避干扰,从工程一开工就搬到了学校宿舍去躲清静了,甚至礼拜六、礼拜天也不回来。

黄莺从日本回到上海的第二天，就去找嘉毅。那是一个大晴天，而嘉毅的家门口满是泥浆，打扮得漂漂亮亮的她深一脚浅一脚，歪歪扭扭，走得很吃力，好比在工地找到了嘉毅的家。她正准备敲门，在一旁晒太阳的隔壁老太太告诉她，嘉毅一直住在学校里，难得回家。黄莺在门口站了一会儿，低头看了看沾满泥巴的白皮鞋，露出一脸的苦恼，不好意思地朝老太太笑了笑，礼貌地道了谢后离开，径直去了嘉毅的学校。

　　这几年来，黄莺虽然天天想着回来，想着和儿子父母见面，可其中很大一部分是想着和嘉毅见面，尽管有时又害怕和嘉毅见面。在日思夜想中，她明白了一件事，知道了嘉毅和自己办理结婚登记，仅是他对自己同情和怜悯，不可能和他有夫妻之实，真是对他又爱又恨。现在要办离婚手续了，却有了一种情感，就像一对真正的夫妻在离婚之前的感觉，甚至内心更加缠绵，令她心碎。有时候她也会这样想：自己和嘉毅虽是假结婚，但如果不和他离婚，他就不能再结婚。每想到这里，她常常心中泛起一阵窃喜，嘉毅再结婚的权利竟然捏在自己的手中，心情就像在恶作剧中赢了一招，占了他的大便宜似的。不过黄莺想定只要回国，就尽快了结和嘉毅的假夫妻，以示想让他尽快获得解放的心意，向他表示感谢。

　　她在嘉毅的学校里东转西转，东问西问，总算找到了他的办公室。当她看到办公室门口的那块"院长办公室"的牌子时，心里升起一股暖流，心想这个男人混得真有出息，为他骄傲。自己虽得不到他，可从来就没有看走眼，有了一丝为自己的眼力骄傲和得意的感觉，更带着一丝心酸和苦涩。办公室的门虚掩着，她轻轻地敲了敲门，把头往里探了探，看见嘉毅正回头朝门的方向看着，好像一下子没有反应过来，没认出她来。当黄莺朝里面走了几步，他才发现是她，起身惊讶道："啊，是你呀。什么时候回来的？"黄莺简短地回答："昨天。"嘉毅赶紧让她坐在旁边的沙发上，为她沏好茶，尔后却不知道说什么好了。

　　嘉毅又何尝不在盼望着黄莺的归来，这桩假婚姻已经折磨了他太久。当每每有人问及他的婚姻时,他总是闪烁其词,难以回答。如果说未婚,人家肯定会热心地为他介绍女朋友,这让他无法接受,他不想骗任何无辜的女孩,即使和她谈恋爱,也终有一天会露馅的,那更叫人难堪;如果回答有老婆,时间一长,总会有人知道自己没老婆,也无法这么回答;如果以实相告,人家肯定不会理解的,只会认为自己是一个不正经的男人。即使人家嘴上不说,在这个知识分子成堆的地方,也会让他无地自容。他的婚姻状况成了他一块心病。之所以说心病,并不是说他急着要恋爱要重新结婚,因为他已是一个阅历丰富的男人,男女之事不论是自己经历的,还是道听途说的,都充满着对婚姻和爱情的无奈,似乎已进入了一种无所谓有无婚姻有无爱情的境界,他只是希望尽快结束这桩尴尬的假婚姻。尽管他对婚姻爱情的态度有些浑浑噩噩,可面对唾手可得的黄莺,他却不失君子风度,毫无非分之想,亦无怨言,更没有脾气,甚至还保留着一丝同情心。时隔几年,嘉毅和黄莺各自经过了生活的磨砺和情感的波折,两人再次见面少了许多矜持和计较,多了许多坦诚和理解。

嘉毅看着黄莺,她的一身装饰很像日本女人,和周围的环境有些不协调,感到有些不太顺眼。短暂冷场后,嘉毅碍于面子,不可能直奔主题,还是以那句对回国人员的标准问候语开场:"回国感觉怎么样?"她认真地想了想:"还没有什么感觉,我昨天刚刚回来。"停了停又道,"我们家附近的那段新疆路没有了,西藏路正在大变样。"嘉毅笑了笑问:"新疆路没有了,是不是有些伤感?"黄莺侧过身子看着他说:"伤感倒不至于,有点不适应吧。等那里造完了,也许会很漂亮吧?"嘉毅笑道:"你刚刚回来,看来还期待着上海会变得更加漂亮和干净,像日本一样。我那时和你现在差不多,满怀希望。不过现在已经麻木了,这样大的改造还是有些受不了,所以都不敢回去了。"

黄莺的这种感觉实实在在的,是一种普遍现象,每个出国几年后回国的人,不论身份贵贱,都在比较国内和国外的差距,都在用一双期待的眼睛看着家乡的变化,希望家乡会更美好。黄莺向他诉说了自己在日本这几年打工的经历。嘉毅了解女人在日本打工的实况,更知道女人在日本打工生活已算是个人隐私范围了,就像女人的年龄或收入,她们都不愿意主动说出真实的情况,所以他只是听听而已,不说话,不问话,更不会往深处想,这种处理方式也许就是上海人口中的"做人要识相,不要让人难堪",也许算是一种文明吧。

他脑子里在想着如何开口谈办离婚手续的事,对他来讲提出办离婚就好比在恋爱时向对方表白爱意一样难,没有了做老师上课时的口才,思前顾后,不敢轻易提出。直到最后快要下班了,还是黄莺先开了口:"给你添这么大的麻烦,让你结不了婚,真不知道说什么好。"还没等到说出什么时候去办离婚手续,嘉毅就插话道:"后来,我也自身难保,给学校弄得回不去了,也没帮上什么忙。"黄莺红着脸,看了他一眼道:"这我知道,但我还是很感激你的,你真是个好人,叫人忘不了。"低头搓着手,问道,"我不会说话,如果要办手续,你说好嘞,什么时候去办?"她的说话声很轻,好像是一对真的夫妻在商量好聚好散的事情。嘉毅面对这样的直白,不知道说什么好,反而吞吞吐吐,看上去有点像举棋不定的样子。黄莺看他不响,补了一句:"我知道我配不上你,假结婚是事先说好的。"看她这么诚恳,嘉毅有些心软,便说:"你刚刚回来,等你休息两天,我来找你吧。"看看天色不早了,说现在外面公交车很挤,要用车子送她回家,黄莺接受了。

嘉毅看她坐进副驾驶位子,发动着车子,脑子里在考虑是否要请她吃晚饭,心想他俩在法律上已经做了多年的夫妻,现在要马上结束了,可还从来没有单独一起吃过饭,替黄莺有点小小的伤心,有了似乎应该给予她更多关怀的想法。在车子出校门减速时,他瞟了她一眼,提议到四川路虹口公园附近一家日本料理吃晚饭,她点了下头。进了料理店,嘉毅有一种熟悉感,坐定位子,看黄莺回顾周围,似乎在比较和日本居酒屋的区别。黄莺开口道:"我在回来之前一直想,回国后也开一家像日本居酒屋的小饭店。"嘉毅把予兴的近况介绍了一下,说如果开店时有什么困难可以找予兴帮忙,他肯定会很愿意的。黄莺显得很开心,说："还是老同学的好，相互都还记着。"嘉毅道："小时候建立起来的友谊，很难叫人忘怀，成年了交朋友就难了，有着各种各样的利益夹在其中。"

　　他们谈了许多初中的往事，很少谈到在日本的故事或者留学的事情，气氛很融洽。黄莺有些生情，在少女时代，她就是盼望着和嘉毅有这样独处的机会，今天有，心里暖暖的，加上酒精的作用，她打开了心扉，深情地望着他，问道："你不恨我吗？"嘉毅似懂非懂地看着她，反问道："为什么要恨你？"她把筷子塞进嘴里，用舌头舔着，完全像个小姑娘似的，若有所思地说："我霸占了你这么久，让你和心爱的人结不了婚，你不恨我？"嘉毅苦笑着摇了摇头："没有。我也没有什么心爱的人在等着。"黄莺举着筷子的手忘了放下，专注地注视着他说："我知道，你是个好人。如果我不是现在的状态，我肯定不会放你的。"

　　嘉毅知道她说的状态指的是什么，但他什么也没说。黄莺停了停，眼睛带着些湿润，声音有点哽咽："放心好嘞，现在我要解放你，让你找到心爱的人，你应该有个比我更好的老婆。"她说完立即低下了头，似乎不愿意让他看到自己的表情。她的表情让嘉毅为之动容，心想在初中时对她的看法没有错，想说些什么安慰她，可一时找不到合适的。黄莺抬起头，毫不回避地抹了一把眼泪，擤了擤鼻涕，大方地一笑，像是在笑自己狼狈的样子，直白地问道："有女朋友了吗？或者相好的？"话一出口，觉得有些赤裸裸，便赶紧不好意思地把话收了回去，"不愿意说，就不要说，没有关系。"嘉毅的脑中立刻闪现出扬婕的影子，这个女人算是在自己回国后，最接近女朋友的人，但很快就否定了，因为事情已经过去了。他认真地又摇了摇头说："没有。"

　　黄莺故作惊讶地追着问道："没有？那个英姿呢？"嘉毅笑了笑答道："别瞎说，本来就没影的事，你还念念不忘英姿。人家早已是两个女儿的母亲了，大的已经上中学了。"他没有说得更多。黄莺看着他苦笑的表情，开心地笑了，这种笑是从心底里发出的，是感到了欣慰、感到了幸福的笑，接着像是下定了很大决心似的，说："看来，我害你害得不轻。

不，我要补偿你，如果你信得过我的话，以后我来帮你找女朋友。"

大概女人对男人最好的情感补偿，就是为他介绍女朋友了。嘉毅被她的表白所感动，又感到好笑。虽根本不指望她介绍女朋友，但又不愿意在这样的情景下扫她的兴，就笑着半真半假地答应："好，我有了女朋友，必须经过你批准。"黄莺睁大眼睛，带着笑容，用很快的语速像是还击的样子说："你把我当什么啦？"嘉毅诧异地看着她，不知道自己哪里说错了话，一时语塞，呆呆地看着她，不知道说什么好。黄莺露出一副调皮的样子，笑着解释道："你这样，把我当成大老婆了。"嘉毅一听，也笑了起来。这顿饭也许是黄莺这几年来最醉心的一次，有一种心满意足的感觉，似乎完成了一个人生的重要目标。几天后，他们就办了离婚的手续，可还经常来往。此后，嘉毅为她开料理店出谋划策，帮了不少忙。

第二十七章　被聘副校长

　　很快,迎来了二十一世纪的第一个春天。学校里春色满园,犹如一幅和谐美丽的画卷,可学校的领导们在为副校长的退休所带来的空缺而忙碌着。据说填补这个副校长的空缺,将在学校下属各个学院院长中产生,采用本人自愿和领导提名相结合、公开选举和竞聘相结合的方式。即先由校长们在报名的人中间确定二至三人作为竞聘者,举行公开竞聘演讲和投票,最后由校长结合票数和综合评定,宣布新副校长。竞聘演讲内容包括自己担任副校长后的工作计划、教育理念等等。这个消息一经公布,整个学校看似表面平静,却暗流涌动,传说四起,众说纷纭。

　　公布这一消息的时候,嘉毅正好不在学校里,应邀在香港的大学里讲学,他回到学院的第一天,在办公楼大门口就被教育学院的院长梁芳芳叫住。其实学校里的各位院长之间平时并没有什么往来,各干各的,虽彼此叫得出名字,可除了学校统一开会,很少有一起工作的机会。更何况梁院长在嘉毅的眼里并不怎么样,她年龄比嘉毅略大一点,说话很特别,语气听上去很亲切,声音却又很假,在嗲和假之间,让人很不舒服,却又让人印象深刻。有些调皮的学生说她说话的样子亲切得像是在求偶,会让心怀鬼胎的男人蠢蠢欲动。一年三百六十五天,她天天浓妆艳抹,有一大半时间总是戴着各式各样的帽子,有些调皮的同学在背后叫她"帽子展览会"或者直接叫她"帽子"。她是退休副校长的得意门生,由于至今还没有结婚嫁人,学校里流传着很多关于她和该副校长的绯闻。嘉毅在学校一向奉行在学生时代养成的等距离外交原则,和她保持着最低的礼貌关系,不论在什么场合遇见,仅点点头而已。

梁院长快步追上来,凑到他跟前,嗲嗲地问道:"沈院长呀,我一直在找你,你上哪里去了?前天学校开会你怎么没来呀?我急死了。"嘉毅条件反射似的朝后退了一步,忍受着她的肉麻,耐着性子问:"找我?什么事?"梁院长扭了扭身子说:"也说不上什么大事,到你办公室慢慢聊吧。"嘉毅不想让人看到和她一起进出自己的办公室,机灵地撒谎道:"办公室的钥匙没带。我正准备叫教务处的人来帮我开门呢。有事就在这里说吧。"说着朝门边空处移了两步。梁院长无奈地跟着移了两步,又和嘉毅贴得很近,他又朝后退了一步,拉开一点距离,等着她说话。梁院长又嗲声嗲气道:"姐姐的女儿想去日本留学,我想听听你的意见。"

向嘉毅打听去日本留学的事情经常碰到,不稀奇。他简要地介绍日本有国立大学和私立大学之分,学费和奖学金的情况,看她听得有些心不在焉的样子,便问:"你姐姐的女儿,今年多大了?"她答道:"还早呢,现在只有初三,先打听打听。"接着又急切地问,"前天学校这么重要的会议,你为什么没有参加呀?"嘉毅有些糊涂了,不知道她要说什么,碍于面子,只能简单地回答自己不在上海。梁院长有些激动的样子介绍道:"在前天的会议上,我既悲伤又高兴。悲伤的是我们的老校长正式退休了,以后没人照顾我们这些年轻人了;高兴的是他在退休前已经提前安排了我的事情。"嘉毅不明白地看着她,不知道她说话的意思。她似乎带着哭腔说:"老校长在退休前已经安排好了,他跟我说过他的位子由我接替。可前天的会议上,听校长说要搞什么竞聘,还要投票的,全都变了。其实老校长已经有提名了,搞投票不是多此一举吗?投票我怎么投得过他们呀,你懂了吧?"在她说出最后一句"你懂了吧"时,又朝嘉毅迈进了一步,她的帽檐几乎要碰到他的额头。

嘉毅没有办法,只好再朝后躲了躲,他发现她虽带着哭腔诉说,但还时不时用眼睛余光在瞟着自己,似乎在观察自己的反应,而哭腔中又有一些假的成分。这时,嘉毅总算搞清楚她来找自己的目的了,来咨询日本留学情况是假,要为她投票是真。他感到非常可笑,开始打起了太极拳,说了一些含糊不清的话,诸如:"我知道老校长对你很不错","他们是不像样","我会认真考虑的"等废话,当然也趁机表明自己不想参与竞聘的态度。好不容易把她打发掉后,嘉毅感到一身轻松。

在此后,有不少人提醒嘉毅,说他完全可以参加竞聘,论教授资格他在学校里算是比较早的,当院长的年限也是比较长的,而且有正儿八经的留学博士的头衔,这在现任的几个院长中几乎没有,虽学术论文少,可这不是他写不出,而是他知道当前凡是涉及某项经济政策或者理论的,都会牵涉背后一大群人的利益得失,所以他不愿意多写。在著作方面,十几年来,他的《简述西方经济学》小册子经过几次修订,内容非常丰富翔实,形成了自己的观点。他的这种十几年只耕耘一个题目,只写一本书的做法,是在早年留学时从一位老教授那里学来的,何况这本小册子名称也已变成了《西方经济学》,作为教科书,已被全国不少大学采用,这在学术界也是不多见的。对竞聘,嘉毅认为这完全是人家的事情,和自己无关,更无心打破自己拥有的宁静和悠闲,他知道"人有多大的权力,就有多大的约束"的道理。当有人跟他说,他更有资格参加竞聘时,他有时候半开玩笑地说自己能力不够,有时候会说自己就不凑这个热闹了。就嘉毅内心来讲,他从来没有想过要当这个副校长。

最先被淘汰的是呼声最高的工商管理学院的院长褚教授,几年前他在学院牌子旁边又挂了一块 MBA 学院的牌子,标榜为专门培养企业家,使学院门庭若市,人们趋之若鹜,争相报名,踊跃付钱。由于收取高额的学费,使其成为近年来为学校赚钱赚得最多的一个学院,而褚院长开的豪华轿车比校长的公车还高级,知情人笑话他是开学店卖文凭的,他却说自己办的是有钱人的俱乐部。他远大的抱负是把学院搞成上市公司,在不同的场合宣扬他的学校上市理论。他口出狂言,如果国家授予自己可以发放 MBA 升级版博士学位给老板学员的话,他可以马上把学院搞成上市公司,成为世界首创。他在给本科生上课时,扬言如果同学们在毕业后按照他的思路行事，保证不出三年能够开上和他一样的豪华轿车。这些承诺不论是真是假，深得同学们的喜欢。他没有被学校提名的具体理由没人知道，坊间有一种传说，由于他的学院钱太多，账太烂。他竞聘的呼声，来得快，去得也快，没几日后，就在课堂上宣布，自己对副校长一职不感兴趣，说副校长现在的收入还不到自己创收提成的一半。他以这样的方式发出了投降的信息，也为自己挽回了面子，尔后继续销声匿迹于 MBA 学院里。

被淘汰的第二位是那位特地向嘉毅打招呼的梁院长，她是搞幼儿教育出身，曾经和褚院长合作过，竟然在大学里创办幼儿 MBA 班。她的理论依据是"企业家要从小培养，才能赶超西方先进国家"。这样的理念被有些人笑话成"赚钱，要从娃娃抓起"。真有些不差钱的老板花大价钱送来了小孩。遗憾的是她的幼儿 MBA 班只招了一个班，而且名额还没满，成了昙花一现的笑料。梁院长还担任了一个辅导毕业生职业规划的工作，前不久，在辅导毕业生时，过分强调新人应该为了明天能够干大事，不能只计眼前得失，需要有吃苦耐劳、忍辱负重的精神。可能她在表述上词不达意，引起误解，就有调皮的学生按照她的逻辑，把她的话举例翻译成："喜儿在受到黄世仁的强暴后，应该有所规划，不能只计较眼前得失，为了今后的远大抱负，要忍辱负重做黄世仁的姨太太，等黄世仁死后拿到他的钱，可成就一番事业，而不应该反抗。"又把这个故事编写成短信，到处散发，影响很坏。虽然大家都知道，这是个别同学对她教诲的恶作剧，但明眼人可以看出她在强调同学们明天应该干一番大事业时的偏执，是多么的愚蠢，如果整个社会人人都像她一样要规划干大事，那谁来从事平凡的事呢。更有甚者，有人从她现有的院长职务推导出她以前可能有过的故事，用词不堪入目，有辱师道尊严，最后由学校保卫科出面追查，才停止了谣言的传播。从此，她也成了一个很难受到同学们尊重的院长。

大家一致公认的最有实力的、最活跃的竞聘者有两位，一位是法学院的周院长，他出身于知识分子家庭，老三届的初中生，毕业就去了黑龙江农场,高考恢复后第一批考入这所大学,从法律系学生到法学院院长,再也没有离开过学校,上上下下人头熟,活动能力强,也算是媳妇熬成婆了。四年前,他担任院长和属于学校的律师事务所的主任。他的专业是最热门的经济法,有无数企业家向他讨教,要求他前去讲课辅导,刑事辩护上也小有名气,在律师协会还担任培训新律师的授课任务,为法学院在社会上赢得了一定的名气,深得学校领导的器重。学校的律师事务所在他的运作下很有起色,为学校创收不少,对教师福利有着一定的贡献,他个人也算是学校里赚钱最多的之一。在教学上也深得同学们的喜欢,他教导学生要"在有知识的人当中,成为最有钱的;在有钱的人当中,成为最有知识的"。这样的理念在同学们中深得人心,似乎这样的理念在这个崇拜财富和金钱的世界里,算是在财富和知识之间找到了平衡点,为知识分子挽回了一点面子,使他成了同学们顶礼膜拜的偶像。他在法庭上的故事也让同学们肃然起敬,甚至有的同学把他当成了雄辩之狮来颂扬。他主要的软肋是学术成就不够,仅跟人合编过像教科书一样的教材,没有像样的专著和论文。

另一位是外国语学院的李院长,他出身于工农兵大学生,是改革开放后第一批出国的公派留学生,在法国留学四年,精通法语和英语,只是没人说得出他留学时的专业。他回国后在外交部任职时,又被派往欧洲国家的大使馆工作了几年,不知道什么原因,五年前被调入外国语学院担任院长。随着出国潮的掀起,外语越来越被人们重视,而外语学院由于学生人数和教师人数不断增加,已成为学校里最大的学院。由于他在留学期间,跑过欧洲几个国家,深谙西洋文明,加上有像样的外语口语,做翻译和导游是绰绰有余,学校领导甚至政府教育部门的干部如果要出国访问,都会拉上他帮忙,让他为自己安排出访的行程,深得领导们赞赏和信任。他发表过几篇有质量的论文,可惜的是都是与人合作的。他经常把自己打扮得洋味十足,每天西装笔挺,加上上课时夹带着外语介绍外国的风土人情,吸引了不少同学,尤其是涉世不深的女生。他的崇洋与众不同,因为他了解西洋文化,例如:在中西文化比较课上,将西洋的教堂和国内的庙宇作了比较,说"教堂是让人忏悔,让人心灵洁净,而庙宇是让人乞求得到更多,让人欲望膨胀"。类似言论在同学中广泛流传,引起了不小的争议,不论支持他的,还是反对他的,都记住了他。不过,听跟他一起在国内旅游过的人说,李院长是"逢庙必进,见菩萨必拜"之人。

虽不是选举,这两位竞聘者在学生中还是有着各自崇拜者或者说粉丝,在教师中也有着自己的支持者,不相上下。由于谁能竞聘成功是由校长院长们投票评议决定,这些崇拜者、支持者已经不那么重要了,人们把目光集中在这两位背后的背景故事。当学校一宣布两位竞聘者的名字,关于这两位院长之所以能够成为副校长的竞聘者,在学校坊间立刻出现了另一种版本:说周院长在几年前为校长打过一个官司。九十年代初,因校长家里落实政策,校长继承了应该发还给他父亲的一套位于上海西南角的别墅,可不知道什么原因,别墅里的十四户人家死活不肯搬走,拖了好长时间没有解决。最后由周院长代理校长,向别墅里的每家住户提出起诉,连一审、二审带申请执行,大大小小官司打了十几场。周院长在法庭上引经据典,唇枪舌剑,咄咄逼人的气势压倒这十四户人家,与此同时,在庭后请客送礼,疏通关系,耗时六年才赢来全面胜诉的判决书,把那些住户赶走,夺回了别墅。尔后,案件也成了这方面的经典案例,在学校里广为流传,校长对他也一再表示感谢,在很多场合赞扬周院长的能力。凡知道这个故事和校长态度的人,都会认为这次竞聘副校长非周院长莫属。

至于李院长的背景故事,知晓的人不多,说的是李院长在前几年陪同教育部的领导考察欧洲时,救过一位领导的命,这位领导正是直接分管他们学校的老郑。那次考察周期很长,将近一个月,在最后一站德国,老郑突发急性阑尾炎,一时把同去的人吓蒙了,好在李院长冷静沉着,联系医院,向接待方求救,报告大使馆,办理各种变更延期手续,并陪着老郑在当地医院做完手术,还在他旁边守护了整整一个星期,最后护送他回到北京。这段奇遇为他们俩结下了深厚的友谊。后来,老郑每次来上海,都会到他们学校来看看,每次都点名要李院长陪同,为学校增添了不少光彩,让校长们有更多的接触领导的机会。知道这个故事的人,即使是那些校长们,都会认为李院长的背景非同一般,绝不是在这场竞聘中坐以待毙的等闲之辈。

在公布竞聘者名字后没几天,还没有发表各自的竞聘演说,学校里传出了一条惊人的消息,法学院的周院长被检察院的人带走了,据说是周院长在为一位国有企业老总受贿案辩护时出事了。好像他在担任辩护人时,触犯了刑法第三百零六条,罪名是唆使证人作伪证,这在法学院引起轩然大波。

嘉毅被校长叫到了办公室,他在校长对面的椅子上坐定,校长开口道:"小沈今年几岁了?"他感到有些奇怪,校长特地把自己召来,就问年龄?但又不好意思不回答,报了年龄,校长笑盈盈道:"还年轻,有的是机会。"嘉毅还是一头雾水,没有听明白,校长继续道,"宣布副校长竞聘的那次会你好像没参加吧?"嘉毅点了点头,校长又问,"学校的几位院长都报名参加了竞聘,怎么你没参加?"嘉毅估摸到会有这样的问题,便把事先准备好的答案倒了出来:"自己还年轻,经验不够,以后再让组织挑选吧。"他把最后一句"没有兴趣"改成了标准用语"以后再让组织挑选吧"。

校长笑了笑说:"真的不着急?你担任院长职务也有很长时间了,好像比其他几位要长,论资格你不比他们差。"嘉毅听了笑而不答,也无法回答。校长脸上有了些认真的表情,说:"有一件事,要跟你商量,于公于私,都要跟你商量。"校长看了他一眼,继续道,"由于我的计划不周全,不严密,周院长一出事,就影响了我们的竞聘计划,不可能只让李院长一个人唱独角戏,那太不像样了。所以我和其他几位校长商量了一下,提名你为新的竞聘人,如果能够竞聘上,那也不错,如果没有竞聘上,也算是帮了这次竞聘活动的忙。说白了,就算是陪练吧。"后面又加了一句,"不过准备时间有点紧。"嘉毅从头到尾没想过要参加竞聘,更没想过要当这个副校长,心想校长选择自己是有一定道理,因为自己没报名参加竞聘,不会太认真,即使没竞聘上,也不会有什么太大的刺激;如果提名那几个报名参加竞聘的人,他们会真刀真枪地上,可能会打乱校长们的计划。他弄懂了校长"于公于私,都要跟你商量"的意思了,是希望自己配合竞聘,而不是参加竞聘。听校长说得这么诚恳,便说:"我没问题,只要学校用得着我,我都愿意。"校长满意地点了点头。嘉毅回到办公室,马上吩咐助手写一篇竞聘的演说稿,助手惊讶地看着他,问道:"是否可以参考网上的稿子?"嘉毅做了一个鬼脸,笑道:"完全可以,不过不要让我和其他人知道。"

发表竞聘演讲被安排在学校校务会议之后,参加的人有校长们和各学院的院长。在演讲开始前,校长简要地说明了一下新提名的原因。接着李院长红光满面地发表了长篇演讲,从学校的历史传统讲到现状、从自己的决心讲到将来的计划,足足讲了十九分钟。轮到沈嘉毅发言,他手拿三页稿子,由于不是自己写的,又没事先看过,很生疏,他挑了几段读了一下,而后又自我发挥一点,凑足了八分钟,总算没出洋相。然后,大家开始投票,嘉毅像恶作剧似的投了自己一票。这时,他看到已经有人微笑着向李院长点头,似乎在表示祝贺,好在投票结果没有当场宣布,需要等待校长们的综合评议。

两个星期后,嘉毅已经把竞聘的事情忘得一干二净。那天下班前,助手告诉他,校长找他,他想大概要公布李院长被聘为副校长了,学校想事先给自己打一针预防针,以免刺激太大,有点被校长的用心良苦而感动。到了校长办公室,见到另外一位副校长也在,他有些惊讶,心想为了打预防针好像太隆重了吧。校长让秘书倒了茶,等他坐定后,向他宣布学校正式决定聘他为副校长,已向上级报告了。

嘉毅愣了好长时间,问了一句没头没脑的话:"为什么是我?"校长认真地反问道:"为什么不是你?"嘉毅差一点脱口而出说"我从没想过要当副校长",继续愣愣地看着校长。在旁边的副校长说:"我们看过你发表的所有文章,虽数量不多,但有质量;你在院长的位子上工作了将近十年,虽平平淡淡,但几乎没有吵吵闹闹的事情,尤其前几年在分配福利房时,你操作得很稳当,不容易,我们几位校长都记得。"校长插话道:"我们也充分注意到你在演讲中谈到,要做好每一件小事。这很与众不同,说明你没有那种好大喜功的情结。当然,你也有不够的地方,例如在工作中冲劲不足,胆子不大。希望你以后在配合几位校长工作时,有新的突破。"

嘉毅的人生就这样奇妙地上了一个台阶。在过了很久以后,嘉毅才知道,这次投票是七比六,自己比李院长多出了一票,而且在投票的前一天,学校收到中文学院的女教师对李院长的投诉,称自己是李院长明确的女朋友,恋爱已七年,发现李院长和他的两名女学生有不正当关系。学校为了慎重起见,进行暗访调查,并向上级直管领导老郑汇报了,得到明确指示:身为教师,和女学生授受不亲,即使只有嫌疑,也不能升任。

嘉毅被聘为副校长,是这个学校最年轻的副校长,成了一匹标准的黑马,也成了师生们议论的中心,这些议论大多数是正面的,也有些是莫名其妙的事情或者说是谣言,让他很尴尬。在校园里再次碰到教育学院的梁院长,他想趁机解释一下当副校长不是自己的本意,还没开口,就被她像开机关枪似的一连串贺词堵了回来。最后凑上来,帽舌又几乎要触到嘉毅的眼睛,以她嗲得让人发麻的语气说:"你要原谅我呀!我当时真的不知道竞争对手是你,如果早知道是你,我这事情就想都不想了。你有这么硬的后台,还不如以后让你多多地直接提携我呢。"说着还在他肩上拍了拍。嘉毅不知道说什么好,愣愣地看着她,只见她又亲热地拍了一下他肩膀,一扬头,肉麻地说了一句,"我们的关系,是谁跟谁呀,不用客气。祝贺你,以后多多提携,共同进步呀。"说完了,扬长而去。

在整个碰面过程中,嘉毅没有机会说过一句话。他看着她戴着鲜红色帽子的背影,更是无言以对,心想自己哪里来的背景呀。在刚刚留学回来时,也有人议论自己有背景,也许那时可能指的是姚校长。为此在以后的日子里,为了避嫌,自己尽量避免和姚校长单独见面,哪怕在校园里迎面看见，自己都会绕着走，直到四年后他退休。

嘉毅并不在意自己当了副校长，没有踌躇满志的感觉，却有一种赶鸭子上架的味道，每一步都听命于校长的安排，而这些事情又没有一件是他喜欢的。上任后第一件事，校长要求他密切关注周院长案件的发展，因为案件已经上了报纸，对学校的声誉有着重大影响；律师协会对这个案件也很重视，开过几次研讨会；法学院的学生和部分教师呼吁学校出面向检察院交涉，甚至有人要联名写信给人大要求废除刑法中第三百零六条。学校需要适时向各方面表明自己的主张和态度。代表学校的态度，校长给了嘉毅对外的口径，即：在国家的执法机关面前，学校应该和国家保持一致，在检察院或者法院正式的结论出来之前，学校不便发表任何看法。为周院长寻找辩护人的事情，由其家属和律师协会解决，学校也不便插手；关于对刑法第三百零六条的态度，纯粹属于立法上的问题，学校就更不便发表意见了。这样一来，嘉毅在这案件上几乎无事可做，唯有等待结果。在这期间，他恪尽职守，仅代表学校参加过一次旁听案件的开庭审理，后来又听说被法院发回重审了。

在嘉毅任副校长第十个月时，正好是第二年的寒假结束，周院长被不予起诉放了出来。检察院的人也很快找到了学校领导。那天，秘书说检察院的人来了，校长要他一起接待。他匆匆赶到校长办公室，看到两个检察院的人已经坐在那里了。一位浓眉大眼，端正庄重，神气十足，旁边的一位稍有年纪，略有秃顶，戴着一副眼镜，倒显得稳重大方。校长简单地相互介绍了一下，嘉毅恭恭敬敬地伸出手迎了上去，他们两人只是屁股略抬了抬，伸出手和他握了握，很快又把屁股落在沙发上，似乎舍不得离开沙发。嘉毅敏锐地感到这两位客人的地位与众不同，是在他日常生活中极其少见的。校长看嘉毅坐定后，说："现在周院长的案件总算有结论了，不予起诉。"又朝两位检察官确认道，"大概，也就算是无罪吧。检察院方面希望我们学校协助，对周院长进行适当的赔偿。"那个浓眉大眼的检察官朝嘉毅瞄了一眼，纠正道："我们只是按照法律不起诉。至于无罪不无罪，没有法院的判决书还很难说。我们是来商量对他予以适当补偿,不是赔偿。"

嘉毅听了,一脸的疑惑。他的法律常识告诉他:除了法院判决有罪的,都是无罪的,什么叫"还很难说"? 心想有关补偿和赔偿,在法律上有过错的使用"赔偿",无过错的使用"补偿",检察院做错了事,凭什么要我们学校承担?

那位浓眉大眼的检察官看到嘉毅没有接话,又朝他瞄了一眼,似乎要打消他的疑惑,这次眼神中透着一种居高临下的霸气,面无表情刻板地解释道:"我们正式的结论是,对那个姓周的不予起诉。他被我们关了一段时间,前几天才放出来。按理说我们检察院对他采取的措施,是依法行事,没什么过错,现在释放他也是依法行事。至于他将来怎么样,我们完全可以什么都不管,由他自己去按照法律提出国家赔偿。"这时旁边的那位年纪稍长一些的检察官摆了摆手,打断了他的话,用比较随和的口气说道:"关于你们周院长的事情,我们领导包括检察长都很关心,希望我们找学校协商一下对他补偿的问题。因为虽然我们国家有国家赔偿法,但真正按照这个法律操作的案件还不多,渠道也不畅通,也没有这方面的经费和列支。考虑到他一旦提出国家赔偿,不知道要等到猴年马月才能真正解决,影响也不好,也是出于对他的爱护,所以来看看你们学校可以从什么福利或者经费上对他进行弥补的。如果学校在出账方面有什么困难,我们可以直接出面向你们上级打招呼,公事公办。另外,也想通过你们了解一下周院长对补偿的要求,如果合理的话,希望按照这样的途径落实。"

嘉毅这时才弄清楚他们的来意,可没弄懂不予起诉的意思,他想问一句"现在周院长算不算是无罪释放"? 可话到嘴边,变成了:"他在里面关了多长时间?"浓眉大眼的检察官还是那样的表情,那样的语调答道:"不是很长,一年不到,三百四十一天。"嘉毅把脸转向校长,似乎在问我们该怎么办? 校长接着他们的话说:"刚才你来之前,我们也在商量。如果严格按照国家赔偿法的算法,就是三百四十一天的平均收入,金额也不大,检察院方面认为如果学校要多给,他们也不反对。周院长如果不是这个事的话,还有机会参加竞聘副校长,这个损失就没法说了。所以,我想学校好像还有两套没分完的福利房,拿出一套小的给他吧,也值五十多万,我来向上面打报告说明。要钱的话,我们真的还拿不出来,只有这个了。要不你找个机会,代表学校、检察院和他谈一谈?"

那位浓眉大眼的检察官插话道:"一套房子,我看足够了,已经便宜他了。他出来后,曾对媒体说保留对国家提出赔偿的权利,我想也就是这个意思,希望得到多一点的补偿。"

嘉毅对这句话极为不满,以鄙夷眼神瞟了他一眼,轻声道:"没人愿意用坐一年牢,来换一套房子的吧? 更何况像他这样有一定社会地位和不错收入的人。"尔后,又面向校长问道,"那他现在的职务怎么办?"校长好像没领会他的意思,答道:"当然恢复原职,还是法学院的院长。"嘉毅又补了一句:"那现在的代理院长怎么办?"这时,校长似乎理解了他的意思,想了想说:"你先去听听他的意见,如果需要休息的话,可以给他几个月时间,待遇照旧;如果他马上上班的话,我安排那位代理院长出国访问一次,把位子腾出来。"嘉毅还有一个不得不问的问题,他壮着胆子向两个检察官问道:"他还可以做律师吗?"那个浓眉大眼的检察官轻蔑地笑了笑,道:"只要他愿意,当然可以。"他的笑让嘉毅太不舒服了,是一种盛气凌人的笑,似乎笑的背后在说"他已这样了,还要做律师"?

这些事情落实清楚后,嘉毅还想咨询一下刑法第三百零六条到底是一条怎么样的条文,可看到那位浓眉大眼的检察官一脸若无其事,甚至还有一丝高高在上的傲慢,便把话咽了回去。他们临走之前,那位浓眉大眼的检察官还没忘吩咐嘉毅:"如果那位姓周的,同意拿房子,别忘了叫他写一份放弃国家赔偿的承诺书交给我们,检察院需要留一份底。"嘉毅很不习惯以这种命令的方式布置任务,装着没有听见的样子,不做任何表示,旁边的校长赶快应了下来。校长送走了检察官回到办公室,叹气道:"小沈呀,这是没有办法的事情。他们这些人代表着我们的国家,是至高无上的。你看这年轻的检察官,好像是我们欠他们的。"

接着又摇了摇头说,"他们这些人整天和坏人打交道,弄得把我们也当成了坏人。可以想象周院长在里面过的日子,如果我们不帮周院长一把,那周院长岂不太可怜了。你见到他代我向他问一声好,叫他想开点,别钻牛角尖。"嘉毅也深刻理解校长愿意如此大方地帮助周院长的意图,便说了一声:"我会的,你放心。"

那天晚上,嘉毅就驱车到周院长家,出来开门的是一个七八岁的小男孩,刚刚上小学的样子,让他一愣。嘉毅来的路上一直在考虑周院长的事情,就是没有想到周院长还有一个儿子,该如何面对。小男孩身后跟着面黄肌瘦的周院长,他一见是嘉毅,便把儿子打发去自己的房间做功课,把嘉毅迎入客厅,叫妻子倒水招待。当他妻子倒完水,便在周院长坐的三人沙发上坐了下来。这也是嘉毅没有预料到的情况,要在他妻子面前讲这件事情。

周院长似乎看出了他的顾虑,先开口说道:"没关系,我不在的时候,这个家全靠她,她应该知道这一切。"嘉毅无奈地先把校长对他的关心说了一遍,又把白天在校长办公室和检察官商量的事情说了一遍。周院长沉默了许久,问道:"学校为什么要这样做?"嘉毅从他语气中听出,似乎在责怪学校为什么多管闲事。嘉毅无力地答道:"也许是为你好吧。"周院长的语速很慢,像是从牙缝中挤出来的一字一句:"这难道是可以用钱和房子来弥补的吗?"他的妻子在旁边补充道:"我们大人被冤枉就冤枉了,过了这一段,也许会好起来。但对孩子的影响,怎么办?我们孩子以前一直以他父亲为荣,始终嚷嚷着长大要学法律,做律师做法官,自从他父亲出了事情后,他像是换了一个人似的,再也不说这种话了。我们夫妻两人虽说都是知识分子,却不知道怎么帮他扭过这个弯来。"嘉毅心想我们都是正面宣传公检法的,而他们孩子从现实中又看到了什么,真不好说。那些教条的话,诸如什么"要正确对待""补偿就说明了法律是公正的""要对法律有信心"等等,嘉毅实在说不出口,也不愿意说。这时,从周院长儿子房间的门缝中探出一双惊恐的小眼睛,正好盯着嘉毅,周院长儿子的年龄使他想起来自己在这一年龄时的遭遇,便不寒而栗。他不记得接着是如何说服周院长夫妇俩接受补偿方案的,在离开周院长家时,不肯让他们夫妇送出门。

室外,是春寒料峭的夜晚,飘起了蒙蒙细雨,那是一种从里冷到外的透心的寒冷。嘉毅感到自己的心在颤抖,眼前伴随着那双惊恐的小眼睛和母亲向自己宣布父亲跳楼自杀的那一幕,挥之不去。这样的颤抖很久没有出现了,几乎已经被遗忘了,而这次却被那双惊恐的小眼睛激活了,来得是那么的剧烈,那么的让人难以忍受,无法抗拒。他躲进轿车内,启动车子把暖风开到最大,在黑暗的车内没有开灯,呆呆地看着挡风玻璃上布满的雨点。星星点点的雨点闪着微光,像是黝黑幕布上印着无数双惊恐的小眼睛,有一种难以抵挡的恐怖感。过了很长时间,他才想起开亮车灯,用雨刮器刮去那些惊恐的小眼睛。

第二十八章　温暖的记忆

　　黄莺的料理店开在浦东八佰伴附近,以日本风味的烧烤为主,取名多魔川料理店,开得很不错,其中一大半功劳要归功于予兴,尤其在资金和选租赁场地方面,他做了许多工作,还把自己的朋友吴骏介绍给黄莺,帮助她开店。开张后,予兴经常带着众多的生意朋友光顾,成了这里的常客,一方面,店里的环境布置和食材都比较符合他的胃口;另一方面,也为料理店作些宣传,积攒点人气,自然而然,这里也成了他和嘉毅相聚的地方。

　　那天,嘉毅应予兴之邀,来到了店里。虽然嘉毅最先把黄莺开店的事情介绍给予兴,要他帮助一下黄莺的起步,来过几次,后来就来得很少,几乎没有予兴的邀请他不会主动来店里。当然,如果嘉毅来店里,每次都会大大方方很有礼貌地先跟黄莺打一声招呼,这也成了一个固定模式。自从他和黄莺办了离婚手续后,似乎在潜意识里,有意无意地在回避和黄莺见面,虽两人表面上都很坦然而友好,就像是一对关系密切的亲兄妹,仿佛又回到了他们的高中时代,可内心深处却还夹杂着一丝像真的离异男女一样的感觉,有一种说不出的情感上的芥蒂。

　　嘉毅来到店里时,客人不多,黄莺看见他,便起身走出柜台,大声招呼:"稀客呀,欢迎光临。郝老板早就等着呢。"把他迎进予兴坐的包房。予兴由于经常来的缘故,在店里几乎有了一间固定的包房,似乎也习惯了榻榻米。他见嘉毅进来就叫道:"我的校长先生,好久不见,想吃什么?"把一本厚实的附着照片的菜单推到他面前。嘉毅看了看旁边的黄莺说:"随便,还是你们定吧。"予兴还是像往常一样,向黄莺要了他常吃的牛肉、牛舌头、清酒等。

一阵寒暄过后,等黄莺退出去了,予兴朝她的背影看了一眼,神秘兮兮地对嘉毅说:"你知道吗? 我们的老板娘,名花有主了。"嘉毅这次听到黄莺有对象,虽说比二十年前听到她和个体户结婚时要成熟了许多,坦然了许多,没有了那种酸溜溜的感觉,可还是在心中不免咯噔了一下,像是突然发现自己丢失一件宝贝的感觉。他看了看予兴,也朝黄莺的背影扫了一眼,定了定神问:"黄莺有对象了? 对方是何许人也?"予兴答道:"我也是前两天刚刚知道的。她和我一个朋友吴骏很热络,好像差不多要结婚了。"嘉毅仰头想了想,似乎在脑子里搜索吴骏的人样,道:"哦,记起来了,你带我去过的那个酒吧,就是他开的。好像两人很般配,他们的保密工作做得很好呀,我一点都不知道。是不是你在中间牵线搭桥的?"予兴郑重其事地摇了摇手说:"没有。连我自己都没有想到。我只记得在这个店装修的时候,我曾经带吴骏来帮过两次忙。后来,吴骏好像还不大愿意和我一起来,也许那时候他们就开始了,想避开我这个碍手碍脚的人吧。可能他们有着共同的语言,都是从日本回来的,又都是开店的。"嘉毅笑道:"看来,是他们利用你了呀。"两个人都笑了起来,这时黄莺端着食材进来,逐一放在桌上。

嘉毅笑眯眯地望着黄莺,向她身后的服务员多要一个酒杯来,斟满了酒放到她面前,说道:"为你找到另一半,来,干一杯吧。"黄莺诧异地看着他,支支吾吾道:"你说什么呀?"予兴笑着道:"你和吴骏的故事,就别瞒了,我们都知道了。"黄莺听到予兴说得这么明了,似乎有点紧张,她最不愿意在他俩面前谈论自己和吴骏的事,并非难为情,而是担心嘉毅的感受。她心想予兴只可能从吴骏处知道他俩的事情,也不知道吴骏是怎么跟他说的,便极力辩解道:"没有的事,不要听人乱说。"予兴笑着紧逼道:"吴骏自己已经承认了。"她只能含糊其辞道:"八字还没有一撇呢,哪里来得另一半。"嘉毅紧追不舍,笑呵呵道:"那我们就为这个不全的'八字'先干一杯吧。"

予兴拿起酒杯递给黄莺,说:"盛情难却,还是干了吧。"她开始有点犹豫,悄悄地朝嘉毅瞄了一眼,发现他的眼神充满好意和期待,没有半点杂念,这让她有少许安心,勉强举起杯子,和他俩碰了一下,赶紧放下酒杯,继续用夹子夹着牛肉和牛舌头放在铁板上烧烤,其实她是想再观察一下嘉毅的表情,是否会因为自己和吴骏相好而吃醋。

　　嘉毅急着提议干杯,自己也说不清是为了什么,也许是为了表明自己真诚的祝贺,也许是为了表示自己不会再小肚鸡肠地吃醋了。予兴来店的次数比嘉毅多得多,对黄莺的近况也比嘉毅了解得多,他问黄莺:"你儿子什么时候去日本留学?"黄莺听到问起她儿子的事,从刚才紧绷的神经中缓过来,起劲地答道:"他还有一年大学毕业,等到毕业后再说了。他想去美国留学。"

　　嘉毅在旁边惊讶道:"时间过的真快,她儿子都要大学毕业了。"予兴笑着感慨道:"真是早得子,早享福呀。"黄莺略带骄傲道:"谁叫你们不早生儿子的,现在羡慕了吧。"说完放下夹子,补了一句,"你们慢慢吃。"转身出了包房。

　　予兴朝她背影看了一眼说:"也是一个停不下来的女人。"嘉毅一时没有反应过来,予兴笑着又加了一句,"吴骏这匹野马,也只有她才能驯服得了。"嘉毅附和道:"是吗?"眼神在期待着予兴能够多说一点他俩的故事。予兴喝了一口酒继续说:"吴骏呀,从小父母离异,缺少母爱,除了他哥哥,从来没有人关心他。而黄莺这样的女朋友,像大姐一样,对他关怀备至,温柔体贴,使他感到从来没有过的温暖,所以他对黄莺言听计从,把以前的坏习惯都改了,这也许是吴骏的福气。爱情真伟大,真是爱情改变人生呀。"嘉毅顺着这话道:"是啊,黄莺也一样,很不容易。从高中毕业到现在二十几年,她结婚离婚、出国打工、培养儿子,跌跌撞撞一路过来,也许今天碰到吴骏,算是找到了真爱。他俩很般配,将来一定会合得来,也算是有了归宿。"予兴接了一句:"我看呀,黄莺现在的神态,是高中毕业以来最开心的。"他把视线从在外面正忙着的黄莺身上收了回来,诡异地落在嘉毅的脸上,语气怪怪说道,"黄莺也很可怜,跟人家结婚了,人家还是不要她,真叫人伤心。"嘉毅知道他说的是什么,露出无奈的神情说:"说一句心里话,黄莺真是个好女人,我可以答应她任何的要求,却就没有这方面的感觉。"予兴敲打了嘉毅,像赢了一招好棋似的,笑道:"我知道,我知道没有感觉。但现在黄莺好了,有归宿了。愿他俩白头偕老吧。"拿起酒杯和嘉毅碰了碰,这样的碰杯是真情的流露,是真诚的祝贺,是为黄莺的开心而高兴。

接下来两人一阵沉默,似乎在回忆他们以前共同的时光。这时黄莺又为他们拿来了一瓶清酒,嘉毅专注地从上到下打量着她,似乎在看她是否是像予兴说的是最开心的时候。予兴见状,对黄莺说道:"刚才嘉毅说你苦尽甘来,是最幸福的女人。"黄莺不好意思地朝嘉毅瞥了一眼说:"你们两个大男人在人家背后说什么呀,不伺候你们了。"转身又回了出去。

两人又沉默了一阵,予兴开口问道:"卢蓉的事听说了吗?"嘉毅好久没有听到卢蓉的消息了,又不便在予兴面前主动提及卢蓉,尽管他们是无所不谈的好朋友。嘉毅被动地反问道:"什么事?我只知道她被分配到检察院去做检察官了。"予兴为他斟了酒,缓慢地说道:"她现在已经不做检察官了,好像做了律师。"嘉毅感到予兴的话意犹未尽,感到予兴似乎只愿意通过一问一答,才能把话吞吞吐吐地说完,便惊讶地问:"她怎么会放弃检察官的职业的,为了赚钱?"予兴继续道:"你大概还不知道吧?她在检察院里和一个老头子好上了,顺风顺水的过得很舒坦,但好景不长,老头子退休,院里也没有人看得起她,混不下去了。可能是为了这个,所以出来做律师了。"嘉毅诧异地看着他,似乎在问你怎么知道的。予兴看了他一眼继续道:"我公司的张律师,正好和她周围的人很熟。听他们说,做得也不怎么样。"嘉毅试探地问:"那做律师也不错。她结婚了吗?"予兴夹杂着不以为然的神情道:"像她这样的人,心比天高,我看没人敢娶这样的人。"嘉毅心想他这样刻薄说卢蓉,是为了把她说成没人要的人,自己可以继续上,便笑着进一步试探:"那不是正好吗?你现在也不错,上市公司的董事长加总裁,可以继续啦。"嘉毅瞪着眼睛,等着他回答。予兴面无表情,不紧不慢道:"其实她早就借机会到过我公司,我没有睬她。"他把以前公司里发生的案件说了一遍,又加了一句,"她已不是我们在高中时认识的那个卢蓉了,我们是两股道上跑的车了。"停了停,又说,"有点让我讨厌。在我眼里,她曾经在中学里受了那样的委屈,被学校工宣队老师逼到在全校师生面前读检讨,叫人同情,让人可怜。而读了法律,跟了那个老头子后,却像是换了一个人,变得冷漠没有同情心,几乎失去自我。"听予兴这么讲,竟然还用了"讨厌"这个词,嘉毅不知道说什么好,默默地注视着予兴,有点尴尬,心想从他的神情里就可以看出他对卢蓉的态度,同时在脑子里搜索着自己周围类似于他所描述的令人讨厌的女人,但他搜索到的那些女人都无法和他以前认识的卢蓉联系起来,这使他百思不解,也为他俩感到惋惜。他好像突然发现予兴在情感上是那样的洁净,怀着少年时形成的刻骨铭心的理念,容不得一丝灰尘。他看着予兴那种不爽的表情,不想让这种阴霾的气氛再笼罩着他们的谈话,便转移话题,感慨道:"每个人都应该有个归宿。我们都是钻石级的王老五了,我们的归宿在哪里?"予兴笑了笑,无言以对,嘉毅又追了一句:"也许现在,真是该考虑这个问题了。"

小微从澳大利亚回来了,嘉毅接到她的邀请电话很高兴,他们约定见面的地方,就是十几年前他们最后一次碰面的酒店。那天是星期六,嘉毅把它当成了大日子,很郑重其事,特地洗了车子,穿戴整齐,早早地把车子开到那酒店对面展览中心的广场上,离开约定的时间还有三十分钟,他没有马上下车,而是坐在车里,静静地点了一支烟,望着对面酒店的高楼。心想高楼还是那样的高楼,可自己虽说不上老,但离老也不远了,大概小微也差不多吧。他心里不免有些惆怅,想象着小微的样子和即将见面的情景,猜测她是否会带着孩子下来。这些年来,他们偶尔通信,嘉毅对她的情况略有所知,她在美国结婚了,好像有了三个孩子,目前定居在澳大利亚,经营着一个很大的农场,这是她第一次带着家人回国探亲。

嘉毅从信中得知她结婚时,有稍稍的失落感,他没有及时回信祝贺,随着时间的荏苒,心情也逐渐平复了。这次小微回到上海,虽已是三个孩子的母亲,别人的妻子,他还是有些心猿意马,莫名的激动,为了往日的那份情感,似乎还有着一种朦朦胧胧的期待。随着和小微见面时间的临近,期待变得越来越明朗,越来越炽热。一通胡思乱想后,嘉毅再也坐不住了,看看时间差不多了,掐灭烟蒂,整了整衣服,穿过繁忙的南京西路,进了酒店的咖啡厅。

那咖啡厅还是老样子,依旧优雅气派。小微还没到,他找了一个角落的位子,面朝整个咖啡厅,只要小微一到,他可以在第一时间看到。他坐定后不时地看着手表,过了一会儿,小微出现在门口,她身体发福了许多,丰满了许多,脸上还是那个圆圆的大鼻子,笑盈盈的眼神,还是一副老样子,看起来精神很好,只是穿了一套宽松的牛仔服,上身套着一件肥大的羊毛背心,一头松散的头发,就像一副在自家后院刚刚干完活的样子,和酒店高雅的氛围稍稍有些不协调,也使得嘉毅很难和以前对穿着一丝不苟,具有很强职业女性模样的小微联系起来,这让他略感诧异。

小微见了嘉毅,一点不见外地挥了挥手,高声叫道:"好久不见,我这副模样来见你这位大校长,没关系吧?"嘉毅笑而不语,为她叫了一杯大号的咖啡,推到她面前。小微指着自己的服装,自嘲道:"我正式的衣服还在箱子里,没有拿出来。在那边整天就是这样的装束。三个孩子的老娘,搞不好了。"嘉毅问:"你老公和孩子们呢?"小微说:"现在的上海建设得真不错。他们从来没有见过这么多的人,这么灯火灿烂的场面。昨天晚上,他们开心死了,在外滩、新天地疯了一晚上,现在还在睡觉。我也懒得让他们下来见你,还是我们两个人安安静静的,叙叙旧的好。"

嘉毅端详她,饶有兴趣地问:"你在澳大利亚还好吗?"小微笑了笑,两手一摊说:"我呀,一不小心嫁给了澳大利亚农民,成了乡下人的老婆,能好到哪里去,而且还有三个孩子。在上海的话,大家都生一个,最多两个,可我一连生了三个孩子,我自己也没有想到。说得难听点,就像我们小时候看到周围邻居的大妈一样;说得好听点,有点像《廊桥遗梦》中的女主人公弗朗西斯卡,总之整天围着孩子们和丈夫转。"小微说话的腔调一点没变,豪爽的性格也一点没变,只是说出来的事情让他感到太陌生,权当她在开玩笑。嘉毅看到了她外表的变化,却没有发现她这种自嘲是发自内心深处的情绪变化。他笑着说:"不要这样自嘲了,这样的生活不符合你的性格。"同时脑子里正想着如何用《廊桥遗梦》的故事调侃一下她或者他们俩的情感,弄出一点浪漫的气氛,小微则已大声答道:"是啊。我在美国读硕士时,认识了我丈夫,他在读世界畜牧业经济,是博士,结婚后有了第一个孩子时,他还在大学里做讲师,浪漫幸福了一段时间,可好景不长。后来,丈夫家里发生变故,父亲去世了,他只能回老家继承农场。外国人没有分居两地的,我也不得不跟着过去做农民了,不,是做牧民。真的,这不是我要过的生活,我不骗你,但已经没办法了。"

嘉毅做出一副羡慕的神情,笑道:"有农场也不错,多好呀。"小微苦笑了一下,瞪着他说:"虽说是经营农场,其实和国内的农民差不多。给你一个和人民公园一样大的院子,再给你一栋像仓库一样大的房子,看起来很美吧。可是,外面不是南京路,不是淮海路,也不是高速公路,而是一望无际的大海和没有人烟的荒蛮之地,极目远望最近的建筑物则是两公里开外一座废弃的教堂。周围唯一的生灵是那些可怜的羊,剩下的就是没完没了的风和火辣辣的阳光。要买东西一个礼拜一次,开上卡车去镇上超市要花大半天,生病看急诊要叫直升机,到了没有月光的晚上,就知道什么是伸手不见五指了。这种地方,被看作亲近大自然也罢,风景如画也罢,住两天是享受,住两个月是疗养,住两年是要发疯的,不要说还要干活呢。这就是我在澳大利亚的生活,就像世外桃源的生活。叫人羡慕吧,我到现在还没有适应过来,到了上海,真想赖在上海不回去了。"

嘉毅听得一愣一愣的,他从来没有听人这样描述过美丽的澳洲。在他面前的小微和出国之前的她完全不一样,他不知道小微这几年来的心情如何,心想也许她在外面生活得并不如意,于是悄悄地调整自己态度,变得谨慎起来,就像和初次见面的朋友一样,只敢问一些最普通的问题:"你去澳洲几年了?"小微想了想说:"今年大儿子十三岁了,哦,十年了。"停了停,望着嘉毅,又说,"大概每个人都喜欢把好的一面展现出来,把坏的一面藏起来。其实,这样的人很可笑。我在出国前遇到过一个嫁给欧洲人的女人,她年龄比我大一点,总是在我面前喋喋不休地说嫁给外国人有多开心,可以生好多孩子,所以她生了三个孩子。由于她三个孩子的年龄都很接近,最滑稽的样子是她胸前抱一个,背后背一个,手上还牵一个。现在想起来她的样子好像是幼儿园的阿姨,或者是电影里的英雄母亲,可她在我面前总是表现出让人羡慕的一面,装出一副好像很喜欢孩子,孩子给她带来无比幸福的样子,说她孩子有多好、多可爱,可孩子只要一闹,立刻露出一副不耐烦的样子,踢、打、骂全用上了,判若两人。她这种表演式的喜欢和幸福,真让人恶心。实事求是讲,老二、老三都是我无聊的产物。你知道,那时我刚刚到澳大利亚,不像在美国纽约,也不像在上海这种大城市,仅有的一点点好奇心很快就消失得无影无踪,接下来只有背井离乡的感觉了。那时靠着拼命地回忆过去的好时光过日子,就像我在信里跟你说的一样,那时最苦闷,最想念上海,想上海的吃的,想上海的小笼包子,想上海的马路,想上海的人,可就是回不来,那里的生活太无聊了,就有了他们,当然他们也为我打发时间做出过贡献,也成了我的拖累,让我一事无成,就这样一年一年下来,变成了今天的样子。"

　　嘉毅仔细地听着,结合之前他们的通信,辨别哪些是真实的,哪些是她无奈的自嘲,想象着她这几年来在国外的感受。嘉毅没结过婚,也没有孩子,对孩子没有概念,更没有兴趣谈论孩子,只是无话找话,附和着:"有三个小孩也不错,很热闹吧?"小微叹了一口气道:"还热闹呢。"她扫了嘉毅一眼,眼神中不乏一丝淡淡的遗憾,甚至还夹杂着一丝寻求谅解的成分,继续道:"早先我看过一本书,上面讲:'女人生了孩子,屁股就大了,屁股大了,分量重了,就飞不动了。'我生了三个孩子,真的就一动都动不了了。"

嘉毅一声不响听着。如果放在小微出国前,说这样的话,他肯定会调戏得她抬不起头来的,诸如问她屁股有多大之类的,可现在他只是在认真地品味着"就一动都动不了了"的含意,不知道如何应答。

两人沉默了一会儿,小微见他不说话,便问道:"现在做大校长,感觉不错吧。"嘉毅搓了搓手,含笑答道:"你知道的呀,对这种事情我不感兴趣的呀。我倒希望能过你那种远离喧嚣的生活。"小微含笑用手指点了点他,认真道:"你这个家伙,可不要这么说。校长的位子对你著书立说、弘扬你的学术绝对是有好处的。"嘉毅笑道:"你还关心我著书立说,我已经不太想这类事了。除了你以前帮我出版的那本《简述西方经济学》完善了一下,我很少发表文章了。现在的著书立说需要有讲真话的良心,可能我还不够吧。你知道的,经济学背后就是经济,经济就是各方利益的博弈。所以呀,学术的背后有着太多的利益,坏人家利益的事我于心不忍,帮人家赚钱的事我也没这个本事,就索性在旁边凉快凉快,看看热闹,按照现在我们时髦的说法,我是打酱油的。"停了停,望着她以平静的语气补了一句,"也许这正合我母亲的心思。"小微对他前面说的都心领神会,却不理解他最后一句,纳闷地看着他,反问道:"你母亲希望你打酱油?"嘉毅没有理会她的疑问,又问道:"你知道当时大学毕业时,我是怎么样留校的吗?"这勾起了小微对大学时代的回忆,眨着眼睛似乎回想起当年的情景,随之道:"对,那时好像是很奇怪的,你是最后一个分配的,难道你留校是你母亲找的关系?"嘉毅点了点头说:"这事直到我母亲去世后,我在她留下的书信中才得以知道,是她托人找的关系,而且关系还很不一般,我才留校的,才拿了一个公派留学的名额。"嘉毅说出他在信中看到的内容,叹了口气,"看得出,母亲在把我的事情托付给他时,曾经犹豫不决过,她当然希望我能当大学老师,但又担心我会乱说话,会祸从口出,像我父亲那样。"

小微知道嘉毅的身世，专注听完他的叙述，恍如隔世回到了现实，感慨道："真是可怜天下父母心。你母亲真好。"嘉毅没有言语，气氛稍有沉闷。小微为了缓解气氛笑道："你呀，不会辜负你母亲希望的，你正好是一个清高得连话都懒得讲的人，绝对不会祸从口出的，让你当校长，看来是浪费了。不要跟我说你这个校长也是捡来的。"嘉毅笑了笑没有说话，心里想：知我者，小微也。心中升起了一股莫名的暖流，这样心照不宣的调侃已很久没有过了。

　　小微歪了歪头，继续道："你怎么没捡一个老婆？"嘉毅笑了，望了她一眼，本想说一句"我去晚了，让人捡走了"，可话到了嘴边，却说不出来。小微问道："你和那个假结婚的人，怎么样了？"嘉毅摇了摇头，好像还在想如何回答她上一个问题。小微认真地看着他又问："你摇头，算什么意思？"嘉毅愣了愣，淡淡地解释道："她一回来，我们就解决了，她好像又要结婚了。"看到嘉毅这样的神情，小微知道以前曾错怪了他，怀疑他占人家女人的便宜，心里一阵过意不去，又想到自己已结婚生子，不能再给他机会了。她双眼充满着柔情，说话的声音也变得非常柔和："你不小啦，结婚吧。"听上去像是在乞求。这样的神情，这样的语气似曾见过，感动了嘉毅，刚才那一点点的拘谨一扫而过，他点了点头道："知道了，我会的。"小微似乎完全沉浸在替他着想之中，又道："你这么好的条件，找个年轻漂亮的，结婚吧。"他真诚地看着小微，以调侃的口吻答应道："我会加油的。"后面又加了一句，"会让你满意的。"他不知道为什么要加上这么一句。

　　也许这句话在小微的心中掀起了波澜，她伸过手来抓住嘉毅的手，从紧咬的嘴唇中蹦出："不要忘了我。"也许这就是嘉毅在潜意识中期待的情景。嘉毅握着她手，感受到她手的柔软和温暖，注视着她浸满泪水的眼睛，说道："我会的。"他们是走在两条平行线的两个人，他们不是兄妹胜似兄妹，他们之间的情感虽已不是爱情却胜似爱情。

　　歇了好长时间，小微才把手缩了回去，深深吸了一口气，朝他看了一眼说："明天，我陪他们去北京玩，下礼拜五就回澳大利亚。"停了停又说，"我在上海已经没有家了。"嘉毅诧异地问："那你原来住的地方呢？"她冷冷地答道："早就被我爸卖了，拿着钱在美国享受着呢。"此刻，嘉毅有些同情小微了，心想上海也许是她永远留恋的地方。那天他们谈了许多，有些是他们在以前信中提到过的事情，有的是第一次谈起的。嘉毅有一个心结，不大愿意去听小微和她老公或小孩的故事，但出于客气和礼貌也不愿打断她的兴致，只是敷衍着。其实他更担心楼上小微的孩子或丈夫这时下楼来找她，心想这时肯定会让人很尴尬的，也许还会引起误会。他不想见到她的家人，就像一个不小心误把珍贵宝贝送人的傻瓜，后悔不已，又像一个心怀叵测的小偷在窥视人家的珍宝，垂涎三尺。随着时间的延续，嘉毅有点心神不定，希望快点结束这次会面。

自从嘉毅被聘为副校长，再住宿舍，有点不像样，就把使用多年的宿舍还给了学校，每天坚持回西藏路的家。其实这时候的家，和宿舍也差不多，每天只有他一个人，在家里也只是睡睡觉而已。为更好照顾嘉毅的生活起居，姐姐近来帮他新找了一个做家务的钟点工，她名字叫田香，是典型的外来妹，来上海时年龄小，才十七八岁，很长一段时间在服侍一位老太太，学会了烧上海菜、说上海话。她在说上海话时，会窜出她的家乡话，使她的上海话变得与众不同，有一种独特的新鲜感而且很耐听，让人感到亲切。她聪明伶俐，手脚勤快，人也长得漂亮可爱，深得大家的喜欢。她每天下午来嘉毅家里，打扫卫生做晚饭，大多数时候是将烧好的饭菜放在桌上就离开了，嘉毅几乎只有在休息日才能见到她。嘉毅在生活要求上不是太考究，对她的工作挑不出什么毛病。天冷的时候，他会把饭桌上凉的晚餐放在微波炉中转一转再吃，他对于这样的安排很满足，既方便又自在。

那天，嘉毅休息在家，见到了多日不见的小田。他们既熟悉又陌生，熟悉的是小田已经在他家里做好几年了，嘉毅已经习惯了享受她为自己准备的一切，而小田对他家也熟门熟路，做起家务来也驾轻就熟；陌生的是因为他俩进出家门的时间正好相反，小田来家里，他已出门上班去学校,小田离开时,他才离校,所以这么长的时间,他俩很少见面。嘉毅客气地告诉她,晚饭的菜做得太多了,他一个人吃不了。小田笑嘻嘻地说:"我每天下午买菜总是去楼上葛阿姨老公那个摊位,他老是会多给我一些。"嘉毅听到"楼上葛阿姨老公"这句话有些敏感,问道:"哪里楼上的葛阿姨?"小田答道:"就是我们楼上五楼的,她有两个女儿。听人说,她老公也是外地人,来上海才没几年,一直在那摊位卖菜。"听她这么说,嘉毅心里咯噔一下,心想这很可能是英姿的丈夫。也许英姿看在女儿的份上没有离婚?被安排在菜场卖菜了?嘉毅心中打了几个问号,可又不便直接问,只能迂回地问:"你怎么和他们这么熟悉?"小田说:"我在这里做钟点工已好几年了。钟点工嘛,总是和菜场呀超市呀打交道。我在菜场见过他,又在我们的楼道里遇见过他,一回生二回熟嘛。他们葛家人都很好的,待人很客气,那个姓葛的阿姨也不错,见过几次,好像也是在菜场工作的。"

小田要帮他整理书桌,他赶紧说书桌由他自己来整理,腾出地方让她扫地,自己侧坐在沙发上望着她,说:"你倒是很熟悉我们楼里的事情。"她一边把扫帚伸到书桌下扫地,一边答道:"我早就在你们楼里做钟点工了,现在还有好几家。"嘉毅又把话题绕了回来,问道:"你怎么知道那个卖菜的是上面人家的老公?"小田一本正经地答道:"我经常看到他俩同进同出的。夏天的时候,看见他们一起拿着大包小包的,送大女儿去北京上大学,我还帮他们往出租车上搬行李呢。"小田停了停,看了嘉毅一眼,凑近他神秘地低声说:"听居委会的阿姨讲,她老公是吃完官司后来上海的,可我一点也看不出他吃过官司,他很和气的,人很好呀。"这时,嘉毅几乎可以肯定英姿的丈夫回来了,他们的大女儿也上了大学,而且他们一家人好像生活得很安静甜美。

小田看他闷声不响地坐在沙发上,很想和他说说话,就问道:"我做得菜,合不合你的胃口?"嘉毅没有回答,好像还在想着英姿的一家人。小田又问,"沈老师,今天晚上你想吃什么?如果我会做,我给你做。"嘉毅的心事不在吃什么上,只敷衍道:"随便。你现在做的菜就很好吃。"

小田笑了笑说："你真好伺候,什么都没有意见。"便出门买菜去了。

这一段时间里,嘉毅连续看到和自己情感密切的女人都有了不错的归宿,都远离了他,似乎刺激了他的情感神经,心里感到空落落的,有一种从未有过的孤独感袭来,让他情绪低落。他浑浑噩噩地在沙发上睡着了。小田买菜回来,为他盖上毯子,他也懒得睁开眼睛,装睡着没和她打招呼。此后,他听着小田在厨房间烧菜发出的各种响声,闻着飘进房间的烧菜的油烟味,再也睡不着了,直到小田再次回到房间跟他说可以吃晚饭了,他才睁开眼睛,伸了一个懒腰,客气地向小田表示了感谢。当小田要离开时,他发现窗外的天色已暗,便问道:"你的晚饭在哪里吃?"她笑了笑说:"回去做呀。"他想起小田也是一个人在上海生活,便朝饭桌上的饭菜扫了一眼,邀请道:"你一个人回去还要烧,还不如在这里吃完了再回去,反正这么多的菜我一个人也吃不了。"小田略微犹豫了一下,答应了下来,说:"说真的,一个人吃饭真没劲。"嘉毅附合道:"是啊,我总是一个人吃,也没劲。如果你回去单独再做晚饭的话,还不如就在这里吃完了再走,不管我回来不回来吃。"小田一边帮着拿碗筷,一边露出一丝腼腆的笑容说:"那怎么可以呀。"嘉毅坐到饭桌旁,看着她为自己盛饭,说:"我这里没关系,你看这些年来,我总是一个人吃饭,有了你就热闹了,房间里也有了人气。"

他们面对面吃着饭,小田显得特别兴奋,多数时候是她在说,嘉毅听,说的都是她做过钟点工人家的事情,嘉毅为了不冷场附和着。小田看到他的饭碗空了,上前接饭碗准备为他添饭。嘉毅用手挡了挡,示意自己添。小田侧身对他从头到脚看了一眼说:"你们上海人真怪,像你条件这么好的人,怎么不找个人结婚?是不想结婚吧?"嘉毅笑道:"你好像也没有结婚吧?"小田快快地说:"我嘛,不知道怎么搞的,在老家没有找到,在上海也没有找到,就一个人到了今天。以前的东家帮我介绍过上海人,不是喜欢打麻将,就是又老又难看的,我没看上,也有人家看不上我的。"她抬头看着嘉毅,问道,"听你姐姐讲,你是校长?"他笑了笑,小田瞪着眼睛继续问,"你还是教授?"他还是笑而不答,她想了想又问，"教授是老师中学问最大的？是老师中的老师，对不？"嘉毅微笑着不置可否地点了点头，小田露出满意的神情，似乎她服务的对象是教授，也给自己脸上争了光。嘉毅的微笑是百分之一百的自然流露，是一种欣赏，是一种关怀，就像面对一个稚气的小孩。

转眼间，又迎来了一个冬天。那天，嘉毅很早就到办公室了，由于早饭在食堂里吃的太饱，不想动，按照他的老习惯，没人的时候就把两脚跷到书桌边，靠在椅子上准备闭目养神。刚刚姿势摆定，听到有人敲门，赶紧收回双脚，起身快步走向房门。开门后只见一个和自己年龄相仿的男子，他头发锃亮，发型考究整齐，一丝不乱，身披深色呢大衣，西装领带笔挺，戴着手套，提着一个黑色的手提箱，一见嘉毅就热络地叫道："沈校长，我的老同学，好久不见了。"嘉毅面对突如其来的这样一位老同学，一下子没有反应过来，愣愣地看着，在脑子里飞快地搜索着这位老同学是谁。那人见嘉毅不知所措的样子，似乎早就有所预料，马上自我介绍起来，"我是历史系的何麒。我们是同一届的，不认识啦？"嘉毅还是没有搜索出结果来，但从那人的表情可以看出他肯定认识自己，便一边把他让进了办公室，一边实事求是道："我怎么一下记不起你来了。"那人急急忙忙地补充道："我们有一个共同的朋友，罗小微，那年夏天还一起去杭州玩过。"这时，嘉毅总算想起来了，但还是记不起他的名字，只记得有这样的事和人，刚刚那人自报姓名又没有听清楚，只能含糊其辞地："噢，噢，记起来了，记起来了。"那人很聪明，赶快又自报一遍姓名，这时嘉毅才确切地把那人的名字记住，便客气地请坐倒水，脑子快速地旋转着，他为什么来找自己。

一阵寒暄后，何麒步入正题道："我知道你现在主持新建校区的工作，我作为老校友想出一份力。"说着递上名片。嘉毅一看，名片上印着一家建筑公司的名称和"何麒总经理"的字样，心里已经对他的来意明白了一大半，不过还是明知故问："公司是干什么的？"何麒殷勤地凑上前答道："当然是建设工程。"接着说，"你看我们公司能不能为母校的扩建做出贡献？"嘉毅确实是在主持新校区第二期扩建工作。第二期的工

445

程规模远远超过几年前的第一期,建设规划刚刚出来,仅基建预算就高达几个亿,正处于招投标阶段。嘉毅对这类负责工程的工作不感兴趣,嫌麻烦,嫌生意味太重,唯恐避之不及。滑稽的是,校长在校务会议上,力排众议拒绝了两位既有经验又有兴趣的副校长,把这一任务硬塞给了他,让他有苦说不出。嘉毅放下名片,看了看他,直白地说道:"虽然学校决定由我主持这个工作,但一切都是基建处在操作,而且都是通过招投标进行,你要不与基建处联系一下吧。"何麒胸有成竹地笑道:"基建处当然我会去的,重要的是首先要得到你的首肯,我才能去联系。至于招投标的事情嘛,凡事都是人操作的,都可以解决。你真是个爽快的人,太谢谢你了。"嘉毅没有听懂最后一句,也懒得去搞懂它。何麒像是完成任务似的,拿起那个漂亮的手提箱放在书桌后面嘉毅的靠背椅上,说:"这是一点心意。"说完准备离开,嘉毅看到他的这个动作,有点明白了什么似的,一下子紧张起来,赶忙拉住他,问道:"这是什么?"何麒淡淡一笑说:"一点心意。"看嘉毅要打开手提箱,便哀求道,"等到我离开后,再打开吧。"嘉毅没有理他,打开箱子,几乎不敢相信自己的眼睛,上面是两包茶叶,下面全是人民币,足足有上百万元。嘉毅板着脸说:"老同学,你这样就叫我为难了,让我把这个交给校长好呢? 还是交给学校的纪委好?"把箱子推回到他面前。何麒这时变得有点尴尬,拿过箱子,强撑着笑道:"母校的项目对我们公司很重要,务必请帮帮忙。"嘉毅有些不耐烦,认为已经给他留足了面子,道:"这我知道,你跟基建处去说说,参加投标吧。"何麒最后还伸出手要和他握手,嘉毅草草地握了一下,算是送别了这位尊贵的客人,看着他拿着箱子离开。

新年元旦一过,招投标结果公布了。在中标的名单里,何麒的那家建设公司的名称赫然列入其中,这时嘉毅似乎有些明白了,校长为什么让他负责这个项目。他猜要么校长利用自己没经验,又不会贪污受贿,要么看中自己的偷懒,不爱管事的性格,或者两者兼而有之,让自己当一个摆设。他无奈地只能在心里暗暗乞求上苍,这个项目千万不要出什么乱子,让自己平安无事混过这一关。他每每想到这些事情,心情郁闷。

嘉毅虽然待在办公室里的时间很长,却面对一大堆各种各样的会议通知、职称评审、教学规划等文件,毫无兴趣,一点提不起精神。他耐着性子一份份看着,眼睛扫过一份教学计划下面压着一封白色的明显与公务信封不同的信,他用两根手指夹着信,仿佛生怕压在上面的公文会弄脏他的手指似的,慢悠悠地把它从下面抽出来,是一封辞职信。他略感意外,快速抖开信纸,信很短:"因本人及家属已获得移民资格,于今年三月启程,特此提出辞职请求,恳请同意。"落款是法学院周院长的签名。他想起了自己在刚被聘副校长时,处理过周院长冤狱赔偿的事情,很同情周院长,心里一阵发酸,仿佛又看到了那些惊恐的小眼睛。嘉毅心想周院长要出国移民是理所当然的事情,他有这样的情绪,也有这样的能力,真不知道国家在他心目中是个什么样子。他又看了看辞职信发出的日期,已是五天前的,想代表学校尽快为周院长落实这事情,让他走得顺利。按照学校的规定,下属学院的正副院长辞职需要两位校长同意。自从学校新建项目开标后,嘉毅对见校长有了心理障碍,一般不到万不得已,懒得去找校长。他想了片刻,还是赶紧拿着信,起身去了校长办公室,找他商量落实周院长辞职的事。

校长让嘉毅在沙发上坐下,不紧不慢道:"他的事情我早就知道了,周院长早就心寒了,这一步是迟早的。"他喝了一口茶继续道,"为了慎重起见,我曾经和其他几位领导聊过,一致认为这是他个人的权利和自由,我们应该尊重他的选择。不过,我们作为他任教多年的学校,认为他在教学上还是有一套的,为学校做过事情,这点上我们还是要感谢他的,所以我想给他保留一个客座研究员的身份,他随时可以回来,在外面也有个体面的身份。你看怎么样?"嘉毅当然说没有意见,校长又吩咐道,"我看,这事由你出面提出,我批准,并发一份证书给他,这些事情你去准备,怎么样?"嘉毅感到校长想得周全,自己也很乐意去做这个事情,像是给周院长的一种补偿,却不知道是替谁补偿。

嘉毅在工作中除了拖拉作风,但一般来讲没有架子,更何况在他的心目中,曾经有过一丝是自己顶替了周院长成为副校长的歉意。他立刻去了一次法学院,亲自把这个决定告诉了周院长。事情很快就办完了,可嘉毅心里还是不是滋味,尤其周院长那张阴郁难看的脸和那一句有气无力的"这样做,我也没有办法,为了孩子"的话叫人难受。嘉毅受他的情绪感染,恍恍惚惚地离开了他的办公室,走在法学院的过道里,耳边响起了他姐姐说过的那句:"你爱祖国,祖国爱你吗?"嘉毅曾经在国外生活过,尝过寄人篱下的滋味,心想可怜的周院长也许要带着这样的情绪去移民了,真是一件令人伤心遗憾的事,心头别有一番滋味。

嘉毅边走边想着周院长的事情,陆文晴迎面过来,问道:"校长大人,到我们院里,有何贵干?"嘉毅吃了一惊,赶忙说:"呀,好久不见。"接着简单地说了一下周院长的事情,陆文晴邀请他去自己办公室坐坐,他心想这是她第一次邀请自己去她的办公室,感到不好拒绝,便答应了。陆文晴说:"周院长在教学上是很受同学们喜欢的,冤枉官司对他来说很受伤,是对他心灵的摧残,否则他不会想到去移民的,他知道他的事业在中国,在学校里。我们院里有些刻薄的人说周院长是弃暗投明,抛弃祖国了。"嘉毅想了想,认真地制止道:"可不能这么说,周院长确实是有委屈,但谈不上什么'弃暗投明、抛弃祖国'。我们学校也很理解尊重他的决定,还留他做客座研究员呢。如果在外面不开心,他随时可以回来。"陆文晴带着羡慕的口气说:"我们学校对他真好。"嘉毅本想解释一句"周院长和校长的私人关系原来就不错",生怕产生误解,把到了嘴边的话咽了回去。

他想起几个月前曾听说陆文晴离婚了,还知道她的前夫苏建在朋友中讲:"在做爷爷的年纪,一不小心做了爸爸。"可看陆文晴的神情一点不像刚刚离婚的人,有些好奇但不便直接问,只能含糊其辞地问:"最近,还可以吗?"陆文晴敏感地瞟了他一眼,反问道:"是不是听到我离婚了,来安慰我?"看到嘉毅的表情是肯定的,陆文晴两手一摊,耸了耸肩,承认道:"这个结果不是我要的,可也不坏。强扭的瓜不甜嘛。"听上去说话的口气很轻松。她倒了一杯茶,递到他面前,说道:"二十几年前,我把苏建从他第一个老婆手上抢来,成了他第二任老婆,现在又给人家抢走了,也许这就是报应,不怨谁。还好,我不是一无所有,有个女儿,她很懂事,出国留学了。"嘉毅不知道说什么好,只能捧着杯子喝茶。陆文晴淡淡地笑了笑,夹杂着一丝常人难以察觉的苦涩说:"我现在也算是单身贵族了,有房有车,孤身一人,自由自在,也蛮不错的。"嘉毅无话可说,含笑望着她。

陆文晴挥了挥手说:"不谈我的事了。正好今天碰到你,想叫你帮个忙。英国利兹大学明年春天有个国际学术交流活动,我很想参加,想申请一点经费,怎么样?"嘉毅心里有些好奇,从来不关心学术活动的她,怎么一下子跑到这么远的地方去参加这么高级别的学术活动,便问:"是不是你的女儿在英国利兹大学留学?"陆文晴笑了笑说:"怎么?假公济私不行吗?我还要在活动中发表论文呢,在我女儿面前好好表现一番。"这次她笑得很自然,很真实。嘉毅明白了先前她热情邀请自己到她办公室的目的了,就笑着答应:"你把材料快点给我吧,让我研究研究,尽快给你答复。"陆文晴一个转身就把在桌上已经准备好的材料塞给了他,笑呵呵地拍了拍他的肩膀说:"靠你了。"

嘉毅一上午碰到的两件事情,都让他心里有一种难以言喻的郁闷。周院长就这样灰溜溜地要离开学校、离开这个国家,嘉毅似乎在为周院长惋惜,不敢想象他今后会如何面对所谓的移民生活,如何面对祖国,祈祷着周院长千万不要因为冤狱而怨恨祖国,心中不免有些隐隐作痛;陆文晴的离婚离得如此轻松,二十几年前是嘉毅看着她和苏建炽热的恋爱,那时他们多么让人羡慕,往事就好像发生在眼前,结果是如此轻描淡写地离了。嘉毅替他俩难过之余,再联想到苏建第一次离婚时的种种,不免产生如今的爱情婚姻质量不如从前的感慨,同时在脑子里还时不时冒出有关自己爱情归宿的问题,心想人家已经结束了一场爱情马拉松,完成恋爱结婚、生子离婚的全部过程,而自己却还没有开始,心中不免有些惆怅。总之,这两件事情让嘉毅从心里感到别扭,感到不爽,根本无心工作,情绪低落,他照旧把双脚搁在写字桌的边沿上,无聊地望着天花板,胡思乱想,突然他伸手拿过公文包,取出了那幅陈旧的简笔画端详了起来。

曾经有一段时间,嘉毅很想找出这幅画来看一看,可怎么也没有找到,这次不知道从哪一本书中掉了出来,他如获至宝,小心翼翼地把它夹在公文包里。嘉毅看着画中的汪姐,想起她的温柔,他无法区分她的柔情是更像母爱,还是更像情爱,尽管有些奇怪,但让他终生难忘。他在不知不觉中热泪盈眶,想着以往的种种故事。他想念她,想她现在怎么样了,在干什么,猜她大概已经很老了吧,于是在内心涌出了一股强烈的想再见汪姐的冲动。他抹了抹眼睛,准备去找汪姐,起身朝窗户外面望了一眼,虽是隆冬季节但阳光明媚。

西藏路桥已经重新翻修过了,桥变得很大很漂亮,引桥也建得很长很宽,周围拆迁了不少房子。为了尽量少拆迁,聪明的人们竟然沿规划红线把房子拆除一半,保留一半,又对拆除后形成的外立面,按照原有房子的风格装修一新,重新开窗的开窗,粉刷的粉刷,从外表看就像房子原本就是这样的,真可谓是一大创举。原来的红花饮食店早就被拆除造马路了,只剩下后面的大半截弄堂还在,弄堂口就是采用那种拆一半留一半的办法改造而成的。嘉毅把车停在旁边的小马路上,凭着依稀的记忆,想找到汪姐以前曾经住过的地方,他只记得是在红花饮食店后面的一条弄堂的最深处,而现在饮食店已经没有了,只留下几个半截子弄堂口。嘉毅心想附近就只有这几个弄堂口,准备挨个寻找。好在因为靠马路的那一段弄堂被拆除了,弄堂都变短了。他拐进了第一条弄堂,一眼能够望到底,两侧还是和原来差不多,晾着衣服或晒着被子,一副弄堂的生活景象。在弄堂的尽头,坐着两个人正在晒太阳,远处望去是一老一少,老的像是老太太,少的像是外来妹。这时,嘉毅没有看清那位老太太是否汪姐,但他的潜意识中觉得她可能是汪姐。他心里开始紧张起来,不知不觉放慢了脚步。这一段不长的弄堂小路,嘉毅好像走了好久好久,脑子里在搜寻自己是怎么样离开汪姐的那一段,可怎么也记不清晰,只记得她说"你不要来了,你应该考大学"。这似乎是他唯一记得的临别赠言,也是他走到今天的万事之源。最近每每想到此事,感慨万千,他心里觉得真该感谢她。随着距离的接近,嘉毅发现那老太太不是汪姐,一阵失望,可他还是继续往前走,看了看她们身后的门牌号是十六号,想起来了这块门牌对他的意义,十六正好是自己那年的年龄,那时每次进出这扇门,他都会朝门牌瞥一眼,好像十六成了他的幸运数。

在绣十字绣的外来妹望着嘉毅,用手推了推老太太,似乎在告诉她有人找。老太太睁开眼睛,发现眼前站着一个大男人,才慢慢抬头看着他,似乎在问"你找谁"。嘉毅问道:"这里有位过去卖馄饨的老板娘汪姐还在吗?"老太太又仔细看了看他,好奇地反问道:"汪老太呀?你是她什么人?"嘉毅把事先想好的台词说了出来:"我年轻时候,常吃她的小馄饨,想来看看她还好吗。"老太太看来人没有恶意,就说:"汪老太早就不做馄饨生意了,现在她在养老院里。"这样的回答煞是让他没有想到,他赶紧问:"汪姐现在身体还好吗?"老太太有点支支吾吾接不上来:"不知道呀,好久没有她的消息了。"他向老太太要养老院的地址,老太太告诉他汪姐没有家属,是居委会安排的养老院。在居委会问到了地址,他驱车直接找了过去。

嘉毅找到养老院,护工把他领到汪姐的房间,看见她头发已花白,穿得干干净净的,坐在轮椅上,正面朝窗外看着什么。嘉毅没有说话,只是静静地注视着她,发现她没有自己想象的那么老。当汪姐扭过头来,发现身后有人时,定神看了看,突然双眼放出光芒,露出一丝有克制的笑容,以平和的语气,就像看到了昨天刚刚离开的朋友又回来了的口吻说:"哦,你来了。"嘉毅发现她已经认出了自己,还发现她说话的声音和语气一点没变,她的眼神一点没变。他像一个小学生一样,很乖地点了点头。

她让嘉毅坐在自己的床沿上,又仔细地打量了他,笑眯眯说:"你的气色看来不错,过得还好吗?"嘉毅点了点头,不知道从何说起。汪姐看他没有回答,又似乎自言自语道:"前几年,那里拆迁了,把馄饨店拆掉了,我也老了,早就不卖馄饨了,只能到这里来了,我在这里已经住了四年了。"她笑了笑,补了一句,"我天天这样,等着阎罗王来找我。"嘉毅赶紧打断道:"你看起来精神很好,不要这么说。"可心里有一种说不出的酸楚。汪姐笑着说:"我不迷信,人老了就想这点事了。好了,你难得来看我,不说了。"接着就像一个大姐问小弟弟似的,"这么多年了,说来听听,你是怎么过的。"

嘉毅简单地说了自己现在在大学里做老师,汪姐毫不掩饰地露出欣慰的笑容说:"我的小嘉毅呀,了不起,能做大学的老师了。"他又听到了她叫自己"小嘉毅"了,似乎时光逆转了,以前种种情景立刻浮现在眼前,他有点控制不住,大概眼睛红了,脸也变得怪怪的。汪姐注视着他,带着安慰的口吻道:"怎么啦? 见到我不高兴?"嘉毅摇摇头,连声道:"高兴,高兴。"汪姐拉过他的手,抚摸着又平和地问:"有孩子了吗? 现在多大?"嘉毅有点迟滞的样子,拘谨地答道:"我还没有成家呢。"听到这个回答,汪姐愣了愣,表情由随和变成了故作严肃,像是批评的口吻道:"怎么,知识分子找个女人,结婚就这么难吗? 你应该结婚生孩子。"嘉毅虽然在此前很想见汪姐,但他没有想好见面后应该对她说些什么。他不知道如何回答她,灵机一动笑着说:"我推你出去晒晒太阳吧。"便拿起放在床边的羽绒服替她穿上,在帮她穿衣服时发现她的身体是那样的轻、那样的柔软,心想大概人老了都这样吧。

他推着轮椅慢慢出了房门,汪姐似乎自言自语:"这么好的人,怎么没结婚呢?"嘉毅一声不响,自顾自地推着轮椅。在人来人往的过道里,有人投来了关心和好奇的目光。汪姐指着周围好奇的人说:"我是这里出了名的孤老,没有亲人。你来了,他们都很好奇。这下他们可要羡慕我了。"嘉毅应答道:"好呀,那么我以后多来几次。"

那天汪姐好像是这个养老院里最幸福的人,笑呵呵出了过道,在院子里找了一张长椅。当嘉毅想扶起她时,她笑嘻嘻地摆了摆手,告诉他:"我的腿还能走,只不过累一点,这个轮椅是我争取来的。在他们照顾不到我时,我就可以靠它了。"说着起身晃悠着挪到长椅边坐下。他俩侧着身子,面对面地坐着,相互含笑注视着对方,似乎都看不够对方,要把这么多年没见面的损失补回来。温暖的阳光洒在汪姐的脸上,她显得特别的高兴和亢奋,脸上总是挂着笑容,笑眯眯的眼神一刻也不离嘉毅,问了他许多事情。嘉毅像个小学生一样,认真地回答她每一个提问,她听完他的每一个回答,都会流露出骄傲和欣慰的神情,仿佛嘉毅是由她一手培养起来的。嘉毅自从见到她那一刻起,仿佛又回到初中时代,当着她的面,脑子还会回想着他俩过去甜蜜的点点滴滴。汪姐在他心目中永远是一位温柔的长者,不仅给了他女性的温柔,而且为他指明前进的方向,他永远会像一头小羔羊依偎在她的身边,依偎在她的目光里,享受她的温柔,对她充满着感恩之情。他从熟悉的神态和语气中发现汪姐的魅力犹存,这种魅力不是靠年轻貌美维持,而是靠日积月累沉淀在神态和语气中传递出来的,是常人难以察觉的。

她笑眯眯地告诉他:"你来看我,我也算有亲人了。"嘉毅握着她的手答道:"我就是你的亲人,我会常来看你的。"她把另一只手也放到嘉毅的手上,说:"我真幸福,如果说出我和你的故事,会让周围的老太婆们嫉妒死的,她们会感到自己的爱情黯然失色的。"

嘉毅从公文包里拿出那幅画,放在她面前。她眯起眼睛,仔细看了一会,问道:"这是你画的?什么时候画的?"他点了点头说:"一九八一年画的,那时我在读大学,想你了,就画了这么一幅画。"她脸上洋溢着幸福的光芒,这样的光芒在人的一生中也是难得见到的,让人印象极其深刻,难以忘怀。她的目光从画上移向嘉毅,又问:"为什么要画我抽烟呀?"他注视着她,这个问题是他这几十年来一直想告诉她的。他抑制着激动的情绪,以平缓的口吻答道:"因为你抽烟时,很美。"她笑了笑,自言自语地重复道:"很美?"接着她伸出手问:"有烟吗?"他一边从包里掏着香烟,一边小心地问:"你现在可以抽烟吗?"她笑眯眯地接过香烟说:"医生当然不希望我抽。但今天,我要抽,即使抽了马上死,我也要抽。"她把香烟夹在中指和食指间,慢慢放到嘴边,嘉毅举起打火机为她点燃香烟,而后她缓缓地吸了一口,从嘴里吐出一股青烟,冉冉升起,在他们周围弥漫,就像他们的故事弥漫在他们的心中一样。

　　在他们之间的谈话里,没有一个"爱"字,没有一句暧昧的话,可他们的心灵是相通的,他们比亲人还亲,比相爱的人更相爱,他们的故事是个延续了三十年的秘密,可那秘密将他俩的幸福和甜蜜融化在回忆中,他们在回忆中自我陶醉。他们之间的感情是爱情也罢、友情也罢,让人羡慕也罢、让人妒忌也罢,为人赞美也罢、不为人称颂也罢,都是他俩难以忘怀的温暖记忆。

第二十九章 天价的艳遇

予兴接到万富贵的电话,说他已经来上海了,想晚上请他吃饭。予兴马上答应了下来。万富贵是牛老板老家的规划局局长,看上去慈眉善眼的,对人非常和蔼,总是笑眯眯,他笑的背后似乎有一种力量,让你无法抗拒地跟着他一起笑呵呵,虽然这些笑都很肤浅,不论是好笑、痴笑还是傻笑。予兴的公司在那里又有楼盘开发,哪能不答应这种人的邀请。他想了想,拨通牛老板的电话,问他晚上有没有时间和万局长吃饭。牛老板在电话的那头一听是跟局长吃饭,像条件反射似的,大声叫道:"那是必须的。和局长吃饭,没时间也必须有时间去。"一般而言,予兴和牛老板保持着有节制的距离,他不大会主动邀请牛老板吃饭,因为这次是牛老板老家来的局长,他和牛老板也认识,所以算是一次例外。

予兴来到饭店的包房,牛老板已到了,他早就不穿他的"天使"牌西装了,身边照旧有一位漂亮的女孩,不过不是予兴上次见到的那个。牛老板见到予兴立刻站起来,边寒暄边递上名片,搞得像初次见面一样,予兴不以为然地说:"你的名片我已经有三四张了。"牛老板恭敬地说:"有新的内容,有新的内容。"予兴接过名片瞄了一眼说:"还是原来的。"牛老板急切地说:"反面,反面。"予兴两个手指夹着名片翻了个面一看,原来印着他们老家的市政协委员的头衔,便做出夸张的表情道:"哦,原来当上了政协委员,了不得。我算是有政界的朋友了。"牛老板得意地学着香港人的腔调谦虚道:"小意思啦,小意思。"又用手指点了点,意思说下面还有内容,予兴又扫了一眼,政协委员头衔下面还有一个民间借贷协会理事的头衔和一个金融家的称号,感到他真是厚颜无耻,就笑道:"我们牛老板,什么时候变成金融家了?"他的笑是一种类似于看滑稽表演而发出的笑,也笑得恰到好处。牛老板一本正经地解释:"我没什么能耐,小打小闹,搞了一点拆借,就被他们叫成了金融家。"尔后也哈哈大笑起来。予兴心想难保牛老板能够搞清楚"拆借"的确切含义。

这时,万富贵带着两个女人进了包房,予兴和牛老板的目光都集中到那两个女人身上。从她们的穿戴可以看出,不但漂亮,还有一定的气质和文化素养,尽管还没有开口说话,一眼可以看出,牛老板旁边的女孩根本不能和她们相比。同样是女人,一个是像被人掌握命运的玩偶,一个是像可以通过眼神支配男人的人。在这两个女人面前,万富贵倒显得有些笨拙和土里土气,根本没有局长的样子。万局长介绍了身边的那一位:"我们电视台的主持人,大明星牟小姐。"接着又指着牟小姐旁边的一位,"新加坡归国华侨,大诚实业公司董事长,巨龙造船厂总经理,林女士。"万局长转过身来又把予兴介绍给了她们,还多加了一句,"郝总,你以后可要好好关照我们的归国华侨啊。"当介绍到牛老板时,态度略微随便了一点:"这是我们的同乡,牛老板,现在是政协委员。"林女士优雅地从包里取出名片,发给了予兴和牛老板。牛老板殷勤地交换了名片,可予兴有些尴尬。他虽带着信用卡准备来埋单,可没有想到万局长会带来新朋友,两手空空来的,没有带包更没有带名片,只能抱歉地打招呼说以后补。

入座后,林女士正好一边是万局长,一边是予兴。明显可以看出:这顿饭是万局长为了让林女士认识予兴而邀请的。予兴或许是被林女士的美貌气质所吸引,或许是万局长的那句"要好好关照我们的归国华侨",他开始悄悄地留意她的一举一动。明眸皓齿,优雅大方的林女士让予兴心猿意马,在台面上他殷勤周到地为她夹菜斟酒,时不时把眼神瞟向她。他从旁边看过去,正好看到林女士的侧面,面部的轮廓线看得一清二楚,挺直的鼻梁,薄薄的嘴唇,微微向上翘的睫毛,还有冰清玉洁的肌肤,乌黑的头发像流水一样披到耳垂边,脖子上围着一条真丝围巾,显得很精神,展现出一种静静的美,有着一种从内到外的独特风韵,还若隐若现透着一丝性感,让予兴痴迷,甚至不知所措。

万局长扭过头来,隔着林女士对予兴说:"我们是朋友,就直来直去了。我有一件事要拜托你,我们林女士的两家公司在资金周转上碰到了一些问题,希望你能帮助一下。"这又是予兴猜到的,也是他希望的能和林女士接近的机会。林女士转过脸来,诚恳地对予兴说:"不好意思,初次见面。"这时,牛老板插话道:"林总,没关系的,我们这里都是好哥们,一两千万小事一桩。"林女士认真地点了点头,接着对予兴解释道:"我的船厂急着进一批特殊钢材,以备后用。资金缺口大概在一千八百万,周转一个月,不知道郝总的公司能不能帮忙周转一下。初次见面,就开这样的口不好意思。"予兴想了想,问道:"我跟财务联系一下,你的资金大概要什么时候到账?"林女士说:"越快越好,很急。"

予兴拿起手机出了包房,一边跟财务通话,一边想这钱是万局长要我还以前欠他的人情债呢?还是林女士真的急着周转?眼下很难判断,这笔钱很有可能有去无回。如果是前者,予兴无法拒绝,只能认命了;如果是后者,他倒是有点愿意接受,因为没有人能拒绝美女的请求,对他来说不是麻烦而是艳遇的机会。予兴回到座位上,笑嘻嘻地对林女士讲:"很巧,我下面两家公司里正好有这些钱,明天中午就可以给你。"林女士态度认真地答道:"那太谢谢你了。我明天带一份借款合同来签一下。"予兴听到她明天还要碰面,而且可能是她来自己公司,有点喜出望外。他瞄了一眼万局长,赶紧接口把话说死:"好的,我在公司里等你。"林女士似乎想了想,又转过脸来,和予兴凑得很近,轻声问:"还有这个利息怎么算?我回去后把它写进合同里。"予兴虽然像是低头认真地在听她讲话,可已经能够感受到她呼出的气息,仿佛沉浸在享受这样的气息中。当他回过神来,立刻爽快地说:"合同嘛,你明天过来签,没问题。利息嘛就算了,我从来没有跟人家算过利息。"正当林女士还想说什么,万局长发话了:"郝总是自己人,林老板就不要客气了。一回生,两回熟嘛,你以后会发现郝总是一个很讲义气的人。"牛老板不失时机地补充道:"郝老板尤其对女士,温柔有加。"万局长似乎想起了什么,哈哈大笑地指着予兴和林女士说:"我正式告诉你们,据我所知,你们两人目前为止都是单身,都是企业家,我今天也算是牵线搭桥了,今后你们是成为生意的伙伴,还是生活的伙伴,就靠你们自己了。"

牛老板忙着帮腔:"叫人羡慕呀,你们才是真正的强强联手。我看好你们这一对。"这些看似玩笑的话,却使得林女士和予兴的距离只剩下一层窗户纸,说得予兴心花怒放,为他今后进攻林女士埋下伏笔,心里喜滋滋的。唯一叫予兴心神不定的是,万局长的态度有些热心过了头,是出自他本意,还是另有所图?

在这个桌面上占主导地位的当然是万局长,他向大家宣布了一个大消息:"我们那里也要造机场了,国务院已经批下来。郝总,我上次带你看的那块地,就在规划的机场入口处附近,升值空间很大,是否有兴趣?"牛老板大大咧咧道:"那个地方传说要造机场,好几年前就听说了,那里的地价已经涨过一回了。"还想往下说,被林女士打断了:"话不能这么说。"尔后,转过脸来面对予兴道:"郝总,你的公司是上市公司,规模这么大,应该有个长期规划。在全国各地布局很重要,土地储备是房地产的命根子,有上升空间的土地更是扩张的法宝。我看从长期来看,那块地不失为与国家发展规划同步的地块。涨一回没有什么了不起,随着机场造起来,涨两回三回都是有可能的,即使你等不及到那时候,拿下地后,搞个项目公司再卖掉也肯定赚钱。"林女士把话说得有条有理,牛老板听得眼睛发亮地对予兴叫道:"林老板说的对极啦。如果她做你公司的参谋,你们公司肯定发财。"万局长看了看大家,像是总结似的说道:"现在'地不分东西南北,人不分男女老幼',都在大胆地赚钱。俗话说的好,成功是为有准备的人而准备的,而现在的社会呀,就是为像郝老板这样有钱人准备的,有了钱,可以买地造房,开发卖房,很快就能赚到更多的钱嘛。"牛老板眼睛一转,不失时机地拍了一下马屁:"有钱的人赚钱,还要有你这样的好领导的点化,否则赚个屁。"

予兴知道那块地,由于地块的形状像个不规则"凹"字,极不整齐,聘请再高明的设计师,造出来的房子也会成迷宫,而且按照规划,地皮的旁边还要造高架路,所以这块地皮不论造住宅还是商业用房,都不可能造出高品质的房子来,属于先天不足的那一类地块,即使要转手也不会有好价格。林女士的那些话,虽然有道理,但予兴已经在朋友聊天中、报纸上、财经频道里听过不下几百遍,可从一个女人嘴里听到,还是不多见,让予兴小小地惊讶了一回,至少让他感到她有一丝与众不同。至于万局长那句"地不分东西南北,人不分男女老幼",用在这里再贴切不过了,但似曾相识,却忘记了在哪里听到过。予兴知道在他们面前绝对不能表现出对那块地不感兴趣。在官员和生意人一起的场合,需要一点信口开河的能力,甚至需要一点同流合污的本领,这方面予兴早就了然于心,炉火纯青。他尤其要给林女士面子,这似乎是一个桃花运的开始,必须把握好机会。他便套近乎地热情赞许道:"对,就像我们的林总说的,不论立刻建房卖,还是拿来炒地皮,都会赚钱,我志在必得。"牛老板起劲地提议:"来,我们为这块地皮干杯。"坐在万局长旁边的牟小姐文雅地笑了笑,细声细气道:"怎么为地皮干杯呢? 我们为郝总发财干杯。"予兴扫一眼林女士,谦虚道:"我们还是为了万局长的点化干杯吧。"于是带头拿着酒杯,直起身子道,"万局长,谢谢你。"

干完杯,予兴有意无意地把牟小姐和林女士作了一番比较。他没有看过牟小姐主持的电视节目,她是不是主持人在他心目中还是一个需要证实的问题,当然也是一个无关紧要的问题。她比林女士年轻,也很漂亮,但化妆的痕迹太浓,再加上和万局长坐的太近,不论火辣辣的眼神还是言行举止对万局长都过于亲密,让人很快会产生她对万局长的依附感,失分不少,很难赢得高一层次的尊重;而林女士的美艳不亚于牟小姐,举止大方得体,而且还透着那种接近中年女性的成熟美,优雅而稳重,淡定的眼神会让男人浮想联翩,这要比小女孩只会放电的眼神不知道要高出多少倍。同时在与男人谈话时,能够独立讲出自己不同的看法,为她的胆略智商和独立人格加了不少分,似乎有才女之能。予兴暗暗给自己下了一个决心,只要在一个月内,林女士能把钱还回来,他就娶这个女人做老婆,感谢万富贵的关心;如果她不能归还,就算遇到一次价格昂贵的艳遇,也还了万富贵的人情债。

第二天,林女士按约来到予兴的办公室,果然递上了借款合同,虽然只有薄薄的两页,上面却约定了利息和逾期还款的罚息。予兴爽快地把利息和罚息的内容划了,而后叫猪八戒拿去盖公章。这时,林女士和予兴大谈造船业的生意经,从日本造船业的衰败,说到自己的公司如何与韩国船舶公司进行竞争,向他介绍自己造的船出口马来西亚、新加坡,甚至欧洲,她有信心成为中国大陆的船王包玉刚。在谈到房地产时,她说,搞房地产的企业要有国际战略眼光,要抓住时代的脉搏,赶上经济的浪头,把房子造到国外去,这样才算真正的成功,就像她的船卖到国外一样。她还信誓旦旦地答应他,可以帮忙介绍予兴的公司去马来西亚、新加坡开发房地产,让他的公司上一个台阶。

林女士的一席话,尤其"时代的脉搏,经济的浪头"那些话,把搞企业赚钱的事,提高到如此之高的地位,还和大背景结合起来,这让历来胸无大志,只精于算计的,打桩出身的予兴再次吃了一惊,感到自愧不如。他暗暗认定此人纵横商场,定将所向披靡。他为自己交上这样的好运感到庆幸,心想如果把这样一个眼光远大的女人变成自己的老婆,自己以后在公司里可以省不少心,那是千载难逢的机会。予兴在高兴之余,略微有些纠结,毕竟和林女士才初次交往,而且还借了自己一千八百万,心里还有点抱着"听其言、观其行"的想法,注视着她每一个举动,只是越是仔细观察她,越是迷恋她。林女士说到精彩时,在她淡定的眼神中,夹杂着一丝捉摸不定的微笑,会让人感到有一种高不可攀的迷人感,很有诱惑力。予兴这些年来,有了钱,长了阅历,在风月场上也有大踏步的进步,见识过各种年龄、各种层次的女人,但他对这些女人从来都是不屑一顾,在追求的时候居高临下,游戏的成分多,情感的成分少,很难会让他紧张和激动。而在林女士的淡定面前,予兴有些局促不安,左顾右盼,在游戏、情感和生意之间拿捏不准,没有了以往那种追求女人的从容不迫,他唯一的处置办法只能按兵不动,等待最佳时机。

当猪八戒拿来支票时,予兴把他介绍给了林女士,称他是公司的大管家。尔后又邀她一起吃午饭,她欣然接受。

予兴把她带到了黄莺开的日本料理店。猪八戒和黄莺都是和予兴有密切关系的人,他不知道为什么要把自己周围的朋友介绍给她,也许是想和她发展一种光明正大的恋爱关系,对她从头开始就开诚布公,毫无隐瞒。虽然,予兴让林女士高调出现在自己的周围,她的言行举止却一点都没有让他失望。她雍容大方,对公司上下每一个员工都很客气礼貌,而她丰富的商业和管理知识,让员工都非常佩服,也为予兴增添了不少光彩。此后一段时间里,员工们经常可以在办公室的走廊里听到林女士穿着高跟鞋的脚步声,她的高跟鞋就像职业女性的服饰标配,这脚步声很特别,很响,在安静的走廊里能够传得很远;员工们还能经常看到她在予兴的办公室里喝咖啡的样子。总裁恋爱了的消息传遍了整个公司上下,林女士也当仁不让地摆出一副总裁夫人的派头。

不到一个月,林女士就把借款一分不少地还给了予兴,也是用支票,还附上十万元的现金作为利息。予兴看着支票和现钞,有些喜出望外,比自己亲手赚到这些钱还要高兴。这证明林女士不是骗子,他可以放心地去追求这个女人了。他克制着内心的兴奋,笑眯眯地夸奖道:"我们的林老板,真有契约精神。"林女士认真回答:"我们做企业的,守信用是基础,宁可亏自己,也要守信。不守信用的人,连朋友都没有。"她说的句句在理,又言行一致,让予兴再次佩服不已。予兴把那十万元的现钞硬退回给了她,殷勤道:"我们是一家人了,就不要分彼此了。"他为她能够还款感到高兴,为自己当时对她的定位感到高兴。他开始出击了,真心诚意地把林女士当作了未来自己的贤内助来对待,感到自己就像在玩麻将牌时,摸到了一张"花"牌,为自己的一手好牌增添了不少翻倍机会,也为玩麻将增添了不少乐趣。他俩的恋爱也如予兴所愿进入快车道,他答应林女士去她老家参观她的造船厂。

林女士给予兴介绍了自己的大诚实业公司和巨龙造船厂的关系。大诚实业是空壳子,它是巨龙造船厂的投资人,在业务上又服务于巨龙造船厂,为其采购或者融资,它是一道防火墙,保护造船厂在任何时候不受到外界干扰。这种不同寻常的设置和安排,让予兴有些似懂非懂,但还是很佩服她对造船厂细心周到的照料,心想她为了实现自己的船王梦费尽了心机。予兴和林女士一起来到了她造船厂的办公室,她吩咐助手倒茶招待。办公室很大很干净,予兴却发现宽敞的办公室里没有人气,室内装饰一点没有女人味,心想也许是她经常不在办公室的缘故,也许是她太想成为船王,顾不上那些普通女人喜欢的室内装饰了,所以这办公室的布置和她本人的穿着打扮形成了鲜明的对比。

予兴趁林女士出去办事机会,端着茶杯,站在落地窗前,浏览窗外的美景。他所在的办公楼,正处于半山腰上,正下方的造船厂尽收眼底,好像有两三个船坞,巨大的龙门吊在船坞上缓慢行走,旁边还有高耸的起重机,有起有落,一派繁忙景象。造船厂在海湾的最顶端,从办公室远眺海湾一览无余,海湾背依旖旎的山峦,远处隐约可见还有几家船厂,风景很美。

予兴出神地望着窗外,林女士走到了他身后竟然一点没有察觉,她问道:"在看造船?"他回头朝她微笑道:"在看你的船厂。"她笑了笑:"第一次看到这种景象吧? 没有想到吧,我这样的一个女人能够造出那么大的铁疙瘩。"接着指着下面最靠近办公楼的船坞上造到一半的船,自豪地继续道,"这艘是万吨级的,今年年底必须完工交付马来西亚。"又指着海湾的另一头的一家船厂,"我们对面的那家船厂,看见了吗? 是一家国有企业,造船的能力比我们强,设备比我们先进,可订单比我们少多了。一直吃不饱,大部分工人都下岗了。我已和他们谈了好长时间,正在考虑把它收购过来。如果收购成功,我就是省里最大的造船主了。"予兴由衷佩服,非常体贴地问:"这个收购,需要我帮什么忙吗?"她果断地摇了摇头:"不需要,我不想靠你的力量成就自己的事业。"她似乎想了想,转过头来,含情脉脉地望着他,"我答应你昨天晚上说的。你可以娶我,我会做你的好老婆,但你不能妨碍我的事业,我太想成为一个成功的企业家了。"予兴的手轻轻地搭在她的肩膀上,为她感到自豪。

他还有一点对林女士非常满意,那就是她从来没有对他眉目传情过,即使在两个人的世界里,她也从来没有主动勾引过他。按常理来讲,有人会认为那是她不懂风情,而在予兴看来,这似乎是她不是冲着自己的钱而来的证据,是她爱他的人而不是爱他的钱的有力证据,是她最难能可贵的地方。他甚至想一个女人如果不懂得用自己的女色去讨自己心爱的人的喜欢,也许是一个高尚的女人,是一个有道德的女人。虽说予兴眼下对林女士无可挑剔,可有一点让他不适,那就是和她在一起时必须说普通话,尽管林女士的普通话就像南方人的普通话,总夹杂着地方上的方言,可她一句上海话也听不懂,没办法。予兴不是不愿意说普通话,而是感到自己在说普通话时,有一种假假的感觉,尤其在说热恋中的那些词汇,诸如肉麻的"我爱你","永远和你在一起"等,也许平时从来不说这些词汇的缘故,总觉得怪怪的,像是在演戏,他自己也无法解释这种奇怪的现象,只能乞求她不要有这样的感觉,否则真的变成了演戏。

他俩虽然认识时间不长,但进展很快。只要林女士在上海,就住在予兴那里。白天,林女士会在他的公司里待上很长时间,尔后和他一起回家,每逢这时,予兴回掉司机坐她的车回家。她开车时也很有特色,先是脱掉高跟鞋,换上平底鞋,接着把高跟鞋放在予兴坐的副驾驶位子下面。予兴对这一系列的动作一点都不反感,反而感到是一种优雅的举止,增加了两个人的亲密度。每次下车前,他会帮她从座位底下拿出她的高跟鞋。那天,是林女士从老家回上海的第一天,傍晚她特地驾车去接予兴回家,他俩已有四五天没有见面了,当予兴坐进车内,彼此很亲热,相拥亲吻了一下。

在路上,林女士像是以聊天的口吻说:"现在,我到了关键的时刻。和国有船厂已经谈妥了,以两个亿不到的价格收购对方,但对方的条件是在签约时必须支付百分之五十的款项。我交付马来西亚的船是在年底,那时才能回笼资金。眼下缺口达八千万元,所以,我只能准备什么时候有这笔钱,就在什么时候跟他们签收购合同。"

她的话听上去并没有向他开口借钱。这样的情况予兴早就预料到的，只要林女士想收购国有船厂，她肯定缺资金，他已经早就想好了，只要她开口，公司有现钱就马上给她，算是给她一份结婚前的礼物，为她做船王梦出一份力。予兴问道："我对你们这一行不熟，这个价格是否便宜？"她自信满满道："肯定便宜，不便宜我不会收购的。"予兴侧过脸来，看着林女士专注开车的表情说："如果你手上一时凑不齐的话，公司可以先垫付一下。毕竟这件事情对你很重要。"林女士没有回头，眼睛继续看着前方，仿佛事先有准备的样子，说道："这事当然对我很重要，不过年底我把船交付马来西亚，就有这笔钱了。"是否需要予兴公司垫付，她还是没有急着表态。予兴看了看她说："由于前一段时间地皮价格不太好，一直没有拿地，公司账上囤着不少钱。既然这事对你这么重要，现在到年底还有四个月，免得夜长梦多，还是尽快把它落实了吧。我明天就给你把钱打过去。"林女士转过脸来，深情地看了他一眼说："那也好，太感谢你了。要打就打到我大诚实业公司的账上吧。"

　　翌日一大早，予兴吩咐财务把钱分三次打入了大诚实业公司的账上，做完这事后他感到有一种踏实感，好像完成了一件大事。在他看来这一切，是理所当然的，第一，他马上要和她结婚了，虽然具体日期还未定，但就在眼前，理应不分你我；第二，目前公司里的资金正处于较宽松的时候，算是给资金找一条出路；另外至于风险，他认为林女士说的这些事情，都是在自己眼皮底下的事情，不可能有假，不可能有风险。如果将来她的公司真的还不出，也可以以自己的好运公司名义入股造船厂的方式解决，钱肯定不会损失的。中午，林女士来到予兴的办公室准备一起吃午饭。他俩心血来潮说要吃西餐，去了公司对面一家新开张的西餐馆。

　　餐馆的装饰很洋气，很适合情侣就餐。林女士显得很亢奋，对予兴特别的体贴，为予兴点了昂贵的龙虾，还提出要由她请客。予兴笑道："在记忆中，我和女性朋友就餐，由女性埋单的事情好像还没有过。"林女士柔情道："我不但是你的女性朋友，而且还是你的未婚妻，这恐怕在你的记忆中没有过吧。"予兴露出微笑,仿佛看到了将来和她在一起的幸福生活。当她知道予兴已经把款子汇到了大诚实业公司的账上,含情脉脉地对予兴说:"你真不应该这样慷慨地帮我。叫我说什么好呢?你会把我宠坏的。"她的眼神里充满着感激之情,还混杂着一种叫人难以发现的内疚感,使她的眼神更加迷人,更加让人难以琢磨。

予兴望着她,若无其事地笑嘻嘻道:"我们之间就不要这样客气了,宠坏你,是我的责任,我喜欢。"她柔情地答道:"哪个女人不希望得到宠爱? 如果把我宠坏了,我会一不小心伤害你的,你可不要怪罪我呀。"说这话时,她眼睛里似乎闪着一丝泪光,亮晶晶的。予兴看到她如此动情,伸出手盖在她的手背上,安慰道:"哪来的那么多伤害呀? 我永远不会怪罪你的。"她抽回手,用手背轻轻地压了压眼睛,用力抿了抿嘴唇后说:"不说了,反正这些都是我的真心话。我爱你。"

她摇了摇头,像是无奈,像是找到新话题,笑盈盈问:"你写字台上的那张'猫捉老鼠'的画,是你自己画的,还是出自哪位名人之手?"予兴故意做出一副回忆往事的样子:"它放在我桌上有些年头了。不是我画的。画这张画的人,名人嘛,谈不上,也差不多。他是我中学时的一位好朋友,人家可是大学校长,是教授,喜欢画画,他给我的。"她的表情很认真,神情很专注,已没有了刚才的泪花,更像天真的爱打破砂锅问到底的女学生,继续发问:"你喜欢猫? 喜欢抓老鼠的猫?"予兴脱口而出:"恰恰相反,我做不了猫,被逼无奈只能做老鼠。"她笑着接口道:"你怎么会想做老鼠的? '过街老鼠,人人喊打',没有听说过?"予兴饶有兴趣地答道:"老鼠固然处处挨打,可它非常了不起。或许老鼠比我们人类还早,就存在于这个星球上。自从有了人类,就有了打老鼠,从来没有同情过老鼠,可至今为止老鼠还是没有被赶尽杀绝。你看它有多顽强,我们只有听说过懒猫,从来没有听说过偷懒的老鼠,它们生活在夹缝里,昼伏夜出,躲避着人们的追打,一直和人类共存,作为一种生灵,我看老鼠没什么不好。"他停了停,看她不知道说什么好,略带骄傲的口气继续说,"我最早起家是靠打桩,就是现在的做黄牛。那时,打桩就像过街老鼠,让人说不出口,可我挺过来了。"她瞪大眼睛看着他,情不自禁感慨道:"以前,你打过桩,而且发了财。快点跟我说说打桩的事情吧。"

予兴把他过去乱七八糟打桩事情,添油加醋地说了一通,后又把前些时候发生的一件事说给她听:"去年有一家电视台'财富和光荣'的节目要采访我,让我说说怎么会成为一名成功的企业家。我告诉他们要说就必须从头说起,肯定要讲到我以前打桩的事情。他们的意见是我第一桶金靠打桩得来的,太不上台面了,要对我的回忆进行包装打扮,尽量把打桩说得合理合法一点,或者一笔带过,否则会影响我的光辉形象。我想这是我生命的一部分,是我无奈的选择,没什么可耻的,至于光彩还是不光彩,应该让电视机前的观众去评说吧,要讲就实事求是地讲。后来,他们再三犹豫,还是没有播出。当然,播不播出,我也无所谓,只求不骗自己,不骗人,就可以了。你说,现在的事情好笑不好笑。"她似乎听得很入迷,若有所思地自言自语道:"你的这段经历很感人。也许我也会让人叫成人人喊打的……"她说话时眼神里流露出一种极其哀伤的神情,虽说这样的哀伤让人无法判断,是为自己还是为予兴,却着实令人有种同情。予兴对她的神情毫无察觉,沉迷于回忆过去的故事之中……

这一段时间,林女士一直说船厂的事情多,好久没有来上海了,予兴也有一个多礼拜没有接到她的电话了,这是从来没有过的。那天礼拜一的上午,予兴在办公室里,突然接到牛老板的电话,先问林女士在上海吗,予兴回答他自己也有十来天没有接到她的电话了。牛老板在电话的那一头立刻大惊失色地大叫道:"林老板电话打不通,好像失踪了。"予兴不以为然地应道:"怎么可能呢?别乱说。"牛老板那一头似乎停顿了一下,声音也变得冷静许多:"我问你,你和她到底怎么样了?"予兴还是感到一头雾水,没搞清楚他要问什么,而且有点对他不耐烦,没好气地答道:"你要问什么呀?"牛老板有点发急的样子:"你和她办理了结婚手续吗?"这时,予兴发现事情有些蹊跷,平时大老粗的牛老板从来不这么绕着弯子说话的,也不会把结婚手续这种事情放在心上,心想自己确实是有较长时间没有和林女士联系了,便耐着性子依着他,实事求是地回答道:"准备开结婚证,但还没有开呢。怎么啦?"电话那一头,传来牛老板放心的声音,语速也快了起来:"那就好,那就好,没事。我跟你说,林老板出事啦,可能涉及非法集资,现在她人也失踪了,我们那里有好多人都在找她,公安局也在找她。"予兴一下子蒙了,几乎不相信自己的耳朵,在对方挂电话之前,他赶紧抢着问了一句:"到底怎么回事?"牛老板又简单地重复了一遍先前的话,说话的速度比上一次要慢了些,说具体情况他也不太清楚,答应过几天等事情明朗了,会亲自专程来一次上海的。

予兴捏着手机,愣了好长时间,一连捣了几遍林女士的电话号码,那头还是"已关机"的电子声音,心里有点发慌。他静静地坐了一会,想了想,再次拿起手机,打给了张律师,把牛老板的电话内容说了一遍,要求他帮忙去一次林女士老家,调查大诚实业公司和巨龙造船厂的情况。予兴的情绪低落到了极点,心里已经明白自己受骗了,他心痛的不是被骗的钱,而是自己的感情受到了欺骗。

到了周五,牛老板来到予兴的办公室,这次他没有带女孩,一个人来的。见了予兴的面,第一句话就是:"我算是上了这个女人的当。"其实在两天前,予兴收到林女士的一封信,信很短更像是一张便条,上面写着:"兴:我骗了你,我不是三十一岁,我的出生日期完全和你相同,这也算是我们的缘分吧。我走了,不要找我,最好也不要打听我的事情,我一不小心成了过街的老鼠,如果有机会我会告诉你一切的。爱你的林。"予兴看着便条,内心感慨道:原来她也是一位七九届高中生,也有四十六岁了。两天来,予兴一直在探究林女士到底是怎样一个人,自己在她眼里又是怎样一个人,她在老家做的那些事情为什么不跟自己讲,甚至还幻想在这件事情过去后要好好问问她,为什么不跟自己讲实话。

予兴耐着性子让牛老板坐下,要他详细介绍一下情况。牛老板说:"我们那里有集资的习惯,一层一层的把钱借进来再贷出去,赚取利息的差额。最后人家看林老板最讲信用，又是一个女的，不会干出过分的事情来，都把钱集中到了她那里，接近两个亿。前一段时间里，她也能按时付息，人家也不管她拿着这么多的钱去干什么，只要有利息就好，可是这样下来，终有付不出利息的一天。所以，她一付不出利息，就躲起来了。现在我们那里说什么的都有，有的说她逃到国外去了，也有人说她让神秘的大老板藏起来了，连公安局都找不到她。我断断续续也给了她五百多万元，其中一部分还是借来的。"牛老板说的集资的情况，和网上说的差不多，可予兴想知道的是林女士的公司和船厂的情况，这是他否定林女士非法集资和追回钱款的最后一根稻草，便说："急什么，她不是有公司，有船厂吗？"牛老板拍着大腿叫道："你还信这些。都是骗人的，什么大诚实业公司，是个空壳，每天没有几个人上班的公司，现在人都没有了；船厂，她在里面只是一个小股东，船厂的事情根本不是她说了算，而且现在厂的生产情况也不太好。"

听到这里，予兴知道最后一丝希望也没有了。牛老板突然想起什么似的，瞪着眼睛问道："那天，她向你借钱来着，怎么样？借给她了吗？她还了吗？"予兴看着牛老板一副急吼吼的样子，很好笑，想捉弄他一下，故作轻松地说："就是那一千八百万元。借了，也还了。"故意没有马上说后面八千万元的那一笔。牛老板惊讶地瞪大了双眼，连连叫道："还了，真的还了？你真是运气好，运气好。到底是你们上海人噱头好，连骗子都不敢对你下手。你还不花一分钱，让她陪着你，做了几个月的临时老婆。"牛老板也许出于敏感，他总是把自己和上海人分得很清楚，有时候看不起自己，有时候看不起上海人，其实，他对自己和上海人从来没有正确的判断过。予兴听了这话，双手托着后脑勺，往椅子上一靠，仰天大声苦笑着，似乎预想到牛老板会这么讲，可随之还是以自我安慰的口吻告诉他："钱，生不带来，死不带去。我亏大啦，没脸面跟你说呀。"牛老板不解地望着他，问道："她，不是把钱还给你了吗？还亏？"

这时，有人敲门。他们回头一看，是张律师站在门口做着手势，意思问可以进来吗。予兴延续着刚才苦笑的样子，朝他招了招手，要他进来,继续回答牛老板的话,一字一句道:"我被骗了八千万。"牛老板似乎不太敢相信,诧异的表情把脸也弄得走了样,忙问:"真的?怎么会呢?"予兴感慨道:"这就是她的高明之处,她先把一千八百万还给我,赢得我的信任,再狠狠地来一下。"这下轮到牛老板开怀大笑了,他难得有机会调侃予兴,当然不会放过这次幸灾乐祸的机会,无所顾忌地笑道:"哈哈,是吗?我以为你们上海人不会上当受骗的呢。英雄难过美人关吧。那你这个临时老婆讨得也太贵了,八千万可以讨一大群呢。"

予兴只能继续苦笑,旁边的张律师也被逗笑了,仿佛这个房间里的人都视金钱为粪土,不把损失金钱当回事,相反金钱成了嘲笑的对象了。笑完后,予兴转向张律师问:"你那里的情况怎么样?"张律师调查的权力有限,有关林女士两家公司的情况和牛老板说的差不多,只不过详细一点。大诚实业公司确实属于她个人的公司,两年前才设立的,实缴资金只不过五十万元,几乎没有经营过;巨龙造船厂她算股东之一,但她只占百分之三点三的股份,该厂从来没有分过红;在她名下还有四五套房子,包括两栋宅基地上的农民房子,已由当地公安局查封了。

予兴听完张律师的汇报,想起了林女士带他去的那怪异的船厂办公室,按照她的占股比例,厂里不可能有她的办公室,那间办公室可能是公司里没人使用的,或者是股东们人人可以使用的公共办公室,心里有点佩服她骗人的功力。他苦笑着用手拍了拍自己的额头说:"我的钱,算是打水漂了。"扭过头来问牛老板,"我搞不懂,她怎么还是新加坡回来的华侨?"话一出口,想起了几年前牛老板"天使"牌西装的故事,感到自己有点傻,问了一个多余的问题。牛老板郑重其事地答道:"她是华侨,不是我说的,是万局长说的。据我所知,她的母亲曾经在新加坡做过女佣,所以她对新加坡情况略知一二,至于她是不是华侨,我也不知道。"张律师看了看牛老板,补充道:"从户籍材料来看,她父母早年就离婚了,她好像一直和她父亲生活。经济状况不像是做大生意的。她父亲是开洗脚店的,生意还算可以。"牛老板插话:"听我们那里的人说,她年轻时人长得漂亮,也很聪明。"予兴笑了笑,自嘲地感叹道:"她的漂亮和聪明,我已经都领教了,代价不小呀。"他刚才听牛老板提到了万局长,便问,"现在万局长怎么样了?"牛老板答道:"他也有点不太妙,被停职了,是否和林女士的事情有关还不知道。"予兴自言自语道:"这是迟早的事。"脸上露出了一丝难以察觉的轻蔑的微笑,似乎在庆贺什么。

从予兴的内心来讲,万局长和牛老板都算不上是他的朋友,如果让他对这两位朋友进行比较的话,万局长集强盗和骗子于一身,防不胜防,因为他背后有着强有力的东西,唯有金钱可以打发,而牛老板只不过是一个技术不高的江湖骗子,只要不轻易相信他就足够了。他很想从牛老板嘴里了解万局长和林女士的关系,但是更担心得到的答案会让自己更伤心,一直犹犹豫豫,最后还是迂回地向牛老板启发式地问:"听林老板说,她和万局长也不太熟,才认识不久。"牛老板诡异地笑了笑:"不熟,万局长能把她带到上海来? 能把她带到你这里? 我是在你这里认识林老板的,还赔了五百万,这笔账要记在你郝老板的头上。"他把话给堵了回来,予兴也识相地收了话题,不再说什么了。

这时,猪八戒拿着一张纸片进来了,畏畏缩缩地到予兴旁边,轻声说:"财务总监说,这是林女士给他的借条,说是船厂急着支付韩国买螺旋桨的款子,向公司借一千四佰万,十天之后归还,还说不要把这事告诉你。"予兴接过借条,看了一眼问:"这钱又是打到大诚实业公司账上的?"猪八戒点了点头。予兴将那张借条扔在桌子上,气愤地说:"我现在总算明白了,她在解释大诚实业公司和巨龙造船厂之间关系时,为什么说大诚实业公司在业务上是服务于巨龙造船厂的,还要保护船厂。其实,她早就算计好的,因为她借船厂需要用钱的名义骗钱,却又不能让我们把钱直接打到船厂的账上,所以才这么说。够聪明的。"大家看到予兴的脸色不对,都不敢轻易开口。

予兴看到猪八戒站在原地一动不动,便问:"还有什么?"猪八戒轻声说:"财务总监担心死了,怕承担责任,你看该怎么处理?"予兴叹气道:"这事不怨他,都怨我自己,引狼入室。你叫他不用担心,所有的责任都由我承担,以后在董事会上我会作检讨的,要扣钱罚款都算在我头上。在财务上,该做坏账的做坏账;在报表上,该公开的公开。股票要跌,我也没办法啦。"张律师接着他的话,补充道:"不过,我看今年我们公司的赢利情况不错,对股票的影响不会太大。难对付的是那些财经记者,他们会吹毛求疵,追着不放。"说到这里,张律师似乎有些犹豫,看着大家欲言又止的样子。予兴看了看他问道:"还有什么?"张律师说话的口气有点吞吞吐吐:"不过,作为公司的法律顾问,我不得不问一下郝总,按照这件事情的性质来讲,我们公司是受害者,是可以报案的。"然后低头轻声问,"你看,是否要向公安局报案?"予兴想了一会,像下了决心似的,抬起头答道:"作为我个人来讲,不愿意报案。"他停了停,扫了一眼大家,略微有点羞涩地继续道,"理由嘛,一是我和她毕竟有过那么一段,是一段感情也罢,是一段受骗经历也罢,反正我不想再把事情扩大;二嘛,即使我报案,也不大可能追回损失,而且她还要罪加一等,这我也不愿意。如果以后在新闻媒体上曝光了,公安局自己要立案,他们来问我,我也只能说我是借给她,这也是事实,落井下石的事情,我不能做。"歇了歇又补了一句,"我这样做,也算对得起她了。"

大家听了这话,一时也不好说什么,予兴转过头对牛老板说:"以后你的公司做大了,千万不要上市。你看,这就是上市公司的好处,好事不出门,坏事传千里。反正打了一手臭牌,臭不可闻,我已经准备好了最坏的结果。"办公室里的气氛有些沉闷,围绕着林女士一大堆乱糟糟的消息,予兴越听越痛心,越说越没劲。他想到了林女士寄给他的那张便条,让他不要打听,便起身对大家说:"林老板的事情,不管结果怎么样,在我们这里就算结束了,该忘记的就忘记吧,该干嘛的还是继续。现在是午饭时间,走,我们吃饭去吧。"尔后,和大家一起出了办公室。可是,在吃饭的时候,他们谈论最多的还是林女士的那些事。

第三十章 世 事 难 料

寒假已经放了一个多礼拜,明天就是除夕了。嘉毅在办公室磨磨蹭蹭处理了一些杂事,挨到值班的保安来门口贴封条,才离开办公室,算是结束了一年的工作。这时,是学校里最清静的时候,通往停车场的小路上,满地是落叶,上面光秃秃的树枝,挂着几片枯叶,在寒冷的微风中摇曳,配着旁边灰不溜秋的建筑,一副肃杀的景象。嘉毅一面孤寞地走着,一面在想晚饭去哪里吃,和谁一起吃,还有如何打发接下来的春节长假。走着走着,看到前方远处有一对情侣,他们非常显眼,相互搂着对方的腰,尤其那位女士火红的三角围脖,随风飘着。虽说是近傍晚时分,但光线还很充足,飘逸的红围脖在周围灰蒙蒙的景色中显得特别的艳丽,像一团火在燃烧。嘉毅大概出于不愿意打扰他们的想法,或许不好意思孤身一人与他们擦肩而过,故意放慢了脚步,在他们后面欣赏着这一独特的风景。凭着他会绘画的敏感,心想如果把这一瞬间定格的话,绝对是一张好照片,可以取名叫做"萧瑟中的爱火",就这样胡思乱想着,跟在他们的后面。突然,他发现那位女士背影有点眼熟,仔细辨认,竟然是陆文晴,而旁边的显然不是苏健。他变得更加不好意思加快步伐,超越他们了,内心胡思乱想的节奏明显加快,心想陆文晴从离婚到现在没多长时间,又重新恋爱了,开始第二圈马拉松了,倒是一个不消停的女人。随之,感到心里有一股酸酸的味道,这种酸楚先由羡慕引起的,再是对自己的怜悯,至今自己还是单身一人,联想到自己刚才想的春节怎么过的问题,更增添了一层孤独感。在这段时间里,尤其和汪姐见面之后,他感到孤独的时候比以往多得多,看到汪姐老态的样子,不免想到自己的年龄也在增大,正在接近知天命的年龄,又有了一层老来孤独的感觉。他望着远去的那对火焰,慢吞吞地坐进车里,打开车窗,吸完一支烟,掏出手机,接通予兴,问他是否有时间一起吃晚饭。予兴豪爽地邀他去黄莺的料理店共进晚餐。其实,这个吃饭的地点是嘉毅早就预料到的,予兴喜欢黄莺的料理店,而对他来说并非如此,尽管他对黄莺心里坦荡,但要见面却有一种难言的心理障碍,可今天这是无奈的选择,他无处可去,只能接受邀请。他想今天晚上喝个够,便把车开回家,停在后面的院子里,直接在大门口等出租车。

由于西藏北路的地道口就在嘉毅住的楼房前面,地道口和车行道占了大部分地面,使得人行道很狭窄,仅有二三米宽,在他们门口的车行道只能行驶公交车辆,除过境的,一般出租车不能行驶;而在旁边的西藏路和海宁路交叉口又有巨大的人行天桥,下面的上阶沿都装了栏杆,出租车无法停靠。他正想换个地方等出租车,这时迎面驶来一辆出租车,就停在他面前,从车上下来的正好是英姿和她丈夫还有两个女儿,他们拎着大包小包,显然是刚刚采购年货回来,其乐融融的样子。嘉毅和英姿都看到了对方,即使想回避也无法回避。虽他们都同住一栋楼,嘉毅朝九晚五只是在家门口一闪而过,难得有机会和英姿打照面,这些年来几乎没见过面。英姿的精神状态很好,隐隐约约中可以看出她对眼下的生活有种满足感,她仰头见到站在面前的是嘉毅,先是一惊,尔后笑盈盈地向嘉毅打了招呼,客气地向他介绍自己的丈夫和两个女儿。她丈夫站在她身后,看嘉毅要出门的样子,礼貌地问:"你要用车?"便吩咐出租车等一下。嘉毅有些拘谨,只简单地说了一些客气话,倒是英姿落落大方,还热情地邀请他新年里去她家里玩。嘉毅上了出租车,向司机报了目的地,好奇地回头看了一眼,只见英姿的两个女儿拎着东西在前面,她和丈夫并肩在后面,一派迎接新年的快乐气氛。随出租车的行驶,他们的背影越来越小,直至转入天目路后彻底消失。嘉毅坐直了身子,把头往靠垫上靠了靠,闭上眼睛,内心五味杂陈,挥之不去。似回忆又不像回忆,不知为何他的眼前总是出现英姿父亲的身影,高大而威严,似乎象征着权威和力量,还有一双捉摸不定的小眼睛。嘉毅心想现在英姿的生活也许正是他所希望的吧,虽不能说是出于他的初衷。随着车辆的抖动,嘉毅有些昏昏沉沉,一路胡思乱想,直到车停在浦东黄莺的料理店门口为止。

那天晚饭间,嘉毅和予兴喝了好多酒,饭后感到还不过瘾,又去了酒吧,直到喝得大半醉,予兴说自己胃疼,实在吃不消,不能再喝了才作罢。嘉毅回到家里已是凌晨了,烂醉如泥,倒头就睡,即便第二天早上小田来家里为他打扫卫生和做菜,弄出的声响也没有吵醒他。到下午四点多钟,嘉毅勉强睁开眼睛,想起今天是大年夜,按照家里的约定,全家在佳敏那里团聚吃年夜饭。他费力地起来漱洗完,刚好是出门时间,一点都没耽搁。嘉毅不想在家人面前像昨天那样喝得太多,露出自己颓废的一面。聚餐时,他喝得很节制,还接受了姐姐们的好心劝说,要他快点找个女朋友结婚,否则就要孤老终生了。回到家里,他睡不着,拿出了一瓶洋酒,半躺在沙发上,对着电视继续喝了起来。可手机短信的信号不断,全是贺新年的短信,他懒洋洋地翻了翻,找出一个比较喜欢的新年贺词,略作修改,填上自己的姓名,按照手机上的通讯录,统一转发了出去,算是完成了一件多余的任务。这时,外面的鞭炮齐鸣,电视在播什么内容,全然听不见,他又拿起酒瓶为自己倒了酒,喝了起来,脑子里却空空的,等到外面的鞭炮声消停了,他在沙发上迷迷糊糊地睡着了。

第二天中午,他醒来时,竟然发现自己是合着衣服躺在沙发上睡着的,旁边还有威士忌,电视开着,太阳已从窗帘的缝隙照到地板上。看到这副模样,联想到这两天连着喝酒的样子,觉得自己非常可怜,很邋遢,很消沉,又想到这两天是一年当中特别的日子,即使放纵自己,也是情有可原的。他继续坐在沙发上胡思乱想,想如果自己成了家,不至于会有这个样子,不至于如此寂寞无聊,似乎开始讨厌这样一个人的生活了。他呆呆地坐了好一会,抹了抹脸,伸了个大懒腰,关上了电视,起身拉开窗帘,收起酒瓶,感到肚子有些饿,心里有点发愁,大年初一市面上的饮食店都不开门的,到哪里去吃饭? 打算去便利店买些方便面回来煮,打发肚子。漱洗结束,换了一套衣服,准备出门时,他打开冰箱看了看,发现冰箱里堆放着满满的现成菜肴,有荤有素,应有尽有,还有一大碗他喜欢吃的红烧狮子头和一条糖醋黄鱼,只要稍微加热就可食用。心想这新年三天吃饭不用担心了,只要自己用电饭煲煮点饭就可以了。这些都是小田为他做的,而且是在他不知道的情况下做的,心里一阵激动。小田在他心目中的位置,一下子变得重要起来。他一边吃着小田做的菜,一边想着小田这几天是怎么过的,甚至想她可能什么时候回来。突然间,他想向小田发一条祝贺新年的短信,想以最简单最朴素的言语祝贺她新年快乐,让她高兴,让她知道他想着她。他的手机里没有她的号码,昨天晚上群发的里面没有她。他急切地扑到写字桌上,寻找玻璃板下他姐姐压着的她的电话号码。他拿起手机,想了想,在手机上写道:"新年快乐,你做的菜真好吃,等着你回来。"写完他读了一遍,觉得像是小学五年级写的,笑了笑,还是果断地摁了发送键。接下来的几天里,他几乎没有出过门。虽然,他还记得英姿在那天邀请自己新年里去她家做客,可想来思去,还是认为不去的好,其他的地方也无处可去,便待在家里看书看电视,吃小田做的菜打发时间,等着新年假期过去。这段时间里,他还会不时地想起小田。

过完节,嘉毅的作息又恢复了朝九晚五的节奏。那天是第一天上班,学校里没有什么重要的事情,嘉毅的脑子里又出现了小田的影子,鬼使神差地很想和她见上一面,他便提前回家了。到了家里,看到小田还没离开,正在为他做晚饭。他很想和她聊聊,可一时有点张不开这个口,有些拘谨,就装着像往常一样,只是向她简单地问候了新年好,径直去了自己的房间。小田却跟在他后面进了房间,说:"我有一件事情想跟你商量。"嘉毅正好顺水推舟,热情地要她坐,说:"有什么事说吧。"接着又补了一句,"要好好谢谢你。这个新年,我全靠你在节前帮我做了那么多好吃的,否则要饿肚子了。"小田不好意思地笑了笑:"现在的人,哪里会挨饿呀。"嘉毅望着她,眼神非常友善,没有任何的主雇之分,像是和老朋友聊天的眼神,似乎在鼓励对方说出心里话。小田倚在写字桌旁,用有点犹豫不决的口吻开口道:"我有个事,想跟你商量。"她说了又停住了,看着他。嘉毅不知道她要商量什么,有点不知所措,还是和蔼地笑着问:"什么事呀?"小田一副忐忑的样子,继续支支吾吾:"我和老乡合租的房子到期了,我老乡今年又没来上海,我一个人租不起那房子,现在我没有地方住了。我想能不能住在你家,最外面的那间,我会付房租的,可以吗?"嘉毅听完笑了出来,还以为什么大不了的事情,心想反正家里一直有多余的房间,来不及考虑孤男寡女同住一室是否妥当,就爽快地答应道:"没事,你就住吧。房间空着也是空着,房租就不用付了。我也算有个伴了。"

　　嘉毅家里并排的三间房间,平时只使用最里面的那一间,是他的卧室兼书房,原来是他母亲的房间;最外面的那一间,原来是他和奶奶的房间,现在基本上属于弃之不用的状态,以存放杂物和旧家具为主,有现成的床和家具;中间原来是他两个姐姐的房间,现在放着几只沙发,作为招待客人的地方,可是他家里几乎从来没有什么客人上过门。小田提出要住在他家里,完全出乎他预料,此时可以说他内心甚至隐隐约约的有点喜出望外,求之不得。小田感谢道:"太谢谢了。钱一定要付的,否则多不好意思呀。"嘉毅回应道:"不用。不过好像那房间很久没有打扫了,先要扫一扫吧。"她笑眯眯道:"这事情我会做的,我先把东西拿过来,再打扫。"说完起身解下围裙,准备出门去搬东西。嘉毅客气道:"你一个人拿得过来吗?需要我跟你一起去吗?"她笑着道:"哪能让你动手。东西又不多,我一个人就可以了。"又回头加了一句:"不过今天晚饭要晚一点吃了,没关系吧?"听到这句,嘉毅心想今天晚上和她一起吃饭是不言而喻了,一阵高兴。因为在此之前,虽然他也有机会和她一起吃晚饭,但次数极少,是完全出于偶然。这次有点不一样,他赶紧回应:"晚一点没关系,我等你。"他目送着小田轻快的身影消失在房门口。

晚饭时,小田在桌上摆好了小菜,为嘉毅盛好饭,招呼他可以吃饭了。嘉毅自然而然地在她对面的椅子上坐下。由于有过前几次一起吃晚饭的经历作铺垫,他俩一点没有生分的感觉,就像是一家人。嘉毅拿起筷子就开吃,见小田还在洗洗刷刷,便叫道:"快点,一起吃吧。"在吃饭的过程中,嘉毅问她回老家过新年开心吗?小田舔了舔嘴说:"没什么开心的,所以我这么早就出来了,还是打工赚点钱的好。现在人大了,好像过年越来越没劲。"他又客气道:"家人还好?"她道:"他们呀,还好。他们只知道催我早点结婚。还帮我介绍对象,说他是开工厂的,很有钱。"说完咯咯笑着,盯着他,似乎在问想知道下文吗?嘉毅问道:"介绍对象?后来怎么样了?"她快言快语道:"后来,我没有去看,就来上海了。他们肯定会说我在上海做事,眼界高了,看不起他们帮我找的对象了。随便他们去说什么,我听不见。"说完又咯咯地笑了,似乎要笑出了眼泪。

　　嘉毅望着她水汪汪的眼睛,笑嘻嘻略带调侃的口气说:"哦,原来你是逃出来的呀。我得把你交还给你父母。"小田知道他是在开玩笑,就笑嘻嘻回应:"我帮你做好吃的,你就对我这么坏,不会吧?"嘉毅继续道:"那要看你老实不老实。你是不是眼界很高呀?"她善意地瞪起大眼睛,辩白道:"哪里呀,我无所谓嫁给谁,无论他是我们老家的,还是上海的,只要投缘就可以了。我又不愿意靠他养着,我有双手,我可以劳动,可以自己养活自己。其实,在我们老家是很容易生活的,那里山青水绿,我再积攒一点钱,回老家就可以开一个什么小店铺的,生活会很不错的,我又不想大富大贵的,平平淡淡生活足够了。嫁人嘛,对方一定是要我喜欢的,如果没有,不嫁人也可以。"嘉毅应道:"那倒是。"接着略带长辈的口气道,"人,总要结婚的呀。"小田回敬道:"你不是也没有结婚吗?还是大学老师呢。"他笑了笑:"是啊,我也想找一个投缘的。"小田接着他的话说:"结婚是大事,和一个不投缘的人怎么过呀?"她开始有点活泼起来,反过来鼓励起嘉毅来了,"让我们慢慢找吧。你找你的,我找我的。"说完她自己也笑了。

从她说话的语气里,一点也看不出想展开那句话的意思,或者有什么暗示,就是各自寻找自己的另一半,凭着嘉毅的理解能力完全对得上下半句,如"我是否可以找你"之类的,但他没有这样做,只是静静地享受着她给自己带来的欢乐和内心的激动。理应在说出这句话时,他俩应当干杯,可惜他们是直接吃饭的,没有喝酒或者饮料,没有了干杯的机会。嘉毅望着她问道:"你有回老家的打算?"她扬起头答道:"当然喽。上海嘛,就是赚钱的地方,赚完了就该回老家生活。像我们这样,在这里又没有户口,总是要回老家的呀。"嘉毅似乎有一丝浅浅的诧异,半开玩笑道:"回老家开小店铺?"小田认真地想了想:"反正这一类,还没想好。有点本钱了,就更应该自食其力。"嘉毅笑道:"好。到时候我帮你开。"小田皱了皱眉头:"哪能让你大学老师帮这种忙呢。"他们这一顿饭吃得很开心,比有酒有肉,吃山珍海味还有滋味,拉近了彼此的距离。饭后,嘉毅趁她在洗碗,看了看那间房间,发现电视机由于长期不用,已经开不出来了,便等她洗完碗,和她一起把当中房间里的电视机抬了过去。小田看着房间,说:"我从来没有住过这么好的房间。我爸爸妈妈知道了,肯定会很高兴的。"

那天夜里,也许因为小田的入住,嘉毅显得有些亢奋,看不进电视,看不进书,脑子空空如也,又无法入睡。紧贴嘉毅家的西藏路上的车流已稀疏,开始进入万籁俱寂的深夜,只有后面院子里的几只野猫偶然发出撕心裂肺的怪叫,和相互打架撕咬的声音,让人难以入眠。和小田一起吃晚饭,虽没有喝酒,嘉毅却像喝了浓烈白酒一样,让他感到一阵阵燥热,无法平静;小田又像一股清泉流进了他的心里,赶走了眼前所有的污泥浊水,流进内心深处,占据他整个身心。嘉毅清醒地意识到,自己无法将她从心灵深处驱逐,接下去的问题是如何接纳她,而她是否愿意接纳自己也是个问题,因为自己毕竟比人家大十七岁,每每想到这一层,他心里总有些不安,像是在干一件骗取人家宝贝的勾当。他的耳边响起了小田的甜甜的声音:"你做老师的,怎么会找不到女朋友呢?你周围有那么多年轻漂亮的女学生,还有和你做同事的女老师。"这话让敏感的他感到她并没有把自己当成恋爱对象的想法。他把双手交叉搁在胸前,感到这也许是自己的幸运,也许是不幸。幸运的是她对自己没有企图,或许自己是大学老师,在她看来是高不可攀的,说明她还是那样的纯真;不幸的是也许她心里根本没有自己,自己或将永远错过这样一个好女人。嘉毅回想着自己和小田吃饭时她说过的每一句话,揣摩着小田心中对自己的想法,这时他早已把世俗眼中的他们之间的差距抛在脑后了。

第二天早晨,嘉毅起床后,在厨房间的桌子上看见放着早餐,碗筷放得整整齐齐的。他探出头叫了一声小田,没有动静,又听了听,整个房里没有一点响声,好像小田不在房间里。在家里吃早饭对他来讲是一种奢侈。自从母亲去世后,他就再也没有在家里吃过早饭,哪怕是寒冷的冬天也是空着肚子出门。虽早餐是用昨晚余下的剩菜做的菜泡饭,嘉毅吃着这样的早饭,感到有一种家的温暖,似乎又回到了奶奶和母亲还在的年代,在他的心里和小田的距离又近了一层。

那年春天,连续下着好几天雨,可嘉毅过得特别的心情舒畅,有了家的感觉,每天按时下班,回家吃晚饭。他和小田两人从外表看几乎像夫妻,可嘉毅心里清楚,他和小田的感情几乎还停留在她搬来时的那样,原地踏步没有进展,彼此心里有对方,却在言语上没有任何的表示,也许都在观察对方。其实,他俩进展的主动权掌握在嘉毅的手上,可他一直在犹豫不决。其间,他享受着家庭般温馨,每天按时回家吃晚饭,而在心里,有时对小田则会有一日不见如隔三秋的感觉。

那天,又下了一整天的雨,而且雨势很大,一点不像春天的绵绵细雨。傍晚下班时,天空暗得特别早,嘉毅照旧拎着公文包,带上伞关了办公室的灯,准备像往常一样,准时回家吃晚饭。这时,包里的手机响了,他不情愿地接通手机,对方是学校基建处的贺老师,他在电话里报告说:"教学楼的基建坑塌方了,有两名农民工被埋,生死不明,现在正在全力组织挖掘抢救。"嘉毅问:"什么时候发生的?"对方支支吾吾:"大概在吃午饭的时候发生的。如果不是大家都在吃午饭,受伤的人可能还要多。"嘉毅急切地告诉对方自己马上赶到现场。他意识到这是重大责任事故,应该及时向上级部门报告。他扔下公文包,一边打电话给校长报告情况,一边赶往工地。

工地上大家都乱作一团,现场旁边停着两辆救护车,闪着刺眼的灯光。正好有人被抬上来,旁边的人用清水冲洗受伤人的脸部,接着医务人员趴在泥人一样的受伤人身上做人工呼吸,尔后被抬进救护车。嘉毅找到了贺老师询问事故的情况,贺老师讲:自己知道情况后,第一时间就通知了他,是施工方延误了通报事故的时间,他们甚至还想隐瞒,后来看看收不了场,才告诉我们校方。刚刚救上来的人,是最后一位受伤人。嘉毅吩咐基建处的人,对现场采取安全措施,并要保护事故现场,等待上面调查组的进入。嘉毅的手机又响了,来电话的是何麒,他在电话里要求嘉毅帮帮忙,不要把事故急着往上报,等他从广州回来再周旋周旋。嘉毅一听他在广州,便什么也没有说,就把电话挂了,心想事情到了这一步,由不得你了,必须按照有关法律程序办理。突如其来的事故让嘉毅晕头转向,旁边的贺老师提醒他,是否去医院了解一下情况,替学校向那些受伤的人表个态,慰问一下。嘉毅想想这是应该的,便和贺老师一起驱车赶往医院。

坐在副驾驶位子上,嘉毅回忆着这次学校扩建的每一个步骤。他知道在建的教学楼底楼将建成两个下沉式的像剧场一样的大教室,下面还有停车场,基坑必须很大很深,平均深度达七米,一般在建造时要分两次开挖,第一层挖完后要做围护和支撑,防止四周的泥土塌落,而后再进行往下挖掘,在地下工程全部完工后再拆除不必要的支撑。他估计事故的原因最有可能是施工方偷工减料,为了省钱,没有将支撑和围护做到位,在渗入地下雨水的作用下,支撑和围护无法承受周围泥土的塌落,导致事故灾难。虽然这些都是施工方所为及监理方的熟视无睹所造成的,但自己作为主管领导也难辞其咎。到了医院,他们了解到这次事故死亡两人,重伤三人。那三个重伤的,奄奄一息的样子惨不忍睹,其中一个还有可能会成植物人。残酷的现实刺激着他的神经和良心,想到还有两个去世的人,心中有种内疚感,似乎他事先是能够避免这场事故的,心情沉重。

在回去的途中,一旁的贺老师安慰道:"这事情都是何麒惹出来的,他吃不了,兜着走。反正我们学校在每个环节都没问题,经得起上面的调查。"嘉毅想起自己未曾参与过招投标环节,便问道:"何麒的公司是怎么中标的?"贺老师表情看似很严肃,一口咬定:"招投标环节肯定没有问题,是校长亲自把的关。他公司的资质应该没有问题,符合招投标的要求,招投标的程序也是严格按照规定操作的。他中了标,也不意外。"他扭过头来看了嘉毅一眼,加了一句,"何麒好像是你同届同学吧?"嘉毅不得不应了一声,再也不想说什么了,耳边响起了何麒的那句:"基建处当然我会去的……"这时,他心里很不是滋味,这种不好受的感觉,一半来自替那些去世的人难过和自己所应承担的责任,另一半是从事故中看到生命的无常和命运的无奈。

嘉毅回到家里已很晚了,小田还等着。她见他回来了,忙着为他重新热饭热菜,看他紧锁眉头的样子,不敢轻易多问,只是默默地坐在他的对面,想和他说说话,却不知怎么开口。过了许久,她想起前几天看到房间里有许多他的东西,便问:"前些天我在整理房间时,看到许多画着小鸡的纸片,这是怎么回事?"嘉毅愣了愣,说:"哦,那些是草稿纸呀,都是很早以前的东西了。我小时候画的,现在还在?"小田看到他开口了,非常开心,赶忙说:"是的,还在,有许多呢。我给你拿来看看。"说完便去了自己的房间,拿来一大堆纸片,上面都画着大大小小各式各样的鸡,用的笔不尽相同,有的是炭笔,有的是彩色笔,也有铅笔的,虽然纸张已很旧,笔触却还清晰可见。小田一张张地在桌上铺开,笑嘻嘻问:"你喜欢鸡?"嘉毅扫了她一眼,笑道:"小时候喜欢画鸡。"一边吃饭,一边随手拿起一张,看了看得意地笑道,"画得还不错吧。"接着又补了一句,"不过这些都没用了,把它扔了吧。放在你房间里,会把你房间弄得像个养鸡场似的。"小田忙说:"扔了多可惜,养鸡场就养鸡场。我帮你收起来,以后看看会很有意思的。"嘉毅半真半假道:"说不定,以后我退

481

休了,真的去你们乡下开个养鸡场,享享福。"小田则不明就里,当作玩笑话应道:"那好呀。我老家的鸡可好了,远近闻名,开养鸡场肯定赚钱。"说完两个人都笑了,嘉毅笑得有些勉强和僵硬。

事故给平静的学校带来巨大的震动,师生们根据社会上的各种现象,掺杂着自己的想象,勾画出这次事故的起因,或校园扩建背后的故事。两天后,何麒作为施工单位的负责人涉嫌重大责任事故罪受到警方的控制。这个消息传到学校,又引起了大家的猜测,还有谁会受到追究,甚至有人说要追究主管领导的责任,更有人幸灾乐祸地等着看哪位领导贪污受贿。学校的上级为了彻查事故的前因后果,在校委会上宣布组成专门调查组,由上级领导任调查组的组长,校长任副组长,嘉毅也算调查组成员之一。还初步设定了调查范围,从招投标开始直到事故事发,事无巨细,统统要查一遍,只要有违规违法的,必追究责任。

嘉毅心里清楚,施工方出事故,学校必追究施工方是如何取得进场资格的,这肯定又和当时的招投标有关,而招投标自己几乎没有经手,全是由基建处操作的。他对何麒的建筑公司略知一二,按照他的判断,何麒能够得到这个工程的机会,肯定有猫腻。只不过自己不清楚这猫腻的具体内容是什么,不能随便怀疑,他也没兴趣关心其中的猫腻,却有一种哑巴吃黄连说不出的苦。但自己作为校方的工程总责任人,至少要承担失察之责,怠慢之责,无能之责。嘉毅不愿意自己的良心受到任何谴责,对自己的责任不愿意遮遮掩掩,宁可承担责任,也不愿意让人在背后指指点点。他愿意为此付出代价,辞去副校长的职务,甚至辞去教授的工作。唯一让他留恋的只是不能再继续当教授了。他不痴迷于权力,对于那个副校长的职务,原本在他心目中就是捡来的东西,对此毫不吝啬。他曾仔细考虑过,认为自己是在履行副校长的职务时发生的失察之责,理应辞去副校长职务,但可以保留继续做教授的资格。不过他认为,即使这样自己也无法面对学生。考虑再三,他索性辞去了学校的所有工作。

会议结束时，嘉毅已经打定主意，他回办公室赶写了一份辞职报告，尔后敲开了校长办公室的门，坚定地把辞职报告递到了校长面前，说："校长，我当调查组的成员好像有点不太合适。我作为主管这项目的人，理应接受调查，承担责任，我想还是辞职的好。"校长诧异地接过辞职报告，看了看，又注视着嘉毅，说："我们学校可没有出了事情就辞职的习惯，即使要承担责任也要等到调查结束后才处理。你急什么？还有很多环节呐。"嘉毅面无表情地说："出了死人伤人的事，我对不起他们，对不起学校。我身为主管，至少有失察之责，只能辞去职务，才能安抚我的良心。再说，我辞职了，便于上级部门的调查，望学校考虑我的请求。"校长笑了笑，和蔼地说："说起失察之责，我们每一个人对此都有失察的地方。你做事有担当，让人敬佩。接受调查也用不着辞职呀，这样吧，我把报告留下，但我不批准。"停了停安慰道，"你负责学校二期扩建，是我推荐的，我相信你。等事情结束了，我会把报告还给你的。调查有个漫长的过程，学校里没人会指责你，你不要过分自责了。先给你个长假，放松一下。"校长的话听上去很实在，很暖人心，此时的嘉毅对这些话是真是假，已无所谓了，他更知道自己辞职后可能会被当作替罪羊，不过他也无所谓了，只是出于礼貌还是很认真地向校长表示了感谢。嘉毅的辞职是出自真心，他没想过要收回辞职报告，当然也来不及想将来如何生活，更没有想过将来从事什么职业。

第二天上午，嘉毅起床时，已接近中午了。他慢吞吞地洗漱完，准备吃小田为他做的早餐，这时小田拎着菜从外面进来，看到他惊讶地问："今天，你怎么这么晚，还没出门上班？"他不知道怎么地，看到小田一脸惊讶的样子，心里很开心，似真似假地装出一副可怜样说："今天，我让学校炒了鱿鱼，没班可上了。你看我将来该怎么办呀？"小田眨着眼睛，却没有嘉毅想象的那样惊讶，或是愁眉苦脸，愣愣地盯着他看了一会儿，似乎费劲地说道："我不管你上不上班，我还是每天照旧，你不要赶我走。即使你不给钱，我也照旧帮你做好吃的。"嘉毅听了有点得意，进一步玩笑道："你这么好，我哪里舍得你走啊。可我没有钱了，怎么办呢?"小田急切地脱口而出:"没关系,我还在外面做事,有收入,我可以养你。"最后一句一出口,她似乎感到有什么地方不对,脸一下子涨红起来,连忙惊慌地改口道,"我说的意思是,我可以继续为你做好吃的。"

嘉毅看着她惊慌失措的样子,心里一阵喜欢。仿佛昨天的辞职,让嘉毅一夜间突然感到在小田面前平等了,有了追求她的资格了,以前所担心的地位悬殊问题变得无影无踪了,大大增添了向她进攻的勇气。他扒了两口饭,笑眯眯望着她,慢悠悠地说:"你做的好吃,我肯定要吃你做的,最好一直帮我做下去。"她连声应道:"只要你喜欢吃我做的饭,我就随时随地给你做饭,也不向你收钱。"嘉毅看到小田脸上刚才的红晕还没有完全褪去,有着一种纯朴而迷人的亮丽,带着羞涩眼神看着自己。他心中涌起一股久违的激动,心想今后有这样一位朴素而美丽的女人相伴,辞职是值得的。

他看着小田可爱的样子,也知道她的心思,想继续和她开玩笑,逼着她说出心中最想说的话,便问:"你这样一直为我做好吃的,难道你不结婚了?你父母知道了,要怪罪我的,我可担当不起。"她撅了撅嘴,略带埋怨的口吻道:"你不是也没有结婚吗?我父母管不着我的事。你放心好了。"他吃完最后一口饭,放下碗筷,朝她瞄了一眼,调皮地又问道:"我们总是这样住在一起,孤男寡女的,好吗?传到你老家,你以后回去了嫁不出去,可不要怪我。"这话一出口,嘉毅马上感到太具有杀伤力,太过分,警惕地观察着小田的表情,随时准备安慰她。只见小田的眼神突然暗了下来,咬了咬嘴唇说:"谁叫我是乡下人,让你欺负了也没有办法,最终还是要赶我走。那我就等你结婚的那一天回去,回去了我也不嫁人。"说完就拿起他面前的碗筷,转身到水池边开始洗碗了。

嘉毅感到不对,慌忙地起身,从小田身后抱住了她,在她耳边轻声说:"不要哭呀,我喜欢你!嫁给我吧,这里就是你的家,永远不要再说回去了。"她扭过身子,把头压在他的胸前,用湿漉漉的手捶打他的肩膀,喃喃地说:"你就喜欢欺负我!嫁给你了,你可以欺负我一辈子了。"

他紧紧地搂着她，继续在她耳边道："那你可以打我一辈子。"她被他说得破涕为笑，又朝他肩上轻轻地捶了几拳。他们终于捅破了这层已经很薄的窗户纸，两人融为一体。嘉毅注视着她眼泪汪汪的眼睛说："你不用担心，我们今后会生活得很好的。"小田把脸紧紧贴在他的胸前，抹了抹眼泪说："我有工作，我会养你的。"这时，嘉毅没说是否要她养，只是使出全身力气，一把把她抱进房间。

尾　声

最近嘉毅心情特别好,想去看看予兴,有两个重要的消息告诉他:一个是自己辞去了大学的工作,第二个是结婚了。辞去工作让他不必再为说话动脑筋了,感到自由舒心;娶了小田让他感到有了归属感,有了幸福。可他却不知道予兴已经住院。予兴在电话里直接把他约到了医院里见面。由于予兴的口气很平静,没有跟他多说病情,嘉毅并没有十分担心,还认为是有钱人的矫情,小病住院大治。嘉毅没有带小田一起去看望他,心想等到他出院后再介绍。

当嘉毅在医院里看到光头的予兴,心里一紧,对予兴的病情也猜出了一半。予兴虽然光着头,但精神还好,看到嘉毅进门,便主动招呼道:"我这副样子,也不好意思告诉你。只好等你来了。"他简单地介绍了自己的病情,说六个星期前被查出患肝癌晚期,由于发现得太迟,即使换肝手术也已没有办法做了,现在只能靠化疗和药物延长生命。予兴说话的样子,很沉着,很超脱,仿佛不是在说自己的事情,还带着一丝微微的苦笑。

嘉毅本想说一些安慰的话,却不知道怎么开口。予兴似乎看出他的心事,说:"你也不要说安慰的话了,凡是能够用钱解决的事情我都能做到,这不是能用钱可以解决的。"他在床上挪动了一下身子,重重地叹了一口气,"数年前,我母亲患同样的病,我是看着她一步步往下走的。我公司的事情基本上都已经处理完了,辞去了所有职务,也陆陆续续转让了所有的股份,还算好,没有引起太大的股价波动。唯一留下的一件事情,想跟你商量。如果你最近不来,碰不到我的话,我就不征求你的意见,直接让张律师他们操作了。"他显得非常平静,面无表情,抬起眼看着嘉毅,像是自言自语,又像是上级向下级传达指示,无形中有一种不容拒绝的力量,让人肃然起敬,不敢轻易违抗。

嘉毅有些茫茫然,不知道他要和自己商量什么事情,嘴上只能接受道:"你放心好嘞,说吧,有什么事情让我做?"予兴继续平静地说:"我去了以后,将留下一大笔财产,无人继承,我想让你继承,希望你不要推辞。"嘉毅一时间诧异得说不出话,他知道他的财产不是小数字。予兴则继续保持着原来的状态说:"不要急,我没有任何附带条件。"嘉毅缓过神来,轻声说:"你怎么在想这些事情呀? 你会康复的。更何况你父亲还在呀,怎么会没有人继承呢?"予兴道:"我必须想这些事情,从我住进医院的第一天起,就在考虑这事情,用不着安慰我。你知道的,我家里只有父亲一个人,他现在在一家像临终关怀医院一样的养老院里躺着,已神志不清了,我估计不会活得多久。我已经给他留够了钱。以前我捐给这家养老院的钱,可以买下两个和它一样的养老院。"他的话似乎还没有说完,他的神情不容嘉毅插话,歇了歇,用手朝阳台指了指,"陪我到那里去,晒一会儿太阳吧。"这时,嘉毅发现他明显的虚弱,他想搀扶他,他摆了摆手制止了。

他们在阳台上面对面的藤椅上坐下,予兴接过嘉毅递上的毯子,继续道:"我知道,你会说自己不缺钱,甚至让我把钱捐出去。其实,这些事情我都想过,我也考虑过捐款的事,但我认为这对我没有任何意义,我也不能这么做。第一,我不太喜欢这种张扬的事情。以前我看到过周围有些有钱人,为了名利而捐款做慈善,虚情假意,最后混了个什么名称回来,实在没得混的,就搞一个慈善家的头衔。我死到临头,不想步他们的后尘,也不要这些虚名;其次,你是知道的,我这点钱是怎么来的,虽说不上肮脏吧,但也至少是蒙着一层灰尘,这样的钱捐出去了,我想大概是有害无益的吧,让大家向我学习吗?"他又苦笑一下,"我考虑你继承是有道理的。在我周围的人中,你是最不贪财的,我信得过你,你也有处理这些钱的能力。"

嘉毅谨慎地问道:"这么多的钱,你让我怎么办才好?"予兴想了想说:"股份变现的钱和一些属于我私人的房产,大概七到八个亿吧。你拿这些钱怎么处置都可以,我都不管。最多在以后你在上海遇见露露时,如果她还是单身的话,给她相当于公司股份的百分之十的钱就可以了,这是我以前答应过她的。我想这一点小事你是完全可以帮忙做到的。"说完,似乎有点难为情地笑了笑。

嘉毅认真地点了点头,没有说话。予兴望着远处,慢悠悠地自言自语:"钱,现在对我来讲,是最不值钱的东西,只是负担。再多的钱,还不如享受一阵清风,安安静静地晒一会儿太阳,更让我舒心。"予兴说完正事,感到轻松许多,他微微地闭着眼睛,阳光晒在他苍白略泛黄的脸上,让人看上去显得有些光泽。嘉毅静静地陪在旁边没有说话,面对予兴的病情,心想是否应该将自己的变化告诉他。看到予兴缓缓地睁开眼睛,嘉毅想找一些无关紧要的话题去分散他的注意力,就说:"我们原先住的西藏北路那一片,马上就要拆迁了,要大变样了。"予兴点了点头说:"是啊,我早就知道了。我曾经还有参与那片改造计划的想法,现在我这副样子,什么都停止了。我真想回去看看,我们少儿时代的乐园。"

嘉毅想到了予兴曾经的女朋友卢蓉,他只知道卢蓉后来离开了检察院做了律师,再后来的情况就不知道了。他想如果予兴此刻想见卢蓉的话,要及时联系到才好,他愿意为他们重逢牵线搭桥。他试探地问:"我们儿时的朋友现在很难聚在一起。除了黄莺,你还和谁有联系?"予兴淡淡地答道:"没有了。"他看了一眼嘉毅,补充道,"至于卢蓉。我听我们的张律师讲,她后来律师不做,去了什么山里做了尼姑,彻底超凡脱俗了。我也不想和她有什么往来,她也是一个可悲的人。"从他平淡的表情中可以看出他并不愿意见卢蓉,嘉毅也就不提这些往事了。

沉默了一会儿,予兴问:"你学校里事情还是很忙吧?以后没时间就不用特地过来陪我了。"嘉毅趁机把辞职和结婚的事情说了一遍。予兴有些激动,翘起大拇指露出笑容说:"好。在现在的世界里,你能引咎辞职,太了不起了。我没有交错你这个朋友,我为你骄傲。"歇了歇又问,"那你和老婆以后准备怎么过?"嘉毅笑了笑,略显难为情地答道:"不想在城市里待了,准备去她乡下老家,搞个养鸡场之类的东西,凑合着过呗。"予兴用手指点了点他,心领神会地笑道:"你这个家伙,真会享福,过世外桃源的小日子。我知道,今后你老婆打理养鸡场,你趁机画鸡,实现你儿时的梦想。好啊,人生的时间本来就不多,生活就应该这样潇洒自如。千万不要像我这样。"嘉毅笑而不语。予兴有点兴奋,提高说话的声音道:"我羡慕你们呀,我支持你。"那天,他们聊了许多,聊了很久,直至黄昏,无限好的夕阳把他俩的脸颊彻底映红。